Margaret Atwood
Die Geschichte von Zeb

PIPER

Zu diesem Buch

Eine wasserlose Flut ist über die Erde hinweggegangen und hat die Menschheit fast ausgelöscht. Zu den wenigen Überlebenden, die den Gefahren einer entvölkerten, anarchischen Welt trotzen, gehören Toby, die ehemalige Gottesgärtnerin, und Zeb, ein großherziger Draufgänger, der zum Anführer der kleinen Truppe wurde. Während der großen Katastrophe hat Toby unentwegt auf ihn gewartet, beharrlich an seine Rückkehr geglaubt ...
Ein Endzeitszenario, so gewaltig und bedingungslos, wie es nur Margaret Atwood entwerfen kann. Einmal mehr stellt sie ihr waches politisches Gespür unter Beweis, ihre Hellhörigkeit für gefährliche Entwicklungen und Strömungen.

Margaret Atwood, geboren 1939 in Ottawa, gehört zu den bedeutendsten Erzählerinnen unserer Zeit. Ihr »Report der Magd« wurde zum Kultbuch einer ganzen Generation. Bis heute stellt sie immer wieder ihr waches politisches Gespür unter Beweis, ihre Hellhörigkeit für gefährliche Entwicklungen und Strömungen. Sie wurde vielfach ausgezeichnet, unter anderem mit dem renommierten Man Booker Prize, dem Nelly-Sachs-Preis und dem Pen-Pinter-Preis sowie dem Friedenspreis des Deutschen Buchhandels. Margaret Atwood lebt in Toronto.

Margaret Atwood

Die Geschichte von Zeb

Roman

Übersetzung aus dem kanadischen Englisch
von Monika Schmalz

PIPER

Mehr über unsere Autoren und Bücher:
www.piper.de

Von Margaret Atwood liegen im Piper Verlag vor:
Lady Orakel
Der Salzgarten
Der Report der Magd
Katzenauge
Tipps für die Wildnis
Gute Knochen
Alias Grace
Der blinde Mörder
Oryx und Crake
Moralische Unordnung
Das Zelt
Payback
Das Jahr der Flut
Die Geschichte von Zeb

Die deutsche Übersetzung wurde ermöglicht durch die freundliche Unterstützung des Canada Council for the Arts.

FSC
www.fsc.org
MIX
Papier aus verantwortungsvollen Quellen
FSC® C083411

Ungekürzte Taschenbuchausgabe
ISBN 978-3-492-31342-1
September 2017

Titel der englischen Originalausgabe:
»MaddAdam«, Bloomsbury, London 2013

Umschlaggestaltung: zero-media.net, München
Umschlagabbildung: John Lund/Stephanie Roeser/Blend Images/
Corbis Images
Satz: Greiner & Reichel, Köln
Gesetzt aus der Stempel Garamond
Druck und Bindung: CPI books GmbH, Leck
Printed in the EU

Für meine Familie
und für Larry Gaynor (1939–2010)

Inhalt

ZEB IM DUNKELN

WIE ES MIT SCHNEEMENSCH WEITERGING

SCHWARZLICHT-KOPFLAMPE

KNOCHENHÖHLE

VEKTOR

FERKEL

ES FÄHRT EIN ZUG NACH KRYOGENJUS

Die MaddAddam-Trilogie: Was bisher geschah

Die ersten zwei Bände der MaddAddam-Trilogie sind *Oryx und Crake* und *Das Jahr der Flut*. *Die Geschichte von Zeb* ist der dritte Band.

1. Oryx und Crake

Zu Beginn der Geschichte lebt Schneemensch auf einem Baum an der Küste. Er hält sich für den letzten Überlebenden, nachdem eine tödliche Pandemie über die Erde hinweggefegt ist. In der Nähe leben die Craker, eine friedliebende, durch Biotechnik erzeugte Spezies, das Werk des genialen Crake. Crake war der beste Freund von Schneemensch und sein Rivale um die Gunst seiner Geliebten, der rätselhaften Oryx.

Die Craker kennen weder Eifersucht noch Gier, sie brauchen weder Kleidung, Insektenschutz noch tierische Proteine – sie sind frei von allem, was nach Crakes Überzeugung sowohl zum Elend der Menschheit als auch zum Niedergang des Planeten beigetragen hat. Die Craker paaren sich saisonal, wenn sich Teile ihres Körpers blau färben. Crake hat versucht, abstraktes Denken und Musik in ihnen auszumerzen, dennoch haben sie einen ureigenen, gespenstisch klingenden Gesang sowie eine Religion entwickelt, bei der Crake als Schöpfer, Oryx als Herrin über die Tierwelt und Schneemensch als ihr unwilliger Prophet auftreten. Er ist es auch, der sie aus dem Hightech-Paradiesgebäude ans Meer zu ihrem gegenwärtigen Lebensraum geführt hat.

In seinem Leben vor der Seuche hieß Schneemensch Jimmy. Seine Welt teilte sich in die der Komplexe – jener Festungen der Großkonzerne mit der technokratischen Elite, die durch ihren kollektiven Sicherheitsarm, das CorpSeCorps, die Gesellschaft beherrschte – und in das jenseits der Komplexmauern liegende Plebsland, wo die restliche Gesellschaft in Slums und Vororten lebte, kaufte und gaunerte.

Seine frühe Kindheit verbrachte Jimmy bei OrganInc Farms, wo sein Vater an der Entwicklung der Organschweine beteiligt war – transgenen Schweinen, in denen zu Transplantationszwecken menschliches Material, etwa Nieren und Hirngewebe, gezüchtet wurde. Doch dann wurde sein Vater versetzt und landete beim Gesundheits- und Wellnesskonzern HelthWyzer. An der HelthWyzer-Highschool lernte Jimmy Crake kennen, damals noch unter dem Namen Glenn. Ihre Freundschaft kreiste um gemeinsame Aktivitäten wie Internetpornos und komplexe Internetspiele – darunter auch Urzeit-Exitus, das Spiel mit dem Motto *Adam benannte die lebenden Tiere, MaddAddam benennt die toten*. Bei diesem Spiel gab es einen Chatroom, zu dem nur vertrauenswürdige Großmeister Zugriff hatten.

Crake und Jimmy verloren sich aus den Augen, als Crake sein Studium am kapitalkräftigen Watson Crick Institute aufnahm und Jimmy – der es eher mit Worten hatte als mit Zahlen – sich mit der Martha Graham Academy begnügen musste. Merkwürdigerweise sind sowohl Crakes Mutter als auch sein Stiefvater an einer mysteriösen Krankheit gestorben, bei der sich der Körper in seine Bestandteile auflöst. Dann trat eine Bioterrorgruppe mit dem Codenamen MaddAddam in Aktion, die mithilfe von biotechnisch erzeugten Tieren und Mikroben das CorpSeCorps und die vorherrschende Infrastruktur attackierte.

Als Jimmy und Crake Jahre später wieder aufeinandertrafen, leitete Crake das Paradies-Projekt, wo er per Genspleißung die Craker erzeugte. Gleichzeitig entwickelte er die OrgassPluss-Pille, die mit sexueller Ekstase, Schwangerschaftsverhütung und prolongierter Jugend warb. Die Namen der Wissenschaftler des Paradies-Projekts waren identisch mit den Usernamen bei Urzeit-Exitus; tatsächlich waren es die MaddAddam-Bioterroristen, die Crake per Chatroom ausfindig machte und denen er als Gegenleistung für ihren Einsatz im Paradies-Projekt Immunität zusicherte. Doch die OrgassPluss-Pille enthielt noch eine geheime Ingredienz, und ihre Markteinführung fiel zusammen mit der tödlichen Pandemie, der die gesamte Menschheit anheimfiel. Im nachfolgenden Chaos kamen Oryx und Crake ums Leben, und Jimmy blieb mit den Crakern allein zurück.

Verfolgt von Erinnerungen an die tote Oryx und den teuflischen Crake und im Bewusstsein seiner geringen Überlebenschancen marschiert Schneemensch, verwundet und von Gewissensbissen geplagt, zum Paradies-Gebäude, dem Erschaffungsort der Craker, um dort nach Waffen und Vorräten zu suchen. Unterwegs wird er von ausgebrochenen, genmodifizierten Tieren gejagt, den blutrünstigen Hunölfen und den riesigen Organschweinen, die sich aufgrund ihres Hirngewebes durch besondere Schläue auszeichnen.

Oryx und Crake endet damit, dass Schneemensch auf drei weitere Überlebende der Seuche stößt. Soll er sich ihnen anschließen und die Craker im Stich lassen? Oder soll er sie, wissend um die Zerstörungswut seiner eigenen Spezies, töten? *Oryx und Crake* endet, während Schneemensch gerade im Begriff ist, eine Entscheidung zu fällen.

2. Das Jahr der Flut

Das Jahr der Flut entfaltet sich über denselben Zeitraum wie *Oryx und Crake*, spielt jedoch im Plebsland außerhalb der Konzernmauern. Die Geschichte konzentriert sich auf die Gottesgärtner, die Anhänger einer von Adam Eins gegründeten, grünen Religionsgemeinschaft. Ihre Wortführer, die Adams und Evas, lehren die Ganzheitlichkeit von Natur und Heiliger Schrift, die Liebe zu allen Lebewesen, die Gefahren der Technologie, die Niedertracht der Konzerne, Gewaltlosigkeit sowie Gemüseanbau und Imkerei auf den Häuserdächern der Plebsland-Slums.

Die Geschichte beginnt in der Gegenwart, im Gärtnerjahr fünfundzwanzig – dem Jahr der wasserlosen Flut, wie die Seuche bei den Gärtnern heißt. Bewaffnet mit ihrer alten Flinte hat sich Toby im AnuYu-Spa verbarrikadiert und hält Ausschau nach anderen Überlebenden – vor allem ihrer heimlichen Liebe, dem cleveren Exgärtner Zeb. Gegen die Gärtnervorschriften schießt sie eines der Organschweine, nachdem eine Horde in ihrem Gemüsebeet marodiert hat. Eines Tages sieht sie in der Ferne eine Gruppe nackter Menschen vorbeiziehen, angeführt von einem zerlumpten, bärtigen Mann. Da sie von Schneemensch und den Crakern nichts weiß, glaubt sie an eine Halluzination.

Zur gleichen Zeit sitzt die junge Ren im verschlossenen Quarantäneraum des Scales and Tails, dem Stripteaseclub, in dem sie als Trapeztänzerin arbeitete. Kurz vor Ausbruch der Seuche war der Nachtclub von einer Gruppe Painballer – entmenschter CorpSeCorps-Häftlinge, die nach der skrupellosen Eliminierung ihrer Mitstreiter in der Painballarena wieder auf freiem Fuß sind – in Schutt und Asche gelegt worden. Ren weiß, dass sie verhungern wird, es sei denn, Amanda, ihre Freundin aus Jugendtagen, findet sie und schafft es, die Tür zu entsperren.

Vor langer Zeit war Toby von den Gottesgärtnern aus den Händen des brutalen Painballers Blanco befreit worden, dem Chef ihrer GeheimBurger-Filiale. Sie wurde eine Eva, spezialisierte sich auf Pilze, Bienen und heilsame wie tödliche Mixturen. Ihre Lehrerin, die alte Pilar – wie viele Gärtner eine aus den Konzernkomplexen geflüchtete Biowissenschaftlerin –, hatte dort noch immer ihre Informanten, unter anderem auch den jungen Crake.

Ren gehörte bei den Gärtnern zu Tobys Schülerinnen, genau wie Amanda, eine hartgesottene, charismatische Plebsratte. Rens Mutter Lucerne hatte sich zusammen mit Zeb aus dem HelthWyzer-Komplex abgesetzt. Doch in einem Anfall von Zorn über Zebs Bindungsunfähigkeit verließ sie die Gärtner und ging zusammen mit der dreizehnjährigen Ren zurück zu HelthWyzer. Der damals sehr junge Jimmy verführte Ren, ließ sie aber kurz darauf sitzen. Schließlich fasste Ren den Entschluss, sich als Tänzerin im Scales and Tails ihren Lebensunterhalt zu verdienen.

Da sie sich in taktischen Fragen nicht einig werden konnten, spalteten sich Zeb und seine Anhänger vom pazifistischen Adam Eins ab, um als Bioterroristen gegen die Konzerne zu agitieren, wobei sie den MaddAddam-Chatroom als Treffpunkt nutzten. Die restlichen Gärtner mussten vor dem CorpSeCorps die Flucht antreten und gingen in den Untergrund, wo sie weitere Vorkehrungen gegen die wasserlose Flut trafen.

In der Gegenwart – im Jahr fünfundzwanzig – erreicht Amanda das Scales and Tails und es gelingt ihr, Ren aus dem Quarantäneraum zu befreien. Als sie ihr Wiedersehen feiern, treffen drei ihrer alten Gärtnerfreunde ein – Shackleton, Crozier und Oates. Sie werden von Blanco und zwei weiteren Painballern verfolgt. Die fünf jungen Leute fliehen, doch unterwegs werden Ren und Amanda vergewaltigt, Amanda wird verschleppt und Oates ermordet.

Ren schleppt sich zum AnuYu-Spa, wo sie von Toby wieder hochgepäppelt wird. Dann machen sich die beiden auf die Suche nach Amanda. Nachdem sie sich vor wilden Organschweinen gerettet und Blanco unschädlich gemacht haben, entdecken sie eine Gruppe Überlebender in einem Lehmhaus im Park. Zeb lebt dort, zusammen mit seiner Gruppe MaddAddamiten; und auch einige ehemalige Gärtner. Sie alle glauben, dass Adam Eins überlebt haben muss, und sie suchen nach ihm.

Toby und Ren brechen zu einer riskanten Mission auf, um Amanda aus den Händen der Painballer zu befreien. An der Küste stoßen sie auf das Lager einer Gruppe von seltsamen, teilweise blauen Leuten, die zwei Männer und eine Frau gesehen haben. Toby und Ren vermuten, dass es sich um Amanda und ihre Entführer, die Painballer, handelt, und sie finden sie genau in dem Moment, als der kranke und halluzinierende Schneemensch sein Spraygewehr auf sie richtet.

Das Jahr der Flut endet damit, dass die Painballer gefesselt und an einen Baum gebunden sind, während sich Ren um die verletzte Amanda und den fiebrigen Schneemensch kümmert. Toby begeht das Gärtnerfest Sankt Juliana und Allerseelen und schenkt Suppe für alle aus. In diesem Moment kommen die blaugefärbten Kinder des Crake am Strand entlang auf sie zu und singen dabei ihre gespenstische Musik.

DIE GESCHICHTE VON ZEB

El

Die Geschichte vom Ei und von Oryx und Crake und wie sie die Menschen und Tiere erschufen und vom Chaos und von Schneemensch-Jimmy und vom stinkenden Knochen und von der Ankunft der zwei bösen Männer

Am Anfang lebtet ihr im Ei. Dort hat Crake euch erschaffen.

Ja, der liebe, gütige Crake. Bitte hört auf zu singen, sonst kann ich nicht erzählen.

Das Ei war groß und weiß und gewölbt, und drinnen wuchsen Bäume mit Laub, Gras und Beeren. Alles, was ihr gern esst.

Ja, es hat auch geregnet im Ei.

Nein, Donner gab es keinen.

Weil Crake im Ei keinen Donner haben wollte.

Und draußen vor dem Ei war das Chaos, mit vielen, vielen Menschen, die nicht so waren wie ihr.

Weil sie eine zusätzliche Haut hatten. Diese Haut nennt man *Kleidung*. Ja, wie bei mir.

Und viele davon waren böse Menschen, die anderen Menschen und auch den Tieren schlimme und grausame Dinge antaten. Nämlich ... Über diese Dinge müssen wir jetzt nicht reden.

Und Oryx war sehr traurig darüber, denn die Tiere waren ihre Kinder. Und Crake war traurig, weil Oryx traurig war.

Und das Chaos war überall draußen vor dem Ei. Aber im Ei herrschte kein Chaos. Dort war es friedlich.

Und jeden Tag kam Oryx, um euch zu unterrichten. Sie brachte euch bei, was man isst, sie brachte euch bei, wie man Feuer macht, sie brachte euch alles über die Tiere bei, ihre Kinder. Sie brachte euch bei, wie man schnurrt, wenn sich jemand weh getan hat. Und Crake wachte über euch.

Ja, der liebe, gütige Crake. Bitte hört auf zu singen. Ihr müsst nicht jedes Mal singen. Ich bin mir sicher, dass es Crake gefällt, aber ihm gefällt auch diese Geschichte, und er möchte hören, wie sie weitergeht.

Eines Tages beseitigte Crake das Chaos und die bösen Menschen, um Oryx glücklich zu machen und um einen sicheren Lebensraum für euch zu schaffen.

Ja, dadurch roch eine Zeitlang alles sehr schlimm.

Und dann fuhr Crake in den Himmel, wo er jetzt wohnt, und Oryx fuhr mit ihm.

Warum sie fuhren, weiß ich nicht. Sie müssen ihre Gründe gehabt haben. Und sie ließen Schneemensch-Jimmy zurück, um auf euch aufzupassen, und er führte euch ans Meer. Und an Fischtagen fingt ihr ihm einen Fisch und er aß ihn.

Ich weiß, ihr würdet niemals einen Fisch essen, aber Schneemensch-Jimmy ist anders.

Weil er einen Fisch essen muss, sonst würde er sehr krank werden.

Weil er so geschaffen ist.

Dann eines Tages ging Schneemensch-Jimmy los, um Crake zu besuchen. Und als er zurückkam, hatte er sich am Fuß weh getan. Und ihr habt ihn beschnurrt, aber es wurde nicht besser.

Und dann kamen die zwei bösen Männer. Sie waren noch aus dem Chaos übrig geblieben.

Warum Crake sie nicht beseitigt hat, weiß ich nicht. Vielleicht hatten sie sich unter einer Hecke versteckt und er hat sie übersehen. Aber sie hatten Amanda gefangen und taten ihr schlimme und grausame Dinge an.

Über diese Dinge müssen wir jetzt nicht reden.

Und Schneemensch-Jimmy versuchte sie zu stoppen. Und dann kam ich, und Ren, und wir fingen die zwei bösen Männer, fesselten sie und banden sie an einen Baum. Dann saßen wir am Feuer und aßen Suppe. Schneemensch-Jimmy und Ren und Amanda aßen die Suppe. Sogar die bösen Männer aßen die Suppe.

Ja, in der Suppe war ein Knochen. Ja, es war ein stinkender Knochen.

Ich weiß, dass ihr keine stinkenden Knochen esst. Aber viele Kinder der Oryx essen gern solche Knochen. Luxkatzen und Rakunks und Organschweine und Löwämmer. Sie alle essen stinkende Knochen. Und Bären essen sie auch.

Was ein Bär ist, erzähle ich euch später.

Über stinkende Knochen müssen wir jetzt nicht mehr reden.

Und während alle die Suppe aßen, seid ihr mit euren Fackeln gekommen, weil ihr Schneemensch-Jimmy helfen wolltet mit seinem kranken Fuß. Und weil ihr gemerkt habt, dass ein paar der Frauen blau waren und ihr euch mit ihnen paaren wolltet.

Das mit den bösen Männern habt ihr nicht verstanden und warum sie gefesselt waren. Es ist nicht eure Schuld, dass sie in den Wald geflüchtet sind.

Nicht weinen.

Ja, Crake muss sehr wütend sein auf die zwei bösen Männer. Vielleicht wird er etwas Donner schicken.

Ja, der liebe, gütige Crake.

Bitte hört auf zu singen.

SEIL

Seil

Aus dem, was an jenem Abend geschah – aus den Ereignissen, durch welche das Böse wieder in die Welt kam –, machte Toby später zwei Geschichten. Die erste Geschichte war diejenige, die sie den Kindern des Crake erzählte; sie nahm ein glückliches Ende oder zumindest ein so glückliches Ende wie möglich. Die zweite, die sie nur für sich schrieb, war weniger heiter. Sie handelte zum Teil von ihrer eigenen Blödheit, von ihrer Unaufmerksamkeit, aber auch von Geschwindigkeit. Es ging alles so schnell.

Natürlich war sie müde; sie muss einen Adrenalinsturz gehabt haben. Immerhin war sie seit zwei Tagen in Aktion gewesen, mit viel Stress und wenig zu essen.

Am Tag zuvor hatten sie und Ren die sichere Lehmhausenklave der MaddAddamiten verlassen. Dort lebten einige wenige Überlebende der globalen Pandemie, die die Menschheit ausgelöscht hatte. Sie waren Rens Freundin Amanda auf der Spur und hatten sie gerade rechtzeitig gefunden, denn die beiden Painballer, die sie in Gebrauch hatten, hatten sie fast aufgebraucht. Toby kannte die Mittel und Wege solcher Männer: Fast wäre sie selbst von einem solchen getötet worden, bevor sie zu den Gottesgärtnern kam. Jeder, der Painball mehr als einmal überlebt hatte, hatte nur noch sein Reptilienhirn. Sex, bis man auf den letzten Fingernagel abgenutzt war – das war ihre Methode; danach wurde man zu Hackfleisch verarbeitet. Sie aßen mit Vorliebe die Nieren.

Toby und Ren hatten im Gebüsch gehockt, während die Painballer darüber stritten, was sie essen und ob sie die Craker angreifen sollten und was als Nächstes mit Amanda geschehen sollte. Ren hatte schreckliche Angst; Toby konnte nur hoffen, dass sie nicht in

Ohnmacht fiel, aber eigentlich hatte sie ganz andere Sorgen, denn sie hätte eigentlich schießen müssen. Aber auf welchen zuerst, den Bärtigen oder den Kurzhaarigen? Würde der andere genug Zeit haben, sein Spraygewehr zu schnappen? Amanda wäre weder in der Lage zu helfen noch wegzulaufen: Sie hatte ein Seil um den Hals, und der Bärtige hatte sich das andere Ende um sein Bein gebunden. Eine falsche Bewegung von Toby, und Amanda wäre tot.

Dann war ein fremder Mann aus dem Gebüsch getorkelt, sonnenverbrannt, übersät mit Schorf, nackt und mit einem Spraygewehr bewaffnet, und fast hätte er sie allesamt erschossen, einschließlich Amanda. Aber Ren hatte einen Schrei ausgestoßen und war auf die Lichtung gerannt, und das war Ablenkung genug gewesen. Toby war mit der Flinte im Anschlag vorgetreten, Amanda hatte sich losgerissen, und die Painballer waren mithilfe von Tritten in den Unterleib und einem Stein unschädlich gemacht und mit ihrem eigenen Seil und ein paar Stoffstreifen aus Tobys rosa AnuYu-Sonnenumhang gefesselt worden.

Ren hatte sich um Amanda gekümmert, die wahrscheinlich unter Schock stand, und auch um den schorfigen, nackten Mann, den sie Jimmy nannte. Sie hatte ihn in den Umhang gehüllt und redete leise auf ihn ein; offenbar war er vor langer Zeit einmal ihr Freund gewesen.

Jetzt, wo wieder Ordnung herrschte, hatte Toby das Gefühl, entspannen zu können. Sie hatte wieder zu sich gefunden, indem sie einer Gärtnerübung folgend ihren Atem dem beruhigenden Rhythmus der nahen Wellen angepasst hatte – *wisch-wasch, wisch-wasch* –, bis sich ihr Pulsschlag normalisiert hatte. Dann hatte sie eine Suppe gekocht.

Und dann war der Mond aufgegangen.

Der aufgehende Mond war das Zeichen für den Beginn des Gärtnerfests Sankt Juliana und Allerseelen: eine Feier von Gottes Zärtlichkeit und Barmherzigkeit für alle Geschöpfe. *Das Universum liegt in seiner Hand, wie uns Sankt Juliana von Norwich in ihrer mystischen Vision vor langer Zeit lehrte. Es muss Vergebung herrschen und Liebe und Güte, der Kreis muss stets geschlossen bleiben. Aller Seelen heißt: die Seelen ausnahmslos aller, egal, was sie getan haben könnten. Zumindest von Mondaufgang bis Monduntergang.*

Was man einmal bei den Adams und Evas gelernt hatte, vergaß man nicht. Für Toby wäre es nahezu unmöglich gewesen, die Painballer ausgerechnet an jenem Abend zu töten – sie kaltblütig zu ermorden, also abzuschlachten, und sie waren ja auch mittlerweile fest an den Baum gebunden.

Amanda und Ren hatten das übernommen. Sie waren zusammen bei den Gärtnern zur Schule gegangen, wo sie viel Handwerkliches gelernt und Materialien recycelt hatten, und sie kannten sich mit Knoten aus. Als sie fertig waren, sahen die beiden Typen aus wie ein Stück Makramee.

An jenem gesegneten Sankt-Juliana-Abend also hatte Toby die Waffen zur Seite gelegt – ihre eigene altmodische Flinte und das Spraygewehr der Painballer, und auch Jimmys Spraygewehr. Dann spielte sie die gute Fee, schenkte Suppe aus, verteilte Nahrung an alle.

Ihr Edelmut muss ihr selbst die Sinne benebelt haben. Alle dazu zu bewegen, sich abends gemütlich an ein Lagerfeuer zu setzen und zusammen Suppe zu löffeln – auch Amanda, die traumatisiert, ja fast katatonisch war; auch Jimmy, der vor Fieber am ganzen Leib zitterte und zu einer toten Frau in den Flammen sprach. Auch die beiden Painballer: Glaubte sie wirklich, die beiden würden ein Bekehrungserlebnis haben und auf einmal lammfromm sein? Ein Wunder, dass sie beim Austeilen der Knochensuppe nicht auch noch eine Predigt hielt. *Ein Löffel für dich, ein Löffel für dich und einer für dich! Legt Hass und Bosheit ab! Kommt hinein ins Licht!*

Aber Hass und Bosheit machen süchtig. Sie können wie ein Rausch sein. Nur ein Mal davon gekostet, und schon geht's einem dreckig, wenn man nicht bald mehr bekommt.

Während sie die Suppe aßen, hörten sie Stimmen, die sich unter den Bäumen am Ufer auf sie zubewegten. Es waren die Kinder des

Crake, die Craker – die seltsamen gengespleißten Beinahe-Menschen, die am Meer lebten. Sie gingen im Gänsemarsch unter den Bäumen her, trugen Fackeln aus Pechkiefer und sangen ihre kristallinen Lieder.

Toby hatte diese Leute nur ein einziges Mal zu Gesicht bekommen, und zwar bei Tag. Jetzt, leuchtend im Mondlicht und im Schein der Fackeln, waren sie noch schöner. Sie hatten alle Farben – Braun, Gelb, Schwarz, Weiß – und alle Größen, aber jeder für sich war vollkommen. Die Frauen lächelten gelassen; die Männer waren in vollem Brunftmodus mit Blumen in der Hand, und ihre nackten, idealisierten Körper sahen aus wie aus einem Comic für Vierzehnjährige, jeder Muskel definiert, jedes Muskelspiel ein Schimmern. Sie wedelten wie freundliche Hunde mit ihren leuchtend blauen und unnatürlich großen Penissen.

Anschließend konnte sich Toby nicht mehr genau an den Ablauf des Geschehens erinnern, wenn man denn von einem Ablauf sprechen konnte. Eher hatte es etwas von einer Straßenschlacht im Plebsland: hektische Bewegungen, ineinander verknäulte Körper, eine Kakophonie von Stimmen.

Wo ist das Blau? Wir riechen das Blau! Seht, da ist Schneemensch! Er ist dünn! Er ist sehr krank!

Ren: *Oh, Scheiße, die Craker. Was ist denn, wenn die jetzt … Guckt doch mal, was die für … Verdammt!*

Die Crakerfrauen entdeckten Jimmy: *Lasst uns Schneemensch helfen! Wir müssen ihn beschnurren!*

Die Crakermänner nahmen Amandas Witterung auf: *Sie ist die Blaue! Sie riecht blau! Sie will sich mit uns paaren! Gebt ihr die Blumen! Sie wird glücklich sein!*

Amanda, verängstigt: *Fasst mich nicht an! Ich will nicht … Ren, hilf mir.* Vier große, bildschöne, blumentragende nackte Männer gehen auf sie zu. *Toby! Mach was! Knall sie ab!*

Die Crakerfrauen: *Sie ist krank. Erst müssen wir sie beschnurren. Dann wird sie gesund. Und sollen wir ihr einen Fisch geben?*

Die Crakermänner: *Sie ist blau! Sie ist blau! Wir sind glücklich! Singt für sie!*

Die andere ist auch blau.

Der Fisch ist für Schneemensch. Wir müssen diesen Fisch aufheben.

Ren: *Amanda, vielleicht nimmst du einfach nur die Blumen, sonst werden sie noch sauer oder …*

Toby, mit schütterer, wenig eindringlicher Stimme: *Bitte, hört zu, bleibt stehen, ihr macht ihr Angst …*

Was ist das? Ist das ein Knochen? Einige der Frauen spähen in den Suppentopf: *Esst ihr diesen Knochen? Er riecht nicht gut.*

Wir essen keine Knochen. Schneemensch isst keine Knochen, er isst einen Fisch. Warum esst ihr einen stinkenden Knochen?

Es ist der Fuß von Schneemensch, der wie ein Knochen stinkt. Wie ein Knochen, den die Geier zurückgelassen haben. O Schneemensch, wir müssen deinen Fuß beschnurren!

Jimmy, fiebrig: *Wer bist du? Oryx? Aber du bist doch tot. Alle sind tot. Alle auf der ganzen Welt, sie sind alle tot …* Er fängt an zu weinen.

Sei nicht traurig, o Schneemensch. Wir sind gekommen, um zu helfen.

Toby: *Ihr solltet ihn nicht anfassen … die Wunde ist entzündet … er braucht …*

Jimmy: *Au! Fuck!*

O Schneemensch, nicht treten. Dann tut dir dein Fuß nur noch mehr weh. Einige fangen an zu schnurren wie Küchenmixer.

Ren ruft nach Hilfe: *Toby! Toby! He! Lasst sie los!*

Toby schaut hinüber, über das Feuer hinweg: Amanda ist in einem flackernden Dickicht nackter Männergliedmaßen und Rücken verschwunden. Ren stürzt sich mit ins Getümmel und geht sofort darin unter.

Toby: *Wartet! Nein! … Hört auf!* Was soll sie tun? Dies ist ein großes kulturelles Missverständnis. Hätte sie nur einen Eimer kaltes Wasser!

Einer der Painballer: *He, ihr da! Hier sind wir!*

Diese Leute riechen sehr schlecht. Sie riechen nach dreckigem Blut. Wo ist das Blut?

Was ist das? Das ist ein Seil. Warum sind sie mit dem Seil gefesselt?

Schneemensch hat uns Seil *gezeigt, als er auf einem Baum lebte.* Seil *ist dazu da, um sein Haus zu bauen. O Schneemensch, warum ist das Seil an diese* Männer *gefesselt?*

Dieses Seil tut diesen Leuten weh. Wir müssen es wegnehmen.

Ein Painballer: *Ja, genau. Wir haben tierische Schmerzen.* (Lautes Stöhnen.)

Toby: *Fasst sie nicht an, sonst …*

Der zweite Painballer: *Jetzt mach schon, Blaupimmel, bevor die alte Fotze …*

Toby: *Nein! Nicht losbinden … Die Männer da werden …*

Aber es war schon zu spät. Wer hätte ahnen können, dass die Craker so schnell Knoten lösen können?

Die beiden Männer verschwanden in der Dunkelheit und ließen ein Stück Seil und verstreute Glut zurück. Du Vollidiot, dachte sie. Du hättest keine Gnade zeigen dürfen. Du hättest ihnen mit einem Stein den Schädel einschlagen oder mit deinem Messer die Kehle durchschneiden sollen und hättest nicht mal Kugeln verschwenden müssen. Du warst eine Null und dein Versagen grenzt ans Kriminelle.

Viel war nicht zu erkennen – das Feuer war fast aus –, aber sie machte hastig Inventur: Wenigstens war ihre Flinte noch da, zum Glück. Aber das Spraygewehr der Painballer fehlte. Du Holzkopf, sagt sie zu sich. So viel zu Sankt Juliana und der Güte des Universums.

Amanda und Ren hatten sich weinend aneinandergeklammert und wurden von mehreren besorgten Crakerfrauen gestreichelt. Jimmy war hingefallen und redete auf die Kohlen ein. Je schneller sie wieder im Lehmhaus der MaddAddamiten wären, desto besser: Hier draußen im Dunkeln waren sie leichte Beute. Die Painballer könnten wegen der Waffen zurückkommen, und Toby wusste jetzt schon, dass die Craker keinerlei Hilfe wären. *Warum hast du mich geschlagen? Crake wird böse sein! Er wird einen Donner schicken!* Selbst wenn sie einen zu Fall brächte, würden sich die Craker nur dazwischenwerfen. *Oh, es hat geknallt, ein Mann ist umgefallen, er hat ein Loch, er blutet! Er hat sich weh getan, wir müssen ihm helfen!*

Aber selbst wenn die Painballer erst einmal Ruhe gäben, waren da noch andere Räuber im Wald. Luxkatzen, Hunölfe, Löwämmer; und schlimmer noch, die wilden Riesenschweine. Und jetzt, wo die Städte und Straßen wie leergefegt waren, wer weiß, wann die ersten Bären aus dem Norden auftauchen würden?

»Wir müssen los«, sagte sie zu den Crakern. Köpfe drehten sich, grüne Augenpaare richteten sich auf sie. »Schneemensch muss mit uns kommen!«

Plötzlich redeten die Craker alle auf einmal. »Schneemensch muss bei uns bleiben! Wir müssen Schneemensch wieder auf seinen Baum bringen.« – »Das ist es, was er mag, er mag Bäume.« – »Ja, nur er kann mit Crake reden.« – »Nur er kann uns von Crake erzählen, und vom Ei.« – »Und vom Chaos.« – »Und von Oryx, die die Tiere geschaffen hat.« – »Und wie Crake das Chaos beseitigt hat.« – »Der liebe, gütige Crake.« Sie fangen an zu singen.

»Wir brauchen Medikamente«, sagte Toby verzweifelt. »Sonst wird Jimmy – sonst wird Schneemensch vielleicht sterben.« Ausdruckslose Blicke. Hatten sie überhaupt eine Vorstellung, was sterben bedeutete?

»Was ist ein *Jimmy*?« Verwirrtes Stirnrunzeln.

Großer Fehler: Sie hatte den falschen Namen verwendet. »Jimmy ist ein anderer Name für Schneemensch.«

»Warum?« – »Warum ist das ein anderer Name?« – »Was ist ein *Jimmy*?« Das schien sie weitaus mehr zu interessieren als der Tod. »Ist es die rosa Haut, die Schneemensch anhat?« – »Ich will auch ein Jimmy!« Letzteres kam von einem kleinen Junge.

Wie sollte sie das jetzt erklären? »Jimmy ist ein Name. Schneemensch hat zwei Namen.«

»Sein Name ist Schneemensch-Jimmy?«

»Ja«, sagte Toby, ab jetzt ja.

»Schneemensch-Jimmy, Schneemensch-Jimmy«, wiederholten sie gemeinsam.

»Warum hat er zwei Namen?«, wollte einer wissen, aber die anderen hatten ihre Aufmerksamkeit schon auf das nächste verwirrende Wort gerichtet. »Was ist *Medikamente*?«

»Medikamente sind etwas, um Schneemensch-Jimmy wieder gesund zu machen«, sagte sie vorsichtig. Lächelnde Gesichter: Diese Vorstellung gefiel ihnen.

»Dann kommen wir mit«, sagte derjenige, der offenbar der Wortführer war – ein hochgewachsener Mann mit hellbrauner Haut und Römernase. »Wir werden Schneemensch-Jimmy tragen.«

Zwei Crakermänner nahmen Jimmy mühelos hoch. Toby erschrak über seine Augen: die schmalen weißen Schlitze, die zwischen seinen Lidern leuchteten. »Ich fliege«, sagte er, als ihn die Craker mit Schwung in die Luft hoben.

Toby fand Jimmys Spraygewehr, sie sicherte es und gab es Ren zum Tragen: Das Mädchen hatte vom Schießen keine Ahnung – woher auch –, aber man würde es später noch gebrauchen können.

Sie hatte angenommen, dass nur die beiden Freiwilligen mit zurück zum Lehmhaus kommen würden, stattdessen zockelte die ganze Crakertruppe mitsamt Kindern hinterher. Alle wollten in Schneemenschs Nähe bleiben. Die Männer wechselten sich beim Tragen ab; die anderen hielten die Fackeln hoch und sangen von Zeit zu Zeit mit ihren gespenstischen Wasserglasstimmen.

Vier der Frauen gingen neben Ren und Amanda her, tätschelten sie und berührten sie am Arm oder an der Hand. »Oryx wird sich um dich kümmern«, sagten sie zu Amanda.

»Die sollen es wagen, sie noch ein Mal anzufassen mit ihren verdammten blauen Pimmeln«, sagte Ren grimmig.

»Was ist *blauen Pimmeln*?«, fragten sie verwundert.

»Lasst es einfach«, sagte Ren. »Sonst gibt's Stress!«

»Oryx wird sie glücklich machen«, sagten die Frauen, wobei sie etwas unsicher klangen. »Was ist *Stress*?«

»Geht schon wieder«, sagte Amanda mit schwacher Stimme zu Ren. »Wie geht's dir?«

»Das stimmt nicht, verdammt! Wir müssen einfach ganz schnell zu den MaddAddamiten zurück«, sagte Ren. »Da gibt's Betten und ne Wasserpumpe und alles. Da können wir dich waschen, und Jimmy auch.«

»Jimmy?«, sagte Amanda. »Das ist Jimmy? Ich dachte, der wär tot. Wie alle anderen.«

»Hab ich auch gedacht. Aber es sind gar nicht alle tot. Na ja, ein paar zumindest nicht. Zeb ist nicht tot und Rebecca auch nicht und du und ich und Toby und …«

»Wo sind die beiden Typen hin?«, fragte Amanda. »Ich hätte ihnen die Fresse einschlagen sollen, als ich noch konnte.« Sie stieß einen kleinen Lacher aus, verdrängte auf alte Plebsratten-Art ihren Kummer. »Wie weit ist es?«, fragte sie.

»Sie können dich tragen.«

»Nein. Geht schon.«

Motten umflatterten die Fackeln, die Blätter über ihren Köpfen raschelten in der nächtlichen Brise. Wie lange sind sie gelaufen? Toby kam es vor wie Stunden, aber im Mondschein verschwimmt die Zeit. Sie gingen westwärts durch den Heritage Park; hinter ihnen wurde das Rauschen der Wellen immer schwächer. Trotz des Pfades war sie unsicher, die Craker aber schienen den Weg zu kennen.

Sie horchte nach Geräuschen in den Bäumen – Schritte, knackendes Holz, ein Grunzen – und hielt sich am Ende der Prozession, die Flinte im Anschlag. Es quakte, es tschilpte: irgendein Amphibium, ein nächtlicher Vogel. Sie wusste um die Finsternis in ihrem Rücken: Ihr Schatten dehnte sich gewaltig und ging über in die tieferen Schatten dahinter.

Mohn

Endlich erreichten sie die Lehmhausenklave. Eine einzige Glühbirne brannte im Garten; hinter dem Zaun standen Crozier, Manatee und Tamaraw mit ihren Spraygewehren und schoben Wache. Jeder trug eine batteriebetriebene Kopflampe, die sie in einem Fahrradladen gefunden hatten.

Ren rannte ihnen entgegen. »Wir sind's!«, rief sie. »Alles okay! Wir haben Amanda!«

Croziers Kopfleuchte wippte auf und ab, als er das Tor öffnete.

»Großartig!«, rief er.

»Spitze! Ich sag den anderen Bescheid!«, sagte Tamaraw. Sie eilte zum Haupthaus.

»Croze! Wir haben's geschafft!«, sagte Ren. Sie warf sich in seine Arme, ließ das Spraygewehr fallen, und er hob sie hoch, wirbelte sie durch die Luft und küsste sie. Dann setzte er sie wieder ab.

»He, woher habt ihr das Spraygewehr?«, fragte er. Ren brach in Tränen aus.

»Ich hab gedacht, die bringen uns um!«, sagte sie. »Die beiden … Aber du hättest mal Toby sehen müssen! Die war so krass! Die hat ihre alte Flinte genommen, und dann haben wir sie mit Steinen beworfen und gefesselt, aber dann …«

»Wahnsinn«, sagte Manatee und warf einen Blick auf die Craker, die tuschelnd durchs Tor drängten. »Der ganze Zirkus aus dem Paradies.«

»Das sind sie also, ja?«, sagte Crozier. »Die nackten Freaks, die Crake gebastelt hat? Die unten am Meer wohnen?«

»Ich finde, du solltest sie nicht Freaks nennen«, sagte Ren. »Die können euch hören.«

»Es war nicht nur Crake«, sagt Manatee. »Wir alle haben beim Paradies-Projekt an denen gebastelt. Ich, Swift-Fuchs, Elfenbeinspecht …«

»Wieso sind sie mitgekommen?«, fragte Crozier. »Was wollen die hier?«

»Sie wollten nur helfen«, sagte Toby. Auf einmal war sie todmüde. Sie wollte jetzt nur noch in ihre Nische taumeln und schlafen. »War sonst jemand hier?« Zeb hatte gleichzeitig mit ihr das Lehmhaus verlassen, um nach Adam Eins und anderen überlebenden Gottesgärtnern zu suchen. Sie wollte wissen, ob er schon zurück war, aber nicht direkt fragen. Nicht klammern, nicht jammern, wie die Gärtner damals immer sagten, wobei Toby ohnehin nur selten ihre Gefühle zeigte.

»Nur die Schweine«, sagte Crozier. »Die haben mal wieder versucht, sich unterm Gartenzaun durchzuwühlen. Wir haben die Lampen auf sie gehalten und dann sind sie abgehauen. Was ein Spraygewehr ist, haben sie inzwischen verstanden.«

»Seitdem wir ein paar Exemplare zu Speck verarbeitet haben«, sagte Manatee. »Frankenschweins Speck sozusagen. Ist mir nicht ganz geheuer, dass wir die essen. Mit ihrem menschlichen Neokortex-Gewebe.«

»Crakes Monster haben aber hoffentlich nicht vor, hier einzuziehen«, sagte Swift-Fuchs, die mit Tamaraw aus dem Haupthaus gekommen war. Toby kannte sie nur aus der kurzen Zeit im Lehmhaus, bevor sie auf die Suche nach Amanda aufgebrochen war: Swift-Fuchs. Sie musste über dreißig sein, aber das, was sie anhatte, sah aus wie ein Rüschennachthemd für zwölfjährige Mädchen. Wo hatte sie bloß diesen Fummel her?, fragte sich Toby. Aus irgendeiner geplünderten Kinderpornoboutique oder Hundertdollarrampe?

»Ihr seid bestimmt erschöpft«, sagte Tamaraw zu Toby.

»Wieso habt ihr die mitgeschleppt?«, fragte Swift-Fuchs. »Das sind doch viel zu viele. Die können wir nicht auch noch durchfüttern.«

»Müssen wir auch nicht«, sagte Manatee. »Die essen Blätter, wie du dich vielleicht erinnerst. Crake hat sie extra so entworfen. Damit sie keine Landwirtschaft betreiben müssen.«

»Ach ja«, sagte Swift-Fuchs. »Das war ja dein Modul. Ich saß an ihrem Hirn. Stirnlappen, die sensorischen Modifikationen. Ich hätte sie ja gern ein bisschen weniger langweilig gemacht, aber Crake wollte keine Aggression, nicht mal Humor. Das sind wandelnde Kartoffeln.«

»Die sind total nett«, sagte Ren. »Zumindest die Frauen.«

»Ich vermute, die Männer wollten sich mit euch paaren; typisch. Na ja, solange ich mich mit denen nicht *unterhalten* muss«, sagte Swift-Fuchs. »Ich geh wieder schlafen. Nacht, Leute, und viel Spaß mit dem Gemüse.« Sie gähnte und streckte sich und schlenderte langsam davon.

»Was ist die denn so zickig?«, fragte Manatee. »Das geht schon den ganzen Tag.«

»Hormone vermutlich«, sagte Crozier. »Aber das Nachthemd!«

»War wohl ne Nummer zu klein«, sagte Manatee.

»Ist dir also aufgefallen«, sagte Crozier.

»Vielleicht hat ihre Zickigkeit andere Gründe«, sagte Ren. »Wär ja immerhin denkbar.«

»Tut mir leid«, sagte Crozier und legte ihr den Arm um die Schulter.

Vier der Crakermänner lösten sich von ihrer Gruppe und gingen mit wedelndem Penis hinter Swift-Fuchs her. Irgendwo hatten sie noch mehr Blumen gepflückt; sie fingen an zu singen.

»Nein!«, sagte Toby mit scharfer Stimme wie zu einem Hund. »Hiergeblieben! Bei Schneemensch-Jimmy!« Wie sollte sie ihnen klarmachen, dass sie sich trotz Blumen, Ständchen und Schwanzgewedel nicht einfach kollektiv auf jede junge Nicht-Crakerfrau stürzen konnten, die verfügbar roch? Aber da waren sie schon hinter dem Haupthaus verschwunden.

Die beiden Träger setzten Jimmy ab. Schlaff saß er da und lehnte sich gegen ihre Knie. »Wo wird Schneemensch-Jimmy sein?«, fragten sie. »Wo können wir ihn beschnurren?«

»Er braucht ein eigenes Zimmer«, sagte Toby. »Wir suchen ihm ein Bett, und dann hole ich die Medikamente.«

»Wir kommen mit«, sagten sie. »Wir werden schnurren.« Sie formten mit ihren Armen einen Stuhl und hoben Jimmy wieder hoch. Die anderen scharten sich um ihn.

»Nicht alle«, sagte Toby. »Er braucht Ruhe.«

»Er kann das Zimmer von Croze haben«, sagte Ren. »Oder, Croze?«

»Wer ist das?«, fragte Crozier und sah Jimmy kritisch an, der den Kopf hin und her baumeln ließ, der sich in den Bart sabberte, sich hektisch mit seiner dreckigen Hand durch den rosa Stoff hindurch kratzte und unverkennbar stank. »Wo habt ihr den denn von der Straße gekratzt? Wieso hat der diesen rosa Fummel an? Der sieht ja aus wie ne Ballerina.«

»Das ist Jimmy«, sagte Ren. »Hab ich dir doch mal von erzählt. Mein Exfreund.«

»Der dich so verarscht hat? Von der Highschool? Dieser Kinderschänder?«

»Jetzt sei doch nicht so«, sagte Ren. »Ich war damals eigentlich kein Kind mehr. Er hat Fieber.«

»Geh nicht, geh nicht«, sagte Jimmy. »Komm zurück zum Baum!«

»Du nimmst ihn auch noch in Schutz? Nachdem er dich abserviert hat?«

»Ja, stimmt schon, aber jetzt ist er so ne Art Held«, sagte Ren. »Er hat geholfen, Amanda zu retten. Er wäre fast gestorben.«

»Amanda«, sagte Croze. »Ich seh sie nirgends. Wo ist sie?«

»Da drüben«, sagte Ren und zeigte auf die Gruppe Crakerfrauen, die sich um Amanda scharten, sie streichelten und beschnurrten. Sie ließen Ren in ihre Mitte.

»Das ist Amanda?«, sagte Crozier. »Ach du Scheiße. Die sieht ja aus wie …«

»Sag's nicht«, sagte Ren und drückte Amanda an sich. »Morgen sieht sie bestimmt schon viel besser aus. Oder zumindest nächste Woche.« Amanda begann zu weinen.

»Sie ist weg«, sagte Jimmy. »Weggeflogen. Organschweine.«

»Krass«, sagte Crozier. »Das ist jetzt aber ganz schön schräg.«

»Croze, *alles* ist ganz schön schräg«, sagte Ren.

»Okay, ja, tut mir leid. Gleich ist Ablöse. Lass uns …«.

»Ich glaube, ich sollte jetzt Toby helfen«, sagte Ren. »Genau jetzt.«

»Dann muss ich wohl auf dem Boden schlafen, wenn der Wichser da mein Bett okkupiert«, sagte Croze zu Manatee.

»Werd bitte erwachsen«, sagte Ren.

Eifersuchtsdramen, dachte Toby. Das hat uns gerade noch gefehlt.

Sie trugen Jimmy in Crozes Nische und legten ihn aufs Bett. Toby bat zwei Crakerfrauen und Ren, mit den Taschenlampen aus der Küche auf ihn zu leuchten. Dann holte sie ihre Arzneien aus dem Regal, in dem sie alles verstaut hatte, bevor sie auf die Suche nach Amanda losgezogen war.

Sie tat alles, was sie für Jimmy tun konnte: Sie wusch ihn und entfernte mit einem Schwamm den gröbsten Schmutz; sie trug Honig auf die oberflächlichen Wunden auf; und Pilzelixier auf die Entzündung. Anschließend flößte sie ihm Mohn und Weidenrinde gegen die Schmerzen ein und damit er schlafen konnte. Und die kleinen grauen Maden kamen auf seinen verletzten Fuß, um das infizierte Fleisch wegzuknabbern. Dem Geruch nach zu urteilen hätte sie mit den Maden keinen Moment länger warten dürfen.

»Was ist das?«, fragte eine der beiden Crakerfrauen, die Hochgewachsene. »Warum setzt du Schneemensch-Jimmy diese kleinen Tierchen auf den Fuß? Essen sie ihn auf?«

»Das kitzelt«, sagte Jimmy. Seine Augen waren halb geschlossen; der Mohn tat bereits seine Wirkung.

»Oryx hat sie geschickt«, sagte Toby. Das schien eine gute Antwort zu sein, denn sie lächelten. »Es sind Maden«, fuhr sie fort. »Sie essen die Schmerzen.«

»Wie schmecken die Schmerzen, o Toby?«

»Sollen auch wir die Schmerzen essen?«

»Wenn wir die Schmerzen essen, können wir Schneemensch-Jimmy helfen.«

»Die Schmerzen riechen sehr schlecht. Schmecken sie denn gut?«

Sie sollte Metaphern lieber vermeiden. »Nur den Maden schmecken die Schmerzen«, sagte sie. »Nein, ihr sollt die Schmerzen nicht essen.«

»Wird er wieder gesund?«, fragte Ren besorgt. »Hat er Wundbrand?«

»Ich hoffe nicht«, sagte Toby. Die beiden Crakerfrauen legten ihm die Hände auf und fingen an zu schnurren.

»Sie fällt«, sagte Jimmy. »Schmetterling. Sie ist weg.«

Ren beugte sich über ihn und strich ihm die Haare aus der Stirn. »Schlaf jetzt, Jimmy«, sagte sie. »Wir haben dich lieb.«

LEHMHAUS

Morgen

Toby träumt, sie läge zu Hause in ihrem kleinen Bett. Neben ihr auf dem Kopfkissen sind ihr Stofflöwe und ihr großer struppiger Bär, der eine Melodie spielen kann. Ihr uraltes Sparschwein steht auf dem Schreibtisch, das Tablet, mit dem sie ihre Hausaufgaben macht, ihre Filzstifte und ihr Telefon mit der Gänseblümchen-Hülle. Aus der Küche kommt die Stimme ihrer Mutter; ihr Vater antwortet. Der Duft von Eiern in der Pfanne.

Innerhalb dieses Traums träumt sie von Tieren. Eins davon ist ein Schwein, und zwar ein sechsbeiniges; das andere ist eine Katze mit Facettenaugen wie eine Fliege. Es gibt auch einen Bären, aber er hat Hufe. Diese Tiere sind weder feindselig noch freundlich. Draußen steht die Stadt jetzt in Flammen, sie kann es riechen; Angst liegt in der Luft. Fort, fort, sagt eine Stimme wie Glockengeläut. Eines nach dem anderen kommen die Tiere zu ihr und fangen an, mit ihren warmen rauen Zungen an ihr zu lecken.

Am Rande des Schlafs greift sie noch einmal nach dem zurückweichenden Traum: nach der brennenden Stadt, den Kurieren, die ausgesandt wurden, um sie zu warnen. Dass sich die Welt zutiefst verändert hat; dass das Vertraute lange tot ist; dass alles, was sie einmal geliebt hat, nicht mehr da ist.

Wie Adam Eins immer sagte: *Das Schicksal Sodoms kommt mit großen Schritten auf uns zu. Unterdrückt die Reue. Erstarrt nicht zur Salzsäule. Schaut niemals zurück.*

Beim Erwachen stellt sie fest, dass ihr ein Mo'Hairschaf übers Bein schleckt: ein rothaariges Schaf, dessen lange Menschenhaare zu kleinen Zöpfchen geflochten und mit Schleifchen versehen sind. Irgendein sentimentaler Geist unter den MaddAddamiten war hier am Werk. Das Schaf muss aus seinem Koben ausgebrochen sein.

»Weg da«, sagt sie und schiebt es behutsam mit dem Fuß zur Seite. Es wirft ihr einen verwirrt-vorwurfsvollen Blick zu – die Mo'Hair-schafe sind nicht die hellsten – und zieht ab. Türen wären auch nicht schlecht, denkt sie.

Die Morgensonne sickert durch den Fetzen Stoff, den man vergeblich zum Schutz vor Moskitos vors Fenster gehängt hat. Wenn sie doch bloß Fliegengitter auftreiben könnten! Aber dann müssten sie auch Fensterrahmen bauen, denn das Lehmhaus war nie zum Wohnen gedacht: Es war ein Veranstaltungshaus für Märkte und Partys im Park, und nun haben sie es besetzt, weil es sicher ist. Es liegt fernab von den Trümmern der Stadt – fernab von den menschenleeren Straßen, plötzlichen Kabelbränden und unterirdischen Flüssen, die jetzt alle aufgrund der defekten Pumpen überlaufen. Kein Gebäude kann darüber einstürzen, und da es nur aus dem Erdgeschoss besteht, kann es schwerlich über sich selbst einstürzen.

Sie windet sich aus der morgendlich feuchten Bettdecke und streckt sich, spürt in sich hinein nach Verstauchungen und Verspannungen. Sie ist fast zu müde, um aufzustehen. Zu müde, zu deprimiert, zu wütend auf sich selbst nach dem Fiasko gestern Abend am Lagerfeuer. Jetzt rennen diese beiden geisteskranken Painballer frei in der Gegend herum.

Was soll sie bloß Zeb erzählen, wenn er zurückkommt? Vorausgesetzt, er *kommt* zurück: Auch die andere Möglichkeit ist immer gegeben. Zeb ist clever, aber unverwundbar ist er nicht.

Sie kann nur hoffen, dass er bei seiner Suche erfolgreicher gewesen ist als sie. Die Chancen, dass einige der Gottesgärtner überlebt haben, stehen nicht so schlecht, denn wenn jemand imstande war, jene Pandemie auszusitzen, die fast alle anderen das Leben gekostet hat, dann die Gärtner.

In all den Jahren, die sie selber erst als Gast, dann als Mitglied und schließlich als hochrangige Eva bei den Gärtnern verbrachte, hatten sie sich für die Katastrophe gewappnet. Sie hatten sich Verstecke und Zufluchtsorte gebaut und sie mit Vorräten ausgestattet: Honig, Sojaschnetzel und Pilze, Hagebutten, Holunderbeerkompott, Konserven aller Art. Samen zum Aussäen in der neuen, bereinigten Welt, von deren Ankunft sie überzeugt waren. Vielleicht hatten sie in einem dieser Verstecke die Seuche überstanden – in einem ihrer Ararats, wo sie die sogenannte wasserlose Flut gefahrlos abzuwarten hofften. Nach dem Vorfall mit Noah hatte Gott versprochen, kein zweites Mal auf die Wassermethode zurückzugreifen, aber dass er irgendetwas unternehmen würde angesichts des Bösen der Welt, war klar. So wurde argumentiert. Aber wo wird Zeb nach ihnen suchen, da draußen zwischen den Trümmern? Wo überhaupt anfangen?

Visualisiere deinen innigsten Wunsch, sagten die Gärtner immer, *und er wird Gestalt annehmen*; was nicht immer funktioniert, zumindest nicht wie beabsichtigt. Ihr innigster Wunsch ist es, dass Zeb unbeschadet wieder nach Hause kommt, auch wenn sie dann mal wieder der Tatsache ins Auge sehen muss, dass sie für ihn nichts weiter als ein Neutrum darstellt. Keine Gefühle, kein Flirten, kein Schnickschnack. Ein treuer Kamerad und Fußsoldat ist sie, die zuverlässige und ach so kompetente Toby. Und das war's dann auch.

Und sie wird ihm ihren Schnitzer beichten müssen. *Ich war ein Vollidiot. Es war Sankt Juliana und ich konnte sie nicht töten. Sie sind mir entwischt. Sie haben ein Spraygewehr mitgenommen.* Sie wird nicht jammern, sie wird nicht weinen, sie wird keine Ausreden erfinden. Er wird nicht viel sagen, aber er wird von ihr enttäuscht sein.

Geh nicht so hart mit dir ins Gericht, sagte Adam Eins damals immer mit seiner geduldigen Art und den blauen Augen. Wir alle machen Fehler. Stimmt, entgegnet sie ihm jetzt, aber manche Fehler sind verheerender als andere. Wenn Zeb von einem dieser Dreckschweine getötet wird, bin *ich* schuld. *Wie kann man nur so blöd sein.* Am liebsten würde ihre Stirn gegen die Wand des Lehmhauses knallen.

Sie kann nur hoffen, dass die Painballer so eingeschüchtert waren, dass sie sehr weit weggelaufen sind. Aber werden sie auch wegbleiben? Sie werden Lebensmittel brauchen. Vielleicht schaffen sie es, irgendwo aus den verlassenen Häusern und Geschäften ein paar geschmolzene Schokoriegel und etwas Ersatznahrung aufzuklauben, das, was noch nicht verschimmelt, von den Ratten gefressen oder schon vor Monaten geplündert wurde. Vielleicht schießen sie sogar ein paar Tiere – Wakunks, grüne Kaninchen, ein Löwamm –, aber sobald sie ihre Munition verschossen haben, werden sie neue brauchen.

Und dass die MaddAddamiten welche haben, wissen sie. Früher oder später werden sie versucht sein, das schwächste Glied der Kette anzugreifen. Sie werden sich ein Crakerkind schnappen und einen Tausch anbieten, genau wie mit Amanda damals. Nur werden es diesmal Spraygewehre und Batterien gegen Babys sein, plus das ein oder andere Mädchen, vielleicht Ren oder Lotis Blue – Amanda nicht, die haben sie aufgebraucht. Oder ein läufiges Crakerweibchen, warum nicht? Das wär doch mal was Neues, eine Frau mit leuchtend blauem Unterleib. Geistreiche Gespräche hat sie nicht zu bieten, aber das wird die beiden nicht stören. Sie werden auch Tobys Flinte verlangen.

Die Craker würden denken, es ginge ums Teilen. *Sie wollen den Stock? Er* würde sie glücklich machen? *Warum gibst du ihnen den Stock nicht, o Toby?* Wie soll man ihnen klarmachen, dass man zwei Mördern keine Mordwaffe in die Hand gibt?

Die Craker würden den Begriff Mord nicht verstehen, weil sie so gutgläubig sind. Auch Vergewaltigung liegt jenseits ihrer Vorstellungskraft – *Was ist Vergewaltigung?* Oder durchgeschnittene Kehlen – *warum nur, o Toby?* Oder dass jemand sie aufschlitzen und ihre Nieren essen könnte – *Aber das würde Oryx nicht zulassen!*

Hätten die Craker sie nicht losgebunden. Was hätte sie mit ihnen vorgehabt? Wäre sie mit den Painballern zum Lehmhaus zurückmarschiert, hätte sie sie eingesperrt, bis Zeb wieder da gewesen wäre und das Nötige selbst erledigt hätte?

Er hätte irgendeine Scheindiskussion angeregt. Dann hätte er vielleicht abstimmen lassen. Beide wären gehängt worden. Oder er hätte sie gleich mit dem Spaten erschlagen, nach dem Motto: Wozu einen Strick dreckig machen? Das Endresultat wäre dasselbe gewesen, als wenn sie die beiden auf der Stelle getötet hätte, dort am Lagerfeuer. Schluss jetzt mit der Grübelei. Der Tag hat begonnen. Sie muss aufhören mit diesen Tagträumen, in denen Zeb in die Hand nimmt, was sie hätte selbst in die Hand nehmen müssen. Sie muss aufstehen, hinausgehen, sich zu den anderen gesellen. Das Irreparable reparieren, das Unflickbare flicken, erschießen, was erschossen werden muss. Die Stellung halten.

Frühstück

Sie schwingt sich aus dem Bett, setzt die Füße auf den Boden, steht auf. Sie hat Muskelkater, ihre Haut fühlt sich an wie Schmirgelpapier, aber wenn man erstmal auf den Beinen ist, geht's.

Sie sucht sich ein Laken aus dem Regal – lavendelfarben mit blauen Pünktchen. In jeder Nische liegt ein Stapel Bettzeug wie früher in den Hotels. Ihr rosa AnuYu-Umhang ist völlig zerfetzt und könnte mit dem infiziert sein, was Jimmy vielleicht hat: Sie wird ihn verbrennen müssen. Sobald sie die Zeit findet, wird sie ein paar zusammennähen und mit Ärmeln und Kapuze versehen, aber bis dahin hüllt sie sich in das lavendelfarbene Laken wie in eine Toga.

An Bettlaken herrscht kein Mangel. Die MaddAddamiten haben aus den verlassenen Gebäuden der Stadt vorerst genug gesammelt, und sie haben für schwere Arbeiten Hosen und T-Shirts gebunkert. Doch die Laken sind luftiger und haben Einheitsgröße, daher sind sie die bevorzugte Kleidung der MaddAddamiten. Wenn die Laken aufgebraucht sind, werden sie sich etwas anderes ausdenken müssen, aber bis dahin sind es noch Jahre. Jahrzehnte. Wenn sie denn überhaupt so lange leben.

Ein Spiegel wäre gut. Ohne kann sie schwer sagen, wie lädiert sie aussieht. Vielleicht schafft sie es, Spiegel auf die nächste Sammelliste zu setzen. Und Zahnbürsten.

Sie wirft sich ihren Rucksack mit den Arzneien über die Schulter; Maden, Honig, Pilzelixier, Weidenrinde und Mohn. Als Erstes wird sie sich um Jimmy kümmern, sofern er noch am Leben ist. Aber erst nach dem Frühstück: Mit leerem Magen kann sie sich unmöglich dem Tag stellen, geschweige denn Jimmys eitrigem Fuß. Dann nimmt sie ihre alte Flinte und tritt hinaus ins grelle Morgenlicht.

Trotz der frühen Stunde brennt die Sonne schon weiß am Himmel. Sie zieht sich eine Ecke des Lakens schützend über den Kopf, wirft einen Blick über den Garten. Das rothaarige Mo'Hairschaf steht da, beäugt durch den Gartenzaun das Gemüse und kaut dabei auf etwas Kudzu herum. Seine Freunde aus dem Schafkoben blöken es an: silberne Mo'Hairschafe, blaue, grüne, rosafarbene, brünette und blonde, die ganze Palette. *Mo'Hair macht mehr her!*, hieß es in der Werbung, als die Tiere damals lanciert wurden. Tobys gegenwärtige Frisur ist auch eine Mo'Hair-Transplantation: Sie ist nicht von Natur aus rabenschwarz. Vielleicht war deshalb das Mo'Hairschaf zu ihr in die Nische gekommen und hatte ihr übers Bein geschleckt. Es war gar nicht das Salz, sondern der schwache Duft von Lanolin. Es hatte sie für eine Artgenossin gehalten.

Solange ich nicht von einem der Böcke bestiegen werde, denkt sie. Hauptsache, sie benimmt sich nicht wie ein Schaf. Rebecca müsste inzwischen auf den Beinen und drüben in der Küchenbaracke zugange sein. Vielleicht hat sie ja etwas Blütenduft-Shampoo in ihrem Lager.

Drüben beim Gemüsegarten sitzen Ren und Lotis Blue im Schatten und unterhalten sich angeregt. Amanda sitzt daneben und starrt ins Leere. Sie ist in der Brache, würden die Gärtner sagen. Diese Diagnose wendeten sie auf eine ganze Reihe von Krankheiten an, von Depression über posttraumatischen Schock bis hin zu Dauerrausch. Die Theorie ging dahin, dass man im Zustand der Brache Kräfte sammelte und konservierte, sich durch Meditation nährte und unsichtbare Würzelchen ins Universum sandte. Toby hofft inständig, dass das auch für Amanda gilt. Sie war so ein lebhaftes Kind, in Tobys Klasse an der Gärtnerschule, damals auf dem Dachgarten Eden. Wann war das noch? Vor zehn, fünfzehn Jahren? Wie schnell man doch die Vergangenheit verklärt.

Elfenbeinspecht, Manatee und Tamaraw sind dabei, den Zaun zu sichern. Bei Tageslicht wirkt er dürftig, durchlässig: Auf das Skelett der alten ornamentalen Eisenpfähle haben sie diverse Materialien gepfropft: einige Längen mit Klebeband durchwirkter Maschendraht, verschiedene Stangen, einige spitze Stöcke, die mit ihren Spitzen nach außen ragen. Manatee fügt weitere Stöcke hinzu, Elfenbeinspecht und Tamaraw stehen mit Spaten auf der anderen Seite des Zauns. Offenbar füllen sie gerade ein Loch.

»Morgen«, sagt Toby.

»Guck dir das an«, sagt Manatee. »Irgendwer hat hier versucht, unter dem Zaun durchzukommen. Gestern Nacht. Die Wachen haben's nicht mitgekriegt, weil sie die Schweine vor dem Haus verjagen mussten.«

»Gibt's Spuren?«, fragt Toby.

»Wir glauben, dass es auch Schweine waren«, sagt Tamaraw. »Die sind schlau – vorne ablenken und hintenrum buddeln. Jedenfalls haben sie's nicht geschafft.«

Hinter dem Zaun steht eine Gruppe Crakermänner im Halbkreis, den Blick nach außen gewandt, und pinkeln einträchtig vor sich hin. Ein Mann in einem gestreiften Laken, der aussieht wie Crozier – streng genommen *ist* es Crozier – pinkelt fröhlich mit.

Was kommt als Nächstes? Mutiert Crozier jetzt zum Eingeborenen? Wird er seine Kleidung ablegen, a capella lernen und sich einen riesigen Penis wachsen lassen, der zur Brunftzeit blau anläuft? Würden die ersten beiden Punkte das Eintrittsgeld für Punkt drei darstellen, wäre er sofort dabei. Bald wird jeder MaddAddamiten-Mann nach so einem Penis lechzen. Und wenn das erstmal losgeht, wird es nicht mehr lange dauern, bis die Rivalitäten und Kriege ausbrechen, man zu Keulen und Stöcken und Steinen greift, und dann …

Reiß dich zusammen, Toby, sagt sie zu sich selbst. Mach's dir doch nicht noch schwerer. Was du jetzt brauchst, ist eine Tasse Kaffee. Egal, was für welchen. Löwenzahnwurzel. Happicuppa. Notfalls auch schwarzen Schlamm.

Und wenn's Alkohol gäbe, würde sie auch den trinken.

Ein großer Esstisch steht neben der Küchenbaracke. Darüber ist ein Schattensegel aus dem Garten irgendeines verlassenen Hauses gespannt. Die Terrassen müssen inzwischen verfallen sein, die Swimmingpools rissig und mit Unkraut zugewachsen, die kaputten Küchenfenster den eindringenden kleinen Ranken zum Opfer gefallen. In den Häusern, in den Zimmerecken sind Nester aus zerkautem Teppich, in denen haarlose Rattenbabys zappeln und quieken. Termiten graben sich durch die Balken. Fledermäuse machen in den Treppenhäusern Jagd auf Motten.

»Sind erstmal die Baumwurzeln drin«, hatte Adam Eins gern zum inneren Zirkel der Gärtner gesagt, »haben sie erstmal richtig Fuß gefasst, hat kein Gebäude von Menschenhand noch eine Chance. Sie können asphaltierte Straßen aufreißen. Sie können Abflusskanäle verstopfen, und wenn erstmal die Kanalisation ausfällt, bröckeln die Fundamente, und keine Macht der Erde kann die Wassermassen aufhalten, und wenn dann noch die Versorgungsstationen Feuer fangen oder durch Kurzschlüsse lahmgelegt werden, ganz zu schweigen vom nuklearen ...«

»Dann kannst du deinem Frühstückstoast Adieu sagen«, hat Zeb einmal die Litanei unterbrochen. Er war gerade von einer seiner geheimen Missionen zurückgekehrt; er sah aus, als hätte er sich geprügelt, seine schwarze Fake-Lederjacke war zerrissen. Urbane Gewaltminimierung gehörte zu seinen Unterrichtsfächern in der Gärtnerschule, wobei er selbst nicht immer mit leuchtendem Beispiel voranging.

»Ja, ja, wir gehen alle vor die Hunde. Gibt's hier vielleicht irgendwo ein Stück Holunderbeertorte für mich? Ich bin am Verhungern.« Nicht immer zeigte Zeb vor Adam Eins den angemessenen Respekt.

Spekulationen über den Zustand der Welt, nachdem der Mensch die Kontrolle über sie verloren hatte, bildeten – vor langer Zeit und auch nicht lange – eine heikle Form der Massenunterhaltung. Es hatte Online-Sendungen zum Thema gegeben: computergenerierte Landschaftsbilder mit äsenden Rehen auf dem Times Square, erhobene Zeigefinger, bierernste Experten mit Vorträgen darüber, wann und wo die Menschheit den falschen Weg eingeschlagen hatte. Das jedoch konnten die Menschen nur bis zu einem gewissen Grad ertragen, zumindest wenn man nach der Quote ging, die erst hammer war und dann in den Keller ging, als die Zuschauer vom dräuenden Weltuntergang zu Echtzeitwettbewerben im Hotdogessen schalteten, sofern sie auf Nostalgie standen, oder zur frechen Beste-Freundin-Komödie, sofern sie auf Stofftiere standen, oder zum Schwerverbrecher-Ringkampf, sofern sie auf abgebissene Ohren standen, oder zu Sendungen wie Strick-Muster (Livestream-Suizide) oder HeißeKleineScheißer (Kinderpornos) oder SchießMichTot! (Echtzeitexekutionen), sofern sie total abgebrüht waren. Alles wesentlich bekömmlicher als die Wahrheit.

»Du weißt, dass ich immer nach Wahrheit gestrebt habe«, sagte Adam Eins damals in jenem gekränkten Tonfall, den er hin und wieder Zeb gegenüber anschlug. Diesen Tonfall hatte er ausschließlich für Zeb reserviert.

»Doch, ist mir klar«, sagte Zeb. »Suchet, so werdet ihr finden, irgendwann. Und du hast gefunden. Du hast recht, keine Frage. Sorry. Das kommt davon, wenn man mit vollem Hirn kaut. Da quillt einem alles aus dem Maul.« Und dieser Tonfall bedeutete: So bin ich nun mal. Das weißt du. Akzeptier's endlich.

Wäre Zeb doch nur hier, denkt Toby. Kurz blitzt vor ihrem inneren Auge sein Bild auf, wie er unter einer Kaskade aus Scherben und Zementblöcken verschüttet wird, während mal wieder ein ausgebranntes Hochhaus einstürzt, oder wie er aufschreit, während sich unter seinen Füßen eine Kluft auftut und er in einen reißenden unterirdischen Fluss stürzt, der nicht mehr von Pumpen und Abwassersystem gebändigt wird, oder wie er sorglos vor sich hin summt, während hinter ihm ein Arm auftaucht, eine Hand, ein Gesicht, ein Stein, ein Messer …

Aber es ist noch zu früh am Morgen für solche Gedanken. Bringt nichts. Also reißt sie sich zusammen.

Um den Tisch herum steht eine wilde Mischung von Stühlen: Küchenstühle, Plastikstühle, Polsterstühle, Drehstühle. Auf dem Tischtuch – Rosen- und Rotkehlchenmuster – stehen Teller und Gläser, einige bereits benutzt, Tassen und Besteck. Die Szenerie erinnert an ein surrealistisches Gemälde aus dem zwanzigsten Jahrhundert: Alle Gegenstände sind ultrastabil, massiv, mit harten Konturen, und keins davon passt ins Bild.

Warum eigentlich nicht?, denkt Toby. Warum passen sie nicht ins Bild? In der materiellen Welt ist nichts gestorben, als die Menschen starben. Früher gab es zu viele Menschen und zu wenig Zeug, jetzt ist es umgekehrt. Die festen Gegenstände haben sich von ihren Fesseln befreit – vom Meins, Deins, Seins, Ihres – und führen jetzt ein Eigenleben. Es ist wie nach den Krawallen damals in den Dokusendungen des frühen einundzwanzigsten Jahrhunderts, wo junge Leute sich zusammentelefonierten und Fensterscheiben einschlugen und Geschäfte plünderten, und man nahm mit, was man tragen konnte.

Und so ist es jetzt, denkt sie. Irgendwer hat diese Stühle in Besitz genommen, diese Tassen und Gläser. Irgendwer hat sie hierhergeschleppt. Wir leben im Luxus, jetzt, wo die Geschichte vorbei ist. Jedenfalls was die Güter anbelangt.

Die Teller sehen antik aus, zumindest teuer. Aber jetzt könnte sie das gesamte Service zerschlagen und es würde kein Hahn danach krähen, außer in ihrem eigenen Kopf.

Rebecca taucht mit einer Servierplatte aus der Küche auf. »Süße!«, sagt sie. »Du bist wieder da! Und wie ich höre, habt ihr Amanda gefunden! Fünf Sterne!«

»Sie ist nicht gerade in Bestform«, sagt Toby. »Diese Painballer hätten sie fast umgebracht, und dann, gestern Abend … ich denke, sie steht noch unter Schock. Brache.« Rebecca gehörte zur ersten Garde der Gärtner, also kann sie mit *Brache* etwas anfangen.

»Sie ist hart im Nehmen«, sagt Rebecca. »Das wird schon wieder.«

»Mag sein«, sagte Toby. »Wir wollen nur hoffen, dass sie sich nicht angesteckt hat und keine inneren Verletzungen hat. Du hast wahrscheinlich mitbekommen, dass uns die beiden Painballer entwischt sind. Spraygewehr inklusive. Ich hab's total vergeigt.«

»Kommt vor«, sagt Rebecca. »Ich kann dir gar nicht sagen, wie froh ich bin, dass du nicht tot bist. Ich war mir sicher, dass euch die beiden Dreckskerle umbringen, dich und Ren. Ich war krank vor Sorge. Aber jetzt bist du ja wieder da, wobei ich sagen muss, du siehst ziemlich beschissen aus.«

»Danke«, sagt Toby. »Hübsches Porzellan.«

»Greif zu, Süße. Dreierlei vom Schwein: Speck, Schinken und Koteletts.« Sie haben nicht lange gebraucht, um das Vegelübde der Gärtner untern Tisch fallen zu lassen, denkt Toby. Nicht mal Rebecca als schwarze Jüdin hat Probleme mit dem Schweinefleisch. »Klettenwurzel. Löwenzahnsalat. Eine Extraportion Hunderippchen. Wenn ich so weitermache mit den tierischen Fetten, werde ich bald noch dicker sein, als ich so schon bin.«

»Du bist nicht dick«, sagt Toby. Wobei Rebecca schon immer kompakt war, selbst damals, als sie zusammen bei GeheimBurger schufteten, noch vor ihrer Gärtnerzeit.

»Ich liebe dich auch«, sagt Rebecca. »Gut, ich bin nicht dick. Die Gläser da sind echt kristall, schön, oder? Das war mal richtig teuer, dieses Zeug. Weißt du noch, damals bei den Gärtnern? Eitelkeit ist tödlich, hat Adam Eins immer gesagt, also Töpferware und sonst nichts. Aber ich seh's schon kommen, eines Tages machen wir uns nicht mal mehr die Mühe mit Geschirr und Besteck, wir essen dann einfach mit den Fingern.«

»Selbst in einem ultimativ reinen und hingebungsvollen Leben ist Platz für schlichte Eleganz«, sagt Toby. »Auch das sagte Adam Eins.«

»Genau, aber manchmal ist dieser Platz eben die Mülltonne«, sagt Rebecca. »Ich hab einen ganzen Stapel Stoffservietten, und ich kann sie nicht bügeln, weil ich kein Bügeleisen habe, das macht mich echt fertig!« Sie setzt sich und legt sich ein Stück Fleisch auf den Teller.

»Ich bin auch froh, dass du nicht tot bist«, sagt Toby. »Gibt's Kaffee?«

»Klar, wenn du mit den angebrannten Zweigen und Wurzeln und

dem anderen Mist leben kannst. Ist zwar koffeinfrei, aber ich zähle auf den Placeboeffekt. Wie ich sehe, habt ihr gestern Abend eine ganze Mannschaft mit hergebracht. Diese – wie nennt man die eigentlich?«

»Es sind Menschen«, sagt Toby. Glaube ich zumindest, fügt sie insgeheim hinzu. »Es sind Craker. Die MaddAddamiten nennen sie so, und die müssen's ja wissen.«

»Die sind definitiv nicht wie wir«, sagt Rebecca. »Nicht mal annähernd. Dieser miese kleine Crake. Hat den Laden kräftig aufgemischt.«

»Sie wollen in Jimmys Nähe sein«, sagt Toby. »Sie haben ihn hierhergetragen.«

»Hab schon gehört«, sagt Rebecca. »Tamaraw hat mich aufgeklärt. Sie sollten wieder verschwinden – zurück in ihr – was auch immer.«

»Sie sagen, sie müssten ihn beschnurren«, sagt Toby. »Also, Jimmy.«

»Wie bitte? Ihn was?«, fragt Rebecca mit leisem Schnauben. »Gehört das auch zu ihren komischen Brunftritualen?«

Toby seufzt. »Ist schwer zu erklären«, sagt sie. »Muss man gesehen haben.«

Hängematte

Nach dem Frühstück geht Toby los, um nach Jimmy zu sehen. Sie findet ihn zwischen zwei Bäumen in einer improvisierten Hängematte aus Klebeband und Seilen. Seine Beine stecken unter einer Kinderbettdecke, die bedruckt ist mit geigenden Katzen, lachenden Hündchen, Tellern mit Gesichtern, die sich mit grinsenden Löffeln an den Händen halten, und Kühen mit Glocken um den Hals, die über Monde springen und lüstern auf ihre Euter schauen. Genau das Richtige, wenn man ohnehin schon halluziniert, denkt Toby.

Drei Craker – zwei Frauen und ein Mann – sitzen auf Stühlen neben Jimmys Hängematte, die möglicherweise mal zu dem Esstisch gehört haben: dunkles Holz mit retro-lyraförmigen Lehnen und braun-gelb gestreiften Satinpolstern. Die Craker wirken auf diesen Stühlen fehl am Platz, aber auch ziemlich zufrieden mit sich, als täten sie etwas Verwegenes. Sie glänzen am ganzen Leib wie goldschimmerndes Elastan; riesige rosa Kudzumotten umflattern ihre Köpfe wie lebende Heiligenscheine.

Wie übernatürlich schön sie sind, denkt Toby. Anders als wir. Wir müssen ihnen doch wie Untermenschen vorkommen, mit unseren schlackernden Hautfalten, den alternden Gesichtern, den verzerrten Körpern, zu dünn, zu dick, zu haarig, zu knubbelig. Vollkommenheit fordert ihren Preis, aber die Unvollkommenen sind es, die ihn zahlen.

Jeder Craker hat Jimmy eine Hand aufgelegt. Sie schnurren; während Toby auf sie zugeht, wird das Summen lauter.

»Sei gegrüßt, o Toby«, sagt die größere der beiden Frauen. Woher kennen sie ihren Namen? Sie müssen gestern Abend doch genauer zugehört haben. Und wie soll sie reagieren? Wie heißen sie, oder ist es unhöflich, danach zu fragen?

»Seid gegrüßt«, sagt sie. »Wie geht es Schneemensch-Jimmy heute?«

»Er kommt wieder zu Kräften, o Toby«, sagt die kleinere der beiden Frauen. Die anderen lächeln.

Jimmy sieht tatsächlich schon besser aus. Seine Haut ist rosa, er fühlt sich kühler an und er schläft tief und fest. Sie haben ihn zurechtgemacht: ihm die Haare gekämmt, den Bart gesäubert. Auf seinem Kopf trägt er eine zerschlissene rote Baseballmütze, an seinem Handgelenk eine zeigerlose Uhr. Eine Sonnenbrille mit nur einem Glas sitzt schief auf seiner Nase.

»Vielleicht würde er sich ohne diese Dinge etwas wohler fühlen«, sagt Toby und deutet auf Mütze und Sonnenbrille.

»Er muss diese Dinge haben«, sagt der Mann. »Das sind die Dinge des Schneemensch-Jimmy.«

»Er braucht sie«, sagt die kleinere Frau. »Crake sagt, er muss sie haben. Schau, hiermit hört er, was Crake zu ihm sagt.« Sie hebt den Arm mit der Uhr.

»Und hiermit sieht er Crake«, sagt der Mann und zeigt auf die Sonnenbrille. »Nur er.« Toby würde gern wissen, wozu die Mütze gut ist, aber sie fragt lieber nicht nach.

»Warum habt ihr ihn rausgebracht?«, fragt sie.

»Im Dunkeln hat es ihm nicht gefallen«, sagt der Mann. »Da drin.« Er nickt in Richtung Haus.

»Schneemensch-Jimmy kann hier draußen besser reisen«, sagt die größere Frau.

»Er reist?«, fragt Toby. »Im Schlaf?« Ist es möglich, dass sie irgendeinen Traum meinen, den Jimmy ihrer Vorstellung nach träumt?

»Ja«, sagt der Mann. »Er reist hierher.«

»Er läuft, manchmal schnell und manchmal langsam. Manchmal geht er langsam, weil er müde ist. Manchmal wird er von den Großen Schweinen gejagt, weil sie es nicht verstehen. Manchmal klettert er auf Bäume«, sagt die kleinere Frau.

»Wenn er hier ankommt, wird er aufwachen«, sagt der Mann.

»Wo war er denn, als er diese Reise antrat?«, fragt Toby vorsichtig. Sie will nicht als Ungläubige dastehen.

»Er war im Ei«, sagt die größere Frau. »Da, wo wir waren, am Anfang. Er war bei Crake und bei Oryx. Sie kamen aus dem Himmel, um sich im Ei mit ihm zu treffen und ihm noch mehr Geschichten zu erzählen, damit er sie uns erzählen kann.«

»Von da kommen die Geschichten«, sagt der Mann. »Aber im Ei ist es jetzt zu dunkel. Crake und Oryx können da noch sein, aber Schneemensch-Jimmy kann da nicht mehr sein.« Die drei lächeln Toby herzlich an, als müsse für sie jetzt alles sonnenklar sein.

»Darf ich mir den Fuß von Schneemensch-Jimmy ansehen?«, fragt sie höflich. Sie haben nichts dagegen einzuwenden, nehmen die Hände aber nicht weg und schnurren weiter.

Toby nimmt den Stoff ab, mit dem sie am Abend zuvor Jimmys Fuß bandagiert hat, und sieht nach den Maden. Eifrig säubern sie das tote Fleisch; die Schwellung geht schon merklich zurück und die Wunde nässt kaum noch. Die Maden sind fast reif: Morgen muss sie irgendwo ein Stück verfaultes Fleisch auftreiben, in die Sonne legen, Fliegen anlocken und neue Maden züchten.

»Schneemensch-Jimmy kommt immer näher«, sagt die kleine Frau. »Und dann wird er uns wieder Geschichten des Crake erzählen, genau wie damals, als er auf seinem Baum lebte. Aber heute musst du sie uns erzählen.«

»Ich?«, sagte Toby. »Aber die kenn ich doch gar nicht, die Geschichten des Crake!«

»Du wirst sie erfahren«, sagt der Mann. »Es wird geschehen. Denn Schneemensch-Jimmy ist der Helfer des Crake, und du bist der Helfer des Schneemensch-Jimmy. Deshalb.«

»Du muss dieses Rote aufsetzen«, sagt die kleinere Frau. »Das nennt man *Mütze.*«

»Ja, *Mütze*«, sagt die große Frau. »Am Abend, wenn Mottenzeit ist. Du wirst diese Mütze von Schneemensch-Jimmy aufsetzen und an diesem Glänzenden horchen, und die Worte Crakes werden aus deinem Mund kommen. So würde es Schneemensch-Jimmy machen.«

»Schau«, sagt der Mann. Er zeigt auf den Schriftzug: *Red Sox*. »Crake hat das geschaffen. Er wird dir helfen. Und wenn in der Geschichte ein Tier vorkommt, wird auch Oryx dir helfen.«

»Wir bringen dir einen Fisch, sobald es dunkel wird. Schneemensch-Jimmy isst immer einen Fisch, weil Crake das sagt. Dann wirst du die Mütze aufsetzen und an dem Ding des Crake horchen, und du wirst die Geschichten des Crake erzählen.«

»Ja, wie Crake uns im Ei erschaffen hat und wie er das Chaos der bösen Männer beseitigt hat. Wie wir das Ei verlassen haben und zusammen mit Schneemensch-Jimmy hierher gelaufen sind, weil es hier mehr Blätter für uns zu essen gab.«

»Du wirst den Fisch essen und dann die Geschichten des Crake erzählen, genau wie Schneemensch-Jimmy«, sagt die kleinere Frau. Sie betrachten sie mit ihren gespenstischen grünen Augen und lächeln besänftigend. Offenbar haben sie keinerlei Zweifel an ihren Fähigkeiten.

Habe ich irgendeine Wahl?, denkt Toby. Ich kann nicht nein sagen. Dann sind sie am Ende wütend oder enttäuscht oder sie gehen allein zurück zum Strand und fallen den Painballern in die Hände. Sie wären leichte Beute, vor allem die Kinder. Wie könnte ich das zulassen?

»Also gut«, sagt sie. »Heute Abend komme ich vorbei. Ich werde die Mütze des Jimmy, ich meine, die Mütze des Schneemensch-Jimmy aufsetzen und euch die Geschichten des Crake erzählen.«

»Und an dem glänzenden Ding horchen«, sagt der Mann. »Und den Fisch essen.« Es scheint ein Ritual zu sein.

»Ja, das auch«, sagt Toby.

Scheiße, denkt sie. Hoffentlich braten sie ihn.

Geschichte

Während sie den Frühstückstisch abräumte, glaubte Rebecca, zwischen den Bäumen in ein grimmiges Schlägergesicht zu blicken. Doch es war wohl falscher Alarm, denkt Toby: Painballer waren keine aufgetaucht, und besser noch, Rebecca wurde nicht von einem Spraygewehr durchlöchert und es wurde auch kein Crakerkind schreiend ins Gebüsch gezerrt. Dennoch herrscht allgemeine Anspannung.

Toby bittet die Crakermütter, näher ans Lehmhaus heranzukommen. Auf deren verwirrte Blicke hin erklärt sie, Oryx habe das so angeordnet.

Der Tag entrollt sich ohne Vorkommnisse. Die Reisenden kehren nicht zurück – kein Shackleton, kein Schwarznashorn, kein Katuro. Auch kein Zeb. Toby verbringt den Morgen im Gemüsegarten mit Graben und Jäten: eine stumpfsinnige Übung, bei der die Zeit vergeht. Immerhin sprießen die ersten Kichererbsen, Spinatblätter und die fedrigen Spitzen der Mohrrüben brechen sich Bahn. Ihre Flinte steht griffbereit.

Crozier und Zunzuncito treiben die Mo'Hairschafe aus ihrem Verschlag, um sie grasen zu lassen. Beide haben ein Spraygewehr: Bei einer Konfrontation wären sie im Vorteil – zwei Waffen gegen eine –, vorausgesetzt, es ist kein Überraschungsangriff. Toby hofft, dass sie immer daran denken hochzuschauen: So müssen Amanda und Ren von den Painballern überwältigt worden sein, durch einen Sprung aus den Bäumen.

Warum eigentlich hat Krieg immer etwas von Lausbubenstreichen?, fragt sich Toby. Im Gebüsch verstecken, aus dem Gebüsch springen, und ob man nun Buh! ruft oder Peng! macht, ist relativ egal, abgesehen vom Blut. Der Verlierer fällt schreiend um, macht ein blödes Gesicht, reißt den Mund auf, verdreht die Augen. Die alten biblischen Könige, die mit dem Fuß auf dem Hals der Eroberten posieren, gegnerische Könige an Bäumen aufknüpfen, über bergeweise abgeschlagener Köpfe frohlocken – das alles hat doch irgendwie etwas Kindliches.

Vielleicht ist es das, was Crake damals antrieb, denkt Toby. Vielleicht wollte er dem ein Ende setzen. Diese Seite von uns ausmerzen, diese kranke, elementare Niedertracht. Einen Neuanfang mit uns wagen.

Sie isst früh zu Mittag, und allein, denn während der regulären Mittagspause hält sie mit der Flinte Wache. Es gibt kaltes Schweinefleisch mit Klettenwurzel und einen Oreo-Keks aus einer Packung, gefunden in einer Drogerie: ein seltener Leckerbissen, streng rationiert. Sie leckt erst die süße weiße Füllung von den Kekshälften, ehe sie die Hälften verzehrt: ein sündiger Genuss.

Vor dem Nachmittagsgewitter wird Jimmy mitsamt seinem Kinderbett von fünf Crakern ins Lehmhaus getragen. Während es regnet, sitzt Toby bei ihm und inspiziert seine Wunde, und es gelingt ihr, seinen Kopf zu heben und ihm etwas Pilzelixier einzuflößen, auch wenn er noch immer bewusstlos ist. Ihr Vorrat geht zur Neige, aber sie weiß nicht, wo sie die richtigen Pilze findet, um neues Elixier anzurühren.

Ein einziger Craker bleibt bei ihnen, um zu schnurren, die anderen gehen wieder. Häuser sind ihnen zuwider; lieber werden sie nass, als zusammengepfercht in einem Haus zu sitzen. Als es aufhört zu regnen, kommen vier andere Craker herein, um Jimmy wieder ins Freie zu tragen.

Die Wolkendecke bricht auf, die Sonne kommt durch. Crozier und Zunzuncito kehren mit der Mo'Hairschafherde zurück. Es ist nichts passiert, sagen sie; zumindest nichts Konkretes. Die Mo'Hairschafe waren nervös; es war schwierig, die Herde zusammenzuhalten. Und die Krähen haben Krach geschlagen, aber was lässt sich daraus schon ablesen?

»Wie denn, nervös?«, fragt Toby. »Was für einen Krach?« Aber sie können es nicht genauer beschreiben.

Mit einem Jeanshemd über den gebeugten Schultern und einem Sonnenhut aus Segeltuch auf dem Kopf versucht Tamaraw das einzige milchgebende Mo'Hairschaf zu melken. Es will nicht richtig klappen: großes Treten und Blöken, der Eimer fällt um und läuft aus.

Crozier zeigt den Crakern, wie man die Handpumpe bedient: Was einst Dekoration in Retro-Optik war, stellt jetzt ihre Trinkwasserquelle dar. Gott weiß, was in diesem Wasser ist, denkt Toby: Es ist Grundwasser, und jederart Gift könnte von überall her hineingesickert sein. Sie wird auf die Nutzung von Regenwasser drängen, zumindest zum Trinken, aber bei all den fernen Bränden und möglichen Kernschmelzen, die verseuchte Kleinstpartikel in die Stratosphäre schleudern, weiß auch da allein Gott, was in diesem Wasser ist.

Die Craker sind entzückt von der Pumpe; die Kinder kommen angelaufen und drängeln unter den Wasserstrahl. Danach zeigt ihnen Crozier die einzige Solarzelle, die die MaddAddamiten bislang zum Laufen gebracht haben. Sie erzeugt den Strom für die Glühbirnen, eine in der Küchenbaracke, eine im Garten. Er versucht ihnen zu erklären, warum die Lichter angehen, aber keine Chance: Lichter sind für sie wie Lumirosen oder grüne Kaninchen: Sie leuchten, weil Oryx sie so geschaffen hat.

Sie essen am langen Tisch zu Abend. Weiße Segge, in einer Schürze mit blauen Vögeln, und Rebecca, in malvenfarbenem Strandtuch mit gelber Satinschleife, verteilen das Essen, ehe sie sich zu den anderen setzen; Ren und Lotis Blue sind am Kopfende und versuchen Amanda zum Essen zu bewegen. Allmählich trudeln die nicht wachhabenden MaddAddamiten ein.

»Sei gegrüßt, Atlantisralle«, sagt Elfenbeinspecht. Es macht ihm Spaß, Toby mit ihrem alten MaddAddam-Nick anzusprechen. Er hat seine schmale Gestalt in ein Laken mit Tulpenmuster gehüllt und einen seltsamen Turban aus dem passenden Kissenbezug auf dem Kopf.

Seine kantige Nase ragt aus dem ledrigen Gesicht wie ein Schnabel. Schon eigenartig, denkt Toby, dass sich die MaddAddamiten damals Codenamen ausdachten, die tatsächlich einen Teil ihrer Persönlichkeit widerspiegeln.

»Wie geht's ihm?«, fragt Manatee. Er trägt einen breitkrempigen Strohhut und sieht aus wie ein gutgenährter Plantagenbesitzer. »Unserem Starpatienten?«

»Er ist zwar nicht tot«, sagt Toby. »Aber dass er bei Bewusstsein wäre, kann man nicht behaupten.«

»Wenn er das denn jemals war«, sagt Bill. »Früher nannten wir ihn Dikkop. Das war sein MaddAddam-Name, ganz am Anfang.«

»Er war Crakes Handlanger beim Paradies-Projekt«, sagt Tamaraw. »Sobald er aufgewacht ist, wird er uns einiges erklären müssen. Bevor ich ihn zu Tode trample.«

»Ja, Dikkop. Der Name ist Programm«, sagt Manatee. »Ich glaube ja, der hatte nicht die leiseste Ahnung, was da gespielt wurde.«

»Dass er bei uns unten durch ist, liegt natürlich auf der Hand«, sagt Elfenbeinspecht. »Er hat freiwillig bei dem Projekt mitgemacht. Im Gegensatz zu uns.« Er spießt mit der Gabel einen Brocken Fleisch auf. »Werte Dame«, sagt er zu Weiße Segge, »könnten Sie mir unter Umständen sagen, um was es sich hierbei handelt?«

»Nein, das kann ich leider nicht«, sagt Weiße Segge mit ihrem britischen Akzent.

»Wir waren die Hirnsklaven«, sagt Manatee und nimmt sich mit der Gabel ein zweites Kotelett. »Die gekidnappten Topwissenschaftler, die Crakes Evolutionsmaschinen bedient haben. Der war auf dem totalen Machttrip, der hat wirklich geglaubt, er kann den perfekten Menschen schaffen. Nicht, dass er nicht trotzdem genial war.«

»Er war aber nicht allein«, sagt der schlanke Zunzuncito. »Es war ein Riesengeschäft, unterstützt von den Bio-Konzernen. Die Leute haben astronomische Summen für diese Genspleißungen hingelegt. Die haben sich ihre Kinder nach ihren Wünschen zuschneiden lassen, sich DNA bestellt wie andere ne Pizza.« Er trägt eine Gleitsichtbrille.

Wenn's keine Sehhilfen mehr gibt, denkt Toby, heißt es wirklich wieder zurück in die Steinzeit.

»Nur dass Crake besser war«, sagt Manatee. »Er hat ein paar Accessoires eingebaut, an die die anderen nicht mal gedacht haben. Der Insektenschutz: genial.«

»Und die Frauen, die nie nein sagen. Die Sache mit der hormonellen Farbcodierung, also, Hut ab«, sagt Zunzuncito.

»War mal richtig was für die Birne«, sagt Elfenbeinspecht und wendet sich Toby zu. »Wenn ich kurz elaborieren darf.« Er redet, als säßen sie in einem Graduiertenseminar, während er sein Gemüse in perfekte kleine Quadrate schneidet. »Zum Beispiel der Kaninchenmagen, und die Pavianfunktion für bestimmte chromatische Merkmale des Fortpflanzungssystems –«

»Also die Blaufärbung«, sagt Zunzuncito zu Toby.

»Ich habe an der chemischen Zusammensetzung des Urins gesessen«, sagt Tamaraw. »An dem Element zur Abschreckung von Fleischfressern. War schwierig zu testen im Paradies – wir hatten da ja keine Fleischfresser.«

»Ich habe am Kehlkopf gearbeitet. Das war komplex, sag ich euch«, sagt Manatee.

»Nur schade, dass ihr keine Stopptaste eingebaut habt«, sagt Elfenbeinspecht. »Das Gedudel geht einem ganz schön auf die Nerven.«

»Der Gesang war nicht meine Idee«, sagt Manatee beleidigt. »Wir konnten ihn nicht löschen, ohne sie in Zucchinis zu verwandeln.«

»Ich habe eine Frage«, sagt Toby. Sie drehen sich um und sehen sie überrascht an.

»Ja, meine Dame?«, sagt Elfenbeinspecht.

»Sie wollen, dass ich ihnen eine Geschichte erzähle«, sagt Toby. »Wie Crake sie geschaffen hat. Aber wer ist Crake für sie überhaupt, und was glauben sie, wie er sie geschaffen hat? Was hat man ihnen erzählt, damals im Paradies-Gebäude?«

»Sie halten Crake für irgendeine Art Gott«, sagt Crozier. »Sie wissen aber nicht, wie er aussieht.«

»Woher weißt du das?«, fragt Bill. »Du warst doch gar nicht mit uns im Paradies.«

»Weil sie's mir erzählt haben, verflucht«, sagt Crozier. »Ich bin jetzt ihr Kumpel. Ich darf sogar mit ihnen pinkeln. Das ist echt ne große Ehre.«

»Ein Glück, dass sie Crake auch niemals kennenlernen werden«, sagt Tamaraw.

»Aber hallo«, sagt Swift-Fuchs, die gerade dazugekommen ist. »Einen Blick auf diesen Irren von einem Schöpfer, und sie würden vom nächsten Wolkenkratzer springen. Wenn es denn noch welche gäbe«, fügt sie mürrisch hinzu. Sie gähnt demonstrativ und streckt sich, indem sie die Arme hinter dem Kopf verschränkt und ihre Brüste nach vorn schiebt. Sie hat sich mit einem taubenblauen Häkelzopfband die flachsblonden Haare zum Pferdeschwanz gebunden. Ihr Laken des Tages hat eine zarte Bordüre aus Gänseblümchen und Schmetterlingen, und sie hat sich einen breiten roten Gürtel um die Taille geschnallt. Dadurch bekommt das Outfit eine erschreckende Note: Rauschgoldengel plus Hackebeil.

»Kein Grund zu murren, holde Jungfer«, sagt Elfenbeinspecht und blickt von Toby zu Swift-Fuchs. Sobald der Bart, an dem er da arbeitet, richtig gewachsen ist, wird er noch überheblicher sein, denkt Toby. »Carpe diem. Pflückt Rosenknospen, solange es geht.« Er lächelt eine Spur lüstern; sein Blick schweift über ihren roten Gürtel. Swift-Fuchs starrt ihn ausdruckslos an.

»Erzähl ihnen was Schönes«, sagt Manatee. »Nichts allzu Konkretes. Crakes Freundin Oryx hat im Paradies auch immer sowas gemacht, um sie ruhigzustellen. Ich hoffe nur, dass dieser elende Crake nicht noch anfängt, aus dem Jenseits Wunder zu wirken.«

»Alles in Durchfall zu verwandeln zum Beispiel«, sagt Swift-Fuchs. »Ach nee, Entschuldigung, hat er ja schon gemacht. Gibt's eigentlich Kaffee?«

»Leider nein, holde Dame«, sagt Elfenbeinspecht. »Nichts dergleichen.«

»Rebecca muss erst irgendwelche Wurzeln rösten«, sagt Manatee.

»Und richtige Kaffeesahne dazu können wir uns auch abschminken«, sagt Swift-Fuchs. »Gibt nur diese Schafspampe. Davon kommt einem doch die Galle hoch.«

Das Licht verblasst, die Motten fliegen, altrosa, rußfarben, taubenblau. Die Craker haben sich um Jimmys Hängematte versammelt. Hier soll Toby die Geschichte von Crake erzählen, und wie sie aus dem Ei gekommen sind.

Schneemensch-Jimmy möchte die Geschichte auch hören, sagen sie. Dass er nicht bei Bewusstsein ist, spielt keine Rolle: Sie sind davon überzeugt, dass er sie trotzdem hören kann.

Natürlich kennen sie die Geschichte schon: Entscheidend ist offenbar, dass sie von Toby erzählt wird. Sie muss mit großem Gewese den Fisch essen, den sie ihr gebracht haben, der außen verkohlt und in Blätter gewickelt ist. Sie muss Jimmys zerfetzte Baseballmütze aufsetzen und seine zeigerlose Uhr umlegen und sich die Uhr an ihr Ohr halten. Sie muss ganz vorne anfangen, sie muss über die Schöpfung herrschen, sie muss Regen machen. Sie muss das Chaos beseitigen, sie muss sie aus dem Ei und an die Küste führen.

Am Ende wollen sie die Geschichte von den zwei bösen Männern hören, vom Lagerfeuer im Wald und von der Suppe mit dem stinkenden Knochen: Sie sind besessen von diesem Knochen. Dann muss sie erzählen, wie die Craker selbst die zwei bösen Männer wieder losgebunden haben und wie die zwei bösen Männer weggelaufen und im Wald verschwunden sind und dass sie jederzeit zurückkommen und noch mehr Unheil anrichten könnten. Bei dem Teil werden sie traurig, bestehen aber dennoch darauf.

Nachdem sich Toby mit einiger Mühe durch die Geschichte gekämpft hat, wollen sie sie noch einmal hören, und noch einmal. Sie soufflieren, unterbrechen, ergänzen an den Stellen, wo sie etwas vergessen hat. Was sie von ihr wollen, ist sowohl eine nahtlose Darstellung als auch mehr Information, als sie erstens hat und zweitens erfinden kann. Sie ist ein schlechter Ersatz für Schneemensch-Jimmy, aber die Craker tun, was sie können, um ihre Wissenslücken zu füllen.

Gerade ist sie zum dritten Mal an der Stelle angelangt, wo Crake das Chaos beseitigt, als alle gleichzeitig den Kopf wenden. Sie schnuppern in die Luft. »Es kommen Männer, o Toby«, sagen sie.

»Männer?«, fragt sie. »Die zwei Männer, die weggelaufen sind? Wo?«

»Nein, nicht die zwei, nicht die, die nach Blut riechen.«

»Andere Männer. Mehr als zwei. Wir müssen sie begrüßen.« Alle stehen auf.

Toby sieht in dieselbe Richung wie sie. Es sind vier – vier Silhouetten, die immer näher kommen auf der zugemüllten Straße, die am Lehmhaus vorbeiführt. Ihre Stirnlampen brennen. Vier dunkle Konturen, und jede bringt ein helles Licht.

Toby spürt, wie die Spannung von ihr abfällt, wie die Luft in Form eines langen tonlosen Atemzugs in sie hineinfließt. Kann ein Herz springen? Kann einem Menschen schwindlig werden vor Erleichterung?

»O Toby, warum weinst du?«

Heimkehr

Es ist Zeb. Ihr Wunsch ist in Erfüllung gegangen. Er wirkt größer und struppiger, als sie ihn in Erinnerung hat, und – obwohl nur einige wenige Tage vergangen sind – auch älter. Gebückter. Was ist passiert?

Nashorn, Shackleton und Katuro sind bei ihm. Jetzt, aus der Nähe, ist ihnen die Erschöpfung anzusehen. Sie setzen ihre Rucksäcke ab, und die anderen scharen sich um sie: Rebecca, Elfenbeinspecht, Swift-Fuchs, Beluga, Manatee, Crozier und Ren und Lotis Blue, sogar Amanda, die etwas hinter der Gruppe steht.

Alle reden durcheinander, zumindest die Menschen. Die Craker stehen abseits in kleinen Grüppchen und verfolgen mit großen Augen das Geschehen. Ren weint und drückt Zeb an sich, was in Ordnung ist: Immerhin ist er ihr Stiefvater. Damals bei den Gärtnern hat Zeb eine Zeitlang mit Rens Mutter Lucerne zusammengelebt, einer üppigen Schönheit. Die ihn nie zu schätzen wusste, denkt Toby.

»Ist ja gut«, sagt Zeb zu Ren. »Hey! Amanda ist wieder da!« Er streckt den Arm aus; Amanda lässt die Berührung zu.

»Das war Toby«, sagt Ren. »Mit ihrer Flinte.«

Toby wartet, dann bewegt sie sich nach vorn. »Gut gemacht, Scharfschütze«, sagt Zeb, obwohl sie niemanden erschossen hat.

»Ihr habt sie nicht gefunden?«, fragt Toby. »Adam Eins und …«

Zeb wirft ihr einen betrübten Blick zu. »Adam Eins nicht«, sagt er. »Aber Philo.«

Die anderen beugen sich vor und lauschen. »Philo?«, fragt Swift-Fuchs.

»Der war auch bei den Gärtnern damals«, sagt Rebecca. »Großer Kiffer … stand voll auf Visionen. Als sich die Gärtner spalteten, ist er bei Adam Eins geblieben. Wo war er?« Sie alle sehen ans Zebs Miene, dass Philo nicht mehr am Leben ist.

»Über einem Parkhaus kreisten ein paar Geier, also sind wir rauf«, sagt Shackleton. »Gar nicht weit von der alten Wellnessklinik.«

»Da, wo wir früher zur Schule gegangen sind?«, fragt Ren.

»Noch ziemlich frisch«, sagt Nashorn. Das heißt aber, denkt Toby, dass zumindest ein Teil der Gärtner die erste Welle der Seuche überlebt hat.

»Und niemand von den anderen?«, fragt sie. »Niemand sonst? War es die … war er krank?«

»Von den anderen fehlt jede Spur«, sagt Zeb. »Aber ich geh davon aus, dass sie noch irgendwo da draußen sind. Zumindest Adam. Gibt's was zu futtern? Ich könnte einen Bären essen.« Mit anderen Worten, er will Tobys Frage gerade nicht beantworten.

»Er isst einen Bären!«, sagen die Craker zueinander. »Ja! Crozier hat das erzählt!« »Zeb isst einen Bären!«

Zeb nickt den Crakern zu, die ihn mit unsicherem Blick betrachten. »Wie ich sehe, haben wir Besuch.«

»Das ist Zeb«, sagt Toby zu den Crakern. »Er ist unser Freund.«

»Wir freuen uns, o Zeb. Sei gegrüßt.«

»Er ist es, er ist es! Crozier hat das erzählt.« »Er isst einen Bären!« »Ja. Wir freuen uns.« Sie lächeln zurückhaltend. »Was ist ein *Bär*, o Zeb – was ist das für ein Bär, den du isst?« »Ist es ein Fisch?« »Hat er einen stinkenden Knochen?«

»Sie sind mit uns mitgekommen«, sagt Toby. »Vom Meer. Wir konnten sie nicht daran hindern, sie wollten bei Jimmy sein. Bei Schneemensch. So nennen sie ihn.«

»Crakes Kumpel?«, fragt Zeb. »Vom Paradies-Projekt?«

»Eine lange Geschichte«, sagt Toby. »Ihr solltet was essen.«

Es gibt noch einen Rest Eintopf; Manatee holt ihn. Die Craker nehmen gebührenden Abstand ein; sie halten sich nicht gern in der Nähe von Fleischfresserdünsten auf. Shackleton schlingt alles hinunter und setzt sich dann zu Ren, Amanda, Crozier und Lotis Blue. Nashorn nimmt noch einmal nach, dann geht er duschen. Katuro verkündet, er wolle Rebecca helfen, den Inhalt der Rucksäcke zu sortieren: Sie haben Sojadinen und etwas Klebeband gefunden, mehrere Packungen gefriergetrocknete Chickie-Knollen und ein paar Kickriegel und eine Packung Oreo-Kekse: ein Wunder, sagt Rebecca. Man findet kaum noch Kekse, über die sich die Ratten nicht längst hergemacht haben.

»Lass uns mal einen Blick in den Garten werfen«, sagt Zeb zu Toby. Tobys Mut sinkt: Gibt es schlechte Neuigkeiten, die er ihr unter vier Augen mitteilen will?

Die ersten Glühwürmchen sind zu sehen. Lavendel und Thymian stehen in voller Blüte und entlassen ihr Aroma in die Luft. Ein paar selbstbestäubte Lumirosen glimmen entlang des Zauns; mehrere grün schimmernde Kaninchen knabbern an den untersten Blättern. Riesige graue Motten schweben vorbei wie hochgewirbelte Aschefetzen.

»Es war nicht die Seuche, an der Philo gestorben ist«, sagt Zeb. »Jemand hat ihm die Kehle durchgeschnitten.«

»Ach so«, sagt Toby. »Verstehe.«

»Dann haben wir die Painballer gesehen«, sagt Zeb. »Es müssen dieselben gewesen sein, die Amanda verschleppt haben. Sie waren gerade dabei, eines der Riesenschweine auszuweiden. Wir haben ein paar Schüsse abgefeuert und sie sind abgehauen. Also haben wir die Suche nach Adam abgebrochen und sind so schnell wie möglich zurück. Sie könnten überall lauern.«

»Tut mir leid«, sagt Toby.

»Was?«, fragt Zeb.

»Wir hatten sie gefangen, vorgestern Abend«, sagt sie. »Wir hatten sie an einen Baum gebunden. Aber ich habe sie nicht getötet. Es war Sankt Juliana, ich konnte einfach nicht. Sie sind uns entwischt. Sie haben ihr Spraygewehr mitgenommen.«

Jetzt weint sie. Sie gibt ein jämmerliches Bild ab; sie quiekt wie ein Wurf Babymäuse. Dieses Verhalten sieht ihr überhaupt nicht ähnlich, aber sie ist machtlos dagegen.

»Hey«, sagt Zeb. »Das wird schon wieder.«

»Nein«, sagt Toby. »Wird es nicht.« Sie dreht sich um und will gehen: Wenn sie schon in Selbstmitleid versinkt, dann sollte sie es allein tun. Allein, so fühlt sie sich, und allein wird sie auch bleiben. Du bist Einsamkeit gewohnt, sagt sie zu sich. Sei stoisch.

Auf einmal merkt sie, wie sie in den Arm genommen wird.

Auf diesen Moment hat sie so lange gewartet, dass sie das Warten längst aufgegeben hatte. Sie hat sich so danach gesehnt, hätte es nie für möglich gehalten. Aber wie einfach es jetzt ist, genauso einfach, wie es früher war, nach Hause zu kommen, vorausgesetzt, man hatte ein Zuhause. Durch die Tür gehen und die vertrauten Räume betreten, wo man sie kennt, wo sie hinkann, wo sie hindarf. Wo sie die Geschichten hört, die sie dringend hören muss. Geschichten der Hände und des Mundes.

Du hast mir gefehlt. Wer hat das gesagt?

Die Gestalt vor dem nächtlichen Fenster, ein glitzerndes Auge. Ein dunkler Herzschlag.

Ja. Endlich. Du bist da.

BÄRENBRÜCKE

Die Geschichte von Zeb und wie er in den Bergen verschollen war und den Bären aß

Und so spülte Crake das Chaos weg, um einen sicheren Lebensraum für euch zu schaffen. Und dann …

Wir kennen die Geschichte von Crake. Wir haben sie schon oft gehört. Jetzt erzähl uns die Geschichte von Zeb, o Toby.

Die Geschichte, wie Zeb einen Bären aß!

Ja! Einen Bären aß! Einen Bären! Was ist ein Bär?

Wer hat euch das erzählt, das mit Zeb und dem Bären?

Crozier hat es uns erzählt. Er ist unser Freund, er pinkelt morgens mit uns.

Wir wollen die Geschichte von Zeb hören. Und dem Bären. Von dem Bären, den er aß.

Crake will, dass wir sie hören. Wenn Schneemensch-Jimmy wach wäre, würde er uns diese Geschichte erzählen.

Also gut. Lasst mich mal an Schneemensch-Jimmys glänzendem Ding horchen. Dann kann ich die Worte hören.

Ich horche, sosehr ich kann. Ich kann gut hören, wenn ihr singt.

Also. Dies ist die Geschichte von Zeb und dem Bären. Am Anfang der Geschichte gibt es nur Zeb. Er ist ganz allein. Der Bär kommt erst später. Vielleicht kommt morgen der Bär. Wer auf einen Bären wartet, muss Geduld mitbringen.

Zeb war verschollen. Er setzte sich unter einen Baum. Der Baum stand auf weitem flachem Land, so ähnlich wie der Strand, nur ohne Sand und ohne Meer, nur mit ein paar eiskalten Tümpeln und einer Menge Moos. Ringsum, aber sehr weit weg, waren die Berge.

Wie war er dort hingekommen? Er war geflogen, in einem … egal. Das gehört in eine andere Geschichte. Nein, er kann nicht fliegen wie ein Vogel. Jetzt nicht mehr.

Berge? Berge sind sehr große und hohe Felsen. Nein, das sind keine Felsen, das sind Gebäude. Gebäude stürzen ein, sie krachen zusammen. Auch Berge stürzen ein, aber ganz langsam. Nein, die Berge sind nicht über Zeb eingestürzt.

Also sah sich Zeb die Berge an, die überall um ihn herum waren, wenn auch in ziemlich weiter Ferne, und er dachte: Wie komme ich bloß über diese Berge rüber? Sie sind so groß und so hoch.

Er musste über die Berge rüber, weil auf der anderen Seite die Leute waren. Er wollte bei den Leuten sein. Er wollte nicht allein sein. Niemand möchte allein sein, oder?

Nein, die Leute waren nicht wie ihr. Sie hatten Kleidung an. Sehr viel Kleidung, denn es war eine kalte Gegend. Ja, es war die Zeit des Chaos, bevor Crake alles wegspülte.

Also sah sich Zeb die Berge an und die Tümpel und das Moos, und er dachte: Was soll ich denn nur essen? Und dann dachte er: Hier in diesen Bergen leben viele Bären.

Ein Bär ist ein großes pelziges Tier mit großen Klauen und vielen scharfen Zähnen. Größer als eine Luxkatze. Größer als ein Hunolf. Größer als ein Organschwein. So groß.

Er knurrt, wenn er spricht. Er wird sehr hungrig. Er kann alles zerfleischen.

Ja, Bären sind Kinder der Oryx. Ich weiß nicht, warum sie sie so groß gemacht hat, mit sehr scharfen Zähnen.

Ja, wir müssen sie gut behandeln. Am besten behandelt man Bären, indem man ihnen nicht zu nahe kommt.

Dass es im Moment welche in unserer Nähe gibt, glaube ich nicht.

Und Zeb dachte, vielleicht hat mich ein Bär schon gerochen und vielleicht ist er auf dem Weg zu mir, weil er Hunger hat, er ist am Verhungern und will mich essen. Und ich werde gegen den Bären kämpfen müssen, und ich habe doch nur dieses ziemlich kleine Messer und diesen Stock, mit dem man Löcher schießen kann. Und ich werde den Kampf gewinnen und den Bären töten müssen, und dann werde ich etwas zu essen haben.

Bald kommt der Bär in die Geschichte.

Ja, Zeb wird den Kampf gewinnen, Zeb gewinnt immer. Weil das einfach so ist.

Ja, er wusste, dass Oryx traurig sein würde. Zeb hatte Mitleid mit dem Bären. Er wollte ihm nicht weh tun. Aber er wollte auch nicht von ihm gefressen werden. Ihr wollt doch nicht von einem Bären gefressen werden, oder? Nein, ich auch nicht.

Weil Bären nicht nur Blätter essen können. Weil sie davon krank werden.

Jedenfalls, wenn Zeb den Bären nicht gegessen hätte, wäre er gestorben und dann wäre er jetzt nicht bei uns. Und das wäre doch auch sehr traurig, oder?

Wenn ihr nicht aufhört zu weinen, kann ich nicht weitererzählen.

Bärendienst

Es gibt die Geschichte, dann gibt es die wahre Geschichte, und dann gibt es die Geschichte, wie es zum Erzählen der Geschichte kam. Dann gibt es noch das, was man weglässt. Und auch das gehört zu der Geschichte.

Bei der Geschichte von Zeb und dem Bären hat Toby den Toten weggelassen, dessen Name Chuck war. Auch er war verschollen inmitten der Tümpel und dem Moos, den Bergen und Bären. Auch er wusste keinen Ausweg. Es ist unfair, ihn unerwähnt zu lassen, ihn aus der Zeit auszuradieren, aber von ihm zu erzählen würde die Geschichte viel verwickelter machen, und das würde Toby zu viel werden. Sie weiß zum Beispiel gar nicht, auf welchen verschlungenen Wegen dieser Tote überhaupt in die Geschichte gekommen ist. Nicht einmal Zeb weiß es.

»Schade, dass der Wichser gestorben ist«, sagt Zeb. »Ich hätte es schon noch aus ihm rausgeprügelt.«

»Was?«

»Wer seine Auftraggeber waren. Was sie von mir wollten. Wo er mich hinbringen sollte.«

»*Gestorben* ist vermutlich ein Euphemismus. Er hatte ja nicht gerade einen Herzinfarkt«, sagt Toby.

»Sei nicht so ungnädig. Du weißt schon, was ich meine.«

Zeb hatte keine Ahnung, wo er war. Er setzte sich unter einen Baum.

Na ja, so ganz stimmt das nicht. Er hatte eine grobe Vorstellung, wo er war: irgendwo in den Mackenzie Mountain Barrens, Hunderte von Meilen von der nächsten schnellen Nahrungsquelle entfernt. Und er saß auch nicht unter einem Baum, sondern eher daneben, und es war nicht direkt ein Baum, eher ein Strauch; wobei er nicht buschig war, sondern eher dürr. Es war eine Art dürre Fichte. Er nahm die Einzelheiten der Rinde zur Kenntnis, die kleinen toten Unterzweige, die graue Flechte, filigran und durchsichtig wie die Höschen einer Hure.

»Was weißt du denn von den Höschen einer Hure?«, fragt Toby.

»Mehr als dir lieb ist«, sagt Zeb. »Also. Wenn man sich auf solche Details konzentriert – ganz nah, ganz klar, total sinnlos –, weiß man, dass man unter Schock steht.«

Der AOH-Schrauber schwelte noch immer vor sich hin. Sein Glück, dass er da raus war, bevor das Ding beziehungsweise die Luftschiffkomponente explodiert war, und sein Glück, dass die elektronische Entsicherung der Sitzgurte noch funktioniert hatte: Andernfalls wäre er tot gewesen.

Chuck lag bäuchlings und mit abartig verdrehtem Kopf auf dem Tundraboden, er blickte sich selbst im 180-Grad-Winkel wie eine Eule über die Schulter. Aber er blickte nicht zu Zeb. Er blickte in den Himmel. Keine Engel zu sehen, zumindest noch nicht.

Zeb blutete aus einer Schädelwunde, er spürte, wie es warm an seinem Kopf herunterlief. Nichts Gefährliches, blutet nur wie Sau. Dein Kopf ist der seichteste Teil des Körpers, hatte sein soziopathischer Vater gern zu ihm gesagt. Abgesehen vom Gehirn. Und von der Seele, vorausgesetzt, man ist mit einer solchen gesegnet, was ich bei dir bezweifle. Hochwürden hatte es immerzu mit der Seele und hielt sich selbst für den Chef aller Seelen.

Jetzt fragte sich Zeb, ob Chuck eine Seele hatte, und wenn ja, ob sie noch immer über ihm schwebte wie ein schwacher Duft. »Chuck, du blöder Wichser«, sagte Zeb laut. Hätte *er* den Auftrag gehabt, sich im Namen der Hirnschaber zu kidnappen, wäre ihm das aber um einiges besser gelungen als diesem Flachwichser.

Zwar irgendwie auch schade, dass Chuck tot war – bestimmt hatte er ein paar gute Seiten, vielleicht mochte er junge Hunde –, aber zumindest hatte die Welt wieder ein Arschloch weniger, und das war doch auch was wert, oder? Ein Häkchen in der Spalte ›gute Mächte‹. Oder finstere Mächte, je nachdem, wer die doppelte Moralbuchführung machte.

Wobei Chuck kein gewöhnliches Arschloch war; er war nicht übellaunig, nicht aggressiv, nicht wie Zeb selbst, wenn er sich im Arschlochmodus befand. Eher das Gegenteil. Zu freundlich, zu linientreu, die Menschheit hat sich überlebt, die Menschheit hat sich selbst ins Aus manövriert, das ökologische Gleichgewicht muss wiederhergestellt werden und so weiter und so weiter, der Mann überspannte den Bogen dermaßen, dass es ans Groteske grenzte, und das sollte schon was heißen bei einem Laden wie der Bärenbrücke mit seinem vollen Kontingent an überzeugten Pelzwichser-Ökos.

Wobei gar nicht alle Pelzwichser waren: Manche behaupteten, nur für den Kick dabei zu sein. Es waren tollkühne, unabhängige, tattoogepolsterte Abenteurer mit fettigem Pferdeschwanz wie die Kerle aus alten Bikerfilmen – Muskelprotze, die über Grenzen gehen wollten, mit Stiefeln an den Füßen, die ein bisschen zu derb waren für einen harmlosen Spaziergang. Etwa so sah sich auch Zeb: aufgepumpt durch natürliche Steroide, kann zupacken, flink im Kopf und zu Fuß, immer in Geldnöten, mit einem Faible für die schattigen Randgebiete, wo einem keine Instanz ihre Fangarme in die Hosentasche schieben kann, in der sich am Ende noch der Inhalt gehackter Bankkonten verbarg.

Zwar sahen die eingetragenen orthodoxen Pelzwichsernasen-Ökos auf Zeb und seinesgleichen herab, hielten sich mit selbstgerechtem Getue aber eher zurück. Sie waren auf Mithilfe angewiesen, denn nicht jeder Erdbewohner begeisterte sich für die Idee, mit dem Aero/Orno/Hubschrauber unzählige Containerladungen ranzigen Biomüll in den hohen Norden zu schaffen, um ein paar räudige Bären mit Gratisfutter zu versorgen.

»Das war wohl noch vor der Ölknappheit«, sagte Toby. »Und bevor das große Geschäft mit dem Boilermüll losging. Sonst hättet ihr doch niemals so kostbares Primärmaterial vor die Bären werfen dürfen.«

»Das war noch bevor es mit vielem losging«, sagte Zeb. »Wobei die Ölpreise da schon extrem angezogen hatten.«

»Die Bärenbrücke verfügte über vier ältere Schrauber vom Graumarkt. Sie hatten den Beinamen Fliegender Kugelfisch. Angeblich basierten die Schrauber auf Biodesign: Sie hatten eine helium-/wasserstoffgefüllte Luftschiffkomponente mit kontraktionsfähiger, atmungsaktiver Haut, die Moleküle aufsaugen oder ausstoßen konnte wie Fische mit ihrer Schwimmblase. Dazu hatten sie zwei stabilisierende Seitenflossen, Rotorblätter und vier Vogelflügel zum Manövrieren bei niedriger Geschwindigkeit. Vorteilhaft waren der geringe Treibstoffverbrauch, ultrahohe Tragfähigkeit und gute Tiefflugeigenschaften; von Nachteil, dass die Flüge ewig dauerten, die Software regelmäßig den Geist aufgab und nur die wenigsten unter ihnen die Biester wieder zum Laufen bringen konnten. Dubiose Digimechaniker mussten eigens aus Brasilien eingeflogen oder vielmehr eingeschmuggelt werden, wo der illegale Digitalmarkt florierte.

Da unten wurde man schneller gehackt, als man gucken konnte. Im Kleinen boomte das Geschäft mit den Krankenakten und schmutzigen Aktionen der Politiker und den Schönheitsoperationen der Prominenten. Und im Großen ging es um Konzernspionage. Mit dem Hacken eines mächtigen Konzerns konnte man sich mächtig in die Scheiße reiten, selbst wenn man geschützt war, indem man auf der geheimen Gehaltsliste eines anderen mächtigen Konzerns stand.

»Dann hast du's bestimmt auch gemacht«, sagt Toby. »Dich richtig in die Scheiße geritten.«

»Ja, ich war da unten, zum Geldverdienen«, sagt Zeb. »Das war auch einer der Gründe, mir ne Auszeit bei der Bärenbrücke zu nehmen: Brasilien war extrem weit weg.«

Die Bärenbrücke war Verarschung oder zumindest teilweise. Jeder, der nur halbwegs bei Verstand war, kam ziemlich schnell dahinter. Anders als sonst war diese Verarschung für einen guten Zweck, aber Verarschung war's trotzdem. Der Laden lebte von den guten Absichten und verfügbaren Gefühlen der Städter, die sich einbildeten, damit irgendwas zu retten – irgendeinen Fetzen authentisch-urzeitlicher Vergangenheit ihrer Vorfahren, einen Schnipsel ihrer kollektiven Seele im niedlichen Bärenkostüm. Das Konzept war simpel: Die Polarbären müssen verhungern, weil's fast kein Eis mehr gibt und sie keine Robben mehr fangen können, also wollen wir sie mit unseren Essensresten füttern, bis sie gelernt haben, sich anzupassen – *Anpassung* war damals ein Schlagwort, wie du dich vielleicht erinnerst; wobei, wahrscheinlich hast du da noch im Sandkasten gespielt. Bisschen Popowackeln, um die kleinen Jungs zu verführen.«

»Hör auf zu flirten«, sagt Toby.

»Wieso? Das gefällt dir doch.«

»Ich erinnere mich sehr wohl an das Wort *Anpassung*«, sagt Toby. »Man sagte das anstelle von *Pech gehabt*. Und zu allen, denen man nicht vorhatte zu helfen.«

»Genau«, sagte Zeb. »Jedenfalls, von der Müllfütterei haben die Bären nicht gelernt, sich anzupassen, sondern nur, dass das Futter vom Himmel fällt. Schon beim Geräusch des Schraubers fingen die an zu sabbern, es war der reinste Frachtkult. Aber pass auf, das Verarschendste an der Sache war, ja, das Eis war so gut wie geschmolzen, und ja, ein paar Polarbären waren verhungert, aber alle anderen zogen nach Süden und paarten sich mit den Grizzlys, die sich vor schlappen zweihunderttausend Jahren in eine andere Richtung entwickelt hatten. Also hatte man jetzt weiße Bären mit braunen Flecken und braune Bären mit weißen Flecken oder nur braune oder nur weiße Bären, wobei man von außen nie auf das Temperament schließen konnte: Die Pizzlys gingen einem größtenteils aus dem Weg wie die Grizzlys; die Grolarbären waren größtenteils angriffslustig wie die Polarbären. Man wusste also nie, mit welchem Bär man es zu tun hatte. Man wusste eigentlich nur, dass man auf gar keinen Fall mit dem Schrauber über Bärengebiet abstürzen wollte.«

Wie es Zeb gerade getan hatte.

»Du blöder Wichser«, sagt er noch einmal zu Chuck. »Und wer

immer dich angeheuert hat, ist ein doppelt blöder Wichser«, fügte er hinzu – nicht dass ihn jemand hätte hören können. Oder, dachte er – ein kurzer schlimmer Gedanke –, vielleicht ja doch.

Absturz

Bei der Bärenbrücke lief alles rund, bis Chuck auf der Bildfläche auftauchte. Zeb hatte ein bisschen Ärger am Hals zu der Zeit, das stimmt wohl ...

»Anders als sonst«, sagt Toby.

»Lachst du mich aus? Ich war Opfer einer verwirrten Jugend, ich wurde als Kind misshandelt! Und dann bin ich auch noch zu schnell gewachsen!«

»Würde ich dich auslachen?«

»Allerdings«, sagt Zeb. »Herz aus Schiefer. Was du brauchst, ist ne ordentliche Tiefbohrung.«

Ja, Zeb hatte einigen Ärger am Hals, aber die Bärenbrücke schien das weder zu wissen noch zu interessieren: Die Hälfte der Leute hatte selber Ärger am Hals. Frag nichts, sag nichts war also die Devise.

Die Aufgabe war klar: Der essbare Abfall musste in Whitehorse oder Yellowknife eingeladen werden, manchmal auch in Tuk, wo die vorgelagerten Beaufort-Sea-Bohrinseltanker ihren Müll verklappten, wenn sie ihn nicht gerade illegal ins Meer kippten. Die Bohrinseln produzierten damals noch immer eine Menge echte Tierproteinreste, weil für die Tankermannschaften nichts zu gut war. Schweinefleisch – es wurden jede Menge Nebenprodukte vom Schwein gegessen – und Huhn, oder Hühnerartiges. Wenn es Laborfleisch war, dann immer 1A-Qualität, getarnt als Würstchen oder falscher Hase, so dass man kaum den Unterschied bemerkte.

Man packte also die Reste in den Schrauber, schnappte sich ein Bier, flog den Schrauber an die designierten Abwurfstellen, ließ im Schweben die Ladung ab, flog zurück. Kein Kunststück, nur todlangweilig, außer man hatte schlechtes Wetter oder die Technik versagte. In dem Fall musste man den Schrauber irgendwo landen, dabei möglichst nicht gegen eine Bergwand krachen, und das Wetter abwarten oder so lange Däumchen drehen, bis die Entstörung auftauchte. Dann nochmal von vorn. Nette Routine. Das Schlimmste an der Sache waren die Predigten der Pelzwichsernasen in den Bars der Stützpunkte, wenn man sich gerade die Kante geben wollte mit dem grottenüblen Fusel, der hingekarrt und fassweise ausgeschenkt wurde.

Davon abgesehen hieß es essen, schlafen und an einem guten Tag ein kleines Gerangel mit dem ein oder anderen Mädchen von der Belegschaft, wobei Zeb da vorsichtig war, denn die einen hatten Stresspotenzial und die anderen waren vergeben, und aus Prügeleien versuchte er sich rauszuhalten, da er grundsätzlich wenig Sinn darin sah, sich mit irgendeinem aufgebrachten Schwachkopf unter den Barhockern im Dreck zu wälzen, der aufgrund seines unüberbietbaren Pimmels und seiner Grübchen ewiges Fotzenrecht erwirkt zu haben glaubte und am Ende noch ein Messer hatte. Eine Schusswaffe war weniger wahrscheinlich, weil es genau um die Zeit war, als das CorpSeCorps sämtliche Waffen konfiszierte, da es seine dubiosen öffentlichen Sicherheitsbestimmungen verschärft und sich damit auf wirksame Weise das Monopol zum Töten aus der Distanz gesichert hatte. Einige Typen vergruben ihre Glocks und andere namhafte Marken für den Notfall, deshalb war es aus demselben Grund unwahrscheinlich, dass sie sie dabeihatten. Wobei da oben im Norden nicht unbedingt jedem Gesetz und jeder Anweisung Folge geleistet wurde. Da oben waren die Grenzen immer etwas verschwommen, was Recht und Ordnung anging. Man konnte also nie wissen.

Zurück zu den Mädchen. Wenn auf kleinen oder großen oder mittelgroßen Bäckchen ein Finger-weg-Schild klebte, dann hielt er sich daran. Aber wenn sich eine Frau im Schutz der Dunkelheit in seinen Schlafraum schlich, hätte er sie etwa zurückweisen sollen? Schon als Kind hatte man ihm ständig weisgemacht, er habe den Anstand einer Kellerassel, und er enttäuschte anderer Leute Erwartungen nur ungern. Außerdem hätte es ihrem Selbstbewusstsein geschadet, wenn man ihren Annäherungsversuch abgeschmettert hätte. Einige hätten bei Licht besehen kaum eine Chance gehabt, aber die eine hatte einen Wahnsinnsschwabbelarsch und die andere hatte Möpse wie zwei Bowlingkugeln im Einkaufsnetz und …

»Will keiner wissen«, sagt Toby.

»Kein Grund zur Eifersucht«, sagt Zeb. »Sind alle tot. Auf tote Frauen kann man nicht eifersüchtig sein.«

Toby schweigt. Die üppige Leiche von Zebs einstiger Geliebten Lucerne schwebt noch immer zwischen ihnen, ungesehen, unerwähnt und für Tobys Geschmack noch lange nicht begraben.

»Lebendig ist besser als tot«, sagt Zeb.

»Keine Frage«, sagt Toby. »Aber andererseits, wer weiß das schon, wenn man's nie ausprobiert hat.«

Zeb lacht. »Du hast auch nen Wahnsinnsarsch«, sagt er. »Aber nicht schwabbelig. Kompakt.«

»Erzähl mir von Chuck«, sagt Toby.

Chuck tauchte bei der Bärenbrücke auf wie jemand, der sich in ein verbotenes Zimmer schleicht und so tut, als habe er jedes Recht dazu. Heimtückisch und entschlossen zugleich. Für Zebs Begriffe war seine Kleidung zu neu. Chuck sah aus, als käme er geradewegs aus einem dieser knackigen Outdoorläden, mit Reißverschlüssen, Klettverschlüssen und überall Klappen wie ein leicht perverses Videopuzzle. Nimm den Mann auseinander, finde den Kobold, gewinne einen Preis. Trau keinem in neuen Klamotten.

»Aber Klamotten müssen doch mal neu sein«, sagt Toby. »Oder damals zumindest. Die waren nun mal nicht von Anfang an alt.«

»Echte Kerle wissen, wie man in zirka einer Sekunde seine Klamotten eindreckt«, sagt Zeb. »Man suhlt sich kurz im Schlamm. Außerdem waren seine Zähne zu groß und weiß. Immer wenn ich solche Zähne sehe, würde ich am liebsten ne Flasche in die Hand nehmen und kurz mal dagegentippen. Nur gucken, ob sie falsch sind und wie sie klirrend zu Bruch gehen. Hochwürden, mein Vater hatte auch solche Zähne. Er hat immer Zahnweiß benutzt. Mit den Zähnen und seiner Bräune sah er aus wie son leuchtender Tiefseerochen oder ein verwester Pferdekopf in der Wüste. Ein Lächeln war bei ihm schlimmer als kein Lächeln.«

»Lass die Kindheit lieber ruhen«, sagt Toby. »Das tut doch nur weh.«

»Sag nee zu Ach und Weh? Verschon mich mit Moralpredigten, Baby.«

»Bei mir funktioniert das. Wenn ich ruhen lasse, was weh tut.«

»Bist du dir da sicher?«

»Also. Wie war das mit Chuck?«

»Also. Der hatte was im Blick. Chucks Augen. Laminierte Augen. Hart und glänzend. Mit so transparenten Augenlidern.«

Als Chuck zum ersten Mal mit seinem Tablett in der Kantine auftauchte und fragte: »Darf ich mich dazusetzen?«, scannte er Zeb mit seinen laminierten Augen von oben nach unten. Wie einen Strichcode.

Zeb sah zu ihm hoch. Er sagte nicht ja, er sagte nicht nein. Er stieß ein Allzweckgrunzen aus und widmete sich wieder der Arbeit an seinem gummartigen Rätsel von einer Wurst. Normalerweise stellt man erst ein paar persönliche Fragen – woher kommst du, wie bist du hier gelandet und so weiter –, aber nein. Chucks Eröffnungsmasche war die Bärenbrücke selbst. Was für ne großartige Org das sei, aber als diese Bemerkung bei Zeb weder ein Nicken noch sonst eine Form von Zuspruch auslöste, erzählte er weiter, dass er nur hier sei, weil in seinem Leben was im Argen liege und er, na ja, mal ne Zeitlang den Ball flachhalten müsse, bis Gras über die Sache gewachsen sei.

»Was haste denn gemacht, in der Nase gebohrt?«, fragte Zeb, und Chuck lachte mit seinem toten Pferdegebiss. Er sagte, die Bärenbrücke sei wohl etwas für Kerle, die, na ja, sowas wie die Fremdenlegion, und Zeb sagte, die Fremden – was, und damit war das schon mal erledigt.

Nicht dass sich der Typ durch unhöfliches Benehmen hätte abschrecken lassen. Chuck ließ ihn in Ruhe, schaffte es aber dennoch, allgegenwärtig zu sein. War Zeb in der Bar und arbeitete seinem Kater für den nächsten Morgen entgegen, tauchte auf einmal Chuck neben ihm auf, machte auf Kumpel und wollte die nächste Runde ausgeben. Ging er aufs Klo, nahm Chuck da auf ektoplasmatische Weise Gestalt an; oder wenn Zeb im schäbigeren Teil von Whitehorse durch die Straße ging, siehe da, kam ihm Chuck entgegen. Sehr wahrscheinlich, dass er in Zebs Besenkammer von einem Zimmer Zebs Sachen durchwühlte, wann immer Zeb nicht da war.

»Meinetwegen gern«, sagte Zeb. »In meiner dreckigen Wäsche war nichts als dreckige Wäsche, denn die echte dreckige Wäsche war ja in meinem Kopf.«

Aber was sollte das Ganze? Denn irgendwas sollte es auf jeden Fall. Erst dachte Zeb, Chuck sei schwul und wolle was von ihm, aber das war es nicht.

Über die nächsten Wochen flogen Chuck und Zeb zusammen ein paar Ladungen aus. Im Kugelfisch saßen immer zwei Mann; einer flog, einer döste vor sich hin. Zeb versuchte Chuck als Partner zu meiden, und inzwischen sträubten sich ihm bei seinem Anblick die Nackenhaare, aber bei der erstbesten Gelegenheit, nämlich als Zebs eigentlicher Partner zur Beerdigung einer Tante gerufen wurde, hatte sich Chuck den freien Platz gekrallt, und beim zweiten Mal hatte der andere Partner eine Lebensmittelvergiftung. Zeb fragte sich, ob Chuck die beiden Männer für ihre Ausfälle bezahlt hatte. Oder ob er die Tante stranguliert und Kolibakterien auf die Pizza gestreut hatte, damit es echt aussah.

Er wartete, bis sie in der Luft waren, damit Chuck endlich mit der Frage rausrücken konnte. Vielleicht wusste er von Zebs früheren Eskapaden und hatte bei einer bislang unbekannten Gruppe von Unterweltlern angeheuert, die Zeb engagieren wollte, um einen fetten Hackerangriff zu starten, oder irgendein Plutokrat sollte erpresst werden, oder er war ein mit Cyberpiraten verbandelter Tagelöhner, der einen professionellen Deckmantel brauchte, um die Entführung eines Konzernwissenschaftlers voranzutreiben.

Oder aber es war ein Trick – Chuck würde irgendeinen eklatant illegalen Scherz vorschlagen, Zebs Zustimmung mitschneiden, und schon würden sich die gewaltigen Hummerscheren des sogenannten Justizsystems über ihn niedersenken und zugreifen; vielleicht gäbe es irgendeinen ulkigen Erpresserbrief, als könnte man irgendetwas aus einem Stein pressen.

Aber auf diesen beiden Flügen geschah nichts Ungewöhnliches. Wohl um Zeb in Sicherheit zu wiegen. Ihm zu suggerieren, dass Chuck harmlos sei. War sein harmloses Getue ein ausgeklügelter Winkelzug?

Fast hätte es geklappt. Zeb kam sich allmählich paranoid vor. Zuckte schon bei der kleinsten Bewegung zusammen. Zerbrach sich wegen einer aalglatten Pappnase wie Chuck den Kopf.

Der Morgen des Absturzes fing ganz normal an. Frühstück, irgendein anonymes Klappbrötchen mit mysteriösem Inhalt, ein paar Tassen Koffeinersatz, eine Scheibe getoastetes Spanholz. Die Bärenbrücke bezog ihre Lebensmittel zu Dumpingpreisen: Bei einer so edelmütigen Sache wurde erwartet, dass man sich in Bescheidenheit übte, Pseudonahrung aß und das gute Futter den Bären überließ.

Dann das Einladen des biokompostierbaren Abfalls säckeweise mit dem Gabelstapler in den Bauch des Schraubers. Zebs planmäßiger Flugpartner war ausgefallen – nachdem er sich angeblich in einem der Abschleppschuppen nach dem Einwurf irgendwelcher schwachsinniger Pharmazeutika großkotzig beim Tanzen auf dem scherbenübersäten Boden die nackten Füße aufgeschnitten hatte –, eigentlich hätte Zeb mit einem gar nicht üblen Kerl namens Rodge fliegen sollen. Doch als er einsteigen wollte, stand Chuck vor ihm, aufgepimpt in seiner nagelneuen Reiß- und Klettverschlussnummer, und lächelte ihn mit seinen großen weißen Pferdezähnen an, wobei die Augen ausdruckslos blieben.

»Hat Rodge nen Anruf gekriegt?«, fragte Zeb. »Ist die Oma gestorben?«

»Der Vater, genau genommen«, sagte Chuck. »Schönes Wetter heute. Hey, ich hab dir n Bier mitgebracht.« Er selbst hatte auch ein Bier, um zu beweisen, dass er ein ganz normaler Kerl war.

Zeb grunzte, nahm das Bier, schraubte den Deckel ab. »Ich muss mal pissen«, sagte er. Auf dem Klo schüttete er das Bier in den Ausguss. Der Deckel schien zwar versiegelt, aber das musste nichts heißen, so wie nichts mehr irgendetwas heißen musste. Er wollte nichts kippen oder knabbern, was Chuck schon in der Hand gehabt hatte.

Das Starten der Kugelfische war immer eine Sache für sich: Rotorblätter und Helium/Wasserstoffblase gaben Auftrieb, doch der Trick bestand darin, genug Höhe zu gewinnen, bevor man die Flügel einschaltete, und die Rotorblätter genau im richtigen Moment auszuschalten, sonst konnte die Maschine zur Seite kippen und ins Trudeln geraten.

Aber an diesem Tag ging alles glatt. Der Flug verlief nach Plan, sie fädelten sich durch die Täler rund um die Pelly Mountains, machten ein paarmal Halt, um die Landschaft mit Leckerchen für die Bären zu bombardieren; dann ging's über die hohen Barrens der Mackenzie Mountains, schneebedeckte Wipfel wie auf einer Ansichtskarte, ein, zwei weitere Abwürfe; anschließend über das, was vom Old Canol Trail übrig geblieben war, wo man immer noch hie und da einen WK2-Telefonmast entdecken konnte.

Der Schrauber flog wie ne Eins. Er hörte auf zu flattern und begann genau über den Abwurfstellen zu schweben, die Luke ging ganz normal auf und der Biomüll stürzte zur Erde. Noch während sich der Schrauber der letzten Fütterungsstelle näherte, galoppierten schon zwei Bären – einer hauptsächlich weiß, der andere hauptsächlich braun – ihrer persönlichen Müllkippe entgegen; Zeb sah die kräuselnden Pelze, als würde jemand einen Langhaarteppich ausschütteln. Diese Nähe zu den Bären gab ihm immer einen Kick.

Zeb wendete den Schrauber und nahm Kurs auf Südwest, zurück in Richtung Whitehorse. Dann übergab er an Chuck, denn laut Uhr war Zeb an der Reihe, sich eine Runde aufs Ohr zu hauen. Er lehnte sich zurück, pustete sein Nackenkissen auf und schloss die Augen, erlaubte sich aber nicht wegzunicken, denn während des gesamten Fluges war Chuck eindeutig zu aufmerksam gewesen. Kein Mensch ist derart angespannt, wenn überhaupt nichts los ist.

Sie hatten gut zwei Drittel des Weges zum ersten schmalen Tal zurückgelegt, als Chuck in Aktion trat. Durch seine halb geschlossenen Lider sah Zeb, wie sich eine Hand mit einem glitzernden Etwas verstohlen auf seinen Oberschenkel zubewegte. Er fuhr hoch und knallte Chuck eine Handkante in die Luftröhre. Allerdings nicht fest genug, denn Chuck stieß zwar ein Keuchen aus – eigentlich war es kein Keuchen, aber schwer zu beschreiben, was es genau war –, er gab dieses Geräusch von sich und ließ fallen, was immer er in der Hand gehabt hatte, packte Zeb aber an der Gurgel und Zeb schlug noch einmal zu und natürlich flog zu diesem Zeitpunkt niemand mehr die Maschine und inmitten der ganzen Keilerei muss einer mit dem Bein oder der Hand oder dem Ellenbogen irgendwo gegengestoßen sein und schon klappte der Schrauber zwei seiner vier Flügel ein, kippte zur Seite und stürzte ab.

Irgendwann stellte Zeb fest, dass er unter einem Baum saß und auf den Baumstamm starrte. Verblüffend klar sah er die geriffelten Ränder der Flechte: hellgrau mit einem Hauch von Grün, und am Rand noch so viel dunkler, unglaublich filigran …

Steh auf, befahl er sich. *Du musst hier weg*. Aber sein Körper reagierte nicht.

Vorräte

Viel, viel später erst – es wirkte wie eine sehr lange Zeit, es war ein Gefühl wie durch transparenten Schlamm zu waten – rollte sich Zeb auf die Seite, stützte sich auf die Hände und schob sich neben dem dürren fichtenartigen Baum hoch. Dann übergab er sich. Dass ihm schlecht war, hatte er gar nicht wahrgenommen: Er musste einfach plötzlich kotzen.

»Tiere machen das so«, sagte er. »Unter Stress. Damit der Körper keine Energie in die Verdauung stecken muss.«

»War dir kalt?«, fragt Toby.

Zeb klapperte mit den Zähnen, er zitterte am ganzen Leib. Er nahm Chucks Daunenweste und zog sie über die eigene. Sie war kaum zerrissen. Er überprüfte den Inhalt der Taschen, entdeckte Chucks Telefon und zertrümmerte es mit einem Stein, um mögliche GPS- und Abhörfunktionen auszuschalten. Gerade als er zur Zertrümmerung ansetzte, klingelte es; er musste seine gesamte Selbstbeherrschung aufbringen, um nicht dranzugehen und zu tun, als wäre er Chuck. Vielleicht hätte er aber drangehen sollen und sagen, Zeb sei tot. Er hätte vielleicht ein paar interessante Dinge erfahren. Wenige Minuten später klingelte sein eigenes Telefon; er wartete, bis das Klingeln aufhörte, und zertrümmerte es ebenfalls.

Chuck hatte noch das ein oder andere Spielzeug dabei, wenn auch nichts, was Zeb nicht selbst hatte. Taschenmesser, Bärenspray, Insektenspray, eine unausgepackte Weltraum-Alu-Survivaldecke, solche Dinge. Durch enormes Glück war das Bärengewehr, das sie im Falle von Landungen und Angriffen immer bei sich hatten, zusammen mit Chuck aus der Maschine geworfen worden. Bärengewehre bildeten die Ausnahme vom neuen Antiwaffengesetz, denn selbst dem beklopptesten CorpSeCorps-Bürokraten war klar, dass ein Bärengewehr da oben unabdingbar war. Das Corps war wenig begeistert von der Bärenbrücke, machte aber auch keine Anstalten, ihr den Hahn abzudrehen, obwohl ein Wink mit dem kleinen Finger genügt hätte. Sie leistete ihm gute Dienste, ließ einen Funken Hoffnung aufkommen und lenkte von den wahren Aktivitäten des Corps ab, nämlich die Erde flachzuplanieren und sich alles, was auch nur irgendeinen Wert hatte, unter den Nagel zu reißen. Man hatte nichts gegen die Standardwerbung der Bärenbrücke, wo ein lächelnder Pelzwichser-Öko der Welt erklärte, wie irrsinnig viel Gutes die Bärenbrücke tue, und bitte spendet mehr Geld, sonst habt ihr die Bären auf dem Gewissen. Das Corps spendete ja sogar selbst. »Das war damals, als die noch auf vertrauenswürdig machten«, sagte Zeb. »Aber kaum hatten sie ihre Vorrangstellung, war's vorbei damit.«

Als Zeb das Bärengewehr entdeckte, ließ sein Zittern fast komplett nach. Am liebsten hätte er es an sich gedrückt: Jetzt war er zumindest nicht gänzlich chancenlos. Die Spritze aber, die Chuck ihm verpassen wollte, fand er nicht; schade eigentlich, denn er hätte gern gewusst, was es war. Höchstwahrscheinlich K.o.-Tropfen. Er wäre vorübergehend lahmgelegt und zu irgendeinem Schattenwelt-Treffen geflogen worden, wo die von Gott weiß wem angeheuerten Hirnschaber schon gewartet hätten, um seine neuronalen Daten abzutragen, alles aus ihm rauszuquetschen, was er jemals gehackt hatte und für wen er jemals gehackt hatte, und ihn als entkernte und verschrumpelte Hülle zurückzulassen, und er wäre mit künstlich induzierter Amnesie durch einen fernen, verheerten Sumpf getaumelt, bis ihm die örtlichen Einwohner die Hosen geklaut und seine Organe fürs Transplantationsgeschäft recycelt hätten.

Aber selbst wenn er die Spritze gefunden hätte, was dann? Hätte er sie etwa an sich selbst testen sollen? Oder an einem Lemming? »Dennoch, ich hätte sie behalten können, für den Notfall«, sag Zeb.

»Für den Notfall?«, sagt Toby und lächelt im Dunkeln. »Und das war kein Notfall?«

»Nein, für einen echten Notfall«, sagt Zeb. »Wenn ich da draußen irgendeinem anderen Menschen in die Arme gelaufen wäre. Das wäre ein Notfall gewesen. Nicht auszuschließen, dass es irgendein Irrer gewesen wäre.«

»Gab es Schnur?«, fragt Toby. »In den Taschen. Man weiß nie, wann man mal Schnur braucht. Oder Seil.«

»Schnur. Ja, jetzt wo du's sagst. Eine Rolle Angelschnur, die hatten wir immer dabei, und ein paar Haken. Feueranzünder. Minifernglas. Kompass. Die Bärenbrücke stattete uns mit diesem ganzen Pfadfinderzeug aus, einem Survival-Grundstock. Chucks Kompass hab ich aber nicht mitgenommen, ich hatte ja schon einen. Kein Mensch braucht zwei Kompasse.«

»Schokoriegel?«, fragt Toby. »Energierationen?«

»Ja, ein paar mickrige Kickriegel, Ersatznüsse, ne Packung Hustenbonbons. Die hab ich mitgenommen. Und.« Er hält inne.

»Und was?«, fragt Toby. »Erzähl weiter.«

»Also gut, ich hab ein Stück Chuck mitgenommen. Hab ich mir mit dem Taschenmesser abgehackt, oder besser, abgesägt. Chuck hatte eine wasserdichte Faltjacke, also hab ich ihn da eingewickelt. Futter ist ja eher Mangelware da oben in den Barrens, das wussten wir alle aus dem Bärenbrücken-Kurs. Kaninchen, Eichhörnchen, Pilze, aber zum Jagen hätte ich nicht die Zeit gehabt. Außerdem kann man am Hungertod sterben, wenn man nichts als Kaninchenfleisch isst. An den Viechern ist kein Gramm Fett. Das wär so ähnlich wie bei dieser beknackten Diät, du weißt schon, wo man nur Proteine isst. Die Muskeln lösen sich auf. Das Herz wird ganz dünn.«

»Welches Stück Chuck hast du denn mitgenommen?«, fragt Toby. Sie wundert sich selbst, dass sie so abgebrüht reagiert; früher wäre das vielleicht anders gewesen, als *zimperlich* noch eine Option war.

»Den fettesten«, sagt Zeb. »Den ohne Knochen. Den Teil, den du auch genommen hättest. Den jeder vernünftige Mensch genommen hätte.«

»Und wie ging's dir dabei?«, fragt Toby. »Hörst du mal auf, mir den Hintern zu tätscheln!«

»Wieso?«, sagt Zeb. »Och, ging so. Er hätte ja dasselbe mit mir gemacht. Vielleicht lieber streicheln, so?«

»Ich bin zu dünn«, sagt Toby.

»Stimmt, du könntest n paar Pölsterchen gebrauchen. Ich bring dir mal ne Packung Pralinen mit, falls ich welche auftreibe. Wirst du mal ordentlich gemästet.«

»Und Blumen«, sagt Toby. »Am besten das volle Programm. Ich wette, das hast du noch nie gemacht.«

»Hast du ne Ahnung«, sagt Zeb. »Ich hab auch schon Blumensträuße verschenkt. Wenn man so will.«

»Erzähl weiter«, sagt Toby, die über Zebs Blumensträuße nicht nachdenken will oder was das für welche waren oder wem er sie geschenkt haben könnte. »Da stehst du also. In der Ferne die Berge, ein Stück Chuck auf der Erde und den Rest in deiner Tasche. Wie spät war es?«

»Vielleicht drei Uhr nachmittags, vielleicht fünf, was weiß ich, vielleicht sogar acht, war ja anscheinend noch hell«, sagt Zeb. »Ich hatte kein Zeitgefühl mehr. Es war Mitte Juli oder hatte ich das schon gesagt? Die Sonne geht ja nie richtig unter zu der Jahreszeit, da oben. Die taucht nur mal kurz untern Horizont; man hat dann so einen schönen roten Rand. Ein paar Stunden später kommt sie wieder hoch. Die Gegend liegt zwar noch nicht über dem Polarkreis, aber immerhin so hoch, dass es schon Tundra ist: zweihundert Jahre alte Weide mit ihren waagerechten Ranken und die Wildblumen, alles blüht zur gleichen Zeit, weil der Sommer nur ein paar Wochen dauert. Nicht dass ich in dem Moment einen Blick gehabt hätte für irgendwelche Wildblumen.«

Er überlegte, dass es besser wäre, Chuck außer Sichtweite zu schaffen. Er zog ihm wieder die Hose über und stopfte ihn unter einen der Schrauberflügel. Er tauschte noch Stiefel mit ihm – Chucks waren besser und passten einigermaßen – und ließ einen Fuß rausgucken, so dass man aus der Ferne auf jeden Fall denken würde, es sei Zeb, der da liegt. Tot zu sein hielt er für die bessere Idee – zumindest vorerst.

Sobald die Leitstelle sah, dass der Funkkontakt abgebrochen war, würden sie jemanden schicken. Wahrscheinlich die Entstörung. Nachdem sie festgestellt hätten, dass es nichts mehr zu entstören gab und niemand wartete, Leuchtraketen zündete und mit einem weißen Taschentuch winkte, würden sie wieder abhauen: bloß keinen Sprit für Tote verschwenden. So in etwa dachte man. Das Recycling sollte ruhig die Natur übernehmen. Die Bären würden sich schon drum kümmern, die Wölfe, Vielfraße, die Raben und so weiter.

Doch die Leute von der Bärenbrücke wären womöglich nicht die Einzigen, die vorbeischauen würden. Dass Chuck für seine Hirnklau-Nummer nicht mit der Bärenbrücke arbeitete, war klar. Denn in dem Fall hätte er nicht gezögert und direkt an der Basis was zu reißen versucht, und er hätte seine Helfer gehabt. Längst säße Zeb als hirnamputierte Hülle mit falschem Pass und ohne Fingerabdrücke in irgendeiner ehemaligen Bergwerks- oder Ölbohrer-Zombiestadt. Nicht dass man sich die Mühe gemacht hätte, überhaupt so weit zu gehen, denn wer würde ihn schon vermissen?

Chucks Bosse mussten also woanders sitzen: nämlich da, von wo immer aus sie angerufen hatten. Aber wie nah war dieser Ort? Norman Wells, Whitehorse? Irgendwo jedenfalls mit einem Flugplatz. Zeb musste so schnell wie möglich von der Absturzstelle weg und irgendwo Unterschlupf finden. Was gar nicht so einfach war in einer fast vegetationslosen Tundra.

Wobei – die Grolarbären und Pizzlys konnten es auch, und sie waren größer. Hatten aber auch mehr Erfahrung.

Zeb marschierte los. Der Schrauber war auf der Westseite eines sanften Hügels abgestürzt und Westen war die Richtung, die er einschlug. Er hatte einen groben Begriff der Region im Kopf. Schade, dass er die Landkarte aus Papier nicht hatte, die sie im Falle von technischem Versagen während der Flüge immer aufgeschlagen auf dem Schoß liegen hatten.

Die Tundra war unwegsam. Schwammiger, durchweichter Boden mit versteckten Tümpeln, glitschigem Moos und heimtückischen Grasbüscheln. Aus dem Torf ragten alte Flugzeugteile – hier eine Strebe, dort ein Propellerflügel, der Abfall der tollkühnen Buschpiloten, die plötzlich von Nebel oder Sturmwinden überrascht worden waren, irgendwann im zwanzigsten Jahrhundert, vor langer Zeit. Er entdeckte einen Pilz, ließ aber die Finger davon: Er kannte sich mit Pilzen nicht aus, aber manche waren halluzinogen. Das fehlte ihm gerade noch, ein Pilztrip, grüne und lila Teddybären mit rosafarbenem Grinsen, die ihn auf winzigen Flügelchen umschwirrten. Als wäre der Tag nicht schon surreal genug gewesen.

Das Bärengewehr war geladen, das Spray griffbereit. Überraschte man einen Bären, ging er zum Angriff über. Das Spray hatte nur dann Sinn, wenn man schon das Rote im Auge des Bären sah, man hatte also nur ein schmales Zeitfenster – sprühen und sofort schießen. War es ein Pizzly, würde es so ablaufen. Ein Grolarbär dagegen würde einem auflauern und sich von hinten nähern. Im feuchten Sand entdeckte er einen Abdruck, linke Vorderpfote, und ein Stück weiter frischen Kot. Wahrscheinlich hatten sie ihn schon ins Visier genommen. Sie wussten, dass er ein Päckchen mit Blut und Muskelfleisch dabeihatte: Sie konnten es riechen. Sie konnten seine Angst riechen.

Trotz Chucks hochwertiger Stiefel waren seine Füße schon durchnässt. Die Stiefel passten doch nicht so gut, wie er angenommen hatte. Er stellte sich seine Füße in den Socken vor, bleich, teigig und voller Blasen. Um loszukommen von dem Gedanken daran – von den Bären, dem toten Chuck und von allem überhaupt – und um ein bisschen Lärm zu machen und die Pizzlys zu warnen, damit weder er noch sie überrascht würden, sang er ein Lied. Es war eine Angewohnheit aus seiner sogenannten Jugend, da hatte er im Dunkeln immer vor sich hin gepfiffen, wenn er wieder mal irgendwo eingesperrt worden war. Im Dunkeln, in der Dunkelheit, in der Dunkelheit, die immer da war, selbst wenn es taghell war.

Der Vater ist Sadist, die Mutter ist ne Pest
Jetzt mach die Augen zu und schlafe tief und fest

Nein, jetzt nicht schlafen, obwohl er inzwischen todmüde war. Er musste weiter. Gewaltmarsch.

Idiotisch, idiotisch, idiotisch, idiotisch
Ich bin so schlimm, so richtig schlimm, so richtig schlimm psychotisch.

Weiter unten lag ein Streifen mit dichterem Grün, der auf einen Wildbach deutete. Über die kleinen Hügel, das Moos und die nackten Stellen, wo sich im tiefen Frost des Winters die Kieselsteine an die Oberfläche durchgebrannt hatten, steuerte er darauf zu. Es war nicht sonderlich kalt an jenem Tag, in der Sonne war es sogar heiß, aber noch immer hatte er Zitteranfälle, er schüttelte sich wie ein nasser Hund. Er hüllte sich fester in Chucks Weste, die er sich zusätzlich über seine eigene gezogen hatte.

Als er den Bach schon fast erreicht hatte – es war eher ein Fluss, die Strömung war ziemlich stark –, dachte er: Und was ist, wenn sie abgehört wird. Die Weste. Da könnte ja irgendwo ein Peilsender eingenäht sein. Dann denken sie, Chuck lebt und ist unterwegs, auch wenn er rätselhafterweise nicht ans Telefon geht. Sie werden jemanden schicken, um ihn abzuholen.

Er zog die Weste aus, watete durch den Bach bis an die Stelle, wo die Strömung am stärksten war, drückte die Weste unter Wasser. Sie blähte sich auf, sie würde nicht sinken. Er hätte Steine in die Taschen stecken können, aber es war besser, sie davontreiben zu lassen, weit weg. Er sah ihr nach, wie sie flussabwärts trieb wie eine seltsame Qualle, und dachte: Das war jetzt vielleicht nicht ganz so schlau. Ich muss mich konzentrieren.

Er schaufelte sich mit der hohlen Hand kaltes Wasser in den Mund – trink nicht zu viel, das beschwert – und fragte sich, ob er gerade eine pisspottgroße Menge Bieberfieber geschluckt hatte. Aber hier oben lebten bestimmt gar keine Bieber. Was hatten Wölfe für Krankheiten? Tollwut, ja, aber sowas kriegt man nicht vom Trinken. Aufgelöste Elchkacke – waren da nicht diese klitzekleinen Würmer drin, die sich durchs Fleisch graben? Irgendeine Art Leberegel?

Warum stehst du im Wasser und führst Selbstgespräche?, fragte er. Mitten auf dem Präsentierteller. Folge dem Flusstal, befahl er sich. Geh unterm Dickicht, wo man dich nicht sehen kann. Er zählte im Kopf: Wie lange würde es dauern, von dem Moment an, als Chuck nicht ans Telefon gegangen war? Zwei Stunden vielleicht, wenn man die Panik der Ungewissheit, die von ferne oder sonstwie einberufene Besprechung, das Hin- und Hergesimse, das Trödeln, die Geldschieberei und die unterschwelligen Anschuldigungen miteinkalkulierte. Den ganzen Scheiß eben.

Schulterhohe Weiden, vom Wind geschützt; Gräser, Büsche. Fliegen, Schmeißfliegen, Moskitos. Die sollen die Karibus angeblich schon in den Wahn getrieben haben. Man sah sie auf ihren breiten Schneeschuh-Füßen übers Sumpfland ziehen, unterwegs nach Nirgendwo. Er trug Insektenspray auf: nicht zu viel auf einmal. Immer weiter westwärts, in die Richtung, in der er, wie er sich erinnerte – wie er sich meinte zu erinnern –, auf das treffen würde, was von der Canol Road geblieben war. Viel war es nicht, aber wie er von seinen Flügen wusste, standen entlang dieser Straße ein paar Gebäude. Ein altes Gästehaus, der ein oder andere Holzschuppen.

Er ging auf einen windschiefen Telegrafenmast zu, einen uralten aus Holz. Daneben lag ein Knäuel Draht und ein Karibu-Skelett, das Geweih im Draht verfangen; ein Stück weiter lag ein Ölfass, dann zwei weitere Ölfässer, dann ein roter Kleinlastwagen in noch beinahe jungfräulichem Zustand, aber ohne Reifen. Wahrscheinlich hatten sie irgendwelche Jäger aus der Gegend abmontiert und in ihren Geländewagen mitgenommen, damals, als man sich das Benzin noch leisten konnte, um so weit rauszufahren für die Jagd. Mit solchen Reifen hätten die Leute sicher etwas anfangen können. Der Lastwagen hatte die abgerundeten Ecken, die Stromlinienform der 1940er, als die Straße gebaut wurde. Irgendein Bürokratenplan war das, um während des Zweiten Weltkriegs Öl durch eine Pipeline ins Inland zu schaffen, damit sie nicht von küstennahen U-Booten in die Luft gesprengt wurde. Sie hatten jede Menge Soldaten aus dem Süden raufgebracht, um das System zu bauen, auch viele Schwarze. Die noch nie zuvor in Gefilden mit Temperaturen unter null, fünf Tage andauernden Schneestürmen und 24-Stunden-Dunkelheit gewesen waren; die geglaubt haben müssen, in der Hölle gelandet zu sein. Der hiesigen Legende nach verlor ein Drittel dieser Leute den Verstand. Dass man hier verrückt wurde, konnte er nachvollziehen, auch ohne Schneestürme.

Der eine Fuß war wundgelaufen, bestimmt eine Blase, aber er konnte nicht stehenbleiben, um nachzusehen. Er hoppelte den von hohen Sträuchern gesäumten, zerbröckelten Streifen Straße entlang, immer mit einem Auge am Himmel, und da stand auf einmal das Holzhaus. Ein langer flacher Bau, zwar ohne Tür, aber immerhin mit Dach.

Schnell rein ins schattige Innere. Dann wartete er. Es war unglaublich still.

Metallschrott, alte Bretter, rostiger Draht. Da drüben hatten wohl mal Betten gestanden. Ein zerfledderter Sessel. Die Hülle eines Radios, wie's aussieht; die gerundeten Formen jenes Jahrzehnts, die an einen Laib Brot erinnern. Drehknopf noch dran. Ein Löffel. Die Überreste eines Ofens. Der Geruch von Teer. Sonnenlicht fällt durch einen Spalt in der Decke, sickert durch den Staub. Ein Hauch von lang vergangenem Elend, ausgebleichtem Leid.

Das Warten war schlimmer als das Laufen. Einige Körperstellen pulsierten: die Füße, das Herz. Sein Atem ging heiser.

Dann fragte er sich, ob er nicht womöglich selbst verwanzt war; von Chuck, für den Notfall – ob er ihm nicht unbemerkt einen Minisender in die Hosentasche gesteckt hatte. Wenn ja, war er Grillfleisch: Dann konnten sie ihn jetzt atmen hören. Sie hätten ihn sogar singen gehört. Sie würden ihn lokalisieren, ihn mit einer Minirakete beschießen und paff.

Kann man nichts machen.

Nach – was? Einer Stunde? – sah er die tieffliegende Ornidrohne. Ja, aus Nordost: Norman Wells. Sie nahm direkten Kurs auf die Absturzstelle und flog ein paarmal darüber hinweg, um Bildmaterial zu versenden. Wer immer sie am Stützpunkt lenkte, traf eine Entscheidung. Er feuerte auf die kaputte Tragfläche mit dem darunterliegenden Chuck, und es dröhnte mehrmals. Anschließend jagte er das, was von dem Schrauber noch übrig war, in die Luft. Zeb konnte sich das Gespräch genau ausmalen: *Keine Überlebenden. Sicher? Unmöglich. Beide? Muss wohl. Bin jedenfalls auf Nummer sicher gegangen, verbrannte Erde.*

Er hielt den Atem an, doch die Drohne folgte nicht der Spur der schwimmenden Weste und sie ignorierte das verfallene Holzhaus; sie machte einfach nur kehrt und flog in die Richtung zurück, aus der sie gekommen war. Sie hatten als Erste vor Ort sein und die Spuren verwischen wollen, um schnellstens zu verschwinden, bevor die Bärenbrücke auf der Bildfläche erschien.

Was dann auch geschah, auf die übliche entspannte Weise. Mach voran, dachte Zeb, ich hab Hunger. Die Entstörung schwebte über dem Wrack und bestimmt murmelte der Pilot dabei Ach-du-Scheiße, die-armen-Kerle, die-hatten-ja-keine-Chance. Dann flog auch er davon, zurück in Richtung Whitehorse. Als das rötliche Abendlicht aufkam und der Nebel sich senkte und die Temperaturen fielen, machte Zeb im Innern des Gebäudes auf einem Stück Metall, um nicht gleich die Bude abzufackeln, ein kleines Feuer; so würde der Rauch gegen die Decke ziehen und sich gleichmäßig verteilen. Keine verräterische Rauchsäule bilden. So wurde ihm ein bisschen warm. Dann machte er sich was zu essen. Dann aß er.

»Einfach so?«, fragt Toby. »War das nicht ein bisschen abrupt?«

»Was?«

»Na ja, das war doch … ich will ja nur sagen …«

»Du willst sagen, weil's Fleisch war? Machst du jetzt auf Vegetarier?«

»Sei nicht gemein.«

»Hätte ich erst ein Tischgebet sprechen sollen? Lieber Herr Jesus, wir danken dir, dass Chuck so ein Flachwichser war und dass er mir auf so selbstlose, wenn auch wahrlich bescheuerte Weise diese Speise bescheret hat?«

»Du machst dich lustig.«

»Dann verschon mich mit dem Gärtnergedöns.«

»Moment mal! Du warst doch selber bei den Gärtnern. Du warst die rechte Hand von Adam Eins, du warst ein Stützpfeiler der …«

»Na ja, damals schon nicht mehr. Stützpfeiler, genau. Außerdem ist das ne ganz andere Geschichte.«

Bigfoot

So einfach war's natürlich auch wieder nicht. Zeb säbelte das Fleisch in kleine Stückchen und nahm ein rostiges Stück Draht als Bratspieß, und er hielt sich einen Vortrag – *Man muss sich schließlich vernünftig ernähren! Wie willst du denn sonst hier oben überleben?* Ein wenig würgen musste er dennoch. Zum Glück hatte er jede Menge Übung darin, sich von dem zu distanzieren, was er sich in den Mund schob, kürzlich noch von dem Schlangenfraß bei der Bärenbrücke – ein beliebter Proteinzusatz waren tatsächlich Raupen und Larven in getrockneter und gemahlener Form.

Seine ersten Versuche diesbezüglich stammten jedoch aus früheren Zeiten und gehörten zu den Straflektionen Hochwürdens, nämlich: Wer ein dreckiges Mundwerk hat, soll seinen eigenen Dreck fressen. Wie soll man dabei nicht riechen, nicht schmecken, nicht denken: genau wie die drei Affen auf dem Miniölfass auf der Kommode seiner Mutter, die nichts sehen, nichts hören und nichts sagen und somit ein perfektes Rollenvorbild abgaben. *Hast du dich übergeben? Was hast du denn da am Kinn?* Er hat gesagt, Du bist ein Hund, friss deine Kotze. Er hat mich mit dem Kopf ins ... *Zebulon! Du sollst nicht lügen. So etwas würde dein Vater niemals tun, das weißt du genau! Er liebt dich!*

Falltür zu, Felsblock drüber, nicht mehr dran denken. Viel wichtiger war es jetzt, warm zu bleiben. In der Ecke lag etwas bröselige Teerpappe, besser als nichts. Er breitete sie über den Boden und hoffte, dass sie als Dämmstoff etwas taugen würde. Trockene Socken hätten auch geholfen; er baute sich ein kleines Indianerzelt aus Stöcken, hängte die feuchten Socken über die Glut seines kleinen Feuers und hoffte, dass sie ihm nicht anbrennen würden. Dann legte er mehrere mittelgroße Steine in die Kohlen. Er packte seine kalten Füße in die Daunenweste, faltete die beiden reflektierenden Aludecken auseinander, seine und Chucks, hüllte sich in die Decken und legte sich die heißen Steine unter. Lektion Nummer eins: immer für eine warme Körpermitte sorgen. Immer dafür sorgen, dass einem die Füße nicht abfallen, sonst kommt man nicht weiter. Immer dran denken, dass fingerlose Hände wenig nützen, vor allem dann, wenn die Feinmotorik gefragt ist, beispielsweise beim Schnürsenkelbinden.

War das ein Grunzen vor dem Holzhaus, ein Kratzen, heute früh? Das Haus hatte keine Tür, es konnte jeder einfach reinspazieren. Vielfraß, Wolf oder Bär. Vielleicht hatte der Rauch sie abgeschreckt. Hat er geschlafen? Muss wohl. Es wurde allzu schnell wieder hell.

Singend wurde er wach.

Streune hier, streune da
Streune in Amerika
Hab ne Muschi hier am Start
Ist von Kopf bis Fuß behaart …

Junggesellenabschiedsgegröle, total daneben. Putscht aber gut auf. Sofortverbrüderung mit der Steinzeithöhle. »Halt die Schnauze«, sagte er zu sich. »Willst du auf so ordinäre Art sterben?« »Eigentlich egal, guckt ja eh keiner«, konterte er.

Die Socken waren noch nicht trocken, aber trockener. Wie blöd von ihm, er hätte Chucks Socken nehmen sollen, von seinen toten, aber keineswegs vergessenen Käsequanten. Er zog sich die Socken an, faltete die Aludecken zusammen und stopfte sie in seine Taschen – die verfluchten Teile wieder zurück in ihre kleinen Umschläge zu kriegen war wie immer unmöglich –, packte sein improvisiertes Schweinchen-Schlau-Werkzeug sowie die Reste seines Picknicks ein und wagte einen Blick aus der Tür.

Überall Nebel. Grau wie ein Lungenemphysem. Auch gut, denn jetzt wäre die Sicht eingeschränkt, eine gute Abschreckung für Schnüffler aus der Luft. Auch wenn das weniger gut war für Zeb, denn jetzt wäre die Orientierung eher mäßig. Aber sicherlich musste man einfach nur dem gelben Ziegelsteinweg folgen wie beim Zauberer von Oz, nur ohne Ziegelsteine und ohne Smaragdstadt am Ende.

Nur zwei Richtungen waren möglich: nordöstlich nach Norman Wells, kein einfaches Fortkommen auf einer verrotteten, von Gletschersteinen übersäten Strecke; oder südwestlich in Richtung Whitehorse, durch die kalten, nebelverhangenen Bergtäler. Beide Ziele lagen in weiter Ferne, und wenn er hätte wetten müssen, hätte er nicht auf sich gesetzt. Doch die Whitehorse-Route stieß auf der Yukon-Seite auf eine echte Straße, eine Straße, die für motorisierte Fahrzeuge noch geeignet war. Da stünden die Chancen besser, mitgenommen zu werden. Oder so ähnlich. Oder wie auch immer.

Er marschierte los, durch den Nebel, immer über den abgetragenen Kies. Wäre das ein Film, würde er langsam verblassen und wäre irgendwann weg, und dann käme der Abspann. Aber halt, halt, noch war er am Leben. »Genieß den Augenblick«, sagte er zu sich.

Ja ich wander zu den Schlampen, und dann bin ich wieder frei
Ja die treiben mich in den Wahnsinn
Und ich singe doch dabei
Hollahi, fick ins Knie, Hollaho, in den Po …

»Du nimmst das alles nicht ernst«, schimpfte er mit sich. »Ach, halt die Schnauze«, entgegnete er. »Immer die alte Leier.« Selbstgespräche führen, nicht so positiv. Selbstgespräche auch noch in voller Lautstärke, noch schlimmer. Er war noch nicht im Delirium, obwohl – konnte man's wissen?

Am Vormittag gegen elf war der Nebel weggebrannt, der Himmel färbte sich blau, ein Wind begann zu wehen. Hoch aus der Luft beschatteten ihn zwei Raben, sie drehten ihm ein Auge zu, tauschten unhöfliche Bemerkungen über ihn aus. Sie warteten, dass irgendetwas anfing, an ihm zu nagen, um mitmischen und einen Snack abgreifen zu können: Raben waren nicht sehr geschickt, wenn es darum ging, den ersten Schnitt zu machen; sie schlossen sich immer anderen Jägern an. Er aß einen Kickriegel, er kam an einen Fluss mit einer ausgewaschenen Brücke, er musste sich entscheiden: lieber nasse Stiefel oder nackte Krüppelfüße? Er entschied sich für die Stiefel, zog sich aber vorher die Socken aus. Das Wasser war unfassbar kalt. »Muss das so kalt sein?«, fragte er sich zu Recht.

Dann musste er sich entscheiden, entweder die Socken wieder anzuziehen und feucht werden zu lassen oder sich dem zweifelhaften Genuss hinzugeben, barfuß in Stiefeln weiterzulaufen, was die bereits gelaufene Blase weiter akzentuieren würde. Die Stiefel selbst wären bald tendenziell sinnlos.

»Du hast ein ungefähres Bild«, sagt er. »Und so weiter und so fort. So ging das den ganzen Tag, und es wehte der Wind und es schien die Sonne.«

»Wie weit bist du gegangen?«, fragt Toby.

»Schwer zu schätzen. Entfernungen haben keine Bedeutung da draußen. Sagen wir einfach, nicht weit genug«, sagt er. »Und inzwischen hatte ich nichts mehr im Tank.«

Er verbrachte die Nacht zusammengekauert zwischen zwei Felsblöcken, und trotz der beiden knisternden Aludecken und des Feuers aus toter Weide und Birke vom Flussufer fror er erbärmlich.

Beim nächsten rosa Sonnenuntergang waren seine Vorräte aufgebraucht. Inzwischen hatte er aufgehört, sich wegen der Bären verrückt zu machen; er sehnte sich fast danach, einem fetten Exemplar über den Weg zu laufen, von dem er sich gleich ein Stück abbeißen würde. Er träumte von kleinen Fettaugen, die wie Schneeflocken durch die Luft schwebten, aber es waren keine Flocken, sondern richtige Kügelchen. Er träumte, wie sich der Schnee auf ihm niederließ, in die Höhlen und Falten seines Körpers fiel und ihn aufpolsterte. Das Hirn bestand zu hundert Prozent aus Cholesterin, er brauchte den Beschleuniger, er lechzte danach. Er sah das Innere seines Körpers bildhaft vor sich, die Rippen über dem Hohlkörper, der mit Zähnen gespickt war. Wenn man in einem solchen Fetttreiben die Zunge rausstreckt, schmeckt die Luft bestimmt nach Hühnersuppe.

Im Dämmerlicht stand ein Karibu. Das Tier sah ihn an, er sah das Tier an. Es war außer Schussweite, viel zu schnell zum Jagen. Diese Viecher konnten übers Sumpfland heizen, als hätten sie Skier an den Füßen.

Der nächste Tag war sonnig und fast heiß; alles in der Ferne hatte wacklige Konturen wie eine Fata Morgana. Hatte er noch Hunger? Schwer zu sagen. Er nahm Wörter wahr, die von ihm aufstiegen und von der Sonne versengt wurden. Bald wäre er wortlos und wäre er dann noch in der Lage zu denken? Nein und ja, ja und nein. Er wäre direkt dran, dran an allem, was den Raum ausfüllte, durch den er sich bewegte, ohne die gläserne Scheibe der Sprache, die zwischen ihm und allem stand, was nicht er war. Alles, was nicht er war, sickerte durch seine Reserve, durch seine Ecken und Kanten, es fraß an seiner Gestalt, es drang mit seinen zarten Wurzeln in seinen Kopf wie Haare, nur umgekehrt. Bald wäre er überwuchert, bald wäre er eins mit dem Moos. Er musste in Bewegung bleiben, seine Konturen wahren, sich durch seine Stoßwellen definieren, durch sein Kielwasser in der Luft. Um achtsam zu bleiben, um einen wachen Blick zu behalten für das – für was eigentlich? Für was immer ihm entgegenkommen und plötzlich aufhalten könnte.

An der nächsten ausgewaschenen Brücke schälte sich ein Bär aus dem niedrigen Buschwerk des Flussufers. Erst war er nicht da, und dann war er da, und er stellte sich erschrocken auf die Hinterfüße und bot sich dar. War da ein Knurren, ein Brüllen, ein Gestank? Ganz bestimmt, aber Zeb kann sich nicht erinnern. Er muss ihm Bärenspray in die Augen gesprüht und ihn kurzerhand abgeschossen haben, aber es gibt keine fotografische Überlieferung.

Ehe er sich's versah, war er schon zur Schlachtung übergegangen und hackte mit seinem kümmerlichen Messer darauf ein. Er steckte bis zu den Handgelenken in Blut, und dann kam der Hauptgewinn: das Fleisch, das Fell. Die beiden Raben standen etwas abseits und machten *rrr*, *rrr*, sie warteten, bis sie an der Reihe waren: die dicken Brocken für ihn, die Reste für sie.

»Iss nicht so viel«, sagte er beim Kauen und rief sich die Gefahren ins Gedächtnis, wenn man sich nach langem Darben den Magen vollschlug, vor allem mit einer so reichhaltigen und hypersaturierten Mahlzeit. »Nicht so viel auf einmal.« Seine Stimme erschien ihm gedämpft, als würde er unter der Erde mit sich selbst telefonieren. Wie schmeckte das Zeug überhaupt? Egal! Konnte er jetzt, nachdem er das Herz verspeist hatte, die Sprache der Bären sprechen?

Man muss ihn sich vorstellen, am nächsten oder übernächsten Tag oder irgendwann auf halbem Weg an sein Ziel, wo immer das sein mag, wobei er den Glauben noch nicht aufgegeben hat, dass es ein Ziel gibt. Er hat neues Schuhwerk – die Füße in Leder gewickelt, das Fell nach innen, kreuz und quer zusammengebunden wie ein Höhlenmensch aus einem Comic. Er hat einen Fellumhang, er hat eine Fellmütze, alles schwer und übelriechend, und in all dem Zeug schläft er auch. Er trägt eine Fracht aus Fleisch und einen dicken Batzen Fett mit sich. Hätte er die Zeit, würde er das Fett zu Öl ausschmelzen und sich damit einreiben, aber stattdessen verzehrt er es wie Treibstoff, Häppchen für Häppchen. Und so wirkt es tatsächlich, er verbrennt sogar das Fett; er spürt, wie es ihm heiß durch die Adern schießt.

»Alle Sorgen sind dahin«, singt er. Die Raben sind seine ständigen Begleiter, sie beschatten ihn. Inzwischen sind es schon vier: Er ist der Rabenfänger von Hameln. »There's a bluebird on my windowsill«, singt er ihnen vor. Seine Mutter war ein Fan von solch heiterem Retro-Scheiß. Und von peppigen Chorälen.

Und jetzt, aus großer Entfernung über das relativ glatte Stück Straße, kommt ihm ein Radler entgegen. Irgendein hartgesottener Mountainbiker im totalen Endorphinrausch. Hin und wieder reisen die Leute durch Whitehorse, stocken in den Sportläden ihre Vorräte auf und begeben sich ins Gebirge, um auf der Old Canol Road ihr Standvermögen zu testen. Sie radeln bis zum Holzhaus – das ist die übliche Route. Dann radeln sie wieder zurück, dünner, sehniger, verrückter im Kopf. Einige bringen Geschichten von Entführungen durch Außerirdische mit, andere erzählen von Füchsen, andere wiederum von menschlichen Stimmen nachts in der Tundra. Oder halbmenschlichen Stimmen. Lockende Stimmen.

Nein, es sind zwei Mountainbiker. Einer ist ein ganzes Stück weiter vorn. Ein Pärchen, das sich gestritten hat, spekuliert er. Normal wäre es zusammenzubleiben.

Sehr nützlich, so ein Mountainbike. Mitsamt Fahrradtaschen, und was immer in den Taschen drin sein mag.

Zeb versteckt sich im Ufergebüsch, wartet, bis der Erste vorbeigefahren ist. Eine Frau, blond, mit den Edelstahlschenkeln einer Nussknackergöttin in ihren glänzenden hautengen Radlerhosen. Unter dem stromlinienförmigen Helm blinzelt sie in den Wind, zieht grimmig die Stirn mit den spärlichen Augenbrauen über der hippen Sonnen-/Windschutzbrille in Falten. Und weg ist sie, holper-di-holper, der Arsch so knackig wie ein Tittenimplantat, und jetzt kommt der Typ, in gebührendem Abstand, schlecht gelaunt und mit runtergezogenen Mundwinkeln. Sie ist stinksauer auf ihn, er spürt die Peitsche. Was für ein Elend, und Zeb kann ihn daraus befreien.

»Uarrhh«, brüllt Zeb, oder etwas in dieser Art.

»Uarrhh?«, fragt Toby lachend.

»Na, du weißt schon«, sagt Zeb.

Die Kurzform: Grollend platzt er in seinem Bärenfell aus dem Gebüsch und stürzt sich auf den Typen. Die Zielperson stößt ein gequältes Jaulen aus, es scheppert, er stürzt. Braucht nicht mal extra einen über die Rübe, die arme Sau, der sieht so schon Sterne. Jetzt schnapp dir das Rad mit den Satteltaschen und mach, dass du weggkommst.

Als er einen Blick zurückwirft, sieht er, dass sich das Mädchen umgedreht hat. Er sieht ihn regelrecht vor sich, den soeben noch zusammengekniffenen Mund, und wie er sich öffnet zu einem runden O wie in »O weh«. Jetzt wird es ihr leidtun, dass sie den armen Kerl so zusammengestaucht hat. Sie wird kehrtmachen und zurückdonnern, sich hinknien und trösten, schaukeln und wiegen, an Kratzern tupfen und Tränen vergießen. Der Junge wird zu sich kommen und einen Blick in ihre unbebrillten Augen werfen, dieser Vollpfosten, und alles, was immer es war, wird vergeben und vergessen sein. Dann werden sie ihr Telefon nehmen und Hilfe rufen.

Was werden sie sagen? Er kann es sich ungefähr ausmalen.

Als er außer Sichtweite ist, den Hügel runter und um die Kurve, geht er die Satteltaschen durch. Welch ein Schatz: eine Pokerhand Kickriegel, irgendein Analogkäseprodukt, eine Windjacke, ein Campingkocher mit Gaskartuschen, ein Paar trockene Socken, Ersatzstiefel mit dicken Sohlen – zu klein, aber er wird die Zehen rausschneiden. Ein Handy. Und das Beste, eine Identität: Das kann er gebrauchen. Er zertrümmert das Handy und versteckt es unter einem Stein, ehe er sich mitsamt dem Fahrrad querfeldein durch die matschige Tundra schlägt.

Zum Glück stößt er auf ein aufgerissenes Palsa, zweifellos von einem zornigen Grolarbär auf der Suche nach flüchtigen Eichhörnchen. Zeb beginnt sich selbst und das Fahrrad in die feuchte schwarze Erde einzugraben, wobei er zwischen den Torfstücken ein Guckloch lässt. Nach langer feuchter Wartezeit kommt der Schrauber. Er schwebt über der Stelle, wo die beiden jungen Radler sich zitternd in den Armen liegen und Gott im Himmel danken, und dann wird die Leiter runtergelassen und irgendwann danach wird das Pärchen hochgezogen und von dem tieffliegenden Schrauber davongetragen, flapp flapp, surr surr. Da werden sie was zu erzählen haben.

Und sie erzählen. Nachdem er längst sein Bärenfell abgelegt, in einem Tümpel versenkt und in das vom Schicksal bereitgestellte frische Sportzeug geschlüpft ist, nachdem er sich ein Stück hat mitnehmen lassen, sich beträchtlich frisch gemacht und die Frisur verändert hat, nachdem er gewisse Identitätsmerkmale des Radlers gehackt und durch ein auswendig gelerntes Hintertürchen etwas Bargeld rangeschafft und dabei schnell den eigenen Cashflow aufgestockt hat, liest er nach seiner Ankunft in Whitehorse von der ganzen Sache.

Es gibt ihn doch, den Bigfoot, und er ist in die Mackenzie Mountain Barrens gewandert. Nein, ein Bär kann es nicht gewesen sein, denn Bären können nicht fahrradfahren. Jedenfalls war dieses Vieh über zwei Meter groß, hatte fast menschliche Augen und roch abscheulich, und es hatte allerlei Anzeichen von menschlicher Intelligenz. Es gibt sogar ein Foto, aufgenommen mit dem Handy des Mädchens: ein brauner Klumpen mit einem roten Kreis drum herum, um klarzustellen, welcher von den vielen braunen Klumpen der richtige ist.

Innerhalb von einer Woche haben sich Bigfoot-Gläubige aus aller Herren Länder zu einem Suchtrupp zusammengetan und eine Expedition zum Ort der Sichtung gestartet, und sie durchkämmen die Gegend nach Fußabdrücken, Haarbüscheln und Dunghaufen. Bald, sagt ihr Anführer, werden sie eine hieb- und stichfeste DNA-Probe in Händen halten, und dann werden die Spötter schon sehen – korrupte, verknöcherte und ewiggestrige Wahrheitsverweigerer, alle miteinander.

Sehr bald.

Die Geschichte von Zeb und Danke und Gute Nacht

Danke, dass ihr mir diesen Fisch gebracht habt.

Danke bedeutet, dass … *Danke* bedeutet, dass ihr etwas Gutes für mich getan habt. Oder etwas, von dem ihr dachtet, es sei gut. Und das Gute war, dass ihr mir einen Fisch gegeben habt. Also machte mich das glücklich, aber was mich daran wirklich glücklich gemacht hat, ist, dass ihr mich glücklich machen wolltet. Deshalb sagt man danke.

Nein, ihr braucht mir nicht noch einen Fisch zu geben. Ich freue mich über diesen einen. Wollt ihr nicht hören, wie das mit Zeb war?

Dann müsst ihr zuhören.

Als Zeb aus den großen hohen schneebedeckten Bergen kam und als er dem Bären das Fell ausgezogen hatte und selbst hineingeschlüpft war, sagte er danke zu dem Bären. Zu dem Geist des Bären.

Dafür, dass der Bär nicht ihn gegessen hat, sondern dass er den Bären essen durfte, und auch, weil er ihm seine Haut zum Anziehen geschenkt hatte.

Der *Geist* ist der Teil von euch, der nicht stirbt, wenn der Körper sterben muss.

Sterben ist … ist das, was die Fische tun, wenn sie gefangen und gebraten werden.

Nein, es sterben nicht nur Fische. Menschen sterben auch.

Ja. Alle.

Ja, ihr auch. Irgendwann. Noch nicht. Noch lange nicht.

Ich weiß nicht, warum. Crake hat das so gemacht.

Weil …

Weil, wenn nie jemand sterben würde, wenn alle immer mehr

Babys bekämen, würde die Welt viel zu voll werden und man hätte nicht mehr genug Platz.

Nein, ihr werdet nicht über dem Feuer gebraten, wenn ihr sterbt. Weil ihr keine Fische seid.

Nein, der Bär war auch kein Fisch. Und er starb so, wie Bären sterben. Anders als Fische. Also wurde er nicht über dem Feuer gebraten.

Ja, vielleicht hat Zeb auch zu Oryx danke gesagt. Und zu dem Bären.

Weil Zeb eines der Kinder der Oryx essen durfte. Oryx weiß, dass einige ihrer Kinder andere Kinder essen; so sind sie geschaffen. Die mit den scharfen Zähnen. Also wusste sie, dass Zeb eines ihrer Kinder essen konnte, weil er großen Hunger hatte.

Ob Zeb sich auch bei Crake bedankt hat, weiß ich nicht. Vielleicht fragt ihr ihn, wenn ihr ihn das nächste Mal seht. Aber Crake ist ja nicht für die Bären zuständig. Oryx ist für die Bären zuständig.

Zeb hat sich das Bärenfell übergezogen, damit er nicht friert.

Denn ihm war sehr kalt. Weil es dort kälter war. Weil ringsum Berge waren, mit Schnee bedeckt.

Schnee ist Wasser, das zu kleinen Stückchen gefriert, die man Schneeflocken nennt. *Gefrieren* heißt, wenn Wasser hart wird wie Stein.

Nein, Schneeflocken haben nichts mit Schneemensch-Jimmy zu tun. Warum sich sein Name fast so anhört wie Schneeflocke, weiß ich nicht.

Das mit den Händen an meiner Stirn mache ich deshalb, weil ich Kopfschmerzen habe. Ich habe Kopfschmerzen. Kopfschmerzen bedeutet, dass einem der Kopf weh tut.

Danke. Schnurren würde bestimmt helfen. Aber es würde auch helfen, wenn ihr aufhören würdet, so viele Fragen zu stellen.

Ja, ich glaube, Amanda hat auch Kopfschmerzen. Oder andere Schmerzen. Vielleicht könntet ihr sie ja ein bisschen beschnurren.

Ich denke, das reicht für heute, die Geschichte von Zeb. Da, der Mond geht auf. Zeit für euch, ins Bett zu gehen.

Ich weiß, ihr habt keine Betten. Aber ich habe ein Bett. Also muss ich jetzt ins Bett. Gute Nacht.

Gute Nacht bedeutet: Ich hoffe, dass ihr gut schlafen könnt und morgen früh gesund und munter seid und dass euch nichts Schlimmes passiert.

Na ja, zum Beispiel ... Mir fällt nichts ein, was euch Schlimmes passieren könnte.

Gute Nacht.

NARBEN

Narben

Sie versucht diskret zu sein, sich jeden Abend, nachdem sie den Crakern ihre Geschichte erzählt hat, allein davonzustehlen und sich, sobald sie außer Sichtweite ist, mit Zeb zu treffen. Aber niemand lässt sich etwas vormachen, weder die Craker noch die anderen Menschen.

Natürlich finden sie es komisch. Die Jüngeren zumindest – Swift-Fuchs, Lotis Blue, Croze und Shackie, Zunzuncito. Wahrscheinlich sogar Ren. Sogar Amanda. Romanzen unter den chronologisch Beeinträchtigten bringen sie zum Kichern. Für die Jugend gehen Liebeskummer und Falten nicht zusammen, zumindest nicht ohne Schmierenkomödie. Es gibt den Punkt, ab dem das Üppige und Schmelzende verkrustet und verhärtet, ab dem die fruchtbare See zur Wüste verdörrt, und anscheinend haben sie das Gefühl, dass Toby diesen Punkt überschritten hat. Kräutermixturen brauen, Pilze sammeln, mit Maden heilen, Bienen züchten, Warzen behandeln – das sind die Aufgaben eines alten Mütterchens. Das ist ihr Platz.

Und was Zeb anbelangt, kommt er ihnen vermutlich weniger komisch als rätselhaft vor. Von ihrer soziobiologischen Warte aus sollte er eigentlich das tun, was Alphamännchen am besten können: die ihm zustehenden, ihn anschmachtenden, mannbaren Weibchen schwängern und seine Gene über diejenigen weitergeben, die, anders als sie, tatsächlich gebärfähig sind.

Warum verschwendet er also sein kostbares Sperma, müssen sie sich fragen, anstatt so klug zu sein und sie beispielsweise in die ihm offerierten Eierstöcke einer Swift-Fuchs zu investieren. So jedenfalls sieht sie das wahrscheinlich, wenn man nach ihrer Körpersprache geht: das Geklimper mit den Wimpern, die vorgeschobenen Brüste, die zurückgeworfenen Haare, das Darbieten der Achselhöhlen. Damit steht sie den Crakern mit ihrem blauen Unterleib in nichts nach. Oder den Pavianen.

Hör auf, Toby, sagt sie zu sich. Genau so fängt das an, im kleinen Kreis der Gestrandeten, der Schiffbrüchigen, der Besiegten: Eifersucht, Zwietracht, ein Riss in der Mauer des gemeinschaftlichen Denkens. Dann kommt der Feind ins Haus, der Mörder, der Schatten, er schlüpft durch die Tür, die wir versäumt haben abzuschließen, weil wir zu sehr mit uns selbst und unseren dunkleren Seiten beschäftigt waren: weil wir unsere nichtigen Aversionen kultiviert, uns unseren albernen Ressentiments hingegeben, uns gegenseitig angeherrscht und mit Geschirr beworfen haben.

Gruppen unter Belagerung neigen zu solchen latenten Streitereien, Verleumdungen und internen Machtkämpfen. Bei den Gärtnern waren damals genau zu diesem Thema Sitzungen zur inneren Einkehr abgehalten worden.

Seitdem sie ein Liebespaar sind, träumt Toby, dass Zeb verschwunden ist. Im wahren Leben verschwindet er tatsächlich, noch während sie träumt, denn zu zweit haben sie nicht genug Platz auf Tobys schmalem Bett in ihrer Besenkammer von einem Zimmer. Also schleicht sich Zeb mitten in der Nacht davon wie der Liebhaber in einer alten englischen Herrenhauskomödie, um sich durch die Dunkelheit zurück zu seiner eigenen beengten Nische zu tasten.

Doch in ihren Träumen ist er wirklich weg – weit weg, niemand weiß wo –, und Toby steht draußen vor dem Zaun des Lehmhauses, sieht die Straße hinunter, die mittlerweile von Kudzuranken überwuchert ist und unter Bauschutt und kaputten Autos verschwindet. Irgendwo blökt es leise oder weint da jemand? »Er kommt nicht wieder«, sagt eine wasserfarbene Stimme. »Er kommt nie wieder zurück.«

Es ist die Stimme einer Frau: Ist es Ren, ist es Amanda, ist es Toby selbst? Das Szenario ist süßlich und sentimental, wie eine Grußkarte in Pastelltönen – im Wachzustand fände sie's furchtbar –, aber Träume kennen keine Ironie. Sie weint so viel, dass ihre Kleider feucht werden von ihren Tränen, leuchtende Tränen, die wie grün-blaue

Gasflammen in der Dunkelheit flackern, die sich gerade über sie senkt, oder ist sie in einer Höhle? Doch dann kommt ein großes katzenartiges Tier, um ihr Trost zu spenden. Es schmiegt sich an sie und schnurrt wie der Wind.

Sie erwacht und stellt fest, dass ein kleiner Crakerjunge in ihrem Zimmer steht. Er hat den Rand des feuchten zerwühlten Lakens gelüftet und streichelt sanft ihr Bein. Er duftet nach Orangen und etwas anderem. Zitrus-Raumspray. Sie riechen alle so, aber die Jüngeren ganz besonders.

»Was machst du da?«, fragt sie so ruhig wie möglich. Meine Zehennägel sind dreckig, denkt sie; dreckig und splittrig. Nagelschere: auf die Sammelliste setzen. Im Vergleich zur jungfräulichen Haut dieses Kindes ist ihre Haut wie Schmirgelpapier. Leuchtet er von innen heraus oder ist seine Haut so feinkörnig, dass sie das Licht reflektiert?

»O Toby, du hast ja Beine da drunter«, sagt der Junge. »Genau wie wir.«

»Ja«, sagt sie. »Habe ich.«

»Hast du auch Brüste, o Toby?«

»Auch das«, sagt sie lächelnd.

»Sind es zwei? Zwei Brüste?«

»Ja«, sagt sie und muss sich auf die Zunge beißen, um nicht hinzuzufügen: »Bisher zumindest.« Erwartet er eine einzige Brust oder drei oder vier oder sechs Zitzen wie bei einem Hund? Hat er überhaupt schon mal einen Hund aus der Nähe gesehen?

»Kommt dann irgendwann ein Baby aus deinem Bauch, o Toby? Wenn du blau wirst?«

Was genau will er wissen? Ob Nicht-Craker wie sie auch Kinder bekommen können oder ob sie vielleicht schon ein Kind hat? »Wäre ich jünger, käme vielleicht ein Baby aus meinem Bauch«, sagt sie. »Aber jetzt nicht mehr.« Auch wenn ihr Alter nicht der entscheidende Faktor ist. Wäre ihr ganzes Leben anders gelaufen. Hätte sie nicht das Geld gebraucht. Hätte sie in einem anderen Universum gelebt.

»O Toby«, sagt der Craker-Junge, »was ist das für eine Krankheit, die du hast? Hast du dir weh getan?« Er will sie in seine bildschönen Arme nehmen. Sind das etwa Tränen in seinen seltsamen grünen Augen?

»Schon gut«, sagt sie. »Mir tut jetzt nichts mehr weh.« Sie hatte ein paar ihrer Eier verkauft, um die Miete zu bezahlen, damals während ihrer Zeit im Plebsland, bevor die Gärtner sie zu sich nahmen. Sie hatte sich eine Infektion zugezogen, und das war's mit dem Kinderkriegen. Das Trauern hatte sie aber längst abgeschlossen. Und wenn nicht, wurde es höchste Zeit. Im Hinblick auf die Gesamtsituation – die Situation der einstigen sogenannten Menschheit – sollten solche Gefühle eigentlich keine Rolle mehr spielen.

Fast hätte sie hinzugefügt: »Ich habe Narben, in mir drin«, aber sie lässt es sein. *Was sind Narben, o Toby?* Das wäre die nächste Frage. Dann würde sie erklären müssen, was eine Narbe ist. *Eine Narbe ist wie etwas, was auf den Körper geschrieben ist. Sie erzählt von dem, was einem früher passiert ist, zum Beispiel von einer Schnittwunde, die geblutet hat. Was bedeutet geschrieben, o Toby? Schreiben bedeutet, dass man Zeichen auf ein Blatt Papier setzt, auf einen Stein, auf einen flachen Untergrund wie den Sand am Ufer des Meeres, und jedes Zeichen bedeutet einen Laut und die Laute bedeuten alle zusammen ein Wort und die Worte bedeuten alle zusammen … Wie macht man das, das Schreiben, o Toby? Das macht man mit einer Tastatur oder nein – früher nahm man dazu einen Stift oder einen Bleistift, ein Bleistift ist ein … Oder man schreibt mit einem Stock. O Toby, das verstehe ich nicht. Man macht sich mit einem Stock ein Zeichen in die Haut, man schneidet seine Haut auf und dann ist da eine Narbe, und dann spricht diese Narbe? Sie spricht, sie erzählt uns Geschichten? O Toby, können wir hören, was die Narbe erzählt? Zeigst du uns, wie wir diese Narben zum Sprechen bringen?*

Nein, sie sollte die Finger von Narben lassen und von allem, was damit zu tun hat. Die Craker könnten sich ermutigt fühlen, die Haut aufzuritzen und ihr Stimmen zu entlocken.

»Wie heißt du?«, fragt sie den kleinen Jungen.

»Ich heiße Blackbeard«, sagt der Junge ernst. Blackbeard, so wie der berüchtige Seeräuber? Dieses liebe Kind? Ein Kind, das als Erwachsener niemals Bartwuchs haben wird, weil Crake bei seiner neues Spezies die Körperbehaarung ausgemerzt hat. Viele Craker haben eigentümliche Namen. Laut Zeb hatte Crake sie benannt – Crake, mit seinem schrägen Humor. Aber was spricht gegen merkwürdige Namen, passend zu ihrer Merkwürdigkeit überhaupt?

»Es freut mich sehr, deine Bekanntschaft zu machen, o Blackbeard«, sagt sie.

»Isst du auch deinen Kot, o Toby?«, fragt Blackbeard. »So wie wir? Um die Blätter besser verdauen zu können?«

Welchen Kot? Essbare Kacke? Davor hat sie niemand gewarnt! »Es wird Zeit für dich, zu deiner Mutter zurückzugehen, o Blackbeard«, sagt Toby. »Sie macht sich bestimmt schon Sorgen.«

»Nein, o Toby. Sie weiß, dass ich bei dir bin. Sie sagt, du bist gütig und liebevoll.« Er lächelt und entblößt dabei seine vollkommenen kleinen Zähne: einfach bezaubernd. Sie sind alle so unglaublich attraktiv – wie eine retuschierte Kosmetikwerbung. »Du bist gütig wie Crake. Du bist liebevoll wie Oryx. Hast du auch Flügel, o Toby?« Er reckt den Hals und versucht einen Blick hinter sie zu werfen. Vielleicht war die Umarmung vorhin nur ein verstohlener Versuch, ihren Rücken nach gefiederten Stummeln abzutasten.

»Nein«, sagt Toby. »Flügel habe ich keine.«

»Wenn ich größer bin, werde ich mich mit dir paaren«, sagt Blackbeard. Er sagt das in heroischem Tonfall. »Auch wenn du … nur ein bisschen blau bist. Dann wirst du ein Baby bekommen! Es wird in deiner Knochenhöhle wachsen. Du wirst glücklich sein!«

Nur ein bisschen blau. Das heißt dann wohl, er hat ihr relativ hohes Alter erkannt, wobei die Craker für *alt* keinen Begriff haben. »Danke, o Blackbeard«, sagt Toby. »Und jetzt lauf. Ich muss frühstücken. Und ich muss nach Jimmy – ich meine, nach dem kranken Schneemensch-Jimmy sehen, ob er wieder gesund ist.« Sie setzt sich auf und pflanzt beide Beine fest auf den Boden, als Zeichen, dass der Junge gehen soll.

Aber das Zeichen sagt ihm nichts. »Was ist *Frühstück*, o Toby?«, fragt er. Sie vergisst, dass diese Leute keine Mahlzeiten als solche haben. Sie grasen wie alle Pflanzenfresser. Er beäugt ihr Fernglas, er stochert in den Laken herum. Jetzt streicht er über ihre Flinte, die in der Ecke steht. Ein normales Menschenkind würde dasselbe tun: müßig und neugierig mit den Gegenständen herumspielen. »Ist das dein Frühstück?«

»Fass das nicht an«, sagt sie mit scharfem Unterton. »Das da ist kein Frühstück, das ist etwas, um – Frühstück ist das, was wir morgens essen, also Leute wie ich, mit unserer zweiten Haut.«

»Ist es ein Fisch?«, fragt der Junge. »Dieses Frühstück?«

»Manchmal ja«, sagt Toby. »Aber heute werde ich ein Stück Tier essen. Ein Tier mit Fell. Vielleicht esse ich sein Bein. Es wird ein stinkender Knochen drin sein. So einen stinkenden Knochen würdest du nicht sehen wollen, oder?«, fragt sie. Damit wird sie ihn bestimmt los.

»Nein«, sagt er zweifelnd. Er rümpft die Nase. Dennoch wirkt er interessiert: Wer würde nicht gern einen Blick hinter den Vorhang auf die garstigen Gelage der Kobolde werfen?

»Dann solltest du jetzt gehen«, sagt Toby.

Er bleibt. »Schneemensch-Jimmy sagt, die bösen Menschen im Chaos haben die Kinder der Oryx gegessen«, sagt er. »Sie haben sie in rauen Mengen getötet und in rauen Mengen gegessen. Immerzu haben sie sie gegessen.«

»Ja, das stimmt«, sagt Toby, »aber sie haben sie auf die falsche Weise gegessen.«

»Haben die zwei bösen Männer sie auch auf die falsche Weise gegessen? Die Männer, die weggelaufen sind?«

»Ja«, sagt Toby. »Das haben sie.«

»Wie isst du sie, o Toby? Die Beine der Kinder?« Er hat seine riesigen Augen auf sie gerichtet, als wenn ihr im nächsten Moment zwei Reißzähne wachsen und sie über ihn herfallen würde.

»Auf die richtige Weise«, sagt sie und hofft, dass er nicht genauer nachfragt.

»Ich habe einen stinkenden Knochen gesehen. Er lag hinter der Küche. Ist das ein Frühstück? Essen die bösen Männer solche Knochen?«, fragt Blackbeard.

»Ja«, sagt Toby. »Aber sie tun auch andere schlimme Dinge. Viele schlimme Dinge. Viel schlimmere Dinge. Wir müssen alle sehr vorsichtig sein und dürfen nicht allein in den Wald gehen. Wenn du diese bösen Männer siehst oder andere wie sie, musst du sofort zu mir kommen und mir Bescheid sagen. Oder Crozier oder Rebecca oder Elfenbeinspecht. Egal wem.« Dieses Thema hat sie schon mehrmals mit den Crakern besprochen, auch mit den Erwachsenen, aber sie weiß nicht genau, ob die Botschaft angekommen ist. Sie blicken sie versonnen an und nicken, kauen langsam, als dächten sie nach, doch sie wirken nicht ängstlich. Diese fehlende Angst ist schon etwas besorgniserregend.

»Aber nicht Schneemensch-Jimmy oder Amanda«, sagt der Junge. »Denen dürfen wir nicht Bescheid sagen. Weil sie krank sind.« So viel hat er zumindest begriffen. Er hält inne, als dächte er nach. »Aber Zeb wird machen, dass die bösen Männer weggehen. Dann werden alle in Sicherheit sein.«

»Ja«, sagt Toby. »Dann werden alle in Sicherheit sein.« Schon jetzt haben die Craker eine ganze Reihe ehrfurchterweckender Glaubenssätze zu Zebs Person erstellt. Bald wird er allmächtig sein und jedes Problem beheben können, und das könnte schwierig werden, denn jedes Problem beheben kann er natürlich nicht. Nicht mal für mich, denkt Toby.

Doch der Name Zeb übt auf Blackbeard eine beruhigende Wirkung aus. Er lächelt erneut, hebt die Hand, winkt ihr ein wenig zu wie ein Staatsoberhaupt aus grauer Vorzeit, wie eine Königin in einem Reiterzug, wie ein Filmstar. Woher hat er diese Geste? Jetzt legt er den Rückwärtsgang ein. Sein Blick bleibt auf Toby geheftet, bis er aus der Tür ist.

Habe ich ihn jetzt verschreckt?, denkt sie. Geht er jetzt zurück zu den anderen und erzählt ihnen von allerlei widerlichen Wundern, wie es echte Kinder tun – wie es Kinder tun?

Violette Biolette

Draußen vor dem Haupthaus herrscht geschäftiges Treiben. Die anderen müssen schon gefrühstückt haben, nur Swift-Fuchs und Elfenbeinspecht sitzen noch am Tisch, zweifellos in irgendein fragwürdiges Flirtgespräch vertieft, sie zum Üben, er aus Verzweiflung.

Toby sucht nach Zeb, aber er ist nirgends zu sehen; vielleicht duscht er. Crozier will gerade mit der Mo'Hairschafherde losziehen; Zunzuncito begleitet ihn mit seinem Spraygewehr. Jimmys Hängematte hängt unter dem Baum und wird von einem Dreiergespann Craker bewacht.

Lotis Blue und Ren arbeiten an einem Anbau für das Lehmhaus. Die MaddAddamiten haben abgestimmt und beschlossen, die Anzahl der Schlafnischen zu erhöhen; die neuen wollen sie geräumiger gestalten. Der Originalbau war ein Freilichtmuseum und zeigte das Leben aus der guten alten Zeit: auf alt gemacht wie ein Dinosaurier aus Zement. Früher wurde hier auf dem Gelände der *Baum des Lebens – Naturalienmarkt* abgehalten; Toby weiß noch, wie sie mit den Gottesgärtnern herkam, um Recyclingseife, Essig, Honig, Pilze und Dachgemüse anzubieten, damals, als noch gekauft und verkauft wurde, damals, als es noch Menschen gab.

Ich sollte mich unbedingt mal nach Bienen umsehen, denkt sie. Es muss doch ein paar Flüchtlinge geben, irgendwo zwischen den Bäumen. Es wäre beruhigend und auch nützlich, ein wenig Imkerei zu betreiben.

Der Anbau muss in Stadien erfolgen. Heute Morgen rühren Ren und Lotis Blue in einer Mickymaus-Plastikwanne Schlamm, Stroh und Sand zusammen. Der Holzrahmen steht schon, Tag für Tag kommen neue Lehmschichten hinzu. Aufgrund der Nachmittagsstürme ist das Trocknen der Schichten ein Problem, aber glücklicherweise haben sie auf ihren Streifzügen eine Plastikplane gefunden.

Amanda sitzt in der Nähe, hat die Hände im Schoß und macht gar nichts. Sie macht sehr viel gar nichts, denkt Toby, aber vielleicht ist der Heilungsprozess eben langsam, wie etwas, das lange im Ofen bleiben muss. Vielleicht wird das Endresultat dann besser. Aber immerhin hat sie ein paar Kilo zugenommen. Sie hat sich in letzter Zeit Mühe gegeben: hier und da etwas Unkraut gejätet, ein paar Nacktschnecken und Weinbergschnecken vom Grünzeug gepflückt. Auf dem alten Dachgarten Eden hatten sie die gefräßigen Mitgeschöpfe umgesiedelt, indem sie sie auf die Straße fallen ließen – auch Schnecken hatten ein Recht auf Leben, so das Mantra, nur nicht an unpassenden Orten wie in Salatschüsseln, denn man hätte sie ja aus Versehen zerkauen können. Doch inzwischen sind sie zahlenmäßig kaum noch zu bewältigen – jede Pflanze scheint spontan Schnecken hervorzubringen –, also werden sie entsprechend der allgemeinen stillschweigenden Übereinkunft in Salzwasser geworfen.

Obwohl die Schnecken zucken und schäumen, scheint Amanda ihren Spaß dabei zu haben. Doch die Bauarbeiten am Lehmhaus überfordern sie. Sie war früher so stark: Sie hatte vor nichts Angst. Sie war eine knallharte Plebsratte, sie mogelte sich überall durch, sie kam mit allem klar. Von den beiden Mädchen war immer Ren die Schwächere, die Ängstlichere. Was immer Amanda erlebt hat – was immer ihr die Painballer angetan haben –, es muss schrecklich gewesen sein.

Einige Crakerkinder beobachten, wie die Lehmmischung zusammengerührt wird. Bestimmt stellen sie wieder Fragen: *Warum macht ihr das? Macht ihr ein Chaos? Was ist das mit den runden schwarzen Dingern am Kopf? Was ist eine Mickymaus? Aber das sind keine Mäuse, wir haben schon Mäuse gesehen, Mäuse haben keine großen weißen Hände*, und so weiter und so fort. Alles Neue, was sie auf MaddAddamiten-Gebiet entdecken, ruft ihre Verwunderung hervor. Gestern hatte Crozier beim Schafehüten ein Päckchen Zigaretten gefunden, und die Craker kriegen sich noch immer nicht ein. *Er hat ein weißes Stäbchen angezündet! Er hat es sich in den Mund gesteckt! Er hat den Rauch eingeatmet! Warum hast du das getan, o Crozier? Rauch ist nicht zum Atmen, Rauch ist zum Räuchern von Fischen* und so weiter.

»Sag ihnen einfach, das ist ein Ding des Crake«, sagt Toby, und Crozier befolgt ihren Rat. Ein Ding des Crake, das passt immer und auf alles.

Einige der Craker – eine Handvoll Frauen, ein paar kleine Kinder – sind drüben auf dem einstigen Spielplatz draußen vor dem Zaun des Lehmhauses und knabbern an den Kudzuranken, die sich um die Schaukel geschlungen haben. Kudzu gehört zu ihren Lieblingspflanzen; was von der weisen Voraussicht Crakes zeugt, denn an Kudzu wird in absehbarer Zeit kein Mangel herrschen. Die rote Plastikrutsche haben sie fast freigelegt, und die Kinder streicheln sie, als wenn sie ein lebendes Wesen wäre. Hätten sie nicht angefangen zu knabbern, hätte wohl niemand mehr daran gedacht, dass sich darunter eine Schaukel verbirgt.

Toby steuert auf die violette Biolette zu, nicht nur, weil sie mal muss, sondern auch, weil sie nicht an den Frühstückstisch will, bevor Swift-Fuchs ihn verlassen hat. Bewusst unterdrückt sie das Wort *Schlampe*: Eine Frau sollte so nicht über eine andere Frau reden, vor allem, wenn sie keinen Anlass dazu hat.

Wirklich nicht?, sagt die gehässige innere Stimme. Du hast die Blicke doch gesehen, die sie Zeb zuwirft. Wimpern wie Venus-Fliegenfallen und dieser anzügliche Seitenblick wie aus einer alten Discount-Prostibot-Werbung: mit keimresistenten Fasern, sauberer Säfteentsorgung, lebensechtem Stöhnen und Greif-O-Meter für die optimale Befriedigung.

Sie atmet einmal durch, beruft sich auf ihr Gärtner-Meditationstraining. Sie stellt sich bildhaft vor, wie sich ihre Wut wie ein Schneckenfühler durch ihre Haut schiebt, dann lässt sie die zornige kleine Knospe schrumpeln und zu Boden fallen. Sanftmütig lächelt sie zu Swift-Fuchs hinüber und denkt: Du willst doch nur die schnelle

Nummer, du willst ihn nur, um dir zu beweisen, dass es geht. Um ihn zu deinen Trophäen an die Wand zu nageln. Du weißt nichts über ihn, du kannst ihn gar nicht wertschätzen, er gehört dir nicht, du hast keine Ahnung, wie lange ich gewartet habe …

Was überhaupt nicht zählt. Es interessiert niemanden. Es gibt keine Gerechtigkeit, es gibt keinen Besitz. Sie hat keinerlei Ansprüche. Wenn Zeb mit Swift-Fuchs ins Bett fallen würde – oder schleichen oder schmelzen –, hätte sie in dieser Sache nicht das Geringste zu melden. Könnte ja sein, dass er sie im Kuschelmodus zurücklässt – wobei sie vielleicht doch etwas zu sehr wie beste Kumpel, ein bisschen zu freundschaftlich miteinander sind, oder? –, aber noch immer hungrig ist und zur Nächsten weiterzieht; raus aus der Tür und, unersättlich wie er ist, rein in die unersättliche Swift-Fuchs.

Sie darf gar nicht daran denken, also tut sie's nicht. Sie *will nicht* daran denken. Sie zwingt sich dazu, *nicht daran zu denken.*

Die violetten Bioletten gehören zum ursprünglichen Parkinventar: drei Häuschen für Männer, drei für Frauen. Die Solarzellen sind noch funktionstüchtig, sie betreiben die ultravioletten LED-Leuchten und die kleinen Belüftungsmotoren. Solange sie noch funktionieren, müssen die MaddAddamiten weder Klohäuschen bauen noch Senkgruben ausheben. Zum Glück findet sich in den nahegelegenen Straßen jede Menge Klopapier, denn das wurde während der Plünderungsphase der Seuche nicht gerade schwerpunktmäßig erbeutet. Was sollte man mit einem Packen Klopapier? Besaufen konnte man sich nicht damit.

Die Innenwände der Biolette sind immer noch mit Plebsland-Inschriften übersät: mehrere Generationen davon, eine Schicht über der anderen. Es gab Zeiten, da hatten Leute im Zuge der Wahrung irgendwelcher Anstandsnormen versucht, die Schmierereien zu übermalen, doch ein paar auf Selbstverwirklichung und Anarchie drängende Jugendliche waren in der Lage, innerhalb von einer Stunde eine Oberfläche zu zerstören, die ein Malertrupp drei Tage lang geweißt hatte.

Daryn, lass mich deine Matratze sein,
Ich <3 dich über alles
Fkt die Konzerne
Loris ist ne eingebildete Fotze
Ich hoffe du wirst von 100 000 pitbulls vergewalticht

Wer ein Klo mit Scheiß vollschreibt, den wird man nicht vergessen,
und wer sich an der Kunst erfreut, der soll die Scheiße fressen

Ruf mich an / nur das Geilste für deine $$ / 24/7 Lustschreie und du ertrinkst in deiner Wichse

BLEIB MIR VOM HALS A-LOCH SONST STECH ICH DICH AB

Und schüchtern, unvollendet: *Versuch's mit Liebe, die Welt braucht*

Was soll man essen, wo soll man scheißen, wie sucht man Schutz, wen und was soll man töten: Sind das die Grundlagen des Lebens?, fragt sich Toby. Sind wir schon so weit gekommen, an diesen Tiefpunkt, oder kommt man immer wieder dorthin zurück?

Und wen liebt man? Und von wem wird man geliebt? Und wer liebt einen nicht? Und – auch das – von wem wird man ernsthaft gehasst?

Augenzwinkern

Unter den Bäumen liegt Jimmy noch immer in tiefem Schlummer. Toby kontrolliert seinen Pulsschag – sehr viel ruhiger; sie wechselt seine Maden – sein Fuß hat aufgehört zu eitern – und sie flößt ihm Pilzelixier ein, versetzt mit etwas Mohn.

Einige Stühle stehen im Oval um die Hängematte herum, als wäre Jimmy die zentrale Opfergabe eines Festgelages: ein gigantischer Lachs, ein Eber auf der Platte. Drei Craker beschnurren ihn abwechselnd: zwei Männer und eine Frau, goldfarben, elfenbein, ebenholz. Alle drei Stunden sind es drei andere. Verfügen sie über so geringe Schnurrkapazitäten, sind sie wie Batterien, die erst wieder aufgeladen werden müssen? Natürlich müssen sie zwischendurch auch mal grasen und trinken, aber hat das Schnurren selbst irgendeine Art elektrische Frequenz?

Wir werden's wohl nie erfahren, denkt Toby und drückt Jimmys Nasenflügel zusammen, damit er den Mund öffnet: Man kann sie ja schlecht an Elektroden anschließen und wissenschaftliche Studien durchführen, jetzt nicht mehr. Ihr Glück. In früheren Zeiten wären sie von irgendeinem rivalisierenden Konzern aus dem Paradies-Gebäude verschleppt worden, man hätte sie gepikst, geschüttelt und aufgeschnitten, um zu sehen, woraus sie gemacht sind. Wie sie ticken, wie sie schnurren, wie sie klicken. Wie sie oder ob sie überhaupt krank werden. Sie wären als DNA-Scheiben in irgendeiner Tiefkühltruhe gelandet.

Jimmy schluckt und seufzt; seine linke Hand zuckt. »Wie ist es ihm heute ergangen?«, will Toby von den drei Crakern wissen. »Ist er bei Bewusstsein gewesen?«

»Nein, o Toby«, sagt der goldfarbene Mann. »Er ist auf Reisen.«

Dieser hat leuchtend rotes Haar, lange schlanke Gliedmaßen; trotz seiner Hautfarbe sieht er aus wie ein Wesen aus einem Kinderbuch. Einem irischen Volksmärchen.

»Aber jetzt ist er stehengeblieben«, sagt der Ebenholzmann. »Er ist auf einen Baum geklettert.«

»Nicht auf seinen richtigen Baum«, sagt die Elfenbeinfrau. »Nicht auf den Baum, in dem er wohnt.«

»Er ist nur zum Schlafen im Baum«, sagt der Ebenholzmann.

»Ihr meint, er schläft im Schlaf?«, fragt Toby. Das scheint falsch; wie soll denn so etwas möglich sein? »Auf dem Baum in seinem Traum?«

»Ja, o Toby«, sagt die Elfenbeinfrau. Alle drei sehen sie mit ihren schillernden grünen Augen versonnen an, und sie kommt sich vor, als würde sie vor drei gelangweilten Katzen mit einem Stück Wolle zwirbeln.

»Vielleicht wird er sehr lange schlafen«, sagt der goldfarbene Mann. »Er sitzt da oben fest, auf dem Baum. Wenn er nicht aufwacht und hierherkommt, wacht er überhaupt nicht mehr auf.«

»Aber es geht ihm doch besser!«, sagt Toby.

»Er hat Angst«, sagt die Elfenbeinfrau sachlich. »Er hat Angst vor dem, was in dieser Welt ist. Er hat Angst vor den bösen Männern, er hat Angst vor den Großen Schweinen. Er will nicht wach sein.«

»Könnt ihr denn nicht mit ihm reden?«, fragt Toby. »Könnt ihr ihm nicht sagen, dass es besser ist, wach zu sein?« Ein Versuch kann nicht schaden: Vielleicht haben sie ja irgendeine Form von unhörbarer Kommunikation und sie können Jimmy erreichen, wo immer er gerade ist. Eine Wellenlänge, eine Vibration.

Aber sie haben den Blick abgewendet. Sie sehen Ren und Lotis Blue an, die gerade ankommen und Amanda in schützendem Schlepptau haben.

Die drei setzen sich auf die leeren Stühle, Amanda nur zögerlich. Ren und Lotis Blue sind voller Schlamm von den Bauarbeiten, Amanda ist makellos. Die anderen beiden duschen sie jeden Morgen ab, suchen ihr ein frisches Laken aus, flechten ihr Zöpfe.

»Wir machen mal ne kurze Baupause, haben wir gedacht«, sagt Ren. »Mal gucken, wie's Jimmy-Schneemensch geht.«

Die Elfenbeinfrau schenkt ihnen ein breites Lächeln, die beiden Männer ein nicht ganz so breites: Die Crakermänner sind in Gegenwart der jüngeren Lehmhausfrauen inzwischen nervös. Seitdem sie gelernt haben, dass ausgelassene Gruppenkopulationen nicht akzeptabel sind, wissen sie nicht mehr, was von ihnen erwartet wird. Sie beginnen mit leiser Stimme zu konferieren, und die Elfenbeinfrau schnurrt allein weiter.

Ist sie blau? Eine ist blau. Die anderen zwei waren blau, wir haben unser Blau mit ihrem Blau zusammengefügt, aber wir haben sie nicht glücklich gemacht. Sie sind nicht wie unsere Frauen, sie sind nicht glücklich, sie sind gebrochen. Hat Crake sie geschaffen? Warum hat er sie so geschaffen, dass sie nicht glücklich sind? Oryx wird sich um sie sorgen. Wird sich Oryx um sie sorgen, wenn sie nicht so sind wie unsere Frauen? Sobald Schneemensch-Jimmy aufwacht, werden wir ihn diese Dinge fragen.

Da wäre ich gern Fliege an der Wand, denkt Toby. Wenn Jimmy gegenüber diesen Leuten oder Halb-Leuten Crakes Mittel und Wege rechtfertigt.

»Wird Jimmy – wird Schneemensch-Jimmy wieder gesund?«, fragt Lotis Blue.

»Ich glaube ja«, sagt Toby. »Kommt auf sein …« Sie will den Begriff Immunsystem nicht aussprechen, denn es wird den Crakern nicht entgehen. (*Was ist ein Immunsystem? Das ist etwas, das hat man im Körper, es hilft einem und macht einen stark. Wo finden wir ein Immunsystem? Ist es von Crake, wird er uns auch ein Immunsystem schicken?*, und so weiter.) »Kommt drauf an, was er träumt.« Kein Kommentar vonseiten der Craker: so weit, so gut. »Aber ich bin mir sicher, dass er bald aufwacht.«

»Er muss essen«, sagt Lotis Blue. »Er ist total dünn! Er kann doch nicht von nichts leben.«

»Man kann eine ganze Zeit ohne Nahrung auskommen«, sagt Ren. »Die Gärtner haben ja oft gefastet. Kann man tagelang machen.

Sogar wochenlang.« Sie beugt sich vor und streicht Jimmy die Haare aus der Stirn. »Ich wünschte, wir könnten ihm mal die Haare waschen«, sagt sie. »Die sind schon ganz fettig.«

»Ich glaube, er hat gerade was gesagt«, sagt Lotis Blue.

»Nur was gemurmelt. Wir könnten ihn baden«, sagt Ren. »Mit dem Schwamm.« Sie beugt sich näher zu ihm. »Er sieht ein bisschen verschrumpelt aus. Armer Jimmy. Hoffentlich stirbt er nicht.«

»Ich sorge schon dafür, dass er nicht dehydriert«, sagt Toby. »Und ich flöße ihm Honig ein.« Was soll dieser Oberschwester-Ton? »Wir waschen ihn ja«, sagt sie defensiv. »Wir waschen ihn jeden Tag.«

»Na ja, jedenfalls ist er nicht mehr so fiebrig«, sagt Lotis Blue. »Er kühlt langsam runter. Meint ihr nicht auch?«

Ren fühlt Jimmys Stirn. »Ich weiß nicht«, sagt sie. »Jimmy, kannst du mich hören?« Alle sehen ihn an: Jimmy zuckt kein einziges Mal. »Ich würde sagen, er fühlt sich warm an. Amanda. Was meinst du?« Sie versucht sie miteinzubeziehen, denkt Toby. Ihr Interesse zu wecken. Ren war immer ein herzensgutes Kind.

Wenn sie blau ist, diese, die Lotis heißt, sollen wir uns mit ihr paaren? Nein, sollen wir nicht. Ihr sollt nicht für sie singen, ihr sollt keine Blumen für sie pflücken, ihr sollt nicht mit eurem Penis wedeln. Diese Frau schreien vor Angst, sie wählen uns nicht, selbst wenn wir ihnen eine Blume schenken, sie mögen keine wedelnden Penisse. Wir machen sie nicht glücklich, wir wissen nicht, warum sie schreien. Aber sie schreien nicht immer vor Angst, manchmal …

»Ich muss mich hinlegen«, sagt Amanda. Sie steht auf und geht leicht schwankend auf das Lehmhaus zu.

»Ich mach mir echt Sorgen um sie«, sagt Ren. »Heute Morgen hat sie sich übergeben und beim Frühstück hat sie nichts runtergekriegt. Das ist extreme Brache.«

»Vielleicht hat sie ne Grippe«, sagt Lotis Blue. »Oder sie hat was Falsches gegessen. Wir müssen irgendwie sehen, dass wir gründlicher das Geschirr abwaschen. Ich glaub nämlich, das Wasser ist nicht …«

»Guck mal«, sagt Ren. »Er hat gezwinkert.«

»Er hört euch«, sagt die Elfenbeinfrau. »Er hört deine Stimme, und jetzt läuft er. Er ist glücklich, er will bei dir sein. Schau, er lächelt.«

»Bei mir?«, fragt Ren. »Echt?«

»Ja, schau, er lächelt.« Tatsächlich ist da ein Lächeln oder die Spur eines Lächelns, denkt Toby. Wobei, es könnten auch Blähungen sein, denkt Toby, wie bei einem Baby.

Die Elfenbeinfrau wedelt einen Moskito weg, der sich auf Jimmys Mund niedergelassen hat. »Er wird bald aufwachen«, sagt sie.

ZEB IM DUNKELN

Zeb im Dunkeln

Es ist Abend. Toby hat sich vor ihrer Märchensitzung mit den Crakern gedrückt. Diese Geschichten verlangen ihr eine Menge ab. Nicht nur, dass sie die alberne rote Mütze aufsetzen und den rituellen Fisch essen muss, der nicht immer das ist, was man wirklich durch nennen würde, nein, es gibt so viel, was sie erfinden muss. Sie lügt nicht gern, nicht bewusst, es sind ja auch keine Lügen in dem Sinne; aber sie bewegt sich entlang der dunkleren und verschwommeneren Ränder der Realität. Als wollte man verhindern, dass eine Scheibe Toastbrot beim Toasten verbrennt.

»Morgen komme ich wieder vorbei«, sagte sie zu ihnen. »Heute Abend muss ich etwas Wichtiges für Zeb machen.«

»Was musst du denn Wichtiges machen, o Toby? Wir wären gern deine Helfer.« Zumindest haben sie nicht gefragt, was das Wort *wichtig* bedeutet. Offenbar haben sie sich irgendetwas zusammengereimt, das zwischen gefährlich und köstlich angesiedelt ist.

»Danke«, sagt sie. »Aber es ist etwas, das kann nur ich machen.«

»Geht es um die bösen Männer?«, fragte der kleine Blackbeard.

»Nein«, sagt Toby. »Wir haben die bösen Männer seit vielen Tagen nicht gesehen. Vielleicht sind sie sehr weit weggegangen. Aber wir müssen trotzdem aufpassen und den anderen Bescheid sagen, falls wir sie sehen.«

Eines der Mo'Hairschafe ist weg, hat Crozier ihr unter vier Augen gesagt – das rothaarige mit den Zöpfen –, es kann aber auch nur beim Grasen davongestreunt sein. Oder von einem Löwamm gerissen worden sein.

Oder von etwas Schlimmerem, denkt Toby: etwas Menschlichem.

Der Tag ist drückend gewesen. Nicht mal das Nachmittagsgewitter hat die feuchte Luft vertrieben. Unter normalen Bedingungen – aber was ist schon normal? – hätte dieses Wetter eigentlich jedwede Lust dämpfen müssen, wie unter einer feuchten Matratze. Sie und Zeb hätten schlapp, gereizt, erschöpft sein müssen. Stattdessen haben sie sich noch früher als sonst davongestohlen, schlüpfrig vor Verlangen, jede Pore begierig, jede Kapillare durchtränkt, und sich gewälzt wie Molche in einer Pfütze.

Jetzt hat sich die Dämmerung gesenkt. Dunkellila quillt es aus der Erde, Fledermäuse flirren vorbei wie Schmetterlinge aus Leder, die Nachtgewächse öffnen ihre Blüten und entlassen ihren Moschusduft in die Luft. Sie sitzen draußen im Gemüsegarten, um den Abendhauch zu genießen, wenn man von Abendhauch sprechen kann. Ihre Finger sind locker ineinander verschränkt; Toby spürt noch immer die Spannung zwischen ihnen. Schimmernde kleine Motten umflattern ihre Köpfe. Wie wir wohl für sie riechen?, fragt sie sich. Wie Pilze? Wie zerdrückte Blütenblätter? Wie Tau?

»Hilf mir mal«, sagt Toby. »Ich brauche mehr Stoff, für die Craker. Sie sind unersättlich, was das Thema Zeb anbelangt.«

»Was denn zum Beispiel?«

»Du bist ihr Held. Sie wollen deine Lebensgeschichte. Deine wundersamen Anfänge, deine übernatürlichen Taten, deine Lieblingsrezepte. Du bist für sie wie ein Mitglied der königlichen Familie.«

»Wieso ausgerechnet ich?«, fragt Zeb. »Ich dachte, Crake hätte das alles abgeschafft. Die sollen an sowas doch gar kein Interesse haben.«

»Haben sie aber. Die sind besessen von dir. Du bist ihr Rockidol.«

»Großer Gott nochmal. Kannst du dir nicht einfach irgend n Scheiß ausdenken?«

»Die nehmen einen richtig ins Kreuzverhör«, sagt Toby. »Ich brauche zumindest ein paar Basisinformationen. Das Rohmaterial.« Will sie wegen der Craker alles über Zeb erfahren oder ist das reiner Eigennutz? Beides. Aber hauptsächlich ist es Eigennutz.

»Ich bin ein offenes Buch«, sagt Zeb.

»Jetzt sag schon.«

Zeb seufzt. »Ich denke ungern an das alles zurück. Ich hab's ja erlebt, ich muss es nicht nochmal erleben. Wen kümmert's überhaupt?«

»Mich«, sagt Toby. Und dich auch, denkt sie. Dich kümmert es auch immer noch. »Ich höre.«

»Du lässt nicht locker, was?«

»Ich hab Zeit. Also. Du wurdest geboren ...«

»Kann ich nicht abstreiten.« Noch ein Seufzer. »Also. Erstmal muss du wisssen: Wir haben die falschen Mütter.«

»Wie, falsch?«, fragt sie und blickt in das Gesicht, das sie kaum erkennen kann. Ein Stück Wangenknochen, ein Schatten, ein leuchtendes Auge.

Die Geschichte von Zebs Geburt

Ich habe die Mütze von Schneemensch-Jimmy aufgesetzt. Ich habe den Fisch gegessen. Ich habe an dem glänzenden Ding gehorcht. Jetzt erzähle ich euch von Zebs Geburt.

Ihr braucht nicht zu singen.

Zeb kommt nicht von Crake, nicht wie Schneemensch-Jimmy. Und er wurde auch nicht von Oryx geschaffen, wie die Kaninchen. Er wurde geboren, genau wie ihr. Er wuchs in einer Knochenhöhle heran, und dann kam er durch einen Knochentunnel zur Welt, genau wie ihr.

Denn unter unserer Kleiderhaut sind wir genau wie ihr. Fast genauso.

Nein, wir werden nicht blau. Auch wenn wir manchmal blau riechen. Aber unsere Knochenhöhle ist genau wie eure.

Nein, ich glaube, wir müssen jetzt nicht über blaue Penisse reden.

Ich weiß, sie sind größer. Danke für den Hinweis.

Ja, wir haben Brüste. Die Frauen.

Ja, zwei Stück.

Ja, vorne.

Nein, die zeige ich euch jetzt nicht.

Weil es in dieser Geschichte nicht um Brüste geht. Es geht in dieser Geschichte um Zeb.

Vor sehr langer Zeit, in den Tagen des Chaos – bevor Crake das Chaos beseitigt hat –, lebte Zeb in der Knochenhöhle seiner Mutter. Und Oryx sorgte für ihn, wie sie für alle sorgt, die in der Knochenhöhle leben. Und dann reiste er durch den Knochentunnel und kam auf die Welt. Und dann war er ein Baby, und dann wurde er groß.

Und er hatte einen älteren Bruder, der Adam hieß. Aber Adams Mutter war nicht dieselbe Frau wie Zebs Mutter.

Weil Adams Mutter weggelaufen war, als Adam noch sehr klein war, und Adams Vater verlassen hatte.

Weglaufen bedeutet, dass sie sehr schnell den Ort gewechselt hat. Wobei sie vielleicht gar nicht wirklich gelaufen ist. Vielleicht ist sie gegangen oder gefahren, in einem … Also hat Adam sie nie wieder gesehen.

Ja, das war bestimmt sehr traurig für ihn.

Weil sie sich mit mehr als einem Mann paaren wollte, nicht nur mit Zebs Vater. Zumindest hat Zebs Vater das so gesagt.

Ja, so etwas zu wollen war eine gute Sache, und bei euch wäre sie damit glücklich gewesen. Sie hätte sich mit vier Männern auf einmal paaren können, genau wie ihr das macht. Sie wäre sehr glücklich!

Aber Zebs Vater hat das anders gesehen.

Denn er hatte etwas mit ihr getan, was man *heiraten* nennt, und wenn man heiratet, heißt das, dass es eine Frau für einen Mann gibt und einen Mann für eine Frau. Auch wenn es manchmal mehr waren. Aber so sollte es eben nicht sein.

Weil es das Chaos war. Es war ein Ding des Chaos. Deswegen könnt ihr das nicht verstehen.

Heiraten gibt es heute nicht mehr. Crake hat das Heiraten beseitigt, weil er es blöd fand.

Blöd sind alle Dinge, die Crake nicht mochte. Es gab viele Dinge, die Crake blöd fand.

Ja, der liebe, gütige Crake. Wenn ihr singt, erzähle ich nicht weiter.

Weil ich dann vergesse, was ich gerade erzählen wollte.

Danke.

Also, dann hat Adams Vater eine neue Frau zum Heiraten gefunden, und Zeb wurde geboren. Jetzt war der kleine Adam nicht mehr so allein, denn er hatte einen Bruder. Und Adam und Zeb halfen einander. Aber Zebs Vater hat ihnen manchmal weh getan.

Ich weiß nicht, warum. Er dachte, Schmerzen seien gut für Kinder.

Nein, so böse wie die zwei bösen Männer, die Amanda weh getan haben, war er nicht. Aber er war kein guter Mensch.

Ich weiß nicht, warum manche Menschen damals nicht gut waren. Das war ein Ding des Chaos.

Und Zebs Mutter machte oft ein Nickerchen oder sie machte andere Sachen, die sie interessierten. Sie hatte wenig Interesse an kleinen Kindern. Und sie sagte: »Irgendwann bringst du mich noch ins Grab.«

Ins Grab bringen, das ist schwer zu erklären. Es bedeutet, das sie unzufrieden mit ihnen war.

Nein, Zeb hat seine Mutter nicht getötet. *Ins Grab bringen*, das hat sie einfach so gesagt. Sie hat es oft gesagt.

Warum sie das gesagt hat, wenn es gar nicht stimmte? Es war … die Leute redeten einfach so. Es war weder wahr noch unwahr. Es war ein Zwischending. So erklärte man anderen Menschen, dass man ein Gefühl hatte. Es war eine Redewendung. Eine *Redewendung* bedeutet …

Ihr habt recht. Zebs Mutter war auch kein guter Mensch. Manchmal half sie Zebs Vater, Zeb in einem Schrank einzusperren.

Einsperren bedeutet … *Schrank* bedeutet … Es war ein sehr kleines Zimmer und es war dunkel und Zeb kam nicht von allein wieder raus. Zumindest glaubten sie das. Aber Zeb lernte bald, wie man geschlossene Türen öffnet.

Nein. Diese Mutter konnte nicht singen. Nicht wie eure Mütter. Und eure Väter. Und ihr.

Aber Zeb konnte singen. Er hat immer gesungen, wenn er im Schrank eingesperrt war. Er hat Lieder gesungen.

Die Ölgötzen

Zebs Mutter Trudy war die brave Ehefrau, und Adams Mutter Fenella war das sexsüchtige Miststück, das sich mit jedem einließ. Zumindest war es das, was Trudy und Hochwürden erzählen. Da die beiden immer wieder darauf abhoben, dass Zeb zu nichts nutze und sie so wahnsinnig rechtschaffen seien, glaubte er natürlich, er sei adoptiert worden, denn wie hätte er von so makelloser DNA abstammen können?

Seine Tagträume drehten sich darum, dass Fenella seine richtige Rabenmutter war, die ihn im Stich gelassen hatte. Sie hatte Hals über Kopf fliehen müssen und hatte ihn nicht mitnehmen können – und deswegen in einem Pappkarton auf den Stufen vor dem Haus abgestellt, und die schreckliche Trudy, die überhaupt nicht mit ihm verwandt war und nur so tat als ob, hatte ihn aufgenommen, um ihn mit Füßen zu treten. Fenella – wo immer sie stecken mochte – bedauerte zutiefst, ihn verlassen zu haben, und wollte zurückkommen und ihn holen, sobald sie es einrichten konnte. Dann würden sie zusammen ganz weit wegfahren und alles, aber auch wirklich alles machen, was auf Hochwürdens schwarzer Liste stand. Er sah sie zusammen auf einer Parkbank sitzen, Lakritzstangen essen und glücklich in der Nase bohren. Nur so als Beispiel.

Aber das war damals, als er noch klein war. Als er das mit der Genetik begriffen hatte, beschloss er, dass Trudy mit irgendwem rumgemacht haben musste, irgendeinem Mädchen-für-alles-Handwerker/Einbrecher/Kleinganove. Oder mit dem Gärtner: Sie nahm immer die illegalen Texmex-Typen, die schwarzhaarig waren wie Zeb. Für einen Hungerlohn mussten diese Typen Erde durch die Gegend karren, Sträucher ausgraben und noch mehr Steine in ihrem Steingarten abladen, der das Einzige war, was in puncto Hegen und Pflegen ihre Aufmerksamkeit fesseln konnte. Ständig hing sie da draußen mit einem dieser doppelzüngigen Unkrautjäter herum, wenn sie nicht gerade heißen Essig in die Ameisennester schüttete.

»Klar, meine kriminelle Ader hätte ich auch von Hochwürden haben können, das Erbgut war jedenfalls da«, sagte Zeb. »Er hat seine Missetaten einfach aufgebläht und als völlig respektabel dargestellt, während ich mit offenen Karten spielte. Er war hinterhältig und verschlagen, ich war offensichtlich.«

»Mach dich doch nicht so runter«, sagt Toby.

»Du kapierst es nicht, Baby«, sagt Zeb. »Ich will angeben.«

Hochwürden hatte seine eigene Sekte. So musste es damals anstellen, wer richtig Kohle scheffeln wollte, gut pöbeln und mit Engelszungen reden und Hetzpredigten halten konnte, und wer für andere lukrative Grauzonenkünste, Derivatehandel oder Ähnliches, kein Händchen hatte. Erzähl den Leuten, was sie hören wollen, bezeichne dich als Religion, schieb den Leuten den Klingelbeutel unter die Nase, nimm die Pressekanäle in den Würgegriff und nutze sie für automatisiertes Telefonmarketing und aalglatte Onlinekampagnen, freunde dich mit Politikern an oder bedrohe sie, hinterziehe Steuern. Man musste es dem Kerl schon lassen. Er war verbogen wie eine Brezel, er war ein Kleintierquäler, ein Arschkriecher-Riesenarschloch mit nem Heiligenschein aus Blech, aber blöd war er nicht.

Sein Erfolg war der beste Beweis. Als Zeb das Licht der Welt erblickte, herrschte Hochwürden bereits über eine Megakirche aus Glasfronten, Kirchenbänken aus Pseudo-Eiche und falschem Granit, draußen auf freiem Felde. Die Church of PetrOleum, die assoziiert war mit den etwas massenkompatibleren Petrobaptisten. Eine Zeitlang stand sie ganz hoch im Kurs, um die Zeit herum, als das Öl knapp wurde, Ölpreise in die Höhe schossen und sich in den Plebs die Verzweiflung breitmachte. Jede Menge Spitzenleute vom Corps tauchten als Gastredner in der Kirche auf. Sie dankten dem Allmächtigen, dass er die Welt mit CO_2-Ausstößen und Giftstoffen gesegnet hatte, richteten den Blick gen Himmel, als wenn das Benzin von oben käme, und sahen dabei höllisch gottgefällig aus.

»Höllisch gottgefällig«, sagt Zeb. »Der Begriff hat mir schon immer gefallen. Meine bescheidene Meinung geht dahin, dass gottgefällig und höllisch zwei Seiten einer Medaille sind.«

»Bescheidene Meinung?«, sagt Toby. »Seit wann gibt's die?«

»Seit ich dich kenne«, sagt Zeb. »Ich brauch nur einen Blick auf deinen hübschen Arsch zu werfen, ein Wunder der Schöpfung, und mir wird klar, dass ich nichts dagegen bin. Als Nächstes bringst du mich noch dazu, mit der Zunge den Boden zu schrubben. Gib mir auch mal ne Chance, sonst werd ich am Ende noch schüchtern.«

»Okay, eine bescheidene Meinung will ich dir mal gönnen«, sagt Toby. »Erzähl weiter.«

»Darf ich dein Schlüsselbein küssen?«

»Gleich«, sagt Toby. »Sobald du zum Punkt gekommen bist.« Mit Flirten hat sie wenig Erfahrung, aber es macht ihr Spaß.

»Zum Punkt? Willst du, dass ich's dir demonstriere?«

»Wird verschoben. Du kannst jetzt nicht aufhören«, sagt Toby.

»Okay, abgemacht.«

Hochwürden hatte sich eine Theologie zurechtgezimmert, um möglichst effektiv die Kohle einzustreichen. Natürlich hatte er das Ganze auf der Bibel begründet. Matthäus 16,18: »Du bist Petrus, und auf diesem Felsen will ich bauen meine Gemeinde.«

»Es ist keine höhere Mathematik, hat Hochwürden immer gesagt, dahinterzukommen, dass *Petrus* das lateinische Wort für Stein ist und dass sich die wirkliche und wahre Bedeutung von ›Peter‹ auf ›Petroleum‹ bezieht oder dass Öl aus dem Stein kommt. ›Also ist dieser Vers, liebe Freunde, nicht nur ein Vers über den heiligen Petrus: Er ist eine Weissagung, eine Vision des Ölzeitalters, und der Beweis, liebe Freunde, steht direkt vor euch, denn seht! Was ist uns heute mehr wert als Öl?‹ Man muss es dem ranzigen alten Knacker echt lassen.«

»Das hat er wirklich gepredigt?«, fragt Toby. Soll sie jetzt lachen oder nicht? Zebs Tonfall ist schwer einzuordnen.

»Vergiss nicht den Teil mit dem Oleum. Das war noch wichtiger als der mit Petrus. Hochwürden konnte stundenlange Reden schwingen zum Thema Oleum. »Meine Freunde, wie wir alle wissen, ist *oleum* das lateinische Wort für Öl. Und in der Tat ist Öl durch die ganze Bibel hindurch heilig! Womit sonst werden Priester, Propheten und Könige gesalbt? Mit Öl! Öl ist das Zeichen der Auserwählten, das Chrisam! Welche Beweise brauchen wir noch von der Heiligkeit unseres Öls, das Gott für die Nutzung durch die Frommen in die Erde gebracht hat, um seine Werke zu multiplizieren? Seine Maschinen zur Ölgewinnung sind auf diesem Planeten, über den wir herrschen, überall verbreitet, um die Früchte des Oleums unter uns zu verteilen! Heißt es etwa nicht in der Bibel, man solle sein Licht nicht unter den Scheffel stellen? Und was sonst bringt die Lampen so gut zum Leuchten wie Öl? Ja, Öl, meine Freunde! Das heilige Oleum darf nicht unter den Scheffel gestellt werden, denn das zu tun würde heißen, die Heilige Schrift zu schmähen! Erhebt die Stimmen und lasst das Oleum sprudeln, in immer stärkeren und gesegneteren Strömen!«

»So hat er geredet?«, fragt Toby.

»Aber hallo. Das Geschwafel hätte ich im Kopfstand runterbeten können, so oft, wie ich's gehört hab. Ich, und Adam auch.«

»Du hast es echt drauf«, sagt Toby.

»Adam war noch besser. In Hochwürdens Kirche – und auch an seinem Tisch – haben wir nicht um Vergebung gebetet, nicht mal um Regen, auch wenn wir weiß Gott beides hätten gebrauchen können. Wir haben um Öl gebetet. Ach ja, und um Erdgas – das hatte Hochwürden auch auf seiner Liste der Geschenke des Himmels für die Auserwählten stehen. Jedes Mal, wenn wir vor dem Essen beteten, wies Hochwürden darauf hin, dass das Öl unser Brot auf den Tisch brächte, weil es die Traktoren betrieb, die die Felder pflügten, und die Lkws, die die Lebensmittel in die Geschäfte brachten, und auch das Auto, mit dem unsere liebende Mutter Trudy zum Supermarkt fuhr, und den Strom, der die Hitze erzeugte, um das Essen zu kochen. Wir könnten das Öl genauso gut essen und trinken – wobei da ja irgendwie auch was dran war –, also ab auf die Knie!

Ungefähr an dem Punkt in der Rede fingen Adam und ich immer an, uns gegenseitig unterm Tisch zu treten. Die Idee war, den anderen so fest zu treten, bis er jaulte oder zusammenzuckte, aber man durfte dabei keinen Mucks von sich geben, denn sonst bekäme man eine gewischt oder müsste seine Pisse trinken. Oder Schlimmeres. Aber Adam war kein Jauler. Dafür hab ich ihn immer bewundert.«

»Aber doch nicht wortwörtlich?«, fragt Toby. »Das mit der Pisse.«

»Ehrenwort«, sagt Zeb. »Bei allem, was mir heilig ist.«

»Ich dachte, ihr hättet euch gemocht«, sagt Toby. »Du und Adam.«

»Haben wir ja auch. Diese Tritte unterm Tisch, das ist n Jungsding.«

»Und ihr wart wie alt?«

»Viel zu alt«, sagt Zeb. »Adam war ja der Ältere. Zwar nur ein paar Jahre älter, aber er war das, was die Gärtner eine alte Seele genannt hätten. Er war weise, ich war dumm. So war es immer.«

Adam war ein schmales Handtuch. Obwohl älter, war er nicht halb so stark wie Zeb, nachdem Zeb die Fünfjahresmarke passiert hatte. Adam war systematisch: Er überlegte, er dachte immer alles zu Ende. Zeb war impulsiv: Er schoss aus der Hüfte, ließ sich von seinem Zorn leiten. Er brachte sich oft in Schwierigkeiten, schaffte es aber immer wieder, den Kopf aus der Schlinge zu ziehen.

Doch als Gespann waren die beiden ziemlich unschlagbar: Zeb war der böse Junge, der gut darin war, Böses zu tun, und Adam war der gute Junge, der schlecht darin war, Gutes zu tun. Oder besser, der mit guten Taten seine bösen Taten tarnte. Adam und Zebulon: Buchstützen, wie beim Alphabet. Die possierliche A-bis-Z-Symmetrie war Hochwürdens Idee gewesen: Immer musste er alles zum Themenpark machen.

Adam wurde stets als leuchtendes Vorbild hingestellt. Warum konnte sich Zeb nicht benehmen wie sein Bruder? Sitz gerade, hör auf zu zappeln, iss anständig, deine Hand ist keine Gabel, wisch dir nicht mit dem T-Shirt das Gesicht ab, tu, was dein Vater sagt, sag *ja,*

Sir und *nein, Sir* und so weiter. Das war Trudys beinahe flehende Rede: Sie wollte nur ihre Ruhe haben, sie hatte keine Freude an den Konsequenzen von Zebs Zurückweisungen und Übellaunigkeit – den Striemen, blauen Flecken und Narben. Sie war keine Sadistin als solche, nicht wie Hochwürden. Und doch kreiste sie nur um sich selbst, und zwar im großen Stil. Sie wollte profitieren, und Hochwürden bot dafür die nimmer versiegende Quelle.

Nachdem sie Zeb klargemacht hatte, was für ein vorbildliches Kind Adam sei, hob sie hervor, dass Adams Linientreue umso bemerkenswerter, ja umso lobenswerter sei, wenn man bedachte, dass ... und dann verstummte sie jäh, weil Adams Mutter Fenella bei Trudy und Hochwürden eher ein Tabuthema war. Dabei hätten die beiden sie und ihr skandalöses Verhalten anführen können, um Adam fertigzumachen – sein genetisches Erbe durch den Dreck zu ziehen –, aber das taten sie nicht. Er war viel zu sehr Unschuldslamm mit seinen großen blauen Augen und seinem schmalen Heiligengesicht.

Zeb fielen ein paar alte Fotos von Fenella in die Hände – sie waren auf einem USB-Stick in einer Kiste unten in dem Schrank, in dem er häufig eingesperrt wurde. Er hatte dort eine Minileuchte versteckt, um im Dunkeln sehen zu können. Er fand den Stick, ließ ihn mitgehen und steckte ihn aus purer Neugier in Hochwürdens Rechner. Das Ding funktionierte noch: Zu sehen waren etwa dreißig Fotos von Fenella, einige mit dem winzig kleinen Adam, einige mit Hochwürden, und nur selten wurde gelächelt. Der USB-Stick musste übersehen worden sein, denn es gab sonst keine Fotos von Fenella im Haus. Sie wirkte überhaupt nicht wie eine Schlampe; sie hatte den gleichen schmalen, treuen, großäugigen Ausdruck im Gesicht wie Adam.

Zeb verknallte sich ziemlich heftig in sie: Könnte er doch nur mit ihr reden und ihr erzählen, was Sache war, dann wäre sie auf seiner Seite, sie würde das ganze Spiel genauso verabscheuen wie er selbst. So musste es gewesen sein, denn war sie etwa nicht abgehauen? Wobei sie überhaupt nicht danach aussah, sie wirkte nicht stark genug.

Manchmal war er eifersüchtig auf Adam, weil Adam Fenella als

Mutter gehabt hatte und er selbst nur Trudy. Dann gewann wieder sein Unmut gegen Adams todsicheres Strafvermeidungssystem die Oberhand, und er teilte privat gegen Adam aus: Kacke im Bett, tote Maus im Handwaschbecken, Wasserhähne im Bad vertauschen – Klempnern hatte er inzwischen auch gelernt – oder einfach nur sein Bettzeug vermurksen. Die ganz normalen Fiesheiten. Hochwürden hatte einiges rausgeholt aus seinen Ölaktien, dazu sprudelte stetig das Ersparte seiner zahlungswilligen Gemeinde, und sie lebten in einem großen Haus, Trudy und Hochwürden in einem Flügel und Adam und Zeb im anderen. Wenn Adam also jaulte, würde ihn niemand hören. Aber er jaulte nie; er sandte nur seinen vorwurfsvollen Ich-vergebe-dir-Blick aus, der einem zehnmal mehr auf den Zeiger ging.

Hin und wieder zog Zeb seinen Bruder mit Fenella auf. Er sagte, sie sei bestimmt am ganzen Körper tätowiert gewesen, auch an den Titten; er sagte, sie sei eine Koksnase gewesen; er sagte, sie sei mit einem Biker abgehauen, nein, mit einem Dutzend Biker, mit denen sie's nacheinander getrieben hätte; er sagte, sie habe auf den Straßen von Las Vegas ihren Körper an gestörte Junkies und syphilitische Luden verkauft. Warum er so schlecht über die Frau sprach, die er für sein Alter Ego hielt, für seine geister- und zauberhafte Helferin, eine regelrechte Marmorgöttin? Wer weiß?

Das Eigenartige war, dass Adam niemals widersprach. Er schenkte ihm bloß ein gespenstisches Lächeln, als wisse er etwas, was Zeb nicht wusste.

Adam hielt immer den Mund, wenn Zeb ihm Streiche spielte. Er war immer schon ein verschwiegener kleiner Mistkerl. Jedenfalls arbeiteten die beiden meist im Team. In der Schule – CapRock, eine private, von einem der Ölkonzerne finanzierte Jungsschule – hießen sie wegen ihres Vaters immer nur die Ölgötzen, aber man ließ sie in Ruhe, zumindest nachdem Zeb eine gewisse Körpergröße erreicht hatte. Adam allein wäre leichte Beute gewesen, dürr und bleich, wie er war; aber wenn jemand auch nur den Finger in seine Richtung hob, wurde er von Zeb windelweich geprügelt. Das musste er nur zweimal tun. Sowas sprach sich herum.

Schillizzis Hände

Angesichts der konzertierten Gehirnwäsche durch Trudy und Hochwürden dachten sich Adam und Zeb Ausweichmanöver aus. Wem oder was wollte sie ausweichen, außer einer Strafe? Allem, was sie auf den rechten Weg hätte führen können, den Heiligen Weg des PetrOleum, auf den sie von Hochwürden und Trudy unablässig gedrängt wurden.

In Adams Fall waren es dreiste Lügengeschichten – er konnte fast jeden außer Zeb davon überzeugen, er sei unschuldig wie ein ungelegtes Ei –, während Zeb die Instinkte eines Straßendiebs hatte. Die im Schrank abgesessenen Stunden hatten auch ihre Vorteile, Haarnadeln waren nützliche Gegenstände und es dauerte nicht lange, da verfügte er nach Belieben über das Haus, kramte sich durch die Schreibtischschubladen und E-Mails seiner Eltern, während sie ihn zwischen Wintermänteln und ausgedienten Elektroartikeln wähnten. Schlösserknacken wurde zu seinem Hobby, und schon bald, nach verstohlenen Sitzungen an Schulcomputern und in der Bibliothek, wurde ihm das Hacken zur Berufung. In seiner Phantasiewelt konnte ihn keine Codierung der Welt abhalten, keine Tür aussperren, und je älter und geübter er wurde, desto mehr verschmolz die Phantasie mit der Realität.

Anfangs hielt er sich an die – von der Kirche selbstverständlich verbotenen – Pornoseiten und Raubkopien von Acid Rock und Freakshow-Musik. Die Kirche sprach sich für zugeknöpfte Blusen und öffentliche Keuschheitsgelübde aus, und die Musik war so grottenschlecht wie tausend Olme aus den schwärzesten Löchern des Weltalls. Also raubte Zeb per Kopfhörer die Luminescent Corpses, die Pancreatic Cancers oder Bipolar Albino Hookworms, während er auf der Suche nach immer neuen und geschickt entfalteten Mädchenkörperteilen durchs Netz streunte. Was kaum ins Gewicht fiel: Die Videos waren schließlich schon gedreht, also war das, was er unternahm, nur eine Art Zeitreise. Er verursachte ja in dem Sinne nichts.

Als er dann das Gefühl hatte, er sei so weit, beschloss er, noch einen draufzusetzen und wirklich seine Fähigkeiten zu testen.

Die Church of PetrOleum war total Hightech und verfügte über ein Dutzend verfeinerter Social-Media- und Spenden-Sites, die sieben Tage die Woche rund um die Uhr die Gläubigen ausbeuteten. Die Sicherheit dieser Websites war vermeintlich so hoch wie nur irgend möglich, mit zwei Schichten engmaschiger Verschlüsselungen, durch die sich jeder potenzielle Kleptomane erstmal durchfräsen musste, bevor er sich mit den Konten davonmachen konnte. Und tatsächlich gelang es dem System, die Kleptomanen fernzuhalten; aber es war machtlos gegen eine Insider-Nummer, wie sie Zeb im zarten Alter von sechzehn auf so spektakuläre Weise hinlegte.

Hochwürdens Schwachstelle war der Glaube an seine eigene Unverwundbarkeit, also war er nachlässig; und da er sich Zahlen-Buchstaben-Kombinationen nicht merken konnte, notierte er sich seine Passwörter. Dann versteckte er sie an Stellen, die dem Osterhasen nicht mal ein müdes Lächeln entlockt hätten. Die Schachtel mit den Manschettenknöpfen? Vorn in den Sonntagsschuhen? Retro-Schwachkopf, sagte Zeb seufzend, fischte die hauchdünnen Zettelchen hervor, lernte das kryptische Gekritzel darauf auswendig, ehe er das Kästchen oder den Schuh exakt an dieselbe Stelle zurückschob.

Nachdem er den goldenen Schlüssel besaß, lenkte Zeb den Spendenfluss – nicht alles, nur 0,9 Prozent, Fehlerquote, er war ja nicht völlig doof – auf mehrere eigens eingerichtete Konten, wobei er darauf achtete, dass den Spendern das standardmäßige Dankesgeschleime und die schuldgefühlgenerierenden Durchhaltebotschaften zukamen, zuzüglich einiger Hass-Slogans gegen alle Feinde von Gottes heiligem Öl: »Solarzellen sind des Satans«; »Bio ist Bullshit«; »Der

Teufel will, dass ihr im Finstern frieret«; »Nur Serienmörder glauben an die Erderwärmung!«.

Für seine diversen Geldbunker verwendete er eine zusammengestückelte Identität, die er sich bei seinen heimlichen Angriffen auf lecke Ziele angeeignet hatte, 3-D-Avatar-Spiele, AdopTierFisch und derlei öko-triefende Wohltätigkeitsseiten sowie die virtuellen ECHTFÜHL-Pornoinstallationen in den Vorstadt-Shoppingzentren. (»Haptisches Feedback für Haut-an-Haut-Gefühl! Nie wieder synthetische Schreie und künstliches Stöhnen! Echtes Fühlen! Warnung: Gerät darf nicht mit Schleimhäuten in Berührung kommen. Terminals dürfen nicht in den Mund oder andere Körperöffnungen eingeführt werden. Verätzungsgefahr!«)

Wenig überraschend kam Zeb bei einem seiner Streifzüge dahinter, dass Hochwürden höchstpersönlich diese haptischen Wichsseiten frequentierte, wenn auch von zu Hause aus – im Einkaufszentrum gesehen zu werden wäre nicht gut fürs Image gewesen –, wobei er die Feedback-Terminals in seiner Golftasche versteckte. Er bevorzugte die Seiten mit Peitschen, Penetration mit Flaschen und Brustwarzenverbrennung. Außerdem war er ein großer Fan von historischen Henker-Reenactment-Seiten, die wohl der Requisiten und Kostüme wegen relativ kostspielig waren – »Maria Stuart: Roter Schopf, jetzt rollt dein Kopf!«; »Anne Boleyn: Ein königliches Luder, erst macht sie's mit dem Bruder, danach macht sie's mit dir, dann Messer rein und ab dafür!«; »Katherine Howard: Pack dein Schwert und mach ihn kalt, den kalten Fisch!«; »Lady Jane Grey: Diese elitäre Jungfer wird für ihren Hochmut zahlen: Augenbinde optional«. Hierbei kam man eigenhändig in den Genuss des Gefühls, einer Frau mit einem Beil den Kopf abzuschlagen (»Spielend lernen! Historisch wertvoll!«).

Wer noch was drauflegte, konnte sie ohne Kleider enthaupten, was aufregender war. Zeb probierte es selbst ein paarmal aus – mit freundlicher Genehmigung der Geldkonten Hochwürdens, die er entsprechend schröpfte –, er konnte also durchaus mitreden bei der Mit-oder-ohne-Klamotten-Frage. Eine nackte Frau auf Knien, die drauf und dran ist, den Kopf zu verlieren – was war daran so spannend? War er so kaltblütig oder war er ein Psychopath? Nein, den Psychopathen fehlte ein Chip im Hirn, meinte Adam, der über solche Themen gut informiert war. Psychopathen könnten kein Mitgefühl empfinden; Schreie und Heulen stellten für ihre Begriffe nur Störgeräusche dar. Sie könnten sich bei ihren Taten also nicht scheiße fühlen und/oder wie ein Perverser; anders als Zeb.

Er spielte mit dem Gedanken, sich einzuhacken und die Seite neu zu programmieren, so dass man das Gefühl der niedergehenden Axt nicht in den Händen, sondern im eigenen Nacken spürte. Was war das wohl für ein Gefühl, geköpft zu werden? Würde es weh tun, oder würde der Schock jedweden Schmerz ausblenden? Oder würde man einen Rausch des Mitgefühls erleben? Zu viel Mitgefühl konnte jedoch gefährlich sein. Es könnte einem das Herz stehenbleiben.

Waren diese nackten, knienden und in Kürze kopflosen Frauen real oder nicht? Er vermutete nein, denn die Online-Realität war anders als die Alltagsrealität, wo man tatsächlich körperliche Schmerzen empfand. Und eigentlich hätte man direkt am Bildschirm keine echten Frauen ermorden dürfen; das wäre doch sicherlich illegal. Die Effekte aber waren so großartig und 3-D, dass man sich instinktiv wegduckte vor dem Blutschwall.

Als Adam davon erfuhr, konnte er den Reiz nicht nachvollziehen, und er erfuhr nur deshalb davon, weil Zeb dem Drang nicht widerstehen konnte, seinen Bruder am Doppelleben Hochwürdens teilhaben zu lassen; das ja nun zu einem gewissen Grad auch sein eigenes Leben war.

»Der Mann ist verderbt«, lautete Adams Kommentar.

»Richtig! Was denn sonst! Bist du schwul oder was?«, fragte Zeb, doch Adam lächelte nur.

Die abartigen Frustbedürfnisse Hochwürdens hatten anscheinend ein Ventil gebraucht: Zeb als Sado-Objekt wäre zu riskant gewesen, groß und unwirsch, wie er mittlerweile war. Er hätte ja zurückschlagen können, und Hochwürden war im Grunde seines Herzens ein Hasenfuß, insofern gehörten das Schlagen, Pissetrinken und Einsperren der Vergangenheit an. Auch Trudy stellte für die kranke Drecksau keine Option dar, denn trotz eiserner Treue zu ihrem Mahlzeitenversorger hätte sie Lederbustiers, gepiercte Brustwarzen, Flagellation oder Exkrementeverzehr strikt abgelehnt. Wissen ist Macht, also war Zeb mehr als dankbar für die haptischen Feedback-Seiten und notierte sich haargenau, wie oft Hochwürden dort gastierte, und mit großer Sorgfalt verstaute er diesen Nikolaussack voller roter Samtinformationen für künftigen Gebrauch an einem sicheren Ort. Wobei es nicht unwahrscheinlich war, dass sich Hochwürden von ganz allein in den schwanzgesteuerten Elektrotod beförderte – dass er platzte wie ein Brühwürstchen –, und bei diesem hochkomischen Fiasko hätte Zeb nur allzu gern durchs Schlüsselloch gelinst. Kurz überlegte er, mit dieser Zielrichtung die haptischen Terminals neu zu verdrahten, aber er war sich nicht sicher, welche Voltzahl dazu erforderlich war. Ein Hochwürden mit Verbrennungen zweiten Grades anstatt unbestreitbar hinüber könnte Ärger bedeuten: Er würde draufkommen, wer's war, aber todsicher.

Inzwischen verfügte Zeb über magische Finger: Er konnte Verschlüsselungen tippen wie Mozart Klavier spielen, er konnte in Keilschrift trällern und leichtfüßig durch Firewalls tänzeln, wie seinerzeit ein Tiger durch einen brennenden Reifen sprang, ohne sich auch nur ein Schnurrhaar zu versengen. Mit wenigen schnellen Bewegungen konnte er in die Church of PetrOleum-Buchhaltung einsteigen – in beide Bücher, die offiziellen und die tatsächlichen –, was er auch regelmäßig tat. Das ging ein paar Jahre so weiter, die 0,9 Prozent läpperten sich, und Zeb wurde immer größer und behaarter und stemmte Eisen in der Turnhalle von CapRock, wo er stets darauf bedacht war, notentechnisch im guten Mittelfeld zu liegen, vor allem in Informatik, um mit seinem extraterrestrischen Hackertalent unbemerkt zu bleiben.

Noch ein halbes Jahr, und er wäre mit der Schule fertig, und dann? Er hatte da ein paar Ideen, aber seine Erziehungsberechtigten ebenfalls. Hochwürden hatte bekannt gegeben, dass er Zeb über Beziehungen einen der heiß begehrten Jobs in der nördlichen Ölwüste besorgen könne, nämlich als Fahrer einer der riesigen Trennmaschinen für bituminösen, ölhaltigen Kies. Der Job werde Zeb zum Mann machen, sagt er, wobei er die mögliche Definition von *Mann* in der Schwebe ließ. (Kinderschänder? Religiöser Bauernfänger? Internet-Frauenenthaupter?) Außerdem sei das Geld nicht schlecht. Und wenn er das eine Zeitlang gemacht hätte, könne sich Zeb über seinen weiteren Berufsweg Gedanken machen.

Dieses hatte drei Subtexte: 1) Hochwürden wollte, dass Zeb sehr weit weg ging, denn allmählich stellte Zeb für ihn eine Bedrohung dar, und zwar zu Recht. 2) Mit etwas Glück würde sich Zeb dort Lungenkrebs holen oder ein drittes Auge oder Gürteltier-Schuppen; die Luft dort oben war so toxisch, dass man schon nach einer Woche zu mutieren begann.

Und 3) Zeb war kein Überflieger. Anders als Adam, der – in der Hoffnung, er werde eines Tages die Pseudokirche seines alten Vaters übernehmen – an die Spindletop University geschickt worden war und in den Fächern PetroTheologie, Sermonologie und PetroBiologie seinen Abschluss gemacht hatte; in letzterem Fach musste man, soweit Zeb erkennen konnte, Biologie lernen, um sie anschließend zu negieren. Das erforderte eine gewisse intellektuelle Gewandtheit, eine Gewandtheit – so wurde impliziert –, die Zeb nicht vorzuweisen hatte. Galeerensklave wäre eher sein Niveau.

»Ich finde, das ist eine wunderbare Idee«, sagte Trudy. »Du solltest deinem Vater dankbar sein, dass er sich so viel Mühe mit dir gibt. Nicht alle Jungen haben einen Vater wie du.«

Lächle, befahl sich Zeb. »Ich weiß«, sagte er. Das Wort *smile* stammte vom griechischen Begriff für Chirurgenmesser. Das hatte er im Internet gefunden, als er gerade mal nicht dabei war, historische Figuren zu enthaupten.

Zeb vermisste Adam, und er ging davon aus, dass das auf Gegenseitigkeit beruhte. Mit wem sonst hätte man über die unwahrscheinlichen, verborgenen Schichten ihres Lebens reden sollen? Wer sonst konnte eine irrsinnig komische, wortgetreue Imitation von Hochwürdens Gebet an Sankt Lucic-Lukas hinlegen, dem Gott das heilige Öl offenbart hatte?

Solange sie getrennt waren, vermieden sie SMS, Telefonate und alles andere mit elektronischen Signalen: Das Internet leckte bekanntlich wie ein Prostatakranker, und es war mehr als wahrscheinlich, dass Hochwürden wenn nicht bei Adam, dann zumindest bei Zeb spionierte. Wenn Adam jedoch in den Ferien nach Hause kam, war alles wie eh und je. Zeb begrüßte ihn mit einem Amphibium im Schuh, einem Anthropoden in der Manschettenschachtel oder ein paar kunstvoll plazierten Kletten im Eingriff seiner Unterhose, auch wenn sie für solchen Unfug eigentlich inzwischen zu alt waren. Also geschah es eher aus Nostalgie.

Dann gingen sie auf den Tennisplatz und spielten ein Pseudomatch, bei dem sie sich übers Netz hinweg kurze Satzfetzen zumurmelten und sich gegenseitig auf den neuesten Stand brachten. Zeb wollte von Adam wissen, ob er schon Sex gehabt hätte, eine Frage, der Adam stilvoll aus dem Wege ging. Adam wollte von Zeb wissen, wie viel Geld er von der Kirche abgeschöpft und auf seinen heimlichen Konten gebunkert habe, denn es war ihre feste Absicht, dem magischen Dunstkreis Hochwürdens den Rücken zu kehren, sobald sie genügend Geld zusammenhatten.

Es waren die letzten Ferien vor Adams Abschluss. Zeb saß am Bildschirm in Hochwürdens Büro, er trug Latexhandschuhe und summte leise vor sich hin, während Adam am Fenster stand, falls Hochwürden in seinem protzigen Benzinschlucker oder Trudy in ihrem Geländewagen in der Auffahrt auftauchte.

»Du hast Schillizzis Hände«, sagte Adam in seinem typisch neutralen Tonfall zu ihm. War das Bewunderung oder nur eine Beobachtung?

»Schillizzi?«, fragte Zeb. »Verdammte Scheiße, der alte Gammelfleischfresser hat schon wieder Kohle unterschlagen, aber diesmal richtig fett! Guck dir das an!«

»Ich wünschte, du würdest nicht immer so fluchen«, sagte Adam mit seiner sanftesten Stimme.

»Schnauze«, sagte Zeb munter. »Und er hat's auf nem Konto auf den Caymaninseln gebunkert!«

»Schillizzi war im zwanzigsten Jahrhundert ein bekannter White Hat-Tresorknacker«, sagte Adam, der sich im Gegensatz zu Zeb für Geschichte interessierte. »Er hat nie Sprengstoff verwendet, nur seine Hände. Er war legendär.«

»Ich wette, der alte Sack will sich absetzen«, sagte Zeb. »Heute noch hier und wupp, schon sitzt er am nächsten Morgen an irgendeinem Luxusstrand, nuckelt Martinicocktails, kauft sich n paar Kindernutten und lässt seine Schäfchen total verarscht in der Kälte stehen.«

»Aber bestimmt nicht auf den Cayman-Islands«, sagt Adam. »Die liegen größtenteils unter Wasser. Die Banken sind allerdings auf die Kanaren umgezogen; da gibt's ein paar mehr Berge. Nur haben sie die Cayman-Namen behalten. Traditionshalber, vermute ich.«

»Ich frag mich, ob er die krude Trude mitnimmt«, sagte Zeb. Dass Adam über Banken Bescheid wusste, überraschte ihn, aber so gesehen überraschte ihn vieles an Adam. Man konnte nie genau wissen, was Adam alles wusste.

»Nie im Leben nimmt er die mit«, sagte Adam. »Die wird ihm allmählich zu anspruchsvoll. Die ahnt nämlich schon, dass er was im Schilde führt.«

»Und woher weißt du das?«

»Fundierte Vermutung«, sagte Adam. »Körpersprache. Beim Frühstück wirft sie ihm ständig misstrauische Blicke zu, wenn er gerade nicht guckt. Sie nervt ihn wegen Urlaub, und wann sie endlich mal wieder wegfahren. Außerdem fühlt sie sich in ihren Inneneinrichtungsambitionen beschnitten: siehe ihre Sammlung von Tapeten- und Farbproben. Sie hat keine Lust mehr, nur der Gemeinde wegen die engelhafte Ehefrau zu spielen. Sie hat das Gefühl, dass sie geholfen hat, den häuslichen Überschuss zu mehren, und verlangt dafür größeren Aktionsradius.«

»Genau wie Fenella«, sagte Zeb. »Sie wollte auch größeren Aktionsradius. Sie ist zumindest rechtzeitig abgehauen.«

»Fenella ist nicht abgehauen«, sagte Adam sachlich. »Sie liegt unterm Steingarten.«

Zeb wandte sich in Hochwürdens ergonomischem Chefsessel um. »Sie liegt wo?«

»Sie kommen«, sagte Adam. »Beide auf einmal, im Konvoi. Fahr das Ding runter.«

Stumm und Dieb

»Sag das nochmal«, sagte Zeb, als sie auf dem Tennisplatz und außer Hörweite waren. Keiner von beiden spielte sonderlich gut, aber sie taten, als würden sie trainieren. Sie standen Seite an Seite, schlugen Bälle über oder öfter noch gegen das Netz. Ihre Zimmer waren verwanzt – das hatte Zeb vor Jahren entdeckt, und er speiste mit Vorliebe falsche Informationen in seine Schreibtischlampe, um sie sich später über Hochwürdens Rechner zurückzuspielen –, aber am besten war es, sich dumm zu stellen, indem man die Wanzen gar nicht anrührte.

»Unterm Steingarten«, sagte Adam. »Da liegt Fenella.«

»Bist du sicher?«

»Ich hab beobachtet, wie sie sie vergraben haben«, sagte Adam. »Vom Fenster aus. Sie haben mich nicht gesehen.«

»Das war jetzt aber kein ... du hast das nicht geträumt, oder?«, fragte Zeb. »Alter, du musst doch damals noch n verdammter Embryo gewesen sein!« Adam sah ihn ausdrucklos an: Nicht nur störte er sich an Derbheiten, er schien sich einfach nie an sie gewöhnen zu können. »Noch total jung, meine ich«, korrigierte Zeb. »Kleine Kinder erfinden doch ständig was.« Die Sache schockierte ihn: Er konnte kaum noch geradeaus denken.

Wenn Adams Geschichte stimmte – und warum hätte er sich so etwas ausdenken sollen? –, änderte sie Zebs gesamte Selbstwahrnehmung. Fenella hatte die Geschichte seiner Vergangenheit geformt, und auch die seiner Zukunft, aber auf einmal war Fenella ein Skelett. Sie war die ganze Zeit über tot gewesen. Also keine heimliche Helferin, die da draußen auf ihn wartete: Es hatte sie nie gegeben. Da war kein mitfühlendes Familienmitglied, mit dem er eines Tages Kontakt aufnehmen würde, wenn er den Ausgang gefunden und die unsichtbaren Schlösser geöffnet und sich durch den Drahtzaun von Hochwürdens vergittertem Päderastenstall geschnitten hatte. Es war ein Solo im Cockpit eines Fliegers mit kaputter Tragfläche, er war ganz allein bis auf seinen an der Kopfwunde verbundenen Bruder, der ihm genauso gut plötzlich in den Rücken fallen und auf gläubig machen könnte, immerhin hatte er das Zeug dazu. Dann würde Zeb, willkommen im Großen Nichts, durch die Kälte und Finsternis schweben wie ein losgelöster Astronaut in einem dieser trashigen alten Weltraumfilme. Er knallte den Ball ins Netz.

»Ich war fast vier«, sagte Adam mit seiner Wenn-ich-das-so-sage-dann-ist-das-auch-so-Stimme, die auf unheimliche Weise an diejenige von Hochwürden erinnerte. »Ich habe genaue Erinnerungen an die Zeit.«

»Das hast du mir nie erzählt«, sagte Zeb. Er war gekränkt: Adam hatte ihn für zu wenig vertrauenswürdig erachtet. Das tat weh. Sie waren doch ein Team.

»Du hättest es nur ausgeplaudert«, sagte Adam. »Wer weiß, was sie dann getan hätten.« Er warf den Ball hoch und spielte ihn sachte übers Netz. »Du hättest auch unterm Steingarten landen können. Von mir mal ganz zu schweigen.«

»Warte«, sagte Zeb. »Du meinst, die verfickte Trudy hatte auch was damit zu tun?«

»Sagte ich doch schon«, sagte Adam. »Es gibt keinen Grund zu fluchen.«

»Verdammt, ist mir irgendwie rausgerutscht«, sagte Zeb. Keine Chance, dass er sich von Adam den Mund verbieten lassen würde. »Die treue Trudy?«

»Da muss wohl etwas für sie rausgesprungen sein«, sagte Adam in seinem typischen Tonfall, der suggerierte, dass er die Provokation geflissentlich überhören wollte. »Und sei es Erpressermaterial. Oder sie wollte Fenella aus dem Weg räumen, um freie Bahn zu haben. Ich vermute, sie war schon mit dir schwanger. Die Church of PetrOleum duldet keine Scheidungen, mit dem ganzen heiligen Öl bei der Ehezeremonie. Wie wir wissen.«

Jetzt war Zeb also auch noch schuld an Fenellas Tod. Weil er so schlechten Geschmack bewiesen und sich hatte zeugen lassen. Scheiße. »Wie haben sie's gemacht?«, fragte er. »Die beiden? Haben sie ihr Arsen in den Tee getan oder …« Doch wohl keine Enthauptung, dachte er beschämt. So weit wären sie nicht gegangen.

»Weiß ich nicht. Ich war erst vier. Ich hab nur gesehen, wie sie sie vergraben haben.«

»Also waren diese ganzen Pillenschmeißer- und Nuttengeschichten und dass sie ihr Baby im Stich gelassen hätte und so weiter, das alles war also nur …«

»Das ist es, was die Gemeinde glauben wollte«, sagte Adam. »Und sie hat es geglaubt. Rabenmütter sind immer eine gute Story für die Leute.«

»Vielleicht sollten wir das CorpSeCorps informieren«, sagte Zeb. »Die sollen ein paar Schaufeln mitbringen.«

»Würde ich nicht riskieren«, sagte Adam. »Darunter sind einige Petrobaptisten, und im Kirchenrat sitzen jede Menge Ölkonzern-Bosse. Da überlappt sich einiges, weil alle voneinander profitieren. Die haben sich darauf geeinigt, alle abweichenden Meinungen zu unterdrücken. Das heißt, die Ölkonzerne würden Hochwürden decken, wenn's um einen simplen Mord an der Ehefrau geht, der ja nicht an sich an den Grundfesten rüttelt; die wissen genau, wie schnell man durch einen Skandal an Glaubwürdigkeit einbüßt. Uns beide würden sie als psychisch labil hinstellen. Die würden uns wegsperren, die schweren Medikamente auffahren. Oder, wie gesagt – im Steingarten noch ein paar Gruben ausheben.«

»Aber wir sind seine Kinder!«, sagte Zeb und klang selbst in seinen Ohren wie ein zweijähriger Junge.

»Glaubst du, das würde ihn aufhalten?«, fragte Adam. »Blut ist dünner als Geld. Er würde dann praktischerweise die Stimme Gottes vernehmen, die ihm sagt, er soll zugunsten des Allgemeinwohls einen Sohn opfern. Denk an Isaak. Er würde uns beiden die Kehle durchschneiden und anzünden, denn dieses Mal würde Gott kein Schaf senden.«

Zeb hatte Adam noch nie so negativ erlebt. Obwohl sie sich kaum bewegt hatten, rang er nach Atem. »Warum erzählst du mir das alles erst jetzt?«

»Wenn es stimmt, was du über deine Finanzaktivitäten erzählst, haben wir das Geld zusammen – darum«, sagte Adam. »Außerdem könnte dir die Kirche auf die Spur kommen. Wir sollten gehen, solange wir noch können. Bevor sie dich zum Sterben in die Teergruben schicken«, fügte er hinzu. »Es würde natürlich wie ein Unfall aussehen.«

Zeb war gerührt. Adam hatte ein Auge auf ihn. Er dachte immer viel weiter als Zeb.

Sie warteten bis zum nächsten Tag, als Hochwürden in einer Ratssitzung und Trudy beim Frauen-Bibelkreis war. Dann nahmen sie ein Solartaxi zum Torpedo-Bahnhof, wobei sie eigens für die gespitzten Ohren ihres Fahrers falsche Informationen austauschten. Die meisten dieser Typen waren offizielle oder inoffizielle Spione. Laut Skript war Adam auf dem Weg zurück nach Spindeltop, und Zeb brachte ihn zum Bahnhof. Daran war nichts Ungewöhliches.

Von einem Internetcafé am Bahnhof räumte Zeb Hochwürdens heimliches Cayman-Konto leer, während Adam lässig tat und nach allzu neugierigen Blicken Ausschau hielt. Nachdem Hochwürdens Geld sicher überwiesen war, schickte Zeb der kranken Gonade ein paar Briefe, wobei er ein Lotusblatt-Pathway einbaute, um potenziellen Cyberspürhunden so viele Hindernisse wie möglich in den Weg zu legen. Er hackte sich in eine Männerdeo-Videoreklame, klickte auf den glänzenden, enthaarten Bauchnabel des Werbehengsts – durch dieses Pixelwurmloch ging er nicht zum ersten Mal –, dann auf eine Heim- und Garten-Seite, was unter den Umständen durchaus angemessen war, und suchte sich einen Spachtel aus. Von dort schickte er seine Nachrichten los.

In der ersten stand: »Wir wissen, wer unter den Steinen liegt. Folge uns nicht.« In der zweiten ging es um einzelne Diebstähle Hochwürdens aus den diversen Wohltätigkeitsfonds der Church of Petr-

Oleum, und um eine weitere Warnung: »Wage es nicht, die Stadt zu verlassen, sonst gehen wir damit an die Öffentlichkeit. Bleib, wo du bist, und warte auf Instruktionen.« Dadurch gäbe man dem schimmligen alten Sack zu verstehen, dass sie sich in Kürze erneut melden würden, in erpresserischer Absicht, worauf er sich auf die Lauer legen könnte.

»Das sollte reichen«, sagte Adam, aber Zeb konnte nicht widerstehen und schickte eine dritte Nachricht los: eine Kopie mit den Einzelheiten zu Hochwürdens Transaktionen auf den haptischen ECHTFÜHL-Seiten. Lady Jane Grey war seine Lieblingsfigur gewesen: Er hatte sie mindestens fünfzehn Mal geköpft.

»Wünschte, ich könnte dabei sein«, sagte Zeb, als sie endlich im Zug saßen. »Wenn er sie aufmacht. Und besser noch, wenn er checkt, dass sein Cayman-Bunker leer ist.«

»Schadenfreude ist ein Charakterfehler«, sagte Adam.

»Du mich auch«, sagte Zeb.

Er brachte die Reise damit zu, aus dem Fenster auf die vorüberfliegende Landschaft zu sehen: private Wohnanlagen, wie sie ihr soeben entflohen waren, Sojabohnenfelder, Frackinganlagen, Windfarmen, bergeweise gigantische Reifen, haufenweise Kies, pyramidenweise entsorgte Keramiktoiletten. Aufgetürmter Müll und Dutzende, die darin herumwühlten; Plebsland-Barackenstädte mit Häusern aus allem, was weggeworfen wurde. Kinder auf den Dächern der Baracken, auf den Müll- und Reifenbergen, die Fahnen aus bunten Plastiktüten schwenkten, rudimentäre Drachen steigen ließen oder Zeb den Stinkefinger zeigten. Hin und wieder schwebte über alldem eine Kameradrohne, die angeblich den Verkehr, aber eigentlich das Kommen und Gehen von wer weiß wem überwachte. Diese Dinger verhießen nichts Gutes, wenn man gejagt wurde: So viel wusste er gerüchtehalber aus dem Netz.

Aber noch hätte sich Hochwürden nicht auf die Suche nach ihnen gemacht. Er säße noch beim Lunch mit dem Kirchenrat, bei Häppchen aus Laborfleisch und Zuchtbarsch.

Fahre mit der Eisenbahn, ratter ratter klick
Mama liegt im Garten, schau jetzt nicht zurück

Zeb summte vor sich hin. Er konnte nur hoffen, dass Fenella eines plötzlichen Todes gestorben war, ohne unter den ekelhaften Obsessionen Hochwürdens gelitten zu haben.

Adam saß neben ihm und schlief. Er wirkte noch dünner und blasser als im Wachzustand, noch mehr wie eine idealisierte Statue irgendeiner beknackten Allergorie: Klugheit. Aufrichtigkeit. Glaube.

Zeb war viel zu aufgedreht, um zu schlafen. Und wider Willen unruhig. Sie hatten eine Grenze mit dickem Stacheldraht passiert, sie hatten den Oger beraubt, sie hatten sich mit seinem Schatz davongemacht. Der Zorn würde groß sein. Also musste er wachsam bleiben.

Wer hat Fenella umgebracht?
Ein böser Onkel in der Nacht.
Er schlug sie mit nem Keil,
Dann nahm er noch ein Beil,
Und alles wurde rot,
Jetzt ist Fenella tot.

Etwas lief ihm übers Gesicht. Er nahm den Ärmel und wischte es ab. Hör auf mit dem Gejammer, sagte er zu sich. Gönn ihm nicht die Genugtuung.

In San Francisco angekommen, beschlossen Adam und Zeb sich zu trennen. »Er wird alles in Bewegung setzen«, sagte Adam. »Er hat jede Menge Kontakte. Er wird Alarmstufe Rot auslösen, seine Ölkonzern-Netzwerke nutzen. Zusammen fallen wir viel zu sehr auf.«

Das war richtig: Sie waren ein allzu ungleiches Paar. Dunkelhaarig und blond, bullig und zierlich; solche Anomalien fielen auf. Und Hochwürden würde sie im Doppelpack ausrufen lassen, nicht einzeln.

Hund und Hieb, summte Zeb vor sich hin. Stumm und Dieb. Dumm und lieb.

»Hör auf mit diesem Pseudo-Musical-Quatsch«, sagte Adam. »Das fällt auf. Außerdem singst du schief.« Okay, an Letzterem war was dran. An beidem.

In einem Plebsland-Graumarkt-Vitamorph-Stundenshop bastelte Zeb zwei neue Personalausweise – sie waren aus Pappe, sehr empfindlich und würden keiner genaueren Prüfung standhalten, aber für den nächsten Schritt würden sie reichen. Adam zog nach Norden, Zeb nach Süden, beide mit der Absicht unterzutauchen.

Er und Adam hatten eine Dropbox ausgemacht. Nämlich die oberste, von den Zephiren gestreute Rose auf einem Druck von Botticellis *Geburt der Venus* auf einer vielbesuchten italienischen Tourismusseite. Zeb plädierte für die linke Brustwarze, aber Adam war dagegen: viel zu offensichtlich, sagte er. Ebenfalls zu offensichtlich wäre es, fügte er hinzu, im nächsten halben Jahr miteinander in Kontakt zu treten: Hochwürden war nachtragend und inzwischen hätte er auch noch Angst.

Zeb überlegte, was diese Rachsucht und Angst am ehesten für Konsequenzen haben könnten. Was würde er selbst tun, wenn seine Brut, zwei Klugscheißer, die er ohnehin nie hatte leiden können, sich mit seinen schmutzigen Geheimnissen davongestohlen hätten? Zorn. Verrat. Nach allem, was er für Adam getan hatte. Und für Zeb, denn waren seine Züchtigungen nicht immer nur zum Wohle der geistigen Entwicklung des Jungen gewesen? Mit ähnlich selbstgerechtem Dreck machte er sich wahrscheinlich noch immer etwas vor.

Unter anderem würde er ein paar DOSEN anheuern: Digitale-Online-Such-Experten. Die kosteten zwar, lieferten aber angeblich auch schnelle Resultate. Sie würden per Suchalgorithmus die Profile im Internet abgleichen. Es war also unabdingbar, sich so weit wie möglich von der digitalen Welt fernzuhalten. Kein Surfen. Keine Einkäufe. Keine sozialen Netzwerke. Keinen Scheiß bauen. Keine Pornos.

»Sei einfach nicht du selbst«, sagte Adam zum Abschied.

Tief im Plebsland

In San Fran schnitt sich Zeb die Haare kurz. Er ließ sich einen Schnauzer stehen und er hatte sich auf dem dunkelgrauen Graumarkt ein Paar eher coole Kontaktlinsen besorgt, die nicht nur die Augenfarbe veränderten, sondern auch noch eine Hornhautverkrümmung und falsche Irismerkmale vortäuschten. Aber selbst wenn er bei einem zufälligen Körperscan damit durchkäme, wollte er keine nähere Kontrolle riskieren, und die Fingerabdruckverzerrer, die er besorgt hatte, waren lächerlich dilettantisch. Insofern war es besser, den Torpedozug vorerst zu meiden. Außerdem glaubten die meisten Leute, die damit unterwegs waren, noch immer an Recht und Gesetz und könnten unter dem steten Druck von außen Verdächtiges melden.

Also wagte er sich auf die Highways. Er trampte nach Süden bis San José, indem er auf den Giga-GliederZug-Rastplätzen auf und ab ging und versuchte, älter auszusehen, als er war. Gelegentlich deutete ein Fahrer an, dass er einem Blowjob als Zahlungsmittel nicht abgeneigt wäre, aber Zeb war zu groß und zu nichts zu zwingen.

Die andere Gefahr waren die Profinutten in den Bars entlang der Straße. Wobei der einzige Sex, auf den er sich berufen konnte, auf den haptischen Feedbackseiten stattgefunden hatte; für Echtfleisch war er noch nicht bereit. Außerdem war er misstrauisch, was fremde Frauen anging: Wer weiß, wie viele davon ihr Wissen gegen Zahlung weiterreichen würden? Einige dieser Bordsteinschwalben waren auffällig gut gekleidet und wirkten alles andere als hungrig.

Dann waren da noch die Krankheiten. Das Letzte, was er hätte gebrauchen können, war ein Klinikaufenthalt – sofern er mit seinem Ausweis durch die Kontrolle käme –, oder einen klinikeigenen Sicherheitsmann, der ihn klinikreif prügelte, sofern er nicht durch die

Kontrolle kam, womit eher zu rechnen war. Nachdem man ihn in die Zange genommen und seine wahre Identität erkannt hatte, würde man Hochwürden kontaktieren. Dann käme der Entsorgungsbefehl, oder er würde in Plastikschellen zurückgeschafft, und die Drohpredigten würden kein Ende nehmen. *Ich werde dir noch beibringen, was Respekt bedeutet, du bist mir untergeben, Gott hasst dich, du bist moralisch wertlos, auf die Knie und tu Buße, trink den Eimer aus, leg dich auf den Boden, gib mir den Stock, du willst es doch fester, du sollst schreien* und so weiter und so fort, die altbekannte Sado-Maso-Heavy-Metal-Perversen-Litanei. Kleine Späße vor dem Schlafengehen.

Wenn Hochwürden dann durch wäre mit Zebs neurologisch demoliertem, wehrlosem, zitterndem Körper, würde er schließlich unterm Steingarten landen; aber erst, nachdem er mithilfe von Hitze und Strom dazu bewegt worden war, den digitalen Pfad zu Adam zu verraten, diverse Köder und Instruktionen für ihn auszulegen und zu betonen, dass er mit Hochwürdens fiskalen und sexuellen Fehltritten auf keinen Fall an die Öffentlichkeit gehen wolle und den dringenden Wunsch nach einem persönlichen Treffen verspüre, bei dem er alles erklären werde. Zeb machte sich keine Illusionen über seine Widerstandsfähigkeit gegenüber Implementierungen derjenigen Art, zu der Hochwürden und seine Helfer mit größtem Vergnügen zu schreiten bereit wären.

So viel also zur Option Klinik, falls er sich die Gonokokken holte. Die Alternative zur Klinik war auch nicht ansprechender. Eiterpimmel, Schrumpelschwanz, Penisfäule; die Internethorrorseiten zu besagtem Thema waren der grünlich gelbe Stoff, aus dem Albträume sind. Mehr als genug Grund, dem Geheul der Rastplatzsirenen zu widerstehen, egal, wie fest und kompakt die Schenkel in ihren Kunstleder-Hotpants, wie hoch ihre Echsenimitat-Plateauschuhe, wie kühn ihre Drachen- und Totenschädeltattoos und wie hefeteigartig ihre Halbe-Melonen-Bimplantate aus den satinschwarzen Nackenbandtops quollen. Nicht dass er jemals einen Hefeteig aus der Nähe gesehen hätte. Aber in Videos. Und zwar in uralten Mutti-Retrofilmen, die ihm ehrlich gesagt ein bisschen an die Nieren gingen. Hatte die tote Fenella jemals Hefeteig gebacken? Trudy ganz sicher nicht.

Als ihn die Schönheiten mit den verschmierten Lippenstiftmündern, dem körnigen Augen-Make-up und den Wabbelärschen ansprachen und fragten: »Na, Großer, wie wär's mit nem schnellen Fick hinterm Doughnutstand?«, sagte er nicht: *Komme sofort*, und er sagte auch nicht: *Wir sehen uns dann im Himmel,* und er sagte auch nicht: *Hey, habt ihr komplett einen an der Waffel?* Er sagte: gar nichts.

Zum Faktor Krankheiten kam hinzu, dass er sich auf den dunklen und dunkleren Wegen des Plebslandes noch nicht auskannte: Er hatte keine Lust, mit einer wildfremden Frau anzubändeln, um ihr anschließend blinden Auges in irgendeine Gasse, ein schäbiges Hotel oder aufs Klo eines zwielichtigen Bumsschuppens zu folgen und dann auf einer Bahre oder im Plastiksack wieder rauszukommen, wenn überhaupt. Eher würden sie ihn auf einem leeren Grundstück abladen und den Ratten und Geiern überlassen. Da inzwischen immer mehr von den ehemals öffentlichen Sicherheitsdiensten privatisiert worden waren, würde beim anständigen Begräbnis eines Herumtreibers wie ihm nichts herausspringen, ebenso wenig wie bei der Erfassung – *Erfassung* war ein beliebtes Wort in der Branche – des Schurken, der ihn wegen einer Handvoll Kleingeld abgestochen hatte.

Seine Körpergröße und der sprießende Schnauzbart boten nur mäßigen Schutz. Er war ein grüner Junge und ein leichtes Ziel; das würde man auf den ersten Blick erkennen und umstandslos über ihn herfallen. Das Plebsland war ein härteres Pflaster als der Schulhof seiner Jugend, wo es tatsächlich auf die Größe ankam. »Je größer, desto doller knallen sie hin«, hatten die rumpeligen Jungs, und zwar nicht nur einmal, zu ihm gesagt. »Genau«, hatte er erwidert. »Aber je kleiner, desto öfter knallen sie hin.« Und er holte aus, gar nicht mal mit der Faust, und schon lagen sie auf der Fresse.

Doch im finstersten Plebsland würde es kein verbales Vorspiel geben. Kein witzelndes oder spöttelndes Warngeklapper, nur einen blitzschnellen Stich oder Schnitt mit dem Messer oder eine Kugel aus irgendeiner altmodischen illegalen Waffe.

Die Lintheads waren laut Internet besonders brutal. Und die Blackened Redfish. Und die Asian Fusions. Und die Texmexer mit ihren Drogenkriegsmaschen – den Totenschädelbergen, den an alten Kinomarkisen aufgehängten, beinlosen Leichen. Vermutlich war aufgrund der Territoriumsnähe der Giga-GliederZug-Highway nach Süden fest in der Hand der Texmexer.

Trotz dieser Bedenken, oder sagen wir, trotz dieser Ängste war ihm klar, dass er kurzfristig im übelsten Teil der Stadt am besten würde untertauchen können. Zu viel Geld auszugeben würde die Schakale anziehen, so schlau war er mittlerweile; nach seiner Ankunft in San José verhielt er sich daher unauffällig, mied die Kneipen und mischte sich unter die Unterschichtler, die durch die schäbigsten Plebs wuselten wie Ratten auf einer Müllhalde und nach allem griffen, was abzugreifen war.

Eine Zeitlang brachte er bei GeheimBurger Fleischprodukte an den Mann. Es war ein Zehnstundentag und er verdiente unter Mindestlohn, er musste ein T-Shirt mit Firmenlogo und eine bescheuerte Mütze tragen, aber bei GeheimBurger wurde nicht allzu genau auf den Ausweis geschaut. Und sie stellten für die Budenverkäufer Schutzpersonal gegen die Straßengangs auf und schmierten sowohl offizielle als auch inoffizielle Schnüffler, insofern hatte er da seine Ruhe. Die weiblichen Mitarbeiter taten ihm leid: Sie verdienten noch weniger als die Männer, mussten knallenge T-Shirts tragen und sich nicht nur die Kunden, sondern auch noch die Filialleiter vom Hals halten: Im Grunde hätte man ihnen Schutzblenden aus Hartplastik für ihre Titten zur Verfügung stellen müssen.

Aber seine Trauer hielt ihn nicht davon ab, sich schließlich doch von einem der GeheimBurger-Häschen namens Wynette in die Fleischeslust einführen zu lassen. Wynette war eine Braunhaarige mit großen umschatteten Augen und ausgehungertem Blick. Zu ihrer betörenden Persönlichkeit – ein Euphemismus, wie er heute zugeben muss, für ihre wenig üppige Fotze, für die er sich eigentlich interessierte, und dafür entschuldigt er sich, aber so ist es nun mal mit hormongesteuerten pubertierenden Männern, so will es die Natur, und er dachte, er sei verliebt, also scheiß drauf – bot sie den Vorteil eines winzigen Zimmers.

Die meisten GeheimBurger-Mädchen brachten nicht mal das zustande: Sie teilten sich zu mehreren ein Dachzimmer, besetzten halbverfallene Häuser oder gingen nebenbei auf den Strich, um irgendein Kind, einen drogensüchtigen Verwandten oder funkelnde Luden mitzufinanzieren. Aber Wynette war besonnen und sparsam, hatte ihr Geld nicht verprasst und konnte sich ein bisschen Privatsphäre leisten. Ihre Wohnung lag über einem Eckladen, in dem es Abbeizmittel und Alkohol zu kaufen gab, der nach Trollpisse schmeckte, aber zu der Zeit war Zeb nicht sonderlich wählerisch, also besorgte er dort auf die Schnelle eine Flasche, um Wynette abzufüllen, bevor sie zur Sache kamen, denn sie behauptete, sie könne damit besser entspannen.

»War es genauso gut?«, fragt Toby.

»War was genauso gut? Genauso gut wie was?«

»Sex mit Wynette. So gut wie die geköpften Lady Jane Greys.«

»Äpfel und Birnen«, sagt Zeb. »Bringt nichts, der Vergleich.«

»Ach, versuch's doch wenigstens«, sagt Toby.

»Gut. Die Lady Jane Greys waren wiederholbar. Die Realität nicht. Und falls du's genau wissen willst, beides kann gut sein. Kann aber auch beides enttäuschend sein.«

WIE ES MIT SCHNEEMENSCH WEITERGING

Geblümtes Laken

Die Sonne scheint durch das Fenster ihrer Nische und weckt sie. Vogelgezwitscher, die Stimmen der Crakerkinder, das Blöken der Mo'Hairschafe. Nichts, was von Unglück kündet.

Sie schiebt sich hoch und versucht sich zu erinnern, welcher Tag heute ist. Das Fest der Cyanophyta? *Danke, o Herr, für die Cyanophyta, jene niederen, allzu häufig übersehenen blaugrünen Algen, denn durch sie ist vor Abermillionen Jahren – was in deinen Augen nur ein Augenzwinkern ist – unsere sauerstoffreiche Atmosphäre entstanden, ohne die wir und die anderen Zooformen unserer Erde nicht atmen könnten, die so variantenreich, so herrlich anzusehen sind, und bei jedem Anblick immer wieder neu, und durch die wir deine Gnade erfahren …*

Andererseits könnte es auch Sankt Jane Goodall sein. *Danke o Herr, dass du das Leben Sankt Jane Goodalls gesegnet hast, der furchtlosen Freundin der Dschungelbewohner Gottes, die sich vielen riskanten Situationen und Insekten ausgesetzt hat, um die Kluft zwischen den Arten zu schließen, und die uns durch ihre Liebe zu und Arbeit mit unseren Vettern, den Schimpansen, die Augen geöffnet hat für den Wert des opponierbaren Daumens und großen Zehs und die uns darüber hinaus aus unserem eigenen tiefen …*

Aus unserem eigenen tiefen was? Toby kramt nach dem nächsten Satz. Sie lässt nach: Sie sollte sich Notizen machen. Tagebuch führen wie damals, als sie allein war im AnuYu. Sie könnte sogar noch weitergehen und die Bräuche und Weisheiten der untergegangenen Gottesgärtner aufschreiben und für die Zukunft festhalten; für kommende Generationen, wie die Politiker früher immer sagten, wenn sie um zusätzliche Wählerstimmen buhlten. Vorausgesetzt, es gibt dann überhaupt noch Menschen; und vorausgesetzt, sie können überhaupt noch lesen; beides, wenn man's recht bedenkt, ist eher fraglich. Und selbst wenn noch gelesen würde, wird sich irgendwer in der Zukunft für das Wohl und Weh einer obskuren, dann geächteten und aufgelösten Ökosekte interessieren?

Vielleicht kann sie eine solche Zukunft mitgestalten, indem sie tut, als glaubte sie daran; genau so etwas hätten die Gärtner auch gesagt. Sie hat kein Papier, aber sie könnte Zeb bitten, ihr von seinem nächsten Sammelstreifzug welches mitzubringen; vorausgesetzt, er treibt welches auf, das noch nicht verschimmelt ist, zu Nestbauzwecken von Mäusen angeknabbert oder von Ameisen gefressen wurde. Ach ja, und Bleistifte. Oder Kugelschreiber. Oder Wachsmalstifte. Dann könnte sie einen Anfang machen.

Wobei es eher schwierig ist, sich auf die Idee einer Zukunft zu konzentrieren. Sie ist viel zu sehr in der Gegenwart eingetaucht: Die Gegenwart umfasst Zeb, die Zukunft vielleicht nicht.

Sie sehnt sich nach heute Abend, sie sehnt sich danach, den gerade erst begonnenen Tag zu überspringen und sich kopfüber in die Nacht zu stürzen wie in ein Schwimmbecken; ein Schwimmbecken im Mondlicht. Sie sehnt sich danach, in flüssigem Mondlicht zu schwimmen.

Aber nur für die Nacht zu leben ist gefährlich. Der Tag wird irrelevant. Man wird sorglos, man kann Details übersehen, man kann den Überblick verlieren. In letzter Zeit erwischt sie sich dabei, wie sie, eine einzelne Sandale in der Hand, in ihrem Zimmer steht und sich fragt, was sie hier tut; oder sie steht draußen unter einem Baum, sieht den Wind durch das Laub streichen, und dann ermahnt sie sich: *Los. Beweg dich. Du musst jetzt unbedingt …* Nur, was eigentlich?

Es ist nicht sie allein, und nicht nur ihr Nachtleben ist dafür verantwortlich. Dieses Erschlaffen hat sie auch bei den anderen bemerkt. Dieses grundlose Stehenbleiben, dieses Horchen, obwohl niemand spricht. Und wie sie sich dann, sichtlich bemüht, einen Ruck geben und zurückholen ins Greifbare. Wie sie sich im Garten beschäftigen, mit den Zäunen, der Solaranlage, dem Anbau … Es ist verlockend, sich treiben zu lassen, wie es die Craker offenbar tun. Sie kennen keine Feiertage, keinen Kalender, keine Termine. Keine langfristigen Ziele.

Sie erinnert sich noch gut an diesen Schwebezustand, es war wie in den Monaten, als sie sich allein im AnuYu verbarrikadiert hatte, um den Virus auszusitzen, der alle anderen dahinraffte. Und als niemand mehr weinte, niemand mehr flehte und gegen die Tür hämmerte, als keine Menschen mehr tot auf dem Rasen zusammenbrachen, blieb nur noch das Warten. Warten auf ein Zeichen, dass es Überlebende gab. Warten auf die Rückkehr sinnvoller Zeit.

Sie hatte ihren Tagesablauf: Sie hatte genug gegessen und getrunken, hatte die Stunden mit kleinen Aktivitäten gefüllt, hatte Tagebuch geführt. Hatte die Stimmen abgewehrt, die in ihren Kopf drängten, wie es Stimmen gern tun, wenn man allein ist. Sie widerstand der Versuchung, einfach wegzugehen, hinaus in die Wälder, die Tür zu öffnen und zu akzeptieren, was ihr widerfahren sollte, oder, um ehrlicher zu sein, ihrem Leben ein Ende zu machen. Ein Ende.

Sie war wie in Trance, wie eine Schlafwandlerin. Gib dich auf. Gib auf. *Werde eins mit dem Universum. Warum nicht.* Es war, als wenn etwas oder jemand ihr zuflüsterte, sie in die Dunkelheit locken wollte: *Komm her, komm rüber. Mach Schluss. Es wird eine Erleichterung sein. Es wird die Vollendung sein. Es wird nicht sehr weh tun.*

Sie fragt sich, ob dieses Geflüster teilweise auch schon in den Ohren der anderen anfängt. Einsiedler in der Wüste haben solche Stimmen gehört, und Gefangene in Kerkern. Aber vielleicht ja auch nicht; es ist schließlich nicht wie das AnuYu, man ist hier nicht in Isolationshaft; man ist in Gesellschaft. Dennoch ist ihr klar, dass sie jeden Morgen die Köpfe durchzählt, sich vergewissert, dass die MaddAddamiten und Exgärtner alle noch da sind; dass niemand in der Nacht davongestreunt ist, hinein in das Labyrinth aus Laub und Zweigen, Gezwitscher und pfeifendem Wind und Stille.

Draußen vor ihrem Durchgang klopft jemand an die Wand. »Bist du da drin, o Toby?« Es ist der kleine Blackbeard, der nach ihr sehen will. Vielleicht teilt er auf irgendeine Weise ihre Ängste und will nicht, dass sie weggeht.

»Ja«, sagt sie. »Ich bin hier. Warte da draußen.« Rasch hüllt sie sich in ihr Laken des Tages. Etwas weniger Strenges und Geometrisches als sonst: geblümter, sinnlicher. Rosen in voller Blüte. Verschlungene Ranken. Ist das Eitelkeit? Nein, es ist zur Feier der Erneuerung des Lebens, ihres Lebens: Das ist ihr Vorwand. Sieht sie lächerlich aus, macht sie zu sehr auf jung? Schwer zu beurteilen, wenn man keinen Spiegel hat. Das Entscheidende ist, erhobenen Hauptes voranzuschreiten. Sie streicht die Haare hinter die Ohren und zwirbelt sie zu einem Knoten. Bloß keine losen Strähnen. Zurückhaltung üben.

»Ich bringe dich zu Schneemensch-Jimmy«, sagt Blackbeard gewichtig, als sie fertig ist. »Damit du ihm helfen kannst. Mit den Maden.« Er ist stolz darauf, dieses Wort gelernt zu haben, und er wiederholt es: »Die Maden!« Er strahlt über beide Ohren. »Die Maden sind gut. Oryx hat sie geschaffen. Sie werden uns nichts tun.« Ein Blick zu ihr, um sicherzugehen, dass er sich nicht geirrt hat, dann wieder ein Lächeln. »Und bald ist Schneemensch-Jimmy nicht mehr krank.« Er nimmt ihre Hand und zieht sie hinterher. Er weiß, wie's läuft, er ist ihr kleiner Schatten, er saugt alles auf.

Hätte ich ein Kind, denkt Toby, wäre es so gewesen? Nein, es wäre nicht so gewesen. Hör auf zu klagen.

Jimmy schläft noch, aber er ist weniger blass und sein Fieber ist weg. Sie flößt ihm löffelweise Honigwasser ein, zusammen mit dem Pilzelixier. Sein Fuß heilt zusehends; er wird bald keine Maden mehr brauchen.

»Schneemensch-Jimmy läuft«, erzählen ihr die Craker. Vier von ihnen haben heute Morgen Dienst, drei Männer und eine Frau. »Er läuft sehr schnell, in seinem Kopf. Er ist bald hier.«

»Heute?«, fragt sie.

»Heute, morgen«, sagen sie. »Bald.« Sie lächeln sie an. »Sei unbesorgt, o Toby«, sagt die Frau. »Schneemensch-Jimmy ist jetzt in Sicherheit. Crake schickt ihn zu uns zurück.«

»Und Oryx auch«, sagt der größte Mann; Abraham Lincoln, vielleicht: Sie muss sich wirklich allmählich die Namen merken.

»Sie hat ihren Kindern gesagt, sie sollen ihm nichts tun«, sagt die Frau. Kaiserin Josephine?

»Auch wenn seine Pisse nur schwach ist und sie anfangs nicht verstanden haben, dass sie ihn nicht essen dürfen.«

»Unsere Pisse ist stark. Die Pisse unserer Männer. Die Kinder der Oryx verstehen unsere Pisse.«

»Die Kinder mit den scharfen Zähnen essen die Kinder mit der schwachen Pisse.«

»Die Kinder mit den Stoßzähnen essen sie, manchmal.«

»Die Kinder, die wie ein Bär sind, groß und mit Klauen. Wir haben noch nie einen Bären gesehen. Zeb hat einen Bären gegessen, er weiß, was das ist.«

»Aber Oryx hat ihnen gesagt, sie sollen es nicht tun.«

»Sie sollen Schneemensch-Jimmy nicht essen.«

»Crake hat Schneemensch-Jimmy geschickt, um für uns zu sorgen. Und Oryx hat ihn auch geschickt.«

»Ja, Oryx auch«, stimmen die anderen zu. Einer beginnt zu singen.

Mädchenkram

Am Frühstückstisch geht es heute lebhaft zu.

Elfenbeinspecht, Manatee und Tamaraw haben ihre Teller abgeräumt und sind in ein Gespräch über Epigenetik vertieft. Wie viel vom Crakerverhalten ist erblich und wie viel davon kulturell bedingt? Haben die Craker überhaupt eine nennenswerte Kultur, losgelöst von der Ausdrucksform ihrer Gene? Oder sind sie eher wie Ameisen? Was ist mit dem Gesang? Gut, er muss irgendeine kommunikative Funktion haben, aber dient er nur zur Absteckung des Reviers wie bei Vögeln oder lässt er sich bereits als Kunst bezeichnen? Letzteres wohl kaum, sagt Elfenbeinspecht. Crake habe ihn nicht erklären können und nicht gemocht, sagt Tamaraw, doch das Team hatte ihn nicht eliminieren können: Das Ergebnis waren affektlose Individuen, die nicht läufig wurden und bald eingingen.

Der Paarungszyklus sei eindeutig genetisch, sagt Zunzuncito, ebenso wie die Blaufärbung des Unterleibs der Frauen und die mit dem Östrus verknüpfte Genitalpigmentierung, das Gleiche beim Mann, was zur polysexuellen Vereinigung führe. Bei Rehen oder Schafen spräche man von Brunftzeit, sagt Elfenbeinspecht, aber würde dieses Phänomen bei den Crakern je nach äußeren Umständen variieren? Es hatte keine Gelegenheit gegeben, das auszutesten, damals im Paradies-Gebäude, leider, wie alle finden. Sie hätten ein paar Varianten bauen, ein paar Studien durchführen können, sagt Manatee. Aber Crake regierte mit eiserner Hand, sagt Tamaraw, und er war unglaublich dogmatisch: Von fremden Verbesserungsvorschlägen wollte er nichts wissen, und von der Zerstörung seines Meisterexperiments durch die Einführung möglicher minderwertiger Segmente schon gar nicht, denn die Craker würden irgendwann ein

Megagoldesel sein. So zumindest habe er die Sache dargestellt, sagt Tamaraw.

»Natürlich hat er uns die ganze Zeit verarscht«, sagt Manatee.

»Das ist zwar richtig, aber es ist ja trotzdem was dabei rumgekommen«, sagt Elfenbeinspecht.

»Fragt sich nur, was«, sagt Manatee. »Dieser Wichser.«

»Die Frage ist doch weniger *wie* als *warum*«, sagt Elfenbeinspecht und sieht dabei in den Himmel, als wenn Crake tatsächlich dort oben säße und mit Donnerstimme antworten könnte. »Warum hat er's getan? Warum hat er den tödlichen Virus in die OrgassPluss-Pille eingeschleust? Warum wollte er die Menschheit ausrotten?«

»Vielleicht war er einfach nur exzessiv gestört«, sagt Manatee.

»Mal anders gedacht, und auch der Gerechtigkeit halber, vielleicht hat *er* ja *alle anderen* genau dafür gehalten«, sagt Tamaraw. »Mit unserer kaputten Biosphäre und der Erderwärmung.«

»Und wenn die Craker seine Lösung waren, wird er gewusst haben, dass er sie vor Leuten wie uns schützen muss, mit unserer aggressiven und mörderischen Art.«

»Genau so denken doch alle Größenwahnsinnigen«, sagt Manatee.

»Er wird die Craker als indigenes Volk gesehen haben, keine Frage«, sagt Elfenbeinspecht. »Und den *Homo sapiens sapiens* als raffgierigen, räuberischen Konquistadoren. Und in gewisser Hinsicht …«

»Immerhin hatten wir Beethoven«, sagt Manatee. »Und, nun ja, Weltreligionen und was nicht alles. Dass dieser Haufen hier was Vergleichbares auf die Reihe kriegt, steht zu bezweifeln.«

Weiße Segge sitzt daneben, sieht die anderen aufmerksam an, ist aber möglicherweise in Gedanken woanders. Wenn jemand Stimmen hört, denkt Toby, dann sie. Ein hübsches Mädchen, denkt Toby, vielleicht die Hübscheste unter den MaddAddamiten und auch die Jüngste. Gestern hatte sie vorgeschlagen, eine morgendliche Yogastunde und Meditationsgruppe ins Leben zu rufen, aber niemand hatte angebissen. Sie trägt ein graues Bettlaken mit weißen Lilien; ihre schwarzen Haare sind im Nacken zusammengedreht.

Amanda sitzt am Tischende. Sie ist bleich und apathisch. Lotis Blue und Ren glucken um sie herum und drängen sie zu essen.

Rebecca trinkt eine Tasse von dem, was sie nun notgedrungen als Kaffee bezeichnen. Als Toby sich setzt, wendet sie sich ihr zu.

»Es gibt mal wieder Schinken«, sagt sie zu Toby. »Und Pfannkuchen aus Kudzu. Ach, und wenn du willst – auch ein bisschen Choco-Nutrino.«

»Choco-Nutrino?«, fragt Toby. »Wo hast du das denn her?« Choco-Nutrino war ein verzweifelter Versuch gewesen, nach der globalen Kakaomissernte halbwegs genießbare Frühstücksflocken für Kinder herzustellen. Angeblich bestand es aus gebrannten Sojabohnen.

»Zeb und Nashorn und die anderen haben es irgendwo aufgelesen«, sagt Rebecca. »Und Shackie. Frisch ist was anderes und frag bloß nicht nach dem Haltbarkeitsdatum, also sollten wir's gleich essen, denk ich.«

»Meinst du?«, fragt Toby. Die Choco-Nutrinos sind in einer Schale. Sie sehen aus wie kleine Kieselsteine, braun und befremdlich, Granulat vom Mars. Solches Zeug haben die Leute früher ständig gegessen, denkt sie. Es war für sie völlig normal.

»Café zur Letzten Chance«, sagt Rebecca. »Kleiner Nostalgietrip. Klar, ich fand das Zeug auch immer ekelhaft, aber mit nem Schuss Mo'Hairmilch geht's. Außerdem sind da Vitamine und Mineralstoffe drin. Zumindest laut Packung. Also brauchen wir eine Weile mal keinen Schlamm zu essen.«

»Schlamm?«, fragte Toby.

»Na, du weißt schon, wegen der Spurenelemente«, sagt Rebecca. Manchmal kann Toby nicht sagen, ob sie Witze macht oder nicht.

Toby hält sich an den Schinken und die Kudzu-Kuchen. »Wo sind die anderen?«, fragt sie bewusst sachlich. Rebecca zählt sie auf: Crozier hat schon gegessen und bringt die Mo'Hairschafe auf die Weide. Beluga und Shackleton geben ihm Begleitschutz, mit einem Spraygewehr für zwei. Schwarznashorn und Katuro haben letzte Nacht Wache geschoben und schlafen noch.

»Und Swift-Fuchs?«, fragt Toby.

»Die lässt sich Zeit«, sagt Rebecca. »Hält ein Nickerchen. Gestern Nacht hat sie wieder im Gebüsch rumgemacht. Mit dem einen oder anderen Verehrer.« Ihr Lächeln bedeutet: *Genau wie du.*

Zeb ist noch nicht aufgetaucht. Toby versucht sich nicht allzu offensichtlich umzusehen. Hält er auch ein Nickerchen?

Als sie ihren letzten bitteren Schluck Kaffee trinkt, setzt sich Swift-Fuchs zu ihnen. Heute trägt sie eine Shorts, ein blass schimmerndes, ärmelloses Top und einen Schlapphut in Pink und Pastellgrün. Sie hat sich Zöpfe geflochten und die Zopfenden mit Hello-Kitty-Klemmen befestigt. Es ist der Schulmädchenlook, und in früheren Zeiten wäre sie niemals damit durchgekommen, denkt Toby. Als hochqualifizierte Genetikerin, die sie mal war, hätte sie Spott und Statusverlust zu fürchten gehabt und wird sich erwachsen gekleidet haben, um ihre gesellschaftliche Stellung zu propagieren. Aber was Rang und Status betrifft, ist der Lack längst ab – was genau will sie jetzt also propagieren?

Sei nicht so ungnädig, ermahnt Toby sich selbst. Immerhin hat sie jede Menge riskiert: Sie war eine Informantin der MaddAddamiten, bevor sie von Crake entführt und zum Weißkittel-Hirnsklaven im Paradies-Gebäude gemacht wurde, genau wie die anderen entführten MaddAddamiten. Die meisten hatte er sich einfach weggeholt.

Nur Zeb nicht: Ihn hatte Crake nie zu fassen bekommen. Er hatte seine Spuren immer zu gut verwischt.

»Na, ihr«, sagt Swift-Fuchs, streckt die Arme und schiebt Elfenbeinspecht ihre Brust entgegen. »Mann, ich könnte direkt wieder ins Bett gehen! Habt ihr gut geschlafen? Ich ja überhaupt nicht! Wir müssen unbedingt was gegen die Insekten unternehmen.«

»Es gibt Spray«, sagt Rebecca. »Wir haben noch immer was von dem Zitruszeug.«

»Das geht immer ab«, sagt Swift-Fuchs. »Dann wird man gestochen und man wacht auf und hört Leute reden und so weiter, wie in einem dieser Motels mit den Pappwänden, wo man unter falschem

Namen absteigt.« Sie lächelt Elfenbeinspecht an und schenkt Manatee keine Beachtung, der sie mit verkniffenen Mundwinkeln anstarrt. Missfällt sie ihm oder ist er scharf auf sie?, fragt sich Toby. Bei manchen Männern ist das schwer zu sagen.

»Ich finde, wir sollten ne Sperrstunde für Stimmbänder ausrufen«, fährt Swift-Fuchs fort und wirft Toby einen Seitenblick zu. *Ich hab dich gehört*, will dieser Blick sagen. *Wenn du in deinem fortgeschrittenen Alter unbedingt noch sexuellen Aktivitäten nachgehen musst, dann tu wenigstens einen Dämpfer drauf.* Toby spürt, wie ihr die Röte ins Gesicht steigt.

»Mein liebes Fräulein«, sagt Elfenbeinspecht. »Ich möchte doch schwer hoffen, unsere mitunter erhitzten nächtlichen Gespräche haben Euch nicht aus dem Schlaf gerissen. Manatee, Tamaraw und ich …«

»Nein, nein, ihr wart das nicht, und es waren auch keine Gespräche«, sagte Swift-Fuchs. »Seh ich da etwa Choco-Nutrinos? Von denen hab ich mal ne ganze Ladung ausgekotzt, damals, als ich noch hin und wieder verkatert war.«

Amanda steht vom Tisch auf, schlägt sich die Hand vor den Mund und eilt davon. Ren folgt ihr.

»Was ist eigentlich mit der los?«, sagt Swift-Fuchs. »Haben sie der das Hirn rausgenommen? Oder war die schon immer so drauf?«

»Du weißt doch, was sie durchgemacht hat«, sagt Rebecca mit leichtem Stirnrunzeln.

»Ja, klar, aber die soll sich allmählich mal wieder einkriegen. Mal mit anpacken, wie alle anderen auch.«

Wut steigt in Toby auf. Swift-Fuchs ist nie die Erste, die sich zum Arbeiten meldet, und sie hat weder je einen Painballer aus der Nähe gesehen noch wurde sie benutzt wie ein Prostibot, in Ketten gelegt wie ein Hund, regelrecht ausgeweidet. Amanda ist zehnmal mehr wert als sie. Aber davon abgesehen ist sich Toby darüber im Klaren, dass sie Swift-Fuchs ihre abfälligen Bemerkungen von vorhin übelnimmt; ganz zu schweigen von der halbdurchsichtigen Bluse und den süßen Shorts. Und der Brustbewaffnung und den Kleinmädchenzöpfen. Passt schlecht zu deinen sprießenden Fältchen, möchte sie am liebsten sagen. Das hast du von deinen Sonnenbädern.

Wieder lächelt Swift-Fuchs, aber nicht in Tobys Richtung, sondern direkt an ihr vorbei. Das volle Programm mitsamt Zähnen und Grübchen. »Na?«, sagt sie mit sanfterer Stimme. Toby fährt herum: Es sind Nashorn und Katuro.

Und Zeb. Natürlich, wer sonst.

»Morgen allerseits«, sagt Zeb mit ebenmäßiger Stimme: nichts Besonderes für Swift-Fuchs. Übrigens auch nicht für Toby: Nacht ist Nacht und Tag ist Tag.

»Braucht jemand was?«, fragt er. »Wir sichten mal wieder die Gegend. Wir kommen an ein paar Läden vorbei.« Seine wahre Absicht muss er nicht eigens ausbuchstabieren, denn die liegt auf der Hand: Alle wissen, dass er nach den Painballern Ausschau halten wird. Es ist eine Patrouille.

»Natron«, sagt Rebecca. »Oder auch Backpulver. Wenn das nämlich alle ist, bin ich mit meinem Latein am Ende. Wenn ihr an einem Minimarkt …«

»Wusstet ihr, dass Natron aus den Tronavorkommen in Wyoming kommt?«, sagt Elfenbeinspecht. »Zumindest war das mal so.«

»Ach, Elfenbein«, sagt Swift-Fuchs und schenkt ihm ein Lächeln. »Wer braucht Wikipedia, wenn wir dich haben?« Ein schiefes Grinsen zieht sich über Elfenbeinspechts Gesicht: Er hält das für ein Kompliment.

»Hefe«, sagt Zunzuncito. »Wildhefe, wenn du noch Mehl hast. Damit kann man Sauerteig machen.«

»Wahrscheinlich«, sagt Rebecca.

»Ich komm mit«, sagt Swift-Fuchs zu Zeb. »Ich brauch ne Drogerie.«

Alle halten inne und sehen sie an.

»Gib uns einfach deine Liste«, sagt Schwarznashorn. Mürrisch schaut er auf ihre nackten Beine. »Wir bringen dir alles mit.«

»Mädchenkram«, sagt sie. »Ihr wüsstet gar nicht, wo man gucken muss.« Sie wirft einen Blick in Richtung Ren und Lotis Blue, die drüben an der Pumpe stehen und Amanda abseifen. »Ich sammle für uns alle.«

Wieder halten sie inne. Binden und Tampons, denkt Toby. Swift-Fuchs hat nicht ganz unrecht: Der Vorrat geht langsam zur Neige. Auf Stoffstreifen aus alten Bettlaken möchte niemand zurückgreifen. Oder auf Moos. Wobei wir da auch noch hinkommen.

»Schlechter Plan«, sagt Zeb. »Die beiden Typen rennen noch irgendwo da draußen rum. Sie haben ein Spraygewehr. Es sind dreifache Painballer mit durchgebrannten Empathieschaltkreisen. Du würdest ihnen nicht in die Hände fallen wollen; die halten sich nicht lange mit Formalitäten auf. Du hast doch gesehen, was mit Amanda passiert ist. Sie hatte Glück, dass sie mit ihren Nieren davongekommen ist.«

»Absolut meine Meinung. Es ist ein schlechter Plan, unsere gemütliche kleine Enklave hier zu verlassen. Ich werde gehen«, sagt Elfenbeinspecht galant, »wenn du mir deine Einkaufsliste anvertrauen willst und ...«

»Aber ich hab doch euch«, sagt Swift-Fuchs zu Zeb. »Um mich zu beschützen.« Sie senkt die Wimpern, hebt sie wieder. »Sicherer geht's doch gar nicht!«

Zeb sagt zu Rebecca: »Hast du noch Kaffee? Oder wie du das Zeug da nennst?«

»Schon gut, ich zieh mir was anderes an«, sagt Swift-Fuchs auf einmal energisch. »Ich kann mithalten, ich werd nicht nerven. Ich kann auch mit so nem Spraygewehr umgehen«, fügt sie gedehnt hinzu und senkt den Blick. Dann nimmt sie ihre kecke Haltung wieder auf. »Hey, wir könnten uns doch ein Lunchpaket mitnehmen! Irgendwo Picknick machen!«

»Dann beeil dich«, sagt Zeb. »Wir gehen gleich nach dem Essen los.«

Nashorn will etwas sagen, hält aber inne. Katuro blickt in den Himmel. »Sieht nicht nach Regen aus«, sagt er.

Rebecca sucht Tobys Blick, hebt die Augenbrauen. Toby verzieht so wenig Miene wie möglich. Sie nimmt den Seitenblick wahr, den Swift-Fuchs ihr zuwirft.

Fuchs – der Name ist Programm, denkt sie. Mit einem Spraygewehr umgehen. Genau.

Schneemensch kommt näher

»O Toby, komm! Das musst du sehen! Komm jetzt!« Es ist der kleine Blackbeard, der an ihrem Laken zupft.

»Was ist denn?«, fragt Toby und gibt sich alle Mühe, nicht gereizt zu klingen. Sie will hierbleiben und sich von Zeb verabschieden, auch wenn er nicht weit weggeht oder lange wegbleiben wird. Höchstens ein paar Stunden. Sie will ihn irgendwie markieren, ist es das? Vor Swift-Fuchs' Nase. Mit einem Kuss, einer handfesten Berührung. *Mein Eigentum. Finger weg.*

Nicht, dass es etwas bringen würde. Sie würde sich nur lächerlich machen.

»O Toby, Schneemensch-Jimmy wacht auf! Gerade wacht er auf«, sagt Blackbeard. Er klingt sowohl ängstlich als auch überdreht, wie Kinder früher beim Anblick einer Parade oder eines Feuerwerks – einem kurzen und wundersamen Ereignis. Sie will ihn nicht enttäuschen, also lässt sie sich mitziehen. Einmal noch wirft sie einen Blick zurück: Zeb, Nashorn und Katuro sitzen am Tisch und schaufeln ihr Frühstück in sich hinein. Swift-Fuchs eilt davon, um ihre bescheuerte Mütze abzusetzen, ihre Hingucker-Shorts auszuziehen und sich in irgendeine knallenge Tarnklamotte zu quetschen.

Toby. Beherrsch dich. Wir sind hier nicht auf der Highschool. Aber irgendwie eben doch.

Drüben vor Jimmys Hängematte hat sich eine Menschentraube gebildet. Fast alle Craker sind da, Erwachsene wie Kinder, und sehen glücklich und aufgeregt aus wie eh und je. Einige fangen schon wieder an zu singen.

»Er ist wieder hier! Schneemensch-Jimmy ist wieder bei uns!«

»Er ist zurückgekommen!«

»Er wird uns die Worte Crakes bringen!«

Toby bahnt sich einen Weg zur Hängematte. Zwei der Crakerfrauen setzen Jimmy auf. Seine Augen sind geöffnet; er wirkt benommen.

»Begrüße ihn, o Toby«, sagt der hochgewachsene Mann namens Abraham Lincoln. Alle schauen zu, alle horchen aufmerksam. »Er ist bei Crake gewesen. Er wird uns Worte bringen. Er wird uns eine Geschichte bringen.«

»Jimmy«, sagt sie. »Schneemensch.« Sie legt ihm die Hand auf den Unterarm. »Ich bin's, Toby. Ich war auch am Lagerfeuer, unten am Strand. Erinnerst du dich? Mit Amanda und den zwei Männern.«

Jimmy sieht zu ihr hoch. Seine Augen sind verblüffend klar, das Weiße ist weiß, die Pupillen sind leicht geweitet. Er blinzelt. Er erkennt sie nicht. »Mist«, sagt er.

»Was ist das für ein Wort, o Toby?«, fragt Abraham Lincoln. »Ist das ein Wort des Crake?«

»Er ist müde«, sagt Toby. »Nein. Dieses Wort nicht.«

»Scheiße«, sagt Jimmy. »Wo ist Oryx. Sie war hier. Sie war im Feuer.«

»Du warst krank«, sagt Toby.

»Hab ich jemanden umgebracht? Einen dieser … ich glaube, ich hatte einen Albtraum.«

»Nein«, sagt sie. »Du hast niemanden umgebracht.«

»Ich glaub, ich hab Crake umgebracht«, sagt er. »Er hatte Oryx in seiner Gewalt, er hat ihr das Messer … o Gott. Die rosa Schmetterlinge waren voller Blut. Und dann hab ich. Hab ich ihn erschossen.«

Toby ist alarmiert. Was meint er damit? Wichtiger noch, was werden die Craker von so einer Geschichte halten? Nichts, hofft sie. Sie wird in ihren Ohren keinen Sinn ergeben, es wird sich wie wirres Zeug anhören, denn Crake lebt ja im Himmel und kann unmöglich tot sein. »Du hast schlecht geträumt«, sagt sie sanft.

»Nein. Hab ich nicht. Nicht, was das anbelangt. Oh, fuck.« Jimmy legt sich zurück, schließt die Augen. »Oh, fuck.«

»Wer ist *Fuck*?«, fragt Abraham Lincoln. »Warum spricht er mit einem Fuck? So heißt niemand hier.«

Toby braucht einen Moment, um dahinterzukommen, was er meint. Sie halten es für eine Anrede wie »o Toby«. Wie soll sie ihnen »oh, fuck« erklären? Sie würden niemals glauben, dass das Wort für Beischlaf etwas Negatives bedeuten könnte: dass es ein Ausdruck für Abscheu ist, eine Beleidigung, ein Scheitern suggeriert. Für sie scheint der Akt nur mit Freude in Verbindung zu stehen.

»Ihr könnt ihn nicht sehen«, sagt Toby leicht verzweifelt. »Nur Jimmy, also, Schneemensch-Jimmy kann ihn sehen. Er ist – «

»Fuck ist ein Freund des Crake?«, fragt Abraham Lincoln.

»Ja«, sagt Toby. »Und ein Freund des Schneemensch-Jimmy.«

»Und dieser Fuck hilft ihm?«, fragt eine der Frauen.

»Ja«, sagt Toby. »Wenn etwas schiefgeht, ruft Jimmy ihn um Hilfe an.« Was ja nicht mal völlig gelogen ist.

»Fuck ist im Himmel!«, sagt Blackbeard triumphierend. »Zusammen mit Crake!«

»Wir möchten die Geschichte des Fuck hören«, sagt Abraham Lincoln höflich. »Und wie er Schneemensch-Jimmy half.«

Jimmy schlägt wieder die Augen auf und blinzelt. Jetzt betrachtet er die Decke, unter der er liegt, mit ihren Kinder-Motiven. Er streicht über die Katze und die Geige, den lächelnden Mond. »Was ist denn das hier Beknacktes? Ist das ne Kuh? Hirnspaghetti.« Er hält sich die Hand vors Gesicht, um seine Augen vor der Helligkeit zu schützen.

»Er möchte, dass ihr ihm ein bisschen Platz macht«, sagt Toby. Sie beugt sich vor und hofft, dass die anderen nichts mitbekommen von dem, was Jimmy als Nächstes sagt.

»Ich hab's verkackt, oder?«, fragt er. Zum Glück spricht er fast im Flüsterton. »Wo ist Oryx? Eben war sie noch hier.«

»Du musst schlafen«, sagt Toby.

»Diese verfickten Organschweine hätten mich fast gefressen.«

»Du bist jetzt in Sicherheit«, sagt Toby. Halluzinationen sind nichts Ungewöhnliches, wenn man aus dem Koma erwacht. Aber wie macht man den Crakern klar, was Halluzinationen sind? *Das ist, wenn man etwas sieht, was nicht da ist. Aber wenn es nicht da ist, o Toby, wie kann man es dann sehen?*

»Wer hat dich fast gefressen?«, fragt sie geduldig.

»Die Organschweine«, sagt Jimmy. »Diese Riesenschweine. Glaub ich zumindest. Alles Spaghetti. In meinem Kopf. Wer waren diese Typen? Die, die ich nicht abgeknallt habe.«

»Mach dir mal keine Sorgen jetzt«, sagt Toby. »Hast du Hunger?« Erstmal kleine Mengen, das ist nach längerem Fasten das Beste. Hätten sie doch nur ein paar Bananen.

»Crake, dieser Wichser. Ich hab mich total verarschen lassen. Ich hab's total verkackt. Scheiße.«

»Es ist alles gut«, sagt Toby. »Du hast alles richtig gemacht.«

»Richtig, von wegen«, sagt Jimmy. »Kann ich was zu trinken haben?«

Die Craker haben in gebührendem Abstand gewartet, jetzt aber treten sie näher. »Wir müssen schnurren, o Toby«, sagt Abraham Lincoln. »Damit er stark wird. In seinem Kopf sind Verwirrungen.«

»Du hast recht«, sagt Toby. »Da sind Verwirrungen.«

»Das kommt von den Träumen. Und vom Gehen bis hierher«, sagt Abraham Lincoln. »Wir werden jetzt schnurren.«

»Danach wird er die Worte des Crake erzählen.«

»Und die Worte des Fuck«, sagt die Elfenbeinfrau.

»Wir werden singen für diesen Fuck.«

»Und für Oryx.«

»Und für Crake. Dem lieben, gütigen …«

»Ich hol ihm mal frisches Wasser«, sagt Toby. »Und Honig.«

»Hab ihr auch Alkohol?«, fragt Jimmy. »Scheiße. Ich fühl mich wie ausgekotzt.«

Ren und Lotis Blue sitzen auf der niedrigen Steinmauer in der Nähe der Pumpe.

»Wie geht's Jimmy?«, fragt Ren.

»Er ist aufgewacht«, sagt Toby. »Aber er ist nicht sehr klar. Was aber normal ist, wenn man so lange nicht bei Bewusstsein war.«

»Was hat er denn gesagt?«, fragt Ren. »Hat er nach mir gefragt?«

»Meinst du, wir können mal zu ihm?«, fragt Lotis Blue.

»Er sagt, er hat das Gefühl, als hätte er Spaghetti im Kopf«, sagt Toby.

»Der hatte schon immer Spaghetti im Kopf«, sagt Lotis Blue. Sie lacht.

»Du kanntest ihn?«, fragt Toby. Sie weiß, dass Jimmy ganz früher mit Ren zusammen war, und später auch mal mit Amanda. Aber was ist mit Lotis Blue?

»Da war auch ne Verbindung«, sagt Ren. »Wir haben's rausgefunden. Oder eher, sie.«

»Ich war auf der HelthWyzer-Highschool seine Laborpartnerin«, sagt Lotis Blue. »In Bio. Einführung in die Genspleißung. Daher kenne ich ihn. Bevor ich mit meiner Familie mit dem Torpedozug an die Westküste bin.«

»Wakulla Price. Er hat mir mal erzählt«, sagt Ren, »dass er total in dich verknallt war. Du hättest ihm das Herz gebrochen«, sagt Ren. »Aber du wolltest nie was von ihm, oder?«

»Der hat immer so viel Scheiß gelabert«, sagt Lotis Blue. Ihr Ton ist wohlwollend, als wäre Jimmy ein freches, aber entzückendes Kind.

»Und dann hat er *mir* das Herz gebrochen«, sagt Ren. »Und Gott weiß, was er Amanda erzählt hat, nachdem er mich verlassen hat. Am Ende hat er noch behauptet, ich hätte *ihm* das Herz gebrochen.«

»Ich würde sagen, er ist bindungsunfähig«, sagt Lotis Blue.

»Er hat immer gern Spaghetti gegessen«, sagt Amanda: So viel hat Toby sie seit der Nacht mit den Painballern nicht reden hören.

»Auf der Highschool waren's Fischstäbchen«, sagt Ren.

»Mit zwanzig Prozent Echtfisch, weißt du noch?«, sagt Lotis Blue. »Gott weiß, was da wirklich drin war.« Beide lachen.

»Aber so schlecht waren die gar nicht«, sagt Ren.

»Laborpampe«, sagt Lotis Blue. »Aber hatten wir ne Ahnung? Man hat's halt gegessen.«

»Ich hätte jetzt nichts gegen so ein Teil«, sagt Ren. »Und dazu ein Twinkie.« Sie seufzt. »Die waren so retro-revivalmäßig!«

»Als würde man auf nem Stück Sofakissen rumkauen«, sagt Lotis Blue.

»Ich geh da jetzt mal rüber«, sagt Amanda. Sie steht auf, zupft ihr Laken zurecht und streicht sich die Haare zurück. »Wir sollten mal hallo sagen und gucken, ob er irgendwas braucht. Der hat ne Menge durchgemacht.«

Na endlich, denkt Toby: Da war sie wieder, die alte Amanda, wie sie sie damals bei den Gärtnern kannte. Etwas von dieser Energie, dieser Findigkeit: Rückgrat nannte man das früher. Es war Amanda, die die Dinge in die Hand genommen, die Grenzen überschritten hat. Selbst die größeren Jungs hatten damals Respekt vor ihr.

»Wir kommen mit«, sagt Lotis Blue.

»Wir überraschen ihn!«, sagt Ren. Die beiden kichern.

So viel zu den gebrochenen Herzen, denkt Toby: Ren scheint keinen bleibenden Schaden davongetragen zu haben, zumindest nicht im Zusammenhang mit Jimmy. »Vielleicht solltet ihr noch etwas warten«, sagt sie. Was wird mit Jimmy passieren, in seiner jetzigen Verfassung, wenn er die Augen aufschlägt und drei Exfreundinnen wie Schicksalsgöttinnen vor sich sieht? Die ihm ewige Liebe abverlangen, eine Entschuldigung, sein Blut in einem Katzenfutternapf? Wobei ihm das vielleicht sogar gefiele.

Die Sorgen hätte sie sich sparen können, denn als sie bei ihm sind, hat Jimmy die Augen geschlossen. Eingelullt vom Schnurren, ist er schon wieder eingeschlafen.

Das Sammlerteam ist unterwegs auf der Straße oder auf dem, was früher mal eine Straße war. Zeb geht voran, dann kommt Nashorn, dann Swift-Fuchs, und Katuro bildet die Nachhut. Langsam und bedächtig klettern sie zwischen dem Geröll hindurch. Sie werden auf Hinterhalte gefasst sein, keine Risiken eingehen. Am liebsten wäre Toby ihnen nachgerannt, wie ein Kind – *Wartet! Wartet! Ich will mit! Ich hab ein Flinte!* –, aber das hätte wenig gebracht.

Zeb hatte nicht gefragt, ob er ihr etwas bringen soll. Wenn ja, was hätte sie gesagt? Einen Spiegel? Einen Blumenstrauß? Sie hätte wenigstens um Papier und Bleistifte bitten sollen. Aber irgendwie konnte sie nicht.

Jetzt sind sie außer Sichtweite.

Der Tag schreitet fort. Die Sonne geht auf und zieht über den Himmel, die Schatten werden flacher, Essen taucht auf und wird verzehrt, man redet; der Tisch wird abgeräumt, das Geschirr abgewaschen. Wachen lösen sich ab. Die Wand des Lehmhauses wächst ein Stück, der Zaun bekommt mehr Stacheldraht, im Garten wird Unkraut gejätet, Wäsche wird gewaschen. Die Schatten werden wieder länger, der Nachmittagshimmel zieht sich zusammen. Jimmy wird ins Haus getragen und es regnet mit imposantem Donnern. Dann klart der Himmel auf, die Vögel nehmen ihren Wettbewerb wieder auf, die Wolken färben sich im Westen rot.

Kein Zeb.

Die Mo'Hairschafe und ihre Hüter kommen wieder, Crozier, Beluga und Shackleton, und somit kehren drei hormonell aufgeladene Männer zurück und ergänzen die buntgemischte Bewohnerschaft des Lehmhaus-Lagers. Crozier hängt bei Ren ab, Shackleton rückt an Amanda heran, Zunzuncito und Beluga beäugen Lotis Blue: Liebe und Intrigen entfalten sich wie üblich unter jungen Leuten, und auch wie üblich unter den Schnecken im Salat und den glänzenden grünen Käfern, die den Grünkohl plagen. Leises Gemurmel, ein Achselzucken, ein Schritt vor, ein Schritt zurück.

Toby erledigt ihre Aufgaben mit klösterlicher Ruhe und Gewissenhaftigkeit, sie zählt die Stunden.

Noch immer kein Zeb.

Was könnte ihm zugestoßen sein? Sie verdrängt die Bilder. Oder versucht sie zu verdrängen. Ein Tier mit scharfen Zähnen und Krallen. Gemüse, ein umgestürzter Baum. Gestein, Zement, Stahl, zerbrochenes Glas. Oder ein Mensch.

Angenommen, er wäre plötzlich nicht mehr da. Eine Schlucht tut sich auf: Sie schließt sie wieder. Von ihrem persönlichen Verlust abgesehen verfügt Zeb über wertvolle Fähigkeiten und ein Wissen, das niemand ersetzen kann.

Zahlenmäßig sind sie so wenige, sie sind so sehr aufeinander angewiesen. Manchmal fühlt sich dieses Lagerleben an wie eine Art Urlaub, aber das ist es nicht. Es ist keine Flucht vor dem Alltag. Hier findet jetzt ihr Leben statt.

Sie sagt den Crakern, dass die Geschichte heute ausfallen müsse, weil Zeb die Geschichte von Zeb in ihrem Kopf gelassen habe, aber die Geschichte sei nicht ganz einfach zu verstehen und sie müsse sie erst in Ordnung bringen, bevor sie sie erzählen könne. Sie fragen, ob ein Fisch helfen würde, aber sie sagt, im Moment nicht. Dann setzt sie sich allein in den Garten.

Du hast verloren, sagt sie zu sich. Du hast Zeb verloren. Inzwischen wird Swift-Fuchs ihn vereinnahmt haben, sie wird ihn sich mit Armen und Beinen und allen zur Verfügung stehenden Körperöffnungen gekrallt haben. Er hat Toby weggeworfen wie eine leere Papiertüte. Warum auch nicht. Er hat ihr nie irgendwelche Versprechungen gemacht.

Der sanfte Wind legt sich, feuchte Hitze steigt von der Erde auf, die Schatten verschmelzen. Moskitos surren durch die Luft. Da ist der Mond, nicht mehr ganz voll. Die Stunde der Motte kehrt wieder ein.

Es nähern sich keine Lichter, keine Stimmen. Nichts und niemand.

Sie verbringt die Mitternachtswache bei Jimmy in seiner Nische und lauscht seinen Atemzügen. Es brennt eine einzelne Kerze. Die Kinderbilder auf seiner Decke wabern und schwellen an. Die Kuh grinst, der Hund lacht. Der Teller rennt mit der Schüssel davon.

Drogerieromanze

Am Morgen meidet Toby die Gruppe am Frühstückstisch. Sie hat keine Lust auf Vorträge über Epigenetik, auf neugierige Blicke oder Spekulationen darüber, wie sie mit Zebs Fahnenflucht zurechtkommt. Er hätte Swift-Fuchs ja ein entschlossenes Nein entgegensetzen können, hat er aber nicht. Die Botschaft war deutlich.

Sie geht hinüber in die Küchenbaracke, nimmt sich ein Stück kaltes Schweinefleisch und etwas Klettenwurzel, Reste vom Vortag, die unter einer umgedrehten Schüssel vor sich hin welken: Rebecca wirft nicht gern Lebensmittel weg.

Sie setzt sich an den Tisch, sieht sich um. Hinten drängen sich die Mo'Hairschafe und warten darauf, von Crozier hinausgelassen und mitgenommen zu werden, um am Wegesrand das Unkraut zu fressen. Da kommt er auch schon, in seinem biblischen Lakenlook, mit einem langen Stab in der Hand.

Drüben bei der Schaukel wird Jimmy von Ren und Lotis Blue gestützt, sie laufen hin und her und bilden dabei ein linkisches sechsbeiniges Ensemble. Seine Muskulatur ist noch schwach, aber er wird schnell zu Kräften kommen: Er ist zwar lädiert, aber immer noch jung. Auch Amanda ist dabei, sie sitzt auf einer der Schaukeln; und mehrere Craker, die auf den allgegenwärtigen Kudzuranken herumknabbern und zuschauen, verwirrt, aber nicht ängstlich.

Aus der Ferne hat das Ganze etwas von einem ländlichen Idyll, aber es gibt auch Misstöne: Das verschollene oder entkommene Mo'Hairschaf ist noch immer verschollen oder entkommen, Amanda ist apathisch und starrt zu Boden, und an Croziers angespannter, abgewandter Körperhaltung lässt sich ablesen, dass er es gar nicht gut findet, wie Ren sich um Jimmy kümmert. Toby selbst ist ein Misston, auch wenn sie von außen vermutlich ruhig erscheint. Das ist der beste Anschein, den man erwecken kann, und dank langjähriger Übung bei den Gärtnern weiß sie, wie man eine neutrale Miene, ein sanftes Lächeln behält.

Aber wo steckt Zeb? Warum ist er noch nicht zurück? Hat er Adam Eins gefunden? Wenn Adam verletzt ist, wird man ihn tragen müssen. Das würde sie ausbremsen. Was passiert da drüben in der zerstörten Stadt, wohin sie nicht blicken kann? Würden doch nur die Handys noch funktionieren. Aber die Sendemasten sind alle eingestürzt; selbst wenn es noch eine Stromquelle gäbe, wüsste hier niemand, wie man sie repariert. Es gibt ein Kurbelradio, aber auch das hat den Geist aufgegeben.

Wir müssen wieder Rauchzeichen lernen, denkt sie. Ein Mal für »er liebt mich«, zwei Mal für »er liebt mich nicht«. Drei Mal für »ich koche vor Wut«.

Unter der Annahme, dass es die Nerven beruhigt, verbringt sie den Tag mit Gartenarbeit. Hätte sie doch nur ein paar Bienenstöcke zu versorgen. Sie könnte den Bienen jeden Tag erzählen, was es Neues gibt, wie damals bei den Gärtnern auf dem Dachgarten Eden, zusammen mit der alten Pilar. Sie könnte die Bienen um Rat bitten. Sie könnte sie bitten, hinauszufliegen und die Gegend zu erkunden und dann zurückzukommen und Bericht zu erstatten wie Cyberbienen.

Heute ehren wir Sankt Jan Swammerdam, der als Erster entdeckt hat, dass die Bienenkönigin kein König ist und dass alle Arbeiterinnen eines Bienenstocks Schwestern sind; und Sankt Zosima, die östliche Schutzheilige der Bienen, die ein selbstloses, klösterliches Leben in der Wüste führte, ähnlich wie wir es auf unsere Art tun; und Sankt C. R. Ribbands, für seine detaillierten Beobachtungen der Kommunikationsstrategien der Bienen. Und wir wollen dem Schöpfer für die Bienen selbst danken, für ihre Gaben, den Honig und die Pollen, für ihre unbezahlbare Arbeit beim Befruchten unserer Obst-, Nuss- und Gemüsepflanzen, ja, und für den Trost, den sie uns in anstrengenden

Zeiten spenden, das Murmeln ungezählter Bienen, um mit Tennyson zu sprechen …

Pilar hatte ihr beigebracht, sich etwas Gelée Royale auf die Haut aufzutragen, damit die Bienen sie nicht als Bedrohung wahrnehmen würden. Sie würden auf ihren Armen und auf ihrem Gesicht herumlaufen, die winzigen Beinchen zart wie Wimpern, leicht wie eine Wolke am Himmel. Die Bienen sind Kuriere, sagte Pilar damals immer. Sie tragen die Botschaften zwischen der sichtbaren und der unsichtbaren Welt hin und her. Wenn ein geliebter Mensch über die Schwelle ins Schattenreich getreten ist, werden es die Bienen einem sagen.

Heute sind plötzlich Dutzende von Honigbienen im Garten, geschäftig schwirren sie zwischen den blühenden Bohnen umher. Irgendwo in der Nähe muss ein wilder Stock sein. Eine Biene setzt sich auf ihre Hand, kostet von ihrer salzigen Haut. Ist Zeb tot?, fragt sie die Biene im Stillen. Sag es mir jetzt. Aber sie hebt wieder ab, ohne ihr etwas mitzuteilen.

Hat sie das alles geglaubt damals? Pilars Folklore? Nein, eigentlich nicht; nicht so richtig. Vermutlich hat Pilar selbst nicht alles richtig geglaubt, aber es war ein schöner Trost: dass die Toten nicht wirklich tot seien, sondern lebten, nur eben anders; zugegeben auf blassere Art und an einem dunkleren Ort. Aber sie waren noch immer imstande, Botschaften auszusenden, nur mussten diese Botschaften erkannt und entziffert werden. Die Menschen brauchen solche Geschichten, hatte Pilar einmal gesagt, denn egal, wie dunkel es irgendwo ist, eine Dunkelheit voller Stimmen ist besser als Stille und Leere.

Am späten Nachmittag, als der Donner vorbei ist, kehrt das Sammlerteam zurück. Toby sieht, wie sie die Straße hinunterkommen, wie sie zwischen den verlassenen Lkws und Solarautos hergehen, von hinten angestrahlt von der untergehenden Sonne, und sie zählt ihre Silhouetten, noch bevor sie sie identifizieren kann. Ja, sie sind zu viert.

Als sie auf den Zaun zukommen, laufen ihnen Ren und Lotis

Blue entgegen, gefolgt von einer Bande Crakerkinder. Auch Amanda rennt, wenn auch nicht so schnell wie die anderen. Toby geht.

»Wir haben vielleicht was erlebt!«, sagte Swift-Fuchs gerade, als sie hinzukommt. »Aber zumindest haben wir ne Drogerie gefunden.« Sie ist gerötet, leicht verschwitzt; schmutzig, triumphierend. Sie stellt ihren Rucksack ab und öffnet ihn. »Passt mal auf, was ich hier habe!«

Zeb und Nashorn wirken erschöpft, Katuro etwas weniger.

»Was war denn los?«, fragt Toby Zeb. Sie sagt nicht: »Ich war krank vor Sorge.« Das weiß er hoffentlich auch so.

»Ist ne lange Geschichte«, sagt Zeb. »Erzähl ich dir später. Ich muss erstmal duschen. War irgendwas?«

»Jimmy ist aufgewacht«, sagt sie. »Ist noch ziemlich schwach. Und sehr dünn.«

»Gut«, sagt Zeb. »Dann wollen wir ihn ordentlich mästen und wieder auf die Beine stellen. Wir können hier jede Hilfe gebrauchen.« Dann geht er an ihr vorbei und verschwindet hinterm Lehmhaus.

Toby spürt einen Funken Zorn, der durch ihren Körper wandert. Bleibt fast zwei Tage weg, und mehr hat er dazu nicht zu sagen? Sie ist nicht seine Ehefrau, sie hat nicht das Recht zu schimpfen, aber sie kann sich gegen die Bilder nicht wehren: wie sich Zeb und Swift-Fuchs in den Gängen des leeren Drogeriemarkts auf dem Boden wälzen, wie er ihr zwischen Conditioner und Tönung, über dreißig aufregende Farbtöne, den Tarnanzug vom Leib reißt; oder ein paar Gänge weiter, bei den Kondomen und dem Gleitgel? Vielleicht haben sie's auch zwischen den Kassen getrieben oder sind drüben bei den Babyprodukten inmitten von feuchten Tüchern in Ekstase geraten. So oder ähnlich war's. Es muss einfach so gewesen sein, denn warum sonst tat Swift-Fuchs so überheblich?

»Nagellack! Schmerztabletten! Zahnbürsten! Hier, Pinzetten!«, sagt sie gerade.

»Du hast ja den ganzen Laden leergeräumt«, sagt Lotis Blue.

»So viel war da nicht mehr«, sagt Swift-Fuchs. »Der war schon geplündert worden, aber anscheinend waren die Leute hauptsächlich an den Pharmazeutika interessiert. Oxy, OrgassPluss-Pillen, alles mit Codein drin.«

»Mit den Haarprodukten konnten sie nichts anfangen?«, fragt Lotis Blue.

»Nee. Und mit dem Mädchenkram auch nicht – war alles noch da.« Sie fängt an, Binden, Tampons und Slipeinlagen auszupacken. »Die Jungs haben noch mehr in ihren Rucksäcken. Die haben sogar Bier aufgetrieben. Was echt ein kleines Wunder ist.«

»Warum habt ihr so lange gebraucht?«, fragt Toby. Swift-Fuchs lächelt sie an, aber es ist kein abfälliges Lächeln. Sie ist viel zu freundlich, viel zu arglos, wie ein Teenager, der zu spät nach Hause gekommen ist.

»Wir saßen ein bisschen in der Falle«, sagt sie. »Wir haben eine Weile rumgesucht und Zeug gesammelt, aber dann am Nachmittag, kurz bevor wir loswollten, tauchte eine Herde Riesenschweine auf – die, die damals versucht haben, unseren Gemüsegarten zu plündern, von denen wir ein paar abgeschossen haben.

Erst sind sie irgendwie hinter uns hergestromert, aber dann, als wir in der Drogerie fertig waren und gerade rauskamen, sahen wir, dass sie uns den Weg abgeschnitten hatten. Also wir wieder rein in die Drogerie, aber die Ladenfenster waren eingeschlagen, die hätten einfach reinspazieren können. Durch eine kleine Luke im Lagerraum haben wir's dann aufs Dach geschafft. Die können ja nicht klettern.«

»Hatten sie Hunger?«, fragt Ren.

»Wer kann das schon sagen bei nem Schwein«, sagt Swift-Fuchs.

Schweine sind Allesfresser, denkt Toby. Aber ob hungrig oder nicht, sie würden uns auch aus Boshaftigkeit töten. Oder aus Rache. Schließlich essen wir sie schon seit geraumer Zeit.

»Und dann?«, fragt Ren.

»Und dann sind wir ne Weile auf dem Dach geblieben«, sagt Swift-Fuchs, »und dann kamen die Schweine aus der Drogerie raus und sahen, dass wir auf dem Dach waren. Die hatten einen Karton Kartoffelchips gefunden, den haben sie nach draußen geschleppt und erstmal Party gemacht und die ganze Zeit zu uns hochgeschielt. Die haben demonstrativ diese Chips gefressen: Denen muss klar gewesen sein, dass wir Hunger hatten. Zeb sagte, wir sollten sie zählen, falls sie sich in Gruppen aufteilen, nicht dass ein paar so tun, als würden sie gehen, um uns dann aus dem Hinterhalt zu überfallen. Dann sind sie abgehauen, nach Westen; sind losgetrabt, als hätten sie das Ziel klar vor Augen. Und wir haben rübergeguckt, und da war tatsächlich was. Da war Rauch.«

Hin und wieder fängt etwas in der Stadt Feuer. Ein elektrischer Anschluss, der noch an einer Solarzelle hängt; ein Haufen nassfeuchter Biostoffe, der spontan in die Luft fliegt; Boilermüll, von der Sonne erhitzt. Insofern ist Rauch nichts allzu Ungewöhnliches, was Toby auch zur Sprache bringt.

»Dieser war aber anders«, sagt Swift-Fuchs. »Er war dünner, wie bei einem Lagerfeuer.«

»Warum habt ihr die Schweine nicht erschossen?«, fragt Lotis Blue.

»Zeb meinte, das wäre Zeitverschwendung, es waren einfach zu viele. Und außerdem wollten wir am Ende nicht ohne Munition dastehen. Irgendwann meinte Zeb, wir sollten da mal gucken gehen. Aber es wurde schon dunkel. Also haben wir in der Drogerie übernachtet.«

»Auf dem Dach?«, fragt Toby.

»Im Lagerraum«, sagt Swift-Fuchs. »Wir haben die Tür mit Kisten verbarrikadiert. Aber es ist nichts passiert, außer Ratten; davon gab's jede Menge. Am Morgen sind wir dann in die Gegend, wo wir das Feuer gesehen hatten. Zeb und Shackie meinten, das waren bestimmt die Painballer.«

»Habt ihr sie gesehen?«, fragt Amanda.

»Nur die Reste des Lagerfeuers«, sagt Swift-Fuchs. »Runtergebrannt. Die Schweine hatten überall Spuren hinterlassen. Und von unserem Mo'Hairschaf war auch noch was übrig. Das mit den roten Zöpfen. Da hatten sie sich drüber hergemacht.«

»O nein«, sagt Lotis Blue.

»Wer, die Painballer oder die Schweine?«, fragt Amanda.

»Beide«, sagt Swift-Fuchs. »Aber die beiden Typen haben wir nicht gesehen. Zeb meint, die Schweine hätten die beiden vertrieben. Wir haben ein totes Ferkel gefunden, ein Stück weiter; mit dem Spraygewehr geschossen; ein Hinterbein fehlte. Zeb sagt, wir sollten später nochmal hin und es holen, weil's eher unwahrscheinlich ist, dass sich die Schweine nochmal mit uns anlegen, nachdem eines ihrer Jungen getötet wurde. Wir sollten jedes Stück Gratisfleisch nutzen. Aber wir haben auch Hunde bellen gehört, diese verrückten, superbissigen Spleißungen, also müssen wir uns vielleicht auch noch mit denen rumärgern. Es ist der reinste Zoo da draußen.«

»Wenn's ein Zoo wäre, gäbe es Zäune«, sagt Lotis Blue. »Die haben unser Mo'Hairschaf gestohlen! Das ist nicht einfach nur streunen gegangen. Die beiden Typen müssen hier ganz in der Nähe gewesen sein, und keiner hat was mitgekriegt.«

»Voll gruselig«, sagt Ren.

Swift-Fuchs hört nicht zu. »Guckt mal, was ich noch habe«, sagt sie. »Schwangerschaftstests, wo man auf so einen Streifen pinkeln muss. Die werden wir bestimmt alle demnächst brauchen. Oder einige von uns zumindest.« Sie lächelt, aber ohne Toby dabei anzusehen.

»Ohne mich«, sagt Ren. »Wer will denn Kinder in dieses Elend setzen?« Sie deutet mit dem Arm auf das Lehmhaus, die Bäume, den Minimalismus. »Ohne fließend Wasser. Ich meine …«

»Ich bezweifle, dass du die Wahl haben wirst«, sagt Swift-Fuchs. »Auf längere Sicht. Ich finde, wir sind es der Menschheit schuldig. Meint ihr nicht auch?«

»Und wer sollen die Väter sein?«, fragt Lotis Blue nicht uninteressiert.

»Na, such dir einen aus«, sagt Swift-Fuchs. »Bitte hinten anstellen. Nimm einfach den, der am meisten die Zunge baumeln lässt.«

»Na, dann hast du wohl Elfenbeinspecht an der Backe«, sagt Lotis Blue.

»Sagte ich längste Zunge?«, sagt Swift-Fuchs. Sie und Lotis Blue kichern, Ren und Amanda nicht.

»Zeig doch mal diese Pinkelstreifen«, sagt Ren.

Toby starrt in die Dunkelheit. Soll sie Zeb suchen? Er wird inzwischen geduscht haben: Niemand im Lehmhaus duscht lange, abgesehen von Swift-Fuchs, die immer das gesamte sonnengewärmte Wasser aufbraucht. Aber Zeb ist nirgends zu sehen.

Sie liegt in ihrer Nische wach, für den Fall der Fälle. Der Mond versilbert ihre Augen. Eulen rufen, verliebt in die Federn des anderen. Nichts, was sie wollen würde.

Jäten

Den ganzen Morgen von Zeb keine Spur. Niemand erwähnt ihn. Sie fragt nicht nach.

Zu Mittag gibt es Suppe mit irgendeiner Fleischeinlage – geräuchertem Hund? – und Kudzu mit Knoblauch. Polybeeren, die etwas reifer sein könnten. Gemischten Salat. »Wir müssen unbedingt Essig organisieren«, sagt Rebecca. »Dann kann ich auch mal ein anständiges Dressing machen.«

»Erstmal müssten wir den Wein herstellen«, sagt Zunzuncito.

»Bin ich absolut dafür«, sagt Rebecca. Sie hat ein paar würzige Rucolasamen in den Salat gegeben. Sie plant eine Saline unten am Strand – eine Pfanne zum Verdunsten, und dann werden sie auch Salz haben. Sobald sie freie Bahn hat, sagt sie; sobald die Sache mit den Painballern über die Bühne ist.

Nach dem Mittagessen sind alle im Haus. Die Sonne steht hoch und knallt auf die Erde, noch brauen sich keine Gewitterwolken zusammen. Die Luft ist klebrig und feucht.

Toby bleibt in ihrer Nische und versucht ein Nickerchen zu halten, stattdessen schmollt sie. Hör auf damit, sagt sie zu sich: Hör auf, dir die Wunden zu lecken. Sie weiß ja nicht mal genau, ob es überhaupt Wunden gibt. Und dennoch fühlt sie sich verwundet.

Spätnachmittag, nach dem Regen. Es ist niemand da, außer Crozier und Manatee, die Wache schieben. Toby kniet mal wieder im Garten und vernichtet Nacktschnecken. Früher hätte sie dabei ein schlechtes Gewissen gehabt – *Denn sind nicht auch Schnecken Geschöpfe Gottes*, würde Adam sagen, *und haben sie nicht ebenso das Recht, zu leben, solange sie es woanders tun, an einem zuträglicheren Ort als unserem*

Dachgarten Eden? Aber jetzt verschafft ihr das Töten ein Ventil. Ein Ventil wofür? Darüber will sie gar nicht genauer nachdenken.

Schlimmer noch, sie ertappt sich dabei, wie sie vor sich hin schimpft: *Stirb, du gemeine Nacktschnecke!* Jede Schnecke, die sie findet, lässt sie in eine Blechdose mit Holzasche und Wasser fallen. Früher wurde Salz verwendet, aber davon haben sie nicht genug. Die Schnecken rasch unter einem flachen Stein zu zerquetschen wäre womöglich humaner – bestimmt müssen sie in der Holzasche leiden –, aber sie ist gerade nicht in der Verfassung, Hinrichtungsmethoden gegeneinander abzuwägen.

Sie zerrt etwas Unkraut aus dem Boden. *Wie leichtfertig wir Gottes heilige Unkräuter benennen und abtun! Doch* Unkraut *ist für uns einfach nur der Name einer Pflanze, die uns ärgert, indem sie unsere Pläne durchkreuzt. Denkt daran, wie nützlich einige sind, und ja, auch wie essbar und wohlschmeckend!*

Genau. Aber nicht dieses hier. Sieht nach Beifuß aus. Sie wirft es auf den Haufen mit den anderen ausgerupften Pflanzen.

»Na, du Henker«, sagt eine Stimme. Es ist Zeb, er steht da und grinst zu ihr hinunter.

Toby richtet sich hastig auf. Ihre Hände sind schmutzig; sie weiß nichts mit ihnen anzufangen. Hat er bis gerade geschlafen? Sie kann ihn nicht fragen, was mit Swift-Fuchs war, wenn überhaupt etwas war; sie weigert sich, den Hausdrachen zu spielen.

»Ich bin froh, dass du heil zurück bist«, sagt sie. Und sie ist wirklich froh, froher, als sie in Worte fassen kann, aber sogar in ihren eigenen Ohren klingt ihre Stimme gekünstelt.

»Ich auch«, sagt er. »Der Ausflug hatte es in sich. Ich war fix und fertig, hab geschlafen wie n Stein, ich werd wohl langsam alt.«

Will er ihr irgendwas verheimlichen? Wie misstrauisch kann man eigentlich sein? »Du hast mir gefehlt«, sagt sie. So. War das so schwer?

Er grinst noch mehr. »Hab ich mir fast gedacht«, sagt er. »Ich hab dir auch was mitgebracht.« Es ist ein kleiner runder Schminkspiegel zum Aufklappen.

»Danke«, sagt sie. Sie bringt ein Lächeln zustande. Hat er ein schlechtes Gewissen, soll das eine Entschuldigung sein? Der Rosenstrauß für die Ehefrau, nachdem der Mann sich heimlich mit der Kollegin vergnügt hat? Aber sie ist nicht seine Ehefrau.

»Ich hab dir auch Papier mitgebracht. Ein paar Schulhefte, die gab's noch in der Drogerie, ich schätze, für die Plebskinder, wo kein Geld da war für ein Tablet. Ein paar Kugelschreiber, Bleistifte. Filzstifte.«

»Woher wusstest du, dass ich sowas brauche?«, fragt sie.

»Ich hab mal mit nem Gedankenleser gearbeitet, vor langer, langer Zeit«, sagt er. »Schreibschrift ist ne Gärtnerkunst, oder? Ich hab mir gedacht, du würdest festhalten wollen, was so passiert. He, wie wär's, wenn du mich mal in den Arm nimmst?«

»Du wirst dreckig werden«, sagt sie, gibt nach und lächelt.

»Bin schon mal dreckiger gewesen.«

Wie kann sie ihn nicht in den Arm nehmen, Schneckenfinger hin oder her?

Und die Sonne scheint, und zwischen den gelben Kürbisblüten summen die Bienen.

»Weißt du, was ich wirklich gebrauchen könnte?«, sagt sie und vergräbt ihr Gesicht in Zebs rauchigem Bart. »Eine Lesebrille. Und einen Bienenstock.«

»Kannste kriegen.« Er hält inne. »Jetzt guck dir das mal an.«

Er greift in seinen Ärmel und zieht einen Schuh heraus: eine Sandale. Sie ist handgefertigt aus Recyclingstoffen: Autoreifen und Fahrradfelgen und silbernem Klebeband. Etwas Straßenschmutz war dran, aber ansonsten kaum getragen. »Gärtnerschuhe«, sagt Toby. Sie erinnert sich noch gut an die Mode, oder eher, an die Nicht-Mode. Dann differenziert sie: »Vielleicht. Nicht dass andere nicht auch sowas hergestellt hätten, oder?«

Und schon hat sie ein Bild im Kopf: wie Adam Eins und die überlebenden Gärtner in einem ihrer Ararat-Verstecke kauern – in einem der alten Keller zum Beispiel, wo sie Champignons züchteten – und wie eine Elfenfamilie im Kerzenlicht Sandalen schustern und an ihrem Vorrat Honig und Sojaschnetzel knabbern, während über ihren

Köpfen die Städte in Flammen stehen und die Häuser einstürzen und die Menschheit sich in ihre Bestandteile auflöst. Sie will es so sehr glauben, dass es unmöglich wahr sein kann.

»Wo hast du die gefunden?«, fragt sie.

»Bei dem toten Ferkel«, sagt Zeb. »Ich hab sie den anderen gar nicht gezeigt.«

»Du glaubst, es ist Adam. Du glaubst, er ist noch am Leben. Du glaubst, er hat sie für dich zurückgelassen – oder für jemand anders –, absichtlich.« Es sind keine Fragen.

»Du doch auch«, sagt Zeb.

»Mach dir nicht zu viel Hoffnung«, sagt sie. »Hoffnung kann einen kaputtmachen.«

»Gut. Du hast recht. Aber trotzdem.«

»Wenn du recht hast«, sagt sie, »würde Adam dann nicht auch nach dir suchen?«

SCHWARZLICHT-KOPFLAMPE

Die Geschichte von Zeb und Fuck

Du musst ihnen doch nicht jedes Mal eine Geschichte erzählen. Komm lieber mit mir. Einen Abend kannst du ruhig mal ausfallen lassen.

Ich hab schon einen Abend ausfallen lassen. Ich darf sie nicht zu sehr enttäuschen. Am Ende gehen sie und kehren zurück zum Strand und dann wären sie total angreifbar. Diese Painballer würden sie … Ich würde es mir nie verzeihen, wenn …

Ist ja gut. Aber mach's kurz, ja?

Ich weiß nicht, ob das geht. Sie stellen immer so viele Fragen.

Sag ihnen, sie sollen sich verpissen.

Das würden sie nicht verstehen. Pissen ist für sie etwas Positives. Genau wie *fuck* – Fuck halten sie für eine unsichtbare Größe. Für Crakes Helfer, einen Helfer in der Not. Und auch Jimmys Helfer, weil er mal *Oh, fuck* gesagt hat, und sie haben's mitgekriegt.

Ganz meine Meinung. Fuck! Eine unsichtbare Größe! Ein Helfer in der Not. Absolut!

Sie wollen eine Geschichte über ihn hören. Über dich und ihn genau genommen. Über eure gemeinsamen Abenteuer. Ihr beide seid gerade die großen Stars. Die liegen mir ewig damit in den Ohren.

Darf ich lauschen?

Nein. Du würdest lachen.

Siehst du diesen Mund? Mit Klebeband verschlossen! Wenn ich nur Sekundenkleber hätte, würde ich sogar … Hey. Ich könnte meinen Mund mit deinem …

Hör auf zu spinnen.

Das Leben spinnt. Ich hab mich einfach nur angepasst.

Danke für den Fisch.

Seht ihr, ich trage die rote Mütze und ich habe an dem glänzenden Ding gehorcht.

Heute Abend erzähle ich euch die Geschichte von Zeb und Fuck. So wie ihr wolltet.

Nachdem Zeb sein Zuhause verlassen hatte, wo sein Vater und seine Mutter nicht gut zu ihm waren, zog er durch das Chaos. Er wusste nicht, wohin er als Nächstes gehen sollte, und er wusste nicht, wo sein Bruder Adam war, sein einziger Freund und Helfer.

Ja, Fuck war auch sein Freund und Helfer, aber den konnte man ja nicht sehen.

Nein, das ist kein Tier, da drüben im Dunkeln hinter dem Strauch. Das ist Zeb. Er lacht nicht, er hustet.

Also, Zebs Bruder Adam war sein einziger Freund und Helfer, den er auch sehen und anfassen konnte. War Adam verschollen? War er verschleppt worden? Zeb wusste es nicht, und das machte ihn traurig.

Aber Fuck leistete ihm Gesellschaft und gab ihm Ratschläge. Fuck lebte in der Luft und flog umher wie ein Vogel, und so konnte er bei Zeb sein und im nächsten Moment bei Crake und dann auch bei Schneemensch-Jimmy. Er konnte an vielen Orten gleichzeitig sein. Wenn man in Schwierigkeiten steckte, rief man ihn an – *O Fuck!* – und dann war er immer gleich zur Stelle, immer dann, wenn man ihn brauchte. Sobald man seinen Namen sagte, ging es einem schon besser.

Ja, Zeb hat einen schlimmen Husten. Aber ihr braucht ihn im Moment nicht zu beschnurren.

Nein, mein Helfer ist Fuck nicht. Ich habe eine Helferin, sie heißt Pilar. Sie ist gestorben, sie hat die Gestalt einer Pflanze angenommen und heute lebt sie zusammen mit den Bienen.

Ja, ich rede mit ihr, obwohl ich sie nicht sehen kann. Aber sie ist nicht ganz so … sie ist nicht so abrupt wie Fuck. Sie ist weniger wie Donner, eher wie eine Brise.

Die Geschichte von Pilar werde ich euch ein andermal erzählen.

Also tauchte Zeb immer tiefer in die gefährlichen Gegenden ein, wo es viele böse Männer gab, die schlimme und grausame Dinge taten. Und dann kam er in eine Gegend, wo man die Kinder der Oryx kochte und aß, was falsch war, wie er wusste. Und als er Fuck um Rat anrief, sagte Fuck, er müsse da weg. Und dann lebte er in Häusern, die im Wasser standen, und er lernte eine Schlange kennen. Aber es war gefährlich dort, und er sagte, O Fuck! Und Fuck kam durch die Luft geflogen und sprach zu Zeb und er sagte, er werde Zeb helfen, von dort wieder wegzukommen.

Das reicht jetzt für heute Abend. Dass Zeb von dort weggekommen ist, wisst ihr, weil er da drüben sitzt, stimmt's? Und er ist sehr glücklich, diese Geschichte hören zu dürfen. Deswegen lacht er jetzt und hat aufgehört zu husten.

Danke, dass ihr mir gute Nacht wünscht. Ich bin glücklich, dass ihr mir wünscht, dass ich gut schlafe und nichts Schlimmes träume.

Euch auch gute Nacht.

Ja, gute Nacht.

Gute Nacht!

Das reicht. Ihr könnt jetzt aufhören, gute Nacht zu sagen.

Danke.

Eines Tages wachte Zeb neben der GeheimBurger-Verkäuferin Wynette auf und stellte fest, dass sie nach Grillfleisch und altem Bratfett roch. Genau wie er selber, zugegeben, aber das war was anderes, ist nun mal so, sagt Zeb, wenn's der eigene Geruch ist. Aber es ist kein Geruch, den man sich von seinem Objekt der Begierde wünscht. Das ist ein Primatending, was Grundsätzliches, wurde alles schon erforscht. Kann man jeden der MaddAddamiten-Bio-Nerds fragen.

Und nicht zu vergessen die Zwiebeln und die grässliche rote Soße in den Plastikflaschen, nach der die Kunden so gierten, wahrscheinlich deshalb, weil sie mit Heroin versetzt war. Wenn's richtig abging und zu einem Handgemenge kam, griff immer jemand nach der roten Soße und begann damit durch die Gegend zu spritzen. Dann vermischte sich die Soße mit dem Blut aus den aufgeplatzten Schädeln, und irgendwann konnte man nicht mehr unterscheiden, ob einer gerade verblutete oder einfach nur in roter Soße schwamm.

Dass die Geruchskombination in die Klamotten und Haare und sogar bis in die Poren drang, war unvermeidlich bei dem Job, den sie hatten. Der Gestank ließ sich nicht mal dann abwaschen, wenn es Duschwasser gab, und er machte sich nicht allzu gut im Zusammenspiel mit der billigen Schmiere, mit der sich Wynette zu Neutralisationszwecken die Haut eincremte: Delilah hieß das Zeug, war als Bodylotion und auch als Eau de Toilette zu haben, und es roch ähnlich aufdringlich, als würde man durch einen Tümpel sterbender Seerosen waten, oder wie eine Gruppe ältlicher Kirchgängerinnen vom Schlage Church of PetrOleum. Die beiden Gerüche – die GeheimBurger, die Delilah-Creme – gingen ja noch, wenn man extrem hungrig oder aufgegeilt war oder beides. Ansonsten gingen sie nicht.

Fuck, dachte Zeb, lag an diesem Morgen nach dem Erwachen da und atmete das üble Duftgemisch ein. Das hier hat keine Zukunft.

Oder wenn es eine Zukunft gab, dann keine gute, denn Wynette roch nicht nur komisch, nein, sie wurde auch immer neugieriger. Im Namen der Liebe und um die echte, ganze Person kennenzulernen, der er sei, wollte sie in seine tieferen Tiefen dringen, symbolisch gesprochen. Sie wollte den Deckel abnehmen. Wenn sie sich zu sehr ins Zeug legte – seine fadenscheinigen Storys eine nach der anderen wegschälte, die er, wie er erkannte, längst nicht sorgsam genug konstruiert hatte, und er schwor sich, beim nächsten Schwindel besser zu sein –, würde sie auf wenig Überzeugendes stoßen. Und wenn sie dann immer noch weiterbohrte, könnte sie ein paar Vermutungen anstellen, woher er kam und wer er ursprünglich war, und dann wäre es nur noch eine Frage der Zeit, bevor sie ihn verpfeifen würde, um abzusahnen, was an Graulandbelohnung geboten wurde da draußen im Mund-zu-Mund-Verräternetzwerk der Plebs.

Zeb hatte keinen Zweifel, dass eine solche Belohnung ausgesetzt worden war. Es war sogar möglich, dass einige seiner biometrischen Daten im Umlauf waren, Fotos seiner Ohren, animierte Silhouetten seines Gangs, Daumenabdrücke aus der Schulzeit. Soweit er wusste, war Wynette nicht mit irgendeiner Gang verbandelt, und zum Glück war sie zu arm, um einen PC oder ein Tablet zu besitzen. Aber in den Internetcafés kostete es fast gar nichts, online zu gehen, und wenn er sie zu sehr verärgerte, könnte sie imstande sein, eine Runde durchs Netz zu surfen und seine wahre Identität ausfindig zu machen.

Gerade begann sie aus dem Sex-Koma zu erwachen, in das sie durch den Zauber seines gonadalen Überschwangs geraten war, Erstkontakt mit Aliens und Welpen auf Speed waren nichts dagegen. In sexuellen Dingen haben junge Kerle keinen Geschmack – sie sind nicht wählerisch. Sie sind wie die Pinguine, die die Viktorianer damals so entsetzten, sie vögeln alles, was ein Loch hat, und in Zebs Fall war Wynette die Nutznießerin. Nicht um anzugeben, aber bei ihren nächtlichen Begegnungen rollten sich ihre Augen so weit nach hinten, dass sie die Hälfte der Zeit wie eine Untote aussah, und die verstärkten Rockmusiklaute, die sie dabei ausstieß, hatten sowohl die Leute aus dem Schnapsladen im Erdgeschoss als auch den Haufen bejammernswerter Lohnsklaven im Stockwerk drüber zu lautem Hämmern gegen die Wand animiert.

Aber jetzt verwechselte sie Zebs animalische Energie mit etwas Tieferem. Sie wollte auf einmal reden nach dem Sex. Es verlangte sie auf einmal zusätzlich nach geistigem Austausch. Sie begann Fragen zu stellen, zum Beispiel, ob ihr Busen groß genug sei, ob ihr dieses Limettengrün stünde und warum sie nicht mehr zweimal pro Nacht vögelten wie am Anfang? Fangfragen, auf die es ausschließlich falsche Antworten gab. Diese nächtlichen Verhöre gingen ihm langsam auf die Nerven. Vielleicht, schloss Zeb, hatten seine Gefühle für Wynette ja doch nichts mit wahrer Liebe zu tun.

»Jetzt guck nicht so. Ich war da noch total jung. Und vergiss nicht, ich bin falsch sozialisiert worden«, sagt Zeb.

»Wie guck ich denn?«, fragt Toby. »Es ist stockdunkel. Du kannst mich überhaupt nicht sehen.«

»Ich spüre die Gletscherkälte deines steinernen Blickes.«

»Sie tut mir nur leid, das ist alles«, sagt Toby.

»Gar nicht wahr. Wär ich bei ihr geblieben, wär ich heute nicht bei dir, oder?«

»Gut. Da ist was dran. Ich nehm's zurück mit dem Mitleid. Aber trotzdem.«

Er war kein komplettes Arschloch. Er hinterließ Wynette etwas Bargeld und einen Zettel, auf dem er sie seiner unsterblichen Ergebenheit versicherte, dazu ein PS, dass man ihn infolge eines schmutzigen Deals – auf den er nicht näher einging – bedroht habe und ihm der Gedanke unerträglich sei, sie in Bedrängnis zu bringen.

»Das hast du gesagt?«, fragt Toby. »In Bedrängnis?«

»Sie war romantisch veranlagt«, sagt Zeb. »Ritter und dieses ganze Zeug. Sie hatte ein paar alte Taschenbücher; die waren schon in dem Zimmer, als sie es mietete. Total zerfleddert.«

»Und du wolltest nicht ihren Ritter spielen?«

»Für sie nicht«, sagt Zeb. »Für dich allerdings«, er küsst ihre Fingerspitzen, »ist mein Schwert allzeit gezückt.«

»Und das soll ich glauben?«, sagt Toby. »Gerade noch hast du mir erzählt, was du für ein Lügner bist!«

»Zumindest mache ich mir die Mühe, für dich zu lügen«, sagt Zeb. »Lügen ist viel anstrengender als die nackte Wahrheit. Denk's dir als Teil des Balzrituals. Ich werde alt, ich hab Abnutzungserscheinungen, ich hab keinen riesigen blauen Schwengel wie unsere Crakerfreunde da draußen, also bin ich auf meinen Verstand angewiesen. Oder das, was noch davon übrig ist.«

Auf der Giga-GliederZug-Route reiste Zeb hastig nach Süden und blieb in den Überresten von Santa Monica hängen. Der steigende Meeresspiegel hatte die Strände weggefressen und die einst exklusiven Hotels und Eigentumswohnungen waren halb überflutet. Viele Straßen waren zu Kanälen geworden, und das nahegelegene Venice machte seinem Namen alle Ehre. Die Gegend als Ganzes wurde die Schwimmende Welt genannt und meist schwamm sie tatsächlich, vor allem wenn der Mond eine Springflut brachte.

Keiner der ursprünglichen Bewohner lebte noch dort. Da sie keine Versicherung kassieren konnten – denn was war der sich stetig ausdehnende Ozean anderes als höhere Gewalt? –, hatten sie sich in die Hanglagen geflüchtet. Hausbesetzer und Reisende aller Art waren eingezogen, obwohl die Stadtbetriebe aufgegeben hatten. Kanalisation und Wasserversorgung waren zusammengebrochen und vom Strom war das Viertel schon lange abgeschnitten.

Dafür hatte die Gegend einen Ruf als Sündenpfuhl erworben, und Freier mittleren Alters aus den feineren Gegenden auf höherem Grund wagten sich gern hinab in die Schwimmende Welt, um hin und wieder etwas Bohème zu schnuppern und in Miniwassertaxis mit knatternden kleinen Solarmotoren durch die überschwemmten

Straßen zu flitzen. Sie kamen wegen des Glücksspiels, der illegalen Substanzen und der Mädchen, aber auch wegen der Echtzeit-Varietéshows, die von einem zerfallenen Haus zum nächsten zogen, wenn die Räumlichkeit mit Wasser volllief oder ein heftiger Sturm noch mehr vom Ufer und den Immobilien wegfegte.

In der Schwimmenden Welt war das Angebot groß; und es lohnte sich, da keiner der Veranstalter Miete oder Steuern zahlen musste. Tag und Nacht waren Würfelspiele im Gange, mit einer rotierenden Zahl übernächtigter Zocker, die vom Onlinespiel genug hatten und nach dem suchterzeugenden Nervenkitzel der potenziellen Gefahr lechzten. Außerdem wollten sie sich unbeobachtet fühlen: Für sie war das Internet so voll mit Gucklöchern wie ein Giga-GliederZug-Motel, und sie wollten nichts ihrer virtuellen DNA dort hinterlassen.

Es gab einen Puff mit einer Mischung aus echten Mädchen und Prostibots, je nachdem, wie viel vorprogrammierte Interaktion gewünscht war – nicht, dass der Unterschied immer klar gewesen wäre. Es gab Straßenakrobaten, die Hochseilnummern mit Fackeln über den schwimmenden Straßen aufführten, hin und wieder stürzten und sich irgendetwas brachen, zum Beispiel das Genick. Die Möglichkeit, Verletzte oder Tote zu sehen, war außerordentlich reizvoll: Während die Onlinewelt immer stärker bearbeitet und aufgehübscht wurde und während ihre vermeintliche Realität in den Köpfen der Nutzer Fragen der Echtheit aufwarf, übte die raue, ungeschliffene, körperliche Welt eine zunehmend mystische Anziehungskraft aus.

Unter den Varietékünstlern gab es einen Magier, einen Mann um die fünfzig mit traurigem Blick und ausgebeultem Anzug, den er aus der Kleidersammlung geklaut haben musste: Seine Show hatte eine eher geringe Bandbreite. Auf dem rasch schimmelnden Zwischengeschoss eines ehemaligen Fünfsternehotels baute er seine improvisierte Bühne auf, wo er Karten-, Münz- und Taschentüchertricks aufführte, Frauen zersägte und aus Schränken verschwinden ließ und Gedanken las. Solche Späße waren aus der Fernseh- und Onlinekultur verschwunden, denn künstlerische Darstellungen dieser Art waren in der digitalen Welt nicht greifbar und galten daher als unglaubwürdig:

könnte ja auch alles getrickst sein. Doch als der Schwimmende-Welt-Magier sich eine Handvoll Nadeln in den Mund steckte, konnte man sehen, dass es echte Nadeln waren, und als er sie an einem Faden wieder aus dem Mund zog, konnte man den Faden anfassen; und als er ein Kartenspiel in die Luft warf und nur das As liegen blieb, konnte man es mit eigenen Augen bezeugen.

Freitags- und samstagabends lief die Show des Schwimmende-Welt-Magiers und das Zwischengeschoss war gerammelt voll. Er nannte sich Slaight der Zweite, nach Allan Slaight, einem Historiker der hermetischen Künste. Wobei das wahrscheinlich die wenigsten im Publikum wussten.

Zeb aber schon, denn bei Slaight dem Zweiten fand er Arbeit. Er spielte Lothar, den muskelbepackten Assistenten, und trug ein peinliches Outfit aus Leopardenfellimitat. Er wuchtete den Schrank durch die Gegend und drehte ihn auf den Kopf, um zu zeigen, dass er leer war, oder er legte die schöne junge Assistentin in die Kiste, in der sie zersägt werden wollte. Manchmal mischte er sich unters Publikum, um für die Gedankenlesenummer Informationen zu sammeln oder um lautstark zu staunen und so die Leute abzulenken. Tagsüber wurde er auf Botengänge jenseits der Schwimmenden Welt geschickt, wo es Minimärkte gab und Leute, die bei helllichtem Tage wach waren.

»Von Slaight dem Zweiten hab ich viel gelernt«, sagt Zeb.

»Wie man Frauen zersägt?«

»Das auch, aber das kann jeder. Der Trick besteht darin, die Frau dabei zum Lächeln zu bringen.«

»Man braucht wahrscheinlich Spiegel«, sagt Toby. »Und Nebel.«

»Ich bin zur Geheimhaltung verpflichtet. Das Beste, was der alte Slaight mir beigebracht hat, war die Kunst der Irreführung. Lenkt man den Blick der Leute auf was anderes und weg von dem, was man eigentlich macht, kann man einiges durchziehen. Slaight nannte all seine schönen Assistentinnen ›die Irreführung‹. Als Oberbegriff.«

»Vielleicht konnte er sie nicht unterscheiden?«

»Vielleicht nicht. Die interessierten ihn in der Hinsicht aber nicht.

Sie mussten nur in Pailletten gut aussehen, in möglichst wenig Pailletten. Die angesagteste Irreführung war Katrina Wu, eine katzenäugige Asian-Fusion-Mischlingsfrau aus Palo Alto. Insgeheim nannte ich sie Katrina Wow und versuchte mich mit ihr anzufreunden – Geheim-Burgergirl Wynette hatte eine ganze Welt der Möglichkeiten eröffnet, und ich wollte es wissen –, aber die Irreführung Miss Wow wollte nichts von mir wissen. Ich nahm sie jedes Wochenende in den Arm, stopfte sie zum Zersägen und Verschwinden in Kisten und Schränke oder legte sie zum Schweben auf irgendeinen Tisch, und ab und zu drückte ich sie an mich und warf ihr einen, wie ich glaubte, unwiderstehlichen Blick zu, aber sie lächelte nur und zischte mich wütend an: *Lass das, und zwar sofort.*

»Du kannst aber gut zischen. Vielleicht hatte man ihr die gesamten Lebenssäfte rausgesägt.«

»Bestimmt nicht. Um die kümmerte sich einer der Hochseilartisten. Unter der Woche, wenn sie nicht bei Slaight dem Zweiten assistierte, lernte sie bei dem Typen Trapezschaukeln; die beiden studierten zusammen ne Stripnummer auf dem Hochseil ein. Dafür hatte sie mehrere Outfits: ein Vogelkostüm und eines aus Schlangenhaut. Für die Schlangennummer hatte sie auch ne echte Schlange: ne Art hirnlose Python. Sie hieß March, weil Miss Wow meinte, März sei der Monat der Hoffnung und ihre Python immer hoffnungsvoll.

»Sie schien das Vieh echt zu mögen; bei einigen ihrer Nummern hängte sie sich die Schlange um den Hals, und die durfte sich dann ne Runde winden. Ich freundete mich mit March an, ich fing ihr Mäuse. Ich dachte, diese terrorisierten Mäuse könnten der Schlüssel zu Miss Wows Herz sein. Aber nein, keine Chance.«

»Was ist das eigentlich mit Frauen und Schlangen?«, fragt Toby. »Oder in dem Fall Frauen und Vögeln?«

»Wir sehen euch gern als wilde Tiere«, sagt Zeb. »Unter der ganzen Dekoration.«

»Du meinst als dümmlich? Oder als nichtmenschlich?«

»Jetzt komm mal runter. Ich meine damit, wild und unberechenbar, im positiven Sinne. Eine Frau mit Schuppen oder Federn hat was ungemein Reizvolles. Was Kantiges, wie eine Göttin. Was Gefährliches, Extremes.«

»Na, dann treffen wir uns ja in der Mitte. Und was war dann?«

»Eines Tages haben Katrina Wow und der Hochseiltyp die Biege gemacht. Und die Python namens March – die ging mit. Das machte mir ziemlich zu schaffen damals, nicht so sehr wegen der Schlange, eher wegen Miss Wow. Infiziert wie ich war von Amors eitrigem Pfeil. Ich gebe zu, ich hab's als persönliche Beleidigung empfunden.«

»Kann ich mir gar nicht vorstellen bei dir«, sagt Toby.

»Ist aber so. Nicht, dass es einer bemerkt hätte, also bin ich mir hauptsächlich selber damit auf den Sack gegangen. Man erzählte sich, dass Katrina und der Typ an die Ostküste seien, um ihr Glück zu machen. Ein paar Jahre später erfuhr ich, dass sie mit demselben Schlangen- und Vogelmotto ein Edel-Striplokal eröffnet hatten, das Scales and Tails. Die fingen klein an, und irgendwann wurde der Laden zum Franchise ausgebaut. Das war noch, bevor der Sexmarkt vom CorpSeCorps übernommen wurde.«

»So wie das Scales in Sinkhole, in der Nähe vom Dachgarten Eden? Das gehörte dazu?«

»Genau. Wo die Gärtnerkinder die Reste aus den Weinflaschen sammelten, für die Essigherstellung. Derselbe Franchise. Die Leute da haben mir im entscheidenden Moment den Arsch gerettet, aber dazu später.«

»Geht's dabei um dich und diese Schlangenfrau? Hat sie dich endlich rangelassen? Ich kann's kaum erwarten. Durfte die Python mitmachen?«

»Jetzt mal halblang. Ich versuche hier chronologisch zu erzählen. Und stell dir vor, es dreht sich nicht immer nur alles um mein Sexleben.«

Bisher aber schon zum großen Teil, möchte Toby am liebsten sagen, aber sie hält sich zurück: Es ist unfair, erst alles hören zu wollen und sich dann zu beschweren, das sieht sie ein. »Okay, schieß los«, sagt sie.

»Also, nachdem Katrina Wow aus der Schwimmenden Welt verschwunden war, zog der alte Slaight los, um nach einer neuen Irreführung zu suchen, und vielleicht auch nach einem ästhetisch ansprechenderen Aufführungsort, der nicht ständig kurz davor war, ins Wasser zu fallen. Also wusste ich nichts mit mir anzufangen, und das war eigentlich ganz gut, denn als ich so mit wachem Blick und gespitzten Ohren nach dem nächsten großen Ding Ausschau hielt, fielen mir ein paar Typen auf, die in der Gegend rumhingen und den Bogen etwas überspannt hatten mit ihrem Look, asitechnisch, meine ich. Man sieht das einfach, ob jemand seinen fettigen Pferdeschwanz, die Schnurrbartzotteln und den fetten Nasenring schon immer trägt oder erst seit gestern: Die hatten einfach zu viel Scheiß im Gesicht. Und die Hosen stimmten nicht. Die hatten zwar nicht denselben Fehler gemacht wie Chuck mit seinen nagelneuen Hosen, aber die Risse und Flecken waren zu gewollt. Fand ich zumindest. Also ab zum nächsten GliederZug-Rastplatz und nix wie weg.

Diesmal bin ich runter nach Mexiko. Ich dachte mir, egal, wie weit Hochwürden seine Tentakel ausstrecken würde, bis dahin würden sie auf keinen Fall reichen.«

Im Hackerhimmel

In Mexiko gab es paranoide Drogendealer im Überfluss, die davon ausgingen, dass auch Zeb ein paranoider Drogendealer war und dass seine Interessen mit ihren Interessen kollidierten. Nach zu vielen Episoden, bei denen Männer mit obskuren Tattoos und Tulpenmustern in der Schädelhaut ihm mit finsterem Blick entgegentraten, dazu ein paar Beinahe-Messerstiche, um die Botschaft zu unterstreichen, zog er südwärts und hinterließ unterwegs nur etwas Kleingeld. Seine notwendigen Ausgaben zahlte er ausschließlich in bar: Er wollte keinen Cyperpfad hinterlassen, nicht mal den eines John, eines Roberto oder eines Diaz.

Von Cozumel aus sprang er über die karibischen Inseln und erreichte Kolumbien. Doch obwohl er die Kunst des Trinkens mit wildfremden Menschen in Bars immer weiter verfeinerte, hielt Bogotá keine Möglichkeiten für ihn bereit; hinzu kam, dass er viel zu sehr auffiel.

Anders als in Rio. Damals galt die Stadt als Hackerhimmel; es war die Zeit vor den Razzien mit Minidrohnen und Stromnetz-Sabotageakten, die die wirklich ernsten Operateure – die Überlebenden – in den kambodschanischen Dschungel trieb, um dort ihre Läden wieder aufzubauen. Damals aber war Rio an seinem Zenit. Die Stadt galt als Wilder Westen des Webs und strotzte vor stoppelbärtigen jungen Cyberganoven aller denkbaren Nationalitäten. Es wimmelte von potenziellen Kunden: Unternehmen spionierten andere Unternehmen aus, Politiker spannten Fangnetze, und dann waren da noch die militärischen Interessen: Die brachten am meisten Kohle, wobei sie leider auch bei jedem potenziellen Angestellten einen vollen Sicherheitscheck durchführten, und das wollte Zeb tunlichst vermeiden. Alles in allem jedoch war Rio ein Verkäufermarkt: Die Jobs lagen auf der Straße, es wurden keine Fragen gestellt, und jeder passte da unten ins Bild, egal, wie er aussah, solange es schräg genug war.

Aufgrund der Zeit, die er mit Fleischverkauf, dem Sekundieren Slaights des Zweiten, Irreführung-Verführungsversuchen und der Schlangenbeschwörung verbracht hatte, war er tastaturtechnisch aus der Übung, aber es dauerte nicht lange und er fand zu seiner alten Fingerfertigkeit zurück. Dann machte er sich auf Jobsuche. Innerhalb von einer Woche fand er eine Stelle, die zu seinen Talenten passte.

Sein erster Arbeitgeber hieß Ristbones, eine Firma, die sich auf das Hacken von elektronischen Stimmzählmaschinen spezialisiert hatte. Im ersten Jahrzehnt des Jahrhunderts war das noch einfach gewesen und auch profitabel – wer die Maschinen beherrschte, konnte, solange bei den echten Wahlen keine Mehrheit zustande kam, seinen Wunschkandidaten ins Rennen bringen –, doch dann war die Empörung groß und alle hatten sich aufgeregt, und damals wollte man wenigstens den Anschein von Demokratie wahren; also wurden Firewalls installiert und das Hacken war jetzt schwieriger.

Und auch langweilig – ein bisschen wie Häkeln, sich durch ziemlich elementares Zeug frickeln, das eher kosmetische als präventive Funktion besaß. Es konnte leicht passieren, dass man bei der Arbeit wegdöste. Als Hacksaw Inc. bei ihm anklopfte, ließ er sich also abwerben – etwas vorschnell, wie sich herausstellte. Er war zu dem Zeitpunkt zwar nicht betrunken, aber es war Wodka im Spiel. Wodka, jede Menge Schulterklopfer, laute Lacher und Komplimente unter Genossen. Abgegriffen wurde er von drei schmierigen Typen, einer mit großen Händen und ein anderer mit großen Geldscheinen. Der Dritte war vermutlich der Eliminator: Er sagte nur wenig.

Hacksaw lag auf einem Vergnügungsdampfer vor Rio und posierte als Sex-Basar der unbegrenzten Möglichkeiten. Und das war nicht nur Pose, denn man kriegte alles, was der Schmerz begehrte, mit oder ohne Eier, Extraqualen nach Bezahlen. Unentspannte vier Wochen wirkte er auf diesem Todesstern für eine Gruppe russischer

Mädchenhändler, die allmählich genug hatten vom Gejammer, dem Blut und der Notwendigkeit, ihre menschliche Ware zu füttern, und ihr Einkommen auf weichteilfreiere Weise aufzubessern suchten. Zeb sollte sich für sie zu Skimmingzwecken ins PachinkoPoker einhacken, was tendenziell anstrengend war, denn die Hacksaw-Leute waren laut anderer Cybersklaven dafür bekannt, einen zum Leuchtkrill zu kippen, wenn sie den Eindruck hatten, dass man zu lange brauchte, um das digitale Stickwerk aufzuräufeln.

Oder wenn man mit der Software anbändelte. Missbrauch war in Ordnung, solange die Ware unbeschädigt blieb, war Beschädigung doch das Vorrecht zahlender Kunden. Ein paar Gutscheine pro Woche für Angestellte gehörten wie Jetons und Verköstigung zum Lohnpaket. Persönliche Beziehungen jedoch waren strengstens untersagt.

Die Sexbasar-Seite von Hacksaw war mehr als übel; vor allem die Kinder wurden aus den Favelas für den schnellen Konsum abgezogen, erst zu Geld und dann zeitnah zu Fischfutter gemacht. Auch das gemahnte für Zebs Geschmack nur allzu sehr an Hochwürden und dessen Erziehungsmethoden, was er wohl irgendwann hatte durchblicken lassen, denn die Herzenswärme der heiteren Genossen ließ drastisch nach. Nachdem er erst einen Monat seines Vertrages abgearbeitet hatte, gelang es ihm, sich ein Schnellboot zu schnappen, indem er mit dem russischen Wachmann ein paar Gläser Wodka kippte, ihm anschließend eins über den Schädel gab, seine Papiere einsackte und ihn über Bord beförderte. Es war seine erste Tötung und es war schade um den Wachmann, einem unterbelichteten Stiernacken, der einfach nicht so blöd hätte sein dürfen, einem zwar unerfahrenen, aber nicht gerade zwergenwüchsigen und – als Hacksaw-Mitarbeiter – naturgemäß verschlagenen jungen Menschen wie Zeb über den Weg zu trauen.

Er sackte auch ein paar Hacksaw-Codes und Passwörter ein. Die würden ihm noch gute Dienste leisten. Und ein Mädchen nahm er mit. Er hatte sie so lange umgarnt, bis sie bereit war, als seine Irreführung aufzutreten: Mit seinen Gutscheinen buchte er sie für eine Stunde und bewegte sie dazu, in ihrem Nachthemd – einem halb durchsichtigen Fummel – an dem angeschickerten Wachmann vorbeizulaufen und gerade so verführerisch und gerade so verstohlen auszusehen, um das Spatzenhirn dazu zu bringen, sich nach ihr umzudrehen.

Zeb hätte das Mädchen auf dem Dampfer zurücklassen können, aber sie tat ihm leid. Die Genossen würden dahinterkommen, dass sie, ob nun wissentlich oder nicht, den Lockvogel gespielt hatte, aber das wäre ihnen egal und sie würden Kartoffelbrei aus ihr machen. Sie war nur deshalb auf dem Boot, weil sie mit fadenscheinigen Versprechungen und ein paar Brocken drittrangiger Schmeicheleien aus ihrer Heimatstadt im klapprig-rostigen Michigan gelockt worden war. Man hatte ihr erzählt, sie habe Talent; man hatte ihr gesagt, sie werde als Tänzerin angeheuert.

Er war nicht so blöd, mit dem Schnellboot einen regulären Hafen anzusteuern. Die Genossen hätten das Fehlen der beiden vielleicht schon bemerkt – der drei, wenn man den Wachmann mitzählte – und könnten auf der Pirsch sein. Er dockte vor einem der Uferhotels an und versteckte das Mädchen hinter einem Springbrunnen, bis er sich Zugang zu den Korridoren verschafft hatte, indem er sich mit dem Ausweis des Wachmanns ein Zimmer nahm, den Hauptcode austüftelte, sich in ein gut ausgestattetes Zimmer schlich und für sie ein paar Klamotten und für sich ein Hemd klaute. Mit Seife kritzelte er eine irreführende Drohung auf den Badezimmerspiegel: *Ich komme wieder. Rache.* Die Chancen standen gut, dass neun Zehntel der Typen, die in solchen Läden abstiegen, mindestens eine gewalttätige und unmutauslösende Geschichte in ihrer Vergangenheit schlummern hatten und daher das Hotel verlassen würden, ohne sich wegen der fehlenden Gegenstände bei der Hotelleitung zu beschweren.

Oder wegen der Autoschlüssel. Oder wegen ihres Autos.

Als sie weit genug weg waren, fand er ein Internetcafé, in dem er sich per Lotusblatt-Pathway bis zu einem seiner 0,9-Prozent-Geldbunker vorarbeiten konnte, eine Stange Geld von diesem auf ein anderes Konto verschieben und sich auszahlen lassen konnte; um anschließend alle Spuren zu verwischen. Dann borgte er sich ein anderes Auto aus, das zufällig gerade zur Verfügung stand. Die Leute waren aber auch wirklich unvorsichtig.

So weit, so gut; aber dann war da noch das Mädchen. Sie hieß Minta, er musste dabei immer an Zahncreme denken. Frisch und grün. Während ihrer Flucht war sie stark geblieben, sie hatte nicht die Nerven verloren, sie hatte den Mund gehalten. Wahrscheinlich stand sie unter Schock, denn jetzt strich sie die Segel. Irgendetwas fraß an ihr, aber ob es etwas Mentales oder Körperliches war, konnte er nicht sagen. Waren sie in der Öffentlichkeit, auf der Straße oder in einem Laden, ging es ihr gut – sie konnte sich über kurze Phasen hinweg normal benehmen –, aber in geschlossenen Räumen oder gar im Auto, auf Zickzackkurs nach Norden und nach Westen, verbrachte sie die Zeit mit ihren beiden Spezialinteressen, verzweifeltes Schluchzen und Ins-Leere-Starren. Fernsehen stellte für sie ebensowenig eine Ablenkung dar wie Sex. Verständlicherweise wollte sie von Zeb nicht angefasst werden, auch wenn sie aus Dankbarkeit und als Bezahlung alles anbot, was er sich selber in Sachen Berührung hätte wünschen können.

»Und du hast dich drauf eingelassen?«, fragt Toby mit gezwungen munterer Stimme. Wie kann sie eifersüchtig sein auf ein menschliches Wrack, auf ein Gespenst?

»Genau genommen, nein«, sagt Zeb. »Hätte ich ja nichts von gehabt. Da hätt ich mir ja genauso in irgendnem Shoppingzentrum nen Prostibot-Wichsrobotor mieten können. Ich fand's lustiger, ihr zu sagen, lass mal. Danach durfte ich sie ein bisschen in den Arm nehmen. Ich dachte, es würde sie vielleicht beruhigen, aber sie fröstelte nur.«

Minta fing an, Geräusche zu hören – Schritte, schweres Atmen, metallische Klappergeräusche –, und jedes Mal, wenn sie das jeweilige schäbige Hotel verließ, in dem sie gerade abgestiegen waren, hatte sie Angst. Zeb hätte sich stilvollere Unterkünfte leisten können, aber es war besser, in den tieferen Plebs zu bleiben, in den Schatten.

Traurigerweise ging es mit Minta zu Ende, als sie in San Diego von einem Balkon sprang. Er war zu dem Zeitpunkt nicht im Zimmer, er war draußen gewesen, um ihr einen Kaffee zu holen, aber er sah, wie sich die Menschenmenge versammelte, und er hörte die Sirenen. Das hieß, er musste die Stadt in aller Eile verlassen, um einer polizeilichen Befragung aus dem Weg zu gehen, sofern überhaupt eine gemacht wurde; und das wiederum hieß, dass seine Person ganz oben auf der Liste der Mordverdächtigen stehen könnte, vorausgesetzt, die Behörden entschlossen sich, der Sache nachzugehen, wovon sie zunehmend absahen. Aber wo hätten sie auch anfangen sollen? Minta hatte keine Identität. Er hatte nichts von sich zurückgelassen – er nahm bewusst immer alles mit, wenn er ein Zimmer verließ –, aber wer weiß, ob nicht irgendwo in der Nähe Sicherheitskameras installiert waren? Eher unwahrscheinlich in den Schattenregionen der Plebs, aber man konnte nie wissen.

Er schaffte es bis rauf nach Seattle, wo er einen hastigen Blick in die Geburt der Venus-Zephyr-Dropbox warf, die er sich mit Adam teilte. Er hatte eine Mail: »Bestätige, dass du noch im Körper bist.« Gelegentlich ahmte Adam auf unheimliche Weise Hochwürdens Sprache nach.

»In wessen Körper?«, schrieb Zeb zurück.

Es war ein alter Witz von ihm: Früher hatte er sich immer lächerlich gemacht über Hochwürdens scheinheilige Mensch-verlässt-Körper-Grabredefloskeln. Er machte diesen Witz, um Adam wissen zu lassen, dass er es wirklich war und nicht irgendein Lockvogel. Tatsächlich hatte Adam diese Körper-Frage bewusst gestellt, denn er würde wissen, dass Zeb nicht widerstehen könnte; wohingegen ein falscher Zeb einfach nur normal antworten würde. Adam war ja meistens eine Nasenlänge voraus.

Seine nächste Station war Whitehorse. In einer Bar in Rio hatte er von der Bärenbrücke erfahren und fand, dass sie ein gutes Versteck abgeben würde, denn so einen Laden würde ihm niemand zutrauen. Die Hacksaw-Leute nicht, die eine offene Rechnung mit ihm hatten: Die würden ihn an irgendeinem anderen Hacker-Hotspot suchen,

Goa zum Beispiel. Und Hochwürden auch nicht: An wilden Tieren hatte Zeb nie Interesse gezeigt.

»Und so«, sagt Zeb, »landete ich schließlich in den Mackenzie Mountain Barrens, überfiel in einem Bärenfell einen Mountainbiker und wurde für Bigfoot gehalten.«

»Verständlicherweise«, sagt Toby. »Aber das hätten sie vielleicht auch ohne Bärenfell gedacht.«

»Machst du dich über mich lustig?«

»Das sollte ein Kompliment sein.«

»Denk ich nochmal drüber nach. Jedenfalls war ich nicht traurig darüber, wie's gelaufen ist.«

Nochmal vorgespult nach Whitehorse: Da war er nun, gestriegelt, gebügelt und bei klarem Verstand, sofern möglich. Er mied die Zentrale der Bärenbrücke ebenso wie die üblichen Kaschemmen, weil die Leute dort ihn ja für tot hielten, und wozu die Vorteile opfern, die eine solche Nichtexistenz mit sich brachte? Also blieb er hauptsächlich in seinem Motelzimmer, knabberte erdnussähnliche Ersatzprodukte, bestellte sich Pizza und guckte Pay-TV, egal was, und überlegte hin und her, wie es weitergehen sollte. Wo sollte er hin, wenn er Whitehorse verließ? Wie käme er am besten aus der Stadt raus? Wie sähe seine nächste Wunsch-Inkarnation aus?

Und er fragte sich: Wer hatte Chuck angeheuert, um ihm diese Spritze zu verpassen? Welche der diversen Parteien mit Interesse an seinem Niedergang hatte ein Vollversager-B-Loch-Würstchen wie Chuck eingesetzt, um ihre giftigen Pfeile abzuschießen?

Kalte Platte

Er existierte in zwei Zuständen: in seinem gegenwärtigen Tarnmodus als ein Niemand mit ausgedachtem Namen; und in seinem ehemaligen Gewand als derjenige, der bei einem Schrauberabsturz verkohlt war.

Aber Adam durfte nicht denken, er sei tot – als er bei der Bärenbrücke rumkasperte, hatte längere Zeit Funkstille geherrscht –, also musste er wieder Kontakt aufnehmen, bevor irgendwelche Gerüchte in die Welt sickerten.

Er zog alles an, was er hatte, einschließlich Fliegerhelm, Fake-Daunenjacke und Sonnenbrille, und unternahm einen Ausflug in eines der beiden Internetcafés vor Ort, einen aufgeräumten Laden namens Kleiner Bär, in dem es pompöse Bio-Sojagetränke und Riesenmuffins gab, die nicht richtig durch waren. Er bestellte beides: Von den regionalen Speisen zu kosten gehörte zu seinen Prinzipien. Dann zahlte er bar für eine halbe Stunde Internet und schickte Adam über die Zephyr-Dropbox eine Mail. »Irgendein verfluchter Pimmel wollte mich kaltmachen. Alle halten mich für ne Leiche.«

Zehn Minuten später kam die Antwort: »Verzicht auf Flüche fördert die Verdauung. Bleib tot. Habe möglicherweise Job. Komm zeitnah nach New New York, dann melde dich bei mir.«

»O.k., besorgst du mir Job-Check-Identität?«, schrieb er zurück.

»Ja. Erwarte dich«, erwiderte Adam. Wo steckte er? Darüber ergingen keine Hinweise. Aber er musste irgendwo gelandet sein, wo er sich zumindest halbwegs sicher fühlte. Zeb war erleichtert. Adam zu verlieren wäre wie einen Arm oder ein Bein zu verlieren. Und den oberen Teil seines Schädels.

Er ging zurück in sein Motelzimmer und dachte über die Logistik der Reise nach New New York nach. Als Toter, und mithilfe der improvisierten Identität, die er sich zusammengestellt hatte, könnte er sich vielleicht nochmal in den Torpedozug wagen, sobald er sich per Giga-GliederZug bis nach, sagen wir, Calgary durchgeschlagen hatte.

Aber das größte Rätsel war noch nicht gelöst. Wer hatte ihn mittels Chuck aus dem Weg räumen wollen? Er versuchte die Möglichkeiten einzugrenzen. Erstens, wer hatte spitzgekriegt, wo er sich aufhielt? Dass er bei der Bärenbrücke war? Zu der Zeit hieß er Devlon und davor Larry und davor Kyle. Er sah eigentlich nicht aus wie ein Kyle, aber genau das war manchmal besser. Und davor hatte er bestimmt noch sechs andere Namen durchlaufen.

Die meisten seiner Identitäten hatte er auf dem dunkelgrauen Graumarkt gekauft, aber diese Leute hätten nichts davon gehabt, ihn auszuliefern: Sie mussten ja auch sehen, wo sie bleiben, brauchten das Vertrauen ihrer Kunden und hätten kaum einen Abnehmer gefunden. Für sie war er nur einer von vielen, der seine Schulden nicht bezahlen konnte oder wegwollte von einer raffgierigen Ehefrau, oder bei einem Konzern Geld unterschlagen oder Daten geklaut hatte oder Minimärkte ausgeraubt oder mithilfe von Frauenkleidern und Brechstangen eine Psycho-Mordserie begangen hatte; was es war, war ihnen egal. Sie fragten ein Mal pro forma nach, taten, als hätten sie Standards und Ethos – bitte keine Kinderficker –, und dann tischte er ihnen einen Teller aufgewärmten Schwachsinn auf, von dem alle wussten, dass es Schwachsinn war. Aber dergleichen Müll auszutauschen war höflich, ähnlich wie man »Wir helfen gern« und Ähnliches sagte, was nichts anderes hieß als »Rück endlich die Kohle raus«.

Es hätte also einiges an Geldressourcen geschluckt, ihn von einem Cyberspürhund aus seinen diversen gefälschten Schichten herausschälen zu lassen. Er hatte seine Spuren so gut verwischt, dass man schon genau hätte wissen müssen, wo man sucht. Wer immer es war, musste hochmotiviert sein.

Ristbones fiel mehr oder weniger flach, denn was wusste er schon über sie, was ihnen schaden könnte, wenn es durchsickerte? Dass Stimmzählmaschinen gehackt wurden, war ein offenes Geheimnis, und auch wenn immer mal wieder ein Grollen durch die sogenannte Presse ging, wollte niemand ernsthaft zum Papiersystem zurückkehren, und derjenige Konzern, der die Maschinen besaß, die Sieger auswählte und die Schmiergelder entgegennahm, hatte einen grandiosen PR-Job gemacht, insofern galt jeder, der zu viel Protest äußerte, als perverse rote Socke, die unbedingt allen anderen den Spaß verderben wollte, sogar solchen, die gar keinen Spaß hatten. Aber das konnten sie ja gern später tun. Später im Himmel.

Also stellte er für Ristbones keine Gefahr dar, denn selbst wenn er irgendeinen vermoderten Bürgeraufstand hätte auslösen wollen, hätte ihm bis auf einige wenige Pappnasen mit Hirnherpes im Endstadium ohnehin keiner zugehört. Wäre er verrückt gewesen, hätte er versuchen können, die gehackten Maschinen erneut zu hacken – seinen eigenen virtuellen Senator einzuspeisen oder Ähnliches –, nur als Projekt, um zu demonstrieren, wie leicht so etwas möglich war.

»Aber du warst ja nicht verrückt«, sagt Toby.

»Aus Gag hätte ich's machen können, wenn ich die Zeit gehabt hätte. Es wäre einer dieser ephemeren Streiche gewesen, mit denen beleidigte Programmiergenies wie ich ihren wirkungslosen Protest gegen das System kundtun.«

»Also, Ristbones war's nicht«, sagt Toby. »Dann Hacksaw?«

»Grund zur Rache hätten sie zwar gehabt«, sagt Zeb. »Ich hatte ihren Wachmann zu Fischfutter gemacht, ihr Boot geklaut, eine ihrer verzweifelten Jungfern geraubt; aber schlimmer noch, ich hatte ein schlechtes Licht auf sie geworfen. Ich konnte mir vorstellen, dass sie öffentlich ein Exempel an mir statuieren wollten – mich in Ketten legen und von einer Brücke baumeln lassen oder sowas, minus ein Bein und ausgeblutet; mich zur Knorpelschau machen. Aber um in der Öffentlichkeit zu profitieren, hätten sie ja verraten müssen, was ich ihnen angetan hatte, also hätten sie trotzdem dumm dagestanden.

Aber dass sie mich bis zur Bärenbrücke aufspüren, da oben in Whitehorse, konnte ich mir nicht vorstellen. Rio war sehr weit weg, und wahrscheinlich dachten sie, da gäbe es nichts als Schnee und Iglus, wenn sie überhaupt drüber nachgedacht haben. Aber vor allem konnte ich mir nicht vorstellen, dass ein Klemmi wie Chuck für solche Leute arbeitet. Ich konnte mir nicht mal vorstellen, wie sie zusammen in einer Bar sitzen. Die Hacksaw-Leute mussten immer erst mit einem in die Bar gehen, bevor sie einem den Job gaben, und bei Chuck ergab das keinen Sinn. Er hatte die falsche Garderobe. Keiner bei Hacksaw hätte jemals einen Typen mit einer so uncoolen Hose eingestellt.«

Je mehr er über Chuck nachdachte – über den ekelhaft sauberen Saubermann, der er war –, desto mehr wurde ihm kar, dass hierin der Schlüssel lag. Diese schmierige Freundlichkeit, diese zahnweißlächelnden Verbrüderungsversuche … Er musste zur Church of PetrOleum gehört haben. Aber es war unmöglich, dass ihn Hochwürden und seine Jungs, ja selbst die angeheuerten Spitzel, durch seine sämtlichen Schlupflöcher hindurch hätten auf die Spur kommen können. Es war einfach unmöglich.

Dann ging ihm auf, dass er das Pferd von hinten aufzäumte. Hochwürden und die gesamte Kirche und ihre engen religiösen Verbündeten wie die Gebotenen Früchte und ihre Polit-Spezis – sie alle waren anti-öko bis aufs Blut. In ihrer Werbung sah man ein niedliches blondes Mädchen neben einer besonders abstoßenden bedrohten Tierart, etwa der Surinam-Kröte oder dem Weißen Hai, und der Slogan dazu lautete: *Diese oder diese?* Womit suggeriert wurde, dass die Surinam-Kröte nur gedeihen könne, wenn man alle niedlichen blonden Mädchen ans Messer lieferte.

Entsprechend war jeder, der gern Gänseblümchen roch, Gänseblümchen in der Welt zum Riechen haben wollte, quecksilberfreien Fisch essen wollte und dagegen war, aufgrund vergifteten Trinkwassers dreiäugige Kinder in die Welt zu setzen, ein von Dämonen besessener Satansgünstling der Finsternis, der es darauf angelegt hatte, Amerika und das heilige Öl Gottes zu sabotieren, was auf dasselbe rauskam. Und trotz ihrer schwammigen Theorie und des zweifelhaften Liefersystems lag die Bärenbrücke in einer Region, in der mit Sicherheit noch Öl zu entdecken oder durchzuleiten war, mit all den üblichen Betriebsstörungen, Verschüttungen und Verschleierungen.

Also lag es nahe, dass Hochwürden und seine Kreise die Bärenbrücke infiltrieren wollten. Die ihrerseits nicht allzu wählerisch war bei ihren Bewerbern. Chuck musste ein überzeugter PetrOleum-Anhänger gewesen sein, der beauftragt worden war, die Fellwichser zu beobachten und über deren üble Machenschaften Bericht zu erstatten. Er würde gar nicht nach Zeb gesucht haben, doch als er über ihn gestolpert war, würde er ihn sicherlich erkannt haben. Er musste zu Hochwürdens engstem Kreis gehört haben, dann: gemeinsames Familienfotogucken. *Der undankbare Sohn. Aber du … Der Sohn, den ich nie hatte.* Seufz. Wehmütiges Lächeln. Hand auf die Schulter. Kerniges Tätscheln. So in etwa.

Und dann der Rest: Chucks Petzreport, Hochwürdens Anweisungen, das Beschaffen der K. o.-Spritze, der gescheiterte Versuch im Schrauber. Das brennende Wrack.

Und das alles brachte Zeb schon wieder in Rage.

Wieder hüllte er sich in seine sämtliche Kleidung und begab sich daran, ein weiteres Bündel Briefe zu versenden. Diesmal wählte er das andere Internetcafé der Stadt, Presto Thumbs, das direkt neben einem haptischen Feedback-Cybersexladen lag: Viel Gefühl für wenig Geld! Die heiße Nummer sicher! Geil und keimfrei zugleich! Doch er ließ Nostalgie Nostalgie sein, lief an dem Laden vorbei, setzte sich ins Café und ging ins Netz.

Erst schickte er an den Kirchenältesten der Church of PetrOleum eine Mail, hängte Hochwürdens Unterschlagungsliste dran und teilte ihm mit, dass das Geld nicht auf dem Kanaren-Cayman-Konto liege, wo es tatsächlich lag, wenn auch in Form von Aktien, sondern in einer Metallschachtel unter Trudys Steingarten. Er riet dem Kirchenältesten, nicht nur sechs Männer mit Schaufeln mitzunehmen, sondern auch eine Mannschaft von Securitylakaien mit Elektroschockern, da Hochwürden bewaffnet und möglicherweise gefährlich sei. Die Mail unterschrieb er mit »Argus«. Der hundertäugige Riese aus der griechischen Sage, das war er selbst: Auf derselben Seite mit der *Geburt der Venus* waren Bilder von dem Kerl. Nicht dass man vom ästhetischen Gesichtspunkt her mit hundert Augen attraktiv wäre. Auf der Seite war auch eine Göttin mit hundert Titten abgebildet, womit in ähnlicher Form bewiesen war, dass viel nicht immer viel hilft.

Nachdem er Hochwürden – wie er hoffte – seinen bevorstehenden Feierabend gründlich verdorben hatte, räumte er dessen heimliches Cayman-Konto leer. Während seiner Reisen hatte er immer mal wieder einen Blick darauf geworfen, um sicherzugehen, dass Hochwürden den Anweisungen Folge geleistet und die Finger davon gelassen hatte. Es war alles noch da. Er übertrug die komplette Summe auf ein Konto, das er für Adam unter dem Namen Rick Bartleby eröffnet hatte und für den er zudem eine überzeugende Identität geschaffen hatte: Rick war Bestatter in Christchurch, Neuseeland. In seiner Mail stand, dass Adam hinter der rechten Brustwarze der Venus eine Kontonummer, ein Passwort und eine große Überraschung fände. Die Vorstellung, wie Adam – endlich – auf eine Brustwarze klickte, tat ihm gut.

Er fand es nur fair, auch der Bärenbrücke eine Mail zu schicken und die Leute darauf hinzuweisen, dass sie von Chuck infiltriert worden waren und dass es vielleicht nicht ganz verkehrt wäre, bei aus heiterem Himmel aufgetauchten schmierigen Arschkriechern etwas gründlichere Hintergrundchecks durchzuführen, vor allem bei solchen in neuen Klamotten mit viel zu vielen Taschen, und auch noch anzudeuten, dass nicht jeder so entzückt war von ihnen und ihrem Pelzwichsertum wie sie selbst. Er unterschrieb mit »Bigfoot«, was er sofort bereute, kaum dass er auf »Senden« gedrückt hatte: Wenn das mal kein Wink mit dem Zaunpfahl war.

Dann ging er zurück in sein mieses Hotel, setzte sich an die Bar mit dem Flachbildschirm und wartete auf erste Meldungen aus Hochwürdens Wunderwelt. Und siehe da, die Entdeckung der Knochen und Überreste Fenellas hatte es landesweit in die Nachrichten geschafft. Da war Hochwürden, der sein Gesicht verhüllte, während man ihn abführte; da war Trudy, süß wie ein Milchshake, die sich die Tränen wegtupfte und behauptete, sie habe keine Ahnung gehabt, und wie erschreckend, all diese Jahre mit einem skrupellosen Mörder zusammengelebt zu haben.

Gut gebrüllt, das musste man Trudy lassen: Man würde ihr unmöglich etwas anhängen können. Inzwischen musste sie von Hochwürdens heimlichem Geldbunker erfahren haben – die Kirchenältesten hatten sie sicherlich wegen des unterschlagenen Geldes befragt – und kapiert haben, dass er sie hatte abservieren wollen. Dass er sich irgendwohin abzusetzen gedachte, um sich in der Sonne zu aalen und minderjährige Kinder zu streicheln oder zu schlagen, je nachdem, was ihm gerade reizvoller erschien. Denn natürlich hatte sie von seinen Perversionen die ganze Zeit über gewusst. Aber sie hatte beschlossen, nichts davon wissen zu wollen.

Wieder schlüpfte er in seine komplette Wintergarderobe und marschierte zum Kleinen Bären, wo er eine neue Mail an Adam schickte – eine kurze Nachricht, nur mit Hinweis auf die URL, unter der das Nachrichtenfeature über die Festnahme zu finden war. Bestimmt würde sich Adam freuen: Jetzt, wo Hochwürden aus dem Verkehr gezogen oder zumindest in seiner Bewegungsfreiheit stark eingeschränkt war, konnten beide ein bisschen freier atmen.

Doch er musste umgehend aus Whitehorse weg. Die Kriminaljustiz oder Ähnliches könnte ja versuchen, die Mail nachzuverfolgen, die er dem PetrOleum-Kirchenältesten geschickt hatte, und wenn ihr das gelänge, würden sie anfangen, Whitehorse zu durchkämmen, und die Stadt war nicht gerade riesig. Nach Zeb persönlich würden sie wohl nicht suchen – der war ja tot –, aber Suchaktionen waren nie gut, und er würde ins Fadenkreuz geraten. Vielleicht war es längst geschehen: Er hatte jetzt schon ein mulmiges Gefühl.

Also ging er gar nicht zurück in sein Motel. Stattdessen stiefelte er raus auf den nächsten Giga-GliederZug-Rastplatz und sprang auf einen Laster. Als er Calgary erreichte, sicherte er sich einen Platz im versiegelten Torpedozug, und nach ein paarmal Umsteigen und bevor man auf den Gedanken kommen konnte, dass die ganze Aktion vielleicht eher mittelschlau gewesen war, stand er in New New York.

»Eher mittelschlau?«, fragt Toby.

»Die Idee, Hochwürden auszuliefern und seine Kohle abzuziehen, war vielleicht nicht gerade brillant«, sagt Zeb. »Er muss sich gedacht haben, dass ich nicht wirklich tot war. Und du weißt ja, was man über Rache sagt – Rache ist eine Speise, die man besser kalt isst, das heißt, man soll nicht im Zorn handeln, weil man die Sache dann vergeigt.«

»Aber hast du doch gar nicht«, sagt Toby. »Die Sache vergeigt.«

»Viel hat dazu nicht gefehlt. Aber ich hatte Glück«, sagt Zeb. »Da, der Mond. Manche fänden das jetzt romantisch.«

Und tatsächlich, da ist er, er steigt über den Bäumen im Osten auf, beinahe voll, beinahe rot.

Warum ist er immer wieder eine Überraschung?, fragt sich Toby im Stillen. Der Mond. Obwohl wir wissen, dass er kommt. Jedes Mal, wenn wir ihn sehen, lässt er uns innehalten und verstummen.

Schwarzlicht-Kopflampe

New New York lag an der Küste von New Jersey oder an dem, was jetzt Küste war. In Old New York lebten nur noch wenige Menschen, wobei es zur No-go-Zone erklärt worden war und somit zur mietfreien Wohngegend, also waren noch immer ein paar Bewohner bereit, in den zerfallenen, vollgelaufenen, verkommenen Gebäuden ihr Glück zu versuchen. Nicht aber Zeb; er hatte weder Schwimmhäute noch eine Todessehnsucht, und in New New York – das bestimmt kein Paradies war – lebten mehr Menschen, die besseren Sichtschutz boten. Man konnte besser untertauchen.

Kaum angekommen, setzte er sich in ein schrabbeliges, weichbrezelinfiziertes Internetcafé und schickte Adam eine Mail, dass er vor Ort sei – *Plan A hurra, Plan B geht wie?* –, und dann harrte er aus, während Adam sich Zeit ließ, wo immer zur Hölle er steckte, was immer zur Hölle er gerade trieb. Seine letzte knappe Mitteilung lautete *Bis bald*, was eher mittelmäßig informativ war.

Zunächst ging Zeb im Starburst vor Anker, einem Hi-Life-Wohnkomplex mit Pool und Partyraum – was nach Feuerwerk klang, sah inzwischen eher nach verkohltem Weltraummüll aus. Starburst hatte seine Halbwertszeit schon lange erreicht: Das einst kostspielige schmiedeeiserne Tor diente in erster Linie als Pinkelplatz für Hunde und die modrigen, lecken Gebäude waren zu Einzimmer-Mieteinheiten abgeteilt worden. Darin gedieh korallenriffähnlich ein interparasitäres Biotop aus Dealern, Drogensüchtigen, Schnorrern, Säufern und Huren sowie Schmarotzern, Geiern, Hütchenspielern und Kleinkriminellen im Pyramidensystem.

Inzwischen drückten sich die Hausbesitzer erfolgreich vor den notwendigen Reparaturen und warteten auf den nächsten Mieterzyklus. Erst zogen die Billigmietprofis ein, voller Zorn und Bitterkeit und Unmut und in der irrigen Annahme, die Welt verändern zu können. Dann kamen die Startup-Designer und Grafikunternehmen, in der Hoffnung, dass von der runtergerockten Coolness ein bisschen was auf sie abfärben werde. Danach kamen die dubiosen Gendrückerkolonnen mit ihren Briefkastenfirmen und die Zuhältergecken und Pseudo-Galerien und Heißer-Scheiß-Restauranteröffnungen mit Molekular-Misch-Fusionsküche aus Trockeneis, Laborfleisch und Quorn nebst gewagten kleinen Garnituren aus bedrohten Arten: Starzungenpaté war der Trend in solchen Läden. Die Starburst-Hausbesitzer waren am ehesten eine Gruppe von Typen, die bei irgendeinem Megakonzern ordentlich Kohle gescheffelt hatten und ein bisschen in Immobilien machen wollten. Zur Starzungen-Sternstunde ließen sie die baufälligen Studios einreißen und dafür jede Menge neue, schnell verderbliche High-End-Eigentumswohnungen hochziehen.

Aber Starburst war noch weit entfernt von diesem optimalen Bereich, also war Zeb dort sicher, solange er für sich blieb und einen hinreichend schlurfenden Gang annahm, um mögliche Beobachter zu überzeugen, dass er nur einer von unzähligen durchgeknallten Kiffern war. Er hielt sich von allem und jedem fern, weil er keine Infiltratoren à la Chuck auf sich aufmerksam machen wollte.

Aus den Nachrichten wusste er, dass Hochwürden auf Kaution freigelassen worden war, obwohl er auf seinen Prozess wartete, und dass er überall Erklärungen abgab, um seine Unschuld zu beteuern; er sei das Opfer einer linksradikalen antireligiösen Anti-Oleum-Verschwörung, deren Anhänger seine erste Frau Fenella entführt und ermordet und das hässliche Gerücht verbreitet hätten, sie sei weggelaufen, um ein Lotterleben zu führen; und da Hochwürden die Geschichte geglaubt habe, sei das Leben für ihn zu einer anhaltenden Qual geworden. Im Rahmen dieser üblen Verschwörung sei Fenella nur deshalb in Hochwürdens Garten versenkt worden, um seinen Namen in den Dreck zu ziehen und den Ruf des heiligen Oleums zu beflecken.

Hochwürden auf Kaution wohnte also höchstwahrscheinlich wieder zu Hause und hätte demnach Zugang zu seinem Church-of-PetrOleum-Netzwerk – zwar nicht den *wahren* wahren Frommen, die ihn zweifellos wegen seiner mutmaßlichen Unterschlagungen ächteten, aber zumindest zum zynischeren Flügel, den Leuten also, die nur des Geldes wegen dabei waren. Bestimmt platzte er fast vor kalter giftiger Rachsucht, denn er würde sowas von ahnen, wer für den Tipp mit den Knochen der armen Fenella verantwortlich war, die in seinem Steingarten zu Pflanzenfutter mutierte.

Inzwischen hatte die ihre-große-Chance-witternde Trudy eine autobiografische Klageschrift verkauft und tingelte damit durchs Internet. Wie sehr Hochwürden sie enttäuscht habe, nachdem sie bei ihrer Eheschließung überzeugt gewesen sei, dass er sich, der trauernde Witwer damals, der guten Sache verschrieben habe, und dass es ihr größter Wunsch gewesen sei, ihm bei der guten Sache zur Seite zu stehen und dem kleinen Adam, Fenellas Sohn, eine Mutter zu sein. Kein Wunder, dass der junge Mann unauffindbar sei, da er sehr sensibel sei und die grellen Lichter der Öffentlichkeit genauso scheue wie sie selbst. Wie erschütternd es gewesen sei, aufzuwachen und der Wahrheit über Hochwürdens mörderisches Wesen ins Auge sehen zu müssen! Seit sie davon erfahren habe, habe sie für Fenellas Seele gebetet und sie um Vergebung ersucht, obwohl sie ja damals keine Ahnung gehabt habe, was tatsächlich passiert sei. Denn genau wie alle anderen hatte sie, Trudy, die Geschichte, dass Fenella mit einem billigen Tex-Mexikaner durchgebrannt sei, geglaubt. Sie schäme sich, sich dieser voreingenommenen Meinung so kritiklos angeschlossen zu haben.

Und nun werde sie von einigen ihrer eigenen Kirchenmitglieder – Menschen, die sie stets als ihre Brüder und Schwestern wahrgenommen hatte – geschnitten, ja sogar als Mitwisserin der blutigen und kriminellen Aktivitäten Hochwürdens beschuldigt. Allein der Glaube habe sie durch diese schwierige Zeit der Prüfungen hindurch gerettet; und sie sehne sich danach, nur ein einziges Mal ihren geliebten verlorenen Sohn Zebulon zu sehen, der vom rechten Wege abgekommen sei, was kein Wunder sei, bei dem Vater. Aber sie bete für ihn, wo immer er sei.

Dieser verlorene Sohn hatte die volle Absicht, verloren zu bleiben; wenn auch die Versuchung, sich als geisterhafte Stimme aus dem Jenseits in eine von Trudys Online-Klageveranstaltungen einzuhacken und sie zu denunzieren, immens war. Eine DNA vom Feinsten, die er da geerbt hatte: einen Psychopathen und Hochstapler als Vater und eine selbstsüchtige Lügnerin mit obsessiver Liebe zum Mammon als Mutter. Er konnte nur hoffen, dass Trudy nicht nur narzisstisch und geldgeil, sondern auch noch ein billiges Flittchen war, das Hochwürden gründlich betrogen und mit irgendeinem mysteriösen Fremden im Gartenschuppen eine schnelle Nummer geschoben hatte. In dem Fall wird Zeb wohl von seinem echten, namenlosen Vater – einem wanderarbeitenden Gartenbauprofi, der die beringten und armreifbehangenen Frauen seiner höherrangigen Kunden flachzulegen pflegte – seine zweifelhafteren Talente geerbt haben müssen: Frauen rumkriegen, behende durch virtuelle wie echte Fenster schlüpfen, Diskretion als Grundwert und Unsichtbarkeit unter einem nicht immer zuverlässigen Deckmantel.

Vielleicht war Hochwürdens Hass auf Zeb deswegen so groß: Er wusste, dass Trudy ihm ein Kuckucksei ins Nest gelegt hatte, konnte sich aber aufgrund ihrer gemeinsamen Aktivitäten im Steingarten nicht direkt an ihr rächen. Also blieb nur töten oder das Luder erdulden. Hätte Zeb bloß daran gedacht, etwas von Hochwürdens DNA mitgehen zu lassen – ein paar Haare oder abgeschnittene Fußnägel –, dann hätte er einen Test machen lassen und seinen Frieden finden können. Oder auch nicht. Zumindest wüsste er, wer seine Eltern waren.

Bei Adam dagegen war die Sache eindeutig: Die Ähnlichkeit zu Hochwürden war nicht von der Hand zu weisen. Auch wenn sie durch Fenellas Beitrag natürlich verfeinert worden war. Das arme Mädchen ging typmäßig eher in Richtung Kirche – blankgeschrubbte Hände, kein Nagellack, Haare aus dem Gesicht, schlichte weiße Höschen – und war stets darauf aus, Gutes zu tun und den

Menschen zu helfen. Ein armes Opfer. Der große Perversling hatte sie bestimmt mit Sprüchen traktiert, dass sie ihm eine unbezahlbare Helferin und dies eine höhere Berufung sei, und bestimmt hatte er ihr klargemacht, dass man auf Spaß und Freude überhaupt verzichten müsse, wenn man ihm und seiner Mission dienen wolle. Zebs Vermutung nach wird er auch mit dem weiblichen Orgasmus wenig Geduld gehabt haben. Die beiden müssen für normale Begriffe miserablen Sex gehabt haben.

Darüber dachte Zeb nach, wenn er tagsüber in seinem feuchten Starburst-Versteck vor dem Fernseher lag oder sich auf seiner klumpigen, fleckigen Matratze hin und her warf, während draußen vor seiner dürftig verriegelten Tür gekreischt und geschrien wurde. Instinkte, drogeninduzierte Ausgelassenheit, Hass, Angst, Wahn. Die Schreie waren graduell verschieden. Nur bei denjenigen, die mittendrin verstummten, musste man sich Sorgen machen.

Endlich meldete sich Adam. Treffpunkt, Uhrzeit, ein paar Bekleidungsvorschriften. Kein Rot, kein Orange, ein schlichtes braunes T-Shirt, wenn möglich. Kein Grün: Grün war eine politisch befrachtete Farbe, vor allem angesichts der Hetzkampagne gegen die Ökos.

Treffpunkt war eine unscheinbare Happicuppa-Filiale in New Astoria, in mittelbarer Nähe zu den halb versunkenen und gefährlich instabilen Gebäuden am Wasser. Zeb saß eingeklemmt hinter einem der überzüchteten kleinen Happicuppa-Tischchen, auf einem der klitzekleinen Stühlchen, die ihn an den Kindergarten erinnerten – schon damals hatte er nicht auf die Stühle gepasst –, trank langsam seinen Happicuppuccino, stärkte sich mit einem Kickriegel und fragte sich, was für Ideen Adam ihm wohl auftischen würde. Bestimmt hatte er einen Job für ihn – ansonsten hätte er das Treffen nicht vorgeschlagen –, aber was für einen? Schädlingssammler? Nachtwächter bei einem Hinterhof-Massenhundezüchter? Was für Kontakte könnte Adam von seinem unbekannten Ort aus gepflegt haben?

Adam hatte angedeutet, dass er bei dem Treffen einen Mittelsmann als Boten einsetzen werde, aber Zeb hatte seine Bedenken: Die beiden hatten immer nur sich gegenseitig über den Weg getraut und sonst niemandem. Unberechenbarkeit war die einzig sichere Tarnung.

Von seinem engen Platz aus beäugte Zeb die eintretenden Kunden und hoffte, er werde den Boten erkennen. War es dieses blonde Mischwesen im Neckholder und dem paillettenbesetzten dreihörnigen Kopfschmuck? Hoffentlich nicht. War es die pummelige, kaugummikauende Frau in den cremefarbenen Arsch-frisst-Hose-Shorts mit Retro-Korsettgürtel? Sie wirkte viel zu hohl, wobei Hohlheit eine fast todsichere Tarnung war, wenigstens für Mädchen. War es dieser unbeholfen wirkende Hänfling, der aussah wie jemand, der eines Tages ein Auditorium voller pickliger Mitschüler mit dem Maschinengewehr niedermähen würde? Nein, der auch nicht.

Aber plötzlich, siehe da, stand Adam persönlich vor ihm. Zeb erschrak, als er in dem gerade noch leeren Stuhl gegenüber Gestalt annahm. Es hatte etwas geradezu Ektoplasmatisches.

Adam sah aus wie sein eigenes Passbild, ein Bild, das jetzt schon verblasste und irgendwann nur noch hell-dunkel sein würde. Es war, als wäre er von den Toten auferstanden: Er hatte diesen glasig-leuchtenden Blick. Sein T-Shirt war beige, seine Baseballmütze ohne Slogan. Er hatte sich einen Happimokka geholt, damit es aussah, als wären hier nur zwei schräge Vögel, die sich von ihrer Nerdarbeit eine Pause gönnten oder irgendein neues Startup-Unternehmen planten, das ohne Frage wie ein Luftschiff bei der Landung implodieren würde.

Happimokka und Adam passten null zusammen: Zeb war gespannt, ob er von dem Zeug – etwas so Unreinem – tatsächlich trinken würde.

»Sprich leise«, waren Adams erste Worte. Keine zwei Sekunden zurück in Zebs Leben, und schon kommandierte er ihn wieder herum.

»Ach, dabei wollt ich mir gerade die verdammte Seele aus dem Leib brüllen«, sagte Zeb. Er wartete auf die Ermahnung, das Fluchen zu unterlassen, aber Adam ging nicht darauf ein. Zeb starrte ihn an: Irgendetwas war anders. Seine Augen waren genauso rund und blau, die Haare aber waren blasser. War es möglich, dass er schon weiß wurde? Außerdem wuchs da ein neuer, ebenfalls blasser Bart. »Schön, dich zu sehen«, fügte er hinzu.

Adam schenkte ihm ein flackerndes Lächeln. »Du gehst zu HelthWyzer West bei San Francisco«, sagte er. »Als Dateneinleser. Ich hab alles vorbereitet. Wenn du gleich gehst, nimm die Tüte mit, die links neben deinem Bein steht. Da ist alles drin, was du brauchst. Du musst die Scans und Abdrucke in den Ausweis einfügen lassen – wo, steht auf dem Zettel. Die alten Ausweisdaten müssen dann weg: Lösch alles, was online ist. Aber das muss ich wohl nicht dazusagen.«

»Wo warst du überhaupt?«, fragte Zeb.

Adam lächelte auf seine unerträglich gottesfürchtige Art. »Streng vertraulich«, sagt er. »Ich will keinen mit reinziehen.« Genau solche Antworten weckten in Zeb das Verlangen, ihm eine Kröte ins Bett zu stecken.

»Stimmt, ich böser Junge. Okay, was ist dieses HelthWyzer West, und was soll ich da?«

»Das ist ein Konzern«, sagte Adam. »Forschung und Innovation. Drogen also, von der medizinischen Sorte; Vitaminzusätze; Material für Genspleißungen und Genkorrekturen, vor allem die Hormonmischungen und Simulatoren. Die sind ein sehr mächtiges Unternehmen. Die haben jede Menge Topleute am Start.«

»Wie hast du mich da reingekriegt?«

»Ich hab ein paar neue Beziehungen«, sagte Adam mit seinem oberschlauen Dauerlächeln. »Die passen auf dich auf. Da kann dir nichts passieren.« Er warf einen Blick über Zebs Schulter, und dann auf die Uhr. Zumindest machte es den Anschein. Zeb hatte inzwischen einen Blick für Irreführungen: Adam scannte den Raum nach Spitzeln.

»Lass den Scheiß«, sagte Zeb. »Ich soll doch irgendwas für dich tun.«

Adam lächelte konsequent weiter. »Du wirst eine Schwarzlicht-Kopfleuchte«, sagte er. »Pass aber echt auf beim Einloggen, wenn du da bist. Ach ja, und es gibt eine neue Dropbox und ein neues Gateway. Geh nicht wieder auf die Zephyr-Seite, die könnte aufgeflogen sein.«

»Was ist denn ne Schwarzlicht-Kopflampe?«, fragte Zeb. Aber Adam war aufgestanden, hatte sein beigefarbenes Shirt zurechtgezupft und war schon halb durch die Tür. Er hatte die Tasse Happimokka nicht mal angerührt, also nahm Zeb sich ihrer an. Ein stehengelassener Happimokka würde sicherlich Blicke auf sich ziehen in einer Plebsgegend wie dieser, wo nur Zuhälter genug Geld hatten, um es aus dem Fenster zu werfen.

Zeb ließ sich Zeit auf dem Weg zurück zum Starburst. Unterwegs prickelte es nonstop in seinem Nacken, so überzeugt war er, dass ihn jemand verfolgte. Aber niemand versuchte ihn zu überfallen. Kaum dass er die Tür hinter sich zugeworfen hatte, schlug er auf seinem neuesten Billig-Wegwerftelefon »Schwarzlicht-Kopflampe« nach. Schwarzlicht war eine Neuheit aus den ersten Jahrzehnten des Jahrhunderts, hieß es: Man konnte damit im Dunkeln sehen oder zumindest bestimmte Dinge. Augäpfel. Zähne. Weiße Laken. Im Dunkeln leuchtendes Haargel. Nebel. Was das Wort »Kopflampe« betraf, war es das, was es war. Fahrradläden führten sie und Campingausstatter. Nicht dass man heutzutage noch kampierte, außer in verlassenen Gebäuden.

Schönen Dank auch, dachte Zeb. Verdammt aufschlussreich.

Dann öffnete er Adams Einkaufstüte. Da war seine neue Haut, ordentlich zurechtgelegt. Jetzt musste er nur noch nach San Francisco gigagliedern und in sie hineinkriechen.

Hallo Darmparasit!

Adam hatte gründliche Vorarbeit geleistet. Es gab eine To-do-Liste zum Verbrennen und einen großen Umschlag mit Bargeld, denn Zeb würde Geld brauchen, um auf dem Graumarkt den Graumarktmann für falsche Papiere und Fotos zu bezahlen. Plastikkarten waren auch dabei, damit sich Zeb die Art von Garderobe anschaffen konnte, die Adam für richtig hielt. Wie die aussehen sollte, hatte er angegeben: schlabbrige, nerdige Sachen wie braune Kordhosen, neutrale T-Shirts und karierte Hemden – braun und grau –, und eine Nickelbrille mit nichtvergrößernden Gläsern. Was die Schuhe betraf, empfahl er Turnschuhe mit so vielen kreuz und quer gespannten Gummiriemen, dass Zeb wie ein schwuler Moriskentänzer oder ein Vertriebener aus einem Robin-Hood-Kostümspiel aussehen würde. Die Kopfbedeckung – ein alter Steampunk-Bowlerhut aus den 2010er Jahren: Die waren gerade wieder im Kommen. Aber woher wusste Adam sowas überhaupt? Er hatte nie Interesse an Kleidung gezeigt, wobei kein Interesse natürlich auch ein Interesse war. Offenbar hatte er auf anderer Leute Stil geachtet, um selber diesen Stil zu vermeiden.

Zebs zugewiesener Name war Seth. Darin steckte ein kleiner Bibelwitz: Seth war ›der Berufene‹, wie sie beide wussten, da ihnen die wichtigsten Figuren und Geschichten aus der Bibel per symbolischem Schraubendreher ins Gehirn gedrillt worden waren. Seth war der dritte Sohn Adams und Evas und sollte den Platz des ermordeten Abel einnehmen, der jedoch nicht richtig tot war, denn an der Stelle seines vergossenen Blutes wuchsen noch immer Disteln und Dornen. Seth sollte also den verstorbenen und für tot gehaltenen Zeb ersetzen. Mit freundlicher Genehmigung Adams. Sehr witzig.

Bevor er bei HelthWyzer anfing, sollte Zeb/Seth den neuen Chatroom ausprobieren und sich fortan ein Mal wöchentlich einloggen, um Adam ein Lebenszeichen zu senden. Am nächsten Tag also, als er auf Umwegen den Mittelsmann aufsuchte, um sich Fingerabdrücke und Iris-Scans in die gefälschten Dokumente einarbeiten zu lassen, wählte er das nächstbeste Internetcafé und folgte dem Pfad, den Adam für ihn ausgelegt hatte. *Merken, dann zerstören* stand auf dem Zettel, als wenn Zeb der letzte Vollidiot wäre.

Das Haupt-Gateway war ein Bio-Nerd-Spiel namens Urzeit-Exitus. Der Administrator hieß MaddAddam: *Adam benannte die lebenden Tiere, MaddAddam benennt die toten. Willst du spielen?* Zeb tippte den Codenamen ein, den Adam ihm gegeben hatte – *Geisterbär*, und das Passwort, *Schnürsenkel*, und schon war er mittendrin.

Es schien sich um eine Art naturkundliches Ratespiel zu handeln. Anhand von unklaren gegnerischen Hinweisen musste man die Namen diverser ausgerotteter Käfer, Fische, Pflanzen, Glattechsen und so weiter erraten. Es war eine Auflistung ausgestorbener Arten. Gähnend langweilig: Selbst das CorpSeCorps würde einschlafen bei diesem Spiel, zumal kein Mensch auch nur eine einzige Antwort wüsste. Und ehrlich gesagt ging es Zeb nicht anders, trotz seiner Zeit bei der Bärenbrücke und ihres obskuren Dünkels. *Stellers Seekuh, nie gehört? Ist nicht dein Ernst!* Überhebliches Grinsen.

Fünf Minuten Urzeit-Exitus würde reichen, um jeden gestandenen Corps-Mann auf der Suche nach Schnaps in die Flucht zu schlagen. Ein endlangweiliges Spiel war fast genauso wirksam wie ein leerer Blick, zumindest als Tarnung; außerdem käme niemals jemand auf die Idee, dass sich hinter einer so eindeutig öffentlichen und unbestreitbar ökolastigen Präsenz irgendetwas von Belang verbergen könnte. Stattdessen würden sie die Bimplant-Werbung und ähnliche Seiten durchforsten, wo man bequem von seinem Bürostuhl aus per Mausklick exotische Tiere schießen konnte. Volle Punktzahl für Adam, dachte Zeb.

War es möglich, dass Adam dieses Spiel selbst entworfen hatte? Ein Spiel mit seinem eigenen Namen als Administrator? Dabei hatte er an Tieren als solchen nie Interesse gezeigt. Wobei, wenn man's bedenkt, hatte er Hochwürdens Deutung der Genesis, nämlich, dass Gott die Tiere zur Freude und zum Nutzen des Menschen geschaffen habe und der Mensch sie daher nach Lust und Laune ausrotten dürfe, immer verachtet. War Urzeit-Exitus vonseiten Adams ein Stück Anti-Hochwürden-Aufstandbekämpfung? War er irgendwie unter die Ökos geraten? Vielleicht hatte er beim Rauchen irgendeines hirnzerbrutzelnden Halluzinogens ein Bekehrungserlebnis gehabt und hatte mit einer Pflanzenfee angebandelt. Wobei das unwahrscheinlich war: Es war Zeb, der mit chemischen Substanzen experimentiert hatte und nicht Adam. Dennoch musste Adam in irgendwelche Kreise geraten sein, ganz sicher, denn allein würde er so etwas niemals zustande bringen.

Zeb folgte dem Lotusblatt-Pathway. Er klickte auf Ja und wurde weitergeleitet. *Willkommen, Geisterbär. Willst du ein Anfänger-Spiel spielen oder willst du ein Großmeister-Spiel spielen?* Laut Adams Anweisungen sollte er Zweiteres wählen, also klickte Adam auf Großmeister.

Gut. Finde deinen Playroom. MaddAddam wird dich empfangen.

Der Pfad zum Playroom war kompliziert und führte im Zickzack durch diverse Pixel auf unverfänglichen Websites von einer Koordinate zur nächsten: meist Werbeseiten, aber auch einige Listen: DIE TOP TEN OSTERHASEN-GRUSELBILDER, DIE ZEHN GRUSELIGSTEN FILME DER WELT, DIE ZEHN SCHAURIGSTEN SEEUNGEHEUER.

Zeb stieß auf ein Portal zwischen dem Oberbiss eines derangierten lila Plüschhasen mit einem völlig verängstigten Kleinkind auf dem Schoß, von dort durch einen Grabstein in einem Filmstill aus *Nacht der lebenden Toten* und schließlich zum Auge eines Quastenflossers. Dann war er am Ziel.

Willkommen im Playroom von MaddAddam, Geisterbär. Du hast Post.

Zeb klickte auf Öffnen.

Hallo, hieß es in der Mail. *Siehst du, es funktioniert. Hier sind die Koordinaten für den Chatroom nächste Woche. A.*

Minimalistisches Arschgesicht, dachte Zeb. Er hat nicht vor, mir auch nur irgendwas zu sagen.

Er besorgte sich die empfohlene Garderobe oder zumindest einen Großteil davon: Die Nickelbrille war zu viel des Guten, genau wie die Schuhe. Er leierte die Hosen und Oberteile aus – bekleckerte sie, wetzte sie ein bisschen durch und schickte sie durch mehrere Waschgänge. Dann warf er seine alten Klamotten in diverse Müllcontainer und verwischte in seinem geschmacklosen Starburst-Zimmer so weit wie möglich seine Biospuren.

Nachdem er seine Mietschulden beglichen hatte – Geldeintreibern wollte er nach Möglichkeit aus dem Weg gehen –, zog er einmal über den Kontinent bis nach San Francisco. Den Anweisungen folgend meldete er sich bei HelthWyzer, legte seine gefälschten Papiere vor und unterzog sich dem Empfangsmenuett des mopsgesichtigen Grüßaugusts – nach dem Motto *Hey, Kollege, schön, dass du da bist, wir werden alles tun, damit du dich bei uns wohlfühlst.*

Keiner sagte Buh! Er wurde erwartet, er wurde akzeptiert. Lief alles wie geschmiert.

HelthWyzer West teilte ihm eine Junggesellen-Wohneinheit im firmeneigenen Hochhaus zu. Die Gebäude hatten gar nichts Heruntergekommenes: hübsche Landschaftsgestaltung um den Eingang herum, Pool auf dem Dach und funktionierende Sanitäranlagen und Elektrik, wobei die Inneneinrichtung eher spartanisch war. Im Raum stand ein breites Bett, was schon mal optimistisch stimmte. Der Begriff Junggeselle wurde bei HelthWyzer also offenbar nicht mit Askese gleichgesetzt.

Im Bürogebäude befand sich eine Kantine, für die man ihm eine Magnetkarte ausstellte, auf der registriert wurde, was er aß: Alle hatten ein Guthabenkonto und durften alles bestellen, was auf der Karte stand. Das Essen war echt, keine Pseudopampe wie bei der Bärenbrücke. In den Drinks war sogar Alkohol, eigentlich das Mindeste, was man von einem Drink erwarten konnte.

Die HelthWyzer-Frauen waren kurz angebunden, hatten zu tun

und wenig Zeit für Smalltalk und – so seine Vermutung – keinerlei Sinn für billige Anmache, also ließ er es gleich sein; doch obwohl er sich geschworen hatte, bei persönlichen Kontakten wegen der möglichen Fragen, die sie generieren könnten, Vorsicht walten zu lassen, war er ja nicht aus Stein. Ein paar der jüngeren Frauen hatten bereits nach seinem Namensschild geschielt – Namensschilder waren bei HelthWyzer ein modisches Statement – und eine hatte sich erkundigt, ob er neu sei, weil sie ihn noch nie hier gesehen habe, wobei sie selber natürlich auch noch nicht so lange hier sei.

War da ein kleiner Dreh in den Schultern, ein verräterisches Flattern der Augenlider? *Marjorie*, las er, ohne den Blick allzu lange auf ihrem Schild ruhen zu lassen, das auf einer Brust von nur mittelmäßiger Ausdehnung saß: offensichtliche Bimplantate waren bei HelthWyzer eher unüblich. Marjorie hatte ein knollennasiges, braunäugiges, wohlwollendes Cockerspanielgesicht, und unter normalen Umständen wäre er weiter gegangen, aber unter den gegebenen Umständen sagte er, na dann sieht man sich hoffentlich. Diese Hoffnung rangierte zwar nicht auf Platz eins der Liste seiner Hoffnungen – dort rangierte die Hoffnung, nicht enttarnt zu werden –, aber die ganz unterste Hoffnung war sie nun auch wieder nicht.

Seths Jobanforderungen umfassten die eines standardmäßigen, niederen IT-Dutzendware-Mitarbeiters. Dateneingabe unter Verwendung eines strunzöden, aber sachdienlichen Softwarepakets, um die diversen Fakten und eimerweisen Datenmengen der HelthWyzer-Topchecker zu verzeichnen und miteinander abzugleichen. Eine bessere digitale Tippse, mehr nicht.

Die Herausforderung war minimal. Er konnte den Job mit zwei Fingern erledigen und in bedeutend kürzerer Zeit als veranschlagt. Die Projektmanager kontrollierten nicht sonderlich genau, sie wollten einfach nur, dass er mit der Dateneingabe à jour blieb. In der Zwischenzeit konnte er ungestört in der HelthWyzer-Datenbank stöbern. Er ließ ein paar eigene Sicherheitschecks durchlaufen, um zu sehen, ob sich irgendwelche Piraten von außen einzuhacken versuchten: Das wäre eine nützliche Info gewesen.

Zunächst konnte er nichts Auffälliges entdecken; nur einmal stieß er bei seinen Tauchgängen auf etwas wie einen verschlüsselten Tunnel. Er schlängelte sich hindurch und befand sich auf einmal außerhalb der HelthWyzer-Firewalls, worauf er sich per Lotusblatt-Pathway einen Weg in den Urzeit-Exitus-Chatroom bahnte. Er hatte Post: *Komm nur, wenn unbedingt nötig. Bleib nicht zu lange. Verwisch alle Spuren. A.* Schnell loggte er sich wieder aus und löschte seine Spur. Er würde sich ein anderes Portal bauen müssen, denn wer immer diesen Tunnel benutzte, könnte dahinterkommen, dass noch jemand hier gewesen war.

Er fasste den Entschluss, Seth ein Image als Spiele-Freak zu verpassen. Für den Fall, dass jemand schnüffelte, würde es daher nicht weiter auffallen, wenn er sich auf der Urzeit-Exitus-Seite herumtrieb. Das war der offizielle Grund; außerdem wollte er die Spiele testen und schauen, wie gut man während der Arbeitszeiten ohne Abmahnung daddeln konnte – Angestellte sollten solcherart von Zeitverschwendung eigentlich vermeiden –, und auch, wie gut man schummeln konnte. Er sah das als gute Gelegenheit, am Ball zu bleiben.

Einige der zwecks Freizeitgestaltung zur Verfügung stehenden Spiele waren Standardrepertoire – Schnelligkeit, Waffen, Explosionen und so weiter –, andere jedoch wurden von den HelthWyzer-Mitarbeitern selbst ins Netz gestellt: Bio-Nerds waren nicht weniger nerdig als andere Nerds und entwarfen somit natürlich auch eigene Spiele. Dazu gehörte *Spandrel*, wobei das in dem Sinne kein Spiel war: Man konnte einfach funktional sinnlose Zusatzmerkmale für eine Bioform wählen, mit sexueller Selektion verlinken, eingeben und schauen, was die Evolutionsmaschine dazu ausspuckte. Katzen mit Hahnenkamm auf der Stirn, Echsen mit lippenstiftrotem Kussmund, Männer mit einem riesigen linken Auge – was immer die Frauen wählten, wurde favorisiert, und ihr schlechter Geschmack bei männlichen Attributen war leicht zu manipulieren, genau wie im richtigen Leben. Damit spielte man dann Räuber gegen Beute. Würden die supersexy Merkmale die Jagdfähigkeiten der Bioform behindern oder ihre Flucht erschweren? War der Typ nicht sexy genug, kriegte er keine Frau ab und starb aus; war er zu sexy, wurde er gefressen und starb aus. Sex versus Mittagessen: Es war eine Gratwanderung. Gegen kleinere Summen konnten willkürliche Mutationspäckchen erworben werden.

Auch *WetterMonster* war nicht schlecht: Bei diesem Spiel wurde der Spieler – ein mickriger Avatar, männlich oder weiblich – mit extremen Wetterereignissen beschossen, und man musste sehen, wie lange der Spieler überleben konnte. Mit seinen gewonnenen Punkten konnte man Hilfsmittel für den Avatar generieren. Stiefel, in denen er schneller laufen oder höher springen konnte; blitzableitende Kleidung, Holzplanken bei Fluten und Tsunamis, nasse Taschentücher zur Bedeckung von Mund und Nase bei Buschfeuern, Kickriegel, wenn er von einer Lawine verschüttet war.

Am häufigsten spielte Zeb *Hallo Darmparasit!* – eine eklige Glibbernummer, die bei den Bio-Nerds größte Erheiterung hervorrief. Die Parasiten waren wahrhaft hässlich, hatten am ganzen Mund Widerhaken und keine Augen, und man musste sie mithilfe von Giftpillen töten oder ein ganzes Arsenal aus Nanobots und Moteinen auffahren, um zu verhindern, dass sie im Körperinnern Tausende von Eiern legten und einem aus Hirn oder Tränenkanälen rausgekrochen kamen oder sich abkapselten und regenerative Segmente bildeten und die Innenorgane in eiterndes Gammelfleisch verwandelten. Waren sie echt oder von den Bio-Nerds ausgedacht? Oder wurden sie, schlimmer noch, bereits in diesem Moment als Teil eines Biowaffenprojekts gespleißt? Wer konnte das schon wissen?

Wer zu oft *Hallo Darmparasit!* spielte, werde Albträume haben, so der Spieleslogan. Zeb, der sich an gute Ratschläge aus Prinzip nicht hielt, spielte zu oft *Hallo Darmparasit!* und hatte Albträume.

Was ihn nicht daran hinderte, ein Alias des Spiels zu kreieren und einen der grässlichen Münder zum Gateway umzufrickeln. Er bunkerte seinen Code in einem dreifach gesicherten USB-Stick, parkte ihn inmitten von Gummibändern, verrotzten Taschentüchern und verwaisten Hustenbonbons ganz hinten in der Schublade seines Vorgesetzten. Da würde nie jemand suchen.

KNOCHENHÖHLE

Schreibschrift

Toby arbeitet an ihrem Tagebuch. Eigentlich fehlt ihr die Energie, aber nachdem Zeb sich die Mühe gemacht hat, ihr die Schreibutensilien zu besorgen, wird es ihm garantiert auffallen, wenn sie sie nicht benutzt. Sie schreibt in ein billiges Schulheft aus der Drogerie. Auf dem Deckblatt prangen eine gelbe Sonne, ein paar rosa Gänseblümchen und ein Mädchen und ein Junge im kindlich-rudimentären Zeichenstil von damals – wie lange ist es her? Es scheinen Jahrhunderte zu sein. Dabei ist es nicht mal ein Jahr.

Der Junge trägt blaue Shorts, eine blaue Kappe und ein rotes T-Shirt; das Mädchen hat Zöpfe, ein ausgestelltes Röckchen und ein blaues Oberteil. Beide haben verschmierte schwarze Glubschaugen und dicke rote, nach oben gedrehte Münder; sie lachen sich tot.

Sie sind tot. Diese Kinder sind nur gezeichnet, und dennoch sind sie genauso tot wie alle anderen. Sie kann diesen Umschlag nicht allzu lange ansehen, es tut zu weh.

Konzentrier dich lieber auf deine Aufgabe. Nicht grübeln oder Trübsal blasen. Nimm einen Tag nach dem anderen.

Sankt Bob Hunter und das Fest der Rainbow Warriors, schreibt Toby. Zeitlich könnte sie etwas danebenliegen – wahrscheinlich ein bis zwei Tage –, aber wie soll sie das überprüfen? Es gibt keine Instanz mehr für die Tage des Monats. Wobei, Rebecca könnte es wissen. Für die Festlichkeiten und Festmahle gab es jeweils bestimmte Rezepte. Vielleicht weiß sie sie auswendig; vielleicht hat sie aufgepasst.

Mond: zunehmender Dreiviertelmond. Wetter: nichts Ungewöhnliches. Besondere Vorkommnisse: Schweine zeigen sich aggressiv. Zebs Expedition sichtet Spuren der Painballer: Ein Ferkel wurde geschossen und teilweise geschlachtet. Entdeckung einer Sandale aus Gummireifen, könnte auf Adam deuten. Kein sicherer Hinweis auf Adam Eins und die Gärtner.

Sie denkt einen Augenblick nach, dann fügt sie hinzu: *Jimmy ist bei Bewusstsein und erholt sich. Craker nach wie vor freundlich.*

»Was machst du da, o Toby?« Es ist der kleine Blackbeard: Sie hat ihn gar nicht kommen hören. »Was sind das für schwarze Linien?«

»Komm hier rüber«, sagt sie. »Ich beiße nicht. Guck mal. Ich *schreibe*: Das sind die schwarzen Striche hier. Ich zeig's dir.«

Sie geht mit ihm die Grundlagen durch. *Das hier ist Papier, es wird aus Bäumen gemacht. Ob das dem Baum weh tut? Nein, denn der Baum ist schon tot, wenn das Papier gemacht wird* – nicht ganz die Wahrheit, aber was soll's. *Und das hier ist ein Kugelschreiber. Da ist schwarze Flüssigkeit drin, die nennt man Tinte, aber zum Schreiben braucht man nicht unbedingt einen Kugelschreiber.* Zum Glück, denkt sie: Kugelschreiber gibt's nämlich bald nicht mehr.

Schreiben kann man mit vielem. Man kann mit Holunderbeersaft schreiben, man kann eine Vogelfeder als Stift benutzen, man kann einen Stock nehmen und damit in den nassen Sand schreiben. Das alles kann man zum Schreiben verwenden.

»Pass auf«, sagt sie, »so schreibt man die Buchstaben. Jeder Buchstabe steht für einen Laut. Und wenn man die Buchstaben zusammenzieht, ergeben sie ein Wort. Und die Wörter bleiben dort, wo man sie hingesetzt hat auf dem Papier, und dann können andere Menschen sie auf dem Papier sehen und die Wörter hören.«

Blackbeard sieht sie an, er blinzelt verwirrt und ungläubig. »O Toby, aber es kann nicht sprechen«, sagt er. »Ich sehe die Zeichen, die du dort hingemacht hast. Aber sie sagen nichts.«

»Du musst dem, was da steht, eine Stimme geben«, sagt sie. »Wenn du es *liest. Lesen* ist, wenn du diese Zeichen wieder in Laute verwandelst. Sieh mal, ich schreibe jetzt deinen Namen.«

Behutsam reißt sie eine Seite aus dem Heft heraus und schreibt in Druckschrift: BLACKBEARD. Dann spricht sie jeden Buchstaben laut für ihn aus. »Verstehst du?«, sagt sie. »Das bist du. Das ist dein Name.« Sie gibt ihm den Stift in die Hand, wickelt seine Finger um den Stift, führt seine Hand: Buchstabe B.

»So fängt dein Name an«, sagt sie. »B. Wie Biene. Es ist derselbe Laut.« Wozu erzählt sie ihm das? Was soll er damit anfangen?

»Das bin ich nicht«, sagt Blackbeard stirnrunzelnd. »Das sind auch keine Bienen. Das sind nur Striche.«

»Geh mit diesem Blatt Papier zu Ren«, sagt Toby lächelnd. »Bitte sie, zu lesen, was draufsteht, und dann kommst du zurück und sagst mir, ob sie deinen Namen gesagt hat.«

Blackbeard starrt sie an. Er traut ihr nicht, nimmt aber dennoch das Blatt Papier und hält es vorsichtig in Händen, als wenn es mit unsichtbarem Gift besprüht wäre. »Wartest du hier?«, fragt er. »Bis ich zurückkomme?«

»Ja«, sagt sie. »Ich warte hier.« Er geht wie immer rückwärts aus der Tür, ohne den Blick von ihr zu nehmen, bis er verschwunden ist.

Sie wendet sich wieder ihrem Tagebuch zu. Was kann man sonst noch schreiben außer der nüchternen Chronik, mit der sie begonnen hat? Was für eine Art Geschichte – was für eine Art Historie wird überhaupt jenen Menschen von Nutzen sein, von deren Existenz sie nichts wissen kann, in der unvorhersehbaren Zukunft?

Zeb und der Bär, schreibt sie. *Zeb und MaddAddam. Zeb und Crake*. All diese Geschichten ließen sich aufschreiben. Aber wozu und für wen? Nur für sich selbst, weil sie dadurch die Möglichkeit hat, über Zeb nachzudenken?

Zeb und Toby, schreibt sie. Aber das wird sicherlich nur eine Fußnote sein.

Keine voreiligen Schlüsse, sagt sie zu sich. Er ist in den Garten gekommen, er hat Geschenke gebracht. Das mit Swift-Fuchs könnte eine Fehlinterpretation sein. Und selbst wenn nicht, na und? Nimm das, was der Augenblick dir bietet. Lass es geschehen. Sei dankbar.

Blackbeard schlüpft wieder ins Zimmer. Er hat das Blatt Papier, er hält es vor sich wie ein heißes Schild. Er strahlt über beide Ohren.

»Es war so, o Toby«, sagt er. »Es hat meinen Namen gesagt! Es hat Ren meinen Namen gesagt!«

»Siehst du«, sagt sie. »Das nennt man *schreiben.*«

Blackbeard nickt: Jetzt begreift er die Möglichkeiten. »Ich kann das behalten?«

»Natürlich«, sagt Toby.

»Zeig's mir nochmal. Mit dem schwarzen Ding.«

Später – nach dem Regen, nachdem der Regen aufgehört hat – findet sie ihn im Sandkasten. Er hat ein Stöckchen in der Hand, und das Blatt Papier. Die anderen Kinder sehen ihm zu. Alle singen.

Was habe ich nur angerichtet?, denkt sie. Habe ich da etwa in ein Wespennest gestochen? Sie sind so schnell, diese Kinder: Sie werden es aufgreifen und an alle anderen weitergeben.

Und was kommt danach? Vorschriften, Dogmen, Gesetze? Das Testament des Crake? Wie lange wird es dauern, bis es uralte Schriften gibt, denen sie zu gehorchen glauben müssen, die sie aber nicht mehr deuten können? Habe ich sie für immer verdorben?

Zum Frühstück gibt es Kudzu und Gemüseallerlei, Speck, ein seltsames Fladenbrot mit unidentifizierbaren Körnern, gedünstete Klettenwurzel. Kaffee aus verschiedenen gerösteten Wurzeln; Löwenzahn, Zichorie und noch etwas anderes. Er schmeckt irgendwie nach Asche.

Zucker wird allmählich knapp und sie haben keinen Honig. Aber es gibt Mo'Hairschafsmilch. Ein anderes Weibchen – das Blauhaarige – hat Zwillinge bekommen, ein blondes und ein braunhaariges Schaf. Es wurden ein paar Witze über Lammeintopf gerissen, aber an so etwas würde niemand ernsthaft denken: Irgendwie wäre es schwierig, ein Tier mit menschlichen Haaren zu schlachten und zu essen; vor allem mit menschlichen Haaren, die mit ihrem Glanz und ihrer Kämmbarkeit an die Shampoowerbung von damals erinnern. Jedes Mal, wenn sich eines dieser Mo'Hairschafe schüttelt, sieht man eine Fernsehschönheit vor sich: die glänzende Mähne, das kokettierende Kräuseln und Wallen. Jeden Moment, denkt Toby, könnten sie einen Spruch loslassen: *Kein Glanz, keine Spannkraft … Meine Haare haben mich verrückt gemacht, bis ich … gestorben bin.*

Jetzt sei nicht so negativ, Toby. Es sind doch nur Haare. Davon geht die Welt nicht unter.

Beim Kaffee diskutieren sie über Nahrungsalternativen. Sie bekommen zu wenig Proteine, finden alle. Rebecca sagt, für ein paar lebende Hühner würde sie töten; sie könnten sie in einem Hühnerhaus halten und hätten Eier; aber wo soll man Hühner finden? Auf den Dächern der baufälligen Hochhäuser unten am Strand gibt es Seevogeleier – muss ja, denn dort sind die Nistplätze –, aber wer will schon den gefährlichen Marsch durch die zunehmend überwucherte Parklandschaft antreten, in der die Painballer auf der Lauer liegen könnten, abgesehen von ein bis zwei bösartigen Schweinetrupps. Und die Treppenhäuser dieser Gebäude zu betreten, die inzwischen äußerst instabil sein dürften, wäre erst recht keine gute Idee.

Es folgt eine Debatte. Die einen weisen darauf hin, dass die Craker ständig nach Lust und Laune hin und her wandern und dabei ihre polyphonen Melodien singen. Sie besuchen ihr Heimatgebiet am Strand, eine Ansammlung hohler Zementblöcke. Um es vor wilden Tieren zu schützen, pinkeln sie ringsherum einen Kreis, von dem sie überzeugt sind, dass er von Organschweinen, Hunölfen und Luxkatzen nicht überschritten werden kann. Sie fangen dort den rituellen Fisch, um ihn Toby zu überreichen, damit sie Schneemensch-Jimmys Funktion übernimmt und ihnen Geschichten erzählt. Kein Tier habe die Craker auf ihren Märschen durch den Wald je behelligt, zumindest bisher. Und was die Painballer betrifft, die müssten inzwischen schon ziemlich weit weg sein, wenn man vom Standort ihres letzten Lebenszeichens ausgehe, dem Kadaver des vor kurzem getöteten Ferkels.

Die anderen argumentieren, dass die Craker neben ihrer gepinkelten Verteidigungslinie offenbar noch andere Mittel und Wege haben müssen, um sich auf ihrer Transitstrecke die wilden Tiere vom Leib zu halten. Vielleicht ist es ihr Gesang? Wenn ja, werde das logischerweise für normale Menschen nicht funktionieren, da sie keine Stimmbänder aus organischem Glas haben oder was immer diese synthetischen Ätherophonklänge hervorbringt. Und die Painballer könnten mit Leichtigkeit eine Runde gedreht haben, zurückgekommen sein und hinter der nächsten kudzubewachsenen Ecke lauern. Man könne nie vorsichtig genug sein, man sollte lieber auf Nummer sicher gehen, und sie könnten es sich nicht leisten, ein oder zwei Menschenleben aufs Spiel zu setzen wegen einer Handvoll Möweneier, die wahrscheinlich nur grün seien und nach Fischinnereien schmeckten.

Ein Ei ist ein Ei, sagt die Pro-Ei-Fraktion. Warum nicht ein paar

Menschen mit den Crakern mitschicken? So wären die Menschen dank der Craker vor wilden Tieren geschützt und die Craker wären dank der bewaffneten MaddAddamiten vor den Painballern sicher. Die Craker mit Spraygewehren auszustatten sei sinnlos, denn es wäre unmöglich, ihnen beizubringen, mit einer Waffe zu töten. Sie seien dazu einfach nicht in der Lage, da sie ja in dem Sinne keine Menschen seien.

Nicht so schnell: Das ist noch nicht bewiesen, sagt Elfenbeinspecht. »Wenn sie sich mit uns paaren können, wäre das der Beweis. Dann wären wir ein und dieselbe Spezies. Wenn nicht, dann nicht.« Er beugt sich vor und wirft einen Blick in seine Kaffeetasse. »Ist noch was da?«, fragt er Rebecca.

»Das stimmt nur halb«, sagt Manatee. »Pferd plus Esel gleich Maultier, aber das Maultier ist unfruchtbar. Sicher wären wir erst bei der nächsten Generation.«

»Reicht nur noch bis morgen«, sagt Rebecca. »Wir müssen etwas Löwenzahn finden. Hier in der Umgebung ist alles aufgebraucht.«

»Das wäre mal ein interessantes Experiment«, sagt Elfenbeinspecht. »Zudem wir natürlich die Mitwirkung der Damen bräuchten.« Höflich neigt er den Kopf in Richtung Swift-Fuchs, die ein gewinnendes Laken mit rosa und blauen Blumensträußen trägt, die wiederum mit rosa und blauen Schleifen verbunden sind.

»Bei den Pimmeln?«, sagt Swift-Fuchs. »Zu viel des Guten, sag ich euch. Die kommen einem ja zum Hals wieder raus.« Sichtlich schockiert und insgeheim wütend dreht sich Elfenbeinspecht weg. Einige lachen, andere runzeln die Stirn. Swift-Fuchs provoziert gern mit derben Sprüchen, vor allem die Männer; um zu beweisen, dass sie nicht nur aus einem hübschen Körper besteht, vermutet Toby.

Zeb sitzt am anderen Tischende. Er ist später dazugekommen; bisher hat er sich aus der Diskussion rausgehalten. Er scheint sich nur für sein Fladenbrot zu interessieren. Swift-Fuchs wirft ihm einen Blick zu: Ist das, was sie sagt, für ihn bestimmt? Er beachtet sie nicht; aber warum auch? Wie hieß es immer in den Liebeskummer-

Blogs zum Thema Büroflirt: Wer sich demonstrativ ignoriert, der hat was miteinander.

»Diese Typen brauchen keine Mitwirkung«, sagt Crozier. »Die stürzen sich auf alles mit ner F... Entschuldige, Toby. Auf alles, was Röcke trägt.«

»Röcke!«, sagt Swift-Fuchs, lacht erneut und zeigt dabei ihre weißen Zähne. »Hinter welchem Mond lebst du denn? Hast du irgendeine von uns in letzter Zeit im Rock gesehen? Bettlaken zählen nicht.« Sie rotiert abwechselnd die Schultern wie ein Laufstegmodel. »Na, wie findet du meinen Rock, der mir bis unter die Achseln geht?«

»Lass ihn in Ruhe, er ist minderjährig«, sagt Manatee. Crozier zieht ein seltsames Gesicht: Wut? Beschämung? Ren sitzt neben ihm. Er grinst sie verlegen an, legt ihr die Hand auf den Arm. Sie sieht ihn stirnrunzelnd an wie eine Ehefrau.

»Die machen doch gerade am meisten Spaß, diese Minderjährigen«, sagt Swift-Fuchs. »Verspielt, wie sie sind. Die platzen geradezu vor Endorphinen und ihre Nukleotidsequenzen sind zum Dahinschmelzen – Telomere ohne Ende.« Ren starrt sie mit versteinerter Miene an.

»Er ist nicht minderjährig«, sagt sie. Swift-Fuchs lächelt.

Sehen es die Männer am Tisch?, fragt sich Toby. Die Schlammschlacht, die in der Luft liegt? Nein, wahrscheinlich nicht. Progesterontechnisch sind sie auf einer anderen Wellenlänge.

»Die Bedingungen müssen stimmen«, sagt Manatee. »Für die Gruppenkopulation. Die Frau muss läufig sein.«

»Für ihre eigenen Frauen ist das ja okay«, sagt Beluga. »Da gibt es klare hormonelle Signale, sowohl visuelle als auch olfaktorische. Aber unsere Frauen kommen bei ihnen so an, als wären sie unentwegt läufig.«

»Vielleicht sind sie's ja«, sagt Manatee grinsend. »Sie wollen's nur nicht zugeben.«

»Sag ich ja: zwei unterschiedliche Spezies«, sagt Beluga.

»Frauen sind keine Hunde«, sagt Weiße Segge. »Ich finde dieses Gespräch anstößig. Ich finde, ihr solltet nicht so über uns reden.«

»Wir diskutieren hier rein wissenschaftlich«, sagt Zunzuncito.

»Hey«, sagt Rebecca. »Ich meinte doch nur, es wäre toll, wenn wir ein paar Eier hätten.«

Zeit zum Arbeiten, die Morgensonne ist noch nicht zu heiß. Leuchtend rosa Kudzumotten hängen in den Schatten, Schmetterlingsschwärme in Blau und Magenta liefern sich Luftkämpfe, goldene Honigbienen versammeln sich auf den Polybeeren-Blüten.

Toby hat wieder Gartendienst, sie jätet und entschneckt. Ihre Flinte steht gegen den Zaun gelehnt: Sie möchte sie griffbereit haben, egal, wo sie gerade ist, schließlich weiß man nie. Überall um sie herum wächst und gedeiht es, Unkraut wie Nutzpflanzen. Sie kann regelrecht hören, wie sie sich durch die Erde schieben, wie die zarten Wurzeln nach Nährstoffen schnuppern und sich zwischen die benachbarten Wurzeln drängen, während die Blätter ihre Chemiewolken in die Luft entlassen.

Sankt Vandana Shiva der Samen, schrieb sie heute Morgen in ihr Heft. Und *Sankt Nikolai Vavilov, Märtyrer*. Und sie fügte die traditionelle Gärtner-Beschwörung hinzu: *Lasst uns Sankt Vandana und Sankt Vavilov gedenken, die leidenschaftlich für die Erhaltung uralter Samen gekämpft haben. Sankt Vavilov, der während der Belagerung von Leningrad die Samen sammelte, nur um dem Tyrannen Stalin zum Opfer zu fallen; und Sankt Vandana, der rastlosen Kriegerin gegen die Biopiraterie, die sich dem Wohl der lebenden Gemüsewelt in all ihrer Vielfalt und Schönheit opferte. Gebt uns die Reinheit eures Geistes und eure Entschlusskraft.*

Toby durchfährt plötzlich eine Erinnerung: von sich selbst, als sie bei den Gärtnern Eva Sechs war und zusammen mit der alten Pilar dieses Gebet aufsagte, bevor sie sich gemeinsam an die Bohnen machten und die notwendige Schneckenumsiedlung vornahmen. Manchmal ist das Heimweh nach diesen Tagen so heftig und so unerwartet, dass es sie umhaut wie eine Monsterwelle. Hätte sie damals eine Kamera gehabt, ein Fotoalbum, würde sie jetzt über den Bildern hocken. Doch die Gärtner waren gegen Kameras und schriftliche Aufzeichnungen; alles, was ihr jetzt noch bleibt, sind Wörter.

Es hätte heute keinen Sinn mehr, ein Gärtner zu sein: Die Feinde der Schöpfung Gottes existieren nicht mehr und die Tiere und Vögel – diejenigen, die nicht unter der menschlichen Herrschaft des Planeten ausstarben – vermehren sich unkontrolliert. Von der Pflanzenwelt ganz zu schweigen.

Wobei wir auf bestimmte Pflanzen durchaus verzichten könnten, denkt sie, während sie die aggressiven Kudzuranken stutzt, die fortwährend am Gartenzaum hochklettern. Das Zeug drängt überall hinein. Es wächst und wächst, in zwölf Stunden bis zu einem halben Meter, wie ein Tsunami stürzt es sich auf alles, was ihm in die Quere kommt. Die grasenden Mo'Hairschafe tragen ihren Teil dazu bei, es in Schach zu halten, die Craker knabbern fleißig daran herum und Rebecca serviert es als Spinatersatz, doch das alles ist nur ein Tropfen auf den heißen Stein.

Sie hat mitbekommen, dass einige der Männer darüber nachdenken, Wein daraus zu keltern, aber sie ist zwiegespalten. Sie kann sich nicht vorstellen, dass er schmecken soll – Pinot Grigio gekreuzt mit zerstampftem Gras? Pinot Vert mit einem Hauch Kompost? Aber davon abgesehen – könnte es sich ihre kleine Gruppe überhaupt leisten, dem Alkohol, egal in welcher Form, zu frönen? Er stumpft die Sinne ab und macht angreifbar. Ihre kleine Enklave ist so schon schlecht gesichert. Eine betrunkene Wache, dann der Überfall, dann das Blutbad.

»Ich hab einen Schwarm für dich gefunden«, sagt Zebs Stimme. Er ist unbemerkt von hinten gekommen: So viel zum Thema Wachsamkeit.

Lächelnd dreht sie sich um. Ist ihr Lächeln echt? Nicht ganz, denn noch immer weiß sie nicht, was wirklich mit Swift-Fuchs gelaufen ist. Mit Swift-Fuchs und Zeb. Haben sie oder haben sie nicht? Und wenn er einfach nur die offene Tür genommen – überhaupt nicht nachgedacht hat, warum sollte sie es dann tun? »Einen Schwarm?«, fragt sie. »Wirklich? Wo denn?«

»Komm mit in den Wald«, sagt er grinsend wie ein Märchenwolf und streckt ihr seine Pfote entgegen. Also nimmt sie sie natürlich und verzeiht ihm alles. Vorerst. Auch wenn da vielleicht gar nichts zu verzeihen ist.

Sie verlassen die Lehmhaus-Lichtung und gehen auf den Waldrand zu. Es fühlt sich jetzt wirklich wie eine Lichtung an, obwohl die MaddAddamiten nie etwas gerodet haben. Aber jetzt mit der vorrückenden Vegetation arbeiten sie daran, dass es eine Lichtung bleibt, also zählt das vielleicht.

Unter den Bäumen ist es kühler. Auch unheilvoller: Die grüne Schraffur aus Blättern und Zweigen blockiert die Sichtachsen. Es gibt einen durch zertretene Zweige angedeuteten Trampelpfad, den Zeb offenbar schon benutzt hat.

»Meinst du, wir sind sicher?«, fragt Toby. Ohne nachzudenken hat sie die Stimme gesenkt. Auf freiem Feld schaut man, denn ein Raubtier sieht man eher, als dass man es hört. Aber unter den Bäumen muss man horchen, denn man hört etwas eher, als dass man es sieht.

»Ich war ja eben noch hier, ich hab mich umgesehen«, sagt Zeb viel zu zuversichtlich für Tobys Geschmack.

Da ist der Schwarm, eine große Kugel Bienen von der Größe einer Wassermelone, die von den unteren Ästen einer jungen Platane hängt. Leise summt er vor sich hin; die Oberfläche der Kugel kräuselt sich wie goldenes Fell in einer Brise.

»Danke«, sagt Toby. Sie sollte zurück zum Lehmhaus gehen, einen Behälter suchen und den ganzen Schwarm aufschöpfen, um die Königin einzufangen. Dann würde der Rest des Schwarms folgen. Sie wird die Bienen nicht einmal ausräuchern müssen: Sie werden nicht stechen, weil sie ihr Nest verteidigen. Sie wird ihnen erst erklären, dass sie es gut mit ihnen meint, und dann werden sie hoffentlich ihre Verbindung zum Land der Toten sein. Von Pilar, die ihr bei den Gärtnern alles über die Bienen beibrachte, weiß sie, dass dieser Vortrag notwendig ist, wenn man einen wilden Bienenschwarm zum Mitkommen bewegen will.

»Vielleicht sollte ich eine Tüte holen oder sowas«, sagt sie. »Die suchen schon nach einem guten Platz für ihr Nest. Die werden bald fliegen.«

»Soll ich sie so lange babysitten?«, fragt Zeb.

»Musst du nicht«, sagt sie. Sie will, dass er zum Lehmhaus mit zurückkommt: Sie will nicht allein durch den Wald gehen. »Aber könntest du kurz mal weghören? Und weggucken?«

»Musst du pinkeln?«, fragt Zeb. »Stör dich nicht an mir.«

»Du weißt doch, wie das ist. Du warst doch selbst mal Gärtner«, sagt sie. »Ich muss mit den Bienen sprechen.« Es gehört zu den Gärtnerpraktiken, die einem Außenstehenden seltsam vorkommen müssen; sogar ihr selbst kommt es seltsam vor, denn in gewisser Weise ist sie immer eine Außenstehende geblieben.

»Klar«, sagt Zeb. »Du, mach einfach.« Er dreht sich weg und schaut in den Wald.

Toby spürt, wie sie errötet. Dennoch zieht sie sich das Laken über den Kopf – das müsse so sein, sagte die alte Pilar, um den Bienen seinen Respekt zu zeigen – und spricht im Flüsterton mit der summenden Pelzkugel. »O ihr Bienen«, sagt sie. »Ich grüße eure Königin. Ich möchte ihre Freundin sein und ihr ein sicheres Zuhause schaffen, und auch euch, die ihr ihre Töchter seid, und ich will euch jeden Tag erzählen, was es Neues gibt. Möget ihr vom Land der Lebenden all jenen Seelen, die im Land der Schatten leben, eure Botschaften bringen. Bitte sagt mir nun, ob ihr mein Angebot annehmen wollt.«

Sie wartet. Das Summen wird lauter. Dann fliegen einige Bienen hinunter und setzen sich auf ihr Gesicht. Sie erkunden ihre Haut, ihre Nasenlöcher, ihre Augenwinkel; es ist, als würde sie von Dutzenden winziger Finger gestreichelt. Stechen sie, lautet die Antwort nein. Stechen sie nicht, lautet die Antwort ja. Sie holt Luft, zwingt sich zur Ruhe. Sie mögen es nicht, wenn man Angst hat.

Die Vorreiterin hebt ab, trudelt zurück zum Schwarm, taucht zurück in das surrende goldene Fell. Toby atmet aus.

»Kannst wieder gucken«, sagt sie zu Zeb.

Ein Knistern, ein Rascheln: Irgendetwas kommt ihnen aus dem Unterholz entgegen. Toby spürt, wie das Blut aus ihren Händen weicht. O Scheiße, denkt sie. Ein Schwein, ein Hunolf? Wir haben kein Spraygewehr. Und meine Flinte steht im Garten. Sie sichtet den Boden nach einem Stein. Zeb hat einen Stock in die Hand genommen.

Sankt Dian, Sankt Francis, Sankt Fateh Singh Rathore: Gebt mir eure Kraft und Weisheit. Sprecht mit ihnen. Mögen sie sich von uns abwenden und ihr Fleisch von Gott erbitten.

Aber nein, es ist kein Tier. Da, eine Stimme: Es sind Menschen. Gegen Menschen gibt es kein Gärtnergebet. Painballer – sie wissen nicht, dass wir hier sind. Was sollen wir tun? Laufen? Nein, sie sind schon zu nah dran. Raus aus der Schusslinie. Wenn möglich.

Zeb ist vor ihr stehengeblieben, er schiebt sie mit einer Hand zurück. Bewegungslos steht er da. Dann lacht er.

Knochenhöhle

Aus dem Gebüsch tritt Swift-Fuchs und zupft sich ihr rosa-blau gemustertes Laken zurecht. Hinter ihr kommt Crozier, der sich auf ähnliche Weise in Ordnung bringt, wobei er ein dezentes schwarzgrau gestreiftes Laken trägt.

»Hallo Toby. Hallo Zeb«, sagt er übertrieben lässig.

»Macht ihr einen Spaziergang, ihr beiden?«, fragt Swift-Fuchs.

»Wir sind auf Bienenjagd«, sagt Zeb. Er wirkt neutral. Vielleicht hatte ich ja Unrecht, denkt Toby: Er hat gar keine Besitzansprüche an sie, es ist ihm egal, dass sie sich gerade mit Crozier im Unterholz vergnügt hat.

Und was Crozier anbelangt, war der nicht eigentlich hinter Ren her? Oder hat sich Toby auch da wieder geirrt?

»Bienenjagd? Wirklich? Na klar, wenn's hilft«, sagt Swift-Fuchs lachend. »Wir sind auf Futtersuche. Wir suchen Pilze. Wir haben gesucht und gesucht. Auf Händen und Knien, überall. Aber wir haben keinen einzigen Pilz gefunden, stimmt's, Crozier?«

Crozier schüttelt den Kopf und blickt zu Boden. Er macht den Eindruck, als wäre er auf frischer Tat ertappt worden.

»Bis dann«, sagt Swift-Fuchs. »Fröhliches Bienenjagen.« Sie steuert auf das Lehmhaus zu, und Crozier dackelt hinterher.

»Dann mal los, du Bienenkönigin«, sagt Zeb zu Toby. »Lass uns dein Zeug holen. Ich bring dich nach Hause.«

In einer idealen Welt hätte Toby eine Langstroth-Magazinbeute komplett mit beweglichen Rähmchen. Sie hätte sie längst parat, für den unwahrscheinlichen Fall, einen Schwarm zu finden; aber aus mangelnder Weitsicht hat sie nichts dergleichen getan. Sie hat keine richtige Beute, was könnte sie also nehmen, das die Bienen anspricht? Eine geschützte Höhle muss es sein, mit einem Durchgangsloch; trocken genug, kühl genug, warm genug.

Rebecca gibt ihr einen Styropor-Sektkühler; knapp unter dem oberen Rand bohrt Zeb ein Loch hinein, dazu mehrere kleinere Luftlöcher. Toby und Zeb stellen ihn in die Ecke des Gartens, legen Steine um ihn herum zum zusätzlichen Schutz und zur Stabilität, fügen ein paar vertikale Spanholzbretter hinzu und heben sie mithilfe von kleineren Steinen über den Rand des Kühlers. Es ist nur eine grobe Annäherung an ein Bienenhaus, aber fürs Erste muss es genügen, vielleicht auch für länger. Falls sich die Bienen hier niederlassen, wären sie sehr verärgert, wenn sie sie später wieder umziehen würde.

Aus einem Kissenbezug bastelt Toby ein Fangnetz, und sie marschieren zurück in den Wald, um die Bienen einzusammeln. Mit einem langen Stock schabt sie sie rasch hinein. Sanft landet das Kernstück im Netz. Innerhalb der dichtesten Stelle sitzt wie ein Magnet die Königin: Genau wie das Herz im menschlichen Körper ist sie unsichtbar.

Sie tragen den laut summenden Kissenbezug zurück in den Garten; eine lose Wolke von Bienen folgt ihnen nach. Toby schiebt die Bienenkugel vorsichtig in den Kühler, wartet, bis alle Nachzügler ihren Weg aus dem Kissenbezug gefunden haben, wartet noch etwas länger, während die Bienen ihr neues Zuhause erkunden.

Jedes Mal, wenn sie mit Bienen arbeitet, erlebt Toby einen Adrenalinstoß. Es könnte ja auch schiefgehen; sie könnte eines Tages falsch riechen, und schon stünde sie inmitten einer wütenden und stechwütigen Horde. Manchmal hat sie das Gefühl, in Bienen baden zu können wie in einem Schaumbad, aber das ist die Euphorie der Imkerei, ähnlich wie ein Höhen- oder Tiefenrausch. In Wirklichkeit wäre so etwas äußerst unklug.

Als sich der Schwarm niedergelassen hat, schließt sie den Deckel des Kühlers und bedeckt ihn mit einer Handvoll Steinen. Es dauert nicht lange, und die Bienen fliegen durch das Einflugloch ein und aus und suchen im blühenden Garten nach Blütenstaub.

»Danke«, sagt sie zu Zeb; und er sagt: »Nichts zu danken«, als wäre er ein Schülerlotse und nicht ihr Liebhaber. Aber sie ruft sich ins Gedächtnis, dass es helllichter Tag ist; tagsüber ist er immer etwas kurz angebunden; er trottet davon und verschwindet hinter dem Lehmhaus; alles erledigt.

Sie bedeckt ihren Kopf. »Möget ihr hier glücklich sein, o ihr Bienen«, sagt sie zu dem Styroporkühler. »Als eure neue Eva Sechs verspreche ich, euch möglichst jeden Tag zu besuchen und immer zu berichten, was es Neues gibt.«

»O Toby, können wir wieder was schreiben? Mit den Strichen, auf dem Papier?« Es ist ihr Schatten, der kleine Blackbeard. Er ist von außen über den Gartenzaun geklettert, hängt jetzt mit dem Oberkörper über dem Zaun und hat das Kinn auf die Unterarme gestützt. Wie lange beobachtet er sie schon?

»Ja«, sagt sie. »Vielleicht morgen, wenn du früh hier bist.«

»Was ist in dem Kasten? Was sind das für Steine? Was machst du da, o Toby?«

»Ich helfe den Bienen, ein Zuhause zu finden«, sagt Toby.

»Wohnen sie in dem Kasten? Warum willst du das?«

Weil ich ihnen ihren Honig klauen will, denkt Toby. »Weil sie dort sicher sind«, sagt sie.

»Hast du mit den Bienen gesprochen, o Toby? Ich habe dich sprechen hören. Oder hast du mit Crake gesprochen, wie Schneemensch-Jimmy?«

»Ich habe mit den Bienen gesprochen«, sagt Toby. Ein Strahlen zieht sich über Blackbeards Gesicht.

»Ich wusste gar nicht, dass du das kannst«, sagt er. »Du sprichst mit den Kindern der Oryx? Genau wie wir? Aber du kannst nicht singen!«

»Ihr singt für die Tiere?«, fragt Toby. »Mögen sie eure Musik?«

Die Frage scheint ihn durcheinanderzubringen. »Musik?«, fragt er. »Was ist *Musik*?« Und schon hat er sich hinter dem Zaun zu Boden fallen lassen und ist zu den anderen Kindern gelaufen.

Wenn man ohne unter Bienen zu sein nach Bienen riecht, kann es passieren, dass man andere unliebsame Insekten anzieht: Schon wollen ein paar grüne Fliegen auf ihr landen und ein paar interessierte Wespen. Toby geht zur Pumpe, um sich die Hände zu waschen. Während sie schrubbt, kommen Ren und Lotis Blue auf sie zu, sie haben schon nach ihr gesucht.

»Wir müssen mit dir reden«, sagt Ren. »Es ist wegen Amanda. Wir machen uns total Sorgen.«

»Versucht sie irgendwie zu beschäftigen«, sagt Toby. »Ich bin sicher, dass sie bald wieder die Alte ist. Sie steht immer noch unter Schock, solche Dinge brauchen Zeit. Denkt dran, wie es euch am Anfang ging. Ich werde ihr noch etwas Pilzelixier geben, damit sie Kraft aufbauen kann.«

»Nein, du verstehst nicht«, sagt Ren. »Sie ist schwanger.«

Toby trocknet sich die Hände am Handtuch neben der Pumpe. Langsam, um nachdenken zu können. »Seid ihr sicher?«

»Sie hat auf den Streifen gepinkelt«, sagt Lotis Blue. »Der Test war positiv. Auf dem Scheißding war ein Smiley.«

»Ein rosa Smiley! Dieser Test ist so gemein! Ist das nicht grässlich!«, sagt Ren. Sie fängt an zu weinen. »Sie kann dieses Baby nicht kriegen, nicht nach allem, was die mit ihr gemacht haben! Nicht mit nem Painballer als Vater!«

»Sie läuft durch die Gegend wie ein Zombie«, sagt Lotis Blue. »Sie ist wahnsinnig deprimiert. Deprimierter geht's nicht.«

»Ich red mit ihr«, sagt Toby,

Die arme Amanda. Wie könnte man von ihr verlangen, das Kind eines Mörders zur Welt zu bringen? Das Kind ihrer Vergewaltiger, ihrer Peiniger? Wobei da noch eine andere Möglichkeit war, was den Vater anbelangt. Sie erinnert sich an die Blumen, den Gesang, die ekstatisch verschlungenen Arme und Beine der Craker im Licht des Lagerfeuers an jenem chaotischen Sankt-Juliana-Abend. Was, wenn Amanda einen kleinen Craker im Bauch hat? Einen halben Craker? Ist das überhaupt möglich? Ja, es sei denn, sie wären eine ganz und gar andere Spezies. Aber wenn ja, wäre das nicht gefährlich? Entwicklungstechnisch ticken die Craker ganz anders, sie wachsen viel schneller. Was, wenn das Baby zu schnell groß wird und nicht aus ihrem Bauch herausfindet?

Ist ja nicht so, dass es an jeder Ecke ein Krankenhaus gäbe. Es gibt ja nicht mal Ärzte. Was die medizinische Versorgung angeht, wird das Ganze eher wie eine Steinzeitgeburt anmuten.

»Sie ist drüben bei den Schaukeln«, sagt Lotis Blue.

Amanda sitzt auf einer der Kinderschaukeln und bewegt sich langsam hin und her. Sie ist etwas zu groß für die Schaukel; sie sitzt dicht über dem Boden und ihre Knie ragen unbeholfen in die Höhe. Dicke Tränen laufen ihr übers Gesicht.

Um sie herum stehen drei Crakerfrauen und berühren ihre Stirn, ihre Haare, ihre Schultern. Sie alle schnurren. Elfenbein, Ebenholz und Gold.

»Amanda«, sagt Toby. »Es ist alles gut. Alle werden dir helfen.«

»Ich wünschte, ich wär tot«, sagt Amanda. Ren bricht in Tränen aus, fällt auf die Knie und wirft ihre Arme um Amandas Taille.

»Sag das nicht!«, sagt sie. »Wir sind so weit gekommen! Du darfst jetzt nicht aufgeben!«

»Ich will dieses Ding nicht in mir haben«, sagt Amanda. »Kann ich nicht irgendein Gift trinken? Irgendwas von deinem Pilzzeug?« Zumindest ist da noch ein Rest Energie, denkt Toby. Und sie hat recht, es gibt bestimmte Pflanzen, die früher dafür verwendet wurden. Sie erinnert sich, dass Pilar von bestimmten Samen und Wurzeln erzählt hatte. Wilde Möhre, Nachtkerze. Aber mit den Mengen kennt sie sich nicht aus: So etwas auszuprobieren wäre viel zu riskant. Und wenn es ein Crakerbaby ist, kann es ohnehin sein, dass die Wirkung fehlschlägt. Die MaddAddamiten behaupten, sie hätten eine andere biochemische Zusammensetzung.

Die elfenbeinfarbene Crakerfrau hört auf zu schnurren. »Diese Frau ist nicht mehr blau«, sagt sie. »Ihre Knochenhöhle ist nicht mehr leer.«

»Warum ist sie traurig, o Toby?«, fragt die goldfarbene Frau.

»Wir sind immer glücklich, wenn unsere Knochenhöhle gefüllt ist.«

Knochenhöhle. So sagen sie dazu, irgendwie schön, und trifft die Sache, aber alles, was sich Toby im Moment vorstellen kann, ist eine Höhle voller abgenagter Knochen. Und genau so muss sich Amanda fühlen: lebendig und doch tot. Was kann Toby tun, um ihr diese Last von den Schultern zu nehmen? Nicht viel. Messer und Seile von ihr fernhalten, für ständige Begleitung sorgen.

»Toby«, sagt Ren. »Kannst du nicht …«

»Nein«, sagt Toby. »Dazu fehlt mir das Wissen.« Es war die Hebamme Maruschka, die bei den Gärtnern Gynäkologin und Geburtshelferin war. Toby selbst hatte sich immer nur um Krankheiten und Verletzungen gekümmert, aber mit Maden, Wickeln und Blutegeln kommt man hier nicht weiter. »Vielleicht ist es ja gar nicht so schlimm«, fährt sie fort. »Vielleicht ist der Vater ja gar kein Painballer. Du weißt doch, der Abend am Lagerfeuer, an Sankt Juliana, als Amanda überfall…, als es dieses kulturelle Missverständnis gab? Es könnte ein Crakerbaby sein.«

»Na super«, sagt Ren. »Tolle Auswahl! Entweder ein Schwerverbrecher oder ein gengespleißtes Monster. Sie war übrigens nicht die Einzige mit dem kulturellen Missverständnis, oder wie hast du das gerade genannt? Ich könnte genauso gut so ein Frankenstein-Baby im Bauch haben. Ich hab einfach nur zu viel Angst, auf den Streifen zu pinkeln.«

Toby überlegt, was sie sagen soll – irgendetwas Optimistisches und Beruhigendes. Gene sind nicht unbedingt gleich Schicksal? Natur versus Sozialisierung, auch aus Bösem kann Gutes erwachsen? Man muss damit rechnen, dass es epigenetische Veränderungen gibt, und vielleicht hatten die Painballer ja nur eine sehr, sehr schwere Kindheit? Oder wie wär's damit: Vielleicht sind die Craker ja menschlicher, als wir denken? Aber nichts davon klingt sonderlich überzeugend, nicht mal für sie.

»O Toby, sei nicht traurig«, sagt eine Kinderstimme: Es ist Blackbeard, der sich an sie schmiegt. Er nimmt ihre Hand und tätschelt sie.

»Oryx wird helfen und das Baby wird aus der Knochenhöhle kommen und dann wird Amanda sehr glücklich sein. Alle sind glücklich, wenn gerade ein Baby aus der Höhle gekommen ist.«

Jungschweine

»Rück mal rüber, du liegst auf meinem Arm«, sagt Zeb. »Was ist denn?«

»Amanda macht mir Sorgen«, sagt Toby, was zwar stimmt, aber das ist noch lange nicht alles. »Wie's aussieht, ist sie schwanger. Sie ist nicht gerade glücklich.«

»Na bravo«, sagt Zeb. »Der erste Jungbionier in unserer schönen neuen Welt.«

»Du kannst wirklich herzlos sein, weißt du das?«

»Quatsch«, sagt Zeb. »Ich bin ein einziges bebendes Herz. Aber wenn man von den jüngsten Ereignissen ausgeht, ist der Vater wahrscheinlich ein Painballer; das wär natürlich dreifach zum Kotzen. Dann müssten wir's ertränken wie ein Katzenbaby.«

»Das können wir knicken«, sagt Toby. »Diese Crakerfrauen lieben Babys über alles. Die würden durchdrehen, wenn ihm jemand schlimme und grausame Dinge antäte.«

»Versteh einer die Frauen«, sagt Zeb. »Nicht, dass ich was gegen so ne Mutter gehabt hätte: eine, die einen beschützt und knuddelt und so weiter.«

»Es könnte ein Mischling sein. Ein halber Craker«, sagt Toby. »Angesichts des Gruppenüberfalls an Sankt Juliana. Aber in dem Fall könnte das Baby ihren Tod bedeuten. Ihr embryonales Wachstum läuft schneller ab, ihre Köpfe sind bei der Geburt größer, wenn man sich zum Teil die Kinder anguckt, die die Frauen hier auf dem Arm haben, und das heißt, das Baby könnte unterwegs steckenbeiben. Ich wüsste nicht mal im Entferntesten, wie man einen Kaiserschnitt vornimmt. Und selbst wenn, was ist, wenn die Blutgruppen nicht zueinanderpassen?«

»Wissen Elfenbeinspecht und die anderen nicht irgendwas darüber? Über Genetik und Blutgruppen und sowas?«

»Ich habe sie noch nicht gefragt«, sagt Toby.

»Okay, dann setzen wir das mal auf die Krisenliste. Eine Schwangerschaft. Trommel die Gruppe zusammen. Aber wenn die MaddAddamiten auch nichts wissen, müssen wir wohl einfach abwarten, oder?«

»Das sowieso«, sagt Toby. »Eine Abtreibung ist nicht drin, niemand hier kann sowas, und abgesehen davon, wäre es viel zu riskant. Es gibt da zwar bestimmte Kräuter, aber wenn man sich nicht auskennt, können sie toxisch sein. Man kann nichts tun, es sei denn, irgendjemand macht bei der Gruppenversammlung einen genialen Vorschlag. Aber erstmal muss ich mich beraten lassen.«

»Von wem? Haben wir hier einen Arzt unter den Supercheckern?«

»Ich sag jetzt was, aber lach mich bitte nicht aus.«

»Mein Mund ist versiegelt. Schieß los.«

»Okay, das hört sich jetzt daneben an, aber: von Pilar. Die ja, wie du weißt, tot ist.«

Schweigen. »Und wie willst du das anstellen?«

»Ich dachte, ich statte ihr einen Besuch ab, du weißt schon, da wo wir ...«

»An ihrem Schrein? Wie bei ner Heiligen?«

»So ähnlich. Eine erweiterte Meditation abhalten. Weißt du noch, wie wir sie im Park begraben haben? Am Tag ihrer Kompostierung? Wir haben uns als Parkwächter verkleidet und ein Loch gegraben ...«

»Klar, ich weiß sogar noch, wo. Du hattest diesen grünen Parkwächter-Overall an, den ich für dich hatte mitgehen lassen. Wir haben einen Holunderstrauch über ihrem Grab gepflanzt.«

»Ja. Da würde ich gern hingehen. Ich weiß, es ist ein bisschen verrückt, wie die Außenwelt gesagt hätte.«

»Erst unterhältst du dich mit den Bienen und jetzt willst du mit den Toten reden? Nicht mal die Gärtner wären so weit gegangen.«

»Einige schon. Denk's dir einfach als Metapher. Ich werde mir

Zugang zu meiner inneren Pilar schaffen, wie Adam Eins das formuliert hätte. Er würde mich absolut unterstützen.«

Erneutes Innehalten. »Na ja, allein kannst du's nicht machen.«

»Ich weiß.« Jetzt ist es an ihr innezuhalten.

Ein Seufzer. »Na gut, Baby, wie du willst. Ich mach's. Ich frag Shackie und Nashorn, ob sie mitkommen. Wir decken dir den Rücken. Ein Spraygewehr, dazu deine Flinte. Was meinst du, wie lange wirst du brauchen?«

»Ich mache die Kurzform der erweiterten Mediation. Ich will nicht zu viel von eurer Zeit in Beschlag nehmen.«

»Meinst du, du wirst Stimmen hören? Nur damit ich Bescheid weiß.«

»Ich hab keine Ahnung, was ich hören werde«, sagt Toby wahrheitsgemäß. »Wahrscheinlich gar nichts. Aber ich muss es trotzdem tun.«

»Das mag ich an dir, Baby. Du hast Mut.« Ein Rascheln, ein Räkeln. Wieder Schweigen. »Und sonst, gibt's noch was anderes, was dich beschäftigt?«

»Nein«, lügt Toby. »Alles gut.«

»Tatsachenverdrehung«, sagt Zeb. »Aber wenn du meinst.«

»Tatsachenverdrehung. Das sind aber viele Silben«, sagt Toby.

»Lass mich raten. Du findest, ich sollte dir erzählen, was da draußen in der Wildnis der Einkaufsmeile passiert ist, mit unserer kleinen, wie heißt sie noch gleich? Miss Schlau-Fuchs. Ob ich sie begrabbelt habe oder sie mich. Ob es zum Äußersten gekommen ist.«

Toby denkt nach. Will sie lieber etwas Schlimmes hören, nämlich das, was sie befürchtet, oder etwas Gutes, was sie ohnehin nicht glauben wird? Mutiert sie gerade zu einem klammerwütigen Weichtier mit Tentakeln und Saugnäpfen? »Erzähl mir was Interessanteres«, sagt sie.

Zeb lacht. »Eins zu null«, sagt er.

Also. Gleichstand. Er weiß, was war, und sie muss versuchen, es nicht wissen zu wollen. Er liebt Verschlüsselungen. Obwohl sie ihn in der Dunkelheit nicht sehen kann, merkt sie, wie er lächelt.

Am nächsten Tag bei Sonnenaufgang ziehen sie los. Die Geier über den größeren, toteren Bäumen breiten ihre schwarzen Flügel aus, damit der Tau verdunsten kann; sie warten auf die Thermik, um aufzusteigen und in der Luft zu kreisen. Die Krähen geben die Gerüchte weiter, Silbe für krächzende Silbe. Die kleineren Vögel regen sich, tschilpen und trillern drauflos; rosa Wolkenfetzen schweben über dem östlichen Horizont und verblassen an den unteren Rändern zusehends. An manchen Tagen wirkt der Himmel wie auf einem alten Gemälde: Es fehlen nur noch ein paar Engel, die weißen Gewänder wie die Röcke der Debütantinnen aus alten Zeiten, mit zart gespitzten rosa Zehen und aerodynamisch unmöglichen Flügeln. Stattdessen gibt es Möwen.

Sie folgen einem noch immer erkennbaren Pfad durch den noch immer erkennbaren Heritage Park. Auf den kleinen, abzweigenden Kieswegen krauchen die Ranken, doch die Picknicktische und Zementgrills sind noch nicht ganz im Blattwerk untergegangen. Wenn es hier Geister gibt, sind es die Geister lachender Kinder.

Sämtliche trommelförmigen Mülltonnen liegen umgekippt auf der Seite, die Deckel wurden mühsam entfernt. Menschen waren das bestimmt nicht. Irgendwas hat sich hier zu schaffen gemacht. Aber keine Rakunks; die Mülltonnen waren rakunksicher. Die Erde um die Picknicktische herum ist schlammig und voller Furchen: Hier wurde getrampelt und gewühlt.

Der asphaltierte Hauptweg ist breit genug für ein Parkfahrzeug wie das, in dem Zeb und Toby Pilar damals zu ihrem Kompostierplatz brachten. Unkraut schießt durch die Ritzen. Es ist schwindelerregend, welche Kraft diese Ranken entwickeln können: In wenigen Jahren werden sie die Gebäude aufgeknackt haben wie Nüsse, in zehn Jahren ist alles nur noch Schutt. Dann verschluckt die Erde das Geröll. Es ist ein einziger großer Verdauungsvorgang. Was die Gärtner als Anlass zur Freude sahen, ist für Toby eher beunruhigend.

Nashorn geht mit dem Spraygewehr voran. Shackleton geht hinten. Zeb ist in der Mitte neben Toby, er lässt sie nicht aus den Augen. Zur Sicherheit hat er die Flinte an sich genommen, denn sie hat die erweiterte Meditationsmixtur bereits getrunken. Glücklicherweise war da noch Psilocybin aus alten Pilzbeständen der Gärtner, die sie über die Jahre aufbewahrt und aus dem AnuYu-Spa mitgenommen hatte. Zu den getrockneten Pilzen und den gemahlenen Körnern hatte sie eine Messerspitze *Muscaria* gegeben. Nur eine Messerspitze: Sie will sich das Gehirn ja nicht wegblasen, sondern nur etwas aufrütteln. Leichte Verwerfungen in der Glasscheibe zwischen der sichtbaren Welt und dem, was dahinterliegt. Die Wirkung hat eingesetzt: Ihre Wahrnehmung ist schon leicht verzerrt.

»Was machst du denn hier?«, sagt jemand. Shackletons Stimme erreicht Toby wie durch einen dunklen Tunnel. Sie dreht sich um: Es ist Blackbeard.

»Ich möchte gern bei Toby sein«, sagt er.

»Oh, fuck«, sagt Shackleton. Blackbeard lächelt vergnügt. »Und auch bei Fuck«, sagt er.

»Ist doch gut«, sagt Toby. »Lass ihn ruhig mitkommen.«

»Ist jetzt ohnehin nicht zu ändern«, sagt Zeb. »Da müsste ich ihm schon den Schädel einschlagen. Obwohl, ich könnte ihm sagen, er soll sich verpissen.«

»Bitte«, sagt Toby. »Bring ihn nicht durcheinander.«

»Wohin gehst du, o Toby?«, fragt Blackbeard.

Toby nimmt seine dargebotene Hand. »Eine Freundin besuchen«, sagt sie. »Aber es ist eine Freundin, die man nicht sehen kann.« Blackbeard stellt keine Fragen, er nickt.

Zeb schaut geradeaus, nach links, nach rechts. Er singt vor sich hin; das tut er schon, seit Toby ihn kennt. Meist bedeutet es, dass er gestresst ist.

Der Karren steckt im Schlamm
Wir haben keinen Plan,
Die Sache ist vertrackt,
Na, toll gemacht, o fuck …

»Schneemensch-Jimmy hat es auch toll gemacht«, sagt Blackbeard. »Und Crake. Der auch.« Freudestrahlend blickt er zu Zeb und Toby hoch, sucht nach Bestätigung. »Das kannst du laut sagen, Kleiner«, sagt Zeb. »Das kannst du sowas von laut sagen.«

Toby spürt, wie die Meditationsmixtur anschlägt. Zebs Kopf vor dem Hintergrund der Sonne ist von einem Strahlenkranz umgeben, er hat Spliss, wie ihr aufgeht – er könnte wirklich mal einen Haarschnitt gebrauchen, sie muss eine Schere auftreiben –, der ihr vorkommt wie eine Explosion elektrisch geladener Energie. Ein lumineszierender morpho-gespleißter Schmetterling schwebt über den Pfad. Natürlich leuchtet er sowieso, das weiß sie noch, aber jetzt ist er von einem heißen Blau wie die Flamme eines Gasherds. Nashorn ragt aus seinen eigenen Fußstapfen auf, ein Erdriese. Nesseln wachsen im Bogen vom Wegesrand, die brennenden Härchen auf ihren Blättern schimmern im Licht. Ringsum sind Laute zu hören, Geräusche, fast wie Stimmen: ein Summen und Klicken, ein Klopfen, geflüsterte Silben.

Und da ist der Holunderstrauch, genau an der Stelle, an der sie ihn vor so langer Zeit eingepflanzt haben, auf Pilars Grabstätte. Er ist inzwischen bedeutend größer. Weiße Blüten rauschen zur Erde hinab, ein süßer Duft schwängert die Luft. Ringsum vibriert es: Honigbienen, Hummeln, Schmetterlinge groß und klein.

»Bleib du hier, bei Zeb«, sagt Toby zu Blackbeard. Sie lässt seine Hand los, tritt nach vorn und kniet vor dem Holunderstrauch.

Versonnen blickt sie auf üppige Blüten und denkt: *Pilar*. Das verhutzelte alte Gesicht, die braunen Hände, das sanftmütige Lächeln. Das alles war mal so real. Und ist zu Staub zerfallen.

Ich weiß, dass du hier bist, in deinem neuen Körper. *Ich brauche deine Hilfe.*

Es ist keine Stimme zu hören, aber da ist Raum. Ein Warten.

Amanda. Wird sie sterben, wird dieses Baby sie umbringen? Was soll ich tun?

Nichts. Toby fühlt sich im Stich gelassen. Aber mal ehrlich, was hat sie erwartet? Es gibt keine Zauberei, keine Engel. Das Ganze war immer nur Kinderei.

Trotzdem muss sie fragen. *Schick mir eine Botschaft. Gib mir ein Zeichen. Was würdest du an meiner Stelle tun?*

»Achtung«, sagt Zebs Stimme. »Nicht bewegen. Schau langsam. Nach links.«

Toby dreht den Kopf. Nur einen Steinwurf entfernt überquert ein Riesenschwein den Weg. Eine Sau mit fünf kleinen Ferkeln in Reih und Glied. Die Mutter stößt ein sanftes Grunzen aus, die Ferkel ein helles Quieken. Wie rosa leuchtend ihre Ohren sind, wie kristallin ihre Hufe, wie …

»Ich hab sie«, sagt Zeb. Langsam hebt er das Gewehr.

»Nicht schießen«, sagt Toby. Ihre Stimme kommt ihr weit weg vor, ihr Mund fühlt sich übergroß und taub an. Das Herz ist windstill.

Die Sau bleibt stehen, dreht sich zur Seite: die ideale Zielscheibe. Sie sieht Toby aus dem Augenwinkel an. Die fünf Kleinen versammeln sich in ihrem Schatten, unter den Zitzen, die aufgereiht sind wie Westenknöpfe. Ihre Mundwinkel sind hochgezogen, es sieht aber nur so aus, als würde sie lächeln. Das Licht glitzert auf einem Zahn.

Der kleine Blackbeard geht weiter. Er leuchtet wie Gold in der Sonne, seine grünen Augen funkeln, er streckt die Hände aus.

»Komm sofort zurück«, sagt Zeb.

»Warte«, sagt Toby. Was für eine Macht. Eine Kugel würde die Sau niemals aufhalten, der Schuss aus dem Spraygewehr würde kaum einen Kratzer verursachen. Sie könnte sie wie ein Panzer überrollen.

Leben, Leben, Leben, Leben, Leben. Es platzt aus allen Nähten, in dieser Minute. Sekunde. Millisekunde. In diesem Millennium. In diesem Äon.

Die Sau steht regungslos da. Der Kopf bleibt oben, die Ohren sind aufgestellt. Ohren groß wie Calla-Lilien. Es sieht nicht aus, als wollte sie zum Angriff übergehen. Die Ferkel rühren sich nicht, ihre Augen sind wie tiefrote Beeren. Holunderbeeraugen.

Jetzt hört man etwas. Woher kommt das Geräusch? Es klingt wie der Wind in den Ästen, wie ein Adler in der Luft, nein, wie ein Singvogel aus Eis, nein, wie ein … Scheiße, denkt Toby. Ich bin total breit.

Es ist Blackbeards Gesang. Seine dünne Jungenstimme. Seine nichtmenschliche Crakerstimme.

Im nächsten Moment sind Sau und Ferkel verschwunden. Blackbeard dreht sich um und lächelt Toby an. »Sie war hier«, sagt er. Was meint er damit?

»Verdammt«, sagt Shackleton. »So viel zu unseren Rippchen.«

Also dann, denkt Toby. Geh nach Hause, unter die Dusche, werd wieder nüchtern. Deine Vision hast du gehabt.

VEKTOR

Die Geschichte von Crakes Geburt

»Immer noch ein bisschen verstrahlt, was?«, sagt Zeb, während sie auf die Bäume zugehen, wo Jimmys Hängematte hing und die Craker warten. Die Abenddämmerung ist tiefer, dichter, vielschichtiger als sonst, die Motten sind leuchtender, der Duft der abendlichen Blumen betörender: Das kommt noch immer von der erweiterten Meditationsmixtur.

Sie halten sich an den Händen: Zebs Hand fühlt sich an wie Wildleder, wie eine Katzenzunge, warm und weich, zart und rau. Es dauert manchmal einen halben Tag, bis die Wirkung von dem Zeug nachlässt.

»Ich weiß nicht, ob *verstrahlt* das richtige Wort ist, um eine mystische, beinah-religiöse Erfahrung zu umschreiben«, sagt Toby.

»Das war das also?«

»Möglicherweise. Blackbeard erzählt allen, Pilar sei in der Haut eines Schweins erschienen.«

»Ach was! Und das als Vegetarierin! Wie soll sie denn da reingekommen sein?«

»Er sagt, sie habe sich die Schweinehaut übergeworfen wie du dein Bärenfell. Nur, dass sie das Schwein nicht getötet und gegessen hat.«

»Verschwendung.«

»Und sie hätte zu mir gesprochen, sagt Blackbeard. Er hätte sie gehört, sagt er.«

»Glaubst du das auch?«

»Nicht direkt«, sagt Toby. »Du weißt doch, wie die Gärtner ticken. Ich habe mit meiner inneren Pilar kommuniziert, die eine sichtbare Gestalt angenommen und mithilfe von Hirnchemiebeschleunigern mit den Wellenlängen des Universums verbunden war; ein Universum, in dem es – wenn man's richtig versteht – keine Zufälle gibt. Und nur weil ein Sinneseindruck durch die Einnahme einer Mixtur von psychoaktiven Substanzen ›hervorgerufen‹ wird, muss es sich dabei noch lange nicht um eine Illusion handeln. Türen werden mit Schlüsseln geöffnet, aber muss das heißen, dass das, was beim Öffnen enthüllt wird, nicht existiert?«

»Da hat Adam Eins aber mal ganze Arbeit geleistet bei dir, was? So ne gequirlte Scheiße konnte der stundenlang absondern.«

»Ich kann seiner Argumentation folgen, also hat er in dem Sinne wohl wirklich ganze Arbeit geleistet. Aber was den ›Glauben‹ anbelangt, bin ich mir nicht so sicher. Wobei, wie er immer sagte, ist ›Glaube‹ nicht einfach nur die Bereitschaft, Verneinungen aufzuheben?«

»Stimmt. Mir war selber nie ganz klar, wie viel er davon wirklich geglaubt hat, ob er seine Hand dafür ins Feuer gelegt hätte. Der war aalglatt, der Kerl.«

»Er hat immer gesagt, wenn man einem Glauben entsprechend handelt, sei das dasselbe. Wie den Glauben haben.«

»Ich wünschte, ich könnte ihn finden«, sagt Zeb. »Selbst wenn er tot ist. Ich wüsste gern, was passiert ist, so oder so.«

»Die Sache verarbeiten, sagte man früher«, sagt Toby. »In einigen Kulturen konnte ohne ein anständiges Begräbnis der Geist des Toten nicht befreit werden.«

»Schon komisch, das mit der Menschheit«, sagt Zeb. »Oder? So, da wären wir. Leg los, Frau Märchentante.«

»Ich glaube, ich kann nicht. Nicht heute. Ich bin immer noch ziemlich matschig.«

»Versuch's. Zeig dich wenigstens. Sonst gehen die am Ende noch auf die Barrikaden.«

Danke für den Fisch.

Ich werde ihn nicht sofort essen, weil ich euch erst etwas Wichtiges zu sagen habe.

Gestern habe ich an dem glänzenden Ding gehorcht und Crakes Worte gehört.

Bitte nicht singen.

Und Crake sagte: Am besten ist es, den Fisch etwas länger zu braten. Bis er ganz durch und heiß ist. Ihn niemals in der Sonne liegen zu lassen, bevor man ihn brät. Ihn auch nicht über Nacht liegen lassen. Crake sagt, das ist der beste Weg, mit einem Fisch umzugehen, und so wollte ihn Schneemensch-Jimmy auch zubereitet haben. Und Oryx sagt, wenn ihre Fischkinder an der Reihe sind, gegessen zu werden, will sie, dass sie auf die beste Art und Weise gegessen werden. Das heißt, schön durchgebraten.

Ja, Schneemensch-Jimmy geht es schon besser, aber im Moment ist er im Haus und schläft, in seinem Zimmer. Sein Fuß tut ihm nicht mehr sehr weh. Es ist sehr gut, dass ihr ihn so fleißig beschnurrt habt. Er kann noch nicht schnell laufen, aber er übt jeden Tag. Und Ren und Lotis Blue helfen ihm.

Amanda kann ihm nicht helfen, weil sie zu traurig ist.

Wir müssen jetzt nicht darüber reden, warum sie so traurig ist.

Heute Abend werde ich keine Geschichte erzählen, wegen des Fisches. Und wegen der Art, wie er gebraten werden muss. Außerdem fühle ich mich etwas ... ich bin sehr müde. Und dadurch fällt es mir schwerer, die Geschichte zu hören, wenn ich die rote Mütze von Schneemensch-Jimmy aufsetze.

Ich weiß, ihr seid jetzt enttäuscht. Aber morgen erzähle ich euch eine Geschichte. Was für eine Geschichte möchtet ihr hören?

Über Zeb? Und auch über Crake?

Eine Geschichte, in der beide vorkommen. Ja, ich glaube, so eine Geschichte gibt es. Vielleicht.

Wurde Crake jemals geboren? Ja, ich glaube schon. Was meint ihr?

Na ja, ich bin mir nicht sicher. Aber er muss geboren worden sein, weil er mal aussah wie ein – wie ein Mensch, vor langer, langer Zeit. Zeb kannte ihn damals. Deswegen kann es ja auch eine Geschichte geben, in der beide vorkommen. Und auch Pilar kommt in der Geschichte vor.

Blackbeard? Hast du was über Crake zu sagen?

Er wurde gar nicht in einer Knochenhöhle geboren, er hat sich nur die Haut eines Menschen übergeworfen? Wie ein Kleidungsstück? Aber im Innern war er anders? Er war rund und hart, wie das glänzende Ding? Ich verstehe.

Danke, Blackbeard. Das ist eine gute Geschichte. Könntest du die rote Mütze von Jimmy-Schneemensch, ich meine, von Schneemensch-Jimmy aufsetzen und uns die Geschichte erzählen?

Nein, die Mütze wird dir nichts tun. Sie wird dich nicht in jemand anders verwandeln. Nein, es wird dir keine neue Haut wachsen; keine Kleidung wie bei mir. Du kannst deine eigene Haut behalten.

Ist ja gut. Du musst die rote Mütze nicht aufsetzen. Bitte nicht weinen.

»Tja, das war ein mittleres Fiasko«, sagt Toby. »Ich wusste nicht, dass sie Angst davor haben – vor dieser alten roten Baseballmütze.«

»Ich hatte selber mal Angst vor den Red Sox«, sagt Zeb. Als Kind. Schon damals war ich ein Zocker.«

»Sie scheint für sie ein heiliger Gegenstand zu sein. Die Mütze. Irgendwie tabu. Sie können sie mit sich rumtragen, aber selber aufsetzen geht auf keinen Fall.«

»Kann ich absolut verstehen. Bei so nem dreckigen Ding! Das hat bestimmt Läuse.«

»Ich versuche hier gerade, eine anthropologische Diskussion zu führen.«

»Hab ich dir schon mal gesagt, dass du n hübschen Arsch hast?«

»Du mit deinem Tunnelblick«, sagt Toby.

»Mit anderen Worten, ich armer Wichser?«

»Nein«, sagt Toby. »Es ist nur so, dass ...« Nur so, dass was? Dass sie ihm nicht glaubt.

»Gut, das war ein Kompliment. Weißt du noch, sowas gab's mal. Männer haben Frauen welche gemacht. Gehört zur Partnerwerbung – womit wir wieder bei der Anthropologie wären. Denk dir einfach, es wär n Blumenstrauß. Okay?«

»Okay«, sagt Toby.

»Nochmal von vorne. Dieser hübsche Arsch ist mir schon vor langer Zeit aufgefallen, nämlich damals an dem Tag, als wir Pilar kompostiert haben. Als du deine schlabbrigen Gärtnerklamotten ausgezogen und dir den Parkwächteroverall angezogen hast. Da haben sich Sehnsüchte in mir geregt, muss ich sagen. Aber du warst damals total unnahbar.«

»Das stimmt so nicht. Ich war ...«

»Genau. Für mich warst du die Obergottesgärtnerin vom Dienst. Die hingebungsvolle Gehilfin von Adam Eins. Wenn ich ehrlich bin, ich hab mich damals gefragt, ob der nicht was mit dir hatte. Ich war eifersüchtig.«

»Ganz sicher nicht«, sagt Toby. »Er hat sich nie, kein einziges Mal ...«

»Ich glaub dir. Tausende würden's dir nicht glauben. Außerdem war ich ja damals noch mit Lucerne zusammen.«

»Das hätte dich aufgehalten? Du, der Frauenmagnet überhaupt?«

Seufzer. »Klar haben mich die Bräute magisch angezogen. Damals, als ich jung war. Hormone halt, das kommt mit den haarigen Eiern. Wunder der Natur. Nur haben sich die Bräute nicht immer von mir angezogen gefühlt.« Er hält inne. »Jedenfalls bin ich treu. Wenn ich mit ner Frau zusammen bin, bin ich ihr treu. Ich bin serieller Monogamist, könnte man sagen.«

Glaubt ihm Toby das? Sie ist sich da nicht so sicher.

»Aber dann hat Lucerne die Gärtner verlassen«, sagt sie.

»Und du bist Eva Sechs geworden. Du hast mit den Bienen geredet, hast die Trips ausgehändigt. Du warst wie so ne Mutter Oberin. Die guckt mich nicht mit dem Arsch an, hab ich gedacht. Die unnahbare Atlantisralle«, sagt er. Atlantisralle ist Tobys alter MaddAddam-Codename. »Das warst du.«

»Und du warst Geisterbär«, sagt Toby. »Schwer zu finden, aber bringt Glück, wenn man mal einen sichtet. So hieß es immer in den

Geschichten, bevor diese Bärenart ausgestorben ist.« Sie fängt an zu schniefen. Auch das kommt von der Meditationsmixtur: Sie bringt die Festungswände zum Schmelzen.

»He. Was ist los? Hab ich was Falsches gesagt?«

»Nein«, sagt Toby. »Ich bin nur sentimental.«

All diese Jahre warst du mein Rettungsanker, will sie sagen. Aber sie schweigt.

Der junge Crake

»Jetzt muss ich mir was aus den Fingern saugen«, sagt Toby. »Eine Geschichte mit Crake und auch mit dir. Crake kannte Pilar ja wirklich, als er noch jünger war, das weiß ich inzwischen. Aber was sag ich über dich?«

»Zufällig stimmt dieser Teil der Geschichte«, sagt Zeb. »Ich hab ihn gekannt, noch bevor es die Gärtner überhaupt gab. Nur war er damals noch nicht Crake, nicht mal annähernd. Er war nur irgendein verkorkster Junge namens Glenn.«

Nachdem Zeb sich bei HelthWyzer eingerichtet hatte, lernte er die dortigen Verhaltensmuster und fuhr fort, sie so schnell wie möglich nachzuahmen. Die richtigen Verhaltensmuster zur Schau zu stellen war der goldene Pfad zur Integration und somit zum Überleben. Wenn also das riesige Monsterauge Hochwürdens über das riesige Konzernnetzwerk zu gleiten und nach ihm zu suchen begann, was jeden Moment passieren könnte, würde er ihn schlichtweg übersehen. Schutzfärbung, das war es, was er brauchte.

Das offizielle Image von HelthWyzer West war das einer großen, glücklichen Familie, die sich der Wahrheit verschrieben hatte, der Besserung des Menschen. Sich allzu lange mit dem Thema Wertsteigerung für Aktionäre aufzuhalten galt als schlechter Stil, doch andererseits gab es auch ein Optionspaket für Angestellte. Von allen Mitarbeitern wurde erwartet, dass sie unermüdlich gute Laune hatten, gewissenhaft ihre zugewiesenen Ziele erreichten und – genau wie in einer richtigen Familie – nicht allzu genau nachfragten, was da eigentlich wirklich gespielt wurde.

Und ebenso wie in einer richtigen Familie gab es verbotene Zonen. Einige waren gedanklich, andere rein körperlich. Das Plebsland jenseits des HelthWyzer-Komplexes gehörte dazu, es sei denn, man besaß einen Pass und ausgewiesenen Personenschutz. Die firmeneigenen Firewalls waren dick und in manchen Fällen undurchdringlich geworden, es sei denn, man hatte einen Heimvorteil; wem es also nicht gelang, sich ins System zu hacken, schnappte sich das Primärmaterial. Superhirne aus Konzernen aller Art wurden entführt und ins Ausland oder – so sagte man – zu einem rivalisierenden Konzern verschleppt, wo man das vermutete Gold und die Edelsteine aus ihren Köpfen schabte.

Dergleichen stellte für HelthWyzer West eine ernsthafte Bedrohung dar – das heißt also, hinter verschlossenen Türen spielten sich allerhand eher wichtige Dinge ab –, und sie hatten die entsprechenden Schutzbarrieren hochgezogen. Alle Top-Bio-Nerds trugen Beeper bei sich, die ihren Standort erfassten, wobei auch die in der Vergangenheit schon geschickt gehackt und benutzt worden waren, um ihre Träger aufzuspüren. In den Fluren und Konferenzräumen gemahnten Plakate an die allgegenwärtigen Gefahren. KOPFLOS IST SINNLOS! SICHERHEIT GEHT VOR! Oder: DEIN GEDÄCHTNIS IST UNSERE IP-ADRESSE, WIR SCHÜTZEN SIE FÜR DICH!

Oder: DAS HIRN IST WIE EIN FELD: OHNE FRÜCHTE IST ES WERTLOS. Auf dieses letzte Poster hatte jemand mit Filzmarker geschrieben: Obst ist gesund! Esst mehr Scheiße! Aha, dachte Zeb, unter all den lächelnden Gesichtern gab es also auch ein paar heimliche Querulanten.

Zur allgemeinen Erbauung veranstaltete HelthWyzer jeden Donnerstag im zentralen Park des Komplexes für die glückliche Familie ein Grillfest. Von Adam wusste Zeb, dass er diese Happenings unter gar keinen Umständen versäumen dürfe, da sie optimales Territorium boten, zu lauschen und die unsichtbaren Machtstrukturen auszuloten. Die am lässigsten Gekleideten seien höchstwahrscheinlich die Alphatiere. Adam sagte auch, dass Zeb sich für einige der Freizeitaktivitäten interessieren könnte, vor allem für die Brettspiele; wobei er nicht erwähnt hatte, warum.

Also tauchte Zeb am ersten Donnerstag nach seiner Ankunft auf dem HelthWyzer-Grillfest auf. Er probierte sich durchs Buffet: So-Lecker-Eis für die Kinder, Schweinerippchen für die Fleischfresser, OjaSoja-Produkte und Quornburger für die Veganer. NullQual-HappsKebaps für Leute, die Fleisch essen wollten, ohne ein Tier zu töten – das »quälfreie« Fleisch wurde im Labor aus Zellen gezüchtet, und mit genug Bier zum Nachspülen waren die Dinger wahrscheinlich durchaus genießbar, glaubte Zeb. Aber Zeb hatte sich vorgenommen, seinen Alkoholkonsum zu beschränken, denn er musste wachsam bleiben, und so hielt er sich an die Rippchen. Für die brauchte man nicht extra angetrunken zu sein.

Abseits der Menge waren diverse nerdige Sport- und Spielvarianten im Gange. Krocket und Boccia in der Sonne, Tischtennis und Tischfußball unter einem Sonnenschutz. Gruppenspiele für die unter Sechzigjährigen, modifizierte Fangspiele für die Älteren. Und für die spaßbefreiten hyperintelligenten und potenziellen Asperger-Autisten-Wunderkinder war eine Reihe von Rechnern aufgebaut, wo sie im Internet – natürlich alles im Rahmen der HelthWyzer-Grenzen – ihren zwangsneurotischen Ausrichtungen freien Lauf lassen und einander blickkontaktfrei zum Kräftemessen herausfordern konnten.

Zeb sah sich die Spiele an: *3-D-Waco*, *Hallo Darmparasit!*, *WetterMonster*, *Blut und Rosen*. Und *Barbarenklatschen*, das kannte er noch nicht.

Und da kam auch schon Marjorie mit dem Spanielblick direkt auf ihn zugestiefelt; ihr unterwürfiges Lächeln wurde von einem Klecks Ketchup am Kinn untermalt. Höchste Zeit, die Beine in die Hand zu nehmen: Sie sah aus wie eine Frau mit Besitzansprüchen, die überall Rivalinnen witterte, die die Hosentaschen ihres schlafenden Liebhabers durchsuchen und wahrscheinlich auch seine Mails lesen würde. Aber vielleicht war er einfach nur paranoid. Jedenfalls wollte er es nicht darauf ankommen lassen.

»Na, hast du Lust auf n Spiel?«, fragte er den nächstbesten jugendlichen Superchecker, einen dünnen Jungen im schwarzen T-Shirt, der neben einem Teller mit abgenagten Schweinerippchen saß. War das eine Tasse Kaffee? Seit wann durften Kinder in dem Alter Kaffee trinken? Wo waren seine Eltern?

Mit großen, klaren, grünen Augen, aber möglicherweise spöttischem Blick sah der Junge zu ihm hoch. Hier auf diesem Grillfest trugen offenbar sogar die Kinder Namensschilder: *Glenn*, las Zeb.

»Klar«, sagte der junge Glenn. »Normales Schachspiel?«

»Im Gegensatz zu?«, fragte Zeb.

»3-D«, sagte Glenn gleichgültig. Wenn Zeb nicht mal das wusste, konnte es ja nichts werden. Logisch.

Und so begegneten sich Zeb und Crake zum ersten Mal.

»Aber wie gesagt, damals war er noch nicht Crake«, sagt Zeb. »Er war damals nur ein Junge. Er hatte noch nicht allzu viel Scheiße erlebt, wobei ›nicht allzu viel‹ immer eher ne Geschmacksfrage ist.«

»Wirklich?«, fragt Toby. »So lange ist das her?«

»Würde ich dich anlügen?«, sagt Zeb.

Toby denkt darüber nach. »In dieser Sache nicht«, sagt sie.

Zeb war so großzügig und auch so überheblich, Glenn Weiß spielen zu lassen, und Glenn faltete Zeb zusammen, wobei Zeb sich redlich bemühte. Danach spielten sie eine Runde *3-D-Waco* und Zeb besiegte Glenn, der sofort Revanche forderte. Die endete im Gleichstand. Glenn sah Zeb mit einem Hauch von Respekt an und fragte ihn, woher er komme.

Zeb tischte ihm ein paar Lügen auf, aber es waren unterhaltsame Lügen: Irreführung und die Schwimmende Welt kamen darin vor und der ein oder andere Bärenbrücken-Bär, wobei er Namen und Standort der Bärenbrücke änderte und alles wegließ, was mit Chuck zu tun hatte. Glenn hatte den Komplex noch nie verlassen, zumindest soweit er sich erinnern konnte, also mussten die Geschichten mythische Qualität für ihn haben. Auch wenn er sich alle Mühe gab, nicht allzu beeindruckt zu wirken.

Jedenfalls begann Glenn, an Grilldonnerstagen und auch in den Mittagspausen Zebs Nähe zu suchen. Heldenverehrung war es nicht direkt; Glenn suchte in Zeb auch keinen Vaterersatz. Eher einen älteren Bruder, befand Zeb. Bei HelthWyzer gab es nicht viele Spielgefährten in Glenns Alter. Oder solche, die mit ihm mithalten konnten. Nicht, dass er Zeb nun hirntechnisch für besonders weit vorn gehalten hätte, aber auch nicht für völlig hoffnungslos. Wobei das alles etwas von Hoftheater hatte: Glenn war der Kronprinz und Zeb der leicht schusselige Höfling.

Genau wie alt war Glenn? Acht, neun, zehn? Zeb konnte es kaum sagen, da er sich an sein eigenes Leben mit acht, neun oder zehn nicht gern erinnerte. Er hatte damals viel zu viel Zeit im Dunkeln verbracht, ob nun so oder so. Alles das musste vergessen werden, und er hatte hart am Vergessen gearbeitet. Dennoch, wann immer er einen Jungen in diesem Alter sah, wollte er als Erstes rufen: *Lauf! Lauf weg, so schnell du kannst!* Und sein zweiter Gedanke war: *Werde groß! Werde sehr groß!* Wer sehr groß wurde, würde sich nie wieder von irgendjemandem unterdrücken lassen müssen. Zumindest nicht maßgeblich. Wobei, überlegte er, dem Wal hatte seine Größe auch nichts genützt. Oder dem Tiger. Oder dem Elefanten.

Es musste da jemanden oder etwas geben im Leben des jungen Glenn: Er wirkte gequält. Er hatte diesen gewissen Gesichtsausdruck, wie ihn Zeb bei sich selbst entdeckte, wenn er sich zufällig im Spiegel sah: einen misstrauischen Blick, als wisse er nicht, welcher Busch, welcher Parkplatz oder welches Möbelstück sich auftun und den lauernden Feind oder die Fallgrube zum Vorschein bringen würde. Doch Glenn hatte weder Narben noch Prellungen und auch keine Essstörung, zumindest soweit Zeb erkennen konnte: Wer oder was also quälte ihn? Vielleicht nichts Genaues. Eher ein Mangel, ein Vakuum.

Nach mehreren Donnerstagen und etwas genauerer Beobachtung kam Zeb zu dem Schluss, dass Glenns Eltern weder für ihren Sohn noch füreinander sonderlich viel Zeit hatten: Aus ihrer Körpersprache ging hervor, dass sie längst über das Stadium der Irritation und gelegentlichen Abneigung hinweg waren und aktiven Hass kultivierten. Trafen sie in der Öffentlichkeit aufeinander, gab es eisige Blicke und knappe Worte, und jeder ging hastig seiner Wege. Hinter den Vorhängen köchelte auf dem privaten Herd ein Topf voller Wut: Dieser blubbernde Kessel erforderte ihre komplette Aufmerksamkeit, und Glenn war nichts als Fußnote oder Sammelkarte. Vielleicht fühlte sich Glenn aus demselben Grund, aus dem Kinder Dinosaurier mögen, zu Zeb hingezogen: Fühlt man sich alleingelassen in einer Welt, die man nicht kontrollieren kann, ist es tröstlich, ein gewaltiges Schuppentier zum besten Freund zu haben.

Glenns Mutter arbeitete in der Küchenverwaltung, bestellte Vorräte, plante Mahlzeiten. Glenns Vater war in der Forschungsabteilung ein mittelgroßes Tier – Experte für kuriose Mikroben, ungewöhnliche Viren, eigenartige Antigene und abseitige anaphylaktische Biovektoren. Ebola- und Marburgvirus zählten zu seinen Spezialgebieten, aber zur Zeit arbeitete er an einer seltenen allergischen Reaktion auf rotes Fleisch, die mit Zecken zusammenhing. Die von einem Wirkstoff in den Speichelproteinen der Zecken verursacht wurde, sagte Glenn.

»Das heißt«, sagte Zeb, »man wird von ner Zecke angesabbert, und schon kann man kein Steak mehr essen, ohne am ganzen Körper Pickel zu kriegen und an Atemnot zu sterben?«

»Sonnenseite«, sagte Glenn. Es war eine Phase, die er gerade durchlief: Er sagte das Wort ›Sonnenseite‹ und fügte dann irgendeine grausliche Nebeninformation hinzu. »Sonnenseite, wenn man's schaffen würde, sie unter die Leute zu bringen – wenn diese Zeckenspeichelproteine zum Beispiel in handelsüblichem Aspirin eingebettet würden –, dann wäre jeder gegen rotes Fleisch allergisch, das einen fetten CO_2-Fußabdruck hinterlässt und schuld ist an der Abholzung der Wälder, weil man Weideflächen für die Rinderherden braucht; und dann ...«

»Also unter Sonnenseite versteh ich was anderes«, sagte Zeb. »Nur muss man bedenken: Wir sind Jäger und Sammler, und die Evolution hat uns ausgerichtet, um Fleisch zu essen.«

»Und um tödliche Allergien gegen Zeckenspeichel zu entwickeln«, sagte Glenn.

»Aber nur bei denen, die aus dem Genpool rausgefiltert werden sollen«, sagte Zeb. »Weswegen sie so selten sind.«

Glenn grinste, was nicht oft bei ihm vorkam. »Hast gewonnen«, sagte er.

Wenn Zeb und Glenn donnerstags Computerspiele spielten, kam Glenns Mutter Rhoda gelegentlich angeschlendert und schaute zu, wobei sie sich ein wenig zu dicht über Zebs Schulter beugte und ihn hin und wieder sogar mit – mit was eigentlich berührte? Dem funktionalen Ende ihrer Brust? Fühlte sich zumindest so an. Ein Finger war's jedenfalls nicht. Von ihrem leichten Bieratem stellten sich die feinen Härchen an seinen Ohren auf. Glenn jedoch wurde niemals von ihr angerührt. Streng genommen wurde Glenn von niemandem angerührt. Irgendwie bekam er das hin: Er hatte um seine Person herum eine unsichtbare Flugverbotszone ausgerufen.

»Ihr beiden«, sagte Rhoda jedes Mal. »Ihr solltet ein bisschen rausgehen, frische Luft schnappen. Spielt doch mal ne Runde Fangen.« Glenn nahm diese mütterlichen Einmischungsversuche nicht weiter zur Kenntnis und Zeb auch nicht: Glenns Mutter war zwar noch nicht völlig verwelkt, aber für seine Begriffe weit über das Verfallsdatum hinaus, wobei, zur äußersten Not, wenn er zum Beispiel zusammen mit ihr auf einer Rettungsinsel gestrandet wäre … Aber war ja nicht so, also ignorierte er die kleinen Stupser mit der Brustwarze und die gehauchten Signale und konzentrierte sich auf die blutige Hälfte von *Blut und Rosen*: also darauf, die Bevölkerung des antiken Karthago auszurotten und Salz auf den Boden zu streuen, Belgisch-Kongo zu unterjochen und alle erstgeborenen ägyptischen Babys abzuschlachten.

Aber wozu es bei den Erstgeborenen belassen? Einige der Grausamkeiten beim virtuellen *Blut und Rosen* sahen vor, dass die Babys in die Luft geworfen und aufgespießt wurden, oder in brennende Öfen geworfen, oder mit dem Kopf gegen eine Steinmauer geschmettert. »Tausche tausend Babys gegen den Palast von Versailles und das Lincoln Memorial«, sagte er zu Glenn.

»Vergiss es«, sagte Glenn. »Außer ich krieg Hiroshima dazu.«

»Hast du sie noch alle?! Willst du, dass diese Babys qualvoll zugrunde gehen?«

»Das sind keine echten Babys. Es ist ein Spiel. Dann sterben sie halt, und das Inkareich bleibt erhalten. Mit der ganzen geilen Goldkunst da.«

»Dann war's das mit den Babys«, sagt Zeb. »Du herzloser kleiner Scheißer. Pfft. Da. Aus. Und übrigens: Ich setz jetzt meine Jokerpunkte ein, um das Lincoln Memorial in die Luft zu jagen.«

»Na und?«, sagt Glenn. »Ich hab immer noch Versailles, und die Inkas. Gibt sowieso zu viele Babys. Was meinst du, was die für einen CO2-Fußabdruck hinterlassen.«

»Ihr seid schrecklich, ihr beiden«, sagte Rhoda und kratzte sich. Hinter seinem Rücken hörte Zeb das Geräusch ihrer Fingernägel wie Katzenkrallen auf Filz. Er fragte sich, wo genau sie sich kratzte, und dann bemühte er sich aktiv, nicht mehr darüber nachzudenken. Glenn hatte schon genug Sorgen, da musste sein einziger verlässlicher Freund nicht auch noch mit seiner unzuverlässigen Mutter anbändeln.

Schneller als gedacht war es so, dass Zeb dem jungen Crake ein paar außerschulische Lektionen im Codieren gab, das heißt – praktisch gesprochen – auch im Hacken. Der Junge war ein Naturtalent und zeigte sich nun endlich beeindruckt von einigen Dingen, die Zeb wusste und er nicht, und er kapierte blitzschnell. Wie verlockend war es, dieses Talent zu nehmen, zu wetzen und zu polieren und die Schlüssel zum Königreich weiterzureichen – die Sesam-öffne-dichs, Hintertürchen und Abkürzungen? Sehr verlockend. Und Zeb gab der Verlockung nach. Es machte einen Heidenspaß, den Jungen die Informationen aufsaugen zu sehen, und wer hätte ahnen können, was die Sache für Konsequenzen haben würde? Aber so war es ja meistens, wenn man Spaß hatte.

Als Dank für Zebs Verschlüsselungs- und Hackergeheimnisse verriet Glenn ihm ein paar seiner eigenen Geheimnisse. Zum Beispiel, dass er die Nachttischlampe im Zimmer seiner Mutter verwanzt hatte, wodurch Zeb erfuhr, dass sich Rhoda mit einem Typ namens Pete aus der mittleren Führungsebene vergnügte, meist unmittelbar vor der Mittagspause.

»Mein Vater weiß nichts davon«, sagte Glenn. Er überlegte einen Moment und fixierte Zeb mit seinen gespenstischen grünen Augen. »Meinst du, ich sollte's ihm stecken?«

»Vielleicht solltest du überhaupt nicht lauschen«, sagte Zeb.

Glenn blickte kühl zurück. »Und warum nicht?«

»Weil das was für Erwachsene ist«, sagte Zeb und fand sogar selbst, dass er spießig klang.

»Du hättest das auch getan in meinem Alter«, sagte Glenn; und Zeb konnte nicht leugnen, dass er tatsächlich keine Millisekunde gezögert hätte, wären Gelegenheit und Technik vorhanden gewesen. Gierig, schadenfroh, ohne mit der Wimper zu zucken.

Andererseits hätte er es vielleicht gelassen, wenn es um seine eigenen Eltern gegangen wäre. Nicht mal jetzt kann er sich Hochwürden vorstellen, wie er grunzend und rammelnd auf Trudy liegt – einer von parfümierter Körpercreme und Gleitcreme glitschigen Trudy, prall wie ein rosa Satinkissen –, ohne dass ihm flau wird.

Grobs Angriff

»Jetzt kommt der Teil, wo ich Pilar kennenlerne«, sagt Zeb.

»Was in aller Welt hat Pilar bei HelthWyzer zu suchen gehabt?«, fragt Toby. »Hat sie etwa für einen Konzern gearbeitet, und in einem Komplex gelebt?«

Dabei war ihr die Antwort klar. Viele der Gärtner hatten in einem Konzernkomplex angefangen, und viele der MaddAddamiten ebenfalls. Wo hätte man als Biowissenschaftler sonst arbeiten sollen? Wollte man einen Job in der Forschung, musste man für einen Konzern arbeiten, denn da war das Geld. Aber natürlich würde man sich auf Projekte konzentrieren, die den Konzern interessierten, und weniger auf die, die einen selbst interessierten. Und diejenigen Projekte, die den Konzern interessierten, mussten sich gewinnbringend vermarkten lassen.

Zeb und Pilar begegneten sich zum ersten Mal auf einem der Grillfeste. Er hatte sie dort noch nie gesehen. Einige der älteren Mitarbeiter verzichteten auf das wöchentliche Barbecue: Es sei eher etwas für jüngere Leute, die jemanden abschleppen wollten oder auch nicht, die tratschten und an Infos kommen wollten, und aus dem Alter war Pilar raus. Wie Zeb später erfuhr, war sie auf der Altersleiter schon ziemlich weit oben.

An jenem Donnerstag aber war sie da. Zunächst sah Zeb nur eine kleine, grau-schwarz melierte ältere Frau, die etwas abseits mit Glenn vor einem Schachbrett saß. Es war eine seltsame Kombination – ältliche Dame, vorlauter Junge – und seltsame Kombinationen faszinierten ihn.

Lässig schlenderte Zeb heran und schielte Glenn über die Schulter. Er beobachtete eine Zeitlang das Spiel und versuchte sich mit Hilfestellungen zurückzuhalten. Keiner hatte einen offensichtlichen Vorteil. Die ältere Dame spielte vergleichsweise flink, aber nicht hektisch, während Glenn grübelte. Sie zwang ihn zum Denken.

»Königin auf h5«, sagte Zeb schließlich. Diesmal spielte Glenn Schwarz. Zeb fragte sich, ob er sich aus Wagemut dafür entschieden hatte oder ob sie ausgelost hatten.

»Glaub ich nicht«, sagte Glenn ohne aufzublicken, während er seinen Springer bewegte, um – wie Zeb jetzt erkannte – ein mögliches Schach zu verhindern. Die ältere Dame lächelte Zeb an, das Lächeln eines schrumpelgesichtigen, braunhäutigen Gnoms, das alles hätte heißen können, von *Ich mag dich* bis hin zu *Nimm dich in Acht*.

»Wie heißt denn dein Freund?«, fragte sie Glenn.

Glenn blickt Seth stirnrunzelnd an, womit er zu verstehen gab, dass er sich bei dem Spiel unsicher war. »Das ist Seth«, sagte er. »Das ist Pilar. Du bist am Zug.«

»Tag«, sagte Zeb nickend.

»Freut mich«, sagte Pilar. »Gute Rettung«, sagte sie zu Glenn.

»Bis später«, sagte Zeb zu Glenn. Er schlenderte davon, um sich einen quälfreien HappsKebab zu genehmigen – trotz der Fleischersatz-Beschaffenheit kam er allmählich auf den Geschmack –, und ein SoLecker-Waffeleis mit Quasi-Himbeergeschmack.

Er nuckelte an seiner Waffel, warf einen Blick über die Wiese und stellte ein Ranking der vorhandenen Frauen auf. Es war ein harmloser Zeitvertreib. Die Skala reichte von eins bis zehn. Zehner (Auf der Stelle!) gab es keine, ein paar Achten (Wenn man ein Auge zudrückt), einen Haufen Fünfen (Im Notfall), einige definitive Dreien (Nur gegen Geld) und eine unglückselige Zwei (Nur gegen sehr viel Geld!) – da spürte er, wie ihn jemand am Arm berührte.

»Nicht erschrecken, Seth«, sagte eine leise Stimme. Er sah hinunter: Es war die kleine walnussgesichtige Pilar. War das eine Anmache? Wohl kaum, aber wenn doch, könnte es höflichkeitstechnisch heikel werden: Wie sagt man auf angemessene Weise nein?

»Deine Schnürsenkel sind auf«, sagte sie.

Zeb starrte sie an. Seine Schuhe hatten keine Schnürsenkel. Es waren Slipper.

»Willkommen bei MaddAddam, Zeb«, sagte sie lächelnd.

Zeb hustete ein Stück SoLecker-Waffel hervor. »Fuck!«, sagte er, besaß aber immerhin die Geistesgegenwart, es leise zu sagen. Adam mit seinem idiotischen Schnürsenkel-Passwort. Wer denkt denn noch an sowas?

»Schon gut«, sagte Pilar. »Dein Bruder und ich, wir kennen uns. Ich habe geholfen, dich hier einzuschleusen. Schau gelangweilt, als ob wir Smalltalk machen.« Wieder lächelte sie ihn an. »Bis nächsten Donnerstag beim Grillfest. Wir sollten uns auf ein Spiel treffen.« Dann schwebte sie gelassen in Richtung Krocket davon. Ihre Körperhaltung war hervorragend: Zeb tippte auf Yoga-Anhängerin. Menschen mit solcher Haltung gaben ihm persönlich das Gefühl, ein Schluffi zu sein.

Es juckte ihn in den Fingern, ins Internet zu gehen, über den bewährten Lotusblatt-Pathway den MaddAddam-Chatroom von Urzeit-Exitus aufzusuchen und Adam nach dieser Frau zu fragen, aber er wusste, dass das unklug wäre. Je weniger im Internet gesagt wurde, desto besser, auch wenn man sich in Sicherheit wähnte. Das Netz war immer schon genau das gewesen – ein Netz voller Löcher, in das man jederzeit hineingeraten konnte; und so war es noch immer, trotz der angeblich ständig hinzugefügten Anpassungen in Form von undurchlässigen Algorithmen, Passwörtern und Daumenscans.

Aber was erwarteten sie anderes? Bei Cybersklaven wie ihm, der die Sicherheitsschlüssel in der Hand hatte, war ein Leck doch geradezu vorprogrammiert. Die Bezahlung war zu schlecht, also war die Versuchung groß, zu stöbern, zu schnüffeln, zu petzen und gegen fette Belohnungen Daten weiterzugeben. Allerdings wurden die Strafen immer extremer, was ein gewisses Gegengewicht bildete. Cyberpiraten wurden immer professioneller, siehe die Firmen, für die er in Rio gearbeitet hatte. Wenige Leute hackten heutzutage noch aus Jux, nicht mal im Rahmen von Protestaktionen wie damals in den legendären goldenen Jahren, über die Retro-Anonymous-Masken tragende Mittvierziger in den schummrigen, spinnwebenverhangenen, toten Winkeln des Web in nostalgisches Schwärmen gerieten.

Was würden Protestaktionen überhaupt noch nützen? Die Konzerne machten mobil, um eigene private Geheimdienste aufzubauen und die Artillerie unter ihre Kontrolle zu bringen; kein Monat war vergangen ohne irgendein neues, angeblich zum Schutz der Allgemeinheit erlassenes Waffengesetz. Demonstrationen von der alten Schule waren passé. Unter der Hand konnte man sich wie Hochwürden an individuellen Zielen rächen, aber jede Art von öffentlicher Aktion mit Menschenmengen, Bannern und anschließend eingeschlagenen Schaufensterscheiben würden im Keim erstickt werden. Das hatte sich allmählich herumgesprochen.

Er verputzte den letzten Bissen von seiner SoLecker-Waffel, wehrte die stupsnasige Marjorie ab, die ihn für eine Runde Krocket gewinnen wollte und die Beleidigte spielte, als er sagte, er habe bei Holzbällen zwei linke Hände, und schlenderte hinüber zu Glenn, der immer noch dasaß und auf das Schachbrett starrte. Er hatte es wieder aufgestellt und spielte gegen sich selbst. »Und, wer hat gewonnen?«, fragte Zeb.

»Ich fast«, sagte Glenn. »Sie kam mir mit nem Grobs Angriff. Hatte ich nicht mit gerechnet.«

»Was genau macht sie eigentlich hier?«, fragte Zeb. »Leitet sie irgendeine Abteilung?«

Glenn grinste. Es machte ihm Spaß, Dinge zu wissen, die Zeb nicht wusste. »Pilze. Schimmel. Spielst du ne Partie mit mir?«

»Morgen. Hab zu viel gegessen, mein Kopf ist nicht mehr klar.«

Glenn schaut grinsend zu ihm hoch. »Du hast doch nur Schiss«, sagt er.

»Vielleicht bin ich nur zu faul. Woher kennst du sie?«, fragte Zeb.

Glenn sah ihn etwas zu lange, etwas zu durchdringend an: grüne Katzenaugen. »Hab ich doch gesagt. Sie arbeitet mit meinem Vater zusammen. Er gehört zu ihrem Team. Jedenfalls ist sie im Schachclub. Ich spiel gegen sie, seit ich fünf bin. Die ist nicht ganz doof.«

Was für ihn schon das Maximum an Anerkennung war.

Vektor

Beim nächsten Grilldonnerstag war Glenn nicht da. Schon seit einigen Tagen fehlte jede Spur von ihm. Er hatte weder in der Cafeteria gelungert noch hatte er Zeb nach neuen Hackertricks gefragt. Er war unsichtbar geworden.

War er krank? War er weggelaufen? Das waren die einzigen beiden Möglichkeiten, die Zeb einfielen, und das Weglaufen schloss er gleich wieder aus: Dazu war der Junge bestimmt zu jung, und ohne Genehmigung war es schwierig, HelthWyzer zu verlassen. Wobei sich Glenn mit seinen neuen Codiertricks wahrscheinlich locker eine hätte fälschen können.

Aber es gab noch eine andere Möglichkeit: Vielleicht hatte der kleine Klugscheißer ja jenseits der digitalen Grenzen gewildert. Womöglich war er in irgendeine sakrosankte Datenbank eingebrochen und hatte sich bedient – einfach so aus Spaß, um etwas zwielichtigen Handel mit dem chinesischen Graumarkt zu treiben oder schlimmer noch, mit den Albanern, die waren im Moment auf dem aufsteigenden Ast – und sich erwischen lassen. In dem Fall säße er jetzt in einem Debriefing-Raum und müsste sich das Hirn leerpumpen lassen, und darum war er nicht zu beneiden, denn nach so einer Sache hatte man meist nichts mehr nördlich der Augen als einen ausgelutschten Spüllappen. Würden sie einem Kind so etwas antun? Ja. Sie würden.

Er hoffte inständig, dass es das nicht war: wenn ja, hätte er ein äußerst schlechtes Gewissen, denn dann wäre er ein sehr schlechter Lehrer gewesen. »Regel Nummer eins«, hatte er betont: »Lass dich nicht erwischen.« Aber das war manchmal leichter gesagt als getan. Hatte er beim Codiergefrickel geschlampt? Hatte er dem Jungen eine Abkürzung gezeigt, deren Haltbarkeitsdatum abgelaufen war? Hatte er ein paar Umleitungen übersehen, ein paar Wegmarken, die darauf hindeuteten, dass er und Glenn nicht die Einzigen waren, die seinen angeblich höchstpersönlichen Wildererpfad beschritten hatten?

Auch wenn er sich große Sorgen machte um den Jungen, wollte Zeb nicht anfangen, die Lehrer oder gar Glenns desinteressierte und nachlässige Eltern auszufragen: Er musste den Ball flachhalten, er durfte keine Aufmerksamkeit auf sich lenken.

Zeb ließ den Blick über die Leute schweifen. Kein Glenn weit und breit. Aber da drüben war Pilar, dort unter einem Baum. Sie saß vor einem Schachbrett, das sie eindringlich zu studieren schien. Er nahm seinen lässigen Schlendergang an und bahnte sich einen Weg zu ihr hinüber, in der Hoffnung, dass es möglichst beiläufig wirkte.

»Na, wie wär's mit ner Partie?« fragte er.

Pilar sah hoch. »Aber gern«, sagte sie lächelnd. Zeb setzte sich.

»Wir losen aus, wer Weiß spielt«, sagte Pilar.

»Ich spiel gerne Schwarz«, sagte Zeb.

»So sagte man mir«, sagte Pilar. »Wie du willst.«

Sie eröffnete mit einem Damenläufer, und Zeb entschied sich für eine damenindische Verteidigung. »Wo ist Glenn?«, fragte er.

»Sieht gerade nicht gut aus«, erwiderte sie. »Konzentrier dich auf das Spiel. Glenns Vater ist tot. Glenn ist natürlich sehr mitgenommen. Die CorpSeCorps-Leute haben ihm erzählt, es sei Selbstmord gewesen.«

»Ach«, sagte Zeb. »Wann war das?«

»Vor zwei Tagen«, sagte Pilar und zog mit ihrem Damenspringer. Zeb zog mit seinem Läufer und blockierte ihn. Jetzt würde sie sich anstrengen müssen, um ihr Zentrum zu entwickeln. »Die Frage ist allerdings nicht wann, sondern wie. Er wurde von der Autobahnbrücke gestoßen.«

»Von seiner Frau?«, fragte Zeb und dachte daran, wie ihm Rhoda ihre Brust in den Rücken gedrückt hatte, und er dachte auch an die Wanze in ihrer Nachttischlampe. Die Frage war eher witzig gemeint – er hätte sich schämen müssen. Hin und wieder schossen ihm solche Bemerkungen aus dem Mund wie Popcorn. Aber es war auch eine ernsthafte Frage: Konnte ja sein, dass Glenns Vater hinter die Schäferstündchen seiner Frau gekommen war und dass die beiden jenseits der HelthWyzer-Mauern spazieren gegangen waren, um ein Gespräch unter vier Augen zu führen, und dann wollten sie über die Autobahnbrücke schlendern, um auf den Verkehr zu sehen, und dann gab es Streit, und Glenns Mutter hatte ihren Mann übers Geländer gestoßen, ohne dass er sich hatte wehren können …

Pilar betrachtete ihn. Vermutlich wartete sie, bis er wieder bei Sinnen war.

»Schon gut, ich nehm's zurück«, sagte er. »Sie war's nicht.«

»Er hat eine Entdeckung gemacht, die mit HelthWyzer zu tun hat«, sagte Pilar. »Er hatte das Gefühl, diese Praktik sei nicht nur ethisch nicht vertretbar, sondern auch eine Gefahr für die öffentliche Gesundheit und daher unmoralisch. Er drohte, mit seinem Wissen an die Öffentlichkeit zu gehen; oder vielleicht nicht direkt an die Öffentlichkeit, denn die Presse hätte die Sache wahrscheinlich nicht angerührt. Aber wenn er zu einem feindlichen Konzern gegangen wäre, vor allem zu einem ausländischen, hätte dieser Konzern die Informationen benutzen können, um HelthWyzer zu schaden.«

»Er war doch in Ihrem Team, oder?«, fragte Zeb. Im Bemühen, ihr zu folgen, geriet ihm das Spiel aus dem Blick.

»Angegliedert«, sagte Pilar und räumte einen seiner Springer ab. »Er hat sich mir anvertraut. Und jetzt vertraue ich mich dir an.«

»Warum?«, fragte Zeb.

»Ich werde versetzt«, sagte Pilar. »In die HelthWyzer-Zentrale an der Ostküste. Zumindest hoffe ich das, es könnte allerdings auch schlimmer kommen. Vielleicht denken sie, mir fehlt es an Enthusiasmus oder sie zweifeln an meiner Loyalität. Du musst hier unbedingt weg; wenn ich erstmal versetzt bin, kann ich nicht mehr für deine Sicherheit garantieren. Nimm mit deinem Springer meinen Läufer.«

»Das wäre ein schlechter Zug«, sagte Zeb. »Das eröffnet den Weg zu …«

»Nimm ihn einfach«, sagte sie ruhig. »Behalt ihn in der Hand. Ich habe einen anderen, den ich in die Schachtel zurücklegen werde. Niemand wird merken, dass ein Läufer fehlt.«

Zeb bettete den Läufer in seine Hand. Solche Tricks hatte er bei Slaight gelernt, damals in seiner Zeit in der Schwimmenden Welt. Geschickt schob er ihn in seinen Ärmel.

»Was soll ich denn damit?«, fragte er. Wenn Pilar nicht mehr da war, wäre er allein auf einsamer Flur.

»Nur abliefern«, sagte sie. »Ich fälsche dir einen Tagespass mit einer passenden Geschichte; man wird dich fragen, was du im Plebsland zu schaffen hast. Sobald du den HelthWyzer-Komplex verlassen hast, wartet eine neue Identität auf dich. Nimm den Läufer mit. Es gibt eine Sexclub-Kette namens Scales and Tails, guck's im Netz nach. Such die nächstgelegene Zweigstelle auf. Das Passwort lautet *ölig*. Man wird dich reinlassen. Dort gibst du den Läufer ab. Er enthält etwas; die Leute dort werden wissen, wie man ihn öffnet.«

»Bei wem soll ich ihn abgeben?«, fragte Zeb. »Was ist denn da überhaupt drin? Wer sind *die Leute dort*?«

»Vektoren«, sagte Pilar.

»In welchem Sinne?«, fragte Zeb. »Mathematische Vektoren?«

»Sagen wir, biologische. Vektoren für Bioformen. Und diese Vektoren stecken wiederum in anderen Vektoren, die wie Vitaminpillen aussehen: drei Sorten, weiß, rot und schwarz. Und die Pillen stecken in einem anderen Vektor, nämlich dem Läufer. Und der wird wiederum von einem Vektor transportiert, nämlich von dir.«

»Was ist das, in den Pillen? Drogen? Computerchips?«

»Mitnichten. Frag besser nicht«, sagte Pilar. »Aber was immer du tust, schluck niemals eine dieser Pillen. Wenn du das Gefühl hast, du wirst beschattet, lass den Läufer in irgendeinen Gully fallen.«

»Und was ist mit Glenn?«, fragte Zeb.

»Schachmatt«, sagte Pilar und stieß seinen König um. Lächelnd stand sie auf. »Glenn wird seinen Weg machen«, sagte sie. »Er weiß nicht, dass sein Vater ermordet wurde. Er weiß es noch nicht. Oder nicht direkt. Aber er ist sehr gescheit.«

»Sie meinen, er wird selber draufkommen«, sagte Zeb.

»Hoffentlich nicht zu bald«, sagte Pilar. »Er ist zu jung für so eine schlechte Nachricht. Er wird vielleicht nicht in der Lage sein, den Dummen zu spielen, anders als du.«

»Ist nicht nur gespielt«, sagte Zeb. »Zum Beispiel, ganz konkret, wo wechsle ich meine Identität? Und wie komme ich an den Pass?«

»Geh in den MaddAddam-Chatroom, dort wartet ein volles Paket auf dich. Dann verwischst du dein aktuelles Gateway. Du kannst es dir nicht leisten, auf diesen Rechnern Abdrücke zu hinterlassen.«

»Heißt das, neue Gesichtsbehaarung?«, fragte Zeb, um die Stimmung aufzuheitern. »Für meine neue Identität? Und peinliche Hosen?«

Pilar lächelte. »Ich hatte meinen Beeper die ganze Zeit ausgeschaltet«, sagt sie. »An Barbecuetagen dürfen wir das, solange wir in Sichtweite bleiben. Ich schalte ihn jetzt wieder an. Sag nichts, was andere nicht hören dürfen. Gute Reise.«

Zeb holte seinen USB-Stick aus dem Versteck in der Schreibtischschublade, entfernte die Hustenbonbons, die wie Seepocken daran festklebten, aktivierte auf seinem Rechner *Hallo Darmparasit!*, schlüpfte in das gierige Maul des blinden Albtraumwurms und gelangte per Lotusblatt-Pathway in den MaddAddam-Chatroom. Und siehe da, dort wartete schon sein Instruktionspaket, wobei nichts darauf hindeutete, wer es ihm hinterlassen hatte. Er öffnete das Paket, merkte sich den Inhalt, hastete zurück und verwischte dabei seine Spuren. Dann zertrümmerte er den USB-Stick – genauer gesagt legte er ihn unter den Fuß seines Bettes und spang mehrmals aufs Bett –, um anschließend die Teile in verschiedenen Toiletten herunterzuspülen. Die Metall- und Plastikteile wären für sich genommen nicht so leicht runtergegangen, aber wenn man sie einbettet in …

»Schon gut«, sagt Toby. »Ich bin im Bilde.«

Zebs neuer Name war Hektor. Hektor der Vektor, dachte er sich. Irgendwer hatte einen ziemlichen bescheuerten Humor, aber dass es Pilar war, bezweifelte er: Sie war weniger der humorvolle Typ.

Aber natürlich konnte er seine neue Identität erst dann aktivieren, wenn er Mauern und Überwachungskameras von HelthWyzer West hinter sich gelassen hatte. Bis dahin blieb er Seth, ein unbedeutender Galeerensklave in der Dateneingabeabteilung, in seinen nerdigen Klamotten mit den braunen Cordhosen. Er baute darauf, dass ihm seine nächste Identität wenigstens bessere Hosen bescheren würde. Im Plebsland sollte ein Outfit auf ihn warten, gebunkert in einem Müllcontainer, der hoffentlich weder von Pennern, Verrückten noch entlassenen Filialleitern vorzeitig durchwühlt worden war.

Die Tarngeschichte für Seth war ein Serviceeinsatz in der örtlichen Filiale des AnuYu, eines Schönheits- und Stimmungsaufhellerkonzerns, der eine dubiose Tochtergesellschaft von HelthWyzer war. Gesundheit und Schönheit, die zwei verführerischen, am Nabel verbundenen Zwillinge mit ihrem ewigen Sirenengeheul. Beide wurden mit Nasenkorrekturen finanziert.

Die HelthWyzer-Produkte – die Vitaminzusätze, die OTC-Arzneimittel, die High-End-Pharmazeutika, Potenzpillen und so weiter – hatten wissenschaftliche Beipackzettel und lateinische Begriffe auf dem Etikett. AnuYu dagegen berief sich auf die dunklen Geheimnisse der Mondanbeter und das Wissen der im tiefsten raubwanzenverseuchten Regenwald ansässigen Schamanen. Aber dass es hier Überschneidungen gab, konnte Zeb nachvollziehen. Tut es weh, fühlst du dich krank und macht es dich hässlich, nimm dies von HelthWyzer; bist du hässlich, tut es weh und macht es dich krank, nimm das von AnuYu.

Zeb bereitete sich auf seine Mission vor, indem er in eine frisch gewaschene braune Cordhose schlüpfte. Er ordnete seine Mimik zu der seiner leicht chaotischen Seth-Figur um und zwinkerte sich im Badezimmerspiegel zu. »Du bist des Todes«, sagte er zu sich. Der Abschied von Seth, den ihm Adam im Zuge seines brüderlichen Besserwissertums auferlegt hatte, würde ihm absolut nicht leidtun. Er sehnte sich nach einem persönlichen Treffen mit Adam, und sei es, um ihm genau das aufs Brot zu schmieren. »Hast du irgendeine Ahnung, was ich durchmachen musste in diesen verfluchten Hosen?« – etwa so wären seine Worte.

Für Seth war es Zeit zu gehen. Mit seinem Passierschein schlenderte er in Richtung Haupteingang und summte dabei vor sich hin:

He ho, he ho
Ein neuer Griff ins Klo
Di dum di dum di dum di dum
Was reiß ich mich darum!

Jetzt nochmal eben die Tarngeschichte von Nachwuchs-Cyberklempner Seth vergegenwärtigen. Er hatte den Auftrag, die AnuYu-Website zu untersuchen und aufzuklären, wie sie manipuliert worden war. Irgendwer – vielleicht ein aufstrebender jugendlicher Hacker wie sein eigenes jüngeres Ich – hatte die Bilder manipuliert; wer auf die stimmungsaufhellenden, hautbildverbessernden Produkte klickte, sah, wie sich ein Trupp animierter orange-rotbrauner Insekten blitzschnell in die Bilder hineinfraß, um kurz darauf mit zuckenden Beinchen zu explodieren und gelbe Dampfschwaden auszustoßen. Es war albern, aber eindeutig.

Also hatte AnuYu um Hilfe gerufen. HelthWyzer wollte natürlich nicht, dass Seth das Problem systemintern anging: Das Ding sah zwar bescheuert aus, aber vielleicht war es auch eine Falle, und seine Planer hofften auf genau so eine Intervention, um die HelthWyzer-Firewalls zu durchbrechen und sich deren kostbare Daten unter den Nagel zu reißen. Daher musste jemand persönlich zu AnuYu: einer aus den unteren Etagen und einer – da das von Jugendgangs wimmelnde Plebsland ein gefährliches Pflaster war –, der verzichtbar war. Also Seth, wobei man ihm immerhin einen HelthWyzer-Wagen nebst Fahrer zur Verfügung stellte. Dass man es auf Seths Hirn abgesehen haben könnte, war unwahrscheinlich; er gehörte nicht zum inneren Zirkel. Aber dennoch.

Die AnuYu-Leute wollten gar nicht wissen, wer die Seite gehackt hatte oder warum: Das wäre ihnen zu teuer geworden. Sie wollten einfach nur ihre Firewall reparieren lassen. Den eigenen Leuten war es nicht gelungen, so die Tarngeschichte, was in Zebs Ohren nicht allzu überzeugend klang. Andererseits war AnuYu ein Billigunternehmen – die noble Spa-im-Park-Wellnessfarm war damals noch nicht gebaut –, also war die IT-Abteilung nicht gerade erste Sahne, vielleicht nicht mal zweite oder dritte Sahne: Die Superchecker wurden von den reicheren Konzernen immer vom Fleck weg angeworben. Genannte Abteilung ging eher in Richtung fünfte Sahne. Wie man ja sehen konnte.

Die würden lange warten, dachte Zeb, denn noch in derselben Stunde würde er sich in Hektor verwandeln, und Seth wäre nicht mehr existent. Er hatte den Läufer; die Schachfigur steckte in der Tasche seiner schlabbrigen Cordhose, in der er vorsichtshalber auch seine linke Hand vergraben hatte, und falls jemand hinsah, würde er am ehesten vermuten, dass Zeb gerade Selbstbefleckung beging. Was er auf dezente Weise auch simulierte, falls das Auto wie üblich mit Spyware ausgestattet war. Besser Onanist als Deserteur und Schmuggler.

Die Firma AnuYu befand sich auf einem gammligen Grundstück am Rande eines Graumarkt-Plebs. Im Rahmen des allgemeinen Straßenbildes war es also nichts Befremdliches, auf eine Absperrsituation in Form eines umgekippten GeheimBurger-Stands zu stoßen, mitsamt Rote-Soße-Tumult und umgeben von Gebrüll und Gehupe nebst umherfliegenden Fleischklopsschwadronen. Auch Zebs Fahrer hupte wie besessen, sah aber klugerweise davon ab, sein Fenster herunterzulassen und in das Gebrüll einzustimmen.

Blitzschnell wurde das Auto von einem Dutzend Asian Fusions attackiert. Einer von ihnen musste einen digitalen Entsperr-Schlüssel mit dem Passwort des Wagens gehabt haben, denn sogleich schossen die Türverriegler hoch. Innerhalb von schätzungsweise einer Sekunde hatten die Fusions den wild um sich schlagenden, jaulenden Fahrer aus dem Wagen gezerrt, machten sich über seine Schuhe her und schälten ihn wie einen Maiskolben aus seinen Klamotten. Diese Plebsgangs waren schnell und professionell, das musste man ihnen lassen. Sie würden sich die Autoschlüssel schnappen, den Rückwärtsgang einlegen und ab dafür, um den Wagen am Stück oder in Einzelteilen zu verkaufen, je nachdem, was mehr Geld brächte.

Das war der Moment, auf den Zeb gewartet hatte. Es war ein abgekartetes Spiel: Die Asian Fusions waren grausam, aber auch billig, und sie freuten sich über jeden noch so kleinen Job. Nachdem er sich vergewissert hatte, dass die Sichtachse des Fahrers blockiert war – was schon deshalb der Fall war, weil sein Kopf komplett in rote Soße getaucht war –, sprang Zeb aus der hinteren Wagentür, watschelte die nächste Gasse hinunter und bog um die Ecke und dann nochmal und dann nochmal, um sich schließlich mit seinem angepeilten Müllcontainer zu treffen.

Darin landete, weg mit dem Scheiß, die braune Cordhose, und eine gut abgewetzte Jeans mit passendem Zubehör tauchte daraus hervor. Schwarze Fake-Lederjacke, schwarzes T-Shirt mit der Aufschrift GRATIS-ORGANSPENDER, Spiegelbrille, Baseballmütze mit mittelgroßem rotem Totenschädelemblem. Goldzahnattrappe, falscher Schnurrbart, frisch geprägtes Grinsen, und schon konnte Hektor der Vektor losschlendern. Den Läufer, den er sicher in der Hand gehabt hatte, steckte er jetzt in die Reißverschlussinnentasche seiner Fake-Lederjacke.

Und dann ging er los, eilig, aber darauf bedacht, nicht so zu wirken: Am besten war es, arbeitslos auszusehen. Wohl auch, irgendetwas unspezifisch Zweifelhaftes vorzuhaben.

Sein Ziel, das Scales and Tails, lag noch tiefer im Plebsland. Wäre er in seinen Nerdklamotten losgegangen, hätte er unterwegs wahrscheinlich sein persönliches Territorium verteidigen müssen, angefangen mit Schädelhaut, Nase und Eiern, aber so, wie es war, zog er nichts weiter auf sich als ein paar taxierende Blicke aus zusammengekniffenen Augen. Lohnte es sich, darauf einzugehen? Nein, beschloss er. Und so schlenderte er ungehindert weiter.

Da stand es, genau vor ihm: das Wort NACHTCLUB in Neonbuchstaben, und darunter *Für den anspruchsvollen Herrn*. Bilder von reptilienhaften Schönheiten in hautengen grünen Schuppenkostümen, die meisten mit eindrucksvollen Bimplantaten, einige in verdrehter, wirbellos wirkender Körperhaltung. Eine Frau, die sich die Beine um den Nacken schlingen konnte, hatte etwas völlig Neuartiges im Angebot, aber was, war unklar. Und dann war da noch die Python March, die um den Hals einer heißen Cobralady hing, die am Trapez schaukelte und verblüffende Ähnlichkeit mit Katrina Wow hatte, jener reizenden, oft zersägten Schlangentrainerin aus der Schwimmenden Welt.

Sie war kaum gealtert. Also hatte sie immer noch die Hand im Spiel. Sozusagen.

Es war helllichter Tag: keine Kundschaft weit und breit. Er rief sich das ihm auferlegte, lächerliche Losungswort ins Gedächtnis: *ölig*. Wie baute man so ein Wort unauffällig in einen Satz ein? »Sie sehen heute aber ölig aus«? Das brächte ihm allenfalls eine Ohrfeige oder eine Faust ins Gesicht. »Öliges Wetter heute.« »Könnten Sie die ölige Musik etwas leiser stellen?« »Jetzt seien Sie mal nicht so ölig, verdammt nochmal!« Nichts davon hörte sich richtig an.

Er klingelte an der Tür. Die Tür war dick wie ein Banktresor und mit allerhand Metallbeschlägen versehen. Auf der anderen Seite spähte jemand durch den Spion. Diverse Schlösser sprangen auf, die Tür öffnete sich, und vor ihm stand ein Türsteher von der gleichen Statur wie Zeb, nur schwarz. Kahlrasierter Kopf, dunkler Anzug, Sonnenbrille. »Ja?«

»Wie ich höre, habt ihr hier n paar ölige Mädchen im Angebot«, sagte Zeb. »Gut geschmierte Mädels.«

Der Typ starrte ihn hinter seiner Sonnenbrille an. »Was ist los?«, fragte er. Und Zeb wiederholte den Satz. »Ölige Mädchen«, sagte der Typ und ließ sich die Worte auf der Zunge zergehen. »Gut geschmiert.« Seine Mundwinkel zogen sich hoch. »Alles klar. Rein.« Er warf einen Kontrollblick auf die Straße, bevor er die Tür zuzog. Erneutes Klicken der Türschlösser. »Du willst zu *ihr*«, sagte er.

Es ging einen mit lila Teppichboden ausgelegten Flur hinunter. Dann Treppe hoch: der Duft einer Lustfabrik nach Feierabend, irgendwie traurig. Dieser Bumsschuppenduft, der falsche Lüsternheit, Einsamkeit, Liebe gegen Bares suggerierte.

Der Typ sprach in sein Mikro, das offenbar sehr klein war, denn Zeb konnte es nicht sehen. Vielleicht steckte es in einem Zahn: Solche wurden hier und da schon verwendet, wobei, wenn man das Ding bei einer Schlägerei verschluckte, lief man dann nicht Gefahr, am Ende aus dem Arsch zu quatschen? Eine Innentür mit der Aufschrift BÜRO, eine grün schimmernde, zwinkernde Schlange mit dem Motto: »Wir sind flexibel«.

»Rein«, wiederholte der große Typ – eher kleines Vokabular, der Mann – und Zeb ging rein.

Der Raum war ausgestattet mit Videobildschirmen und einigen teuren, fetten Polstermöbeln, die ein gedämpftes Statement abgaben, und einer Minibar. Sehnsüchtig beäugte Zeb die Bar – ein Bier wär toll, von dem ganzen Gerenne hatte er Durst gekriegt, aber es war nicht der richtige Moment.

Zwei Personen waren in dem Raum, jeweils tief in einem Sessel versunken. Eine war Katrina Wow. Sie trug kein Schlangenkostüm: nur ein Riesensweatshirt mit der Aufschrift Bitch #3, eine enge schwarze Jeans und silberne Stilettos, die eine Stelzentänzerin hätten alt aussehen lassen. Sie lächelte Zeb an, das gleiche Bühnenlächeln, mit dem sie auch zischen konnte. »Lang ist's her«, sagte sie.

»So lange auch wieder nicht«, sagte Zeb. »Du siehst noch genauso aus wie damals: leichtes Mädchen, schwer zu vergessen.«

Sie lächelte. Zeb musste zugeben, dass er ihr gern an die Schuppenunterwäsche gegangen wäre – diese jungenhafte Sehnsucht war keineswegs abgeklungen –, aber an solcherlei Ziele war im Augenblick nicht zu denken, denn die andere Person im Raum war Adam. Er trug ein bescheuertes kaftanartiges Teil, das aussah, als wäre es von spastischen Lumpensammlern für ein Theaterstück über Leprakranke zusammengenäht worden.

»Fuck«, sagte Zeb. »Hast du irgendeinem Kobold sein Nachthemd geklaut?« Am besten die Verblüffung nicht anmerken lassen: Sonst würde er Adam einen Vorteil verschaffen, den er nicht verdient hatte, zumindest im Moment nicht.

»Dein T-Shirt, sehr geschmackvoll«, sagte Adam. »Steht dir. Nettes Motto, kleiner Bruder.«

»Werden wir hier abgehört?«, fragte Zeb. Noch so ein Kleiner-Bruder-Spruch, und er würde Adam eins aufs Maul geben. Nein, würde er nicht. Er würde es niemals über sich bringen: Dazu war Adam viel zu ätherisch.

»Natürlich«, sagte Katrina Wow. »Aber wir haben freundlicherweise alles ausgeschaltet.«

»Das soll ich glauben?«

»Ja, hat sie wirklich«, sagte Adam. »Überleg doch mal. Sie will auf keinen Fall Spuren von uns in ihrem Laden. Sie tut uns einen großen Gefallen. Danke«, sagt er zu Katrina. »Wir fassen uns kurz.« Sie stakste aus dem Raum, warf einen Blick über ihre Schulter zurück und schenkte beiden ein Lächeln: aber diesmal kein zischendes. Offensichtlich war sie auf Adam scharf, Kaftan hin oder her. »Nachher gibt's was zu essen, wenn ihr mögt«, sagte sie. »Bei den Mädchen in der Kaffeeküche. Ich muss mich umziehen, die Show fängt gleich an.«

Adam wartete, bis sie die Tür hinter sich geschlossen hatte. »Du hast es geschafft«, sagte er. »Gut.«

»Dir brauch ich ja wohl nicht zu danken«, sagte Zeb. »In diesen beschissenen braunen Hosen hätte ich gelyncht werden können.« In Wirklichkeit freute er sich sehr, dass Adam noch am Leben war, aber er hatte nicht vor, es ihm auf die Nase zu binden. »In diesen verfluchten Klamotten sah ich aus wie der letzte verfluchte Wichser«, sagte er, um noch ein paar Flüche draufzulegen.

Adam ignorierte ihn. »Hast du's dabei?«

»Ich nehm an, du meinst die verfluchte Schachfigur«, sagt Zeb. Er reichte ihm den Läufer. Adam drehte ihm den Kopf ab und schüttelte sechs Tabletten heraus: je zwei rote, zwei weiße und zwei schwarze. Adam warf einen Blick drauf, dann steckte er sie zurück in den Läufer und schraubte ihm den Kopf wieder an.

»Danke«, sagte er. »Wir müssen uns hierfür einen sehr sicheren Ort ausdenken.«

»Was ist das?«, fragte Zeb.

»Das Böse in Reinkultur«, sagte Adam. »Vorausgesetzt, Pilar hat recht. Aber sehr kostbares Böses. Und streng geheim. Und der Grund, weshalb Glenns Vater tot ist.«

»Was können die Dinger?«, fragte Zeb. »Sind das irgendwelche abgefahrenen Sexpillen?«

»Noch raffinierter«, sagte Adam. »Die benutzen ihre Vitaminpräparate und Schmerzmittel als Vektoren für Krankheiten – für die sie wiederum das Medikamentenmonopol innehaben. Was immer in den weißen Tabletten ist, kommt momentan schon zum Einsatz. Und zwar per Zufallsverteilung, so dass niemand einen bestimmten Standort als Nullpunkt vermuten wird. Sie verdienen an allem: Erst an den Vitaminen, dann an den Arzneimitteln und schließlich an der Klinikbehandlung, sobald die Krankheit richtig ausgebrochen ist. Und das tut sie, denn die Arzneimittel zur Behandlung sind genauso voll mit dem Zeug. Und ein sehr guter Plan, um das Geld der Opfer in die Taschen der Konzerne zu leiten.«

»So viel zu den weißen. Und was ist mit den roten und schwarzen?«

»Wissen wir nicht«, sagte Adam. »Es sind Versuche. Vielleicht andere Krankheiten; vielleicht eine wirkungsaktivere Zusammensetzung. Wir sind nicht mal sicher, wie wir das halbwegs gefahrlos herausfinden sollen.«

Zeb begann allmählich zu begreifen. »Das ist n fettes Ding«, sagte er. »Ich frag mich, wie viele Topwissenschaftler daran beteiligt waren.«

»Es ist eine kleine, handverlesene Gruppe innerhalb von HelthWyzer«, sagte Adam. »Von ganz oben dirigiert. Glenns Vater wurde von ihnen benutzt. Er glaubte, er arbeite an einem gezielten Vektor zur Krebstherapie. Als er erkannte, worum es wirklich ging und in welchem Ausmaß, wollte er nicht mehr. Er spielte Pilar diese Pillen hier zu, bevor er …«

»Scheiße«, sagte Adam. »Haben sie die auch umgebracht?«

»Nein«, sagte Adam. »Die wissen nicht mal, dass sie davon weiß, zumindest hoffen wir das. Sie wurde gerade in die HelthWyzer-Zentrale an der Ostküste versetzt.«

»Dürft ich mir n Bier nehmen?«, fragte Zeb. Er wartete nicht auf die Antwort. »Nun habt ihr also dieses Zeug«, sagte er nach dem ersten erfrischenden Schluck. »Und jetzt? Wollt ihr die Dinger auf dem Graumarkt verticken? Ausländische Konzerne würden jede Menge dafür zahlen.«

»Nein«, sagte Adam. »So etwas könnten wir nicht. Es wäre absolut gegen unsere Prinzipien. Alles, was wir jetzt noch in dieser Welt tun können, ist erkennen, was vermieden werden muss. Wenn möglich, werden wir andere warnen, aber wenn wir versuchen würden, mit diesen Informationen an die Öffentlichkeit zu gehen, würde uns kein Mensch glauben. Man würde uns nur für paranoid halten, und danach hätte jeder von uns irgendeinen tragischen Unfall. Wie du weißt, ist die Presse fest in der Hand der Konzerne, und jedes unabhängige Korrektiv ist nur dem Namen nach unabhängig. Also werden wir die Pillen weiterhin unter Verschluss halten, bis sie gefahrlos analysiert werden können.«

»Wer sind *wir*?«, fragte Zeb.

»Was du nicht weißt, kannst du nicht weitererzählen«, sagte Adam. »Es ist sicherer für alle Beteiligten, dich eingeschlossen.«

Die Geschichte von Zeb und den Schlangenfrauen

»Wie soll ich denen das alles erklären?«, fragt Toby. »Das Scales and Tails, die Mädchen in den Schlangenkostümen?«

»Du könntest es ja einfach weglassen.«

»Ich finde nicht. Das gehört dazu. Es scheint angemessen, eine Frau, die auch eine Schlange ist. Es passt zur Meditation, und was immer mit dem Tier war. Mit dieser Sau. Sie … Sie schien wirklich mit mir zu kommunizieren. Und mit Blackbeard.«

»Du hältst das Vieh für halb menschlich? Für ne Schweinefrau? Du hast das alles geschluckt, was?« Kleines Lachen.

»Nein, nicht direkt, aber …«

»Zu viele Peyote-Knöpfe in deiner Mixtur. Oder was immer du da reingetan hast.«

»Vielleicht. Bestimmt hast du recht.«

Die Geschichte spinnt sich in Tobys Kopf zusammen. Sie scheint gar nicht über die Geschichte nachzudenken oder sie zu gestalten. Sie hat keine Kontrolle darüber; sie hört einfach nur zu. Verblüffend, was ein paar Pflanzenmoleküle mit dem Kopf anstellen können und wie lange die Wirkung anhält.

Dies ist die Geschichte von Zeb und den Schlangenfrauen. Die Schlangenfrauen kommen am Anfang noch nicht in der Geschichte vor, erst später. Wichtige Dinge kommen oft erst später in Geschichten vor; aber manchmal auch am Anfang. Und manchmal in der Mitte.

Aber den Anfang habe ich schon erzählt, also sind wir jetzt in der Mitte. Und auch Zeb ist in der Mitte der Geschichte von Zeb. Er ist in der Mitte seiner eigenen Geschichte. Und ich bin mit ihm dabei.

Ich komme in der Geschichte noch nicht vor; wir sind noch nicht an der Stelle, wo ich vorkomme. Aber ich warte, weit in der Zukunft. Ich warte darauf, dass sich Zebs Geschichte mit meiner Geschichte verbindet. Tobys Geschichte. Die Geschichte, in der ich jetzt bin, zusammen mit euch.

Pilar, die im Holunderstrauch lebt und über die Bienen zu uns spricht, war einmal in Gestalt einer alten Frau. Sie gab Zeb etwas ganz Bestimmtes und Wichtiges mit, und er sollte darauf aufpassen – ein kleines Ding, wie ein Samenkorn. Und dieses Samenkorn durfte man nicht essen, weil es einen krank machen würde. Aber ein paar böse Menschen aus dem Chaos erzählten allen anderen, dass dieses Samenkorn sie glücklich machen würde. Und nur Pilar und Zeb und wenige andere kannten die Wahrheit.

Warum haben die bösen Menschen das gemacht? Wegen des Geldes. Geld war etwas Unsichtbares, genau wie Fuck. Sie dachten, Geld sei ihr Helfer; sie hielten das Geld für einen besseren Helfer als Fuck. Aber da irrten sie sich. Das Geld war nicht ihr Helfer. Das Geld verschwindet immer genau dann, wenn man es braucht. Fuck dagegen ist sehr treu.

Also nahm Zeb das Samenkorn, und er ging aus der Tür, denn wenn die bösen Männer gewusst hätten, dass er das Samenkorn bei sich hat, hätten sie ihn gejagt, ihm das Samenkorn weggenommen und ihm etwas Grausames angetan. Und er eilte, ohne in Eile zu wirken, und er sagte: O Fuck, und Fuck kam durch die Luft geflogen, sehr schnell, wie immer, wenn man ihn ruft; und er zeigte Zeb, wie man zum Haus der Schlangenfrauen kommt. Und die Schlangenfrauen machten ihm die Tür auf und er durfte eintreten.

Die Schlangenfrauen sind … Ihr kennt Schlangen und ihr kennt Frauen. Die Schlangenfrauen waren beides. Und sie wohnten zusammen mit einigen Vogelfrauen und Blumenfrauen. Und sie versteckten Zeb in einer riesigen … in einer riesigen … einer riesigen Muschel. Nein, in einem Sofa. Oder vielleicht versteckten sie ihn auch in einer riesigen, gigantischen … Blume. In einer bunten Blume mit Lichtern.

Ja, in einer Leuchtblume. In einer Blume würde niemand nach Zeb suchen.

Und auch Zebs Bruder Adam war in dieser Blume. Das war schön. Sie freuten sich, einander zu sehen, denn Adam war Zebs Helfer und Zeb war Adams Helfer.

Andere wurden manchmal von den Schlangenfrauen gebissen, aber Zeb nicht. Sie mochten ihn. Sie bereiteten ihm ein besonderes Getränk zu, einen sogenannten Champagnercocktail, und dann führten sie einen speziellen Tanz für ihn auf. Natürlich einen Schlangentanz.

Sie waren sehr gütig. Weil Oryx sie so geschaffen hat. Und sie waren ihre Kinder, denn sie waren ja halb Schlangen. Also hatten sie mit Crake nichts zu tun. Zumindest nicht viel.

Und Zeb bedankte sich, weil die Schlangenfrauen so nett zu ihm waren, und er bedankte sich auch bei seinem unsichtbaren Helfer. Und sie sorgten dafür, dass es ihm viel besser ging.

Nein, sie beschnurrten ihn nicht. Schlangen können nicht schnurren. Aber sie ... Sie umschlangen ihn. Genau, so war's: Sie umschlangen ihn ein bisschen. Und würgten ihn auch etwas. Schlangen haben sehr gute Muskeln zum Würgen.

Und Zeb war sehr, sehr müde, also schlief er sofort ein. Und die Schlangenfrau, die Vogelfrau und die Blumenfrau passten auf ihn auf und sorgten dafür, dass ihm im Schlaf nichts Böses widerfuhr.

Sie versprachen, ihn zu beschützen und zu verstecken, falls die bösen Männer dort auftauchten.

Und die bösen Männer tauchten tatsächlich auf. Aber das gehört in den nächsten Teil der Geschichte.

Und jetzt bin ich auch sehr, sehr müde. Und ich gehe schlafen.

Gute Nacht.

So wird sie's erzählen, wenn es Zeit wird für die nächste Geschichte.

FERKEL

Guru

Am Morgen nach ihrem Besuch bei Pilars Holunderstrauch spürt Toby noch immer die Nachwirkung der Mixtur. Die Welt ist etwas heller, als sie sein sollte, Farben und Formen ein wenig transparenter in ihrer Stofflichkeit. Sie hüllt sich in ein Laken in beruhigend neutralem Ton – hellblau und ohne Muster –, wäscht sich kurz das Gesicht an der Pumpe und begibt sich an den Frühstückstisch.

Die anderen scheinen alle schon gegessen zu haben, es ist niemand mehr da. Weiße Segge und Lotis Blue räumen gerade den Tisch ab.

»Ich glaube, es ist noch was da«, sagt Lotis Blue.

»Was gab's denn?«, fragt Toby.

»Schinken und Kudzukuchen«, sagt Weiße Segge.

Toby hat die ganze Nacht von Ferkeln geträumt. Von unschuldigen Ferkeln, niedlichen Ferkeln, nur dicker, sauberer und weniger wild als diejenigen, die sie gesehen hat. Fliegende Ferkel, rosafarben mit hauchdünnen weißen Libellenflügeln; Ferkel, die in fremden Zungen sprachen; sogar singende Ferkel, die in Reihen tanzten wie in einem alten Zeichentrickfilm oder durchgedrehten Musical. Tapetenferkel, vervielfacht und von Ranken umschlungen. Alle glücklich, keines tot.

Wie gern man damals Tiere mit menschlichem Antlitz darstellte, damals in dieser ausgelöschten Zivilisation, zu der sie einmal gehörte. Knuddlige, flauschige, pastellfarbene Bären mit Valentinsherzen zwischen den Tatzen. Niedliche kuschlige Löwen. Entzückende tanzende Pinguine. Und noch früher: rosa glänzende, lustige Schweine mit einem Schlitz im Rücken zum Sammeln von Münzen: Die gab's noch in Antiquitätenläden.

Den Schinken kriegt sie nicht runter, nicht nach einer Nacht voller walzertanzender Ferkel. Und nicht nach dem gestrigen Tag: Was die Sau ihr kommuniziert hat, steckt ihr noch immer in den Knochen, auch wenn sie es nicht in Worte fassen kann. Es war eher wie eine Strömung. Wie Wasser, wie Elektrizität. Eine lange Unterschall-Wellenlänge. Ein Vermanschung der Gehirnchemie. Oder, wie Philo von den Gärtnern einmal sagte: Wer braucht schon Fernsehen? Er selbst hatte vielleicht ein paar Vigilien und bewusstseinserweiternde Meditationen zu viel abgehalten.

»Ich glaube, ich verzichte«, sagt Toby. »Aufgewärmt schmeckt's nicht mehr so toll. Ich geh mir mal einen Kaffee holen.«

»Ist alles okay bei dir?«, fragt Weiße Segge.

»Ja, ja«, sagt Toby. Vorsichtig läuft sie den Pfad zur Küchenbaracke entlang, meidet die unebenen Stellen, wo sich die Kieselsteine langsam auflösen, und findet Rebecca vor einer Tasse Ersatzkaffee. Der kleine Blackbeard ist bei ihr, er liegt bäuchlings auf dem Boden und schreibt. Er hat einen von Tobys Bleistiften in der Hand, und auch ihr Heft hat er sich geklaut. Aber »geklaut« ist eigentlich Unsinn – von Mein und Dein haben die Craker offenbar keinen Begriff.

»Du bist nicht aufgewacht«, sagt er, ohne Vorwurf. »Du bist sehr weit gelaufen, in der Nacht.«

»Hast du das gesehen?«, sagt Rebecca. »Der Junge ist richtig gut.«

»Was schreibst du denn da?«, fragt Toby.

»Ich schreibe die Namen, o Toby«, sagt Blackbeard. Und siehe da, genau das hat er getan. TOBY. ZEB. CRAK. REBECA. ORIX. SCHNEEMENSCHDERJIMI.

»Er trägt sie alle zusammen«, sagt Rebecca. »Die Namen. Wer ist der Nächste?«, fragt sie Blackbeard.

»Als Nächstes schreibe ich Amanda«, sagt Blackbeard andächtig. »Und Ren. Damit sie mit mir reden können.« Er spingt auf die Füße und läuft mit Tobys Stift und Schreibheft davon. Und wie kriege ich die Sachen wieder zurück?, fragt sie sich.

»Schätzchen, du siehst ganz schön fertig aus«, sagt Rebecca zu ihr. »Anstrengende Nacht?«

»Ich hab's übertrieben«, sagt Toby. »In der Meditationsmixtur waren wohl zu viele Pilze.«

»Sehr gefährlich«, sagt Rebecca. »Du musst viel Wasser trinken. Ich mach dir einen Nelken-Pinien-Tee.«

»Ich hab gestern ein Riesenschwein gesehen«, sagt Toby. »Eine Sau mit Ferkeln.«

»Viel hilft viel«, sagt Rebecca. »Solange wir unsere Spraygewehre haben. Speck wird nämlich langsam knapp.«

»Nein, warte«, sagt Toby. »Sie – sie hat mich ganz komisch angeguckt. Ich hatte das Gefühl, sie wusste, dass ich ihren Mann getötet hatte. Damals im AnuYu.«

»Mann, da hast du aber wirklich zugelangt bei den Pilzen«, sagt Rebecca. »Ich hab mich mal mit meinem BH unterhalten. Und, war sie wütend wegen des … tut mir leid, aber Ehemann zu sagen, das krieg ich einfach nicht hin! Herrgott nochmal, es war ein Schwein!«

»Glücklich war sie nicht«, sagt Toby. »Aber eher traurig als wütend, würde ich sagen.«

»Die sind intelligenter als normale Schweine, auch ohne Meditationshilfe«, sagt Rebecca. »So viel stimmt auf jeden Fall. Übrigens, Jimmy ist heute zum Frühstück gekommen. Keine Rekonvaleszentenmenüs mehr für ihn. Ihm geht's besser, aber er möchte, dass du nochmal einen Blick auf seinen Fuß wirfst.«

Jimmy hat jetzt seine eigene Nische. Sie ist neu, sie befindet sich im Anbau, den sie endlich fertiggestellt haben. Die Lehmwände riechen noch etwas feucht, etwas erdig; aber das Fenster ist größer als im älteren Teil des Gebäudes, mit Fliegengitter und einem Vorhang mit leuchtend buntem Comicfisch-Muster, mit großen Lippenstiftmündern und langbewimperten Augen bei den weiblichen Fischen. Die Männchen spielen Gitarre, ein Oktopus sitzt an den Bongos. Für Toby in ihrem gegenwärtigen Zustand ist es nicht der optimale Anblick.

»Wo kommt der denn her?«, fragt sie Jimmy, der auf der Bettkante sitzt, die Füße am Boden. Seine Beine sind dünn, die Muskeln verkümmert; er wird sie wieder aufbauen müssen. »Dieser Vorhang.«

»Wer weiß?«, sagt Jimmy. »Ren, Wakulla – ich meine Lotis Blue. Sie hatten das Gefühl, ich bräuchte ne fröhliche Innendeko. Ich komm mir hier vor wie in der Vorschule.« Er hat immer noch sein Kinderbettzeug.

»Ich soll mir nochmal deinen Fuß angucken?«, fragt sie.

»Ja. Der juckt. Macht mich wahnsinnig. Ich hoffe nur, dass da keine von diesen Madenviechern aus Versehen dringeblieben sind.«

»In dem Fall hätten sie sich inzwischen rausgegraben«, sagt Toby.

»Tausend Dank«, sagt Jimmy. Die Narbe an seinem Fuß ist rot, aber verheilt. Toby untersucht sie: keine Wärme, keine Entzündung.

»Das ist normal«, sagt sie. »Das Jucken. Ich hol dir was, das kannst du drauftun.« Einen Wickel: Springkraut, Schachtelhalm, Rotklee, denkt sie. Schachtelhalm wird noch am einfachsten zu finden sein.

»Ich hab gehört, du hast ein Organschwein gesehen«, sagt Jimmy. »Und es soll was zu dir gesagt haben.«

»Von wem weißt du das?«, fragt Toby.

»Von den Crakern, von wem sonst?«, sagt Jimmy. »Die sind mein Radio. Dieser kleine Blackbeard hat ihnen anscheinend die ganze Geschichte gesteckt. Sie finden, du hättest den Eber damals nicht töten dürfen, aber sie sehen's dir nach, weil du ja vielleicht die Erlaubnis von Oryx hattest. Dir ist schon klar, dass diese Schweine menschliches präfrontales Kortexgewebe im Gehirn haben? Stimmt wirklich. Ich muss es wissen, ich bin mit denen aufgewachsen.«

»Und woher wissen die Craker das?«, fragt Toby vorsichtig nach. »Dass ich den Eber erschossen habe?«

»Die Schweinedame hat's Blackbeard erzählt. Jetzt guck mich nicht so an, ich geb das nur weiter. Und Ren sagt, ich hätte ne ganze Weile halluziniert, also, was soll's. Vielleicht bin ich nicht gerade der Realitätsspezialist.« Er schenkt ihr ein schiefes Grinsen.

»Darf ich mich setzen?«, fragte sie.

»Mach einfach, wie alle anderen auch«, sagt Jimmy. »Die verfluchten Craker gehen ja auch ein und aus, wie sie gerade Bock haben. Ständig wollen sie was wissen wegen Crake. Die halten mich für seinen verdammten Guru. Die denken, ich würde mich durch meine

Armbanduhr mit ihm unterhalten. Klar, ich bin selber schuld, ich hab ja damit angefangen.«

»Und was erzählst du ihnen?«, fragt Toby. »Über Crake?«

»Ich sag ihnen, sie sollen dich fragen«, sagt Jimmy.

»Mich?«, sagt Toby.

»Du bist jetzt die Expertin. Ich muss mich hinlegen.«

»Nein, jetzt mal ehrlich, sie sagen immer, dass du … sie sagen, du kanntest Crake. Als er auf Erden wandelte.«

»Als wär das der Hauptgewinn.« Jimmy stößt ein bitteres kleines Lachen aus.

»Es verleiht dir eine gewisse Autorität«, sagt Toby. »In ihren Augen.«

»In den Augen von einem Haufen … Scheiße, ich bin so neben der Spur, mir fällt nicht mal irgendein beknackter Vergleich ein. Muscheln. Austern, Dodos. Ich will nur sagen … Ich bin müde. Meine Gurusäfte sind verbraucht. Ehrlich gesagt, die haben mir schon vor langem meine letzten Kräfte geraubt. Ich will überhaupt nicht mehr an Crake denken, nie wieder, oder mir ihren hirnrissigen Scheiß anhören müssen, wie lieb und gütig und allmächtig er ist und wie er sie in dem Ei geschaffen hat, bevor er dann mal eben dazu überging, die gesamte Menschheit auszulöschen, nur ihretwegen. Und wie Oryx für die Tiere zuständig ist und als Eule durch die Gegend fliegt, und auch wenn man sie nicht sehen kann, ist sie trotzdem da und wird sie immer hören.«

»So wie ich das verstehe«, sagte Toby, »stimmt es genau mit dem überein, was du ihnen erzählt hast. Das ist ihr Evangelium.«

»Weiß ich selber, dass ich ihnen genau den Scheiß erzählt habe!«, sagt Jimmy. »Sie wollten die grundlegenden Dinge wissen, woher sie kommen und was das alles sollte mit den verwesenden Toten vor der Tür. Irgendwas musste ich ihnen ja erzählen.«

»Also hast du dir eine schöne Geschichte ausgedacht«, sagte Toby.

»Hätte ich ihnen die elende Wahrheit erzählen sollen? Also ja. Und ja, ich hätte es etwas schlauer anstellen können, und ja, ich bin kein Supernerd, und ja, Crake muss gedacht haben, ich hätte den IQ einer Aubergine, weil er mich bespielt hat wie ne Maultrommel. Ich könnte kotzen, wenn ich höre, wie sie im Staub kriechen vor diesem elenden Crake und ihm ständig ihre elenden Loblieder singen, sobald nur sein Name auftaucht.«

»Aber es ist die einzige Geschichte, die wir haben«, sagt Toby. »Also müssen wir damit arbeiten. Jetzt, wo ich die Feinheiten verstanden habe.«

»Wie auch immer«, sagt Jimmy. »Übernimm du den Laden. Mach einfach genau so weiter. Du kannst Sachen dazuerfinden, leg dich ruhig ins Zeug, die schlucken alles. Wie ich höre, stehen sie gerade total auf Zeb. Spinn den Plot ruhig weiter, das hat Potenzial. Lass sie nur nie dahinterkommen, was für ne elende Verarschung das Ganze ist.«

»Das ist sehr manipulativ«, sagt Toby. »Mir den schwarzen Peter zuzuschieben.«

»Nee, schon klar«, sagt Jimmy. »Tut mir leid. Wobei du echt gut bist, von dem, was ich so höre. Mach, was du willst; du kannst ihnen immer sagen, sie sollen sich verpissen.«

»Dir ist schon klar, dass wir uns gewissermaßen im Belagerungszustand befinden«, sagt Toby.

»Die Painballer. Klar. Ren hat's mir erzäht«, sagt er nüchterner.

»Wir dürfen es also nicht zulassen, dass diese Leute zu viel allein durch die Gegend streifen. Sie würden wahrscheinlich umgebracht werden.«

Jimmy denkt darüber nach. »Und jetzt?«

»Du musst mir helfen«, sagt Toby. »Wir sollten unsere Geschichten abgleichen. Ich tappe die ganze Zeit im Dunkeln.«

»Woanders kann man auch nicht tappen, was das Thema Crake anbelangt«, sagt Jimmy betrübt. »Willkommen im Wirbelwind. Er hat ihr die Kehle durchgeschnitten, wusstest du das? Der liebe, gütige Crake. Sie war so hübsch, sie war … Wollte ich nur noch mitgeteilt haben. Aber ich hab den Wichser abgeknallt.«

»Wessen Kehle?«, fragt Toby. »Wen hast du abgeknallt?« Aber Jimmy hat die Hände vors Gesicht geschlagen und seine Schultern beben.

Ferkel

Toby ist ratlos. Ist eine tröstliche mütterliche Umarmung in Ordnung, vorausgesetzt, sie ist dazu in der Lage, oder würde Jimmy das als aufdringlich empfinden? Wie wär's mit einem geschäftigen *Kopf hoch* im Krankenschwesterton oder einem lahmen Rückzug, auf Zehenspitzen zur Tür hinaus?

Bevor sie sich entscheiden kann, kommt Blackbeard ins Zimmer gelaufen. Er ist ungewöhnlich aufgeregt. »Sie kommen! Sie kommen!«, sagt er. Es ist fast ein Schrei, eine Seltenheit für einen Craker: nicht mal die Kinder schreien.

»Wer?«, fragt sie. »Die bösen Männer?« Wo hat sie nochmal ihre Flinte? Das ist der Nachteil der Meditationen: Man wird nicht mehr vernünftig aggressiv.

»Sie sind es! Komm, komm!«, sagt er und zerrt erst an ihrer Hand, dann an ihrem Laken. »Die Großen Schweine. Ganz viele!«

Jimmy hebt den Kopf. »Organschweine. Oh, fuck«, sagt er.

Blackbeard ist begeistert. »Ja! Danke, dass du ihn rufst, Schneemensch-Jimmy! Wir werden ihn brauchen, um uns zu helfen«, sagt er. »Die Großen Schweine haben einen Toten.«

»Einen toten was?«, fragt Toby, aber er ist schon wieder aus der Tür.

Die MaddAddamiten haben alles stehen und liegen gelassen und versammeln sich hinter dem Zaun. Einige haben sich mit Äxten, Harken und Schaufeln bewaffnet.

Crozier, der mit seiner Mo'Hairschafherde auf die Weide gezogen sein muss, eilt über den Parkweg zurück. Manatee begleitet ihn mit dem gemeinsamen Spraygewehr.

»Sie kommen von Westen«, sagt Crozier. Die Mo'Hairschafe scharen sich um ihn.

»Sie sind ... Es ist ganz komisch. Sie marschieren. Es sieht aus wie eine Schweineparade.«

Die Craker versammeln sich an der Schaukel. Sie wirken in keiner Weise verängstigt. Sie unterhalten sich leise, ehe die Männer langsam nach Westen loslaufen, als wollten sie dem, was sich auf dem Parkweg nähert, entgegengehen. Einige Frauen gehen mit: Marie Antoinette, Sojourner Truth, zwei weitere. Die anderen bleiben mit den Kindern zurück, die sich zur Gruppe formieren und still dastehen, ohne dass sie jemand dazu aufgefordert hat.

»Die sollen zurückkommen!«, sagt Jimmy, der jetzt ebenfalls bei den MaddAddamiten steht. »Diese Viecher werden sie zerfleischen!«

»Du kannst sie zu nichts zwingen«, sagt Swift-Fuchs, die – etwas unbeholfen – eine Heugabel aus dem Garten in der Hand hält.

»Nashorn«, sagt Zeb und reicht ihm ein zweites Spraygewehr. »Nicht einfach drauflosballern«, sagt er zu Manatee. »Am Ende triffst du aus Versehen einen Craker. Solange die Schweine nicht angreifen, nicht schießen.«

»Ganz schön unheimlich«, sagt Ren ängstlich. Sie steht jetzt neben Jimmy und klammert sich an seinen Arm. »Wo ist eigentlich Amanda?«

»Die schläft«, sagt Lotis Blue, die jetzt auf Jimmys anderer Seite steht.

»Mehr als gruselig«, sagt Jimmy. »Die sind gerissen, diese Organschweine. Die denken strategisch. Einmal haben die mich richtig in die Enge getrieben.«

»Toby. Wir brauchen deine Flinte«, sagt Zeb. »Wenn sie sich in zwei Gruppen aufteilen, geh nach hinten. Die haben sich ganz schnell unterm Zaun durchgegraben, wenn sie uns vorne ablenken. Dann greifen sie nämlich von zwei Seiten an.«

Toby eilt in ihre Nische. Als sie mit ihrer alten Ruger Deerfield wieder auftaucht, kommt die Herde Riesenschweine schon über die Lichtung vor dem Zaun.

Alles in allem sind es um die fünfzig Stück. Fünfzig Erwachsene, heißt das: Einige der Säue haben Ferkel dabei, die neben ihren Müttern hertrotten. In der Mitte der Gruppe laufen zwei der Eber Seite an Seite; sie tragen etwas auf dem Rücken. Es sieht aus wie ein Berg Blumen – Blumen und Laub.

Was?, denkt Toby. Ist das ein Friedensangebot? Eine Schweinehochzeit? Ein Altarwerk?

Die größten Schweine dienen als Vorreiter; sie wirken nervös, halten ihre feuchten flachen Schnauzen hierhin und dorthin, schnuppern in der Luft. Sie glänzen graurosa, sie sind rund, dickbäuchig, stromlinienförmig wie gigantische Albtraum-Nacktschnecken; aber Nacktschnecken mit Stoßzähnen, zumindest bei den Ebern. Ein plötzlicher Angriff, ein Zustoßen dieser tödlichen Krummsäbel und sie hätten einen aufgeschlitzt wie einen Fisch. Und sie haben die Craker fast erreicht, so dass sie nicht mal ein direkter Treffer mit dem Spraygewehr aufhalten könnte.

Ein tiefes Grunzen geht von Schwein zu Schwein. Wären es Menschen, denkt Toby, würde man sagen, ein Raunen ging durch die Menge. Es muss sich um einen Austausch von Informationen handeln; aber Gott weiß was für Informationen. Sagen sie: »Wir haben Angst«? Oder: »Wir hassen sie«? Oder einfach nur: »Mmh, lecker«?

Nashorn und Manatee haben sich unmittelbar hinter dem Zaun postiert. Jetzt haben sie ihre Spraygewehre sinken lassen. Toby hält es für das Beste, ihre Flinte nicht zu zeigen; sie trägt sie an der Seite unter einer Falte ihres Lakens. Man muss ja nicht noch eigens an den Mord erinnern, wobei sie die Sache mit dem Eber wahrscheinlich auch so noch wissen.

»Meine Fresse«, sagt Jimmy, der hinter Toby steht. »Guck dir das an. Die planen doch irgendwas.«

Blackbeard hat die anderen Crakerkinder stehen lassen und klammert sich an Toby. »Hab keine Angst, o Toby«, sagt er. »Hast du Angst?«

»Ja, ich habe Angst«, sagt sie. Wenn auch nicht so viel Angst wie Jimmy, fügt sie insgeheim hinzu, denn ich habe eine Waffe und er nicht. »Sie sind mehr als einmal über unseren Garten hergefallen«, sagte sie. »Und wir haben einige von ihnen getötet, aus Notwehr.« Mit Unbehagen denkt sie an den daraus resultierenden Schweinebraten, den Speck und die Rippchen. »Und wir haben sie in die Suppe getan«, sagt sie. »Sie sind zu stinkenden Knochen geworden. Zu vielen, vielen stinkenden Knochen.«

»Ja, ein stinkender Knochen«, sagt Blackbeard nachdenklich. »Viele stinkende Knochen. Ich habe sie vor der Küche gesehen.«

»Also sind sie nicht unsere Freunde«, sagt Toby. »Niemand freundet sich mit Leuten an, die einen zu stinkenden Knochen machen.«

Darüber denkt Blackbeard nach. Dann sieht er mit sanftem Lächeln zu ihr hoch. »Hab keine Angst, o Toby«, sagt er. »Es sind Kinder der Oryx und auch Kinder des Crake. Sie haben gesagt, dass sie euch heute nichts tun werden. Du wirst sehen.« Toby ist sich da alles andere als sicher, dennoch sieht sie lächelnd zu ihm hinunter.

Die Craker-Abordnung hat sich zu der Schweineherde gesellt und kommt nun mit ihnen zurück. Die anderen Craker warten schweigend bei der Schaukel, während die Organschweine sich nähern.

Jetzt treten Napoleon Bonaparte und sechs andere Männer vor: Es sieht aus wie eine Pissparade. Ja, sie pinkeln in einer Reihe. Sie zielen vorsichtig und pinkeln mit Ehrfurcht, aber sie pinkeln. Als sie fertig sind, treten sie zurück. Drei neugierige Ferkel preschen vor, schnuppern an der Erde und laufen quiekend zurück zu ihren Müttern.

»Da«, sagt Blackbeard. »Seht ihr? Es ist sicher.«

Die Craker stellen sich im Halbkreis hinter ihrer Uringrenze auf. Sie fangen an zu singen. Die Schweineherde teilt sich in zwei Gruppen, und die beiden Eber rücken langsam vor. Dann werfen sie sich auf die Seite, und ihre blumenbedeckte Last rutscht zu Boden. Sie wuchten sich wieder hoch und schieben mit Hufen und Rüsseln die Blumen zur Seite.

Es ist ein totes Ferkel. Ein ganz kleines, mit durchgeschnittener Kehle. Die Vorderhufe sind mit einem Seil zusammengebunden. Das Blut ist noch rot, es sickert aus der klaffenden Nackenwunde. Sonst ist es unberührt.

Jetzt bildet die ganze Herde einen Halbkreis um die – was eigentlich – Totenbahre? Den Katafalk? Die Blumen, das Laub – es ist ein Begräbnis. Toby muss an den Eber denken, den sie im AnuYu geschossen hatte – und wie sie damals Farnwedel und Blätter auf seinem Kadaver fand, als sie hinging, um Maden zu sammeln. Elefanten, hatte sie damals gedacht. Elefanten waren für so etwas bekannt. Wenn jemand, den sie lieben, stirbt.

»Scheiße«, sagt Jimmy. »Hoffentlich hat nicht einer von uns das Schweinchen da umgelegt.«

»Das glaube ich nicht«, sagt Toby. Das hätte sie mitbekommen. Es hätte kulinarisches Gerede gegeben.

Die beiden Ferkelträger sind an die Pissgrenze getreten. Abraham Lincoln und Sojourner Truth sind auf der anderen Seite. Sie knien sich hin, bis sie mit den Schweinen auf Augenhöhe sind, Kopf an Kopf. Die Craker hören auf zu singen. Alles schweigt. Dann singen die Craker weiter.

»Was passiert da gerade?«, fragt Toby.

»Sie reden, o Toby«, sagt Blackbeard. »Sie bitten um Hilfe. Sie wollen, dass diejenigen gestoppt werden. Diejenigen, die ihre Schweinebabys töten.« Er holt tief Luft. »Zwei Schweinebabys – eins mit dem Stock, eins mit einem Messer. Die Großen Schweine wollen, dass die, die getötet haben, sterben.«

»Sie bitten um Hilfe? Sie bitten die …« Das Wort *Craker* bringt sie nicht über die Lippen, so nennen sie sich nicht selbst. »Sie bitten deine Leute um Hilfe?«

Wenn es darum geht zu töten, wie sollen die Craker da helfen?, fragt sie sich. Die MaddAddamiten behaupten, die Craker seien von Natur aus gewaltfrei. Sie kämpfen nicht, sie können gar nicht kämpfen. Sie sind nicht dazu imstande. Sie sind nicht dafür geschaffen.

»Nein, o Toby«, sagt Blackbeard. »Sie bitten euch um Hilfe.«

»Uns?«, fragt Toby.

»Euch alle. Alle, die hinter dem Zaun stehen, die mit den zwei Häuten. Sie wollen, dass ihr ihnen mit euren Stöcken helft. Sie wissen, wie ihr tötet, nämlich, indem ihr Löcher schießt. Und dann blutet es. Sie wollen, dass ihr Löcher in die drei Männer schießt. Mit Blut.« Er sieht aus, als wäre ihm etwas schlecht: Das hier fällt ihm nicht leicht. Toby will ihn in den Arm nehmen, aber das wäre herablassend: Er hat sich für diese Aufgabe selbst entschieden.

»Hast du gerade gesagt, drei Männer?«, fragt Toby. »Sind es nicht nur zwei?«

»Die Großen Schweine sagen, es sind drei«, sagt Blackbeard. »Sie haben drei gerochen.«

»Das ist nicht gut«, sagt Zeb. »Sie haben einen Rekruten gefunden.« Er und Nashorn tauschen einen düsteren Blick aus.

»Die Chancen stehen also etwas schlechter«, sagt Nashorn.

»Ihr sollt dafür sorgen, dass sie bluten«, sagt Blackbeard. »Drei mit Löchern und mit Blut.«

»Wir«, sagt Toby. »Wir sollen das tun.«

»Ja«, sagt Blackbeard. »Die mit den zwei Häuten.«

»Warum reden sie dann nicht mit uns?«, fragt Toby. »Warum reden sie nur mit euch?«

Ach so, denkt sie. Natürlich. Wir sind zu dumm, wir verstehen ihre Sprache nicht. Es geht nicht ohne Dolmetscher.

»Es ist leichter für sie, mit uns zu reden«, sagt Blackbeard schlicht. »Und wenn ihr ihnen helft, die drei bösen Männer zu töten, werden sie nie wieder aus eurem Garten essen. Oder jemanden von euch«, fügt er mit ernster Miene hinzu. »Selbst wenn ihr tot seid, werden sie euch nicht essen. Und sie bitten euch darum, keine blutenden Löcher mehr in sie zu schießen und sie nicht mehr in die stinkende Knochensuppe zu geben oder sie in den Rauch zu hängen oder sie zu braten und zu essen. Nie wieder.«

»Topp«, sagt Zeb. »Sag ihnen das.«

»Wie wär's noch mit dem Honig und den Bienen«, sagt Toby. »Erklärt die doch auch noch zum Tabu.«

»Bitte, Toby, was heißt Topp?«, fragt Blackbeard.

»Topp, das heißt, wir akzeptieren ihr Angebot und werden ihnen helfen«, sagt Toby. »Wir wünschen uns dasselbe.«

»Da werden sie glücklich sein«, sagt Blackbeard. »Morgen wollen sie Jagd auf die bösen Männer machen oder übermorgen. Ihr müsst eure Stöcke zum Löcherschießen mitbringen.«

Es scheint etwas beschlossen worden zu sein. Die Organschweine, die mit gespitzten Ohren und erhobenen Rüsseln dagestanden haben, als schnupperten sie nach dem Gesagten, drehen sich um und ziehen nach Westen, dieselbe Richtung, aus der sie gekommen waren.

»Warte«, sagt Toby zu Blackbeard. »Sie haben ihr …« Fast hätte sie gesagt, *ihr Kind*. »Sie haben das Kleine vergessen.«

»Das kleine Große Schwein ist für euch, o Toby«, sagt Blackbeard. »Es ist ein Geschenk. Es ist schon tot. Sie haben ihre Trauer beendet.«

»Aber wir haben ihnen doch gerade versprochen, dass wir sie nie wieder essen«, sagt Toby.

»Nicht töten und essen, das nicht. Aber sie sagen, ihr habt es nicht selbst getötet. Daher ist es erlaubt. Sie sagen, ihr habt die Wahl, ihr könnt es essen oder nicht essen. Sonst würden sie es selbst essen.«

Das sind ja komische Sitten, denkt Toby. Man bestreut den geliebten Menschen mit Blumen, man trauert und dann isst man die Leiche. Knallhartes Recycling. Das hätten nicht mal Adam und die Gärtner gebracht.

Palaver

Die Craker haben sich zerstreut und stehen jetzt an der Schaukel, kauen an den Kudzuranken und führen leise Gespräche. Das tote Ferkel liegt auf der Erde, Fliegen lassen sich darauf nieder, und ringsherum stehen die MaddAddamiten wie eine Gruppe Gerichtsmediziner und wägen ab.

»Also ihr meint, die Arschlöcher haben es abgeschlachtet?«, fragt Shackleton.

»Vielleicht«, sagt Manatee. »Aber es hing nicht von einem Baum. Das ist das, was man normalerweise tun würde, um es ausbluten zu lassen.

»Die Schweine haben meinen blauen Kollegen gesagt, es hätte einfach auf dem Parkweg gelegen«, sagt Crozier. »Für alle sichtbar.«

»Glaubt ihr, das soll uns was sagen?«, fragt Zunzuncito.

»So ne Art Herausforderung«, sagt Shackleton. »Zum Kampf.«

»Vielleicht deswegen auch das Seil. Letztes Mal waren *sie* nämlich mit einem Seil gefesselt«, sagt Ren.

»Quatsch«, sagt Crozier. »Wieso sollten die dafür ein Ferkel nehmen?«

»Vielleicht um zu sagen, *Ihr seid die Nächsten*. Oder *Seht nur, wir sind ganz in eurer Nähe*. Das sind dreifache Painballer-Veteranen, vergiss das nicht. Psychoterror ist typisch Painball«, sagt Shackleton.

»Richtig«, sagt Nashorn. »Die haben's jetzt echt auf unser Zeug abgesehen. Wahrscheinlich gehen ihre Batterien zur Neige; die sind verzweifelt.«

»Sie werden versuchen, sich nachts bei uns reinzuschleichen«, sagt Shackleton. »Wir müssen doppelt so viele Wachen aufstellen.«

»Und die Zäune nochmal kontrollieren«, sagt Nashorn. »Die sind immer noch ziemlich behelfsmäßig.«

»Die könnten Werkzeug haben«, sagt Zeb. »Aus irgendeinem Baumarkt. Messer, Drahtschneider, solche Dinge.« Er wendet sich ab und verschwindet hinter dem Lehmhaus, Nashorn folgt ihm.

»Vielleicht waren es gar nicht die Painballer, die das Ferkel getötet haben. Sondern irgendwelche Unbekannten«, sagt Elfenbeinspecht.

»Vielleicht waren's ja die Craker«, sagt Jimmy. »He, kleiner Scherz. Ich weiß doch, sowas würden sie niemals tun.«

»Sag niemals nie«, sagt Elfenbeinspecht. »Ihre Hirne sind anpassungsfähiger, als es Crake geplant hatte. Sie haben schon einiges getan, was wir in der Bauphase nicht vorhergesehen haben.«

»Vielleicht war es jemand aus unserer eigenen Gruppe«, sagt Swift-Fuchs. »Jemand, der Heißhunger auf Würstchen hatte.«

Ein unbehagliches, schuldbewusstes Lachen macht die Runde. Dann Schweigen. »Gut. Und jetzt?«, fragt Elfenbeinspecht.

»Jetzt stellt sich zum Beispiel die Frage, braten wir's oder braten wir's nicht?«, fragt Rebecca. »Lecker Spanferkel?«

»Das könnte ich nicht«, sagt Ren. »Das wär ja so, als würde man ein Baby essen.« Amanda fängt an zu weinen.

»Verehrte Dame, worum geht es hier?«, fragt Elfenbeinspecht.

»Tut mir leid«, sagt Ren. »Ich hätte das Wort *Baby* nicht benutzen dürfen.«

»Okay, Karten auf den Tisch«, sagt Rebecca. »Ist hier jemand, der noch nicht mitbekommen hat, dass Amanda schwanger ist?«

»Offenbar bin ich der Einzige, den man in gynäkologischer Unklarheit gelassen hat«, sagt Elfenbeinspecht. »Vielleicht dachte man, derlei intime weibliche Obliegenheiten seien für meine betagteren Ohren unangemessen.«

»Vielleicht hast du einfach nicht zugehört«, sagt Swift-Fuchs.

»Okay, das wär also geklärt«, sagt Rebecca. »Ich möchte jetzt eine Gesprächsrunde eröffnen, wie wir damals bei den Gärtnern immer sagten ... Ren, ist dir das recht?«

Ren holt Luft. »Ich bin auch schwanger«, sagt sie. Sie fängt an zu schniefen. »Ich hab auf den Streifen gepinkelt. Er ist rosa geworden und man konnte das Smiley sehen … O Gott.« Lotis Blue tätschelt ihr den Rücken. Crozier geht auf sie zu, dann bleibt er stehen.

»Dann sind wir ja zu dritt«, sagt Swift-Fuchs. »Ich bin dabei. Ich hab auch einen Braten in der Röhre.« Zumindest hat es ihr nicht die Laune verhagelt, denkt Toby. Nur, vom wem ist der Braten?

Wieder herrscht Schweigen. »Es wird wohl wenig Sinn haben«, sagt Elfenbeinspecht vorwurfsvoll, »über die Vaterschaft dieser … dieser diversen bevorstehenden Nachkommen zu spekulieren.«

»Nicht den geringsten«, sagt Swift-Fuchs. »Zumindest nicht in meinem Fall. Ich betreibe gerade einen Versuch in genetischer Evolution. Die Reproduktion des Stärksten. Denkt euch einfach, ich wär eine Petrischale.«

»Ich finde das unverantwortlich«, sagt Elfenbeinspecht.

»Ich glaube kaum, dass dich das auch nur irgendetwas angeht«, sagt Swift-Fuchs.

»Hey!«, sagt Rebecca. »Es ist nun mal, wie's ist!«

»Bei Amanda könnte es ein Craker sein«, sagt Toby. »Damals an dem Abend, als sie … als wir sie vor den … Das wäre die beste Möglichkeit. Bei Ren könnte es genauso sein.«

»Bei mir waren's jedenfalls nicht die Painballer«, sagt Ren. »Bei mir. Das weiß ich genau.«

»Woher weißt du das?«, fragt Crozier.

»Ich pack jetzt nicht die ganzen schmutzigen Details aus«, sagt Ren, »die willst du nämlich gar nicht wissen. Das ist Mädchenkram. Wir zählen die Tage. Deshalb.«

»Die Painballer kann ich definitiv ausschließen«, sagt Swift-Fuchs. »In meinem Fall. Und ein paar andere Kerle ebenfalls.« Sämtliche Männer blicken starr vor sich hin. Crozier unterdrückt ein Grinsen.

»Und die Craker auch?«, fragt Toby bewusst sachlich. Wer steht auf ihrer Checkliste? Crozier mit Sicherheit, aber wer noch? Waren es denn so viele? Immerhin könnte auch Zeb darunter sein; wenn ja, könnte es bald einen kleinen Zeb geben. Und was soll sie dann machen? Tun, als hätte sie nichts bemerkt? Babysachen stricken? Brüten und schmollen? Die ersten zwei Optionen wären vorzuziehen, aber sie weiß nicht, ob sie damit umgehen könnte.

»Ich hatte ein paar Begegnungen mit den großen Blauen«, sagt Swift-Fuchs. »Als keiner geguckt hat, was mir nicht gerade ein riesiges Zeitfenster gelassen hat, da ja alle hier so entsetzlich neugierig sind. Es war sehr kraftvoll, aber ich bin mir nicht sicher, ob ich das jetzt immer haben muss. Von Vorspiel war kaum die Rede. Aber das rosa Smiley lügt nicht, also trage ich ein süßes Geheimnis unterm Herzen. Im wahrsten Sinne des Wortes.«

»Das werden wir dann wohl noch lüften«, sagt Shackleton.

Zeb, Nashorn und Shackie kommen von ihrer Inspektion des Zauns zurück. »Also ne Festung ist was anderes«, sagt Zeb. »Es ist so – wenn wir die drei Waffen auf die Jagd mitnehmen, lassen wir alle im Lehmhaus ungeschützt zurück.«

»Und genau das könnte ihre Absicht sein«, sagt Nashorn. »Uns vorne rauslocken, um sich hinten reinzuschleichen. Und sich mit den Frauen davonzumachen.«

»Wir sind doch keine Pakete«, sagt Swift-Fuchs. »Wir können uns wehren! Ihr könnt uns doch ein paar Spraygewehre dalassen.«

»Viel Glück«, sagt Nashorn.

»Wenn wir uns auf die Jagd nach diesen Kerlen machen, müssen wir mit der ganzen Gruppe hier raus«, sagt Crozier. »Wir können niemanden zurücklassen. Und die Mo'Hairschafe müssen auch mit. Solange wir alle zusammen sind, wird es schwieriger für sie, uns zu überfallen.«

»Aber einfacher, uns totzutrampeln«, sagt Zeb. »Wie schnell können wir laufen?«

»Ich laufe nicht«, sagt Rebecca. »Und ich will hier mal klarstellen, dass wir drei schwangere Frauen unter uns haben.«

»Drei?«, fragt Zeb.

»Ren und Swift-Fuchs«, sagt Rebecca.

»Wann ist das denn passiert?«

»Sie haben's gerade erzählt, als ihr am Zaun wart«, sagt Rebecca.

»Sie sind über Nacht von Elfen geschwängert worden«, sagt Jimmy.

»Das ist nicht komisch, Jimmy«, sagt Lotis Bluc.

»Will nur sagen, es ist nicht gut, wenn sie rennen müssen«, sagt Rebecca.

»Das heißt, wir können uns nicht an unsere Abmachung halten? Wir können mit der Schweinemiliz nicht auf die Jagd gehen?«, fragt Shackleton. »Wir müssen sie allein losziehen lassen?«

»Das geht nicht«, sagt Crozier. »Die sind gemeingefährlich, aber sie können keine Treppen steigen. Wenn die Schweine diese Painballertypen bis in die Stadt jagen, brauchen die Painballer bloß irgendwo rauf und schon können sie die Schweine von oben abknallen.«

»Crozier hat recht, wir sollten alle umziehen«, sagt Toby. »An einen sichereren Ort, mit Türen, die man verriegeln kann.«

»Und wohin?«, fragt Rebecca.

»Wir könnten zurück zum AnuYu-Spa«, sagt Toby. »Da habe ich monatelang gehaust. Es gibt immer noch einen Vorrat Grundnahrungsmittel.« Und vielleicht sogar Samen, denkt sie: Ich könnte Samen besorgen für den Garten. Und Munition, sie hatte einiges dagelassen.

»Da gibt's echte Betten«, sagt Ren. »Und Handtücher.«

»Und feste Türen«, sagt Toby.

»Könnte ein guter Plan sein«, sagt Zeb. »Sollen wir abstimmen?«

Niemand stimmt dagegen.

»Es gibt einiges zu tun«, sagt Katuro.

»Erstmal sollten wir das Ferkel begraben«, sagt Toby. »Es wäre das Richtige. Unter diesen Umständen.«

Und so geschieht es.

Rückfall

Sie brauchen einen Tag, um sich zu organisieren. Es gibt allerhand mitzunehmen: die wichtigsten Kochutensilien, Laken zum Wechseln, Klebeband, Seil. Taschenlampen, Kopflampen: die meisten Batterien sind noch gut. Die Spraygewehre natürlich. Und alle vorhandenen scharfkantigen Werkzeuge, denn Messer und Spitzhacken sollen den Feinden nicht in die Hände fallen.

»Leichtes Gepäck«, sagt Zeb zu ihnen. »Wenn alles gutgeht, sind wir in ein paar Tagen wieder zurück.«

»Oder die fackeln uns den Laden hier ab«, sagt Nashorn.

»Was man unbedingt braucht, sollte man also mitnehmen«, sagt Katuro.

Toby sorgt sich um ihre Bienenstöcke. Wird es ihnen gutgehen? Von wem könnten sie angegriffen werden? Bären hat sie keine gesehen; die Schweine haben versichert, die Bienen nicht anzurühren, und das muss sie ihnen glauben. Mögen Hunölfe Honig? Nein, es sind Fleischfresser. Wakunks, zum Beispiel, aber gegen einen wütenden Schwarm hätten sie keine Chance.

Sie bedeckt ihren Kopf und spricht mit dem Schwarm, genau wie jeden Morgen bisher. »Seid gegrüßt, Bienen. Ich bringe euch und eurer Königin Neuigkeiten. Morgen muss ich für kurze Zeit weggehen, also werde ich ein paar Tage nicht mit euch sprechen. Unser eigener Schwarm wird bedroht. Wir sind in Gefahr und müssen uns gegen die Bedrohung wehren, so wie ihr das an unserer Stelle auch tun würdet. Haltet euch wacker, sammelt viel Blütenstaub, verteidigt wenn nötig euer Haus. Gebt das bitte an Pilar weiter und bittet ihren starken Geist, uns beizustehen.«

Die Bienen fliegen durch das Loch im Styroporkühler ein und

aus. Es scheint ihnen im Garten zu gefallen. Einige kommen angeflogen, um sie zu erkunden. Sie testen ihr geblümtes Laken, finden es mangelhaft, setzen sich auf ihr Gesicht. Ja, sie kennen sie. Sie berühren ihre Lippen, nehmen ihre Worte auf, fliegen mit der Botschaft davon, verschwinden in die Dunkelheit. Sie passieren die Membran, die diese Welt von der unsichtbaren Welt gleich darunter trennt. Dort ist Pilar, mit ihrem ruhigen Lächeln, sie geht durch einen mysteriös leuchtenden Korridor.

Pass auf, Toby, sagt sie zu sich. Sprechende Schweine, mitteilsame Tote und die Unterwelt in einem Bierkühler aus Styropor. Du hast keine Drogen genommen, du bist nicht mal krank, es gibt wirklich keine Ausrede.

Die Craker verfolgen mit Interesse die Vorbereitungen für den Auszug. Die Kinder lungern in der Küche herum, starren Rebecca mit ihren riesigen grünen Augen an, halten gebührenden Abstand zu ihrer Speckschwarte und dem getrockneten Hunolf-Fleisch. Die Craker scheinen nicht ganz zu begreifen, warum die MaddAddamiten umziehen, aber sie haben deutlich gemacht, dass sie sie begleiten werden.

»Wir werden Schneemensch-Jimmy helfen«, sagen sie. »Wir werden Zeb helfen.« – »Wir werden Crozier helfen, er ist unser Freund, wir müssen ihm helfen, damit er besser pinkeln kann.« – »Wir werden Toby helfen, sie wird uns eine Geschichte erzählen«, »Crake will, dass wir mitgehen«, und so weiter. Sie selbst haben keinen Besitz, also müssen sie nichts eigenes tragen; aber sie wollen beim Tragen helfen. »Ich werde das nehmen, das ist ein Topf.« – »Ich werde das bringen, das ist ein Kurbelradio, was macht man damit?« – »Ich werde dieses scharfe Ding tragen, es ist ein Messer.« – »Das hier ist Toilettenpapier, ich werde es tragen.«

»Wir werden Schneemensch-Jimmy tragen«, verkündet eine Dreiergruppe; aber Jimmy sagt, er könne laufen.

Blackbeard platzt in Tobys Nische. »Ich werde die Schreibsachen tragen«, sagt er gewichtig. »Und den Stift. Die Sachen werde ich tragen, damit wir alles dahaben.«

Er betrachtet Tobys Tagebuch als gemeinsamen Besitz; soll er nur, denkt Toby, so kann sie seine Fortschritte überwachen. Wobei es manchmal nicht ganz einfach ist, ihm das Heft wegzunehmen, um selber schreiben zu können, und er ständig erinnert werden muss, das Heft nicht draußen im Regen liegen zu lassen.

Bisher hat er sich weitgehend auf Namen konzentriert, er schreibt aber auch gern DANKE und GUTE NACHT. CRAK GUTENACHT GUT SCHLECHT BLUME SEB TOBI ORIX DANKE ist ein typischer Eintrag. Vielleicht gewinnt sie demnächst neue Einblicke in seine Hirnfunktion, auch wenn sie bisher nicht behaupten kann, irgendetwas Bahnbrechendes beobachtet zu haben.

Am nächsten Tag verlassen sie bei Sonnenaufgang ihren Lehmhauskomplex. Es ist gewissermaßen ein Exodus, ein Auszug aus der Zivilisation.

Zwei Schweine sind als Eskorte eingetroffen; der Rest werde sie am AnuYu in Empfang nehmen, sagt Blackbeard. Er hat Tobys Fernglas, er ist selber dahintergekommen, wie man es benutzt. Hin und wieder macht er einen Schritt zur Seite, schaut durch das Fernglas und fokussiert etwas. »Krähen«, verkündet er. »Geier.« Die Crakerfrauen lachen leise. »O Blackbeard, aber das wusstest du doch auch ohne das runde Augengerät«, sagen sie. Dann lacht er ebenfalls.

Nashorn und Katuro gehen mit den Schweinen voran, gefolgt von Crozier und der Mo'Hair-Herde. Einige tragen Bündel auf dem Rücken, zum ersten Mal, aber es scheint sie nicht zu stören. Mit ihren menschlichen Haaren, lockig oder glatt, und den Bündeln darüber sehen sie aus wie avantgardistische Hüte auf Beinen.

Shackleton bleibt in der Mitte der Prozession bei Ren, Amanda und Swift-Fuchs, die wiederum von einem Großteil der Crakerfrauen umgeben sind, denn Schwangere üben eine magische Anziehungskraft auf sie aus. Die Crakerfrauen gurren, lächeln und lachen, tätscheln und streicheln. Swift-Fuchs scheint das zu irritieren, Amanda jedoch lächelt. Die restliche MaddAddamiten-Gruppe ist hinter ihnen, dann kommen die Crakermänner. Zeb bildet die Nachhut.

Toby geht an der Seite der Crakerfrauen, die Flinte im Anschlag. Es scheint ewig her, seit sie mit Ren hier vorbeigekommen ist, um nach Amanda zu suchen. Anscheinend muss auch Ren gerade daran denken: Sie schließt mit Toby auf und hakt sich mit ihrem freien linken Arm bei ihr ein. »Danke, dass du mich damals aufgenommen hast«, sagt sie. »Im AnuYu. Und für die Maden. Wenn du dich nicht um mich gekümmert hättest, wäre ich gestorben. Du hast mir das Leben gerettet.«

Und *du* hast *mir* das Leben gerettet, denkt Toby. Wäre Ren nicht vorbeigestolpert, was hätte sie getan? Sie hätte gewartet und gewartet, hätte sich weiterhin im AnuYu verbarrikadiert, bis sie den Verstand verloren hätte oder immer älter geworden und am Ende vertrocknet wäre.

Sie halten sich an die Straße durch den Heritage Park in Richtung Nordwesten. Dort steht Pilars Holunderstrauch, umschwirrt von Schmetterlingen und Bienen. Eines der Mo'Hairschafe reißt sich im Vorbeigehen einen Bissen davon ab.

Jetzt sind sie am östlichen Tor angelangt – im rosafarbenen Texmex-Retro-Stil gehalten – und am hohen Zaun, der sich um das gesamte AnuYu-Gelände zieht. »Hier waren wir«, sagt Ren. »Der Mann war da drin. Der Painballer, der Schlimmste von allen.«

»Ja«, sagt Toby. Es war Blanco, ihr alter Feind. Er hatte Wundbrand und war dennoch nicht weniger versessen aufs Töten gewesen.

»Du hast ihn umgebracht, stimmt's?«, fragt Ren. Es kann ihr damals nicht entgangen sein.

»Sagen wir mal, ich habe ihm geholfen, eine andere Seinsebene zu betreten«, sagt Toby. So hätten es die Gärtner ausgedrückt. »Er wäre ohnehin bald gestorben, aber unter größeren Schmerzen. Sagen wir, es war ein Fall von urbaner Gewaltminimierung.« Erste Regel: Verhindere ein Blutbad, indem du erstmal deine eigene Haut rettest.

Sie hatte Blanco eine Mischung aus Tollkirsche und Schlafmohn verpasst: ein schmerzfreier Abschied, und dazu ein besserer, als er verdient hatte. Dann hatte sie ihn als Geschenk an die wilden Tiere in den mit weißen Steinen umrandeten Ziergarten geschleppt. War die Dosis Tollkirsche so stark gewesen, dass sie einen Aasfresser damit hätte mitvergiften können? Hoffentlich nicht: Sie wünscht den Geiern nur Gutes.

Das schwere schmiedeeiserne Tor steht sperrangelweit offen. Toby hatte es zugebunden, als sie gingen, aber das Seil ist durchgenagt worden. Die beiden Organschweine trotten als Erste hindurch, schnüffeln auf dem Parkweg zum Pförtnerhaus herum und bahnen sich einen Weg in das Häuschen hinein. Sie tauchen wieder auf und traben hinüber zu Blackbeard. Gedämpftes Grunzen, konzentrierte Blicke.

»Sie sagen, die drei Männer waren hier. Aber jetzt sind sie nicht hier«, sagt er.

»Sind sie sicher?«, fragt Toby. »Es lag mal ein Mann da drin. Ein böser Mann. Den meinen sie aber nicht, oder?«

»O nein«, sagt Blackbeard. »Von dem wissen sie. Er war tot, er lag in den Blumen. Erst wollten sie ihn essen, aber er hatte böse Pilze im Körper. Also ließen sie es sein.«

Toby wirft einen Blick über das einst kunstvoll angelegte Blumenbeet. WILLKOMMEN IM ANUYU stand hier in Petunien geschrieben, aber inzwischen herrscht ein Wildwuchs an Wiesenkräutern. Was ragt da aus dem Gestrüpp, ist das ein Stiefel? Sie hat keinerlei Bedürfnis, der Sache näher auf den Grund zu gehen.

Dort hatte sie Blancos Messer liegenlassen, zusammen mit der Leiche. Es war ein gutes, scharfes Messer. Doch die MaddAddamiten haben genug andere Messer. Sie kann nur hoffen, dass die Painballer sich das Messer nicht zurückgeholt haben, aber auch sie haben bestimmt andere Messer.

Jetzt sind sie auf dem AnuYu-Gelände. Sie halten sich an den Hauptweg, wobei es auch einen Pfad gibt, der durch den Wald führt. Diesen Pfad hatten Toby und Ren damals genommen, um im Schatten zu bleiben. Dort waren sie auf Oates gestoßen. Er hing von einem

Baum, nachdem die Painballer ihn abgeschlachtet und seine Nieren herausgetrennt hatten.

Er ist bestimmt noch da, denkt Toby. Sie sollten ihn finden, ihn da runterholen, ihn anständig begraben. Seine Brüder Shackleton und Crozier werden das begrüßen. Eine echte Kompostierung mit einem eigenen Baum auf seinem Grab. Ihn zurückführen an den kühlen Frieden der kleinen Wurzeln, an die ruhige Auflösung von Boden. Aber jetzt ist nicht der richtige Moment dafür.

Irgendwo im Wald bellen Hunde: Sie bleiben stehen und horchen. »Wenn diese Viecher schwanzwedelnd auf euch zukommen, müsst ihr sie erschießen«, sagt Jimmy. »Hunölfe sind bestialisch.«

»Die Munition ist rationiert«, sagt Nashorn. »Bis wir Nachschub finden.«

»Sie werden uns jetzt nicht angreifen«, sagt Katuro. »Wir sind zu viele. Plus zwei Organschweine.«

»Wir haben bestimmt inzwischen die meisten getötet«, sagt Shackleton.

Sie kommen an einem ausgebrannten Jeep vorbei, dann an einem verkohlten Solarauto. Dann an einem zerbeulten rosa Minitransporter mit dem AnuYu-Logo auf der Seitentür: ein Kussmund, ein zwinkerndes Auge.

»Nicht reingucken«, sagt Zeb, der schon einen Blick ins Innere geworfen hat. »Ist nicht schön.«

Und dann kommt das retro-rosafarbene Hauptgebäude in Sicht, es steht noch: Niemand hat es in Brand gesteckt.

Fast geschlossen wuselt die Schweineherde draußen herum, wahrscheinlich fressen sie gerade die Reste des Biogemüsegartens, einstige Zutatenquelle für die Mahlzeiten der Kundinnen. Toby muss daran denken, welch lange Stunden sie in der Zeit nach der Flut einsam in diesem Gemüsegarten verbrachte, in der Hoffnung, genug genießbares Gemüse züchten zu können, um nicht zu verhungern. Inzwischen besteht der Garten nur noch aus aufgewühlter Erde.

Zumindest hatte sie damals die Tür nicht verriegelt.

Schatten, Schimmel. Ihr altes Ich streift körperlos durch die spiegellosen Flure. Sie hatte die Spiegel mit Handtüchern verhängt, um sich nicht sehen zu müssen.

»Kommt rein«, sagt sie zu den anderen. »Fühlt euch wie zu Hause.«

Die Festung AnuYu

Die Craker sind hingerissen vom AnuYu-Spa. Vorsichtig streifen sie durch die Flure, beugen sich vor und streichen über den blankpolierten Boden. Sie schauen unter die rosa Handtücher vor den Spiegeln, sehen die Leute, schauen hinter die Spiegel; und als sie erkennen, dass sie es selbst sind, berühren sie ihr Haar, lächeln und bringen ihr Spiegelbild ebenfalls zum Lächeln. Sie setzen sich behutsam in den Schlafzimmern auf die Betten, stehen wieder auf. Im Fitnessraum springen die Kinder kichernd auf den Trampolinen herum. Sie schnuppern an der rosa Seife in den Waschräumen. Es ist immer noch jede Menge rosa Seife da.

»Sind wir im Ei?«, fragen sie. Zumindest die jüngeren fragen das. Sie haben eine vage Erinnerung an einen ähnlichen Ort, mit hohen Decken und glatten Fußböden. »Ist das das Ei, wo wir geschaffen wurden?« – »Nein, das Ei ist anders.« – »Das Ei ist weit weg. Es ist viel weiter weg als das hier.« – »In dem Ei ist Crake, in dem Ei ist Oryx. Sie sind nicht hier.« – »Können wir zum Ei gehen?« – »Wir wollen jetzt nicht zum Ei gehen, es ist dunkel.« – »Ist im Ei auch alles rosa, wie hier? Können wir das essen, was rosa ist und nach Blumen riecht?« – »Das ist keine Pflanze, das ist Seife. Wir essen keine Seife«, und so weiter.

Immerhin singen sie nicht, denkt Toby. Auch unterwegs haben sie kaum gesungen. Sie haben geguckt und gehorcht. Offenbar spüren sie die Gefahr.

Zum Glück ist das Dach noch nicht leck. Toby freut sich darüber: Das heißt, dass die Betten zwar etwas modrig, aber noch immer schlafbar sind. Als Gastgeberin, die sie ja in gewisser Weise ist, verteilt sie die Zimmer. Sie selbst sucht sich ein Doppelzimmer aus. Das Spa verfügt über drei solcher Zimmer für den unwahrscheinlichen Fall, dass Eheleute oder eine ähnliche Konstellation zusammen einen Aufenthalt buchen, um Kosmetikbehandlungen und kleine Aufbesserungsarbeiten gemeinsam vornehmen zu lassen. Doch das Angebot fand wenig Zuspruch, zumindest nicht bei heterosexuellen Paaren – meist verzichteten die Frauen bei Schönheitskorrekturen auf Gesellschaft, um später wie ein Schmetterling aus einem duftenden Kokon aufzutauchen und mit ihrer hinreißenden Schönheit die Welt zu betören. Toby war damals Geschäftsführerin, sie weiß über diese Dinge Bescheid. Sie weiß auch von der Enttäuschung der Frauen, wenn sie eine Unmenge Geld ausgegeben hatten und am Ende nicht viel besser aussahen.

Sie verstaut ihre paar Habseligkeiten im Schrank. Ihr leicht ramponiertes Fernglas: Im Lehmhaus kam es nur selten zum Einsatz, weil es dort kaum Fernblicke gab, aber jetzt wird es lebensnotwendig sein. Ihre Flinte und die Munition. Sie hatte einen Vorrat hiergelassen, also kann sie jetzt aufstocken. Ist die Munition erstmal aufgebraucht, wird die Flinte nutzlos sein, es sei denn, sie lernt, wie man Schießpulver herstellt.

Sie legt ihre Zahnbürste ins Bad nebenan. Sie hätte ihre aus dem Lehmhaus gar nicht mitbringen müssen, denn im AnuYu sind noch jede Menge Zahnbürsten vorhanden, alle in Rosa; und im Lagerraum steht ein ganzes Regal mit Minizahncreme, zwei Sorten: Bio-Kirschblüte, biologisch abbaubar und mit Mikroorganismen gegen Zahnstein; und die Küss-mich-im-Mondlicht-Sorte mit den Farbglitzerpartikeln.

Letztere versprach, den Mund im Dunkeln zum Leuchten zu bringen. Toby hat sie nie ausprobiert, aber einige der Frauen schworen darauf. Sie fragt sich, wie Zeb wohl reagieren würde, wenn plötzlich ein körperloser Leuchtmund vor ihm auftaucht. Heute Nacht wird sie es wohl nicht mehr rausfinden: Sie muss auf dem Dach Wache schieben, und ein leuchtender Mund wäre die ideale Zielscheibe für einen Scharfschützen.

Ihre alten Tagebücher; sie hat sie von der Massagebank geholt, auf der sie damals aus irgendeinem klösterlichen Bedürfnis nach Buße heraus geschlafen hatte. Sie hatte die AnuYu-Terminhefte zum Schreiben benutzt, mit Kussmund und zwinkerndem Auge. Sie hatte Gärtnertage, Feiern und Feste notiert und die Mondphasen; und die alltäglichen Vorkommnisse, falls es welche gab. Das Schreiben hatte ihr geholfen, nicht den Verstand zu verlieren. Dann, als es weiterging und wieder echte Menschen in ihr Leben traten, hatte sie die Hefte hier zurückgelassen. Jetzt sind sie wie ein Flüstern aus der Vergangenheit.

Ist es das, was Schreiben eigentlich ist? Die Stimme des eigenen Geistes, wenn der Geist eine Stimme hätte? Wenn ja, warum gibt sie dem kleinen Blackbeard diese Technik weiter? Ohne sie wären die Craker doch sicherlich glücklicher.

Sie legt die Hefte in eine Kommode. Irgendwann will sie sie noch einmal durchlesen, aber dafür ist im Moment keine Zeit.

In den Toiletten schwimmt noch immer Wasser und jede Menge tote Fliegen. Sie betätigt die Spülung: Die Sammelbecken auf dem Dach scheinen noch zu funktionieren, welch ein Segen. Und es gibt einen schier endlosen Vorrat an rosa Toilettenpapier mit geprägtem Blumenmuster.

Einige der AnuYu-Toilettenpapierversuche mit Botanikessenz waren damals schiefgegangen, sie hatten unerwarteterweise Allergien ausgelöst.

Aber sie muss unbedingt einen Warnzettel anbringen, dass das Wasser abgekocht werden muss. Sobald die Leute sehen, dass das Wasser hier noch aus dem Wasserhahn kommt, könnten sie unvorsichtig werden.

Nachdem sie sich das Gesicht gewaschen und sich in einen frischen rosa AnuYu-Umhang aus dem Haushaltsschrank gehüllt hat, gesellt sie sich wieder zu den anderen. In der großen Halle wird gerade debattiert: Was soll über Nacht mit den Mo'Hairschafen passieren? Der weitläufige AnuYu-Rasen wächst inzwischen hüfthoch, tagsüber wird man sie problemlos grasen lassen können, doch sobald es dunkel wird, müssen sie untergestellt oder bewacht werden: Es könnten Löwämmer durch die Gegend streifen. Crozier ist dafür, die Herde in den Fitnessraum zu bringen: Die Mo'Hairschafe sind ihm ziemlich ans Herz gewachsen und er hat Angst um sie. Manatee weist darauf hin, dass der Boden glatt ist und die Schafe ausrutschen und sich die Knochen brechen können, mal abgesehen von den Hinterlassenschaften. Toby schlägt den Gemüsegarten vor: Er hat einen weitgehend intakten Zaun – die Organschweine haben dort zwar einige Löcher gegraben, aber die ließen sich schnell wieder zuschütten. Dann könnte ein Wachtposten vom Dach aus ein Auge auf sie haben und bei ungewöhnlichem Blöken sofort Meldung machen.

Aber wo sollen die Craker übernachten? Sie schlafen nicht gern in geschlossenen Gebäuden. Sie wollen auf der Wiese übernachten, wo es jede Menge Blätter zu essen gibt. Doch in Anbetracht der Painballer, die frei herumlaufen und womöglich auch noch in Jagdstimmung sind, kommt das nicht in Frage.

»Auf dem Dach«, sagt Toby. »Da oben stehen ein paar Topfpflanzen, falls sie was zum Knabbern brauchen.« Das wäre also beschlossene Sache.

Das Nachmittagsgewitter kommt und geht. Als es vorbeigezogen ist, nehmen die Organschweine im Swimmingpool ein kleines Bad; dass dort Algen und Wasserpflanzen wachsen und sich eine ganze Froschpopulation tummelt, schreckt sie nicht. Das Problem des Rein- und Rauskommens haben sie gelöst, indem sie diverse Gartenmöbel ins flache Ende geschoben haben: Die Liegen bilden eine Art Rampe. Die Kleinen planschen und quieken mit Begeisterung; die älteren Säue und Eber tauchen nur kurz ins Wasser, legen sich an den Beckenrand und wachen von dort aus über ihre Jungen. Toby fragt sich, ob Schweine Sonnenbrand bekommen.

Das Abendessen wird eher improvisiert, aber im Essenssaal auf den runden Tischen mit den rosa Tischdecken im großen Stil serviert. Ein Futtersuchtrupp hat auf der Wiese geerntet, und so gibt es einen kräftigen Salat aus allerhand wildem Grünzeug. Rebecca hat eine kleine ungeöffnete Flasche Olivenöl entdeckt und eine köstliche Salatsoße zubereitet. Gedünsteten Portulak, halbgare Klettenwurzel, Hunölf-Dörrfleisch und Mo'Hair-Milch. In der Küche stand noch ein vergessenes Glas Zucker und zum Nachtisch bekommt jeder davon einen Teelöffel. Toby ist Zucker nicht mehr gewohnt: Die Süße schießt ihr wie ein Messerstich ins Gehirn.

»Ich muss dir was berichten«, sagt Rebecca, als sie hinterher die Küche aufräumen. »Deine Freunde haben dir einen Frosch gefangen. Sie haben mich gebeten, ihn zu braten.«

»Einen Frosch?«, fragt Toby.

»Ja. Fische haben sie hier nicht gefunden.«

»Ach du Schande«, sagt Toby. Die Craker werden nach ihrer Gutenachtgeschichte verlangen. Mit etwas Glück haben sie die rote Jimmymütze vergessen.

Abendstimmung, die Sonne versinkt. Grillen zirpen, Vögel begeben sich in ihre Nester, Amphibien quaken und klingen wie gezupfte Elastikbänder. Toby sucht nach etwas zum Überziehen, wenn sie gleich ihren Wachtposten einnimmt: Auf den Dach kann es kühl werden.

Gerade hüllt sie sich in ein rosa Laken, da schleicht sich der kleine Blackbeard ins Zimmer. Er entdeckt sein Spiegelbild, lächelt, winkt sich zu, führt ein kleines Tänzchen auf. Erst danach berichtet er: »Die Großen Schweine sagen, die drei bösen Männer sind da drüben.«

»Wo drüben?«, fragt Toby und ihr Puls schlägt schneller.

»Jenseits der Blumen. Hinter den Bäumen. Sie können sie riechen.«

»Sie dürfen nicht zu nah rangehen«, sagt Toby. »Die bösen Männer könnten Spraygewehre haben. Stöcke, mit denen man Löcher schießt. Blutende Löcher.«

»Das wissen die Großen Schweine«, sagt Blackbeard.

Mit umgehängtem Fernglas, die Flinte an der Seite, geht Toby die Treppe hinauf aufs Dach. Dort wartet eine Gruppe Craker. Auch Zeb ist schon da, er lehnt am Geländer.

»Du bist sehr rosa«, sagt er. »Steht dir gut, die Farbe. Trägt auch gar nicht auf. Bist du der Michelin-Mann?«

»Bist du ein Arschloch?«

»Wenn, dann unbewusst«, sagt er. »Die Krähen machen Lärm.« Und er hat recht: *kräh kräh kräh* macht es drüben vom Waldrand her. Toby schaut durch ihr Fernglas: nichts zu sehen.

»Könnte eine Eule sein«, sagt sie.

»Könnte«, sagt Zeb.

»Die Organschweine reden immer wieder von drei Männern. Nicht zwei.«

»Würde mich wundern, wenn sie sich irren«, sagt Zeb.

»Glaubst du, es ist Adam?«, fragt Toby.

»Weißt du noch, was du mal über die Hoffnung gesagt hast?«, sagt Zeb. »Hoffnung kann einem schlecht bekommen, hast du gesagt. Also versuche ich, mir keine Hoffnungen zu machen.«

Irgendwo flackert etwas, drüben in den Ästen. Ein Gesicht? Dann ist es wieder verschwunden.

»Das Schlimmste«, sagt Toby, »ist diese Warterei.«

Blackbeard zupft an ihren Laken. »O Toby«, sagt er. »Komm! Es wird Zeit für die Geschichte, die du uns erzählen wirst. Wir haben die rote Mütze mitgebracht.«

ES FÄHRT EIN ZUG NACH KRYOGENJUS

Die Geschichte von den zwei Eiern und vom Denken

Danke. Ich freue mich, dass ihr an die rote Mütze gedacht habt.

Und an den Fisch. Es ist jetzt nicht direkt ein Fisch, eher ein Frosch. Aber ihr habt ihn im Wasser gefangen, und das Meer ist weit weg, also bin ich mir sicher, dass Crake Verständnis haben wird, und er wird wissen, dass der Weg zum Meer, um dort einen Fisch zu fangen, zu weit gewesen wäre.

Danke, dass ihr ihn gebraten habt. Dass ihr Rebecca gebeten habt, ihn zu braten. Crake hat gesagt, ich muss ihn nicht ganz aufessen. Nur mal dran knabbern, das reicht.

So.

Ja, der Frosch … der Frosch hat einen Knochen in sich. Einen stinkenden Knochen. Deshalb habe ich ihn wieder ausgespuckt. Aber wir müssen jetzt nicht über den stinkenden Knochen sprechen.

Morgen ist ein sehr wichtiger Tag. Morgen werden alle mit zwei Häuten die von Crake begonnene Arbeit zu Ende bringen – nämlich das Chaos zu beseitigen. Diese Arbeit war die Große Neuordnung, und sie brachte die Große Leere.

Aber das war nur ein Teil der Arbeit des Crake. Der andere Teil bestand darin, euch zu erschaffen. Er hat eure Knochen aus den Korallen am Strand gemacht, die weiß sind wie Knochen, nur dass sie nicht stinken. Und er hat euer Fleisch aus einer Mango gemacht, die süß und zart ist. Das alles geschah im Innern des gigantischen Eis, und er hatte dort auch ein paar Helfer. Und Schneemensch-Jimmy war sein Freund – auch er war im Ei.

Und auch Oryx war dort. Manchmal war sie dort in Gestalt einer Frau mit grünen Augen, genau wie eure Augen, und manchmal war sie in Gestalt einer Eule. Und sie legte zwei kleinere Euleneier. Das kleinere Eulenei war voller Tiere und Vögel und Fische – alle ihre Kinder. Und auch Schmetterlinge. Und Ameisen, ja. Und Käfer – sehr viele Käfer. Und Schlangen. Und Frösche. Und Maden. Und Rakunks, und Luxkätzchen und Mo'Hairschafe und Große Schweine.

Danke, aber ich glaube, wir müssen sie nicht alle einzeln aufzählen.

Weil wir dann noch die ganze Nacht hier sitzen.

Sagen wir einfach, Oryx hat sehr, sehr viele Kinder geschaffen. Und jedes Kind war auf seine spezielle Art schön.

Ja, es war gütig von ihr, jedes einzelne Tier zu erschaffen, in dem kleineren der beiden Euleneier, die sie gelegt hat. Bis auf die Moskitos vielleicht.

Das andere Ei, das sie legte, war voller Wörter. Die Wörter schlüpften jedoch, bevor die Tiere schlüpften, und ihr habt viele der Wörter aufgegessen, weil ihr großen Hunger hattet; deswegen habt ihr die Wörter in euch. Und Crake dachte, ihr hättet alle Wörter aufgegessen, also waren keine mehr für die Tiere da, und deshalb können Tiere nicht sprechen. Aber er irrte sich. Crake hatte nicht immer in allem recht.

Denn als er mal nicht aufpasste, fielen ein paar Wörter aus dem Ei und auf die Erde und einige fielen ins Wasser und einige wurden vom Wind davongetragen. Und keiner der Menschen sah sie. Aber die Tiere, Vögel und Fische sahen sie und aßen sie auf. Es war eine andere Art von Wörtern, und den Menschen fiel es manchmal schwer, die Tiere zu verstehen. Sie hatten die Wörter zu sehr im Mund zerkleinert.

Und die Organschweine – die Großen Schweine – aßen mehr Wörter auf als alle anderen Tiere. Ihr wisst ja, wie gern sie essen. Und so kommt es, dass die Großen Schweine sehr gut denken können.

Dann schuf Oryx etwas Neues, sie nannte es das Singen. Und sie gab euch das Singen, weil sie die Vögel liebte und unbedingt wollte, dass ihr auch so schön singt. Aber Crake wollte euch das Singen nicht geben. Es beunruhigte ihn. Er dachte, wenn ihr wie die Vögel singt, dann vergesst ihr vielleicht wie Menschen zu sprechen, und dann würdet ihr euch nicht mehr an ihn erinnern und seine Arbeit verstehen – all die Arbeit, die er auf sich genommen hat, um euch zu erschaffen.

Und Oryx sagte, du musst in den sauren Apfel beißen. Denn wenn diese Leute nicht singen können, sind sie nichts als ... dann sind sie gar nichts. Dann sind sie wie Steine.

In den sauren Apfel beißen heißt ... darüber reden wir ein andermal.

Jetzt erzähle ich euch einen anderen Teil der Geschichte, in der es darum geht, warum Crake beschloss, die Große Leere zu schaffen.

Crake dachte lange nach. Er dachte und dachte. Er erzählte keinem von all seinen Gedanken, aber ein paar Gedanken erzählte er Schneemensch-Jimmy und ein paar erzählte er Zeb und ein paar erzählte er auch Pilar und Oryx.

Und er dachte Folgendes:

Die Menschen im Chaos können nicht lernen. Sie können nicht verstehen, was sie dem Meer und dem Himmel, den Pflanzen und Tieren antun. Sie können nicht verstehen, dass sie alles töten und dass sie am Ende sich selbst töten werden. Und es sind so viele und jeder trägt zu der Tötung bei, ob nun bewusst oder nicht. Und wenn man ihnen sagt, sie sollen es beenden, hören sie einem nicht zu.

Also bleibt nur eins. Entweder müssen die meisten von ihnen beseitigt werden, solange es die Erde noch gibt, mit all den Bäumen und Blumen und Vögeln und Fischen und so weiter, oder alle müssen sterben, wenn nichts mehr da ist. Auch keine Menschen mehr.

Aber sollte man ihnen nicht eine zweite Chance geben?, fragte er sich. Nein, erwiderte er, denn eine zweite Chance haben sie schon gehabt. Sie haben viele zweite Chancen gehabt. Jetzt ist die Zeit reif.

Also schuf Crake ein paar kleine Samenkörner, die sehr gut schmeckten; und erst machten sie die Menschen, die sie aßen, sehr glücklich. Aber dann wurden alle, die die Samenkörner gegessen hatten, sehr krank, und sie lösten sich auf und starben. Und er säte die Samenkörner über der ganzen Erde aus.

Und Oryx half ihm, die Samenkörner zu säen, denn sie konnte fliegen wie eine Eule. Und die Vogelfrauen, Schlangenfrauen und Blumenfrauen halfen ebenfalls mit. Wobei sie das mit dem Sterben nicht verstehen konnten, nur das mit dem Glück, denn Crake hatte ihnen nicht von all seinen Gedanken erzählt.

Und dann begann die Große Neuordnung. Und Oryx und Crake verließen das Ei und flogen in den Himmel. Aber Schneemensch-Jimmy blieb da, um über euch zu wachen und euch vor schlimmen Dingen zu beschützen und um euch zu helfen und euch die Geschichten von Crake zu erzählen. Und auch die Geschichten von Oryx.

Singen könnt ihr nachher.

Das ist die Geschichte der beiden Eier.

Und jetzt müssen wir alle schlafen, denn morgen müssen wir ganz früh aufstehen. Einige von uns werden sich auf die Suche nach den drei bösen Männern machen. Zeb wird gehen und Nashorn und Manatee und Crozier und Shackleton. Und Schneemensch-Jimmy. Ja, auch die Großen Schweine werden gehen, viele von ihnen. Nein, die kleinen nicht, und ihre Mütter auch nicht.

Aber ihr werdet hierbleiben, bei Rebecca, Amanda und Ren. Und bei Swift-Fuchs und bei Lotis Blue. Und ihr müsst immer die Tür zulassen und ihr dürft niemanden reinlassen, egal, was sie sagen. Es sei denn, es ist jemand, den ihr kennt.

Habt keine Angst.

Ja, auch ich werde gehen, um nach den bösen Männern zu suchen. Und auch Blackbeard wird mitgehen, er wird uns helfen, mit den Großen Schweinen zu sprechen.

Ja, wir werden zurückkommen. Ich hoffe, dass wir zurückkommen werden.

Hoffnung, das ist, wenn man unbedingt etwas will, aber nicht weiß, ob das, was man will, wirklich passieren wird.

Jetzt sage ich gute Nacht.

Gute Nacht.

Sonnenbrille

»Hier habe ich auf dich gewartet«, sagt Toby. »Während der wasserlosen Flut. Hier oben auf dem Dach. Ich habe immer gedacht, du würdest jeden Moment da aus dem Wald geschlendert kommen.«

Überall liegen die Craker und schlafen friedlich. Wie zutraulich sie sind, denkt Toby. Wahre Angst haben sie nie gelernt. Vielleicht sind sie gar nicht dazu in der Lage.

»Du hast also geglaubt, ich lebe?«, fragt Zeb.

»Ich habe auf dich gezählt«, sagt Toby. »Ich dachte, wenn jemand weiß, wie man überlebt, dann du. An manchen Tagen habe ich mir eingeredet, du seist tot. Das nannte ich ›realistisch sein‹. Aber ansonsten habe ich gewartet.«

»Und, hat sich's gelohnt?«, fragt Zeb. Unsichtbares Grinsen in der Dunkelheit.

»Traust du der Sache nicht? Musst du wirklich erst fragen?«

»Irgendwie ja«, sagt Zeb. »Früher hab ich mich für ein Geschenk Gottes gehalten, aber das lässt irgendwann nach. Schon bei unserer ersten Begegnung, damals bei den Gärtnern, hab ich gemerkt, dass du schlauer warst als ich, mit deinen Pilzen und Mixturen und dem ganzen Zeug.«

»Aber du warst cleverer«, sagt Toby.

»Kann sein. Wobei ich manchmal ein bisschen zu clever war. Wo war ich stehengeblieben?«

»Du lebtest bei den Schlangenfrauen«, sagt Toby. »Im Scales and Tails. Du hast den Ball flachgehalten, die Augen offen gehalten, die Hände in den Taschen gelassen und geschwiegen wie ein Grab.«

»Richtig.«

Zeb wurde Türsteher. Es war eine erstklassige Tarnung. Er bekam den rasierten Schädel, den schwarzen Anzug, die Sonnenbrille und den Goldzahn, der ihm direkt in den Mund sendete. Auch die geschmackvolle Reversnadel in Form einer Schlange, die sich in den eigenen Schwanz beißt: antikes Motiv und Sinnbild der Erneuerung, sagte Adam, wobei man Zeb auch alles andere hätte erzählen können.

Aus der Gesichtsbehaarung formte er die zeitgemäße Plebsland-Türsteherfrise, die daraus bestand, mit einem sehr schmalen Rasierer den Dreitagebart so zu schraffieren, dass man aussah wie eine flaumige Waffel. Zur selben Zeit ließ er sich auf Adams Empfehlung hin die Ohren neu konturieren. Immer öfter wurden auf Ausweisen die Ohren abgebildet, und es wäre gut, wenn auch Zeb sich dazu entschließen könne, damit sich seine Ohren nicht mit irgendwelchen Uraltfotos abgleichen ließen, falls jemand darauf aus war. Der eigentliche Eingriff ging auf Rechnung Katrina Wows, die Beziehungen zu einigen Erste-Liga-Fleisch-und-Fett-Plastikern hatte. Zeb wählte ein eher spitz zulaufendes Modell mit eher tropfenförmigem Ohrläppchen.

»Gibt nichts zu sehen«, sagte er. »Ich hab sie danach noch einige Male ändern lassen. Aber ne Zeitlang war ich ne Mischung aus Kobold und Buddha.«

»Genau so sehe ich dich«, sagt Toby.

Zebs Aufgabe bestand darin, im Tresenbereich herumzustehen, nicht gerade breit zu grinsen, aber auch nicht als aktive Bedrohung aufzutreten: nur mehr oder weniger dräuend. Sein Partner war ein großer Schwarzer namens – zumindest damals – Jebediah, später bekannt als Schwarznashorn. Zeb und Jeb, so waren die beiden für Zeb miteinander verknüpft.

Auch wenn er für die Leute im Scales nicht Zeb war, Hektor der Vektor war er genauso wenig. Er hatte noch einen weiteren Namen: Smokey. Smokey der Bär, wie das alte Naturschutz-Maskottchen, das vor Waldbränden warnte. Der Name passte gut, denn genau das war seine Aufgabe: Waldbrände verhindern.

Wenn Kunden nach Randale aussahen – angekündigt durch finstere Blicke, Ausfälligkeiten, ungehöriges Grabschen und Reißen an Federschmuck, Schuppen- oder Blumenkostümen während der Show oder affiges Schütteln von Bierdosen und Zielen mit Schaumfontänen als Vorbote von fliegenden Dosen und Fäusten –, traten Zeb und Jeb auf den Plan. Sie gingen von passivem Drohen zu aktiver Einmischung über, wobei das Ziel darin bestand, die Aggressoren sauber und geschmeidig aus dem Laden zu befördern, ohne eine Massenschlägerei auszulösen. Prompter Aktionismus war also ein Muss, wobei man die Kunden natürlich nicht unnötig verärgern wollte: Ein geschlagener Kunde war selten Wiederholungstäter.

Auch stammten immer mehr Kunden aus den obersten Schichten der Konzern-Torte, und diese Crème de la Crème betrieb gern Elendstourismus in die Plebs, wenn auch ungern in lebensgefährdender Form. Gerade genug, um sich ein bisschen als Rebell zu fühlen, ein bisschen cool, ein bisschen sexuell funktionstüchtig. Das Scales and Tails erwarb sich immer mehr den Ruf als hygienischer und diskreter Ort, an dem man sich die Kante geben und indiskret werden konnte. Und als komplizierte Form von Bestechung konnte man einen angehenden Geschäftspartner mitbringen, ohne befürchten zu müssen, dass alle Welt davon erfuhr.

Insofern war es essenziell, Konflikte nur mit Samthandschuhen zu lösen. Am besten legte man dem betreffenden Flachwichser einen kumpelhaften Arm um die Schulter und grummelte ihm freundlich ins Ohr: »Einmal Premiumpackung für Sie, Sir. Geht natürlich aufs Haus.« Worauf sich der Typ, der vor lauter Begeisterung, was umsonst zu kriegen, und aufgrund der Mengen, die er intus hatte, ohnehin knapp vor dem Hirntod stand, mit meterweit raushängender Zunge durch ein paar Flure und um ein paar Ecken bugsieren ließ. Des Weiteren in einen großen Raum mit Federdeko, Bett mit grünem Satinüberwurf und unsichtbarer Videoüberwachung. Dort wurde er liebevoll von mehreren Schlangenfrauen entkleidet, solche, die die Gabe hatten, selbst ein Versicherungsgutachten wie einen Porno aussehen zu lassen, während Zeb oder Jeb sich am Rande des Geschehens aufhielten, um darauf zu achten, dass der Typ sich anständig benahm.

Dann kam ein grelles, mal orangefarbenes, mal lilafarbenes Mixgetränk im Cocktailglas mit grüner Kirsche und grünem Plastikpiker in Schlangenform. Es wurde gereicht von einer Orchidee, einer Gardenie oder einem blau fluoreszierenden Skink auf Stelzen, der mit schimmernden Pailletten, winzigen LED-Leuchten und Schuppen, Blütenblättern oder Federn übersät war, dazu riesige Titten und ein anzüglich züngelndes Lächeln hatte. *Winki pinki pu,* solche oder ähnliche Worte sprach diese Halluzination. *Trinke-Kaka!* Welches auch nur halbwegs fühlende menschenähnliche Wesen konnte dazu nein sagen? Also hoch die Tassen mit dem rätselhaften Trunk, worauf das selbsternannte Alphatier in süße Träume versank, und das alles bei minimalem Aufwand für die Angestellten.

Zehn Stunden später erwachte der Auserwählte in der Überzeugung, die geilste Zeit seines Lebens gehabt zu haben. Was ja auch stimmte, sagte Zeb, denn ist nicht jede vom Hirn registrierte Erfahrung real? Selbst wenn sie sich nicht in 3-D-Echtzeit abgespielt hatte.

Diese Nummer funktionierte meist bestens bei Konzernmanagertypen, einem naiven und gutgläubigen Haufen, was die arglistigen Sitten der Plebs anging. Zeb kannte den Schlag noch aus der Schwimmenden Welt: Nachts zogen sie um die Häuser auf der Suche nach dem Kick und waren wild auf alles, was sie mit Erfahrung verwechselten. In ihren Konzernkomplexen und überall sonst, wo sie sich aufhielten, den bewachten Gerichtsgebäuden, Parlamentshäusern und religiösen Einrichtungen, führten sie ein abgeschirmtes Leben, um jenseits ihrer vertrauten Mauern auf nahezu alles reinzufallen. Es war rührend, wie schnell und kritiklos sie alles nahmen, was man ihnen reichte, wie schnell sie sich aufs Ohr oder besser, auf den grünen Satinüberwurf legten, wie sanft sie schlummerten und wie gut gelaunt sie erwachten.

Doch auch eine andere Klientel etablierte sich zunehmend im Scales and Tails: ein weitaus unangenehmerer Typus, der sich längst nicht so leicht von seiner Wut ablenken ließ. Von Hass getrieben, im Feuer gestählt, versessen auf Gemetzel und Scherben. Das waren die schwierigeren Fälle und sie erforderten höchste Aufmerksamkeit.

»Ich rede von den Painballern, wie du dir sicher schon gedacht hast«, sagt Zeb. »Painball steckte damals noch in der Kinderschuhen.«

Zu der Zeit waren die Painball-Arenas hochgradig illegal, ähnlich wie Hahnenkämpfe oder Schlachtung und Verzehr von bedrohten Tierarten. Aber Painball gab es ganz genauso und Painball wurde immer größer, am Rande der Öffentlichkeit. Zuschauerpositionen waren den oberen Rängen vorbehalten, die sich am liebsten Todesduelle ansahen, wo es um Geschicklichkeit, Schläue, Skrupellosigkeit und Kannibalismus ging: Konzernleben in plastischer Gestalt. Beim Painball wechselte in Form von verschwenderischen Wetteinsätzen sehr viel Geld den Besitzer. Und so finanzierten die Konzerne indirekt Infrastruktur und Unterhalt der Painball-Spieler, und wer Schauplatz und Dienste zur Verfügung stellte, zahlte, wenn er erwischt wurde, und bei Revierkämpfen mitunter auch mit dem Leben.

Diese Regelung kam dem – damals noch adoleszenten – CorpSeCorps entgegen, da sie reichlich Erpressungsmaterial bot, wodurch die CorpSeCorps-Leute diejenigen, die für die Grundpfeiler dessen gehalten wurde, was noch immer als Gesellschaft galt, noch besser in die Zange nehmen konnten.

Wer bereits in einem normalen Zuchthaus saß, konnte sich für Painball entscheiden: Kämpfe gegen deine Mithäftlinge, eliminiere sie und gewinne tolle Preise, zum Beispiel die Gratisentlassung und einen Job als Plebsland-Graumarktvollstrecker. Highlights allenthalben. Die Entscheidung fürs Painballspielen brachte natürlich mit sich, dass die Alternative zum Siegen der Tod war. Das machte die Sache ja so spannend. Wer überlebte, tat das durch Hinterlist, durch seine Fähigkeit, seinen Gegner auf dem falschen Fuß zu erwischen, und durch seine alles überragende Mordlust: Das Verspeisen von ausgestochenen Augen gehörte zu den beliebtesten Partytricks. Kurz und gut, man musste bereit sein, seinen besten Freund zu erstechen und zu filetieren.

Wer siegreich aus dem Painball hervorging, genoss als Veteran im tiefsten Plebsland wie auch in den höheren Wohnlagen ein beträchtliches Renommee, wohl ähnlich wie einst die römischen Gladiatoren. Konzernfrauen bezahlten sie für Sex, Konzernmänner luden sie zum Essen ein, um sich und ihren Gästen ein bisschen Nervenkitzel zu bereiten und zu sehen, wie ihre Champagnergläser zu Bruch gingen, wobei die Security nie weit war, falls der Abend ausartete. Etwas Randale war bei diesen Veranstaltungen durchaus akzeptabel, unkontrollierte Gewalt jedoch nicht.

Getrieben von ihrem Unterweltspromistatus waren die Veteranen bis Unterkante Oberlippe vollgepumpt mit Siegerhormonen und daher überzeugt, es mit jedem aufnehmen zu können, und sie begrüßten die Gelegenheit, einen großen, solide wirkenden Türsteher wie Smokey zu reizen. Nashorn hatte ihm nahegelegt, einem Painballer niemals den Rücken zuzudrehen: Sie schlugen einem in die Nieren, knallten einem den nächstbesten Gegenstand über den Kopf und drückten einem so lange die Gurgel zusammen, bis einem die Augen aus den Ohren quollen.

Woran sie zu erkennen waren? An den Narben im Gesicht. An ihrer ausdruckslosen Miene: Einige Spiegelneuronen und ein dicker Brocken Empathiebaustein waren ihnen abhandengekommen. Zeigt man einem normalen Menschen ein leidendes Kind, zuckt er zusammen; diese Kerle dagegen feixten. Jeb sagte, man müsse lernen, die Zeichen blitzschnell zu erkennen, denn wer einen Psycho vor sich habe, müsse sich dessen bewusst sein. Sonst hätten sie der jungen Künstlerin blitzschnell das Genick gebrochen, und das konnte teuer werden: Mädchen, die an einem Fuß vom Trapez hängen und gleichzeitig strippen konnten, waren rar gesät. Dasselbe galt für den orgasmussteigernden Python-Würgegriff. Um sich auf unschlagbare Weise als Alphamännchen in Szene zu setzen, könnte ein Painballveteran auf die Idee kommen, einer Python den Kopf abzubeißen, und selbst wenn der Biss verhindert werden könnte, wäre eine lädierte Pythonschlange auch nicht gerade leicht zu ersetzen.

Im Scales wurde eine ständig aktualisierte Liste mit Painballer-

Namen einschließlich Passbild und Ohrprofil geführt, an die Katrina Wow durch irgendeine Hintertür im Tausch gegen Gott weiß was gekommen war. Sie musste irgendein hohes Tier vom Painball gekannt haben – irgendjemand, der etwas wollte, was sie ihm liefern beziehungsweise entziehen konnte. Gefälligkeiten und deren Erwiderung waren im tieferen Plebsland diejenige Währung, die am meisten Respekt genoss.

»Schlag als Erster zu, und zwar mit aller Kraft, das war unsere Regel für diese Painball-Arschlöcher«, sagt Zeb. »Sobald sie unruhig werden. Manchmal haben wir ihnen was in die Getränke getan, aber manchmal haben wir sie auch permanent beseitigt, denn sonst wären sie ja womöglich zurückgekommen, um sich zu rächen. Bei der Entsorgung der Leichen mussten wir aber höllisch aufpassen. Die konnten überall ihre Mittelsmänner haben.«

»Und was *habt* ihr mit den Leichen gemacht?«, fragt Toby.

»Sagen wir mal so, im tieferen Plebsland war immer Bedarf an kondensierten Proteinpäckchen, für Spaß, Geschäft oder Tiernahrung. Aber damals in der Anfangszeit, bevor das Corps den Entschluss fasste, Painball zu legalisieren und im Fernsehen auszustrahlen, waren noch nicht so viele enthemmte Painballer unterwegs, und die Entsorgung von Leichen war noch nicht gang und gäbe. Man musste da eher improvisieren.«

»Wenn man dir so zuhört, könnte man meinen, es ginge um irgendein lustiges Hobby«, sagt Toby. »Das waren doch auch Menschen, egal, was sie getan hatten.«

»Ja, ja, ich weiß, böser Junge. Wobei man nur als mehrfacher Mörder überhaupt beim Painball zugelassen wurde. Lange Rede, kurzer Sinn: Es war nicht ganz abwegig für uns Türsteher – also für mich und Jeb –, ein persönliches Interesse an dem zu entwickeln, was in die Getränke kam. Manchmal haben wir die Drinks sogar selber gemischt.«

Während dieser ganzen Zeit war der weiße Läufer mit den sechs geheimnisvollen Pillen gut versteckt. Nur Zeb, Katrina Wow und Adam wussten, wo.

Das Versteck war raffiniert und für aller Augen sichtbar, ein Trick, den Zeb vom alten Slaight übernommen hatte: Das Offensichtliche ist nicht zu sehen. Auf dem gläsernen Regal hinter der Bar stand eine Sammlung von Flaschenöffnern, Nussknackern und Salz- und Pfefferstreuern in Nackte-Frauen-Gestalt. Die Anordnung ihrer Gliedmaßen war raffiniert: Die Beine gingen auseinander und ein Korkenzieher kam zum Vorschein; die Beine gingen auseinander, die Nuss wurde plaziert, die Beine gingen zu, die Nuss wurde geknackt; die Beine gingen auseinander, man drehte am Kopf, Salz oder Pfeffer kam raus. Großes Gelächter.

Der weiße Läufer steckte in der Salzöffnung einer dieser eisernen Jungfrauen, einer grünen Dame mit emaillierten Schuppen. Der Kopf ließ sich drehen, es kam auch immer noch Salz zwischen den Schenkeln hervor, doch die Barkeeper sollten bei dieser Figur Vorsicht walten lassen – kein Mann sei darauf erpicht, dem salzigen Sexspielzeug aus Versehen den gesamten Kopf abzudrehen – und eine andere nehmen, wenn nach Salz verlangt wurde. Was nicht so oft vorkam, wobei sich hin und wieder ein Gast gern Salz ins Bier oder auf seine Snacks streute.

Zeb hatte immer ein Auge auf das grüne Schuppenmädchen mit dem inneren Läufer. Wie der alte Slaight gern betont hatte, versteckte man einen Gegenstand am besten deutlich sichtbar. Dennoch war ihm der gewählte Standort nicht ganz geheuer. Was, wenn sich jemand in seiner Abwesenheit das Ding schnappte, damit herumspielte und die Pillen entdeckte? Was, wenn derjenige die bunten kleinen Kapseln für Drogen hielt und sich probehalber ein oder zwei davon einwarf? Da Zeb keine Ahnung hatte, was die Pillen tatsächlich anrichten konnten, machte ihn diese Möglichkeit nervös.

Adam dagegen war erstaunlich entspannt und vertrat die Ansicht, dass niemand auf die Idee käme, in einen Salzstreuer zu sehen, es sei denn, das Salz sei alle. »Wobei, keine Ahnung, wie ich auf das Wort ›erstaunlich‹ komme«, sagt Zeb. »Der war ja immer so entspannt, der kleine Wichser.«

»Der wohnte da auch?«, fragt Toby. »Im Scales and Tails?« Schwierige Vorstellung. Was hätte Adam Eins denn den lieben langen Tag dort machen sollen, zwischen all den exotischen Tänzerinnen in ihren extravaganten Kleidern? Als sie ihn kannte – als er schon Adam Eins war –, hatte er weibliche Eitelkeit immer missbilligt, ebenso wie zu viel Farbe, Haut, Dekolleté und Bein. Aber dass er die Gärtnerreligion im Scales gegründet haben oder gar das Personal zu einem einfachen Leben hätte bekehren wollen, war völlig undenkbar. Diese Frauen mussten teure Maniküren gehabt haben. Nie im Leben hätte sie jemand dazu gebracht, in der Erde zu wühlen oder Schnecken umzusiedeln, selbst wenn das Scales irgendwo ein Gemüsebeet gehabt hätte: Die Königinnen der Nacht jäteten tagsüber kein Unkraut.

»Nee, im Scales wohnte der nicht«, sagt Zeb. »Jedenfalls nicht direkt. Er kam und ging. Es war für ihn eine Art Asyl.«

»Hast du irgendeine Ahnung, womit er sich beschäftigt hat, wenn er nicht dort war?«, fragt Toby.

»Er hat sich schlau gemacht«, sagt Zeb. »Er ist irgendwelchen aktuellen Geschichten nachgegangen. Hat Ausschau gehalten nach Gewitterwolken. Hat die Unzufriedenen unter seine Fittiche genommen. Leute bekehrt. Seine – sozusagen – große Einsicht hatte er ja schon gehabt –, als ihm Gott per Blitzeinschlag ne Botschaft in den Schädel rammte. *Rette meine geliebten Tiere, die mir ein Wohlgefallen sind,* und den ganzen Kram: Du kennst ja die Sprüche. Ich persönlich hab so ne Botschaft nie gekriegt, aber Adam offenbar ja.«

»Inzwischen war er schon gut dabei, die Gottesgärtner aufzustellen. Er hatte das erste Plebsland-Flachdach-Slumgebäude für den Dachgarten Eden gekauft, teilweise mit der illegalen Kohle von Hochwürdens gehacktem Konto. Pilar schickte ihm unter der Hand Rekruten von HelthWyzer; sie plante ja selbst, bald zu ihm zu stoßen. Aber davon wusste ich damals noch nichts.«

»Pilar?«, fragt Toby. »Aber sie kann unmöglich Eva Eins gewesen sein! Sie war doch viel zu alt!« Toby hatte sich immer gewundert über Eva Eins: Adam war Adam Eins gewesen, aber von einer Eva war nie die Rede gewesen.

»Nee, war sie auch nicht«, sagt Zeb.

Eine der Geschichten, denen Adam unablässig auf der Spur war, drehte sich um Hochwürden, ihren gemeinsamen Vater. Nach dem gehörigen Wirbel um seine Unterschlagungen von der Church of PetrOleum und der tragischen Entdeckung, dass Hochwürdens erste Frau Fenella im Steingarten verscharrt worden war, gefolgt von der Veröffentlichung der skandalträchtigen Memoiren seiner zweiten Frau Trudy, war die ganze Sache im Sande verlaufen.

Es gab einen Prozess, ja, aber die Beweise waren nicht schlagkräftig genug gewesen, so hatte die Jury zumindest entschieden. Trudy hatte den Erlös ihrer Memoiren eingesackt und war mit einem – wie es hieß – Rasenfachmann mit Texmex-Hintergrund auf eine Karibikinsel in Urlaub gefahren, wo sie nach einem spontanen Nacktbad im Mondlicht an den Strand geschwemmt wurde. Lebensgefährliche Strudel, so die örtliche Polizei; sie muss in die Tiefe gezogen worden und mit dem Kopf gegen einen Stein geschlagen sein. Ihr unbekannter Begleiter hatte sich in Luft aufgelöst. Verständlich, denn er hätte beschuldigt werden können; wobei man munkelte, dass er möglicherweise auch angeheuert worden war.

So war Trudy nicht in der Lage gewesen, als Zeugin vor Gericht aufzutreten, wie hätte man also auch nur irgendwas beweisen sollen? Fenellas Skelett hatte so lange unter der Erde gelegen: Jeder hätte sie verscharrt haben können. Anonyme Männer, im Regelfall Immigranten, liefen doch ständig mit Schaufeln durch die wohlhabenderen

Viertel der Städte und waren jederzeit imstande, den gutgläubigen, unschuldig vor sich hin gärtnernden Damen eins überzubraten, ihre Münder mit Gartenhandschuhen zu verstopfen und sie ungeachtet ihrer gedämpften Schreie im Geräteschuppen zu missbrauchen, um anschließend Fette Henne auf ihnen zu pflanzen, ganz zu schweigen von Wegerich, Gänsekresse und anderen dürreresistenten Saftpflanzen. Es war eine bekannte Gefahr, der Hausbesitzerinnen mit Hang zur Begrünung ausgesetzt waren.

Und was seine nicht unbeträchtlichen Veruntreuungen betraf, an denen kein Zweifel bestand, hatte Hochwürden den einzig wahren Weg beschritten: den einer öffentlichen Beichte seiner Versuchung, gefolgt von einer Darlegung seiner Sündigkeit, ihr nicht widerstanden zu haben, wiederum gefolgt von einer Darlegung der Erkenntnis jener Sündigkeit, einer bitteren Pille, die ihn jedoch Demut gelehrt und vor sich selbst gerettet habe. Die Krönung bildete seine kriecherische, tränenreiche Bitte um Vergebung sowohl bei Gott als auch bei den Menschen, vor allem aber bei den Mitgliedern der Church of PetrOleum. Bingo, und schon war er freigesprochen, aller Sünden bereinigt und bereit für einen Neuanfang. Denn wer könnte so kalten Herzens sein, einem derart offenkundig reuigen Mitmenschen die Vergebung zu verweigern?

»Er ist auf freiem Fuß«, sagte Adam. »Entlastet und zurück im Amt. Seine Ölpartner haben ihn da rausgeholt.«

»Dieser Oberwichser«, sagte Zeb.

»Er wird Jagd auf uns machen, und jetzt wird er auch das Geld dafür haben«, sagte Adam. »Nämlich von seinen Ölseilschaften. Also gib acht.«

»Klar«, sagte Zeb. »Ich geb sogar Neunen und Zehnen.« Es war einer seiner alten Witze. Früher hatte er Adam damit immer ein Lachen entlockt oder eher ein Lächeln, aber dieses Mal lächelte Adam nicht.

Eines Abends, als Zeb mit seiner Smokey-Sonnenbrille, in seinem schwarzen Anzug mit der Schlangennadel und mit indifferentem

Lächeln am Scales-Tresen herumstand und durch den falschen Goldzahn in seinem Mund das Geplauder belauschte, hörte er einen der Jungs am Eingang etwas sagen, und er straffte augenblicklich den Rücken.

Diesmal war es keine Painballer-Warnung. Im Gegenteil.

»Vier Eliteleute, kommen gerade rein«, sagte die Stimme. »Dreimal Ölkonzern, einer Church of PetrOleum. Dieser Prediger da aus den Nachrichten.«

Zeb spürte, wie das Adrenalin durch seine Adern schoss. Es war Hochwürden, garantiert. Und, würde ihn der hinterfotzige, kinderschändende, frauenmordende Sadist wiedererkennen oder nicht? Er überprüfte den Standort eines jeden potenziellen Flugkörpers in Reichweite. Bei dem Ruf »Ergreift den Mann da!« oder ähnlichem Melodram würde er ein paar Glaskaraffen werfen und rennen wie nie zuvor. Seine Muskeln waren zum Reißen gespannt.

Da kamen sie, in Feierlaune, den Scherzen nach zu urteilen, dem Gelächter und den modifizierten Schulterklopfern – eher ein zaghaftes Tätscheln –, der Hauptausdrucksform jener quasibrüderlichen Körpersprache, die in den Führungsetagen der Konzerne erlaubt war. Sie waren auf dem Weg zu Champagner und Häppchen und allem Drum und Dran. Trinkgelder würden üppig ausfallen, vorausgesetzt, sie bekämen einen hoch. Wozu Geld haben, wenn man seinen Reichtum nicht zur Schau stellt, indem man gönnerhafte Mengen Schotter über denjenigen ausgießt, die einem bei seinem Streben nach Selbstverherrlichung behilflich sind?

Das Geile für die Konzernfuzzis war, dass sie an den Securityschranzen des Scales vorbeigehen und sie wie Luft behandeln konnten – wozu Blickkontakt herstellen mit einer Hecke? –, was vermutlich, sagt Zeb, schon im Römischen Reich nicht anders gehandhabt worden war. Und das war Zebs Glück, denn Hochwürden würdigte ihn keines Blickes. Nicht dass er Zeb erkannt hätte unter seiner flaumigen Gesichtswaffel und der dunklen Brille, mit dem kahlrasierten Schädel, den spitzen Ohren und alldem, hätte er sich denn die Mühe gemacht und hingesehen. Aber er machte sich die Mühe nicht. Zeb jedoch sah ihn an, und je länger er hinsah, desto weniger gefiel ihm, was er sah.

Die Discokugeln drehten sich unaufhaltsam und tauchten die Kunden und Tänzerinnen in Lichtfetzen. Es lief Musik, ein Retro-Tango aus der Konserve. Fünf Paillettenmädchen verdrehten sich auf dem Trapez, die Titten über dem Boden, den Körper zur C-Form gewölbt und die Beine um den eigenen Nacken geschlungen. Ihre Zähne leuchteten im Schwarzlicht. Zeb bewegte sich auf das gläserne Flaschenregal zu, nahm die grüne Dame mit dem Läufer in ihrem Loch und ließ sie in seinem Ärmel verschwinden. »Ich geh mal eben pissen«, sagte er zu Jeb. »Falls jemand fragt.«

In der Toilette schraubte er den Läufer auf und holte drei der Zauberbohnen hervor: eine weiße, eine rote und eine schwarze. Er leckte sich das Salz von den Fingern und steckte die Kapseln in seine Brusttasche, kehrte auf seinen Posten zurück und schob die schuppenbedeckte Dame geräuschlos zurück ins Regal. Niemand würde ihr Fehlen bemerkt haben.

Hochwürdens Vierergruppe amüsierte sich königlich. Es war eine Feier, vermutete Zeb: wohl anlässlich der Rückkehr Hochwürdens in das, was gemeinhin als sein normales Leben galt. Die schlängelnden Schönheiten traktierten sie mit Drinks, während über ihnen die Trapezkünstlerinnen ihre gummiartigen Verrenkungen vollführten. Sie zeigten ein bisschen hiervon und davon, aber nie die ganze Palette: Scales hatte da Stil, und wer die ganze Peepshow wollte, musste schon was drauflegen. Es gehörte zum guten Ton, Bewunderung und Begehren zu zeigen: Die akrobatische Sündencharade war eigentlich nicht Hochwürdens Ding, denn schließlich wurde ja niemand dabei gequält, aber es gelang ihm, gute Miene zum bösen Spiel zu machen. Sein Lächeln hatte diesen nervengeschädigten Botox-Look.

Katrina Wow trat an die Bar. Heute war sie als Orchidee in sattem Pfirsichton mit lavendelblauen Akzenten gekleidet. Sie hatte sich ihre Pythonschlange March um den Hals und über die nackte Schulter drapiert.

»Die haben für ihren Kumpel die Spezialität des Hauses bestellt«, sagte sie zum Barkeeper. »Mit dem Rausch von Eden.«

»Viel Tequila?«, fragte der Barmann.

»Alles rein«, sagte Katrina. »Ich sag den Mädchen Bescheid.«

Die Spezialität des Hauses umfasste ein separates Federzimmer, ein Bett mit grünem Satinüberwurf und drei reptilienhafte Tänzerinnen, die laut Ankündigung den Kunden nach Herzenslust verwöhnten, und der Rausch von Eden war ein maximal reinballernder Kicktail. Kaum war das Glas geleert, hob der Kunde ab und tauchte in seine ganz persönliche Wunderwelt ein. Zeb hatte schon einiges von dem probiert, was im Scales zu haben war, aber vom Rausch von Eden hatte er die Finger gelassen. Er hatte Angst vor möglichen Visionen.

Da war der Drink, er stand auf dem Tresen. Er war dunkelorangefarben und leicht sprudelnd, und in der Maraschinokirsche steckte ein Schlangenpiker aus Plastik. Die Schlange war grün glitzernd, hatte große Augen und einen lächelnden Lippenstiftmund.

Zeb hätte seinem hässlichen Impuls widerstehen müssen. Seine Tat war fahrlässig, das gibt er freimütig zu. Aber man lebt nur einmal, sagte er sich, und Hochwürden hatte sein eines Leben aufgebraucht. Zeb überlegte, welche der drei Kapseln er in den Drink geben sollte – weiß, rot oder schwarz? Jetzt mal nicht geizen, sagte er streng zu sich. Warum nicht alle drei?

»Auf ex!« – »Runter mit dem Zeug!« – »Gute Reise!« – »Hau rein!« Wurden zu solchen Anlässen immer noch solcherlei archaische Sprüche geklopft? Offenbar ja. Hochwürden wurde getätschelt und mit ein paar leisen ahnungsvollen Lachern bedacht, ehe er von den drei geschmeidigen Schlangenmädchen zu seiner Verwöhnbehandlung entführt wurde. Alle vier kicherten: keine schöne Erinnerung, so im Nachhinein.

Zeb drängte es, seinen Tresenposten zu verlassen und in den Videoraum zu schlüpfen, wo eine Handvoll Securityleute vom Scales die Federseparées überwachten. Er hatte keine Ahnung, wie diese Pillen wirken würden. Machten sie einen sehr krank, und wenn ja, wie? Vielleicht wirkten sie erst längerfristig: Vielleicht machten sich die Schätzchen erst am nächsten Tag bemerkbar oder eine Woche später oder einen Monat später. Aber falls es schneller ging, wollte er unbedingt live dabei sein.

Damit aber liefe er Gefahr, sich als Täter verdächtig zu machen. Also wartete er stoisch, aber angespannt, mit gespitzten Ohren, und summte leise zur Melodie von Yankie Doodle vor sich hin:

Mein Daddy war ein Widerling
Der schlug mir auf die Ohren
Ich würd ihn gern bluten sehen
Aus allen seinen Poren.

Als er's schon nicht mehr hören konnte, knisterte es auf einmal in seinem Zahn: Irgendjemand sprach mit der Security am Eingang. Nach gefühlt ewig langer, in Wirklichkeit aber kurzer Zeit kam Katrina Wow durch die Tür, die zu den Separées führte.

»Ich brauch dich mal hinten«, flüsterte sie ihm zu.

»Ich hab Tresendienst«, sagte er und tat widerwillig.

»Ich ruf Mordis von vorn rein. Der soll solange übernehmen. Du musst sofort kommen!«

»Ist was mit den Mädchen?« Er versuchte Zeit zu schinden: Wenn mit Hochwürden gerade etwas Schreckliches passierte, sollte es ruhig noch ein Weilchen weitergehen.

»Nein. Aber sie haben Angst. Wir haben einen Notfall!«

»Dreht einer durch?«, fragte er. Das kam vor: Die Wirkung des Rauschs von Eden war nicht immer vorhersehbar.

»Schlimmer«, sagte sie. »Bring Jeb mit.«

Das Federzimmer sah aus, als hätte ein Zyklon eingeschlagen: hier ein Strumpf, dort Schlieren von unidentifizierbaren Substanzen, überall beschmutzte Federn. Der Haufen da in der Ecke, das musste Hochwürden gewesen sein. Jemand hatte ihn mit dem grünen Überwurf bedeckt. Darunter schob sich eine Handbreit roter Schaum hervor wie eine äußerst verseuchte Zunge.

»Was ist passiert?«, fragte Zeb unschuldig. Es war schwierig, mit Sonnenbrille überzeugend unschuldig auszusehen – er hatte vor dem Spiegel geprobt –, also setzte er sie ab.

»Ich hab die Mädchen duschen geschickt«, sagte Katrina Wow. »Die waren völlig durch den Wind! Gerade waren sie noch dabei …«

»Die Krabbe zu pulen«, sagte Zeb. Das war interner Slang und bedeutete, einen Vollidioten aus seinen Klamotten zu schälen, vor allem aus seiner Unterhose. Es sei eine Kunst, genau wie alles andere, sagten die Scales-Mädchen. Oder ein Handwerk. Das langsame Öffnen der Knöpfe, ein langes sinnliches Aufziehen des Reißverschlusses. Den Augenblick festhalten. So tun, als wäre er eine Pralinenschachtel, lecker-lecker.

»Lecker-lecker«, sagte Zeb laut. Er war geschockt: Die Wirkung war sehr viel schlimmer als erwartet. Dass Hochwürden tatsächlich stirbt, war nicht seine Absicht gewesen.

»Ja, na ja, zum Glück sind sie gar nicht dazu gekommen, weil er sich, na ja, einfach aufgelöst hat, den Kameras nach zu urteilen. Sowas haben sie noch nie gesehen. Himbeermousse, meinten sie.«

»Mist«, sagte Jeb, nachdem er einen Blick unter die Ecke des Überwurfs geworfen hatte. »Wir brauchen einen Waschsauger, da schwimmt ja alles drunter. Was hatte er denn auf einmal?«

»Die Mädchen sagen, er hätte einfach angefangen zu schäumen«, sagte Katrina. »Und zu schreien, natürlich. Erstmal. Und Federn rauszureißen – die sind hin, wir müssen alles entsorgen, was für eine Verschwendung. Dann hörte er auf zu schreien und fing an zu gurgeln. Ich mach mir echt Sorgen!« Das war Tiefstapelei: Angst traf die Sache eher.

»Totaler Supergau. Muss wohl was Falsches gegessen haben, der Typ«, sagte Zeb. Es sollte ein Spaß sein oder zumindest so klingen.

Katrina lachte nicht. »Ach, das glaub ich nicht«, sagte sie. »Wobei du recht hast, es könnte was in seinem Essen gewesen sein. Aber nicht von unserem Essen hier, völlig unmöglich! Das muss ne neue Mikrobe sein. Sieht aus wie ein Fleischfresser, aber im Zeitraffer! Was ist denn, wenn die total ansteckend ist?«

»Wo kann er sich die denn geholt haben?«, fragte Jeb. »Unsere Mädchen sind sauber.«

»An nem Türknauf?«, sagte Zeb. Noch ein schlechter Witz. Halt's Maul, du Pfeife, ermahnte er sich.

»Zum Glück hatten unsere Mädchen ihre Biofilm-Körperstrümpfe an«, sagte Katrina. »Die werden wir verbrennen müssen. Aber mit dem Zeug – also mit dem, was aus ihm rausgekommen ist – sind sie nicht in Berührung gekommen.«

Zeb empfing einen Anruf durch seinen Zahn: Es war Adam. Seit wann hat der Zahnprivilegien?, dachte Zeb.

»Wie ich höre, hat es einen Zwischenfall gegeben«, sagte Adam. Er klang blechern und weit weg.

»Verfluchte Scheiße, deine Stimme in meinem Kopf macht einen ja irre«, sagte Zeb. »Du hörst dich an wie vom Mars.«

»Kein Zweifel«, sagte Adam. »Aber das sollte im Moment nicht deine größte Sorge sein. Wie ich höre, soll es sich bei dem Verstorbenen um unseren Erzeuger handeln.«

»Da hast du richtig gehört«, sagte Zeb. »Aber von wem hast du's gehört?«

Er hatte sich in die Ecke gestellt, um halbwegs privat sprechen zu können, auch aus Rücksicht auf die anderen: Es war sehr irritierend, jemandem zuhören zu müssen, der sich mit seinem eigenen Zahn unterhielt. Katrina stand in der anderen Ecke mit ihrem Haushandy und bestellte die Putzkolonne, die bestimmt entsetzt sein würde. Im Verlauf der Spezialität des Hauses war bei älteren Männern schon allerhand vorgekommen – die Kicktails konnten bei eingeschränkten körperlichen Fähigkeiten und Funktionen zu stark wirken –, aber etwas wirklich Vergleichbares nicht. Meist waren es Schlaganfälle oder Herzinfarkte. Sich unter Schäumen aufgelöst hatte sich bisher noch niemand.

»Katrina hat mich angerufen. Natürlich«, sagte Adam. »Sie hält mich auf dem Laufenden.«

»Sie weiß, dass er unser …«

»Nicht direkt. Sie weiß, dass ich ein Interesse an allem habe, was die Buchungen der Konzerne angeht – mit Betonung auf Ölkonzerne –, also hat sie mich von der Reservierung in Kenntnis gesetzt und von der Sonderbestellung. Dann schickte sie mir die am Eingang automatisch generierten Kopfbilder, und natürlich habe ich ihn sofort erkannt. Ich war ja schon im Haus, also bin ich nach vorn zum Eingang, falls man mich brauchen würde. Ich bin jetzt an der Bar; ich stehe direkt neben dem Glasregal, wo die neuesten Korkenzieher und Salzstreuer stehen.«

»Ah«, sagte Zeb. »Gut«, fügte er matt hinzu.

»Welche hast du genommen?«

»Welche was?«, fragte Zeb.

»Jetzt tu nicht so«, sagte Adam. »Ich kann zählen. Sechs minus drei sind drei. Die Weiße, die Rote oder die Schwarze?«

»Alle drei«, sagte Zeb. Es entstand eine Pause.

»Schade«, sagte Adam. »Das macht es schwieriger zu sagen, was genau in den einzelnen Kapseln war. Eine etwas kontrolliertere Vorgehensweise wäre wünschenswert gewesen.«

»Willst du mir jetzt nicht sagen, was ich für ein verfluchter Flachwichser von einem Arschloch bin, und wie konnte ich nur sowas verflucht Hirnrissiges tun? Aber vermutlich würdest du nicht so viele Worte verlieren.«

»Die Aktion war schon sehr spontan«, sagte Adam. »Aber es hätte schlimmer kommen können. So gesehen war es ein Glück, dass er dich nicht erkannt hat.«

»Moment«, sagte Zeb. »Du wusstest, dass er gerade durch die Tür ging? Du hast mich nicht gewarnt?«

»Ich habe auf dich gezählt«, sagte Adam. »Und mein Vertrauen in dich hat sich als richtig erwiesen.«

Zeb war empört: Sein berechnender Dreckskerl von einem Bruder hatte die gesamte Nummer inszeniert, dieses Schwein! Doch er hatte sich auch darauf verlassen, dass Zeb fähig genug sein würde, mit dem daraus resultierenden Fiasko umzugehen, also hatte Zeb neben der Empörung ein angenehmes Gefühl von Bestätigung. Sich zu bedanken wäre vielleicht nicht ganz das Richtige gewesen, also sagte er stattdessen: »Du elender Klugscheißer!«

»Ja, es ist bedauerlich«, sagte Adam. »Und ich bedaure es wirklich. Aber ich darf darauf hinweisen, dass wir ihn infolgedessen nun endgültig vom Hals haben. Und jetzt, pass gut auf: Sie sollen so viel wie möglich von ihm aufwischen. Das Zeug muss in einen KryoGenjus-Frarg – Katrina hat für die Kunden mit KryoGenjus-Verträgen immer welche im Haus. Das Ganzkörpermodell wäre dabei dem Kopfmodell vorzuziehen. Viele nicht mehr ganz junge Scales-Kunden haben die entsprechenden Vorkehrungen getroffen. Beim Eintreten eines sogenannten ›lebensaufhebenden Vorfalls‹ – und immer wenn von Personen mit Lebensaufhebung die Rede ist, vermeide bitte das Wort ›Tod‹, das gibt es im KryoGenjus-Sprachgebrauch nicht, zumal du in Kürze selbst einen Mitarbeiter dieses Unternehmens mimen wirst. Sollte also ein solcher lebensaufhebender Vorfall eintreten, wird der Kunde sofort im Frarg schockgefroren und zur späteren Reanimation zu KryoGenjus geschafft, sobald KryoGenjus die Biotechnik dafür entwickelt hat.«

»Da können wir also lange warten«, sagt Zeb. »Ich hoffe, Katrina hat einen überdimensionalen Eiswürfelbehälter, der Junge sieht nämlich echt aus, als hätte ihn einer durch den Entsafter gejagt.«

»Dann nehmt halt ein paar Eimer«, sagte Adam. »Wir müssen ihn, also den Ausfluss, rüber an die Ostküste schaffen, zu Pilar und ihrem Kryptikteam.«

»Zu Pilar und ihrem was?«

»Kryptikteam. Zu unseren Freunden«, sagte Adam. »Tagsüber arbeiten sie alle in einem der Biotech-Konzerne: OrganInc, HelthWyzer Central, ReJuvenEssenz, sogar bei KryoGenjus selbst. Aber nachts helfen sie uns; *Kryptik* also als Bio-Begriff im Sinne von Camouflage, wie zum Beispiel bei Raupen.«

»Seit wann hast du's mit Raupen?«, fragte Zeb. »Haben sie dir ins Gehirn geschissen bei diesem bescheuerten MaddAddam-Exitusspiel mit den toten Käfern?« Adam überhörte die Frage.

»Das Kryptikteam wird erforschen, was in den Pillen war. Oder ist. Lass uns hoffen, dass es nicht über die Luft übertragen wird; wir glauben nicht, sonst wären alle anderen im Raum ja mit angesteckt worden. Es ist offenbar hochgradig akut, also würden sie Symptome aufweisen. Wie's im Moment aussieht, glauben wir, dass die Infektion nur über Körperkontakt geschieht. Sorg also dafür, dass du mit den – Überresten nicht in Berührung kommst.«

Ach so, also nicht Finger in die Pampe und dann in den Arsch, dachte Zeb. »Hältst du mich für blöd«, sagte er laut.

»Ganz im Gegenteil«, sagte Adam. »Wir sehen uns im Torpedozug, in Begleitung des Frarg.«

»Und wir fahren wohin?«, fragte Zeb. »Du kommst mit?« Aber Adam hatte schon aufgelegt oder sich ausgeloggt; was immer man machen musste, wenn man per Zahn telefonierte.

Während die Putzkolonne in Ganzkörper-Plastikanzügen und Gesichtsmasken Hochwürdens Überreste mit dem Waschsauger in mehrere Emailleeimer beförderte und sie anschließend in verschiedene versiegelbare, gefrierfreundliche Metallbehälter füllte, ging Zeb los, um sich in eine ordentlichere und kuschligere Version von Smokey zu verwandeln. Er entsorgte seinen schwarzen Anzug, der der Verbrennungsanlage anheimfallen würde, nahm eine schnelle antimikrobakterielle Dusche – die gleiche, die die Tänzerinnen benutzten –, schäumte sich das Gesicht ein, parfümierte sich die Achseln und reinigte mit Ohrenstäbchen seine spitzen Ohren.

Yeah der Alte ist tot, yeah der Alte ist tot
Und zwar nicht nur tot, sondern auch noch rot
Der ist roter Brei, yeah, und ich bleib dabei,
Klappe zu, Daddy, Daddy mach die Klappe zu
Di dubbiti dupp dupp di dubbiti du!

Er machte einen kleinen Hüpfschritt und ließ die Hüften kreisen. Er sang gern unter der Dusche, vor allem wenn Gefahr im Verzug war.

Danke für diesen schönen Morgen, sang er, während er in einen frischen schwarzen Anzug schlüpfte. *Danke für diesen schönen Tag! Danke, dass du jetzt schockgefroren bist in einem Sarg!*

Dann ging er zurück auf seinen Posten und bewachte Katrina Wow – die jetzt als grünes Früchteensemble kostümiert war, mit einer hinreißenden Zahnabdruck-Stickerei auf ihrer Apfelbrust –, während sie und Python March die traurige Botschaft an die drei Ölkonzern-Leute weitergab, nachdem sie auf Kosten des Hauses Frozen Daiquiris für alle bestellt hatte und einen Teller Minifischstäbchen, So-Gut-Wie-Jakobsmuscheln – laut Etikett ›meeresbodenschonend‹, wie Zeb wusste, da er schon öfter welche aus der Küche stibitzt hatte –, etwas Parade-Poutine aus dem Hause Gourmet sowie einen Teller fangfreie frittierte Shrimps, eine neue Spleißung aus dem Labor.

»Ich muss Ihnen leider mitteilen, dass bei Ihrem Freund ein lebensaufhebender Vorfall eingetreten ist«, sagte sie zu den Ölkonzern-Leuten. »Höchste Verzückung kann dem System zusetzen. Aber wie Sie wissen, hatte er – Verzeihung – *hat* er einen Vertrag mit Kryo-Genjus – Ganzkörper, nicht nur Kopf –, insofern ist alles bestens. Herzliches Beileid, ich bedaure Ihren vorübergehenden Verlust.«

»Wusste ich gar nicht«, sagte einer der Manager. »Das mit dem KryoGenjus-Vertrag. Ich dachte, man hätte dann so ein Armband oder sowas; hab ich bei ihm nie gesehen.«

»Einige Herren ziehen es vor, die Möglichkeit der Lebensaufhebung nicht hervorzukehren«, sagte Katrina geschmeidig. »Sie entscheiden sich für eine Tätowierung, die an einer verborgenen und sehr privaten Stelle angebracht wird. Hier in unserem Club wissen wir um die besagten Tätowierungen, anders vielleicht als die Arbeitskollegen.« Noch etwas, was man an ihr bewundern musste, dachte Zeb und gab sich alle Mühe, seinen Blick von ihrem Apfeldekolleté zu wenden: Sie war eine vollendete Lügnerin. Hätte er nicht besser hingekriegt.

»Leuchtet ein«, sagte der wortführende Manager.

»Jedenfalls haben wir irgendwann diesen Umstand festgestellt«, sagte Katrina, »und wie Sie wissen, muss die Prozedur zeitnah durchgeführt werden, damit die angestrebte Wirkung erziehlt werden kann. Glücklicherweise haben wir ein Turbo-Premium-Platin-Agreement mit KryoGenjus, und deren geschulte Mitarbeiter sind immer abrufbereit. Ihr Freund befindet sich bereits in einem Frarg und wird in Kürze zur KryoGenjus-Zentrale an der Ostküste unterwegs sein.«

»Wir können ihn nicht mehr sehen?«, fragte der zweite Manager.

»Nachdem der Frarg versiegelt und der Inhalt vakuumverpackt wurde – war bereits geschehen ist –, wäre es kontraproduktiv, ihn nochmals zu öffnen«, sagte Katrina mit einem Lächeln. »Ich kann Ihnen gern von KryoGenjus ein Echtheitszertifikat ausstellen lassen. Noch einen Daiquiri?«

»Scheiße«, sagte der dritte Manager. »Und was sollen wir seiner hirnrissigen Kirche erzählen? Hat beim Puffbesuch zu tief ins Glas geguckt und das war's, Ende, aus? Ich hab meine Zweifel, ob das so gut kommt.«

»Wohl nicht«, sagte Katrina diesmal leicht unterkühlt. Für sie war das Scales sehr viel mehr als nur ein Puff: Es war ein *Kompletterlebnis für die Sinne,* wie es auf der Website hieß. »Aber wir vom Scales and Tails sind ja bekannt für unsere Diskretion. Deswegen sind wir die Nummer eins bei anspruchsvollen Herren wie Ihnen. Bei uns bekommen Sie etwas für Ihr Geld, und mehr noch: Wir halten Ihnen den Rücken frei.«

»Haben Sie denn ne Idee?«, fragte der zweite Manager. Er hatte die fangfreien Shrimps verzehrt und machte sich nun über die Muscheln her. Manche macht der Tod hungrig.

»Lungenentzündung infolge einer Virusinfektion infolge der Arbeit mit sozial benachteiligten Kindern im tieferen Plebsland wäre mein Vorschlag«, sagte Katrina. »Es wäre das, was man gemeinhin sagen würde. Aber wir haben da unser hauseigenes, ausgebildetes PR-Personal, das Ihnen gern mit Rat und Tat zur Seite steht.«

»Wir danke Ihnen«, sagte der dritte Manager und beobachtete sie durch schmale und leicht gerötete Augen. »Sie waren eine große Hilfe.«

»Es war mir ein Vergnügen«, sagte Katrina, lächelte anmutig und ließ sich erst die Hand schütteln und dann die Fingerspitzen küssen, während sie genug, aber nicht zu viel von ihren Vorzügen zur Schau stellte. »Gern jederzeit wieder. Wir sind immer für Sie da.«

»Tolles Mädchen«, sagt Zeb. »Die hätte mit links jeden Topkonzern leiten können, aber ohne Probleme.«

Toby spürt, wie die vertrauten Knäuel der Eifersucht ihr Herz beengen. »Und, hast du's jemals geschafft?«

»Was geschafft, Baby?«

»Ihr an die Wäsche zu gehen?«

»Nein, und ich werd's mein Lebtag bereuen«, sagt Zeb, »Ich hab's nicht mal versucht. Ich hab immer die Hände in den Hosentaschen gelassen, zu Fäusten geballt. Und die Zähne zusammengebissen. Mich zu zügeln war wirklich nicht leicht, aber das ist die nackte Wahrheit: Ich hab's kein einziges Mal bei ihr versucht, ich habe sie nicht mal angefasst. Nicht mal angezwinkert.«

»Weil?«

»Zum einen war sie meine Chefin, als ich im Scales war. Mit seiner Chefin rumzumachen ist vielleicht nicht die beste Strategie. Das verwirrt die Frau nur.«

»O bitte«, sagt Toby. »Vielleicht war das mal so, im zwanzigsten Jahrhundert!«

»Ja, ja, ich bin ein sexistisches Schwein und so weiter, aber ist einfach so. Übersteuerte Hormone killen jede Effizienz. Ich hab's live gesehen – ne Chefin, die komisch drauf kommt und rumkokettiert, wenn sie ihrem Spatzenhirn von einem Stecher sagen muss, wo's langgeht, nachdem derselbe Typ sie gerade noch zur Raserei gebracht und ihr Hirn ausgeschaltet hat, bis sie knurrt wie ein läufiger Wakunk und kreischt wie ein sterbendes Karnickel. Das verschiebt die Machthierarchie. ›Mach's mir, mach's mir, schreib meine Rede, hol mir Kaffee, du bist entlassen.‹ Das zum einen.« Er hält inne. »Und.«

»Und was?« Sie hofft auf irgendein abstoßendes Detail über Katrina Wow, die sie zwar zugegeben nie zu Gesicht bekommen hat und die darüber hinaus mit 99,999-prozentiger Sicherheit tot ist; aber die Eifersucht macht ja bekanntlich vor nichts Halt. Vielleicht hatte sie X-Beine oder Mundgeruch oder einen desaströsen Musikgeschmack. Selbst ein Pickel wäre ein kleiner Trost gewesen.

»Und«, sagt Zeb. »Adam liebte sie. Kein Zweifel. Ich hätte niemals in seinem Goldfischteich gewildert. Er war – er ist immerhin mein Bruder. Meine Familie. Es gibt Grenzen.«

»Ist nicht dein Ernst!«, sagt Toby. »Adam Eins? Verliebt? In Katrina Wow?«

»Sie war Eva Eins«, sagt Zeb.

Es fährt ein Zug nach KryoGenjus

»Kaum zu glauben«, sagt Toby. »Woher weißt du das?«

Zeb schweigt. Wird das eine schmerzhafte Geschichte? Eher ja: Die meisten Geschichten über die Vergangenheit haben etwas Schmerzhaftes, vor allem jetzt, wo die Vergangenheit so gewaltsam zerstört wurde und irreparabel ist.

Aber doch sicherlich nicht zum ersten Mal in der Geschichte der Menschheit. Wie viele Menschen standen nicht schon genau an diesem Punkt? Im Stich gelassen, alles ist weg, alles ausgelöscht. Die Leichen lösen sich in Luft auf wie Rauch; ihre geliebten und gehegten Häuser zerfallen wie verlassene Ameisenhaufen. Ihre Knochen werden wieder zu Kalzium; nächtliche Räuber machen Jagd auf ihr verstreut liegendes Fleisch, das sich nun in Grashüpfer und Mäuse verwandelt hat.

Der Mond ist am Himmel, er ist fast voll. Gut für die Eulen, schlecht für die Kaninchen, die oft im Mondschein herumtollen, ausgelassen und triebgesteuert, das Hirn elektrisiert von Pheromonen. Da unten sind gerade zwei, grün leuchtend hoppeln sie über die Wiese. Früher glaubten manche, da oben auf dem Mond wohnte ein riesiges Kaninchen: Man konnte seine Augen klar erkennen. Andere sahen ein lächelndes Gesicht, wieder andere eine Frau mit einem Korb. Auf was werden sich die Craker einigen, wenn sie sich irgendwann der Astrologie zuwenden, in hundert Jahren oder zehn Jahren oder in einem Jahr? Wie es geschehen wird oder auch nicht.

Aber nimmt der Mond zu oder ab? Ihr Gefühl für die Mondphasen ist nicht mehr so geschärft wie damals bei den Gärtnern. Wie oft hatte sie bei Vollmond die Vigilien überwacht. Wie oft hatte sie sich gefragt und immer wieder, warum es einen Adam Eins, aber keine

Eva Eins gab oder warum nie über sie gesprochen wurde. Jetzt wird sie es erfahren.

»Du musst dir vorstellen«, sagt Zeb. »Drei Tage waren Adam und ich im versiegelten Torpedozug unterwegs. Seit wir Hochwürdens Konto geplündert hatten und getrennte Wege gegangen waren, hatte ich ihn nur zweimal gesehen: einmal bei Happicuppa und einmal im Hinterzimmer des Scales. Wir hatten die Zeit, ins Detail zu gehen. Also hab ich ihn natürlich ein bisschen interviewt.«

Zeb musste seine Gesichtswaffel opfern, die ihm trotz der anstrengenden Instandhaltung mit den stoppeligen kleinen Quadraten irgendwie ans Herz gewachsen war. Er rasierte sich das ganze Ding ab: Nur ein Ziegenbärtchen ließ er stehen. Er hatte neues Kopfhaar – ein mittelmäßig überzeugendes Mo'Hair-Klebetoupet aus den Anfangszeiten des Konzerns – in glänzendem Zuhälter-Braun. Seine Ohren waren notdürftig mit CrazyKleber umgeformt worden; er hatte keine Zeit zu verlieren gehabt.

Zum Glück konnte er ein paar der Requisiten unter der albernen Kopfbedeckung verstecken, die zu seiner Arbeitskleidung gehörte; früher hätte er die Stelle eines »Bestattungshelfers« gehabt, aber KryoGenjus bevorzugte die Bezeichnung »Pfleger für vorübergehend Erstarrte«. Die Mütze war ein modifizierter Turban, der an Magier wie auch an Flaschengeister gemahnte; er war rötlich und über der Stirn prangte eine Flamme.

»Die ewige Flamme des Lebens, ja?«, sagt Zeb. »Als sie mir diesen drittklassigen Zaubererkopfputz zeigten, sagte ich: Hey, das kann nicht euer Ernst sein. Ich setz mir doch keine gekochte Tomate auf den Kopf!« Aber dann erkannte ich, wie grandios die Idee war. Damit und mit der restlichen Kluft – ein lila Pyjama oder auch Karateanzug, mit fettem Logo auf der Brust – konnte man mich nur für ein grenzdebiles Riesenbaby halten, das sonst nirgends untergekommen war. Frärgesitter im Torpedozug – wie armselig war das denn? ›Wenn du irgendwo bist, wo dich keiner vermutet‹, sagte der alte Slaight, ›dann bist du unsichtbar.‹

Adam hatte die gleiche Uniform und er sah darin noch bescheuerter aus als Zeb. Immerhin ein kleiner Trost. Aber wer würde die beiden schon sehen? Sie saßen im verschlossenen KryoGenjus-Sonderabteil, und der Frarg steckte in einem separaten Generator, damit es innen unter null blieb. KryoGenjus betonte andauernd seine hohen Sicherheitsstandards. DNA-Raub, von der Plünderung anderer und größerer Körperteile abgesehen, gehörte zu den Sorgen derjenigen, die verliebt waren in ihre eigene Kohlenstoffstruktur: In diesen Kreisen saß der Raub von Einsteins Hirn noch immer tief.

Daher wurde allen Frärgesittern ein bewaffneter Wachmann zur Seite gestellt. Hätte es sich um eine echte KryoGenjus-Mission gehandelt, wäre dieses Individuum ein Mitglied des konsolidierten und dauerexpandierenden CorpSeCorps und mit einem Spraygewehr ausgestattet gewesen. Aber da an dieser speziellen Nummer nun mal alles fingiert war, schlüpfte ein Scales-Filialleiter namens Mordis in diese Rolle. Er passte von der Optik her: kräftig gebaut, schwarzglänzende Ameisenaugen, das Lächeln so wertfrei wie ein Steinschlag. Seine Waffe war allerdings nicht echt: Kleidung konnte das Kryptikteam zwar imitieren, nicht aber die Reproduktion dieser speziellen Form von dreifach gesicherter Bewegliche-Teile-Technik. Das Spraygewehr war eine raffinierte Nachahmung aus Plastik und bemaltem Styropor, was erst dann relevant würde, wenn sich jemand auf Armeslänge näherte.

Aber warum sollte das passieren? Das Ganze war reine Routine. Oder vielmehr, eine Person wurde nach ihrem lebensaufhebenden Vorfall vom Ufer des Lebens per Rundreise zurück ans Ufer des Lebens befördert. Ziemlich kühne Behauptung, aber KryoGenjus stand auf solcherart Nullaussagen. Mussten sie ja auch, wenn man ihr Metier bedachte: Die zwei besten Verkaufshilfen der Firma waren Leichtgläubigkeit und unbegründete Hoffnung.

»Das war die bizarrste Reise meines Lebens«, sagt Zeb. »Ich sah aus wie Aladdin, saß in einem versiegelten Zugabteil mit meinem Bruder, der einen halbzerdrückten Kürbis auf dem Kopf hatte, und zwischen uns stand ein Frarg, in dem sich unser Vater in Suppenform befand. Wobei, Zähne und Knochen haben wir auch mitgeliefert. Die hatten sich nicht mit aufgelöst. Um das Knochenmaterial wurde im Scales lange hin und her diskutiert – in den tieferen Plebs konnte man ziemlich gute Preise erzielen für Menschenknochen, weil damals handgemachter Schmuck aus Menschenmaterial in Mode war: Knochenklunker, sagte man dazu. Aber die kühleren Köpfe, Adam und Katrina, und, wie ich sagen muss, meine Wenigkeit, konnten die Enthusiasten überstimmen, denn selbst wenn man die Dinger ausgekocht hätte, wer weiß, es hätten ja noch irgendwelche Restmikroben dran sein können. Zu dem Zeitpunkt wussten wir rein gar nichts darüber.«

Ein Frarg, ein guter Frarg, das ist das Beste, was es gibt auf der Welt, sang Zeb.

Adam holte ein kleines Notizbuch hervor und schrieb: *Pass auf, was du sagst. Wir werden sicher abgehört.*

Nachdem er ihn Zeb unter vorgehaltener Hand gezeigt hatte, radierte er die Zeilen aus und schrieb: *Und bitte nicht singen. Das irritiert sehr.*

Zeb bedeutete Adam, ihm das Büchlein zu reichen. Nach kurzem Zögern gehorchte Adam. Zeb schrieb: FD und VD, und darunter schrieb er: *Fick dich und verpiss dich*. Dann: *Hast du's inzwischen geschafft, dich flachlegen zu lassen?*

Adam las und errötete. Ihn erröten zu sehen war mal was ganz Neues: In diesen Genuss war Zeb bisher noch nicht gekommen. Adam war so blass, dass man fast die einzelnen Kapillaren unter der Haut erkennen konnte. Er schrieb: *Geht dich nichts an.*

Zeb schrieb: *Haha, war es K und musstest du löhnen?* Denn dass daher der Wind wehte, ahnte er schon lange.

Adam schrieb: *Ich lasse es nicht zu, dass man so über diese Dame redet. Sie unterstützt tatkräftig unsere Sache.*

Zeb hätte schreiben sollen: *Welche Sache?* Dann hätte er mehr gewusst. Stattdessen schrieb er: *Haha, eingelocht mit dem ersten Schlag, sozusagen :D! Zumindest bist du nicht schwul! :D:D*

Adam schrieb: *Du bist schlimmer als vulgär.*

Zeb schrieb: *Jau, so bin ich! Aber egal, vor der wahren Liebe hab ich allen Respekt.* Er zeichnete erst ein Herz, dann eine Blume. Fast hätte er noch hinzugefügt: *Selbst wenn sie ein Schickimicki-Blowjob-Imperium leitet*, besann sich aber eines Besseren: Adam war schon eingeschnappt genug, er könnte sich am Ende vergessen und so ziemlich zum ersten Mal in seinem Leben auf Zeb losgehen. Dann gäbe es eine unansehnliche Rauferei über den sterblichen Überresten ihres verflüssigten Erzeugers, die für Zeb ungut ausgehen würde, denn er brächte es nicht über sich, Adam zu vermöbeln; also würde er sich von diesem blassen kleinen Würstchen selbst vermöbeln lassen müssen.

Adam wirkte beschwichtigt – vielleicht waren es das Herz und die Blume –, aber nach wie vor aufgewühlt. Er zerknüllte die Seiten mit ihren Notizen, riss sie in Stücke und ging zur Toilette, wo er sie vermutlich auf die Gleise spülte. Und selbst wenn es irgendeinem neugierigen Spitzel gelungen wäre, sie aufzuklauben und wieder zusammenzufügen, hätte er kaum etwas von Interesse daraus erfahren. Nur ein paar kalorienarme Sauereien von der Art, wie man sie von Frärgesittern erwartet hätte, die außer Hörweite der zahlenden Kunden die Zeit totschlagen.

Der Rest der Reise verlief schweigend, wobei Adam mit verschränkten Armen und stirnrunzelnder, aber nicht minder frommer Miene dasaß und Zeb leise vor sich hin summte, während der Kontinent am Fenster vorüberraste.

An der Ostküste wurde der KryoGenjus-Sonderwagen von Pilar in Empfang genommen, die eine besorgte Angehörige der Leiche spielte – oder besser, des lebenstechnisch vorübergehend außer Kraft gesetzten Kunden –, und drei Mitglieder des Kryptikteams, wie Zeb vermutete.

»Zwei davon kennst du«, sagte Zeb. »Katuro und Manatee. Die dritte Person war ein Mädchen, das uns aber im Verlauf von Crakes MaddAddamiten-Sammelaktion abhandenkam, als er an den Crakern bastelte und nach Hirnsklaven für sein Paradies-Projekt suchte. Sie wollte abhauen, und ich kann nur vermuten, dass sie von ner Autobahnbrücke gestürzt ist und zermatscht wurde. Aber das alles war zu dem Zeitpunkt noch nicht passiert.«

Pilar vergoss ein paar Krokodilstränen in ihr Taschentuch, falls irgendwo Minidrohnen oder Spyware am Start waren. Dann führte sie die diskrete Aufsicht über die Verladung des Frargs in einen länglichen Wagen. Die KryoGenjus-Leute verwendeten niemals den Begriff »Leichenwagen«, vielmehr handelte es sich um einen »Life2Life-Pendler«. Er hatte die Farbe von gekochten Tomaten und auf sämtlichen Türen prangte keck die ewige Flamme: bloß nichts, was die festliche Stimmung kaputtmachen könnte.

Und so verschwand Hochwürdens Frarg im L2L-Wagen und wurde in einen Bio-Hochsicherheits-Versuchstrakt gebracht – nicht zu KryoGenjus selbst, dafür hatte das Unternehmen keine Kapazitäten –, sondern zu HelthWyzer Central. Und auch Pilar stieg ein und Zeb. Mordis sollte sein Outfit wechseln und sich zum nächsten Scales and Tails aufmachen, wo ein härterer Geschäftsführer gebraucht wurde.

Auch Adam würde in seine zunehmend bizarre Straßenkleidung schlüpfen und sich schleichen, um zu tun, was ein Adam tun musste da draußen in den tieferen Plebs. Er holte den weißen Läufer hervor, den er eigenhändig aus dem Loch der Salzstreuerin geholt hatte, und übergab ihn an Pilar: Das Kryptikteam würde einen Blick auf die Kapseln werfen wollen, sobald es unbeobachtet war.

Auf Zeb wartete wieder eine neue Identität, die Pilar schon für ihn vorbereitet hatte: Er sollte direkt bei HelthWyzer Central eingeschleust werden.

»Tu mir einen Gefallen«, sagte Zeb zu Pilar, nachdem sie ihnen versichert hatte, dass die L2L-Wagen gründlich auf Spyware untersucht worden waren. »Lass einen DNA-Test machen. Bei Hochwürden. Dem da in dem Frarg.« Er hatte die kindliche Vorstellung nie ganz ablegen können, dass Hochwürden gar nicht sein richtiger Vater sei, und dies war mit Sicherheit die letzte Chance, es herauszufinden.

Kein Problem, sagte Pilar. Er reichte ihr eine improvisierte Speichelprobe auf einem Papiertaschentuch, und sie steckte es vorsichtig in einen kleinen Plastikumschlag mit schrumpelig-gelblichem Inhalt, der an das vertrocknete Ohr eines Gnoms erinnerte.

»Was ist das?«, fragte er sie. Eigentlich wollte er sagen: »Was zur Hölle ist das?«, aber in Pilars Gegenwart fiel ihm das Fluchen schwer. »Ein Gremlin aus dem All?«

»Das ist ein Pfifferling«, sagte sie. »Ein Pilz. Die essbare Sorte, nicht zu verwechseln mit dem falschen Pfifferling.«

»Das heißt, am Ende hab ich dieselbe DNA wie ein Pfifferling?«

Pilar lachte. »Die Chancen sind eher gering«, sagte sie.

»Gut«, sagte Zeb. »Erzählen Sie's Adam.«

Einziges Problem dabei, wie er später am Abend überlegte, als er in seiner spartanischen, aber durchaus akzeptablen HelthWyzer-Unterkunft einschlief – einziges Problem war: Wenn Pilar den DNA-Test durchführte und sich herausstellte, dass Hochwürden nicht sein Vater war, wäre demzufolge Adam auch nicht sein Bruder. Adam wäre überhaupt nicht mit ihm verwandt. Keinerlei Blutsverwandtschaft.

Daher:

Fenella + Hochwürden = Adam
Trudy + Unbekannt = Zeb
= Keine gemeinsame DNA

Wenn das die Wahrheit war, wollte er sie wirklich wissen?

Zebs neue Stelle bei HelthWyzer Central war die eines Desinfektoren erster Klasse. Er erhielt einen giftgrünen Overall mit HelthWyzer-Logo und fettem orange leuchtendem D auf der Brust; er erhielt ein Haarnetz, um die Schreibtischbereiche der Ranghöheren vor seinen Haarfollikeln zu schützen; er erhielt einen Luftfilter-Nasenhut, mit dem er aussah wie ein Comicschwein; er erhielt einen Endlosvorrat flüssigkeitsabweisender und nanobioform-undurchlässiger Schutzhandschuhe; und vor allem erhielt er einen Hauptschlüssel.

Allerdings nur zu den Büros: nicht zu den Laboren. Die lagen in einem anderen Gebäude. Aber man konnte nie wissen, was für Geheiminformationen ein fingerfertiger Robin-Hood-Hacker mit ein paar Zeilen von Untergrundkryptikern zugespieltem Zugangscode aus einem unbemannten Rechner zu schöpfen in der Lage wäre, spätnachts, wenn alle braven Bürger in anderer Leute Betten selig schliefen. Die Sache mit der ehelichen Treue wurde bei HelthWyzer eher leger gehandhabt.

Vor langer Zeit wäre Zebs Desinfektionsstelle unter dem Begriff »Reinigungskraft« gelaufen, davor »Hausmeister« und wiederum davor »Putzfrau«; aber das hier war das einundzwanzigste Jahrhundert und man hatte dem Titel ein wenig Nanobioform-Bewusstsein angehängt. Um sich diesen Titel zu verdienen, hätte Zeb eigentlich eine strenge Sicherheitskontrolle durchlaufen müssen, denn welcher feindlich gesinnte Konzern – womöglich auch noch aus fernen Landen – würde nicht alles daransetzen, einen ihrer Cyberpiraten als niederen Bediensteten zu verkleiden und zu beauftragen, alles abzugreifen, was er an Daten finden konnte?

Um sich als Desinfektor zu qualifizieren, hätte Zeb also eigentlich einen Lehrgang absolvieren müssen, mitsamt dem ganzen modernen Gewäsch zum Thema Keime, wo sie lauern können und womit man sie k.o. schlägt. Dass er nicht daran teilgenommen hatte, war klar; aber kurz vor seinem Antritt war er von Pilar gebrieft worden.

An den gängigen Orten wie Klobrillen, Fußböden, Waschbecken und Türknäufen tummelten sich natürlich Keime. Aber auch auf Fahrstühlknöpfen, Telefonhörern und Computertastaturen. Also musste er alles mit antimikrobiellen Tüchern abwischen und mit tödlichen Strahlen beschießen, außerdem Flure wischen und in den luxuriöseren Büroräumen die Auslegeware saugen, um mitzunehmen, was die täglichen Roboter übersehen hatten. Die Dinger waren ständig im Zickzack unterwegs, fuhren rückwärts an die Wandsteckdosen, um sich ihre Batterien aufladen zu lassen, und rückten wieder aus, wobei sie ununterbrochen vor sich hin piepten, damit keiner über sie stolperte. Es war, als bahnte man sich einen Weg über einen Strand voller riesiger Krebse. Als er allein auf einer Etage war, trat er sie meist in die Ecken und drehte sie auf den Rücken, nur um zu sehen, wie lange sie brauchten, um sich wieder zu befreien.

Zusätzlich zu seinem neuen Outfit bekam er einen neuen Namen, nämlich Horatio.

»Horatio?«, sagt Toby.

»Kein Grund zu lachen«, sagt Zeb. »Irgendwer meinte, das wäre genau der Name, den eine halblegale Texmex-Familie, die sich unter der Mauer durchgegraben hatte, ihrem Sohn verpassen würde, von dem sie sich erhoffte, dass er Gutes tun würde in der Welt. Sie fanden, ich hätte was von einem Texmexer, oder vielleicht nem Mischling mit etwas Texmex-DNA. Was tatsächlich der Fall war, wie ich bald darauf feststellen durfte.«

»Aha«, sagt Toby. »Pilar hat den DNA-Vergleich machen lassen.«

»Genau«, sagt Zeb. »Auch wenn's ein bisschen gedauert hat, bis ich die Neuigkeiten erfuhr. Sie konnte sich ja nicht mit mir sehen lassen, denn warum hätte sie mich kennen sollen? Jedenfalls mussten wir extreme Umwege in Kauf nehmen, um uns zu treffen, wir hatten ja auch unterschiedliche Schichten. Als ich ihr meine Zellprobe gab, machten wir also einen Plan aus.

Schon vorher – als ich im KryoGenjus-Zug unterwegs war und sie meine Desinfektor-Identität zusammenstellte und ins System eingab, hatte sie in Erfahrung gebracht, dass ich die Damentoilette im Flur am anderen Ende ihres Labors putzen sollte. Ich hatte die Nachtschicht – um diese Zeit arbeiteten nur Männer, die wollten kein Gegrapsche und Geschrei, wie es gemischtgeschlechtlich vielleicht der Fall gewesen wäre. Also hatte ich nach Einbruch der Dunkelheit den Flur für mich allein. Zweite Kabine von links, auf die musste ich achten.«

»Sie hat einen Zettel im Wasserkasten hinterlegt?«

»Das wäre zu offensichtlich gewesen. Die Wasserkästen wurden regelmäßig kontrolliert; nur ein Stümper würde dort was Wichtiges verstecken. Unsere Dropbox war einer dieser rechteckigen Abfallbehälter, die in jeder Toilette stehen. Für das Zeug, das man nicht runterspülen soll. Aber es war kein Zettel; viel zu auffällig.«

»Also ein Zeichen?« Toby fragt sich, was für eine Art Zeichen. Eins für Freude, zwei für Leid? Aber ein oder zwei wovon?

»Genau. Irgendwas, das nicht fehl am Platz wirken würde, aber nicht das Übliche. Kerne, hat sie dann beschlossen.«

»Kerne? Was meinst du damit?« Toby versucht sich Kerne vorzustellen. »Sowas wie Pfirsichkerne?«, rät sie.

»Richtig. Es könnte ja jemand in der Mittagspause in der Toilette was gegessen haben. Einige Sekretärinnen machten das so – die haben sich aufs Klo verzogen, um mal ihre Ruhe zu haben. Ich hab da manchmal Sandwichreste gefunden: ein Stück Speck oder Analogkäse. Bei HelthWyzer stand man oft unter großem Zeitdruck, und zwar umso mehr, je weniger Status man hatte, also gönnten sich die Frauen ab und zu heimlich ne kleine Atempause.«

»Und aus welchen Kernen konntet ihr auswählen?«, fragt Toby. »Für das Ja oder Nein?« Pilars Gedankengänge hatten sie immer schon fasziniert: Sie hätte sich nicht für irgendein Obst entschieden.

»Pfirsichkern für: keine Verwandtschaft mit Hochwürden. Dattelkern für ja: Pech gehabt, Hochwürden ist dein Vater, vernimm's und klage, denn du bist mindestens zur Hälfte Psychopath.«

Die Wahl des Pfirsichs erscheint Toby sinnvoll: Pfirsiche waren bei den Gärtnern beliebt, da sie eine der möglichen Kandidaten für die Frucht vom Baum des Lebens im Garten Eden war. Nicht dass die Gärtner etwas gegen Datteln oder andere Früchte gehabt hätten – sofern sie nicht chemisch behandelt wurden.

»Dann muss HelthWyzer ja Zugang zu richtig teurem Obst gehabt haben. Ich dachte, um die Zeit herum seien die Pfirsich- und Apfelernten so schlecht gewesen, zur Zeit des großen Bienensterbens. Genau wie mit den Pflaumen«, fügt sie hinzu. »Und den Zitrusfrüchten.«

»HelthWyzer war damals dick im Geschäft«, sagt Zeb. »Die fuhren richtig Kohle ein mit ihren Vitaminpillen und Medikamenten. So konnten sie sich die cyberbestäubten Imports leisten. Das gehörte zu den Annehmlichkeiten bei HelthWyzer, das frische Obst. Natürlich nur für die höheren Tiere.«

»Welchen hast du denn gefunden?«, fragt Toby. »Ich meine, welchen Kern?«

»Pfirsch. Zwei Stück. Zur Betonung.«

»Und wie ging's dir damit?«, fragt Toby.

»Mit dem Übermaß an teurem Obst?«, sagt Zeb. Er drückt sich vor seinen Gefühlen.

»Mit der Feststellung, dass dein Vater gar nicht dein Vater war«, sagt Toby geduldig. »Du musst doch irgendwas gefühlt haben.«

»Ist ja gut. Ich hatte das Gefühl, *wusst ich's doch*. Ich hab nun mal gerne recht, aber wer hat das nicht? Und ich fühlte mich weniger schuldig, dass ich ihn, na ja, zu Tode geschäumt hatte.«

»Du hast dich schuldig gefühlt?«, fragt Toby. »Selbst wenn er dein Vater gewesen wäre, er war doch so ein …«

»Ja, weiß ich. Aber trotzdem. Blut ist dicker als Blut. Es hätte mich schon beschäftigt. Der Nachteil war die Sache mit Adam. Da hatte ich ein weniger gutes Gefühl. Plötzlich war er nicht mehr mit mir verwandt. Zumindest nicht genetisch.«

»Hast du’s ihm gesagt?«, fragt Toby.

»Nee. Für mich ist und bleibt er mein Bruder, hab ich mir gesagt. Am Kopf verbunden. Wir hatten ne Menge Gemeinsamkeiten.«

»Jetzt komm ich zu einem Teil der Geschichte, der dir nicht so gut gefallen wird, Baby«, sagt Zeb.

»Weil es um Lucerne geht?«, fragt Toby. Zeb ist nicht blöd. Er muss längst geahnt haben – etwa seit sie sich kennen –, wie sie zu Lucerne stand, jener Frau, mit der er bei den Gärtnern zusammenlebte. Die irritierende Lucerne, die sich ständig vor dem kollektiven Unkrautjäten drückte, den Nähzirkel der Frauen verschmähte, andauernd Kopfschmerzen vorschob, die Zeb ein Drachen und Ren eine Rabenmutter war. Die üppige Lucerne, einst wohnhaft im HelthWyzer-Komplex, Ehefrau eines hochrangigen Bio-Nerds. Lucerne, die romantische Phantastin, die mit dem ruppigen, struppigen Zeb durchgebrannt war, weil sie zu viele Filme gesehen hatte, in denen Frauen genau das tun.

In Lucernes Version war Zeb ihr hoffnungslos verfallen. Er hatte geschielt vor Verlangen, als er sie damals im AnuYu-Spa zum ersten Mal in ihrem rosa Negligé sah, während er in seiner Funktion als Gärtner Lumirosen pflanzte: Er hatte sie voller Inbrunst und Leidenschaft auf der Stelle genommen, auf dem taubenetzten morgendlichen Rasen. Diese Geschichte hatte sich Toby immer wieder von Lucerne anhören müssen, damals bei den Gärtnern, und sie hatte ihr von Mal zu Mal weniger gefallen. Wenn sie sich über das Geländer beugte und runterspuckte, würde sie ungefähr genau die Stelle treffen, wo Zeb und Lucerne zum ersten Mal auf dem Rasen herumgerollt waren. Oder fast.

»Richtig«, sagt Zeb. »Lucerne. Das war das nächste Kapitel in meinem Leben. Ich kann’s auch überspringen, wenn dir das lieber wäre.«

»Nein«, sagt Toby. »Deine Seite habe ich ja nie gehört. Aber Lucerne hat mir von den Lumirosenblüten erzählt. Wie du sie ihr über ihren lustvoll zuckenden Körper gestreut hast und so weiter.« Sie gibt sich alle Mühe, nicht eifersüchtig zu klingen, aber es fällt ihr schwer. Hat jemals einer Lumirosenblüten über *ihren* lustvoll zuckenden Körper gestreut oder auch nur darüber nachgedacht? Nein. Sie ist einfach nicht der Typ, über den man Blütenblätter streut. Sie würde den Augenblick nur zerstören – ›Was machst du denn da mit diesen bescheuerten Blüten?‹. Oder sie würde lachen, was fatal wäre. Aber jetzt muss sie die Klappe halten und sich mit Kommentaren zurückhalten, wenn sie die Geschichte hören will.

»Na ja, klar, Blütenstreuen ist genau mein Ding, als ehemaliger Zauberlehrling«, sagt Zeb. »Lenkt super ab. Aber an dem, was sie dir erzählt hat, war vielleicht ein Körnchen Wahrheit.«

Die erste Begegnung zwischen Zeb und Lucerne fand jedoch nicht im AnuYu-Spa statt, sondern in der Damentoilette, die Zeb eigentlich hätte putzen sollen – die er tatsächlich putzte –, während er den Abfallbehälter nach Pfirsich- oder anderweitigen Kernen durchwühlte. Bisher hatte er noch keine finden können – entweder lag das Resultat des lustig bunten DNA-Tests noch nicht vor oder Pilar hatte die nötigen Kerne nicht zusammen –, also kam er gerade kernlos aus der zweiten Kabine von links. Als Lucerne leibhaftig das Damenklo betrat.

»Das war mitten in der Nacht?«, fragt Toby.

»Richtig. Was macht sie hier, hab ich mich gefragt. Entweder war sie wie ich ein Robin Hood, und in dem Fall wäre sie wirklich unfähig gewesen, weil sie sich zur falschen Zeit am falschen Ort hatte erwischen lassen. Oder sie hatte was mit einem aus der HelthWyzer-Führungsriege, der ihr den Hauptschlüssel zum Gebäude zugesteckt hatte, damit sie's auf seinem edlen Teppich treiben konnten, während er angeblich Überstunden im Büro machte und sie angeblich im Fitness-Studio war. Wobei es selbst dafür einen Tick zu spät war.«

»Oder beides«, sagt Toby. »Vielleicht hatte sie was mit einem und war trotzdem als Robin Hood unterwegs.«

»Klar. Ist ja auch ne gute Kombination: Jeder kann dem anderen ein Alibi bieten. *Aber nein, ich hab keine Daten geklaut, ich hab nur meinen Mann betrogen. Aber nein, ich hab meine Frau nicht betrogen, ich hab nur ein paar Daten geklaut.* Aber Ersteres auf jeden Fall. Alles deutete darauf hin.«

Lucerne stieß einen kleinen Schrei aus, als sie Zeb in seinen Schutzhandschuhen und mit Außerirdischen-Nasenhut aus der Kabine auftauchen sah. Seiner Meinung nach stieß sie nicht zum ersten Mal in dieser Nacht einen kleinen Schrei aus: Sie war gerötet und außer Atem und das, was man allgemein als zerzaust bezeichnet. Oder auch halbnackt. Oder, wenn man's feiner ausdrücken wollte, ein wenig in Unordnung. Dass sie in diesem Moment sehr attraktiv aussah, war logisch.

Logisch, denkt Toby.

»Was machen Sie hier in der Damentoilette?«, fragte Lucerne vorwurfsvoll. Regel Nummer eins: Wer auf frischer Tat ertappt wird, muss den Spieß umdrehen. Sie sagte Damentoilette, nicht Damenklo. Das war schon ein deutlicher Hinweis.

»Worauf?«, fragte Toby.

»Auf ihren Charakter. Sie hatte Starallüren. Sie wollte auf einem Podest stehen. Damentoilette war einen Schritt höher als Damenklo.«

Zeb schob sich den Nasenhut in die Stirn: Jetzt sah er aus wie ein verhindertes Nashorn. »Ich bin der Desinfektor. Erster Klasse«, fügte er gewichtig, aber herablassend hinzu. Eine bildschöne Frau, die offensichtlich gerade einen anderen gevögelt hat, ruft Herablassung in einem Mann hervor: Schließlich geht es gegen sein Ego. »Was machen *Sie* in diesem *Gebäude*?«, fragte er vorwurfsvoll zurück. Er bemerkte den Ehering. Aha, dachte er. Löwin hinter Gittern. Raus aus dem Alltagstrott.

»Ich hatte noch zu arbeiten«, flunkerte Lucerne so überzeugend wie möglich. »Meine Anwesenheit hier ist völlig legitim. Ich habe eine Genehmigung.« Zeb hätte sie ausliefern können, doch er bewunderte eine Frau, die in der Lage war, in einem so kompromittierenden Zusammenhang das Wort *legitim* zu verwenden. Also marschierte er nicht umgehend mit ihr zur Security, die über den Ehemann ihre

Aussage überprüft hätte, was wiederum unangenehme Konsequenzen für den Liebhaber und außerdem – wenn man's genau nimmt – Zebs Entlassung nach sich gezogen hätte. Also ließ er sie vom Haken.

»Richtig, okay, tut mir leid«, sagte er angemessen zerknirscht.

»Und jetzt, wenn Sie nichts dagegen hätten, das hier ist die *Damentoilette*, und ich hätte gern ein bisschen Privatsphäre, Horatio«, sagte sie und strich mit den Fingerspitzen über sein Namensschild. Sie sah ihm tief in die Augen. Es war eine Bitte – *Verrate mich nicht* – und auch ein Versprechen: *Eines Tages bin ich dein*. Nicht dass sie vorgehabt hätte, dieses Versprechen zu halten.

Gut gebrüllt, dachte Zeb im Hinausgehen.

Und so kam es, dass Lucerne ihn wiedererkannte, als sie sich zum zweiten Mal begegneten, im ersten Morgenlicht, sie mit bloßen Füßen und nur geringfügig bekleidet in einem durchsichtigen rosa Negligé, er mit phallischem Spaten und leuchtendem Lumirosenstrauch bewaffnet, dort unten auf dem frisch durchweichten Rasen des frisch eröffneten AnuYu-Spa im Herzen des Heritage Park. Und sie erinnerte sich daran, dass er mal Horatio gewesen war, nun aber mysteriöserweise – wie sein AnuYu-Spa-Landschaftsgärtner-Namensschild behauptete – Atash hieß. Oder umgekehrt.

»Sie waren bei HelthWyzer«, hatte sie gesagt. »Aber Sie waren nicht …« Also hatte er sie natürlich geküsst, stürmisch und mit unverhohlener Leidenschaft. Denn sie konnte nicht gleichzeitig reden und küssen.

»Klar«, sagt Toby. »Und du solltest wer sein? Was heißt denn *Atash*?«

»Iraner«, sagt Zeb. »Großeltern waren Einwanderer. Warum nicht? Sind doch viele rübergekommen im späten zwanzigsten Jahrhundert. Das war relativ hieb- und stichfest, solange ich nicht irgendwelchen anderen Iranern über den Weg lief, die nach meiner Herkunft fragten, woher kommt deine Familie oder sowas. Auch wenn ich die gesamte Identität auswendig gelernt hatte, nur für den Fall. Ich hatte ne gute Hintergrundgeschichte – mit gerade genug Vermissten und Gräueltaten, um mögliche zeitliche/örtliche Unstimmigkeiten erklären zu können.«

»Also trifft Lucerne auf Atash und hat den Verdacht, dass es sich in Wirklichkeit um Horatio handelt«, sagt Toby. »Oder umgekehrt.« Sie will alles, was weh tut, so schnell wie möglich hinter sich bringen: Mit etwas Glück wird der von Lucerne zu Gärtnerzeiten immer wieder zum Besten gegebene heiße, unwiderstehliche Sex und das Blütenstreuen nie wieder zur Sprache kommen.

»Richtig. Und das war nicht gut, denn ich hatte ja sehr schnell von HelthWyzer verschwinden müssen. Einer der Rechner hatte ne Alarmfunktion, die mir zu spät aufgefallen war, und es war klar, dass jemand darauf rumgespielt hatte. Ich hab sofort gemerkt, dass ich den Alarm ausgelöst hatte, direkt nachdem ich drin war, und sie hätten rückverfolgen können, wer zu der Zeit in dem Gebäude war, und schon hätten sie mich gehabt. Ich ging in den MaddAddam-Chatroom und bat um schnelle Hilfe, und die Kryptiker machten Adam ausfindig. Über einen seiner Kontakte landete ich als Gärtner im AnuYu-Spa, wobei uns beiden klar war, dass das nur ne Zwischenstation war und ich bald weiterziehen müsste.«

»Sie weiß Bescheid, und du weißt, dass sie Bescheid weiß, und sie weiß, dass du weißt, dass sie Bescheid weiß«, sagt Toby.

»Richtig. Ich hatte zwei Möglichkeiten: Mord oder Verführung. Ich wählte die attraktivere.«

»Verstehe«, sagt Toby. »Hätte ich nicht anders gemacht.« Aus seinem Mund klingt es wie eine Verführung aus rein pragmatischen Gründen, dabei wissen sie beide, dass das nicht alles war. Durchsichtige rosa Negligés sprechen da für sich.

Einerseits sei Lucerne wirklich Pech gewesen, sagt Zeb. Andererseits auch ein Glück, denn man muss schon sagen, dass sie wirklich ...

»Den Teil kannst du dir sparen«, sagt Toby.

»Okay, die Kurzfassung: Sie hatte mich an den Eiern gepackt, auf mehr als eine Weise. Aber ich hatte sie damals wegen der Damenklo-Geschichte nicht verraten, und sie war geneigt, sich erkenntlich zu zeigen, solange ich ihr nur ausreichend Zuwendung schenkte. Dann hat sie sich in mich verbissen, und den Rest kennst du: Durchbrennen mit einem geheimnisvollen Fremden war alles, was noch ging.

Ich zog mit ihr durch die tieferen Plebs, was sie anfangs noch romantisch fand. Zum Glück interessierte sich niemand – das heißt beim Konzern – besonders für ihr Verschwinden, da sie ja keine Daten mitgenommen hatte. Dass Ehefrauen aus den Komplexen verschwanden, war gang und gäbe, allein schon aus Langeweile. Dieses Desertieren sah das CorpsSeCorps als Privatangelegenheit an, soweit ihnen privat überhaupt ein Begriff war. Die Corps-Leute kümmerten sich kaum um solche Geschichten, vor allem bei einem politisch unauffälligen Ehemann. Was bei Lucernes Mann offenbar der Fall war.

»Das Dumme war nur«, sagt Zeb, »Lucerne musste unbedingt ihre Tochter mitnehmen. Ren, süßes Mädchen, ich mochte sie. Aber in den tieferen Plebs war es viel zu gefährlich für sie. Kinder wie sie wurden reihenweise für den Kindersexmarkt verschleppt, selbst während man nur durch die Straßen ging, selbst wenn Erwachsene dabei waren. Da wurde dann ne Plebsratten-Schlägerei inszeniert, ne Runde GeheimBurger-Soße durch die Gegend gespritzt, irgendwo ne Bude umgeworfen oder ein Solarauto – mit anderen Worten, ne lautstarke Irreführung aufgezogen –, und zack war das Kind weg. Das konnte ich nicht riskieren.«

Zeb ließ erneut ein paar Änderungen an Ohren, Fingerabdrücken und Irissen vornehmen – sie mussten inzwischen wissen, dass er auf den HelthWyzer-Rechnern herumgepfuscht hatte, sie suchten bestimmt nach ihm – und dann …

»Und dann seid ihr drei bei den Gottesgärtnern aufgetaucht«, sagt Toby. »Das weiß ich noch; ich habe mich von Anfang an gefragt, was ihr da verloren habt. Irgendwie habt ihr da nicht reingepasst.«

»Du meinst, weil ich das Gelöbnis von Sowieso nicht abgelegt und das Elixier des Lebens nicht getrunken hatte? Gott liebt dich und er liebt auch die Blattläuse?«

»In der Richtung.«

»Stimmt. Hatte ich nicht getan. Aber Adam musste meine Anwesenheit trotzdem ertragen, oder? Schließlich war ich sein Bruder.«

»Inzwischen hatte Adam seine Freakshow zusammengestellt«, sagt Zeb. »Auf dem Dachgarten Eden. Du warst da. Katuro und Rebecca auch. Nuala – was ist wohl aus der geworden? Die Hebamme Marushka und die anderen. Und Philo. Schade um ihn.«

»Freakshow?«, sagt Toby. »Das ist aber nicht sehr nett. Die Gottesgärtner waren ja wohl mehr als das.«

»Klar«, sagte Zeb. »Mag sein. Aber für die Plebsler waren wir ne Freakshow. Wie auch immer: In solchen Gegenden lässt man sich lieber für harmlos und mittellos halten. Adam tat nichts, um dieses Image zu relativieren; eher rief er noch dazu auf. Wer in der auffällig schlichten Kluft eines Recycling-Junkies mit nem Chor im Schlepptau durch die Plebs zieht, abgedrehte Hymnen singt und vor den GeheimBurger-Ständen die Liebe zu den Paarhufern predigt – muss doch schwerstens einen an der Waffel haben, so das allgemeine Urteil.«

»Ohne das alles wäre ich heute nicht hier«, sagt Toby. »Er und die Gärtnerkinder haben mich während so einer Straßenschlacht einfach geschnappt. Während der Arbeit – ich kam ja zu der Zeit aus der GeheimBurger-Nummer nicht raus, und der Filialleiter hatte sich in mich verguckt.«

»Dein Kumpel Blanco«, sagt Zeb. »Dreifacher Painballer, wenn ich mich recht entsinne.«

»Ja. Die Mädchen, in die er sich verguckte, waren am Ende tot, und ich war die Nächste auf der Liste. Er war schon in dieser Gewaltphase, und er arbeitete sich langsam zur Tötung vor; das spürte man. Insofern habe ich Adam viel zu verdanken – ich kannte ihn ja immer nur als Adam Eins. Freakshow hin oder her«, sagt sie abwehrend.

»Versteh mich nicht falsch«, sagt Zeb. »Er ist mein Bruder. Wir waren oft unterschiedlicher Meinung, er macht sein Ding und ich mach meins, aber das ist was anderes.«

»Was war eigentlich mit Pilar?«, fragt Toby, um von Adam Eins abzulenken. Ihr ist nicht wohl dabei, wenn Kritik an ihm geübt wird. »Sie war doch auch da. Auf dem Dachgarten Eden.«

»Ja, bei HelthWyzer wurde es ihr irgendwann zu brenzlig. Sie hatte Adam die ganze Zeit über mit Informationen versorgt, was ihm sehr genützt hat – er wollte immer wissen, wer ein potenzieller Deserteur war, wer von einem Konzern ins Lager der Tugend wechseln könnte, also auf seine Seite, klar. Aber irgendwann hieß es, sie könne da nicht mehr bleiben. Als das CorpSeCorps die sogenannten Gesetzes- und Ordnungsfunktionen übernahm, hatten die Konzerne die Macht, alles nach Belieben flachzuplanieren und auszuschalten. Diese Geldgier wurde für sie allmählich toxisch: Das war, ich zitiere, Gift für ihre Seele.«

»Die Kryptiker halfen ihr, eine Tarngeschichte zu stricken, und so konnte sie verschwinden, ohne mit Verfolgung rechnen zu müssen: Ein tragischer Schlaganfall mit sofortiger Beförderung im Frarg zu KryoGenjus, und zappzarapp, schon stand sie im Jutesack auf dem Dach eines Plebsland-Silos und rührte Zaubertränke zusammen.«

»Und züchtete Pilze und brachte mir alles über Maden bei und hielt Bienen. Sie war richtig gut darin«, sagt Toby etwas reuevoll. »Überzeugend. Ich musste für sie mit den Bienen reden. Ich war es, die ihnen von ihrem Tod erzählte.«

»Klar. Das weiß ich alles noch. Aber sie wollte niemanden verscheißern«, sagt Zeb. »Irgendwie glaubte sie ja wirklich an den ganzen Quatsch. Nur deswegen war sie bereit gewesen, bei HelthWyzer solche Risiken auf sich zu nehmen. Erinnerst du dich an die Sache mit Glenns Vater? Sie hätte genau wie er von einer Autobahnbrücke stürzen können. Wenn sie erwischt worden wäre; vor allem, wenn sie mit dem weißen Läufer und den drei Pillen erwischt worden wäre.«

»Die hatte sie immer noch?«, fragt Toby. »Wollte sie die nicht analysieren lassen? Nachdem sie sie von Adam bekommen hatte?«

»Das schien ihr dann doch zu riskant«, sagt Zeb. »Sie zu öffnen und rauszulassen, was drin war. Also war der Läufer die ganze Zeit mit ihr bei HelthWyzer Central. Sie nahm ihn mit, als sie ging, indem sie die Pillen in den weißen Läufer ihres eigenen selbstgeschnitzten Schachspiels steckte. Wir beide haben damit gespielt, du und ich, damals, während meiner Genesung. Als ich auf einer meiner Plebsmissionen für Adam fast zerstückelt worden wäre.«

Toby hat ein Bild vor Augen: Zeb im Schatten an einem diesigen Nachmittag. Sein Arm. Ihre Hand, die den weißer Läufer, den Träger des Todes, bewegt. Ahnungslos wie so oft.

»Du hast immer Schwarz gespielt«, sagt sie. »Was ist denn mit dem Läufer passiert, als Pilar starb?«

»Sie hat Glenn ihr Schachspiel vermacht, zusammen mit einem versiegelten Brief. Sie hat ihm Schach beigebracht, damals bei HelthWyzer West, als er noch klein war. Aber als sie starb, war seine Mutter längst mit dem Typen verheiratet, mit dem sie damals rumgemacht hatte – diesem Onkel Pete –, und sie waren hochgestuft und zu HelthWyzer Central versetzt worden. Pilar blieb über die Kryptiker mit Glenn in Kontakt. Glenn war es auch, der die Krebstests für sie organisierte und der rausfand, dass sie Krebs im Endstadium hatte.«

»Was stand denn in dem Brief?«

»Er war versiegelt. Ich vermute, es stand drin, wie man den Läufer öffnet. Ich hätte ihn mir ja geklaut, aber Adam hatte den Daumen drauf.«

»Also hat Adam das Ding einfach an Glenn weitergegeben, das Schachspiel mitsamt den Pillen? An Glenn – an Crake? Der war doch damals noch ein Teenager.«

»Pilar meinte, er sei reif für sein Alter, und Adam fand, man müsse Pilars letzten Wunsch respektieren.«

»Und was war mit dir? Ich war ja noch keine Eva, aber du warst damals schon im Rat. Dort wurden solche wichtigen Entscheidungen besprochen. Du musst doch dazu eine Meinung gehabt haben. Du warst ein Adam – Adam Sieben.«

»Die anderen stimmten mit Adam Eins überein. Ich fand die Idee nicht gut. Der Junge hätte ja auf die Idee kommen können, die Dinger an jemandem austesten zu wollen, so wie ich damals.«

»Hat er bestimmt auch, später dann«, sagt Toby. »Mit ein paar eigenen Ergänzungen. Das muss im Kern die OrgassPluss-Pille gewesen sein: was nach dem Orgasmus kommt.«

»Ja«, sagt Zeb. »Ich denke, du hast recht.«

»Glaubst du, Pilar hat gewusst, was er mit diesen Mikroben oder Viren anstellen würde oder was immer das war?«, fragt sie. »Irgendwann mal?« Sie muss an Pilars runzliges kleines Gesicht denken, ihre Güte, ihre Gelassenheit, ihre Stärke. Aber darunter war immer etwas höchst Entschlossenes gewesen. Niedertracht wäre das falsche Wort gewesen. Fatalismus vielleicht.

»Sagen wir so«, sagt Zeb. »Alle echten Gärtner waren überzeugt, dass die Menschheit mehr als reif für den Bevölkerungscrash war. Es würde ohnehin passieren, vielleicht besser früher als später.«

»Aber du warst doch gar kein echter Gärtner.«

»Pilar glaubte das aber, wegen meiner Vigil. Zu meiner Abmachung mit Adam gehörte, dass ich einen Titel übernehme, deswegen diese Sache mit Adam Sieben: Er war der Meinung, nur ein Titel würde mir die nötige Autorität, den nötigen Status verleihen. Dazu musste man eine Vigil abhalten. Um zu sehen, was mit seinem inneren Tier los war.«

»Habe ich auch gemacht«, sagt Toby. »Sprechende Tomatensträucher, tiefer Einblick in die Sterne.«

»Genau, diese ganze Grütze. Keine Ahnung, womit mich Pilar damals gedopt hat, es ballerte jedenfalls ziemlich rein.«

»Was hast du gesehen?«

Kurze Pause. »Den Bären. Den ich damals in den Barrens erschossen habe.«

»Hat er was zu dir gesagt?«, fragt Toby. Ihr eigenes inneres Tier war eher uneindeutig gewesen.

»Nicht direkt. Aber er gab mir zu verstehen, dass er in mir weiterlebte, nachdem ich ihn gegessen hatte. Er war nicht mal sauer auf mich. Er schien sogar ziemlich freundlich. Wahnsinn, was alles passieren kann, wenn man mit seinen Nervenzellen rumpfuscht.«

Nachdem er zu Adam Sieben aufgestiegen war, konnte sich Zeb mit Lucerne und der kleinen Ren als zertifiziertes Mitglied bei den Gottesgärtnern einrichten. Sie eckten ziemlich an. Ren hatte Heimweh nach dem Komplex und ihrem Vater, und Lucerne hatte zu viel Interesse an Nagellack, um als Gärtnerin zu reüssieren. Was sie in den Gemüseanbau investierte war gleich null, und sie hasste die Kleiderordnung – die dunklen sackartigen Gewänder, die Schürzen. Zeb hätte wissen müssen, dass das für sie keine Lösung war.

Zeb hatte ja selber mit Schneckenumsiedlung, Seifenherstellung und Küchendienst nichts am Hut, also trafen er und Adam eine Vereinbarung bezüglich seiner Pflichten. Er unterrichtete Überlebensstrategien und urbane Gewaltminimierung, das heißt, Straßenkämpfe aus einer höheren Warte gesehen. Während die Gärtner immer mehr Mitglieder rekrutierten, expandierten und in verschiedenen Städten Zweigstellen eröffneten, übernahm er die Kurierdienste zwischen den einzelnen Gruppen. Die Gärtner lehnten den Gebrauch von Mobiltelefonen und Technik jedweder Art ab; abgesehen natürlich von dem einen heimlichen hochgerüsteten Rechner, den Zeb sich erlaubte, ausgestattet mit Spyware zum Konzerneschnüffeln und mit Firewalls bis zum Gehtnichtmehr.

Botengänge für Adam zu machen hatte seine Vorteile – er war weg und musste sich Lucernes Genörgel nicht anhören; es hatte aber auch Nachteile – er war weg und Lucerne hatte noch mehr Grund zu nörgeln. Ihr Thema Nummer eins war seine Bindungsunfähigkeit: Warum, beispielsweise, hatte er ihr nie einen Antrag gemacht, die Partnerschaftszeremonie der Gottesgärtner zu vollziehen?

»Wo man über ein Lagerfeuer springt und grüne Zweige austauscht, während die anderen im Kreis stehen«, sagt Zeb. »Sie wollte das unbedingt. Ich erklärte ihr, für meine Begriffe sei das ein sinnentleertes Symbol. Da warf sie mir vor, dass ich sie demütigen wollte.«

»Wenn es sinnentleert war, warum hast du's dann nicht einfach gemacht?«, fragt Toby. »Es hätte sie vielleicht befriedigt. Glücklicher gemacht.«

»Wohl kaum«, sagt Zeb. »Ich wollte einfach nicht. Ich hasse es, gedrängt zu werden.«

»Sie hatte recht mit der Bindungsangst«, sagt Toby.

»Schon möglich. Jedenfalls ließ sie mich sitzen. Schnappte sich ihre Ren und ging zurück in den Komplex. Und dann wollte ich, dass die Gärtner aktivistischer werden, und alles löste sich auf.«

»Da war ich schon nicht mehr da«, sagt Toby. »Blanco kam aus dem Painball und machte Jagd auf mich. Ich war eine Belastung für die Gärtner. Du hast mir beim Identitätswechsel geholfen.«

»Jahrelange Übung.« Er seufzt. »Nachdem du weg warst, wurde es richtig hart. Die Gärtner wurden langsam zu groß und zu erfolgreich für das CorpSeCorps. Für die sahen wir aus wie ne wachsende Widerstandsbewegung. Adam benutzte den Garten als Zufluchtsort für Konzernflüchtlinge, und allmählich kamen sie dahinter; also heuerten die Corps-Leute Schlägertrupps aus den Plebs an, um uns anzugreifen. Als überzeugter Pazifist brachte Adam Eins es nicht über sich, den Garten zu bewaffnen. Ich hätte ihm helfen können, ne Kartoffelwumme zu nem sehr wirksamen Kurzstrecken-Schrapnellwerfer umzubauen, aber davon wollte er nichts wissen. Das war ihm zu unheilig.«

»Du machst dich lustig«, sagt Toby.

»Ich beschreibe nur. Egal, was auf dem Spiel stand, er konnte nicht in die Offensive gehen, zumindest nicht direkt. Denk dran, er war der Erstgeborene, Hochwürden hatte ihn von Kindesbeinen an beeinflusst, lange bevor wir wussten, dass er ein Heuchler und Mörder war, der alte Sack. Was Adam nie loswurde, war, dass er gut sein musste. Besser als gut, damit Gott ihn liebt. Ich denke, er wollte genau das machen, was Hochwürden gemacht hatte, nur richtig – alles, was Hochwürden vorgetäuscht hatte, wollte er tatsächlich sein. Die Latte hing ziemlich hoch.«

»Aber du warst anders gestrickt.«

»Anscheinend ja. Du weißt doch, ich war der Satansbraten. Gute-Taten-technisch war ich aus dem Schneider. Und genau darauf setzte Adam: Eigenhändig hätte er Hochwürden niemals zu Himbeerbrause gemacht. Das hat er lieber mir überlassen. Wie auch immer, er hat mit seinen Schuldgefühlen gerungen: Hochwürden war sein Vater, ob er wollte oder nicht, und man soll ja Vater und Mutter ehren und so weiter, selbst wenn der eine die andere im Steingarten verscharrt hat. Er hatte das Gefühl, vergeben zu müssen. Er hat sich das Leben verdammt schwer gemacht, unser Adam. Nachdem er Katrina Wow verlor, wurde es noch schlimmer.«

»Sie ist mit nem anderen abgehauen?«

»Schön wär's. Irgendwann beschloss das Corps, den Sexhandel zu übernehmen: lukrativ, wie er war. Sie kauften ein paar Politiker, ließen ihn legalisieren, etablierten den sogenannten SeksMarkt, und alle im Business mussten gleichziehen. Erst spielte Katrina mit, aber dann wollten die ne Politik instituieren, die sie nicht akzeptabel fand. ›Politik instituieren‹ war der Wortlaut. Katrina hatte Skrupel und sie wurde ihnen unbequem. Die Python haben sie gleich mit entsorgt.«

»Oh«, sagt Toby. »Das tut mir leid.«

»Mir tat's auch leid«, sagt Zeb. »Und Adam erstmal. Er siechte dahin, er wurde immer weniger. Irgendwas kam ihm abhanden. Ich glaube, er hatte immer davon geträumt, Katrina in den Garten zu holen. Nicht dass das gutgegangen wäre, allein schon modetechnisch.«

»Das ist aber sehr traurig«, sagt Toby.

»Ja. War es. Ich hätte mehr Verständnis haben müssen. Stattdessen hab ich mich mit ihm angelegt.«

»Ach so«, sagt Toby. »Nur du?«

»Vielleicht war es beidseitig. Keiner von uns hat ein Blatt vor den Mund genommen. Ich sagte, er sei im Grunde genau wie Hochwürden, nur auf links gedreht, wie ein Strumpf: Die eigentliche Sache ging beiden am Arsch vorbei. Er sagte, ich hätte schon immer zu viel kriminelle Energie gehabt, deswegen hätte ich keine Ahnung von Pazifismus und innerem Frieden. Ich sagte, mit Nichtstun mache er gemeinsame Sache mit denen, die den Planeten zerstören, vor allem mit der Öllobby und der Church of PetrOleum. Er sagte, ich sei ungläubig und die Erde werde vom Schöpfer in Ordnung gebracht, wahrscheinlich schon sehr bald, und alle mit einem wachen Geist und wahrer Liebe zur Schöpfung würden nicht untergehen. Ich sagte, diese Sichtweise sei egoistisch. Er sagte, ich sei ein Opfer weltlicher Einflüsterungen und würde immer nur nach Aufmerksamkeit heischen, genau wie damals als Kind, um auszutesten, wie weit man gehen kann.« Wieder seufzt er.

»Und dann?«, fragt Toby.

»Dann wurde ich sauer. Und dann sagte ich etwas, was ich zutiefst bereut habe.« Er verstummt. Toby wartet. »Ich sagte, er sei gar nicht mein richtiger Bruder, zumindest nicht genetisch. Er sei überhaupt nicht mit mir verwandt.« Wieder verstummt er. »Erst hat er mir nicht geglaubt. Und dann erzählte ich ihm von dem Test, um den ich Pilar gebeten hatte. Er ist komplett in sich zusammengefallen.«

»Oh«, sagt Toby. »Das tut mir leid.«

»Ich fühlte mich sofort schrecklich, aber ich konnte es schlecht zurücknehmen. Danach haben wir versucht, die Sache wieder zu flicken und auszubügeln. Aber darunter gärte es. Wir mussten eigene Wege gehen.«

»Katuro ist mit dir gegangen«, sagt Toby. Das weiß sie. »Rebecca. Nashorn. Shackleton, Crozier und Oates.«

»Zuerst auch Amanda«, sagt Zeb. »Aber die war bald wieder weg. Dann kamen neue hinzu. Elfenbeinspecht. Lotis Blue. Weiße Segge. Manatee, Tamaraw.«

»Und Swift-Fuchs«, sagt Toby.

»Genau, die auch. Wir dachten ja, Glenn – also, Crake – wäre unser Verbindungsmann, der uns durch den MaddAddam-Chatroom mit Informationen versorgt. Dabei hatte er das alles bloß inszeniert, um uns in sein Paradies-Projekt zu holen und ihm seine gengespleißten Menschen zu bauen.«

»Und seine Seuchen-Virus-Mischungen?«, fragt Toby.

»Nicht dass ich wüsste«, sagt Zeb. »Das hat er selber gemacht.«

»Um seine perfekte Welt zu schaffen«, sagt Toby.

»Nicht perfekt«, sagt Zeb. »Das hätte er nie behauptet. Er wollte eher die Welt nochmal auf Anfang setzen. Und auf seine Art ist ihm das ja auch gelungen. Bisher.«

»Mit den Painballern hat er nicht gerechnet«, sagt Toby.

»Das hätte er sollen. Oder mit was Ähnlichem«, sagt Zeb.

Es ist sehr still dort unten im Wald. Ein Crakerkind singt im Schlaf. Am Rand des Swimmingpools liegen die Organschweine und träumen, sie stoßen kleine Grunzer aus wie Rauchwölkchen. Irgendwo in der Ferne kreischt ein Tier: ein Luxkätzchen?

Es weht eine kühle sanfte Brise; die Blätter tun das, was Blätter tun müssen, nämlich rascheln; der Mond zieht über den Nachthimmel, bewegt sich auf seine nächste Phase zu, markiert die Zeit.

»Du solltest ein bisschen schlafen«, sagt Zeb.

»Sollten wir beide«, sagt Toby. »Wir werden unsere Energie brauchen.«

»Wär ich doch nur zwanzig Jahre jünger«, sagt Zeb. »Nicht dass diese Painballkerle besser in Form wären. Gott weiß, wovon die sich in letzter Zeit ernährt haben.«

»Die Organschweine sind fit genug«, sagt Toby.

»Nur schießen können sie nicht«, sagt Zeb. Er schweigt. »Wenn wir beide den morgigen Tag überleben, sollten wir vielleicht dieses Lagerfeuerding machen. Mit den grünen Zweigen.«

Toby lacht. »Hast du nicht gesagt, das sei ein sinnentleertes Symbol?«

»Manchmal kann sogar ein sinnentleertes Symbol einen Sinn haben«, sagt Zeb. »Soll das ein Korb sein?«

»Nein«, sagt Toby. »Wie kannst du das denken?«

»Ich befürchte das Schlimmste«, sagt Zeb.

»Wäre das das Schlimmste? Wenn ich dir einen Korb geben würde?«

»Jetzt hab mal ein bisschen Mitleid mit nem Kerl, der sich gerade vor dir entblößt hat.«

»Ich kann mir nur nicht vorstellen, dass du das ernst meinst«, sagt Toby.

Zeb seufzt. »Lass uns ein bisschen schlafen, Baby. Wir kriegen das schon hin. Bald geht die Sonne auf.«

EIERSCHALE

Appell

Pfirsichfarbener Dunst im Osten. Der Tag bricht an, anfangs noch so kühl und zart, die Sonne noch kein heißer Scheinwerfer. Die Krähen sind überall und rufen einander zu: *Kräh! Krähkräh! Kräh!* Was sagen sie? *Passt auf! Passt auf!* Oder vielleicht: *Bald gibt's was zu feiern!* Wo es Krieg gibt, gibt es Krähen, die Aasfresser. Und auch Raben, die Kriegsvögel, die Augäpfel-Feinschmecker. Und Geier, die heiligen Vögel aus uralten Zeiten, die alten Kenner der Verwesung.

Lass die morbiden Selbstgespräche, sagt Toby zu sich. Was du jetzt brauchst, ist eine positive Einstellung. Dazu waren die Trompetenfanfaren gut, die Trommeln, die Marschmusik. Wir sind unbesiegbar, wurde den Soldaten durch diese Musik suggeriert. Sie mussten daran glauben, an diese Lügenmelodien, wie hätten sie sonst furchtlos in den Tod ziehen können? Die Berserker in ihren Bärenfellen sollen sich vor dem Kampf mit nördlichen halluzinogenen Pilzen aufgeputscht haben: *Amanita muscaria* vielleicht, sagte Pilar bei den Gärtnern damals. *Historische Pilzpraktiken, nur für ältere Schüler.*

Vielleicht sollte ich die Wasserflaschen damit versetzen, denkt sie. Erst den Kopf vergiften, dann losmarschieren und Leute umbringen. Oder sich umbringen lassen.

Sie steht auf, windet sich aus ihrem rosa Laken, zittert. Es hat Tau gegeben: Ihr Haar ist benetzt, die Augenbrauen. Ihr ist der Fuß eingeschlafen. Ihre Flinte steht noch dort, wo sie sie abgestellt hat, in Reichweite; und auch das Fernglas.

Zeb ist schon auf, er lehnt am Geländer. »Ich bin letzte Nacht eingenickt«, sagt sie zu ihm. »Keine so tolle Wache, tut mir leid.«

»Ich auch«, sagt er. »Lass mal, die Schweine hätten Alarm geläutet.«

»Geläutet?«, sagte sie mit einem kleinen Lacher.

»Du mit deiner Wortklauberei. Dann eben Alarm gegrunzt. Unsere Schweinebäuche waren fleißig.«

Toby folgt seinem Blick: hinüber und nach unten. Rings um das Spa haben die Organschweine die Wiese geebnet, das aufgeschossene Unkraut und Buschwerk entfernt. Fünf von den größeren sind immer noch bei der Arbeit, trampeln und wälzen sich auf allem herum, was höher wächst als knöchelhoch.

»An die schleicht sich jedenfalls keiner so schnell ran, so viel ist sicher«, sagt Zeb. »Die sind verdammt schlau, die kennen die Tricks.« Ein Büschel Grün haben sie in mittlerer Distanz stehen lassen, bemerkt Toby. Sie schaut durch ihr Fernglas. Das müssen die Überreste des Ebers sein, den sie geschossen hatte, damals während der Grabenkriege um den Gemüsegarten. Seltsamerweise haben sie diesen Kadaver nicht gefressen, obwohl sie gewillt genug schienen, ihr totes Ferkel zu verspeisen. Ist es eine Frage der Hierarchie? Säue fressen ihre Jungen, aber ein Eber wird nicht angerührt? Und was kommt als Nächstes? Denkmäler?

»Schade um die Lumirosen«, sagt sie.

»Die ich eigenhändig gepflanzt habe. Aber die wachsen nach. Das Kraut ist genauso wenig kleinzukriegen wie Kudzu, wenn's erstmal irgendwo Wurzeln geschlagen hat.«

»Und was sollen die Craker jetzt frühstücken?«, fragt Toby. »Jetzt, wo das ganze Grün weg ist. Wir dürfen die auf keinen Fall da hinten rumstreunen lassen, am Waldrand.«

»Auch daran haben die Schweine gedacht«, sagt Zeb. »Guck mal, neben dem Swimmingpool.«

Und siehe da, dort liegt ein Haufen frisches Futter. Die Schweine müssen es selbst gesammelt haben.

»Das ist aber sehr rücksichtsvoll«, sagt Toby.

»Junge, die sind schlau«, sagt Zeb. »Ach ja.« Er deutet mit dem Finger.

Toby schaut durchs Fernglas. Drei mittelgroße Organschweine, zwei gefleckte und ein drittes fast schwarzes kommen in geschäftigem Trott aus nördlicher Richtung heran. Die dienstbeflissene Planierkolonne rollt sich auf die Füße und galoppiert ihnen entgegen. Es wird gegrunzt und geschnüffelt. Alle Ohren zeigen nach vorn, alle Ringelschwänze kreisen: Zumindest sind sie weder ängstlich noch wütend.

»Was sie wohl sagen?«, fragt Toby.

»Werden wir erfahren«, sagt Zeb, »sobald sie's uns sagen wollen. Wir sind für sie nur das Fußvolk. Dumm wie Brot, müssen sie denken, auch wenn wir schießen können. Aber sie sind die Generäle. Ich wette, die haben längst einen Schlachtplan.«

Rebecca muss gestöbert und allerlei entdeckt haben. Zum Frühstück gibt es in Mo'Hairmilch aufgeweichte, gezuckerte Sojaschnetzel. Und dazu, als kleiner Leckerbissen, einen Teelöffel Avocado-Körperbutter. Das AnuYu war damals bekannt für Kosmetikprodukte, die nach Lebensmitteln klangen: Schokomousse-Reinigungscreme, Zitronenbaiser-Gesichtsmaske. Und Körperbutter, die so reich an Lipiden war.

»Die gab's noch?«, fragt Toby. »Ich war mir sicher, dass ich alles aufgegessen hatte.«

»In der Küche, in einer der großen Suppenterrinen«, sagt Rebecca. »Vielleicht hattest du sie ja selber dort versteckt und vergessen. Als du hier gearbeitet hast, wirst du dir doch sicherlich irgendwo im Haus einen Ararat eingerichtet haben.«

»Ja, aber im Lagerraum«, sagt Toby. »Hier und da. Ich hab die großen Darmsanierungspackungen davorgeschoben. Von meinen eigenen Vorräten hätte ich keine in der Küche gelassen; die hätte ja jemand finden können. Das Zeug muss eher jemand vom Personal versteckt haben. Die haben's immer wieder versucht – von der AnuYu-Edellinie ein bisschen was mitgehen lassen und im Plebsland auf dem Graumarkt verscherbeln. Aber ich habe alle zwei Wochen Inventur gemacht, also habe ich sie meistens erwischt.«

Nicht, dass sie sie immer gemeldet hätte: Die Hilfen waren nicht gerade überbezahlt. Wozu ein Leben kaputtmachen?

Nach dem Frühstück versammeln sie sich in der Eingangshalle, wo den Kundinnen damals bei der Ankunft ein rosa Begrüßungsgetränk auf Fruchtbasis gereicht wurde, mit oder ohne Alkohol. Die Madd-Addamiten sind alle anwesend, ebenso die Exgottesgärtner. Auch ein Eber steht dabei und dicht an seiner Seite der kleine Blackbeard. Die restlichen Craker sind noch immer draußen am Swimmingpool und kauen ihr Frühstücksfutter. Ebenso wie die restlichen Organschweine.

»Also gut«, sagt Zeb. »Folgendes. Wir wissen, welche Richtung der Feind eingeschlagen hat. Die Schweine – die Organschweine – sind sich sicher. Sie haben die Typen noch nicht genau gesehen – ihre Späher halten sich bedeckt, um nicht erschossen zu werden –, aber sie haben ihre Witterung aufgenommen.«

»Wie weit?«, fragt Nashorn.

»Weit genug. Sie haben einen Vorsprung. Aber wir sind im Vorteil, sagen die Schweine, weil sie nicht sehr schnell vorankommen, denn einer der drei hinkt. Zieht den Fuß nach. Stimmt das?«, fragt er Blackbeard, der nickt.

»Einen stinkenden Fuß«, sagt er.

»Das ist die gute Nachricht. Die schlechte Nachricht ist, sie sind auf dem Weg zum ReJuv-Komplex. Also höchstwahrscheinlich zum Paradies-Gebäude.«

»Oh, fuck«, sagt Jimmy. »Die Spraygewehr-Batterien! Die werden sie finden!«

»Meinst du, die sind darauf aus?«, fragt Zeb. »Sorry. Blöde Frage. Wir können nicht wissen, was sie vorhaben.«

»Wenn sie nicht nur so durch die Gegend ziehen, können wir davon ausgehen, dass sie ein Ziel haben«, sagt Katuro. »Der Dritte im Bunde – sagt ihnen vielleicht, wo sie hinmüssen.«

»Wir müssen ihnen den Weg abschneiden«, sagt Nashorn. »Die dürfen da nicht hin. Sonst werden sie auf sehr lange Zeit sehr gut bewaffnet sein.«

»Und wir bald überhaupt nicht mehr«, sagt Shackleton. »Wir haben jetzt schon kaum noch Batterien.«

»Gut«, sagt Zeb. »Bleibt die Frage, wer mitkommt und wer hierbleibt. Teilweise ist das klar. Nashorn, Katuro, Shackleton, Crozier, Zunzuncito kommen mit. Und natürlich Toby. Alle schwangeren Frauen bleiben. Ren, Amanda, Swift-Fuchs. Noch jemand mit nem Braten … will sich noch jemand erklären?«

»Geschlechterrollen sind scheiße«, sagt Swift-Fuchs.

Dann solltest du aufhören, dich entsprechend zu verhalten, denkt Toby.

»Hast ja recht«, sagt Zeb. »Aber so ist jetzt die Realität. Dass eine mitten im … mittendrin anfängt zu verbluten, können wir nicht gebrauchen. Weiße Segge?«

»Sie ist Pazifistin«, sagt Amanda unerwartet. »Und Lotis Blue hat, na ja, Bauchkrämpfe.«

»Die bleiben also hier. Sonst noch jemand mit Behinderungen oder Vorbehalten?«

»Ich will mit«, sagt Rebecca. »Und ich bin definitiv nicht schwanger.«

»Kannst du mithalten?«, fragt Zeb. »Das ist die nächste Frage. Sei ehrlich. Du könntest dich selbst und andere in Gefahr bringen. Painball-Veteranen sind nicht zimperlich. Sie sind nur zu dritt, aber sie werden töten. Das wird kein Spaziergang.«

»Okay, streichen«, sagt Rebecca. »Ich weiß, ich bin nicht in Form. Und schwache Nerven hab ich auch. Ich bleib hier.«

»Ich auch«, sagt Beluga.

»Ich auch«, sagt Tamaraw.

»Und ich auch«, sagt Elfenbeinspecht. »Es kommt eine Zeit im Leben eines Mannes, wenn die irdische Hülle ihre Grenzen aufwirft. Von den Knien ganz zu schweigen. Und zum Thema …«

»Richtig. Und Blackbeard kommt mit. Wir brauchen ihn: Er scheint zu verstehen, was die Schweine sagen.«

»Nein«, sagt Toby. »Er sollte hierbleiben. Er ist noch ein Kind.« Sie würde es sich nie verzeihen, wenn Blackbeard ums Leben käme, vor allem nicht auf die Art und Weise, wie es geschähe, wenn er den Painballern in die Hände fiele. »Und er hat keine Angst – zumindest keine realistische – vor fremden Menschen. Er könnte ins Kreuzfeuer geraten. Oder als Geisel genommen werden. Und was wäre dann?«

»Ja, aber ich sehe nicht, wie wir ohne ihn auskommen sollen«, sagt Zeb. »Er ist unsere einzige Verbindung zu den Schweinen, und von denen hängt alles ab. Wir müssen es riskieren.«

Blackbeard hat das Gespräch verfolgt. »Kein Sorge, o Toby«, sagt er. »Ich muss mitgehen, die Großen Schweine haben es gesagt. Oryx wird mir helfen und Fuck. Ich habe Fuck schon gerufen, er fliegt hierher, er ist schon unterwegs. Du wirst sehen.« Toby kann unmöglich widersprechen: Weder kann sie Oryx und den überaus hilfreichen Fuck sehen noch die Schweine verstehen. Für Blackbeards Begriffe ist sie taub und blind.

»Wenn sie mit dem Stock auf dich zeigen«, sagt sie zu ihm, »diese Männer, musst du dich flach auf die Erde werfen. Oder dich hinter einen Baum stellen. Falls ein Baum in der Nähe ist. Ansonsten hinter eine Häuserwand.«

»Ja, danke, o Toby«, sagt er höflich. Offenbar ist das für ihn ein alter Hut.

»Na dann«, sagt Zeb. »Sind wir so weit?«

»Ich komm auch mit«, sagt Jimmy. Alle sehen ihn an: Sie waren davon ausgegangen, dass er bleibt. Er ist immer noch dünn wie ein Zweig und blass wie ein Bovist.

»Bist du sicher?«, fragt Toby. »Was ist mit deinem Fuß?«

»Dem geht's gut. Ich kann laufen. Ich muss mitgehen.«

»Ich bin mir nicht sicher, ob das klug ist«, sagt Zeb.

»Klugheit«, sagt Jimmy und verzieht das Gesicht zu einem kleinen Grinsen, »hat mir noch nie jemand vorgeworfen. Aber wenn wir zum Paradies wollen, muss ich mit.«

»Weil?«, fragt Zeb.

»Weil Oryx dort ist.« Peinliches Schweigen: Das ist irrsinnig. Mit nervösem Grinsen wirft Jimmy einen Blick in die Runde. »Okay, ich bin nicht verrückt, ich weiß, dass sie tot ist. Aber ihr braucht mich«, sagt er.

»Wieso?«, fragt Katuro. »Ich will nicht unhöflich sein, aber …«

»Weil ich schon mal da gewesen bin. Seit der Flut«, sagt Jimmy.

»Na und?«, sagt Zeb betont ruhig. »Nostalgie?« Toby kann sich denken, was diese Ruhe bedeutet: Schafft mir diesen Schwachkopf vom Hals.

Jimmy ist beharrlich. »Ich weiß, wo alles ist. Zum Beispiel die Batterien. Und die Spraygewehre: Davon sind auch noch welche gebunkert.«

Zeb seufzt. »Gut«, sagt er. »Aber wenn du nicht mithalten kannst, müssen wir dich zurückschicken. Mit ner nichthominiden Eskorte.«

»Du meinst diese Werwolfschweine«, sagt Jimmy. »Kenn ich alles schon: Für die bin ich das Letzte. Vergiss die Eskorte. Ich schaff das schon.«

Der Einsatz

Toby schlüpft in einen AnuYu-Trainingsanzug und setzt sich einen aufgerissenen Kissenbezug als Sonnenschutz auf den Kopf. Blöd mit dem Kussmund und dem zwinkernden Auge auf dem Sweatshirt – militärisch sieht das nicht gerade aus –, und auch das Rosa ist blöd, es könnte sie zur Zielscheibe machen. Aber Khakikleidung hat das Spa nicht im Angebot.

Sie kontrolliert ihre Flinte, steckt Extramunition in ihre rosa AnuYu-Tasche. Es gibt noch Baumwollsöckchen mit Bommel über der Ferse: Die zieht sie an und nimmt noch ein Ersatzpaar mit. Sollte Zeb irgendetwas zu ihrem Aufzug sagen, wird sie versucht sein, ihm eine zu knallen.

In der Halle verteilt sie Wasserflaschen, gefüllt mit dem Wasser, das Rebecca mit Ren und Amandas Hilfe vorschriftsmäßig abgekocht hat. Im AnuYu wurde immer betont, wie wichtig während des Fitnesstrainings ausreichende Hydrierung sei, also sind genug Plastikflaschen da. Die MaddAddamiten haben ein paar Kickriegel aus dem Lehmhaus mitgebracht und ein paar kalte Kudzukuchen. »Genug Energie, um am Laufen zu bleiben, aber nichts, was belastet«, sagt Zeb. »Teilt's euch gut ein.« Er sieht Toby in ihrem rosa Kussmund-Outfit an.

»Hast du irgendwo ein Vorsprechen?«, fragt er.

»Ganz schön rosa«, sagt Jimmy.

»Wie ein Rockstar«, sagt Katuro. »Also fast.«

»Gute Tarnung«, sagt Shackleton.

»Die halten dich für ne Hibiskusblüte«, sagt Crozier.

»Das hier ist eine Flinte«, sagt Toby. »Ich bin die Einzige, die damit umgehen kann. Also Klappe halten.« Alle grinsen.

Dann ziehen sie los.

Schnüffelnd gehen die drei Organschwein-Späher vorneweg. Auf beiden Seiten dienen zwei weitere als Vorreiter, sie prüfen mit den feuchten Scheiben ihrer Rüssel die Luft. Duftradar, denkt Toby. Welche Vibrationen weit jenseits unserer abgestumpften Sinne nehmen sie auf? Was für den Falken das Sehen, ist für sie das Riechen.

Sechs jüngere Organschweine – eigentlich sind es fast noch Ferkel – überbringen Informationen zwischen Spähern und Vorreitern und der Vorhut aus älteren und schwereren Organschweinen: das Gegenstück zum Panzerbataillon. Trotz ihrer Masse kommen sie erstaunlich schnell voran. Im Moment halten sie ein gleichmäßiges Tempo, sparen Energie: ein Marathontempo, kein Sprint. Es wird weder viel gegrunzt noch gequiekt: Sie atmen gleichmäßig wie Soldaten auf einem langen Marsch. Ihr Schwänze sind eingerollt, aber inaktiv, ihre rosa Ohren gespitzt. Von der Morgensonne erhellt wirken sie fast wie eine Comicversion der niedlichen, knuddeligen, lächelnden Schweine mit den roten herzförmigen Pralinenschachteln vor der Brust, die mit den Amorflügelchen: Diese Schweinchen wünschen dir alles Liebe zum Valentinstag!

Aber auch nur fast. Diese Schweine lächeln nicht.

Würden wir eine Fahne tragen, denkt Toby, was wäre wohl darauf abgebildet?

Zunächst läuft es sich gut. Sie überqueren den geebneten Teil der Wiese, wo die Opfer der Seuche hingefallen und liegengeblieben waren und wo noch immer hie und da eine Handtasche, ein Stiefel oder ein Knochen aus der Erde ragt. Im hohen Gras hätte die Truppe darüber stolpern können, aber so ist es einfach, einen Bogen darum zu machen.

Die Mo'Hairschafe sind freigelassen worden und grasen auf dem hinteren Ende der Wiese. Fünf junge Schweine sind als Aufpasser abgestellt worden. Sie scheinen ihren Dienst nicht sonderlich ernst zu nehmen, das heißt, sie wittern keine Gefahr. Drei schnüffeln in der Botanik herum, eins wälzt sich im feuchten Schlamm und das fünfte döst vor sich hin. Könnten es die fünf im Falle eines Angriffs mit einem Löwamm aufnehmen? Kein Zweifel. Zwei Löwämmer? Vielleicht sogar das. Aber bevor das passiert, hätten sie die Schafherde längst zusammengetrieben und wären mit ihnen zurück zum Haus getrottet.

Nachdem sie die Wiese verlassen hat, bewegt sich die Prozession auf der Straße nach Norden durch den Wald, der das AnuYu-Gelände mitsamt seinem Zaun umschließt. Das nördliche Pförtnerhaus ist verlassen: nirgends ein Lebenszeichen, abgesehen von einem Wakunk, das sich auf dem Fußpfad sonnt. Als sie sich nähern, steht es auf, macht sich aber nicht die Mühe wegzulaufen. Die Tiere sind über die Maßen freundlich: In einer grausameren Welt wären sie allesamt längst zu Mützen verarbeitet worden.

Die Straßen, die als Nächstes kommen und durch die Stadt führen, sind bedeutend unwegsamer. Zusammengekrachte und verlassene Fahrzeuge versperren den mit Scherben und Metallschrott übersäten Weg. Schon wuchern die Kudzuranken und überziehen die kaputten Formen mit zartem Grün. Um sich nicht zu verletzen, bahnen sich die Organschweine mit zierlichen Schritten ihren Weg; die Menschen haben festes Schuhwerk. Dennoch müssen sie sich mit Vorsicht bewegen und oft nach unten schauen.

Toby hat schon geahnt, dass Blackbeard auf diesen mit Scherben und scharfkantigen Gegenständen zugemüllten Straßen Probleme bekommen könnte. Ja, seine Füße haben zwar eine dickere Hornhaut, wunderbar für Erde, Sand und sogar Kieselsteine; aber vorsichtshalber hat Toby den Schuhvorrat der MaddAddamiten durchgesehen und Blackbeard mit einem Paar Hermes-Trismegistus-Laufschuhe ausgestattet. Zuerst hatte er größte Bedenken, sich so etwas an die Füße zu ziehen – würden sie weh tun, würden sie an ihm kleben bleiben, würde er sie jemals wieder ausbekommen? Aber Toby half ihm beim An- und Ausziehen und erklärte ihm, dass er mit verletzten Füßen nicht laufen könne, und wer sollte ihnen dann sagen, was die Organschweine vorhätten? Nach einigen Probeläufen willigte er also ein. Die Schuhe haben grüne Flügelapplikationen und blinken bei jedem Schritt – die Batterien sind noch nicht leer –, und jetzt ist er vielleicht etwas zu begeistert davon.

Er läuft vorn mit dem Haupttrupp mit, lauscht, wenn man das so sagen kann, den Lageberichten der Späher. Offenbar hat er nichts erfahren, was wichtig genug wäre, um es weiterzusagen. Hin und wieder wirft er einen Blick zurück, um nach Zeb zu sehen, und auch nach Toby. Da ist es wieder, sein knappes Winken, das wohl *Alles ist gut* signalisieren soll. Oder vielleicht auch nur: *Ich sehe euch* oder *Hier bin ich* oder vielleicht auch nur *Guckt mal, meine coolen Schuhe!* Die Luft trägt seine hohe klare Singstimme stoßweise zu ihr herüber: der Morse-Code des Crakertums.

Von Zeit zu Zeit legen die Schweine den Kopf zur Seite, um zu ihren menschlichen Verbündeten hochzublicken, doch wie ihre Gedanken aussehen, kann man nur mutmaßen. Bei dem Tempo, das sie vorlegen, müssen ihnen die Menschen unglaublich langsam vorkommen. Sind sie verärgert? Besorgt? Ungeduldig? Froh um die Unterstützung der Artillerie? Alles das, zweifellos, denn mit ihrem menschlichen Hirngewebe können sie mehrere Widersprüche auf einmal jonglieren.

Sie scheinen jedem Gewehrträger drei Wachen zugeordnet zu haben. Die Wachen drängen nicht, treiben nicht zusammen und dirigieren nicht, sie bleiben im Zwei-Meter-Radius ihrer Schützlinge, die Ohren bewegen sich aufmerksam hin und her. Alle MaddAddamiten ohne Spraygewehr haben je ein Organschwein zur Seite gestellt bekommen. Jimmy hat gleich fünf. Wissen sie um seine Zartheit? Bislang hat er gut mitgehalten, aber er fängt schon an zu schwitzen.

Toby lässt sich zurückfallen, um nach ihm zu sehen. Sie reicht ihm ihre Wasserflasche: Seine eigene hat er offenbar schon ausgetrunken. Alle acht Organschweine – ihre drei, seine fünf – verändern die Position, um sie in ihre Mitte zu nehmen.

»Die Mauer des Schweinens«, sagt Jimmy. »Die Feldjägerschnitzel. Die Hackfleisch-Hopliten.«

»Hopliten?«, fragt Toby.

»Die gab's im alten Griechenland«, sagt Jimmy. »Ne Art Bürgerwehr. Wie so ne Mauer aus verschränkten Schilden. Hab ich mal was drüber gelesen.« Er ist etwas kurzatmig.

»Vielleicht ist das eine Ehrengarde«, sagt Toby. »Alles in Ordnung?«

»Diese Viecher machen mich nervös. Woher sollen wir wissen, dass sie uns nicht irgendwo hinschaffen, um über uns herzufallen und uns mit Haut und Haar zu verschlingen?«

»Das wissen wir nicht«, sagt Toby. »Aber ich würde sagen, es spricht einiges dagegen. Gelegenheit hätten sie ja schon genug gehabt.«

»Ockham's Rasiermesser«, sagt Jimmy. Er hustet.

»Wie bitte?«, fragt Toby.

»Das war ein Crake-Ding«, sagt Jimmy bitter. »Wenn man zwei Möglichkeiten hat, wählt man die einfachere. Crake hätte gesagt, die elegantere. Dieser Arsch.«

»Wer war Ockham?«, fragt Toby. Ist das ein Hinken?

»Irgendein alter Mönch«, sagt Jimmy. »Oder Bischof. Oder vielleicht auch ne coole Sau.« Er lacht. »Sorry. Blöder Witz.«

Schweigend laufen sie ein paar Blocks weiter. Dann sagt Jimmy: »Auf Messers Schneide.«

»Wie bitte?«, fragt Toby. Sie würde ihm gern mal die Stirn fühlen. Hat er Fieber?

»Sagt man doch so. Wenn's jeden Moment vorbei sein kann. Und sie einem außerdem auch noch die Eier abschneiden.« Jetzt ist es ein deutliches Hinken.

»Alles okay mit deinem Fuß?«, fragt Toby. Keine Antwort: Unbeirrt stapft er weiter. »Vielleicht solltest du lieber zurückgehen«, sagt sie.

»Kannst du vergessen«, sagt Jimmy.

Die Straße vor ihnen ist vom Schotter eines halbverfallenen Wohnhauses blockiert. Im Innern des Hauses hat es gebrannt – wahrscheinlich nach einem Kurzschluss, sagt Zeb, der die Truppe angehalten hat, während die Aufklärer einen Weg ausfindig machen. Die Luft riecht noch immer verbrannt. Den Schweinen gefällt es nicht: Einige geben ein Schnauben von sich.

Jimmy setzt sich auf den Boden.

»Was ist los«, sagt Zeb zu Toby.

»Es ist wieder sein Fuß«, sagt Toby. »Irgendwas stimmt nicht.«

»Also müssen wir ihn zurück zum AnuYu schaffen.«

»Er will nicht«, sagt Toby.

Jimmys fünf Organschweine schnüffeln an ihm herum, wenn auch mit gebührendem Abstand. Eines kommt näher, um an seinem Fuß zu schnuppern. Jetzt wird er von zweien angestupst, eines an jedem Arm.

»Geht weg!«, sagt Jimmy. »Was wollen die?«

»Blackbeard, bitte«, sagt Toby und ruft ihn zu sich. Er kauert sich zu den Schweinen. Es findet ein wortloser Austausch statt, gefolgt von etwas Gesang.

»Schneemensch-Jimmy muss reiten«, sagt Blackbeard. »Sie sagen, sein …« Es folgt ein für Toby unverständliches Wort, das wie ein Grunzen und Rumpeln klingt. »Sie sagen, der Teil von ihm ist stark. In der Mitte ist er stark, aber seine Füße sind schwach. Sie werden ihn auf den Rücken nehmen.«

Eine der Säue tritt vor, nicht gerade die fetteste. Sie lässt sich neben Jimmy nieder.

»Und ich soll was machen?«, fragt Jimmy.

»Bitte, o Schneemensch-Jimmy«, sagt Blackbeard. »Sie sagen, du musst dich auf ihren Rücken legen und dich an ihren Ohren festhalten. Die anderen werden neben euch herlaufen, damit du nicht runterfällst.«

»Das ist doof«, sagt Jimmy. »Ich rutsch doch runter!«

»Du hast die Wahl«, sagt Zeb. »Entweder du reitest oder du bleibst hier.«

Als Jimmy in Position ist, sagt Zeb: »Wo haben wir denn das Seil? Das könnte helfen.«

Wie ein Päckchen wird Jimmy auf dem Rücken des Schweins festgebunden, dann ziehen sie gemeinsam weiter. »Und, wie heißt es, Black Beauty oder Fury oder was?«, sagt Jimmy. »Kleinen Klaps gefällig?«

»Bitte, o Schneemensch-Jimmy, danke«, sagt Blackbeard. »Die Großen Schweine sagen, hinter den Ohren kraulen ist etwas sehr Gutes.«

Als sie Jahre später die Geschichte erzählt, sagte Toby immer gern, dass das Schwein mit Schneemensch-Jimmy wie der Wind dahingeflogen sei. So musste man doch von einem gefallenen Kameraden sprechen, vor allem von einem Kameraden mit einer so wichtigen Aufgabe – einer Aufgabe, die Toby übrigens das Leben retten sollte. Denn wäre Jimmy nicht von dem Organschwein getragen worden, würde Toby dann heute noch unter ihnen sitzen, die rote Mütze auf dem Kopf haben und ihnen diese Geschichte erzählen? Nein, das würde sie nicht. Sie läge unter einem Holunderstrauch, würde vor sich hin kompostieren und nach und nach eine andere Gestalt annehmen. Eine völlig andere Gestalt, dachte sie dann immer insgeheim.

Also flog in ihrer Geschichte das Schwein wie der Wind.

Das Erzählen wurde verkompliziert durch den Umstand, dass Toby den Namen des fliegenden Organschweins nicht annähernd so aussprechen konnte, wie es dem grunzlastigen Original entsprach. Aber niemand im Craker-Publikum schien sich daran zu stören, obwohl sie sie ein bisschen auslachten. Die Kinder dachten sich ein Spiel aus, bei dem ein Kind das tapfere Organschwein war, das mit entschlossener Miene flog wie der Wind, und ein kleineres Schneemensch-Jimmy, das sich mit nicht minder entschlossener Miene an den Rücken des anderen klammerte.

Zu der Zeit jedoch stehen die Dinge etwas anders. Das Jimmy-tragende Organschwein kommt nur mühsam voran, sein Rücken ist rund und rutschig. Jimmy hoppelt auf und ab, droht andauernd abzurutschen, erst zur einen Seite, dann zur anderen. Immer wenn das geschieht, stupsen ihn die flankierenden Schweine kräftig mit dem Rüssel an, und zwar unter die Achseln, worauf er schreit wie am Spieß, weil es kitzelt.

»Fuck, der soll mal die Fresse halten«, sagt Zeb. »Da können wir ja gleich Dudelsack spielen.«

»Er kann nichts dafür«, sagt Toby. »Das ist ein Reflex.«

»Wenn ich ihm eins über die Rübe gebe, ist das auch n Reflex«, sagt Zeb.

»Die wissen bestimmt ohnehin, dass wir kommen«, sagt Toby. »Die könnten die Aufklärer schon gesehen haben.

Sie folgen den anführenden Schweinen, aber es ist Jimmy, der die verbalen Hinweise liefert. »Noch sind wir im Plebsland«, sagt er. »Ich erinnere mich an die Gegend.« Dann: »Da vorn kommt das Niemandsland, die freie Pufferzone vor dem Komplex.«

Dann: »Die Hauptsicherheitszone, da vorn.« Nach einer Weile: »Da drüben, KryoGenjus. Als Nächstes: Geister-Gnome. Guckt euch dieses endgeile Schild an! Die Solartechnik scheint immer noch zu funktionieren.«

Dann: »Und jetzt das dickste Ding von allen: Der ReJuv-Komplex.« Krähen auf der Mauer: vier, nein, fünf. Eine Krähe heißt Trauer, hatte Pilar immer gesagt; mehrere dagegen waren Beschützer oder Betrüger, je nach Geschmack. Zwei der Krähen fliegen hoch, kreisen in der Luft, taxieren sie.

Das Eingangstor zum ReJuv-Komplex steht offen. Im Innern tote Häuser, tote Einkaufspassagen, tote Labore, alles tot. Stofffetzen, liegengebliebene Solarautos.

»Gott sei Dank gibt's die Schweine«, sagt Jimmy. »Ohne sie, Stecknadel im Heuhaufen. Das ist das reinste Labyrinth hier.«

Doch die Schweine kennen den Weg. Zielsicher und ohne zu zögern traben sie voran. Einmal um die Ecke, nochmal um die Ecke.

»Da ist es«, sagt Jimmy. »Da vorn. Das Tor zum Paradies.«

Eierschale

Crake hatte das Paradies-Projekt selbst geplant. Zusätzlich zur Grenzmauer war die ReJuv-Anlage von einer streng bewachten Sicherheitszone umgeben. Darin lag ein Park, eine mikroklimamodifizierende Pflanzung aus gemischten tropischen, gleichermaßen regen- wie dürretoleranten Spleißungen. Im Zentrum all dessen stand das Kuppelgebäude, eine klimatisierte, luftdichte, undurchdringliche Eierschale, die Crakes Schatztruhe beherbergte, seinen schönen neuen Menschen. Genau in der Mitte des Gebäudes hatte er das künstliche Ökosystem angelegt, wo die Craker in ihrer ganzen seltsamen Vollkommenheit zum Sein erweckt und zum Leben und Atmen gebracht worden waren.

Sie erreichen das Tor zur Sicherheitszone, bleiben stehen und sehen sich um. In den Pförtnerhäuschen zu beiden Seiten ist niemand, wenn man nach den Schweinen geht: Ihre inaktiven Schwänze und Ohren signalisieren es.

Zeb gibt das Zeichen zur Rast: Erst müssen sie Kraft tanken. Die Menschen greifen nach ihren Wasserflaschen und essen einen halben Kickriegel. Die Schweine haben einen Avomangobaum entdeckt und verschlingen das Fallobst, zermalmen die orangefarbenen Ovale mit den fetthaltigen Kernen. Fermentierte Süße erfüllt die Luft.

Hoffentlich sind sie nicht gleich besoffen, denkt Toby. Betrunkene Organschweine, das wäre nicht gut. »Wie geht's denn so?«, fragt sie Jimmy.

»Ich erkenne das alles wieder«, sagt Jimmy. »Jedes Detail. Scheiße. Ich wünschte, es wäre anders.«

Vor ihnen liegt die Straße durch den Wald. Wildwachsende Zweige wuchern hinauf in den Korridor leichterer Luftmassen, opportunistisches Unkraut schiebt sich seitlich hinein, darüber hängen abtrünnige Ranken. Aus dem angeschwollenen Vegetationsschaum erhebt sich das Kuppelgebäude wie der halbe weiße Augapfel eines sedierten Patienten. Dieses Gebäude muss früher so leuchtend hell gewirkt haben: so sehr wie ein Erntemond oder ein hoffnungsvoller Sonnenaufgang, nur ohne die brennenden Strahlen. Jetzt scheint nur noch Ödnis zu herrschen. Mehr noch, es scheint wie eine Falle: Denn wer kann schon sagen, was sich dahinter verbirgt, wer dort lauert?

Aber das liegt nur an unserem Wissen, denkt Toby. Ein unschuldiger Beobachter würde nicht gleich auf den Tod schließen.

»O Toby!«, sagt Blackbeard. »Schau! Es ist das Ei! Das Ei, in dem Crake uns geschaffen hat!«

»Erinnerst du dich noch daran?«, fragt Toby.

»Ich weiß nicht«, sagt Blackbeard. »Nicht sehr genau. Im Innern wuchsen Bäume. Es regnete, aber es donnerte nicht. Oryx kam uns jeden Tag besuchen. Sie brachte uns viele Dinge bei. Wir waren glücklich.«

»Es ist heute vielleicht nicht mehr so«, sagt Toby.

»Oryx ist nicht da«, sagt Blackbeard. »Sie ist weggeflogen, weil sie Schneemensch-Jimmy helfen wollte, als er krank war, stimmt's?«

»Ja, ganz bestimmt«, sagt Toby.

Die Jungschwein-Aufklärer sind vorgeschickt worden, um mögliche Hinterhälte am Wegesrand auszuschnüffeln. Im Laufschritt kehren sie nun über den laubbedeckten Asphalt zurück. Sie haben die Ohren angelegt, die Schwänze aufgestellt: Alarm.

Die Älteren lassen die anderen zwischen den Avomangos am Boden wühlen; Blackbeard läuft zu ihnen; sie kauern sich kurz zusammen. Die MaddAddamiten scharen sich um sie. »Was ist los?«, fragt Zeb.

»Sie sagen, die Bösen sind in der Nähe des Eis«, sagt Blackbeard. »Drei Stück. Einer ist mit einem Seil gefesselt. Er hat weiße Federn im Gesicht.«

»Was hat er an?«, fragt Toby. Ist es zum Beispiel ein Kaftan, wie ihn Adam Eins immer trug? Aber wie soll man das fragen? Sie revidiert: »Hat er eine zweite Haut?«

»Scheiße«, sagt Jimmy. »Sie dürfen auf keinen Fall ins Notfall-Lager! Die greifen alle Spraygewehre ab, und dann sind wir geliefert!«

»Ja, er hat eine zweite Haut, wie du«, sagt Blackbeard. »Aber sie ist nicht rosa. Sie hat verschiedene Farben. Sie ist schmutzig. Er hat nur eines von diesen am Fuß. Einen Schuh.«

»Wie sollen wir vorgehen?«, fragt Nashorn. »Wir sind nicht schnell genug.«

»Wir schicken ein paar Schweine«, sagt Zeb. »Die schnelleren. Die sollen eine Abkürzung durch den Wald nehmen.«

»Und dann?«, fragt Nashorn. »Die können doch den Haupteingang nicht zuhalten. Die Kerle haben ein Spraygewehr. Wir wissen nicht, wie viel Batterie sie noch haben.«

»Wir dürfen es nicht zulassen, dass die Schweine reihenweise abgeknallt werden«, sagt Toby. »Jimmy. Wenn man durch das Tor zum Paradies kommt, wo ist das Lager?«

»Es gibt zwei Türen, die Tür zur Luftschleuse und die innere Tür. Sie sind beide offen, ich hab sie aufgelassen. Man geht links durch den Flur, dann rechts, dann wieder links. Sag den verdammten Schweinen, die müssen in diesen Raum und von innen die Tür zuhalten.«

»Okay, und wie sollen wir ihnen das klarmachen?«, fragt Zeb. »Toby?«

»Rechts und links könnte ein Problem sein«, sagt Toby. »Ich glaube nicht, dass die Craker das kennen.«

»Denk nach«, sagt Zeb. »Die Zeit läuft.«

»Blackbeard?«, sagt Toby. »Das hier ist ein Bild vom Ei, wenn man oben wäre und nach unten gucken würde.« Mit einem Stöckchen zeichnet sie einen Kreis in die Erde. »Verstehst du?«

Blackbeard sieht die Zeichnung an und nickt, wenn auch wenig überzeugt. Wir hängen hier an einem seidenen Faden, denkt Toby. »Gut«, sagt sie mit gespielter Munterkeit. »Kannst du den Großen Schweinen das klarmachen? Sag ihnen, sie müssen sehr schnell laufen. Fünf Schweine, unter den Bäumen hindurch. Sie müssen an den bösen Männern vorbei und ins Ei laufen. Dann müssen sie hierhin«, sie zeichnet es mit dem Stöckchen ein, »und hierhin. Richtig so?«, fragt sie Jimmy.

»Würde ich sagen«, sagt Jimmy.

»Sie müssen die Tür zumachen. Sie müssen sich dagegendrücken, damit die bösen Männer nicht in diesen Raum können«, sagt Toby. »Kannst du ihnen das klarmachen?«

Blackbeard wirkt durcheinander. »Warum wollen die bösen Männer in das Ei gehen?«, fragt er. »Das Ei ist zum Erschaffen da. Sie sind doch schon erschaffen.«

»Sie wollen etwas finden, womit sie töten können«, sagt Toby. »Die Stöcke, mit denen man Löcher schießt.«

»Aber das Ei ist gut. Dort gibt es nichts zum Töten.«

»Jetzt ja«, sagt Toby. »Wir müssen uns beeilen. Kannst du ihnen das sagen?«

»Ich werde es versuchen«, sagt Blackbeard. Er kniet sich hin. Zwei der größten Organschweine senken zu beiden Seiten seines Gesichts ihre gewaltigen Köpfe. Direkt vor seinem Hals ist ein weißer Stoßzahn. Toby schaudert. Er fängt an zu singen, während er Tobys Markierungen mit demselben Stöckchen im Sand nachzeichnet. Die Organschweine schnüffeln an der Zeichnung. O nein, denkt Toby. Es klappt nicht. Sie denken, es geht ums Fressen.

Aber dann heben die Schweine ihre Rüssel und gesellen sich zu den anderen. Leises Grunzen, unruhiges Zucken mit den Schwänzen. Sind sie unentschlossen?

Fünf der mittelgroßen Schweine entfernen sich von der Gruppe und galoppieren los, zwei links von der Straße, drei rechts. Sie verschwinden im Gestrüpp.

»Sieht aus, als hätte sie's kapiert«, sagt Nashorn. Zeb grinst.

»Gut«, sagt er zu Toby. »Ich wusste, dass du Potenzial hast.«

»Sie laufen zum Ei«, sagt Blackbeard. »Sie sagen, sie werden einen Bogen um die Männer machen. Sie werden vorsichtig sein wegen der Stöcke, die blutende Löcher schießen.«

»Hoffentlich schaffen sie's«, sagt Zeb. »Wir sollten los.«

»Es ist nicht weit«, sagt Jimmy. »Na ja, zumindest können sie uns nicht von den Fenstern aus abknallen, es gibt nämlich keine.« Er stößt ein schwaches Lachen aus.

»Zeb?«, sagt Toby, während sie losgehen. »Der dritte Mann. Ich bin mir nicht sicher. Aber ich glaube, es ist Adam Eins.«

»Ja, ich weiß«, sagt Zeb. »Das denk ich schon ne Weile.«

»Was können wir tun?«

»Sie werden ihn eintauschen wollen«, sagt Zeb.

»Wofür?«

»Spraygewehre, wenn die Schweine es wirklich schaffen, sie auszusperren. Andere Sachen.«

»Zum Beispiel?«

»Zum Beispiel dich«, sagt Zeb. »Würd ich tun, wenn ich an ihrer Stelle wäre.«

Stimmt, denkt Toby. Sie werden auf Rache aus sein.

Vor ihnen liegt das Paradies-Gebäude. Alles ist ruhig. Die Tür zur Luftschleuse steht offen. Drei Jungschweine trotten hinein, tauchen wieder auf. »Die Männer sind da drin«, sagt Blackbeard. »Aber tief im Innern. Nicht an der Tür.«

»Ich muss zuerst gehen«, sagt Jimmy. »Nur ganz kurz.« Toby bleibt ihm auf den Fersen.

Auf dem Boden der Luftschleuse liegen zwei zerstörte Skelette. Die Knochen sind angenagt und durcheinandergeworfen, zweifellos von irgendwelchen Tieren. Modrige Stofffetzen; eine kleine rosarote Sandale.

Jimmy fällt auf die Knie; er hat die Hände vors Gesicht geschlagen. Toby berührt ihn an der Schulter. »Wir müssen weiter«, sagt sie; aber er sagt: »Lass mich in Ruhe!«

An einem der Schädel hängt eine schmutzige rosa Schleife in dem langen schwarzen Haar. Haare verwesen nur langsam, das wussten auch die Gärtner. Jimmy macht die Schleife los, dreht sie zwischen den Fingern. »Oryx. O Gott«, sagt er. »Du Wichser, Crake! Du hättest sie nicht umbringen müssen!«

Zeb steht jetzt neben Toby. »Vielleicht war sie schon krank«, sagt er zu Jimmy. »Vielleicht konnte er ohne sie nicht leben. Komm, wir müssen da rein.«

»Oh, fuck, erspar mir deine verdammten Klischees!«, sagt Jimmy.

»Wir können ihn erstmal hierlassen, es droht keine Gefahr; lass uns reingehen«, sagt Toby. »Wir müssen sichergehen, dass sie noch nicht im Lager sind.«

Die anderen stehen direkt vor dem Eingang – die MaddAddamiten, der Haupttrupp der Schweine. »Was ist los?«, fragt Nashorn.

Der kleine Blackbeard zerrt an ihrer Hand. »Bitte, o Toby, was ist ein *Klischee*?«

Toby weiß kaum, wie sie reagieren soll, denn gerade erkennt er die Wahrheit: Diese Skelette sind Oryx und Crake. Jimmy hat ihre Namen ausgesprochen; er hat alles mitbekommen. Ängstlich blickt er zu ihr hoch: Sie sieht, dass eine Welt zusammenbricht, sie sieht das Ausmaß der Zerstörung.

»O Toby, ist das Oryx und ist das Crake?«, fragt er. »Schneemensch-Jimmy hat es gesagt! Aber sie sind ein stinkender Knochen, sie sind viele stinkende Knochen!« Er bricht in Tränen aus, als wenn ihm das Herz brechen würde.

Toby kniet sich hin, nimmt ihn in den Arm und drückt ihn an sich. Was soll sie sagen? Wie soll sie ihn trösten angesichts dieser verheerenden Trauer?

Die Geschichte der Schlacht

Toby kann heute Abend die Geschichte nicht erzählen. Sie ist zu traurig, wegen der Toten. Die gestorben sind in der Schlacht. Also werde ich jetzt versuchen, euch diese Geschichte zu erzählen. Ich werde sie euch so erzählen, wie es sein muss, wenn ich kann.

Erst setze ich mir die rote Mütze auf den Kopf, die Mütze von Schneemensch-Jimmy. Auf der Mütze sind Zeichen – seht, es ist eine Stimme, und die Stimme sagt: RED. Und sie sagt: SOX.

SOX ist ein besonderes Wort des Crake. Wir wissen nicht, was es bedeutet. Toby weiß es auch nicht. Vielleicht werden wir es später einmal erfahren.

Aber seht – die rote Mütze ist auf meinem Kopf, und sie tut mir nicht weh. Es wächst mir keine zweite Haut, ich habe meine eigene Haut, dieselbe wie immer. Ich kann die Mütze abnehmen, ich kann sie wieder aufsetzen. Sie bleibt nicht an meinem Kopf kleben.

Jetzt werde ich den Fisch essen. Wir essen keine Fische und auch keine stinkenden Kochen; so etwas essen wir nicht. Es ist schwierig, einen Fisch zu essen. Aber ich muss es tun. Crake hat viele schwierige Dinge für uns getan, als er in Menschengestalt auf der Erde war. Er hat das Chaos für uns beseitigt und …

Ihr müsst jetzt nicht singen.

… und er hat auch sonst viel getan, was schwierig war, also werde ich versuchen, diesen stinkenden Knochenfisch zu essen, auch wenn es schwierig ist. Er ist gebraten. Er ist sehr klein. Vielleicht reicht es, wenn ich ihn kurz in den Mund stecke und gleich wieder rausnehme.

So.

Es tut mir leid, wenn ich die Laute eines kranken Menschen von mir gebe.

Nehmt bitte den Fisch weg und werft ihn in den Wald. Die Ameisen werden sich freuen. Die Maden werden sich freuen. Die Geier werden sich freuen.

Ja, er schmeckt sehr schlecht. Er schmeckt genau, wie ein stinkender Knochen stinkt oder wie ein Toter. Ich werde viele Blätter kauen müssen, um diesen Geschmack wieder loszuwerden. Aber wenn ich das Schwierige mit dem schlechten Geschmack nicht täte, würde ich die Geschichte nicht hören können, die mir Crake erzählt, und ich würde sie euch nicht weitererzähen können. So war es mit Schneemensch-Jimmy und so war es mit Toby. Die Schwierigkeit, einen Fisch zu essen, der Geschmack des stinkenden Knochens – das ist es, was getan werden muss. Erst die schlechten Dinge, dann die Geschichte.

Danke für das Schnurren. Mir ist schon viel weniger schlecht.

Dies ist Geschichte der Schlacht. Es ist die Geschichte, wie Toby und Schneemensch-Jimmy und die anderen Zweihäuter und die Großen Schweine die bösen Männer beseitigt haben, so wie Crake im Chaos die Menschen beseitigt hat, um einen guten und sicheren Lebensraum für uns zu schaffen.

Und Toby, Zeb und Schneemensch-Jimmy und die Zweihäuter mussten die bösen Männer beseitigen, denn sonst wäre unser Lebensraum niemals sicher gewesen. Die bösen Männer hätten uns mit dem Messer töten können wie das Schweinebaby. Oder mit einem Stock, mit dem man blutende Löcher schießt.

Das ist der Grund, sagt Toby. Es ist ein guter Grund.

Und die Großen Schweine haben ihnen geholfen, weil sie nicht mehr wollten, dass ihre Kinder mit dem Messer getötet werden. Oder mit dem Stock. Oder sonst auf irgendeine Art, zum Beispiel mit dem Seil.

Die Großen Schweine haben eine bessere Nase als jeder andere. Wir haben eine bessere Nase als die Zweihäuter, aber die Großen Schweine haben eine noch bessere Nase als wir. Also haben sie uns geholfen, indem sie die Spur der bösen Männer gerochen und den anderen gezeigt haben, wohin die bösen Männer gegangen sind. Und indem sie geholfen haben, sie zu jagen.

Und ich war auch dabei, um den anderen zu erzählen, was die Großen Schweine sagen. Ich hatte Schuhe an den Füßen. Seht ihr diese Schuhe, sie sind hier, seht ihr? Sie haben Lichter und Flügel. Sie sind ein besonderes Ding des Crake, und ich bin dankbar, dass ich sie bekommen habe, und ich sage danke. Aber ich muss sie nur anziehen, wenn Gefahr droht und wenn andere böse Männer beseitigt werden müssen. Deswegen habe ich sie jetzt nicht an den Füßen. Aber ich habe sie hier bei mir, weil sie auch zur Geschichte gehören.

Ich hatte diese Schuhe an den Füßen, und wir waren schon sehr weit gelaufen, dorthin, wo die Häuser stehen und wo wir sonst nicht hingehen, weil die Häuser einstürzen können. Aber damals bin ich dorthin gegangen und ich habe viele Dinge gesehen. Ich habe Dinge gesehen, die im Chaos liegengeblieben sind, sehr viele. Ich habe leere Häuser gesehen, sehr viele. Ich habe leere Häute gesehen, sehr viele. Ich habe Metall und Glas gesehen, sehr viel. Und die Großen Schweine haben Schneemensch-Jimmy getragen.

Dann folgten die Großen Schweine den bösen Männern mit ihrer Nase und fanden heraus, wohin sie gegangen waren. Und die bösen Männer gingen ins Ei, obwohl das Ei nur zum Erschaffen gedacht war und nicht zum Töten. Und einige der Großen Schweine sind als Erste ins Ei gegangen, in den Raum, wo die Dinge zum Töten waren, damit die bösen Männer sich diese Dinge nicht holen konnten. Also rannten die bösen Männer und sie versteckten sich im Ei, in den Fluren des Eis. Erst konnten wir sie nicht sehen.

Das Ei war dunkel, nicht hell wie früher. Wir konnten sehen, wo wir in dem Ei waren, ich meine also nicht die Art von Dunkelheit. Das Ei hatte ein dunkles Gefühl. Es hatte einen dunklen Geruch.

Und Schneemensch-Jimmy ging durch die erste Tür ins Ei und fand einen Haufen stinkender Knochen und noch einen Haufen stinkender Knochen, alle waren durcheinander, und er war sehr traurig und er fiel auf die Knie und weinte. Und Toby wollte ihn beschnurren, aber er sagte: »Lass mich in Ruhe.«

Und dann nahm er ein gezwirbeltes rosafarbenes Ding aus den Haaren an einem der Haufen und er hielt es in den Händen und er sagte: »Oryx. O Gott.« Und dann sagte er: »Du Wichser, Crake! Du hättest sie nicht umbringen müssen!«

Und Toby und Zeb waren da. Und Zeb sagte: »Vielleicht war sie schon krank. Vielleicht konnte er ohne sie nicht leben.« Und Schneemensch-Jimmy sagte: »Oh, fuck, erspar mir deine verdammten Klischees!«

Und ich fragte Toby: »Was ist ein Klischee?« Und Toby sagte, das sei ein Wort, das Leute benutzen, wenn sie in Not seien und ihnen sonst nichts einfiele. Und ich hoffte, dass Fuck sehr schnell angeflogen kommen würde, um Schneemensch-Jimmy zu helfen, denn er war in sehr großer Not.

Und auch ich war in sehr großer Not, denn Schneemensch-Jimmy sagte, diese Knochenhaufen seien Oryx und Crake. Und ich hatte ein sehr schlechtes Gefühl und ich hatte Angst. Und ich sagte: »O Toby, ist das Oryx und ist das Crake? Aber sie sind ja ein stinkender Knochen, sie sind viele stinkende Knochen! Oryx und Crake müssen schön sein! Wie in den Geschichten! Sie können kein stinkender Knochen sein!« Und ich weinte, weil sie tote Leute waren, sehr tote Leute, und völlig zerfallen.

Aber Toby sagte, die Knochenhaufen seien in Wirklichkeit gar nicht Oryx und Crake, es seien nur ihre Hüllen, wie bei einer Eierschale.

Und das Ei war nicht das echte Ei wie in den Geschichten. Es war nur eine Eierschale, wie die kaputte Schale, die die kleinen Vögel zurücklassen, wenn sie geschlüpft sind. Und wir selbst seien wie Vögel, also bräuchten wir die kaputte Schale nicht mehr, stimmt's?

Und Oryx und Crake hatten jetzt eine andere Gestalt, keine tote, und sie sind lieb und gütig. So wie wir sie aus den Geschichten kennen.

Also fühlte ich mich besser.

Bitte singt jetzt nicht.

Und danach sind wir tief hinein in das Ei. Es war nicht hell, aber es war auch nicht dunkel, denn die Sonne schien durch die Eierschale hindurch. Aber das Gefühl der Dunkelheit war überall in der Luft. Und dann gab es eine Schlacht. Eine Schlacht ist, wenn die einen versuchen, die anderen zu beseitigen, und auch die anderen versuchen, die einen zu beseitigen.

Wir kennen keine Schlachten. Wir essen keinen Fisch. Wir essen keine stinkenden Knochen. Crake hat uns so geschaffen. Ja, der liebe, gütige Crake. Wir werden später singen.

Aber Crake hat die Zweihäuter geschaffen, damit sie eine Schlacht schlagen können. Er hat auch die Großen Schweine so geschaffen. Sie schagen sich mit ihren Stoßzähnen und die anderen schlagen sich mit Stöcken, die blutige Löcher schießen. So sind sie geschaffen.

Warum Crake sie so geschaffen hat, weiß ich nicht.

Die Großen Schweine jagten die bösen Männer. Sie jagten sie durch die Flure und sie jagten sie bis in die Mitte des Eis, wo viele tote Bäume standen. Nicht wie damals, als wir geschaffen wurden: Damals standen dort Bäume mit vielen Blättern, es gab herrliches Gewässer, es regnete, und die Sterne leuchteten am Himmel. Aber jetzt gab es keine Sterne, nur eine Decke.

Die Großen Schweine erzählten mir, wohin sie die bösen Männer jagten. Toby ließ mich nicht mitgehen und sie sagte, die Bösen könnten mir blutende Löcher schießen oder mich packen und mitnehmen, und das wäre noch schlimmer. Also konnte ich nicht alles sehen, was geschah, aber es gab großes Geschrei und die Großen Schweine schrien, und es tat mir in den Ohren weh. Wenn Große Schweine schreien, ist es sehr, sehr laut.

Und man hörte ein Galoppieren und Schritte mit Schuhen. Und dann war es still, und da fand das Denken statt: das Denken der bösen Männer und das Denken der Großen Schweine und das Denken von Zeb, Toby und Nashorn. Sie wollten, dass die Großen Schweine die bösen Männer an ihnen vorbeijagen, um mit ihren Stöcken Löcher in sie zu schießen, aber das ging nicht. Im Ei gab es sehr, sehr viele Flure.

Und eines der Großen Schweine kam zu mir und sagte, dass es nur zwei Männer seien, die durch die Flure gejagt wurden. Aber drei waren ins Ei hineingegangen. Und der dritte sei über uns: Sie könnten ihn riechen. Er sei über uns, aber sie wüssten nicht genau, wo.

Und das erzähte ich Zeb und Toby, und Zeb sagte: »Die haben Adam irgendwo in den ersten Stock geschafft. Wo ist die Treppe?« Und Schneemensch-Jimmy sagte, an vier Stellen gebe es Feuertreppen. Und Toby sagte: »Kannst du uns hinbringen?« Und Schneemensch-Jimmy sagte: »Damit ihr die eine Treppe hochlauft und die eine andere Treppe runterlaufen und abhauen? Und dann?« Und Zeb sagte: »Scheiße.«

Drei der Großen Schweine wurden verletzt, als sie die bösen Männer durch die Flure jagten, und eines fiel hin und stand nicht wieder auf. Es war das Schwein, das Schneemensch-Jimmy getragen hatte. Und diesen Teil der Schlacht sah ich und ich stieß die Laute eines kranken Menschen aus. Und ich weinte.

Dann rannten die beiden bösen Männer die Treppe hoch. Treppen sind – was Treppen sind, erzähle ich euch später. Doch die Großen Schweine können keine Treppen steigen. Und als die bösen Männer oben waren, konnten wir sie nicht sehen.

Und Zeb und Toby und die anderen Zweihäuter sagten zu den Großen Schweinen, sie sollten die anderen Treppen suchen, und sie sollten laut schreien, wenn die bösen Männer nach unten kommen. Dann brachten sie von draußen Holz herein, und sie machten Feuer, mit Rauch. Und der Rauch zog die Treppe hoch. Und sie bedeckten ihr Gesicht mit Stoff und warteten unten an der Treppe, wo die Männer hochgerannt waren, und als sehr viel Rauch war – sehr viel Rauch, ich habe ihn gesehen, ich musste husten! –, kamen zwei der bösen Männer oben an die Treppe, und sie schoben den dritten Mann vor sich her und hielten ihn an den Armen fest, jeder auf einer Seite. Und er hatte Seile an den Händen. Und er hatte nur einen einzigen Schuh. An seinem Fuß. Aber dieser Schuh hatte keine Flügel und keine Lichter. Nicht wie die Schuhe hier, die an meinen Füßen waren.

Und Toby sagte: »Adam!«

Und der begann etwas zu sagen, und einer der Bösen schlug ihn, der mit den kurzen Federn im Gesicht. Dann sagte der andere Böse mit den langen Federn: »Lasst uns vorbei, sonst ist es aus mit ihm.« Und ich wusste nicht, was dann mit ihm aus sein würde.

Und Zeb sagte: »Okay, Freischein, gib ihn her.« Und der andere böse Mann sagte: »Gib die Schlampe her und die Spraygewehre dazu. Und pfeif die verdammten Schweine zurück!«

Aber der Mann Adam mit den gefesselten Händen schüttelte den Kopf, was nein bedeutete. Und er riss sich weg von der Stelle, wo sie ihn festhielten, und er sprang nach vorn und er fiel hin und rollte die Treppe hinunter. Und einer der Männer schoss mit dem Stock ein Loch in seinen Körper.

Und Zeb rannte zu Adam, und Toby hob ihre Flinte und zielte, und es knallte, und der böse Mann, der Adam das Loch in den Körper geschossen hatte, ließ seinen Stock fallen; und er fiel hin, hielt sich das Bein und schrie laut.

Und Toby wollte loslaufen und Zeb mit dem Mann Adam am Fuß der Treppe helfen, und Schneemensch-Jimmy versuchte sie an ihrer rosa Zweithaut zurückzuhalten. Und Schneemensch-Jimmy schob mich hinter sich, aber ich konnte immer noch sehen.

Der andere Mann stand halb hinter der Wand, aber sein Kopf und sein Arm guckten hervor, und er hatte jetzt den Stock und er zeigte damit auf Toby. Aber Schneemensch-Jimmy sah das und er wollte nicht, dass Toby Löcher bekommt, und er warf sich sehr schnell vor sie, und stattdessen bekam er die Löcher. Und auch er fiel hin und blutete und er stand nicht wieder auf.

Und dann nahm Zeb seinen Stock, und der zweite böse Mann ließ seinen eigenen Stock fallen und fasste sich an den Arm. Und auch er schrie. Und ich bedeckte meine Ohren, weil überall so viele Schmerzen waren. Es tat mir sehr weh.

Und Nashorn und Shackleton und die anderen mit zwei Häuten rannten die Treppen hoch und fingen die beiden Männer und fesselten sie mit Seilen und zogen sie die Treppe hinunter. Zeb und Toby aber waren bei Adam, und auch bei Schneemensch-Jimmy. Und sie waren traurig.

Und wir alle verließen das Ei, und es rauchte aus dem Ei heraus und dann kamen Flammen. Und wir gingen sehr schnell weg. Und aus dem Innern kamen laute Geräusche.

Und Zeb trug Adam, der sehr dünn und weiß aussah, und Adam atmete noch. Und Zeb sagte: »Ich hab dich, Kollege. Du schaffst das.« Aber sein Gesicht war ganz nass.

Und Adam sagte: »Geht schon. Bete für mich.« Und er lächelte Zeb an und sagte: »Keine Sorge. Ich hätte es ohnehin nicht mehr lange gemacht. Pflanz mir einen schönen Baum.«

Und ich sagte zu Toby: »O Toby, wer ist *Kollege*? Dieser hier ist Adam, das ist sein Name, hast du gesagt.«

Und Toby sagte, Kollege sei ein anderer Name für *Bruder*, weil Adam der Bruder von Zeb sei.

Aber danach hörte der Mann Adam auf zu atmen.

Und es war Abend, und wir gingen langsam zurück, und die bösen Männer wurden von den Großen Schweinen getragen, wegen der Löcher, die sie hatten, und wegen der Fesseln. Die Großen Schweine waren wütend wegen der Toten, und sie wollten ihre Stoßzähne in die bösen Männer rammen und sich auf ihnen wälzen und sie zertrampeln, aber Zeb sagte, das sei jetzt nicht der richtige Moment.

Und Schneemensch-Jimmy und Adam wurden auch getragen und das tote Große Schwein. Und in der Nacht erreichten wir das Haus, wo die Kinder waren und die Mütter und die Mo'Hairschafe und die Mütter und Babys der Großen Schweine und die anderen Zweihäuter – Ren, Amanda, Swift-Fuchs, Elfenbeinspecht, Rebecca und die anderen. Und sie kamen uns entgegen und alle sagten sehr viel, zum Beispiel »Ich habe mir solche Sorgen gemacht« und »Was ist passiert?« und »O Gott!«.

Und wir, die blauen Leute, sangen zusammen.

In der Nacht schliefen wir dort und wir aßen. Alle, die in der Schlacht gekämpft hatten, waren sehr müde. Sie sprachen mit leiser

Stimme und blickten vorsichtig zu dem Toten, also zu Adam, und sie sagten, er sei nicht an dem Samenkorn gestorben, mit dem Crake das Chaos beseitigte, sondern an den blutenden Löchern. Jedenfalls sagten sie, welch eine Gnade, dass er nicht im Chaos gestorben sei.

Später werde ich Toby fragen, was eine *Gnade* ist. Sie ist jetzt müde, sie schläft.

Und sie wickelten den Mann Adam in ein rosa Laken und legten ihm ein rosa Kissen unter den Kopf, und sie waren sehr still und traurig. Und einige der Großen Schweine nahmen ein Bad im Swimmingpool, was ihnen sehr gut gefiel.

Und am nächsten Tag gingen wir hierher, zum Lehmhaus. Und die Großen Schweine trugen Adam auf Zweigen, mit Blumen, und das tote Große Schwein ebenfalls, was schwieriger war, weil es so groß und schwer war. Und auf die gleiche Weise trugen sie Schneemensch-Jimmy, wobei er nicht tot war, als wir losgingen; noch nicht. Und Ren ging neben ihm, hielt seine Hand und weinte, weil sie sein Freund war; und Crozier ging auf der anderen Seite neben ihr und er half ihr.

Aber er reiste sehr weit weg in seinem Kopf, wie schon zuvor, als er in der Hängematte lag und wir schnurrten. Aber diesmal ging er so weit, dass er nicht wieder zurückkommen konnte.

Und Oryx war bei ihm und sie half ihm. Ich hörte, wie er mit ihr sprach, kurz bevor er zu weit ging und nicht mehr zu sehen war und aufhörte zu atmen. Und jetzt ist er bei Oryx. Und auch bei Crake.

Das ist die Geschichte von der Schlacht.

Jetzt können wir singen.

MONDZEITEN

Prozess

Am nächsten Morgen findet der Prozess statt.

Sie sitzen am Tisch – das heißt, die MaddAddamiten und die Gottesgärtner sitzen. Die Organschweine lümmeln im Gras und auf den Kieselsteinen; die Craker grasen in der Nähe, kauen ihre ewigen Blätter und beobachten das Geschehen.

Die Gefangenen selbst sind nicht anwesend. Das müssen sie auch nicht: Ihre Taten stehen außer Frage. Der Prozess dient nur dazu, ein Urteil zu fällen.

»Also, wir sind hier versammelt, um über ihr Schicksal zu entscheiden«, sagt Zeb. »Leider haben wir sie in der Hitze des Gefechts nicht gleich abgeknallt, aber da es nun mal so ist, müssen wir jetzt ein paar kaltblütige Entscheidungen treffen. Lasst uns abstimmen oder gibt's Diskussionsbedarf?«

Toby sagt: »Sind es gewöhnliche Gefangene? Oder Kriegsgefangene? Das wäre dann nämlich was anderes, oder nicht?« Sie fühlt sich bemüßigt, auf irgendeine Weise für sie einzutreten, aber warum? Einfach nur, weil sie keinen Anwalt haben?

»Wie wär's mit seelentotem Neuro-Müll?«, schlägt Rebecca vor.

»Zeitgenossen«, sagt Weiße Segge. »Wobei mir klar ist, dass das allein noch keine Verteidigung darstellt.«

»Sie haben unseren Bruder ermordet«, sagt Shackleton.

»Der letzte Abschaum, der schlimmste Albtraum«, sagt Crozier.

»Vergewaltiger und Mörder«, sagt Amanda.

»Sie haben Jimmy erschossen«, sagt Ren und fängt an zu weinen. Amanda legt ihr den Arm um die Schulter und drückt sie an sich. Sie selbst weint nicht: Ihr eigener Blick ist hart, sie sieht aus wie ein Holzschnitt ihrer selbst. Sie würde einen guten Henker abgeben, denkt Toby.

»Ist doch egal, wie wir sie nennen«, sagt Nashorn. »Solange wir sie nicht Menschen nennen.«

Ein Etikett zu finden ist schwierig, denkt Toby: Drei Runden in der einst berüchtigten Painball-Arena haben ihnen alle Attribute entzogen und sie jedweder Sprache bereinigt. Dreifache Painballer sind längst bekannt als entmenschte Wesen.

»Ich bin für alles oben Genannte«, sagt Zeb. »Jetzt mal weiter im Text.«

Weiße Segge setzt zu einem halbherzigen Plädoyer um Gnade an. »Wir sollten nicht urteilen«, sagt sie. »Bestimmt ist ihre Boshaftigkeit nur das Resultat dessen, was ihnen früher im Leben von anderen angetan wurde. Und in Anbetracht der Plastizität des Gehirns und in Anbetracht der Prägung ihres Verhaltens durch schlimme Erfahrungen können wir doch nicht wissen, ob sie bei den Taten überhaupt Herr ihrer Sinne waren, oder?«

»Das kann ja wohl nicht dein Ernst sein!«, sagt Shackleton. »Die haben die Nieren meines kleinen Bruders gegessen! Die haben ihn abgeschlachtet wie ein Mo'Hairschaf! Ich würde denen am liebsten jeden Zahn einzeln rausreißen. Vom Arschloch aus«, fügt er vielleicht überflüssigerweise hinzu.

»Langsam, langsam«, sagt Zeb. »Kommt mal wieder runter. Wir alle haben Grund zur Empörung. Wenn auch einige mehr als andere.« Er sieht älter aus, denkt Toby. Älter und grimmiger. Adam zu finden und ihn gleich wieder zu verlieren, hat ihm zugesetzt. Wir sind alle in Trauer: sogar die Organschweine. Sie lassen die Schwänze hängen, ihre Ohren sind schlaff; sie stupsen einander auf tröstliche Weise an.

»Wir sollten nicht streiten über etwas, was eine rein philosophische und praktische Entscheidung sein sollte«, sagt Elfenbeinspecht. »Die Frage ist, haben wir die Möglichkeiten für einen Justizvollzug oder andererseits die theoretische Legitimation, um ...«

»Das ist jetzt nicht der Moment für Haarspaltereien«, sagt Zeb.

»Ein Leben zu nehmen, egal unter welchen Umständen, ist etwas Verwerfliches«, sagt Weiße Segge. »Wir sollten nicht unsere moralischen Standards vor die Hunde gehen lassen, nur weil …«

»Nur weil der Großteil der Menschheit ausgerottet wurde und die wenigen Verbliebenen kaum genug Sonnenenergie für ne Glühlampe zusammenkriegen?«, sagt Shackleton. »Also wollt ihr warten, bis die beiden Pestbeulen euch kaltmachen?«

»Ich weiß nicht, warum du so feindselig bist«, sagt Weiße Segge. »Adam Eins hätte für Milde plädiert.«

»Vielleicht hätte er sich ja geirrt«, sagt Amanda. »Du warst nicht dabei, du weißt nicht, was die mit uns gemacht haben. Mit mir und Ren. Du weißt nicht, wie die ticken.«

»Wobei, da wir nur noch so wenige echte Menschen sind«, sagt Elfenbeinspecht, »sollten wir vielleicht von unserer zunehmend knappen menschlichen DNA nicht noch mehr verschwenden. Selbst wenn die betreffenden Individuen eliminiert werden, sollten ihre … ihre, sozusagen, regenerativen Körperflüssigkeiten abgezweigt werden, um genetische Vielfalt zu gewährleisten. Ein aus Inzucht resultierender Genpool muss vermieden werden.«

»Dann vermeide du mal schön«, sagt Swift-Fuchs. »Also ich persönlich könnte kotzen bei dem Gedanken, mit diesen beiden Eiterherden ins Bett zu steigen, nur um was von ihrer ranzigen DNA abzukriegen.«

»Du würdest ja in dem Sinne nicht mit ihnen ins Bett steigen müssen«, sagt Elfenbeinspecht. »Wir könnten eine Bratenspritze verwenden.«

»Die kannst du dir sonst wohin schieben«, sagt Swift-Fuchs schroff. »Ständig kriegen Frauen von Männern zu hören, was sie mit ihren Uterussen zu machen haben. Verzeihung, ihren Uteri.«

»Lieber würd ich mir die Pulsadern aufschneiden, als jemals wieder ihre verdammten Körperflüssigkeiten an mich ranzulassen«, sagt Amanda. »Ist doch so schon schlimm genug. Woher soll ich wissen, ob mich nicht einer von denen geschwängert hat?«

»Außerdem würde ein Kind mit so verrotteten Genen ein Monster werden«, sagt Ren. »Eine Mutter könnte es gar nicht lieben. Oh, sorry«, sagt sie zu Amanda.

»Schon okay«, sagt Amanda. »Wenn's von denen ist, schenk ich's einfach Weiße Segge, dann kann sie's lieben. Oder die Schweine können's fressen, die freuen sich.«

»Wir könnten's doch mit Rehabilitierung probieren«, sagt Weiße Segge gelassen. »Sie in die Gemeinschaft eingliedern, sie nachts an einem sicheren Ort verwahren, sie mithelfen lassen. Manchmal, wenn Leute das Gefühl haben, einen Beitrag zu leisten, kann das zu einer echten Veränderung ihrer …«

»Guck dich mal um«, sagt Zeb. »Siehst du hier irgendwelche Sozialarbeiter? Irgendwelche Gefängnisse?«

»Ihren Beitrag leisten zu was?«, fragt Amanda. »Sollen die vielleicht den Kindergarten schmeißen?«

»Sie würden alle in Gefahr bringen«, sagt Katuro.

»Es gibt keinen sicheren Verwahrungsort für die beiden, außer ein Loch in der Erde«, sagt Shackleton.

»Die Abstimmung«, sagt Zeb.

Sie nehmen Kieselsteine: schwarz für Tod, weiß für Gnade. Es hat etwas Archäologisches. Das alte Symbolsystem lässt uns nicht los, denkt Toby, während sie die Kieselsteine in Jimmys roter Mütze einsammelt. Es gibt nur einen weißen Kieselstein.

Die Schweine stimmen kollektiv durch ihren Anführer ab, wobei Blackbeard als Dolmetscher fungiert. »Sie sind alle für *Tod*«, sagt er zu Toby. »Aber essen wollen sie die beiden nicht. Sie wollen nicht, dass die beiden ein Teil von ihnen werden.«

Die restlichen Craker sind verwirrt. Offensichtlich begreifen sie nicht, was »Abstimmung« bedeutet oder »Prozess« oder warum man Kieselsteine in die Mütze von Schneemensch-Jimmy legen soll. Toby sagt ihnen, das sei ein Ding des Crake.

Die Geschichte des Prozesses

Die zwei bösen Männer wurden nachts gefesselt in einen Raum gebracht. Wir spürten, dass die Fesseln ihnen weh taten und sie traurig und auch wütend machten. Aber wir banden sie nicht los wie damals. Wir durften nicht, weil Toby sagte, dann würden nur noch mehr Menschen sterben. Und wir sagten den Kindern, sie müssten sich von den Männern fernhalten, weil sie sonst von den bösen Männern gebissen würden.

Und sie bekamen Suppe mit einem stinkenden Knochen.

Am Morgen war der Prozess. Ihr alle habt ihn miterlebt. Er fand am Tisch statt. Es wurde viel gesprochen. Die Großen Schweine waren auch bei dem Prozess dabei.

Vielleicht werden wir ihn später verstehen, diesen Prozess.

Und nach dem Prozess gingen die Großen Schweine zum Meer. Und Toby ging mit ihnen, und sie hatte ihre Flinte dabei, die wir nicht anfassen durften. Und Zeb ging mit. Und Amanda und Ren gingen mit. Und Crozier und Shackleton. Aber wir gingen nicht mit, wir blauen Leute, weil Toby sagte, das sei zu schmerzhaft für uns.

Und nach einer Weile kamen sie ohne die zwei bösen Männer zurück. Sie sahen müde aus. Aber sie waren ruhiger.

Toby sagte, jetzt seien wir sicher vor den bösen Männern. Und die Großen Schweine sagten, ihre Jungen seien jetzt sicher. Und sie sagten, auch wenn die Schlacht jetzt vorbei sei, würden sie sich weiterhin an die Abmachung mit Toby und Zeb halten und sie würden keine Zweihäuter mehr jagen und essen und sie würden nicht mehr den Garten umgraben. Und nicht mehr den Honig der Bienen essen.

Und Toby sagte mir, was ich ihnen sagen sollte: Wir sind einver-tanden, die Abmachung gilt weiterhin. Keiner von euch oder von euren Kindern oder von euren Kindeskindern wird jemals als stinkender Knochen in einer Suppe landen. Oder als Schinken auf dem Tisch. Oder als Speck.

Und Rebecca sagte, Leider.

Und Crozier sagte, Fuck, was haben die gesagt, was geht hier ab?

Und Toby sagte, Zügle deine Zunge, das bringt ihn durcheinander.

Und ich sagte, dass Crozier jetzt nicht nach Fuck rufen müsse, denn wir seien nicht in Not und bräuchten seine Hilfe nicht. Und Toby sagte, Genau, nicht wegen irgendwelcher Lappalien. Und Zeb hustete.

Als die Großen Schweine weggegangen waren, erzählte Toby, dass die zwei bösen Männer vom Meer davongetragen worden seien. Sie seien davongeschwemmt worden, so wie Crake das Chaos mit dem Wasser davongeschwemmt hatte. Also sei jetzt alles viel sauberer.

Ja, der liebe, gütige Crake.

Bitte singt jetzt nicht.

Weil ich dann die Worte nicht hören kann, die Crake zu mir sagt, und wenn wir ihn besingen, kann er mir außerdem die Worte der Geschichte nicht erzählen, weil er dem Gesang lauschen muss.

Das ist also die Geschichte des Prozesses. Es ist ein Dinge des Crake. Wir unter uns müssen keine Prozesse führen. Nur die Zweihäuter und die Großen Schweine müssen Prozesse führen.

Und das ist gut, denn ich mochte den Prozess nicht.

Danke. Gute Nacht.

Riten

Das Fest der Cnidaria, schreibt Toby. *Zunehmender Dreiviertelmond.*

Die Cnidaria, das sind die Quallen, die Korallen, die Seeanemonen und die Hydra. Die Gärtner waren sehr gründlich – nach Möglichkeit wurde kein Stamm und keine Gattung ausgelassen auf der Liste ihrer Feiertage –, wobei einige Feiertage seltsamer waren als andere. Das Fest der Darmparasiten zum Beispiel war zwar erinnerungswürdig, aber nicht gerade das, was man reizvoll nennen würde.

Das Fest der Cnidaria jedoch war ein besonders schönes Fest. Es gab Laternen in Form von Quallen und allerhand Dekoration aus Müllcontainer-Fundstücken. Gebrauchte Luftballons und aufgeblasene Gummihandschuhe wurden kreativ genutzt und mit langen Schnüren versehen, aus runden Spülbürsten wurden Seeanemonen und aus durchsichtigen Sandwichtüten Wasserschlangen gebastelt.

Die Kinder schmückten sich mit Flatterbändern und führten einen Quallentanz auf, indem sie langsam mit den Armen wedelten, und einmal hatten sie ein schier endloses Theaterstück geschrieben und aufgeführt, in dem es um den wenig ereignisreichen Lebenszyklus der Qualle ging. *Erst war ich ein Ei, dann kam mein Körperbau. Jetzt bin ich eine Qualle, in Rosa, Grün und Blau.* Doch als die Portugiesische Galeere ins Spiel kam, wurde es sogar ein wenig dramatisch: *Ich treib im Meer, tagaus, tagein, meine Tentakeln sind so fein. Gerat mir nur nicht in die Hände, sonst mach ich schnellstens dir ein Ende.*

Hatte Ren nicht bei dem Stück mitgeholfen?, fragt sich Toby. Oder Amanda? Dieses Lied, und dann ein kleineres Kind, das einen

Fisch spielte, der geschnappt und gestochen wird und dann stirbt – das sah eigentlich nach Amanda aus; oder nach der Plebsratte, die Amanda damals gewesen war, die seit der Beseitigung der beiden heimtückischen Painballer jedoch wie eine andere wirkt.

»Nach der Beseitigung der beiden heimtückischen Painballer«, schreibt sie. *Beseitigung*, das klingt nach Abfall. Sie fragt sich, ob diese Bezeichnung im Hinblick auf ihre einstige Position als Eva Sechs überhaupt tragbar ist, verneint und lässt es trotzdem so stehen.

»Nach der Beseitigung der beiden brutalen Painballer gingen Ren, Shackleton, Amanda, Crozier und ich den AnuYu-Waldweg entlang zurück. Wir kamen an den Baum, an dem die Painballer den armen Oates mit durchschnittener Kehle aufgehängt hatten. Viel war nicht mehr von ihm übrig – die Krähen hatten ihn assimiliert und Gott weiß wer noch alles –, aber Shackleton kletterte in den Baum und schnitt das Seil durch, und er und Crozier sammelten die Knochen ihres jüngeren Bruders zusammen und schnürten sie in ein Laken.

Dann war es Zeit zum Kompostieren. Die Organschweine wollten Adam und Jimmy zur Kompostierstelle tragen, als Zeichen der Freundschaft und Zusammenarbeit zwischen den Spezies. Sie sammelten noch mehr Blumen und Farnwedel und bedeckten die Leichen damit. Dann zogen wir geschlossen zur Kompostierstelle. Die Craker sangen die ganze Zeit.«

Sie fügt hinzu: »... was ein wenig nervenaufreibend war.« Aber dann streicht sie den Satz wieder durch, nachdem ihr eingefallen ist, dass Blackbeard so große Fortschritte beim Schreiben macht, dass er eines Tages ihre Aufzeichnungen wird lesen können.

»Nach kurzer Diskussion begriffen die Organschweine, dass wir Adam und Jimmy weder selber essen noch von den Schweinen essen lassen wollten. Ihre Regeln in dieser Hinsicht scheinen eher kompliziert zu sein: Tote Jungtiere werden von den trächtigen Müttern gegessen, um ihren Nachwuchs mit zusätzlichen Proteinen zu versorgen, aber Erwachsene, vor allem ranghohe Erwachsene, werden dem allgemeinen Ökosystem zugeführt. Alle anderen Arten dagegen sind Freiwild.

Amanda wandte ein, eine Phase in Form von Schweinekot fände sie für Jimmys Lebenszyklus nicht akzeptabel, die Bemerkung jedoch wurde durch Blackbeard nicht übersetzt. Von Oates war zu wenig übrig, als dass die Frage in seinem Fall relevant gewesen wäre.

Wir begruben alle drei in Pilars Nähe und pflanzten über jedem einen Baum. Für Jimmy hatten Ren, Amanda und Lotis Blue einen Ausflug in den botanischen Garten in die Abteilung Früchte der Welt unternommen – unter Aufsicht der Schweine, die natürlich aufgrund ihrer Vorliebe für Früchte den Weg dorthin genau kannten – und einen Kentucky-Kaffeebaum ausgesucht, der herzförmige Blätter hat und Beeren hervorbringt, die als Kaffeeersatz verwendet werden können. Viele in unserer Gruppe werden sich darüber freuen, da ihnen der geröstete Wurzelkaffee allmählich zu den Ohren herauskommt.

Für Oates wählten Crozier und Shackleton in Anlehnung an seinen Namen eine Eiche. Die Schweine waren begeistert, denn so würde es später Eicheln geben.

Für Adam Eins durfte Zeb als dessen nächster Verwandter den Baum aussuchen. Er wählte einen heimischen Holzapfel. Irgendwie biblisch, sagte er, und auch passend. Von Vorteil wäre, dass man aus den Äpfeln auch noch gutes Gelee kochen könnte, und das hätte Adam gefallen: Bei allem Symbolismus dachten die Gärtner in solchen Dingen praktisch.

Die Organschweine hatten ihre eigenen Begräbnisriten. Anstatt die tote Sau zu begraben, legten sie sie auf eine Lichtung bei den Picknicktischen im Park. Sie überhäuften sie mit Blumen und Zweigen und standen still und mit hängenden Schwänzen da. Dann sangen die Craker.«

»O Toby, was hast du geschrieben?«, fragt Blackbeard, der – unangekündigt wie immer – in ihre Nische im Lehmhaus gekommen ist und jetzt neben ihrem Ellenbogen steht. Mit seinen großen, grünen, leuchtenden, gespenstischen Augen blickt er sie forschend an.

Wie hatte Crake diese Augen hinbekommen? Wie kommt es, dass sie von innen so leuchten? Oder zumindest diesen Eindruck erwecken? Es muss eine Leuchtfunktion sein, vielleicht von einer Tiefsee-Bioform. Sie hat sich das oft gefragt.

»Ich schreibe die Geschichte«, sagt sie. »Die Geschichte von dir und von mir und von den Schweinen und allen anderen. Ich schreibe, wie wir Schneemensch-Jimmy und Adam Eins in die Erde gelegt haben, und auch Oates, damit sie von Oryx in die Gestalt eines Baumes verwandelt werden können. Und das ist doch etwas Schönes, oder?«

»Ja. Das ist etwas Schönes. Was ist mit deinen Augen, o Toby? Weinst du?«, fragt Blackbeard. Er berührt ihre Augenbraue.

»Ich bin nur etwas müde«, sagt Toby. »Und meine Augen sind auch müde. Sie werden vom Schreiben müde.«

»Ich werde dich beschnurren«, sagt Blackbeard.

Crakerkinder schnurren nicht. Blackbeard wächst schnell heran – sie wachsen wirklich schneller, diese Kinder –, aber ist er schon groß genug, um zu schnurren? Offenbar ja: Schon hat er seine Hände auf ihre Stirn gelegt, und das Minimotorengeräusch des crakereigenen Schnurrens erfüllt die Luft. Sie ist noch nie beschnurrt worden: Es hat etwas sehr Beruhigendes, das muss sie zugeben.

»Da«, sagt Blackbeard. »Geschichtenerzählen ist schwer, und Geschichtenschreiben muss noch schwerer sein. O Toby, wenn du dafür zu müde bist, werde ich nächstes Mal die Geschichte schreiben. Ich werde dein Helfer sein.«

»Danke«, sagt Toby. »Das ist lieb.«

Blackbeard lächelt wie der neue Morgen.

Mondzeiten

Das Fest der Moose-Bryophyta. Abnehmender Halbmond.

Ich bin Blackbeard und dies ist meine Stimme, die ich hier aufschreibe, um Toby zu helfen. Wer sich ansieht, was ich hier geschrieben habe, kann mich in seinem Kopf sprechen hören. Das ist es, was Schreiben bedeutet. Wobei die Schweine das können, auch ohne zu schreiben. Und wir manchmal auch, die blauen Leute. Die Zweihäutigen können es nicht.

Heute sagte Toby, Bryophyta ist Moos. Ich sagte, wenn es Moos ist, muss ich Moos schreiben. Toby sagt, es hat zwei Namen, genau wie Schneemensch-Jimmy. Also schreibe ich Moos-Bryophyta. So schreibe ich es.

Heute haben wir Bilder gemacht von Schneemensch-Jimmy und auch von Adam. Wir haben Adam nicht gekannt, aber die Bilder sind für Zeb und Toby und für alle, die ihn gekannt haben. Für Schneemensch-Jimmy haben wir einen Wischmopp vom Strand genommen und den Deckel von einem Glas und ein paar kleine Steine und noch andere Dinge. Aber nicht die rote Mütze, denn die brauchen wir für die Geschichten.

Für Adam haben wir eine Stoffhaut mit zwei Armen genommen und für den Kopf eine weiße Tüte aus Plastik, gefüllt mit Federn von einer Möwe, die sie nicht mehr brauchte, und etwas blaues Gras vom Strand, weil seine Augen blau waren.

Von Schneemensch-Jimmy haben wir schon einmal ein Bild gemacht, um ihn zurückzuholen, und wir haben ihn tatsächlich zurückgeholt. Diese Bilder werden Schneemensch-Jimmy und Adam dieses Mal nicht zurückholen, aber Zeb und Toby und Ren und Amanda werden sich besser fühlen. Deshalb haben wir die Bilder gemacht. Sie mögen Bilder.

Danke. Gute Nacht.

Sankt Maude Barlow, das Fest des Frischwassers. Neuer Mond.

Zeb erholt sich langsam von Adams Tod. Er und die anderen arbeiten an einem weiteren Anbau, denn es wird eine Kinderkrippe geben. Die Schwangerschaften schreiten viel schneller voran als üblich, und fast alle Frauen glauben, dass die drei Babys Crakermischlinge sind.

Der Garten wächst und gedeiht. Die Mo'Hairschafherde wird größer – drei Junge sind hinzugekommen, ein blauhaariges, ein Rotschopf und ein blondes –, wobei eines der Lämmer einem Löwamm zum Opfer fiel. Auch die Löwämmer scheinen sich zu vermehren.

»Einer der Craker berichtet, etwas gesichtet zu haben, das sich nach einem Bären anhört«, schreibt Toby. »Verwunderlich wäre es nicht. Vielleicht sollten wir für die Bienenstöcke eine Wache aufstellen? Es sind jetzt zwei Stöcke, denn wir haben noch einen zweiten Schwarm gefangen.

Es werden immer mehr Rehe: Sie sind eine akzeptable Quelle für Tierprotein. Wild ist viel magerer als Schwein und nicht so schmackhaft. Erstklassigen Speck bekommt man davon nicht. Aber Rebecca meint, das Fleisch sei gesünder.«

Das Fest der Gymnospermen. Vollmond.

Toby beging den Fehler, den anderen zu verkünden, dass heute das Gottesgärtnerfest der Gymnospermen sei. Es wurden einige schlechte Witze gerissen über Gymnasten, Spermien und sogar über die männlichen Craker, einer auch von Zeb, aber das war ein gutes Zeichen. Seine Trauerzeit schien sich dem Ende zuzuneigen.

Drei weitere funktionstüchtige Solareinheiten sind installiert worden. Die bereits bestehende ist außer Betrieb. Eine der violetten Bioletten ist defekt. Shackleton und Crozier haben mit der Herstellung von Kohle experimentiert; mit gemischten Ergebnissen. Nashorn, Katuro und Manatee sind unten an der Küste angeln gegangen. Elfenbeinspecht baut ein Coracle.

Zwei junge Organschweine – eigentlich fast noch Ferkel – haben sich unter dem Gartenzaun durchgegraben und wurden beim Fressen der Wurzelgemüse erwischt, vor allem der Mohrrüben und Rote Bete. Hinsichtlich der Schweine waren die MaddAddamiten bei der Wache nachlässiger geworden, denn sie hatten sich auf die Abmachung verlassen. Die Erwachsenen halten sich auch daran; aber junge Leute wollen ja immerzu Vorschriften brechen.

Eine Besprechung wurde anberaumt. Die Schweine schickten eine Delegation von drei Erwachsenen, die zerknirscht und verärgert wirkten, wie immer, wenn sich Erwachsene für ihre Kinder schämen müssen.

Es werde nicht wieder vorkommen, sagten die Organschweine. Den jungen Straftätern wurde mit einer jähen Umwandlung in Speck und Knochensuppe gedroht, was die angestrebte Wirkung wohl nicht verfehlt hat.

Sankt Geyikli Baba, das Fest der Rehe. Neumond.

Die Bienen sind produktiv: Die erste Honigernte hat stattgefunden. Weiße Segge hat eine musikalische Meditationsgruppe ins Leben gerufen, an der einige der Craker große Freude haben. Beluga hilft ihr. Tamaraw hat mit der Herstellung von Schafskäse experimentiert, sowohl der harten als auch der weichen Variante; und mit Joghurt. Die Kinderkrippe ist fertig geworden, gerade rechtzeitig. Sehr bald werden die drei Kinder zur Welt kommen, wobei Swift-Fuchs behauptet, sie erwarte Zwillinge. Es wird über Kinderbettchen diskutiert.

»Blackbeard hat jetzt sein eigenes Tagebuch«, schreibt Toby. »Ich habe ihm einen Kugelschreiber und einen Bleistift geschenkt. Ich wüsste gern, was er schreibt, aber ich will ihn nicht bedrängen. Er ist jetzt genauso groß wie Crozier. Schon jetzt zeigt er erste Anzeichen von Bläue; sehr bald wird er erwachsen sein. Warum macht mich das traurig?«

Sankt Fiacrius der Gärten

Dies ist meine Stimme, die Stimme Blackbeards, die ihr in eurem Kopf hört. Das nennt man *Lesen*. Und dies ist mein eigenes Buch, ein neues für alles, was ich geschrieben habe, nicht für das, was Toby geschrieben hat.

Heute haben Toby und Zeb etwas Merkwürdiges getan. Sie sind über ein kleines Feuer gesprungen, und dann gab Toby Zeb einen grünen Zweig und Zeb gab Toby einen grünen Zweig. Und dann küssten sie sich. Und alle Zweihäuter sahen zu und dann jubelten sie.

Und ich (Blackbeard) sagte: »O Toby, warum machst du das?«

Und Toby sagte: »Es ist ein Brauch, den wir haben. Damit zeigen wir, dass wir uns lieben.«

Und ich (Blackberd) sagte: »Aber ihr liebt euch doch auch so.«

Und Toby sagte: »Das ist schwer zu erklären.« Und Amanda sagte: »Weil es sie glücklich macht.« Blackbeard (ich bin ~~Blackbard~~ Blackbeard) versteht das nicht. Aber das, was sie glücklich oder unglücklich macht, ist merkwürdig.

Bald wird Blacbeard bereit sein für seine erste Paarung. Wenn die nächste Frau blau wird, wird er ebenfalls sehr blau werden und Blumen pflücken; und vielleicht wird er ausgesucht. Er (ich, Blackbeard) fragte Toby, ob die grünen Zweige etwas Ähnliches seien wie die Blumen, die wir schenken, damit wir ausgesucht werden, und sie sagte ja so etwas Ähnliches. Also verstehe ich es jetzt besser.

Danke. Gute Nacht.

Das Fest des Quercus. Das Fest der Organschweine. Vollmond.

»Ich habe mir die Freiheit genommen, die Organschweine zum regulären Kalender der Gärtnerfeste hinzuzufügen; sie verdienen es, einen Tag zu ihren Ehren zu haben. Ich fand es passend, wegen der Eicheln.«

Das Fest der Artemis, Herrin der Tiere. Vollmond.

In den letzten zwei Wochen haben alle drei Geburten stattgefunden. Oder alle vier, denn Swift-Fuchs hat Zwillinge zur Welt gebracht, einen Jungen und ein Mädchen. Sämtliche Kinder haben die grünen Augen der Craker, was für Toby eine große Erleichterung darstellt. Aus einem geblümten Laken hat sie vier kleine Sonnenhauben genäht. Die Crakerfrauen finden sie rasend komisch: Wozu sollen solche Mützen gut sein? Ihre eigenen Babys ziehen sich keinen Sonnenbrand zu.

Amandas Baby stammt glücklicherweise von einem Craker, nicht von einem Painballer: Die großen grünen Augen lassen daran keinen Zweifel. Es war eine schwere Geburt, und Toby und Rebecca mussten einen Dammschnitt vornehmen.

Toby wollte ihr nicht zu viel Mohn geben, aus Angst, dem Neugeborenen zu schaden; es war also schmerzhaft. Toby hatte Angst, dass Amanda das Baby zurückweist, aber so war es nicht. Sie scheint es tatsächlich ins Herz geschlossen zu haben.

Auch Rens Baby ist ein grünäugiger Crakermischling. Welche anderen Merkmale könnten diese Kinder geerbt haben? Werden sie den eingebauten Insektenschutz haben, den besonderen Kehlkopf, der das Schnurren ermöglicht? Werden sie am Brunftzyklus der Craker teilnehmen? Solche Fragen werden beim Abendessen von den MaddAddamiten viel diskutiert.

Die drei Mütter und vier Kinder sind wohlauf, und die Crakerfrauen sind immer zur Stelle, schnurren, kümmern sich und bringen

Geschenke. Die Geschenke sind Kudzublätter und funkelnde Glasscherben vom Strand, aber sie sind gut gemeint.

Auch Lotis Blue ist jetzt schwanger, wobei sie behauptet, dass der Vater kein Craker sei: Sie hat sich für Manatee entschieden. Er umsorgt sie liebevoll, wenn er nicht gerade beim Angeln ist.

Crozier und Ren scheinen beide den Wunsch zu hegen, Rens Kind gemeinsam aufzuziehen. Shackleton unterstützt Amanda, und Elfenbeinspecht hat Swift-Fuchs seine Dienste als Ersatzvater für die Zwillinge angeboten. »Wir müssen alle mit anpacken«, sagt er, »denn dies ist die Zukunft der Menschheit.«

»Na dann, viel Glück«, sagt Swift-Fuchs, aber sie duldet seine Hilfe.

»Zeb, Nashorn und ich haben einen Ausflug zur Drogerie gewagt«, schreibt Toby, »und mehrere Säcke Wegwerfwindeln aufgetrieben. Aber sind sie überhaupt nötig? Die Crakerbabys brauchen so etwas nicht.«

Das Fest von Kannon-Oryx und den Rhizome-Wurzeln. Vollmond.

Toby sagt, Kannon ist wie Oryx. Sie sagt, Rhizome sind wie Wurzeln. Also habe ich (Blackbeard) diese Dinge aufgeschrieben.

Hier sind die Namen der Babys, die geboren wurden:

Rens Baby heißt Jimadam. Wie Schneemensch-Jimmy und auch wie Adam. Ren sagt, sie wollte, dass der Name Jimmy weiterhin in der Welt gesprochen wird und lebendig bleibt; und dasselbe wollte sie für den Namen Adam.

Amandas Baby heißt Pilaren. Das kommt von Pilar, die im Holunderstrauch lebt, und von Ren, die Amandas sehr gute Freundin und Helferin ist, mit der sie durch dick und dünn gegangen sei, sagte sie. Ich (Blackbeard) werde Toby fragen, was *durch dick und dünn* heißt.

Die Babys von Swift-Fuchs heißen Medulla und Oblongata. Medulla ist ein Mädchen und Oblongata ein Junge. Swift-Fuchs sagt diese Namen hätten einen schwer verständlichen Grund. Es geht dabei um etwas im Kopf.

Alle Babys machen uns sehr glücklich.

Ich (Blackbeard) hatte seine erste Paarung, mit SarahLacey, die seine Blume ausgesucht hat, also ist er glücklicher als alle anderen. Bald wird es noch ein Baby geben, sagt SarahLacey, weil er (Blackbeard) und die anderen drei Vierväter ihren Paarungstanz sehr gut gemacht haben.

Und gut gesungen haben.

Danke. Gute Nacht.

BUCH

Buch

Dies ist also das Buch, das Toby geschrieben hat, als sie unter uns lebte. Seht ihr, ich zeige es euch. Sie schrieb diese Wörter auf eine *Seite*, und eine Seite ist aus *Papier*. Sie schuf die Wörter mit *Schrift*, und die Schrift schuf sie mit einem Stöckchen, das man *Kugelschreiber* nennt, mit schwarzer Flüssigkeit, die man *Tinte* nennt, und sie fügte die Seiten zusammen, und das nennt man *Buch*. Hier, ich zeige es euch. Dies ist das Buch, dies sind die Seiten, hier ist die Schrift.

Und als ich klein war, zeigte sie mir, Blackbeard, wie man mit Kugelschreiber solche Wörter auf eine Seite schreibt. Und sie zeigte mir, wie man die Zeichen in eine Stimme zurückverwandelt, wenn ich also auf die Seite sehe und die Wörter lese, ist es Tobys Stimme, die ich höre. Und wenn ich die Wörter laut ausspreche, hört auch ihr Tobys Stimme.

Bitte nicht singen.

Und in das Buch schrieb sie die Worte des Crake und auch die Worte der Oryx und wie sie uns gemeinsam erschufen und auch diese sichere und schöne Welt.

Und in dem Buch sind auch die Worte des Zeb und die seines Bruders Adam; und die Worte, wie Zeb einen Bären aß und wie er unser Beschützer wurde gegen die bösen Männer, die schlimme und böse Dinge taten; und die Worte von Zebs Helfern Pilar und Nashorn und Katrina Wow und der Schlange March und von all den MaddAddamiten; und die Worte des Schneemensch-Jimmy, der am Anfang da war, als Crake uns schuf, und der unsere Leute aus dem Ei an diesen besseren Ort führte.

Und die Worte des Fuck, auch wenn es nicht sehr viele Worte sind. Seht, über Fuck gibt es nur eine Seite.

Ja, ich weiß, er hilft uns, wenn wir in Not sind, und er kommt durch die Luft geflogen. Er wurde von Crake geschickt und Crake zu Ehren nennen wir seinen Namen. Hier steht jedoch nicht viel über ihn geschrieben.

Bitte singt jetzt noch nicht.

Und Toby schrieb die Worte über Amanda, Ren und Swift-Fuchs, unsere geliebten drei Oryx-Mütter, die uns gezeigt haben, dass wir und die Zweihäutigen alle Menschen und Helfer sind, auch wenn wir unterschiedliche Gaben haben und einige von uns blau werden und andere nicht.

Also sagte Toby, dass wir immer Respekt zeigen und immer erst nachfragen müssten, um festzustellen, ob eine Frau tatsächlich blau ist oder nur blau riecht, wenn Bläue zur Debatte steht.

Und Toby zeigte mir, was zu tun ist, wenn es irgendwann einmal keine Stifte aus Plastik und auch keine Bleistifte mehr gibt; denn sie konnte in die Zukunft blicken und sehen, dass eine Zeit kommen würde, da man keine Stifte und kein Papier mehr fände zwischen den Häusern der Stadt des Chaos, wo sie einst wuchsen.

Und sie zeigte mir, wie man Vogelfedern zum Schreiben benutzt, wobei wir auch schon aus den Kielen eines kaputten Regenschirms Stifte hergestellt haben.

Regenschirme gehören in die Zeit des Chaos. Sie wurden benutzt, um sich den Regen vom Körper zu halten.

Warum, weiß ich nicht.

Und Toby zeigte mir, wie man mit Tinte aus Walnussschalen, gemischt mit Essig und Salz, die schwarzen Zeichen macht; und diese Tinte ist braun. Und Tinte in verschiedenen Farben kann man aus Beeren herstellen und wir stellten lila Tinte aus den Holunderbeeren her, in denen Pilars Geist wohnt, und wir schrieben mit dieser Tinte die Worte der Pilar. Und Toby zeigte mir, wie man noch mehr Papier aus Pflanzen herstellt.

Und Toby sprach Warnungen aus über das Buch, das wir schrieben. Sie sagte, das Papier dürfe nicht nass werden, weil sonst die

Worte wegschmelzen und nicht mehr gehört werden könnten, und es würde schimmeln und schwarz werden und zu Staub zerfallen. Und dass ein zweites Buch geschrieben werden müsse, in dem dasselbe steht wie in dem ersten. Und jedes Mal, wenn ein Mensch vom Schreiben, vom Papier, von der Tinte und vom Lesen erfuhr, sollte derjenige das gleiche Buch schreiben, in dem dasselbe steht. So könnten wir immer darin lesen.

Und dass wir am Ende des Buches noch weitere Seiten hinzufügen und alles aufschreiben sollten, was passieren würde, wenn Toby nicht mehr da wäre, damit wir alles über Crake und Oryx und unseren Beschützer, Zeb, und seinen Bruder Adam und über Toby und Pilar und die drei geliebten Oryx-Mütter erfahren. Und auch über uns selbst und über das Ei, aus dem wir am Anfang kamen.

Und ich habe Jimadam, Pilaren, Medulla und Oblongata alles über das Buch, das Papier und das Schreiben beigebracht, den Kindern von Ren, Amanda und Swift-Fuchs, unseren geliebten Oryx-Müttern.

Und sie wollten lernen, auch wenn es schwierig ist. Aber sie lernten diese Dinge, um uns allen gemeinsam zu helfen. Und wenn ich einmal nicht mehr unter uns bin, sondern dahin gegangen bin, wo Toby und Zeb hingegangen sind, wie Toby es verkündet hat, werden Jimadam, Pilaren, Medulla und Oblongata diese Dinge an die Jüngeren weitergeben.

Jetzt habe ich den Worten etwas hinzugefügt und aufgeschrieben, was geschehen ist, nachdem Toby aufgehört hat, in das Buch zu schreiben. Und ich habe es getan, damit wir alle von ihr erfahren und damit wir erfahren, wie wir entstanden sind.

Und diese neuen Worte, die ich geschrieben habe, heißen *Die Geschichte von Toby.*

Die Geschichte von Toby

Ich setze die rote Mütze von Schneemensch-Jimmy auf. Seht ihr? Sie ist auf meinem Kopf. Und ich habe mir den Fisch in den Mund gesteckt und dann habe ich ihn wieder rausgenommen. Jetzt ist es Zeit zuzuhören, während ich euch aus der Geschichte von Toby vorlese, die ich am Ende des Buches aufgeschrieben habe.

Eines Tages machte Zeb eine Reise nach Süden. Er ging los, weil er auf der Jagd nach Wild eine hohe Rauchsäule sah. Und es war kein Rauch von einem brennenden Wald, sondern ein dünner Rauchfaden. Und er beobachtete ihn einige Tage lang, und er wurde nicht größer und nicht kleiner, sondern blieb immer gleich. Doch eines Tages kam er näher. Und am Tag danach kam er noch näher.

Also sagte Zeb zu uns, es gebe vielleicht noch andere – andere Menschen aus der Zeit vor dem Chaos, aus der Zeit, bevor Crake das Chaos beseitigte. Aber waren es gute Menschen oder wären es böse und grausame Menschen, die uns weh tun würden? Niemand konnte das wissen. Die Antwort lautete, wenn es gute Menschen waren, würden wir ihre Helfer sein und sie würden auch unsere Helfer sein. Aber wenn es keine guten Menschen waren, würde er ihnen nicht erlauben, in unsere Nähe zu kommen und uns weh zu tun, und er würde sie beseitigen.

Und Abraham Lincoln, Albert Einstein, Sojourner Truth und Napoleon wollten mit ihm gehen, um zu helfen; und ich, Blackbeard, wollte auch mitgehen, da ich kein Kind mehr war, sondern ein Mann mit Bläue und Kraft. Und Zeb sagte, das, was passieren würde, wäre vielleicht zu brutal. Und wir wussten nicht genau, was *brutal* bedeutet. Und Zeb sagte, das würden wir hoffentlich niemals erfahren müssen. Und Toby sagte, wir müssten dableiben, denn es könnte zu einer Schlacht kommen; und wenn wir gingen, würden die anderen sehr traurig sein, falls wir nicht zurückkämen. Und Toby sagte, sie habe Oryx und auch Pilars Geist befragt, und beide hätten gesagt, wir sollten bleiben und nicht mit Zeb gehen. Und so sind wir nicht mitgegangen.

Und Zeb nahm mit sich Schwarznashorn und Katuro. Und Manatee, Zunzuncito, Shackleton und Crozier wollten ebenfalls mitgehen, aber Zeb sagte, sie müssten bleiben wegen der kleinen Kinder, die Schutz bräuchten. Und auch Toby musste bleiben, mit der Flinte, die wir nicht anfassen durften. Also gingen sie nicht mit. Und er sagte, es sei nur eine Erkundungstour, um sich umzusehen; und wenn es schlechte Neuigkeiten gebe, werde er ein Feuer machen, ein anderes Feuer, und wir würden den Rauch sehen, und dann könnte zusätzliche Hilfe geschickt werden und man könnte den Schweinen Bescheid sagen, auch wenn wir sie erst suchen müssten, weil sie von einem Ort zum anderen ziehen.

Und wir warteten sehr lange, aber Zeb kehrte nicht zurück. Und Shackleton ging mit drei unserer blauen Männer los, um zu sehen, ob der lange dünne Rauchfaden noch da war. Und sie kamen zurück und sagten, er sei nicht mehr da. Das heißt also, diejenigen, die das Feuer gemacht hatten, waren nicht gut gewesen, und unser Beschützer Zeb musste plötzlich in einer Schlacht kämpfen, um dafür zu sorgen, dass diese Leute nicht in unsere Nähe kommen. Aber da er nicht zurückgekehrt ist, muss er wohl in der Schlacht getötet worden sein, und Nashorn und Katuro auch.

Und als sie das erfuhr, weinte Toby.

Da waren wir alle traurig. Und Toby war trauriger als alle anderen, weil Zeb nicht mehr da war. Und obwohl wir sie beschnurrten, wurde sie nie wieder glücklich.

Da wurde sie immer dünner und dünner und sie schrumpfte immer mehr und nach mehreren Monaten sagte sie zu uns, sie habe eine zehrende Krankheit in ihrem Körper, die sie von innen auffresse. Und die zehrende Krankheit könne nicht durch Schnurren oder Maden geheilt werden, und bald werde sie nicht mehr laufen können. Und wir sagten, wir könnten sie überallhin tragen, egal wohin, und sie lächelte und sagte, Danke.

Dann rief sie jeden Einzelnen zu sich und sagte jedem *Gute Nacht*, etwas, das sie uns selber vor langer Zeit beigebracht hat. Und das sagt man in der Hoffnung, dass der andere gut schläft und nicht von schlimmen Träumen geplagt wird. Und wir sagten ihr auch *Gute Nacht.* Und wir sangen für sie.

Dann nahm Toby ihren sehr alten Rucksack, der rosa war, und sie packte ihr Glas Schlafmohn ein und dazu ein Glas Pilze, das wir niemals anfassen durften. Und gestützt auf einen Stock ging sie mit langsamen Schritten in den Wald und bat uns, ihr nicht nachzukommen.

Wohin sie gegangen ist, kann ich in diesem Buch nicht aufschreiben, denn ich weiß es nicht. Einige sagen, sie sei allein gestorben und von Geiern gefressen worden. Die Schweine sagen das. Die einen sagen, sie sei von Oryx mitgenommen worden und fliege nun nachts in Gestalt einer Eule durch den Wald. Die anderen sagen, sie sei zu Pilar gegangen und ihr Geist sei jetzt im Holunderstrauch.

Und wieder andere sagen, sie sei losgegangen, um Zeb zu finden, und dass er die Gestalt eines Bären angenommen habe und dass sie auch die Gestalt eines Bären angenommen habe und jetzt bei ihm sei. Das ist die beste Antwort, denn es ist die, die am glücklichsten macht; und ich habe sie aufgeschrieben. Auch die anderen Antworten habe ich aufgeschrieben. Aber in kleinerer Schrift.

Die drei geliebten Oryx-Mütter weinten sehr viel, als Toby davonging. Wir weinten auch und beschnurrten sie, und irgendwann ging es ihnen besser. Und Ren sagte, Morgen ist ein neuer Tag, und wir sagten, wir wüssten nicht, was das bedeutet, und Amanda sagte, Egal, nicht so wichtig. Und Lotis Blue sagte, es sei ein Ding der Hoffnung.

Dann erzählte uns Swift-Fuchs, dass sie wieder schwanger sei und dass es bald wieder ein Baby gebe. Und der Viervater sei Abraham

Lincoln, Napoleon, Picasso und ich; und ich bin sehr glücklich, für diese Paarung ausgewählt worden zu sein. Und Swift-Fuchs sagte, wenn das Baby ein Mädchen wird, werde sie es Toby nennen. Und das ist ein Ding der Hoffnung.

Dies ist das Ende der Geschichte von Toby. Ich habe sie in diesem Buch aufgeschrieben. Und ich habe hier meinen Namen hingeschrieben – Blackbeard –, genau wie Toby es mir gezeigt hat, als ich noch ein Kind war. Es bedeutet, ich war es, der diese Worte aufgeschrieben hat.

Danke.

Jetzt werden wir singen.

Dank

Obgleich *Die Geschichte von Zeb* ein fiktionales Werk ist, gibt es darin keine Technologien oder Biowesen, die nicht bereits existieren, sich im Bau befinden oder theoretisch möglich wären.

Die meisten Hauptfiguren tauchen schon in den ersten beiden Büchern dieser Trilogie auf, *Oryx und Crake* und *Das Jahr der Flut*. Einige ihrer Namen entstanden durch Spenden, darunter für die Medical Foundation for the Care of Victims of Torture (»Amanda Payne«) und die Zeitschrift *The Walrus* (»Rebecca Eckler«). Hinzu kommen in *Die Geschichte von Zeb* »Allan Slaight«, dank seiner Tochter Maria (seine Biografie heißt *Sleight of Hand*); »Katrina Wu« dank Yung Wu; und die Schlange »March«, dank einer Auslosung auf wattpad.com, bei der Lucas Fernandes gewann. Der heilige Nikolai Vavilov stammt von Sona Grovenstein, und die Imkerei-Tipps sind von Carmen Brown von Honey Delight im australischen Canberra.

Mein Dank geht wie immer an meine Lektorinnen Ellen Seligman von McClelland & Stewart (Kanada), Nan Talese von Doubleday (USA) und Alexandra Pringle von Bloomsbury (Großbritannien).

Ich danke meiner Erstleserin Jess Atwood Gibson, meinen Agentinnen in Großbritannien, Vivienne Schuster, Karolina Suttin und Betsy Robbins von Curtis Brown, und Phoebe Larmore, meiner Agentin für Nordamerika, und Timothy O'Connell. Dank auch an Ron Bernstein. Und ganz herzlichen Dank an Heather Sangster von strongfish.ca für den Korrekturlesemarathon, nach dem es einen Schneesturm gab und ihr Auto nicht mehr anspringen wollte.

Dank auch an meine Büromitarbeiter Sarah Webster und Laura Stenberg; und an Penny Kavanaugh; und VJ Bauer, vjbauer.com mein Experte für visuelle Effeke; und an Joel Rubinovich und Sheldon Shoib. Und an Michael Bradley und Sarah Cooper und an Coleen Quinn und Xiaolan Zhao. Auch an Louise Dennys, LuAnn Walther und Lennie Goodings und an meine vielen Agenten und Verleger auf der ganzen Welt. Danken möchte ich auch Dr. Dave Mossop und Grace Mossop und Barbara und Norman Barricello, allesamt aus Whitehorse, Yukon; und den vielen Menschen, die mich zu diesem Buch ermutigt haben, einschließlich derjenigen auf Twitter und Facebook.

Und schließlich meinen besonderen Dank an Graeme Gibson, mit dem ich durch die nachmittäglichen Wälder des Lebens streife, nach nahrhaften Bioformen suche, gegen feindliche ankämpfe, wo immer sie in Erscheinung treten, und mit dem ich sie, wenn möglich, gemeinsam verspeise.